不负青春
不负卿

印星林 —— 著

中国文联出版社

图书在版编目（CIP）数据

不负青春不负卿 / 印星林著 . -- 北京：中国文联
出版社，2025.1. --（印星林作品集）. -- ISBN 978 - 7 -
5190 - 5741 - 1

Ⅰ. I235.2

中国国家版本馆 CIP 数据核字第 2024ZC2412 号

著　　者　印星林
责任编辑　李　民　周　欣
责任校对　秀　点
装帧设计　小宝书装

出版发行　中国文联出版社
地　　址　北京市朝阳区农展馆南里 10 号　　　　邮编　100125
电　　话　010 - 85923025（发行部）　　　　　85923091（总编室）
经　　销　全国新华书店等
印　　刷　三河市华东印刷有限公司

开　　本　710 毫米×1000 毫米　　　1/16
印　　张　31.5
字　　数　488 千字
版　　次　2025 年 1 月第 1 版第 1 次印刷
定　　价　95.00 元

序

大概半年前星林给我发了他的《印星林文集》电子稿，嘱我作序，我满怀期待地打开文件，不禁为之愕然——内含电影文学作品集五部：《绝地战将》《垛上花》《国宝追踪》《桃花运行动》以及《武松降虎》；电视剧剧本集：《不负青春不负卿》；更有纪实文学：《光影追梦》；小说：《碧凌剑》《啸长风》与《乱世八艳》。整部文集洋洋洒洒一百六十多万字，涵盖了小说、电影文学剧本、电视文学剧本等多种体裁，琳琅满目，令人一时不知从何读起。

坦率讲，当时的我并未将此全然放在心上，除了因为自己琐事缠身，难以静下心来品味如此浩瀚的书籍，还因为我一向都认为作序是名人名家的事，是锦上添花的事情。我非名人名家，况且才疏学浅，即使添花之心有余也力不足以添花，更妄论有花可添。几番推辞未果，问及缘由，他只说："你懂我。"

我与星林可谓亦师亦友，20世纪90年代初，星林考入南京大学中文系作家班，我做过一段时间他们班的班主任，所以一直以来他对我都持弟子之礼，总是称呼我为"张老师"，我也习惯应答，毕竟我的职业就是教师。就这样，一段长达三十年的交往，由此拉开了序幕。

星林出身于书香门第，我第一次到他老家时，见到了他九十多岁的老祖母，老人家随口便能吟咏诗词歌赋。这让我对星林拥有如此深厚的文学功底不再感到惊奇。看着他家那百年沧桑的老屋，尽管破落，但仍能从细节处窥见当年的荣华。我戏谑他是个破落户，他笑称自己是最后一个少爷。住在那锈迹斑斑的老屋里，喝着他自家酿的小麦酒，吃着新鲜的蔬菜，啃着刚会打鸣的小公鸡，听老祖母讲述家族往事，真是别有一番滋味。所以当我读星林的小说时，对很多场景都历历在目。往事已矣，如今老祖母不在了，老屋也拆掉盖了三层小楼。星林在写另一部《流连红尘》，是不是对老屋、对老祖母乃至整个家族的怀念，我不得而知。

星林是有少爷的命，却没有少爷的运。他出生时正赶上"文化大革命"，他父亲是小学校长，在"文革"中去逝。孤儿寡母，世态炎凉，生活之艰辛可想而知。上小学三年级的星林，也许实在是饿极了，跟几个同龄小孩去偷集体土地上的玉米。当别的小孩带着"战利品"回家时，家长直夸儿子有本事，而星林带着偷来的玉米回家时，却被一字不识的母亲罚跪在父亲的遗像前，母亲手持藤条，边抽边流泪：我不指望你成才，只希望你成人，不要让人戳着脊梁骨，骂这孩子没有人教养。

星林由于严重偏科，高考毫无悬念地名落孙山，在那个年代作为一个农村青年，何谈出路，更别说前途。他在老家的那四年里当过代课老师，干过翻砂工、搬运工、电焊工。那期间，他不乏漂泊流浪的经历，为了糊口，他还做过秘书、通信员等工作，凡是能维持生计，他都勇于尝试。如果你看过小说《平凡的世界》，主人翁孙少平就是星林的写照。为什么说命运掌握在有准备的人手里？星林在任何艰难困苦的情况下，手里始终有本书，这个习惯一直延续到现在。在那四年里，星林完成了中文大专自学考试，自学日语四级，发表了小说、报告文学、新闻等二十多万字，这背后蕴含的不懈努力与坚韧毅力，令人赞叹不已！

后来，真是一个偶然的机会，泰兴党史办派星林去采写曾经在泰兴战斗过的革命老同志的英雄事迹，其中就有南京电影制片厂老厂长张佩生，他看了星林为其撰写的文章后，慧眼独具，决定招星林作为厂里的临时工。于是星林从泰兴来到了南京，他的命运之门从此打开。尽管住在厂里的楼梯间，星林却拥有了一个宝库——海量专业书籍任他阅读，众多可望而不可即的编剧、导演等艺术家近在眼前，可以随时请教。他求知若渴，沉浸在不懈的学习与创作中，这两年临时工的生涯为他以后的成就奠定了坚实的基础。

果然，星林写的第一部电影《天地良心》就获得了国家"五个一工程"奖，后来又写了《无雪的冬天》《又见阳光》《同学》等十几部电影和电视剧，都或多或少产生了不俗的影响。正当厂里要正式收编他的时候，他却下海经商了。这不奇怪，当市场经济的大潮袭来，有多少国人能扛得住日进斗金的诱惑，把守着半死不活的文学？但是星林的一句话让我无言以对：当文学成为经济的工具的时候，不知道是文学的悲哀还是文人的悲哀？

读书时他不是班里最优秀的学生，还在外面开着一家广告公司，生意上倒是红红火火，后来还在南京大学中文系捐资设立了奖教金，以示对老师的敬重和感恩。但我总觉得凭他的天资聪慧，对文学勤奋吃苦的精神，经商可惜了。我劝过他几次，但他固执己见，那份少爷脾气一点没变。

从作家班毕业后，星林并没有沿着文学创作的道路走下去，而是继续他的经商生涯。后来，据我所知，伴随着中国经济发展的潮起潮落，转型升级，他的生意也是起起伏伏，几经挫折。后来，他终于放弃了纯粹的生意，不再办公司、开工厂，而是跑到北京跟文化打交道去了。其实他是公司破产避债而去的，听说当时他背负了沉重的债务负担，最终通过从事枪手写作，才还清了一百多万元的债务。

星林在北京的时候，我刚好去北京讲课，我们有过一次深谈。我听江小渔（我的另一个引以为豪的学生，著名音乐人，春节联欢晚会的总策划）讲，他在北京文艺圈很吃得开。我问星林是什么感觉？他哂然一笑，调侃道：什么叫吃得开？人模狗样，醉生梦死。我很惊讶他为什么会有这种感觉，就问他来北京是不是后悔了？他深深地叹息道：这倒没有，来北京就像人生打开了一扇窗，人生本来就是过程而不是结果。不过，我以为北京是中国文化的高地，其实不然，这里什么都有，却没有文化。

再后来，星林又回到南京，做起了电影，成了江苏星瑞影业公司的老总，并且做得风生水起，成为江苏省内屈指可数的民营电影公司，拍了好多部电影。我在央视电影频道上看到他们公司出品的《良心作证》《永贻芬芳》《步步惊心》《黑白道》《爱你烦不了》《垛上花》等二十几部电影，他不是编剧就是导演或是制片人。他们公司出品的电影，让我看到了星林这些年在文学创作包括电影创作方面实实在在的成绩和进步。我确信如此评说他应该是一点不为过的。

及至我静下心来认真读了星林的这几部长篇小说、电影、电视剧剧本的创作，我才深信，这些年来他一直在努力，在积累，在等待着创作上的厚积薄发。艺术作品向来仁者见仁、智者见智，但从中还是可以窥见作者的思想和境界。从作品中可以看出星林对社会、历史、文化、人生都有他独到的见解和评判。他是个思想者，同时也是个浪漫主义者，他的痛苦在于思想很浪漫现实很骨感。他无法把握这个世界的时候，选择冷眼观世态，归隐待人生。从这么多年他走过的路可以看出，星林是个孤独的堂吉诃德式文化人，但他从来不承认自己是个文化人。

当然，如果我把自己当作星林的老师，"教不严，师之惰"，还是可以对他的这几部作品创作提出一些更严格、更高的要求。例如，有些作品的叙述显得过于匆忙，影响了对人物性格的深度刻画；有些故事因为社会历史背景的复杂而采取了躲闪和回避的方式，影响了作品主题的深化与升华，等等。我语重心长地告诫他：要创作出脍炙人口、流传于世的艺术佳作，你面临的挑战还很多，道路还很长。

星林却笑笑：我就是个文学票友，张老师别对我要求那么高好不好，以后恐怕再也没有时间进行创作了。原来他又在忙着开发健康 AI 管家平台，对中老年健康做到预测、预防、预警，推广到全国，将惠及千家万户。我虽有些无奈，但对他的健康 AI 管家平台还是满怀期待！

星林就是个天马行空、我行我素、没落无为的少爷。

是为序。

张建勤

2023 年 5 月 6 日于紫金山北麓寓所

（作者为南京大学金陵学院艺术学院院长、书记）

不负青春不负卿

●●●●●● 目录

第一集

1. 街边公交车站　下午　外

孙剑平中等身材，肤色略黑，虽然看起来有些偏瘦，但却给人很健壮的感觉。

孙剑平显得有些焦急，地上已经扔了两个烟头，抬头朝街对面的车站看去，仍然没有陈丹的影子，孙剑平不耐烦地又掏出了烟盒。

一辆公交车远远地驶过来。陈丹从车上下来，远远看见街对面的孙剑平，冲着孙剑平招招手，跑过来。

陈丹是一个十分美丽的女子，大大的眼睛，圆圆的小脸，笑起来，微微露出两个可爱的小酒窝，就是在这个女孩都很白皙的南方城市里，陈丹的皮肤也显得格外的白。

陈丹拎着两只手提袋跑到孙剑平的眼前，脸上微微有些红，如同上了一层天然的胭脂。

孙剑平将烟头扔在地上，接过陈丹手中拎的东西："丹丹，你怎么才来？我都等了你一个多小时了。"

陈丹跑到孙剑平面前："都是蕾蕾啦，要买这买那的，真不知道，原来结婚这么麻烦。"

孙剑平接过东西，有些心疼地说道："结婚都是这样啦，等你结婚了，可能还要麻烦呢。"

陈丹："咦，你这什么意思啊？我结婚？你干吗去？"

孙剑平："我没什么意思啊，随口说说而已。"

陈丹："随口说说，随口说说，这话也能随口说啊，不知道的，还以为我结婚和你没什么关系呢。"

孙剑平顿了一下，做出一个夸张的表情："谁说和我没关系，我老婆结婚和我没关系，我不跳楼啊。"

陈丹被孙剑平的怪样子一下子逗笑了，陈丹挽着孙剑平的胳膊往前走了几步，道："剑平，说真的，我们的事怎么办啊？你看过了年我就二十九了，亲戚朋友都要笑话我了。"

孙剑平轻轻地搂着陈丹向巷口走去："亲爱的，我也想结婚啊，可我一没钱，二没房子。你叫我怎么娶你啊。"

陈丹："那就不结了？"

孙剑平："我们单位最近要分房了，我都打了报告，等房子一分下来，我们就结婚，怎么样？"

陈丹："要是分不下来呢？"

孙剑平语塞。

陈丹："剑平，不如这样，我们家反正就我一个孩子，就在我家结婚得了。"

孙剑平："那不行，在我们家乡这叫倒插门，我妈知道了非气死不可。"

陈丹不高兴了："都什么年代了，还倒插门呢！剑平，你怎么也不为我想想，我这样不明不白地跟你算什么？我爸我妈都说了我好多次了。"

孙剑平："又来了又来了。"

陈丹："什么叫又来了又来了。你是不是不想和我结婚啊？你什么意思，今天非给我说清楚不可。"

孙剑平一见赶紧说道："我当然想结婚了！成家立业，我都三十了一样都没有，唉。"孙剑平长长地叹了一口气。

陈丹有些不忍："剑平，你不要这样。人是要等机会的。我相信我看中的人绝对不是一个平庸的男人。"陈丹冲着孙剑平做了一个夸张的表情。

孙剑平有些心动，伸手摸了摸陈丹的脑袋，看离陈丹家不远了，将车上的东西拿下来，递给陈丹："你先回去吧，等会主任见不到我又要啰唆了。"说完，骑上车就走了。

陈丹气得大喊："剑平，剑平。我的话还没有说完呢。"但是孙剑平像逃一样骑得飞快，陈丹无奈只好回家了。

2. 机关服务公司办公室门口　下午　外

孙剑平还没有走到门口，里面就传出来一阵激烈的讨论声：

"听说了没有，这次就十套房子，狼多肉少啊。"

"反正我也没有希望，你们去争好了。"

"这可是最后一次福利分房了，过了这个村可就没有那个店了。以后想要房子就得拿钱买了。"

……

孙剑平正要进去，王主任从对面过来。

王主任冷冷地："小孙，你到哪儿去了？"

孙剑平眉头一皱："我出去办点事。"

王主任："你请假了吗？"

孙剑平掉过头来，道："我现在请假。可以吗？"说完，"哼"了一声，推门进去，把王主任晾在一边。

王主任气得骂道："不像话，真是太不像话了。"

3. 邢小峰的网吧门口　傍晚　外

邢小峰正坐在门口，逗着一只小狗，网吧里几乎有大半是空座。

孙剑平闷闷不乐地从外面进来，站在邢小峰面前，好一会儿邢小峰都没有发觉，孙剑平跺了跺脚。

邢小峰："咦，剑平，什么风把你吹来了？"

孙剑平："路过。"说着，蹲下来逗起了小狗。

邢小峰转身到里面取了两听啤酒，扔给孙剑平一罐，"咋了？哥们，给煮了？"

孙剑平接过啤酒，也不答话，拉开就喝。

邢小峰看了看孙剑平，道："在外面等我一下。"说着，仰头喝了口啤酒，冲着网吧里的人，嚷道："下班了，下班了，改天再来啊。"

网吧里的人三三两两往外走，邢小峰等人走完了，"咔吧"一声将门锁上，往孙剑平的自行车后面一跳，道："走，喝酒去。"

孙剑平朝里面看了看："怎么锁门了，弟妹呢？"

邢小峰："回娘家了。"

孙剑平："怎么老是回娘家啊？你们俩该不是出问题了吧？"

邢小峰："能有什么问题，大不了离婚呗，反正我们也没有小孩，她跟着我这么个小混混也没啥意思。"

孙剑平："女人嘛，你让着点就是了。"

邢小峰："让得还不多啊，不说了，走。"说完，一拍孙剑平的背。

孙剑平叹了一声，带着邢小峰向远处骑去。

4. 路边大排档　晚　外

孙剑平和邢小峰围坐着一张桌子，两个人都喝了不少啤酒，脚边放着好几个空酒瓶了。几个穿校服的学生正走过来，一个男学生大声喊道："我请大家吃羊肉串啊。"

其他的几个同学立刻大声叫好。

男孩："老板，来二十个肉串。"

大排档的老板答道："好哩。"

其中一个娇滴滴的女学生拉了拉男学生的衣袖，细声细语地说道："我想吃板筋。"

孙剑平不由得看了邢小峰一眼。

邢小峰笑道："当年的陈丹就是这个样子啊。"

孙剑平也笑了。

学生们闹哄哄地走远了，孙剑平看着他们的背影叹道："真快啊，这一晃，我们毕业快十年了。"

邢小峰："就是，想想中学时候，就好像做梦一样。那时候，泰山公园就是我们的乐园，几乎每天我们都要去那里玩，还记得吗？"

孙剑平："记得，怎么不记得，我们还在那里埋过一只铁盒子呢。"

邢小峰："是啊，这一眨眼的工夫，十年都快要到了。也不知道铁盒子还在不在了。"

孙剑平："什么时候去看看。那时候真快活呀，除了担心考不上大学，什么烦恼也没有。"

邢小峰："那是你，我就从来没有想过能考上。"

孙剑平苦笑了一下："考上又能怎么样，我现在是撑不饱，饿不死，想结个婚都难……"

邢小峰打断了孙剑平的话，示意孙剑平喝酒，道："闹心的事情，你不想也少不了，想它干吗。"

孙剑平："是啊，也不知道杜刚和国庆他们怎么样了？"

邢小峰："这有五六年没联系过了，当时咱们这六个人，你和杜刚、班长都考上了大学，陈丹也考上幼师，就我和国庆没有考上。"

5. 马路对面的大酒店门口　　晚　外

大排档的对面是一个豪华大酒店。

一个约 30 岁的女子从里面出来，正向邢小峰他们走来，边走边打着电话。

6. 大排档旁边　　晚　外

黄明娟在离邢小峰他们不远的地方站住了，从背影看这是一个十分精明能干的女人，头发一丝不乱地盘在头上，灰色的西装剪裁得十分合体，手里还拿着一个精制的小包。黄明娟显然很忙，不停地接着电话。

黄明娟："对，我到大酒店的对面了，你不用掉头，直接过来接我就可以了。"

一辆黑色帕萨特停在孙剑平他们旁边，待黄明娟走近了，邢小峰喊道："唉，那不是班长吗？班长！班长！"

黄明娟听见邢小峰的喊声，冲着他们摆了摆手，走了过来。

邢小峰："班长，你越活越年轻了。"

黄明娟："少废话，我老吗？你们在这里干吗？"

孙剑平："没事，和小峰聚聚。"

车里钻出来一个男青年，将车门打开，静静地站在一旁。

邢小峰："班长，混得不错啊，车都开上了。"

黄明娟："单位的，我今天还有点急事，改天我约你们喝茶。"

孙剑平："你有事就先去忙吧。"

黄明娟冲着孙剑平笑了笑："代我问陈丹好。"

黄明娟走到车前，男青年："黄科长，请。"

黄明娟钻到车里，冲着邢小峰和孙剑平摆摆手，走了。

邢小峰啧啧嘴："剑平，你看人家混的！人模人样，再看看咱们，唉。"

7. 火车出口处　日　外

杜刚推着行李箱，走出出口，一边走一边在等候的人群中搜寻着。

"哥！哥！"一个满头金发的时尚女子跑了过来，一下子扑在杜刚的怀中。

杜刚差一点被她撞倒。他赶紧扶着女孩道："哎哟，这是谁呀，你慢点，这么大的人还这么莽撞。"

杜蔷大声地叫道："哥，哥，我是小蔷啊。"惹得旁边的人驻足相视。

杜刚有些嗔怪："知道，知道。让哥哥看看，几年不见，成大美女了。"

杜蔷毫不在意地将头一扬："我本来就是美女呀。"

火车出口处的人群来来往往，兄妹二人显然有些挡道，杜刚怜爱地将杜蔷拉到一边，用手摸了摸杜蔷像稻草一样的乱发，看到杜蔷一只耳朵上挂满了亮晶晶的金属片，皱了皱眉头，柔声问道："爸妈还好吗?"

原本兴高采烈的杜蔷一下子安静下来，道："爸爸还好，妈妈的身体一天不如一天了，天天都盼着你回来。"

杜刚疼爱地拉着杜蔷向外走去。

8. 马路上，出租车内　日　内—外

杜刚和妹妹杜蔷正坐在出租车内，从飞驰的车窗向外看去，路边的风景依次向后倒去。

9. 大街上，出租车内　日　外—内

杜刚忽然觉得眼睛有些湿润，六年没有回来了，看到家乡的情形几乎都有些不认识了，他贪婪地到处张望。远处出现了一个小山，山脚下波光粼粼。

杜刚拉过杜蔷急忙问道："小蔷，那还是以前的泰山公园吗？"

杜蔷朝外面看了看："是啊。"

杜刚："那个岳飞庙还在吗？"

杜蔷："在啊，等一会儿绕过去就能看到了。"

杜刚看着远处的山和水，陷入了沉思中。

出租车载着杜刚和杜蔷，沿路过来，渐渐地离泰山越来越近了。

这里的泰山不过是一个不过百米高的土坡，可能连山都算不上，但是当地人都叫它泰山。山上郁郁葱葱，隐约可以看到一个小小的庙宇。

拐过一个弯，迎面正是公园大门，上面"泰山公园"四个字在阳光下熠熠生辉。

10. 泰山上　夏日　外（回忆）

岳飞庙旁边，有一块巨大的石碑，六个少男少女（少年杜刚、孙剑平、陈丹、黄明娟、于国庆、邢小峰）正围在一起。

少年于国庆从背包里拿出一个精致的铁盒，大家一见立刻来了兴趣："什么东西啊？"

于国庆有点得意道："在我们班里，我们几个是最要好的。等高考成绩一公布，我们就要分道扬镳，各奔前程了。你们想过没有？再过十年，我们会是什么样子？"

众人面面相觑，都摇摇头。

于国庆："我有个提议，每个人把十年后的愿望，都写下来，锁进这个盒子里，埋在地下，等十年后的今天，我们再聚在一起，再打开盒子，看看谁的愿望变成了现实，谁的落了空。你们说好不好？"

陈丹："太好了！我举双手赞成！国庆，你怎么想起来的？真是太浪漫了!"

孙剑平:"可以啊,国庆,同窗三年,还是第一次见你这么有创意啊。"

大家一致赞成。

六个人立刻开始写。

六张纸郑重地叠好,于国庆郑重地将纸放进了盒子里,六把铜锁将盒子锁了起来。

"给。一人一把锁,到时只有我们六个人都到齐了,才能打开。"少年于国庆将六把锁的钥匙分发给每个人。

六个少男少女慎重地将铁盒子埋进石碑下挖好的坑洞里,填上土,压上小石头,又弄些碎草树叶什么的伪装了一下,从外表已经看不出这里有新挖的痕迹了。

少年于国庆:"十年后的今天,我们再来打开这个铁盒子,怎么样。"

"好!"六个人的手交叠在一起,齐声道:"皇天后土,让我们的友谊天长地久!十年后再见!"

(回忆完)

11. 杜刚家大门口　日　外

出租车在门前停下来。

杜蕾:"哥,我们到家了。"

杜刚从车里下来,眼睛突然一红。

杜蕾帮着杜刚把行李拿下车,对杜刚说:"哥,你先回去,我有点事,一会儿回来。"没跑几步,又跑回来,"哥,爸妈问起就说我遇到同学了。"没等杜刚反应过来,一溜烟跑没影了。

12. 杜刚家　日　内

杜刚的父亲在厨房里正指挥着小保姆做饭,杜刚妈在客厅的沙发里坐着,不时到门口张望着。

"爸,妈,我回来了。"杜刚提着大包小包出现在门口。

"刚儿!"杜妈妈颤颤巍巍地站起来。

杜刚丢下行李,三步两步跨上前,扶着妈妈,哽咽道:"妈,是我,我回来了。"

杜妈妈的手有些哆嗦,摸了一下,又缩回来,好像不敢相信似的,又摸了一下,然后死死地抓着杜刚的肩膀,眼中慢慢滚下泪珠。

杜爸爸也闻声从厨房出来,杜刚将妈妈扶着慢慢坐下,顺势擦掉脸上的泪水,转过身道:"爸爸,我回来了。"

杜爸爸:"回来就好,回来就好。你妈想你。"说完,转身到厨房端着一碟菜又出来了,"咦,小蔷呢?她没有接到你吗?"

杜刚接过父亲手中的菜:"接到了,到门口说有事情出去一会儿。"

杜爸爸:"这孩子,又……"

杜妈妈:"老杜,儿子刚回来,不说这个。来,刚儿,让妈好好看看。"

杜刚一脸疑惑被母亲拉到了一边。

13. 杜刚房间　夜　内

杜刚坐在桌前,手里拿着一张照片,是高中时期六个朋友的合影,六个人分成两排站在台阶上,身后就是岳飞庙。自己就站在陈丹的左边,孙剑平站在陈丹的右边,黄明娟、邢小峰、于国庆站在后面一排,大家都笑得很灿烂,陈丹向右边歪着头,露出一颗可爱的小虎牙。

杜刚又翻开一个发旧的电话本,找到陈丹家的号码,拨通了号码。

杜刚:"请问,这是陈丹家吗?"

电话中女声:"是啊。"

杜刚有些兴奋:"请问陈丹在家吗?我是她的同学。我姓杜。"

电话中女声:"等一下啊。"

杜刚将听筒握在手里,做了个深呼吸。

电话中传来了一个甜甜的女声(陈丹的声音):"喂,哪位?"

杜刚的手微微有些发抖:"陈丹吗?"

陈丹:"我是啊,你是哪位?"

杜刚:"陈丹,我是杜刚。"

陈丹："杜刚?"

杜刚："不会想不起来了吧?"

陈丹："杜刚!真的是你啊,真没想到是你?你在哪里?"

杜刚："对,是我,我在家。"

陈丹："家?你回国了吗?"

杜刚："是啊,我昨天回来的。"

陈丹："真的吗?你真回来了?我们有好多年没有见了吧?"

杜刚："是,是有很多年了。陈丹你还好吗?"

陈丹："我挺好的,就是老了。"

杜刚："明天有空吗?我们聚聚吧。我真想看看你现在的样子。"

陈丹："好哇,我们前几天还说到你呢。我要告诉他们,他们准不相信。"

杜刚："我还没有给他们电话呢。"

陈丹："没关系,我来通知他们。杜刚你家的电话是多少,还是以前的吗?我联系好了,就通知你。"

杜刚兴奋道："好,我还是原来的电话,没变。我等你通知。"

14. 月亮湾大酒店门口　夜　内—外

月亮湾大酒店看上去是一座豪华酒店,酒店门口两个门童笔直地站着。

宽敞明亮的大厅里,黄明娟、孙剑平、陈丹正坐在大厅的沙发上,几个人等得有些着急了。

邢小峰看了看时间,在大厅里来回走了几圈,冲着陈丹道："陈丹,你有没有说清楚地方?"

陈丹有些犹豫："我说清楚了呀。"

邢小峰："你告诉他怎么走了吗?"

陈丹："这……"

黄明娟抢先说道："全市的司机有几个不认识这儿的。小峰你别瞎猜了。"

孙剑平不紧不慢地："时间还没到,你们急什么。"被孙剑平和黄明娟这么一说,邢小峰不说话了,站起来走来走去的。

陈丹有些不自信地问孙剑平："剑平,我是不是和他说错了?"

孙剑平拍了陈丹的手一下，冲着陈丹笑了一下："不会的。"陈丹这才有些放心。

黄明娟："小峰，你安静一会儿好不好，来回走得我头都晕了。"

门口，一辆的士停了下来，杜刚从车内走出来，在门口顿了顿。

门童上前两步，打开门做了一个请的手势，杜刚略点头，走了进来。

大厅内，陈丹眼尖，一下子叫了出来："杜刚。"

众人也纷纷站起来，迎了上去。

杜刚快步走近大家，几个当年的同班同学激动地拥抱在一起。

孙剑平："杜刚，我代表大家欢迎你回来。"说完，两人紧紧地拥抱了一下。

杜刚："大家好，大家好，多年不见，你们风采依旧啊！"

邢小峰擂了杜刚一下，笑道："嗨，哥们儿，几年洋墨水喝得有长进啊。"

陈丹："小峰，怎么说话啊。杜刚，你可一点没变，还是以前的老样子。"

杜刚转向陈丹深情地："陈丹，你可变得更漂亮了。漂亮得都让人不敢相信了。"说着，紧紧地握着陈丹的手半天没有松开。

陈丹有些不好意思，抽了一下没有抽出来。

孙剑平在一旁皱了一下眉头，刚要说话，却被黄明娟抢在前了。

黄明娟道："杜刚，不要老是顾着说话，我已经订好了包间，我们边吃边聊。"

杜刚这才反应过来，赶紧放开陈丹的手，对黄明娟道："班长，你可还跟当年一样神采飞扬啊。"

黄明娟："怎么？一见面就恭维我啊，不怕我跟老师打小报告啊。"

众人大笑，在引座小姐的带领下来到玫瑰厅门口。

15. 酒店包间　夜　内

黄明娟招呼大家坐下，陈丹很自然地坐在黄明娟的右边，孙剑平刚要往陈丹右边坐下，杜刚却抢先一步在原本属于孙剑平的座位上坐下，大家一愣，也没有太过在意。

等各自落座了，服务员陆续上酒上菜。众人都谈笑风生。

杜刚："咦，怎么不见国庆呢？他什么时候来？"

大家相互对视了一下，孙剑平略有些尴尬："国庆有四五年都没有联系上了。"

黄明娟："听说他下岗了。前几年有人还在街上看到他骑个三轮车，这一晃，有两三年没有他的消息了。"

杜刚咂了咂嘴，不知该说什么好。众人一时都沉默下来。

黄明娟像是自言自语又像是解释什么，小声道："他也从来不主动找我们，连个人影子都看不到，也不知道他现在过得怎么样。"

杜刚："今年是我们毕业第九年了，还记得我们当初在泰山上埋下的铁盒子吗？"

黄明娟感慨："真快啊，一晃都快十年了。"

陈丹："杜刚，小时候的事情，你还记得这么清楚。都这么多年了，那铁盒也不知道在不在了。"

杜刚看了陈丹一眼："这怎么会轻易忘掉！我可是算着时间的。你们当初都写了什么愿望？我还真想知道。"

大家相互看了看，邢小峰端着酒杯站起来："反正要找到国庆才能打开它，我们今天先不说这个。来，今天让我们欢迎杜刚同学学成回国，干杯！"

酒干落座。

杜刚抬头打量一下四周："环境很好啊！在美国这几年，还从来没有在这么高级的酒店吃过饭。"

邢小峰："你有所不知啊，我们的班长现在是开发区管委会综合科的科长，县官不如现管，连开发区的狗见了班长都得低头摇尾巴结三分呢。"

黄明娟："小峰，你这是恭维我啊还是骂我啊？"

邢小峰："我哪里敢骂你！借我个胆子也不敢啊。"

黄明娟："有你这么恭维人的吗？"

陈丹："你们俩啊，见了面就斗嘴，都成了一道下酒菜了。"

大家一起哈哈大笑起来。彼此你敬我往，很快每个人的脸上都泛出一丝醉意。

杜刚不时殷勤地为陈丹做这做那，陈丹也没有在意，孙剑平微微一皱眉，看了看陈丹，随即恢复了正常，大家和杜刚聊得都很开心。

黄明娟："杜刚，说说你的情况吧？结婚没有？"

杜刚："结婚？跟谁结？"

邢小峰："这么多年，没弄个金发碧眼的洋妞泡泡？"

黄明娟："什么话！怎么话一到你嘴里就变味道了！"

孙剑平："外国妞人高马大的，杜刚的身体哪里吃得消。弄个东方美女不会是问题。"

陈丹白了孙剑平一眼道："别胡说。"

杜刚："坦率地说，我也想过这个问题，可是我没这个能力。一来没有经济实力。在美国没钱根本结不起婚。"说着，深情地看着陈丹，"二来呢，没遇见让自己心仪的人，也不愿意随便凑合，所以一直单身至今。守身如玉啊，哈哈哈……"可能是酒喝多了，杜刚的目光火辣辣地盯着陈丹。

陈丹有些不自在了，微微低下头，孙剑平的脸上浮现出一丝醋意。

邢小峰赶紧打岔："单身是实话，守身如玉那可未必啊。老实交代，有没有去过红灯区？跟我们说说都是什么样的？"

黄明娟："你怎么老是往歪了想啊？你以为人家杜刚也像你似的，见了美女路都走不动了？"

孙剑平做出同情状："小峰也就这么点爱好了。"

众人爆发一阵大笑。

邢小峰毫不在意："怎么了，我不可以有这个爱好吗？窈窕淑女还君子好逑呢。"

黄明娟端起酒杯："好了，好了，等你求到淑女的时候，我们再为你祝贺。今天先敬杜刚。"几个人纷纷站起来。

16. 酒店包间　夜　内

服务员拿着账单进来了，杜刚立刻站起来道："今天就由我来请大家。"说着示意服务员拿过账单。

黄明娟一伸手从服务员手里拿过账单，道："什么话！哪里能让你买单。"说着，在账单上刷刷写了几个字，交给服务员。

服务员连声道谢："谢谢，黄科长。"服务员出去了。

杜刚有些不解地问道："咦，这就行了吗？"

黄明娟："可以了。"

邢小峰："杜刚，你出国怎么反倒落伍了？这是我们黄科长签单！知道不，有权有势的人才能这么做的。"

黄明娟："小峰，看来我要给你好好上上劲了，怎么总是针对我啊。"

众人大笑。

17. 月亮湾大酒店大门口　夜　外

几个人都有点醉意，刚刚走出酒店，一辆黑色帕萨特就停在门口。

"黄科长。"一个留着平头精干的年轻人从车里钻出来，冲着黄明娟喊道。

黄明娟："大家挤一下，我沿途送送你们吧。"

孙剑平："不用了，我和陈丹自己打车走，你送杜刚吧。小峰，你怎么来的？"

邢小峰从裤兜里掏出一把钥匙："自行车！健身！"

杜刚与大家一一握手告别。

一辆到酒店来送啤酒的三轮车，车头还挂着一个写着"送货"字样的纸牌子，慢慢骑到酒店门口来。

保安一见，赶紧过去拦住三轮车，喝令三轮车靠边，让黄明娟、杜刚乘坐的帕萨特轿车离开。

轿车经过三轮车，突然一个急刹车。蹬三轮车的人赶紧将自己的车子又往边上靠靠，很谦卑地站在那里，撩起衣角擦汗。

车内，黄明娟一愣（闪念画面：少年于国庆撩起衣角擦汗）。

黄明娟打开车门，下车，走到骑三轮车的人跟前，仔细看了看："你……于……于国庆？"

于国庆抬头，两人四目相对："呀，班长！"

于国庆激动地叫了声，刚想伸手握手，又觉得有点不方便，黄明娟已经大大方方地将于国庆的手握住了。

"真是你啊！我说看着有点像你呢！刚才我们还在念叨你。你们快来啊，于国庆在这里！"黄明娟叫道。

孙剑平、陈丹、邢小峰都跑过来。

"国庆！"

"哎呀，你们怎么都在啊，这么巧！我不是做梦吧？"于国庆说。

邢小峰和陈丹孙剑平都跑了过来，

邢小峰："国庆，没有把兄弟们忘了吧？"

孙剑平："国庆，好几年没见了，你都到哪去了？"

陈丹："国庆，你还好吗？"

黄明娟："你们别都问啊，让国庆怎么回答啊，国庆，你看看，那是谁？"

于国庆顺着黄明娟示意的方向看去，杜刚正从车子里出来。

于国庆惊喜道："哎呀，这不是杜刚吗？"

"国庆！"杜刚跑上来紧紧握住于国庆的手。

"杜刚，不是说你出国了吗？"

"前天刚刚回国。"

"还走吗？"

"不走了。"

于国庆："不走好，我们就能常见面了。还是家乡好！外国再好也比不上我们家乡好啊！"

黄明娟："你还说呢，连个你的电话都不知道，我们每次聚会想找你都找不到。"

于国庆："不好意思不好意思，这是我家的电话。"说着，将车头上挂着的"送货"的牌子亮给大家看，原来在"送货"两个字的下面还有一行小字，是个电话号码。

场面似乎又有些尴尬。

杜刚上前搂住于国庆的肩膀："这下好了！"

18. 大街上，出租车内　夜　外—内

陈丹好像还沉浸在刚才的聚会中，孙剑平则沉着脸一语不发。

陈丹："真没想到杜刚能回来啊，还挺有风度的啊。"

孙剑平"嗯"了一声。

陈丹有些纳闷："剑平，你怎么了?"

孙剑平："没怎么。"

陈丹："谁惹你了，一晚上就板着个脸。唉，剑平，你说杜刚的 PHD（博士后）是什么意思啊? 刚才我就没好意思问，是不是博士后?"

孙剑平"嗯"了一声。

19. 陈丹家门口　夜　外

出租车停靠在一栋平房门前。

陈丹从车子里出来。

孙剑平没有像往常一样跟着下来，而是淡淡地说道："你早点休息吧，我回去了。"说完，就吩咐司机掉头回去了。

陈丹有些兴奋，没有在意孙剑平的态度："拜拜。"

20. 市级机关大院黄明娟住处　夜　内

黄明娟轻轻地开门进来。她的爱人任明祥并没睡觉，坐在客厅里看电视。

"还没睡啊。"黄明娟说。

"回来啦? 要不要再吃点东西? 我妈炖的桂圆红枣汤，煨在锅里呢。"

"不吃了，晚饭吃得很饱。"黄明娟换下外套，摘下夹在耳朵上的蓝色宝石耳环，取下项链、戒指、手链，用一个塑料浴帽将头发罩住，准备洗澡："看什么电视啊，值得你这么熬夜，明天不上班啦?"

任明祥答应着："马上就完了。破案片，蛮紧张的。"

黄明娟瞥了一眼，轻轻摇摇头，进了卫生间。

21. 黄明娟卧室　夜　内

黄明娟穿着睡衣进来，脱下浴帽，坐在梳妆台前梳了梳头发，拿起一本书，靠在床上，看了起来。

不时传来任明祥小声的喝彩声，黄明娟摇摇头："祥子别看了。"

外面传来任明祥关掉电视的声音，任明祥进卧室，凑过来，搂住黄明娟想亲热。

黄明娟："睡吧，明天还要上班呢，我累了。"

任明祥有点扫兴，放开黄明娟："不看电视，还能干吗，整天就我一个人在家。"

黄明娟没有说话，任明祥凑过来道："明娟，我们要个孩子吧？我妈都催好多次了。"

黄明娟："等等吧，我刚提了科长，事情这么多，过阵子再说吧。"

任明祥："等等等，这一等都等了四年了，我妹妹的孩子都要上幼儿园了，明娟，你也老大不小了，再说女人太晚了生孩子不好。"

黄明娟将被子往头上一蒙。

任明祥叹了口气，关了床头的台灯。

22. 某药厂总经理办公室　日　内

总经理坐在老板桌后，看杜刚的材料，杜刚坐在老板的对面。

总经理点点头："从你的材料看，你是来应聘的几十个人中最令我满意的。"

杜刚："谢谢！很荣幸。"

总经理："杜先生，我们集团正在进行新型抗癌药剂的研究。关于病变细胞的标准部分已经完成，报批手续也办得差不多了，一旦取得药品管理局的许可证，就要面向市场。所以我们现在正需要一些在细胞毒素测试以及临床研究方面有经验的专业人才加盟。我认为你会对这个项目感兴趣的。"

杜刚："总经理先生，我学的就是这个专业。毕业后还在爱荷华州一家生物化学和生物分子学研究所干了几年。在这之前，我在营销方面有过两年的工作经验，我希望能从事和我的专业有关的工作。"

总经理："哦，为什么？你可是一直在实验室工作啊。"

杜刚："当然，作为一个分子生物学专业人员，我希望能加入这个小组。"

总经理："我尊重你的想法，不如这样，我们公司刚刚成立了推广营销部，主要是沟通营销部和研发部之间的工作。我想请你担任这个部的经理，月薪八千，年底双薪，其他报酬根据工作业绩计算。怎么样？是不是先考虑一下。"

杜刚笑着伸出手和总经理握了握："就这么着吧。"

23. 机关服务公司办公室　日　内

孙剑平正和几个同事在交流 CS 的攻略秘籍。

主任刚好回来，在门口站了好一会儿，孙剑平丝毫没有察觉，仍然兴致冲冲地比画着。

孙剑平说到激动之处，站到板凳上，捋起袖子，大声道："大头，你在救人质前，要派一个人侦查一下，看看有什么情况，那敌兵，贼着哪，就像我们主任一样，总躲在暗处，玩阴的……"

门口的主任再也听不下去了，走到孙剑平面前："小孙，你说什么呢？"

孙剑平赶紧从板凳上跳了下来，掩饰道："没，没什么，大家交流一下操作水平。"

主任把脸一板："交流操作水平？你整天不好好工作，玩什么杀人游戏！"

孙剑平也脸一板："王主任，我怎么不好好工作了？我管的是电脑室，我的职责就是让机关的电脑正常运行，你看有哪台电脑不能用了？"

王主任："都在玩杀人游戏！你以为我不知道。"

孙剑平争辩道："那是杀人游戏吗？那是 CS，是锻炼团队合作精神的。Bug（白痴）。"一摔门出去了。

王主任："你……你说什么？"气得脸色发青。

24. 某幼儿园教室　日　内

陈丹正在教室转悠着，看小朋友们画画。黑板上是一只大苹果粉笔画。

一个年轻女教师走到教室门口，小声地："陈老师。"

陈丹出来。

女教师："外面有人找你。"

25. 幼儿园传达室　日　外

杜刚站在幼儿园传达室门口。

"哟，杜刚，你怎么来了？"陈丹有点意外，又有点惊喜。

"正好路过这里。"杜刚说。"你几点下班？"

陈丹看看手表："还有二十分钟。"

"那这样，我先去办个事，二十分钟后我来接你。"杜刚的口气里有一种不容分辩和解释的味道。

陈丹有点发愣，不由自主地点点头。

杜刚转身走了。

26. 幼儿园　日　内

陈丹低着头一个人慢慢地走着。

突然一双女子的手捂住她的眼睛："丹丹。"

一个时髦的女子从后面转到陈丹的面前。

陈丹："蕾蕾，你什么时候回来的？让我看看新娘子。"

蕾蕾："我刚回来，怎么，想我了吧？唉，那个帅哥是谁呀？"

陈丹："是我的一个同学。"

蕾蕾："你的追随者？"

陈丹脸红："没有，没有。人家刚从国外回来。"

蕾蕾："好啊。钻石王老五。"

陈丹："去你的。"说着，挽着蕾蕾的胳膊朝教室内走去。

27. 杜刚公司内　日　内

杜刚和人事部经理一起走了进来。

众人都停下手中的工作。

人事部经理介绍："各位，这是我们公司新来的推广营销部经理，杜刚。"

杜刚："大家好。请多关照。"

众人纷纷鼓掌，杜刚向众人点头致谢。

一个高个子的漂亮女人来到杜刚面前，上下打量了杜刚一会儿："听说，你是留洋回来的？"

杜刚笑了笑："是。"

人事部经理："杜刚，我给你介绍一下，这是我们公关策划部的干将殷西西，当年的名模。"

杜刚礼貌地点点头："你好。"

西西没有理睬，挑衅："看不出来啊，我们这里居然也有海归了。"

杜刚："也看不出来啊，我们这里居然有名模。"

西西被呛得一时说不出话来。

28. 幼儿园门口　日　外

正值上下班时间，来往的人很多，杜刚手捧一束百合花，站在门口十分显眼。

陈丹正从幼儿园内走出来，一眼就看到站在门口的杜刚。

杜刚见陈丹出来了，高兴地走上前，将鲜花递到陈丹的面前："送给你。"

在这个城市，虽然送花不是什么新鲜事，但是陈丹还是显得有些不好意思，红着脸接过花："谢谢。"

杜刚："可以请你共进晚餐吗？"

"就请她一个人吗？"不远处，孙剑平正靠着一辆自行车，正笑眯眯地看着他们。

杜刚："剑平。"

陈丹有些歉意地对杜刚："我和剑平本来约好去看工艺品展览的。"

杜刚很西方化地耸耸肩道："没关系。"说着，递给陈丹和孙剑平每人一张名片，"剑平，陈丹，我的工作已安排好了。"

孙剑平拿起名片看了看："扬子江药业集团推广营销部经理——杜刚。"

孙剑平："可以啊，杜刚，刚回来就当上经理了。"

杜刚："我今天第一天上班，还不知道怎么样呢？有些心虚，正想找你们聊聊，你们方便吗？我能和你们一起去吗？"

孙剑平和陈丹对视了一眼，孙剑平："当然可以了，有什么不方便的。走吧。"

陈丹悄悄地看了一眼孙剑平，没有说话。

29. 工艺品商店　日　内

陈丹、孙剑平、杜刚三人在一排排工艺品前浏览着。

陈丹走在前面，杜刚和孙剑平跟在后面，刚开始陈丹还参与两人的谈话，后来，陈丹的目光就完全被那些精美的工艺品吸引了。

孙剑平："杜刚，真没有想到你会回来，还以为你不回来了。"

杜刚："我自己也没有想到。其实国外并非遍地黄金，而且，照现在国内的发展趋势来看，还是国内的机会要多些。"

孙剑平："倒也是。"

杜刚："再说了，我在国外这几年才真正体会到孤独是什么滋味，经常是整日整日不说话，每天不是实验室就是宿舍，生活远远没有我们想象的那样自在。还是家乡好啊。"

陈丹扭过头："杜刚，你真了不起，我们班就你是学习的料。当初要不是你，我哪能每次考试都过关啊．"

杜刚冲着陈丹笑道："向毛主席保证，咱班28个女生，我只帮过你。"

陈丹："真的吗？我还以为我们班女生的纸条都是你递的呢。"

杜刚一脸委屈样："原指望能在校花面前露露脸，留个好印象，谁知道你会这么误会，我冤死了。"

陈丹连声笑道："杜刚，我怎么发现你的嘴皮子也挺厉害嘛，不亚于小峰了。"

孙剑平在一边，酸酸地问道："那学位拿到了吗？"

杜刚："拿到了，但是可悲的是，我到现在才发现自己的兴趣所在，比起搞科研，我更喜欢做与人打交道的工作。真应了古人那句话，三十而立，我都快三十了，才真正知道自己想要什么。"

忽然，陈丹发出一声惊叫，喊道："剑平，你快来看啊。"

杜刚和孙剑平赶紧过去，原来橱窗里摆着一双水晶做的鞋，在灯光的衬托下，光彩夺目，更奇怪的是，这鞋居然和常人穿的差不多大小。

陈丹："剑平，你看多漂亮啊。"

孙剑平和杜刚对视一眼，两人都为陈丹孩子般的举动感到好笑。

陈丹："这鞋和我的差不多啊，要能试试该多好。"

孙剑平："这是人家的工艺品，怎么可能给你试啊。"

杜刚则笑了笑："等一下。"说着向一边的工作人员走过去，和工作人员嘀咕了几句，杜刚走过来，问道："陈丹，你穿多大的？"

陈丹："36 码。"

杜刚又和工作人员嘀咕了几句，走到陈丹面前遗憾地说道："你今天穿不成了，这里就一双，是 34 的。"

陈丹："我随便说说而已。"

孙剑平："走吧，那边还有好多没看呢。"

陈丹依依不舍地看了几遍才走开。

孙剑平："女人，就喜欢这种中看不中用的东西。"

杜刚看着陈丹，眼中充满了欣赏，道："我倒觉得陈丹挺可爱的。这么多年过去了，还是那么天真烂漫，跟孩子一样。"

孙剑平若有所思地看了杜刚一眼，没有说话。

30. 工艺品商店　黄昏　外

三人从里面出来，杜刚："我们找个地方吃点东西，再好好聊聊吧。"

孙剑平立刻："不了，我晚上还有点事情。"

杜刚将期盼的目光转向陈丹，陈丹："剑平，你晚上什么事情啊？你不是说今天有空嘛。"

孙剑平："刚才办公室来了短信，要我拿个数据，主任等着要。"

陈丹失望："那我也不去了，杜刚，我们再聚吧。"

杜刚："那好吧，我送你。"

陈丹："哦，不用了，剑平送我就可以了。你刚回来，路也不熟悉。"

杜刚："那回头见了。"

杜刚离去。

孙剑平："走吧。"

陈丹："你不是要去办公室吗？不用送我了，反正天也没有黑。"

孙剑平："我不去办公室。"

陈丹："你不是说要拿什么数据吗？"

孙剑平："哦，刚才又说不要了。"

陈丹停下了脚步，皱着眉头盯着孙剑平："你什么意思？"

孙剑平："没什么意思。"

陈丹："你怎么搞的，这一阵子总是阴阳怪气的。"

孙剑平："我有什么好拽的，我又没有出国留学。"

陈丹："孙剑平，你说什么呢？"

孙剑平："我没说什么啊。"

陈丹："不可理喻。"说完，陈丹掉头就走。

孙剑平没有像往常一样追上去，看陈丹走了几米远了，忽然骑上自行车走了。

陈丹越走越慢，好久也没有见到孙剑平追上来，等回头看时，孙剑平早已跑得没有人影了，陈丹气得直跺脚。

31. 网吧门口　傍晚　外

邢小峰坐在门口，网吧里几乎有大半是空座，孙剑平闷闷不乐地从外面进来。

邢小峰："咦，剑平，你怎么来了？"

孙剑平："不谈了，唉，烦。"

邢小峰："你来得正好，我正想找你。"

孙剑平："怎么了？"

邢小峰："你明天上午能不能来帮我看一会儿网吧？"

孙剑平："能啊，反正我那班上与不上也没什么区别。你怎么了？弟妹还没有回来？"

邢小峰苦笑了一下："不回来了，明天去办手续。"

孙剑平："怎么了？"

邢小峰："离婚。"

孙剑平惊讶："离婚?"

邢小峰点点头："是啊。干吗妨碍人家攀高枝啊。"

孙剑平走过来，擂了邢小峰一下，摇摇头："命苦啊。"

32. 杜刚家　傍晚　内

杜刚和爸爸妈妈一家三口正围着吃晚饭。

杜刚："怎么老不见小蔷，她在忙什么?"

杜刚的爸爸和妈妈相互看了一眼，杜妈妈叹口气，道："上网，这孩子一会儿不上网就难受。"

杜刚："上网?"

杜爸爸："整天就是上网打什么游戏。"

杜刚："小蔷，这种情况发现有多长时间了?"

杜妈妈："快有一年了。"

杜刚："会不会是网络综合症，就是网瘾。"

杜爸爸："我和你妈也怀疑，想带她去看看医生，但是，小蔷的脾气，你也知道的，我们也管不了她，一言不合就会整天不着家。"

杜妈妈："老杜，我们不说这个了。刚儿也回来了，你的终身大事，也该考虑考虑了。"

杜刚："妈，你别担心了，我有女朋友了。"

33. 陈丹家　晚　内

陈丹歪在沙发上，无聊地看着电视，一会儿换一个台，陈妈妈走过来，靠在陈丹身边，道："丹丹，来和妈说会儿话。"

陈丹乖巧地靠在妈妈的肩膀上，道："妈，你想说什么?"

陈妈妈："丹丹，你和剑平的事怎么办? 你也老大不小的了。不能总这么拖着。"

陈丹："妈，您别管了。"

陈妈妈："傻孩子，妈能不管吗？这事不能总这么没着没落地拖着。我可不想我的宝贝女儿变成老姑娘了。"

陈丹撒娇似的："妈，我心里有数。"

陈丹起身来到卧室里，拿起床上的一只猴子，使劲揉了揉，骂道："看你还和我怄气。"

陈丹拿起电话拨通了蕾蕾的电话。

陈丹有气无力："蕾蕾，你在干吗？"

蕾蕾："看电视呢。怎么，没有跟心上人在一起？"

陈丹："我烦死了，我妈又在催我结婚了。我该怎么办啊？"

蕾蕾："剑平怎么讲？"

陈丹："剑平还不是老样子，一提到这事，他不是闷着，就是推三阻四的。"

蕾蕾："他拽什么，不理他。找你那个洋博士结婚。"

陈丹："又胡说了！"

34. 邢小峰家　傍晚　内

一张桌子上放了一堆空酒瓶，孙剑平和邢小峰正在喝酒，两人显然都喝了很多，孙剑平长长叹了口气："小峰，你说我们这样活着有什么意思？"

邢小峰："你感叹什么，你比我强得多了。机关又好听又稳定，你愁什么？"

孙剑平："你知道个屁，那个破机关，我想起来就头疼。你多轻松，自个当老板，想做什么都成。"

邢小峰："难不成，你想和我换？"

孙剑平把手中的酒一饮而尽："说真的，小峰，我真的想换。"

邢小峰："那敢情好哇，那个破网吧，我也是想起来就头疼。以前还要靠它养老婆，现在也不需要了，兄弟我正是一人吃饱全家不饿啊。"

孙剑平："小峰，真的到了要离婚的地步了？"

邢小峰："算了。既然不能让人家过好日子，何苦还要拖着人家呢。"

孙剑平和邢小峰两个人喝得歪歪倒倒的，孙剑平有些口齿不清："小，小峰，你说，咱哥们哪点比别人差，怎么混成这样。"

邢小峰："谁说，咱差了？杜，杜刚不是留洋了嘛。"

孙剑平："你少提他！"说着将手中的酒杯重重地掷在桌子上："我就不信，我比他差了？"

邢小峰："也是，剑平，你可要多个心眼。我看哪，杜刚在打陈丹的主意。"

孙剑平发狠道："他敢！"

第二集

1. 机关服务公司，王主任办公室　日　内

孙剑平正无聊地在办公桌前，陪着王主任复核数据。

孙剑平："主任，我们干吗每个月都要这么复核？麻烦死了。"

王主任："小孙，不是我批评你，干工作哪能怕烦。这些数据意义很重大。"

孙剑平："我就看不出来，这些破数据有什么重大意义。"

王主任："这你就不懂了！你们这些年轻人，太浮躁，做什么事情都没个长性。"

孙剑平："既然这么重要，为什么不输入电脑，进行统一管理……"

"王主任，你好！"门口，站着一个将近四十岁的中年人，从外表看就是当今成功企业家的打扮，正笑着打招呼。

王主任："哦，方总，稀客，稀客。"

方总："您还是叫我小方得了。王主任，多年不见你还是那么精神。"

王主任："不行，老了，不比你少年有为啊。"

隔壁有人喊道："王主任电话。"

王主任："小方，你先坐一下，我去去就来。小孙替我招待一下。"说着匆匆出去了。

孙剑平赶紧倒了一杯水，递给方总："请坐。你是……"

方总没有回答孙剑平的问话，在房间里打量了一会儿，道："真是一点没有变，还是十年前的老样子。"又拿起王主任丢在桌子上的数据单，看了看，见孙剑平疑惑的样子，笑道："我叫方军，是王主任十年前的兵，你现在做的事情，就是我十年前做的。"又扬了扬手中的数据单，"就连它也和十年前一样。"说完，又从包里拿出一张名片，递给孙剑平。

孙剑平接过名片，眼中尽是茫然的神色："你是说，这些数据是十年前的？"

方军哈哈一笑："岂止十年！相同的东西，王主任一干就是几十年，光这一点，让人佩服啊！小兄弟，看来，你来这里时间不长啊！"

孙剑平："我前年才调过来的。"

方军拍了拍孙剑平的肩膀，道："时间还很长，未来是你们的。哈哈。"说着，站起身来，"我该走了，十年前我离开的样子，十年后都没有变化，再过十年想必也不会改变，到时候，我再来怀旧吧。"转身出去了。

2. 机关服务公司大门口　日　外

方军来到院中一辆黑色的奥迪车前，刚要打开车门。

"等一等，方总。"孙剑平跑了出来，在方军面前停下，略带喘息，道："对不起，方总，可以耽搁你一下吗？"

方军点点头，孙剑平接着道："方总，十年前你为什么会离开呢？对不起，我只是好奇，因为，我对这工作也感到烦闷。"

方军："哈哈，年轻人，我也是和你一样啊。我在这里工作了三年，三年都做同样的事情，王主任还鼓励我要像他那样做一辈子，所以我就离开了。"说完，钻进车内，刚刚发动，又摇下车窗，对孙剑平道："年轻人，如果你没有王主任那种精神，我劝你趁早想想别的。哈哈。"绝尘而去。

孙剑平有些目瞪口呆地看看手中的名片："超越集团，董事长——方军。"

3. 杜刚的办公室　晚　内

大家都下班了，杜刚一个人还在公司里，埋头在看东西。西西悄悄地从外面进来，咳嗽了一声。

西西："杜经理，这么辛苦，这么晚了还不下班。"

杜刚指了指桌子上的表格："想把这些看看。殷小姐，这么晚了，你加班吗？"

西西伸头看了看："我没有你那么勤奋，我落了东西来取。你们营销部怎么这么多表格啊。"

杜刚："是啊，我刚来，情况不是很熟悉。"

西西："不过这表格也太多了点，该搞个软件管理一下就好了。"

杜刚："也是。"

西西："那，杜经理你忙吧，不打搅你了。我回家了。"

杜刚看了看外面："这么晚了，你是一个人吗？需要我送你吗？"

西西："谢谢你，不用了，我有朋友在楼下等我。"

杜刚："好吧，路上小心，注意安全。拜拜。"

西西："拜拜。"西西走到门口，又回过头看了杜刚一眼。

杜刚已经埋头工作了。

4. 陈丹房间　晚　内

孙剑平心情不是很好，叹口气道："我真想现在就辞了这破工作，他妈的，憋死了。像方总那样才算活出个人样。"

陈丹摸不着头脑："什么方总？你辞职了干什么？现在哪有什么好工作等着你。"

孙剑平："没什么。"说完，双手往头后一抱，往沙发上一躺，眼睛看着天花板不再说话了。

陈丹见孙剑平疲惫的样子，走过来，给孙剑平在头部按摩着，孙剑平很舒服地闭上眼睛，享受着。

突然陈丹惊叫了一声，孙剑平惊得一下子睁开眼睛："怎么了？"

陈丹："剑平，你都有白头发了。"

孙剑平轻出了一口气，重新又靠在沙发上。

陈丹边给孙剑平拔头发，边说："剑平，你不要这么烦好不好？大不了，我不催你结婚就是了。"

孙剑平突然将陈丹的手捂在自己脸上，道："丹丹，我真的想和你结婚，恨不得现在就结！成家立业…… 我不能等了，不能再等了。"

陈丹先是有些莫名其妙的样子，然后露出开心的笑容。

5. 邢小峰的网吧门口　日　外

邢小峰正在和几个年轻人传授游戏秘籍，远远地看到杜刚，挤出人堆，冲着杜刚喊道："杜刚，杜刚。"又转身对几个年轻人炫耀道："嘿，瞧见没，国外留洋回来的，我同学。"

杜刚向邢小峰走过来："小峰，你怎么在这？"

邢小峰反问："你怎么在这？"

杜刚叹了口气："我找我妹妹。"伸头向邢小峰身后的网吧看了看。

邢小峰指指网吧："进来玩一会儿。"

杜刚边往里走边随口问道："你开的？"

邢小峰："小买卖，小买卖，上不了台面。糊口。"

说着两人进到网吧里，稀稀拉拉的几个人，绝大部分的机器都空着。

杜刚："生意怎么样？"

邢小峰朝里面撇了撇嘴道："你也看到了，就这么清淡，都快撑不下去了。"

杜刚："网吧的生意应该很好啊？像我妹妹那样，一天到晚泡在网吧里的人不是很多嘛。"

邢小峰长叹一声："本来也还能对付。也算我倒霉，你说那些孩子逃学不写作业，关我什么事了。愣说我的网吧误人子弟。切，打游戏不还是可以学点电脑知识吗？就有那些拎不清的，三天两头来找我麻烦，害得我这生意呀一天不如一天。"

杜刚："哦，原来是这样啊！小峰，这上网还真的有瘾吗？"

邢小峰将手一摆："切。什么瘾不瘾的，都是自己吓自己。"

杜刚："那为什么有人喜欢打游戏，打起来不吃不喝的？"

邢小峰："那都是为了赚钱，这东东看起来复杂，其实说穿了就那么回事。图个新鲜劲。"

杜刚："不对吧，那么多人这么迷恋这个，恐怕没有这么简单吧。"

邢小峰："有什么复杂的！我、剑平不都一天到晚耗在电脑上，也没见什么网瘾不网瘾的。"邢小峰看了看杜刚有些疑惑的样子，指着一个小男孩笑道："来网吧的不是打游戏就是聊天的，没几个做正事的。看到没，这孩子泡在这儿几天了，就为了要耗时得宝藏。我要不是想赚他钱，5分钟之内，我就能让他找到所有的宝藏。但是那样一来，我吃什么喝什么。知道了不？"

杜刚若有所思："原来是这样啊。"

邢小峰："本来就是。不过现在我就快没吃没喝的了。"

杜刚："怎么了？"

邢小峰朝里面努努嘴道："没看到啊，整天就这么几个人，连电费都不够，离关门也不远了。"

杜刚："那你就做点别的就是了。"

邢小峰："哪那么容易。我不就会捣腾两下机子吗？唉，杜刚，你见得多，替我想想办法看能不能起死回生。"

杜刚略沉思了一会儿，拉过邢小峰："小峰，我有件事情，想请你帮忙……"

6. 幼儿园门口　傍晚　外

刚好下班时间，人很多。陈丹正往外走，孙剑平正在门口等她。

陈丹："我刚才接到班长的电话，说今天要聚一下，让我告诉你，我们还去吗？"

孙剑平："还是先去吧，我也刚才接到小峰的电话，说聚会。"

陈丹略一犹豫点点头。

7. 某酒店大厅　傍晚　内

杜刚、黄明娟、邢小峰、于国庆都到了，孙剑平和陈丹稍后也到了。

等大家都坐下了，杜刚端起一杯酒，站起来道："从我回来的那天起，就一直想请大家再聚聚，今天很难得，我们六个人总算到齐了。为了我们的友谊，让我们共同举杯，干！"

众人喝完。

黄明娟："杜刚，你回来有段时间了，工作安排得怎么样？"

杜刚："已经安排好了。"说着，给每个人发了一张名片。

于国庆接过名片，叫了起来："扬子江药业集团，经理。杜刚，你可以呀。难怪你要聚会，是该请客。对了，你们还记得我们在泰山那里埋的铁盒子吗？眼看就满十年了，哪天我们一起去看看，还在不在了。"

邢小峰："上次我和剑平还提到这事呢。"

杜刚："这事我们改天再说，今天请大家来这里，倒是另有其事。"说着，一拍手。

包间的门打开了，两个服务员推着一辆蛋糕车进来了，后面还有一个服务员，捧着一个大礼盒。同时，大厅的音乐换成了《祝你生日快乐》。此时正是吃饭的高峰期，酒店的人都看着这桌人。

邢小峰："哦，杜刚，今天是你的生日呀。怎么不早说。"

杜刚笑了笑，接过服务员手中的礼盒，来到陈丹的面前，将礼盒递给陈丹："祝你生日快乐。"

陈丹诧异地看了看孙剑平和众同学，有些不敢相信地问："我生日？"

杜刚："对，没错，今天就是你的生日。给你过生日是我十年来最大的愿望。今天总算实现了。"杜刚的话音刚落，酒店里就响起了众人的掌声。

在大家羡慕的眼光中，陈丹有些不好意思，孙剑平的脸色却变得很难看。

黄明娟一边拍掌，一边偷看孙剑平，目光中充满了担忧。

这时，推着蛋糕车的服务员，对陈丹："小姐，你不打开盒子看看吗？"

陈丹见众人都在盯着自己，只好红着脸，打开盒子，一层玻璃纸包着，撕破玻璃纸，一双精美的水晶鞋，在灯光的照射下，光彩夺目。

"哇！"大厅中，顿时发出一片赞叹声。

杜刚看着陈丹："36，这是你的尺码，能穿了吧？"

服务员："小姐，换上试试吧。"

陈丹有些茫然，随着服务员来到屏风后面，换上水晶鞋，大小正合适，当陈丹从屏风后面出来的时候，众人眼前一亮，恍如当年的灰姑娘来到了皇宫，大家都有些呆了。

许多人注意到孙剑平脸色的变化。气氛有些尴尬。

于国庆突然站起来："真对不起了。本来操办这些事情都应该是我这个做大哥的事情。唉，这么多年都……"

邢小峰也站起来："就是，国庆，你还是我们的小小领袖呢。以前在学校的时候，总是你为我们庆贺这个庆贺那个的，现在轮也轮到杜刚了。唉，我说，杜刚啊，明天我就过生日，就照这个样子来，不过鞋就免了，就折现吧。"

黄明娟站起来："小峰，就你贫。来，为陈丹的生日，为欢迎我们的小小领袖于国庆归队，干杯！"

8. 大街上　晚　外

众人从酒店里面出来，黄明娟和于国庆走在前面，陈丹的怀里抱着那个装着水晶鞋的盒子，脸也因激动而显得红红的，杜刚走在陈丹的旁边歪着头看着陈丹，一脸的甜蜜。

邢小峰和孙剑平走在最后，孙剑平的脸色有些发青，邢小峰看看前面的陈丹和杜刚又看看旁边的孙剑平，像是明白了什么似的。

众人在大街旁边站定。

杜刚："难得今天聚这么齐，我们去 KTV 吧。"

于国庆："我就不去了。我那宝贝女儿不看到我是不睡觉的。"

黄明娟："我也不去了，明天一早我要出差。国庆，我带车来了，顺便送你回去好吗？"

于国庆："好，我也沾沾光。"

黄明娟和于国庆走了。

杜刚："你们说我们去哪里玩？我开车来的，很方便。"

邢小峰瞥了一眼孙剑平："是吗？什么车？"

杜刚一指路边的白色别克说道："就是这辆。"

邢小峰："可以啊，别克呢。哥们儿，和我游车河去，怎么样？"

杜刚："好啊。剑平，陈丹上车啊。"

邢小峰："陈丹你就别去了，你在车上，我也不敢开快，怕万一蹭了刮了的，毁了你的花容月貌我赔不起。慢慢开还游什么车河，没劲。"

陈丹："呸，你真是狗嘴吐不出象牙来，你让我去我还不去呢。我才不和你们熬夜呢，有损我的皮肤。"

邢小峰："就是，就是。杜刚咱们走。"说完，一拉杜刚。

杜刚就被拽上车了。

孙剑平："我不去了，我送陈丹回家。你们慢慢玩吧。"

杜刚还没有来得及说话，邢小峰已经启动了车子，冲着孙剑平和陈丹摆摆手。绝尘而去。

待众人都走远了，孙剑平痴痴地看着陈丹不动也不说话。

陈丹道："看什么啊，呆了？走吧。"

孙剑平歉意道："真不好意思，把你的生日给忘了。"接过陈丹手中的盒子。

陈丹沉浸在刚才的兴奋中："没有关系。今天真开心。"挽着孙剑平的胳膊，两人并肩走去。

9. 邢小峰的网吧门口　下午　外

网吧里的生意还好，邢小峰叼着烟在门口坐着，一个十五六岁的黄头发男孩正在弯腰对邢小峰恳求什么，邢小峰只是自己抽烟，不理他，偶尔摇摇头。

杜刚带着杜蔷走近。

杜刚："小峰。"

邢小峰一见杜刚，立刻站了起来："杜刚，来了。"回过头来对男孩道："别给我添堵了，就十分钟，十分钟后立刻滚。"

邢小峰来到杜刚面前，上下打量了杜蔷一下，问道："杜刚，这就是你妹妹？"

杜刚拉过杜蔷，道："我妹妹杜蔷，小蔷，这是我同学邢小峰，你叫他邢大哥。"

杜蔷用眼斜了一下邢小峰，"哼"了一声，不说话。

邢小峰仍掉手里的香烟，道："算了，你妹就是我妹，喜欢上网啊，就到哥哥这里来，管够。"

杜蔷："谁是你妹，瞧你那德行。配吗？"

邢小峰："是配！没有'吗'。"

杜刚："小蔷，不许没有礼貌。"

杜蔷一跺脚："哥。"

邢小峰用手势制止杜刚："现在的孩子，会个仨瓜俩枣，就能得什么似的。"

杜蔷："这么说，你什么都会了？是前辈了？"

邢小峰："嗯，前辈，还行，就这么叫吧。"

杜蔷："嘿，给个棒槌就当针了。"

杜刚刚要说话，被邢小峰制止。

邢小峰："怎么？不服？较量一下？"

杜蔷上下打量邢小峰："可以呀，前辈你都会什么呀。CS 单挑。"

邢小峰："五局三胜。"说着带头向网吧里走去，"三分钟搞定！不给你来点厉害的，你就不知道马王爷有几只眼。"

杜蔷跟着走进了网吧，杜刚摇摇头也只好跟了进来。

10. 邢小峰网吧里　下午　内

邢小峰和杜蔷一人一台机器，两人坐定，旁边几个年轻人跟着起哄："峰哥，给这丫头一点厉害瞧瞧。"

杜蔷一副满不在乎的样子，两人相对一点头，都立刻埋下头，急速点击鼠标（电脑屏幕：杜蔷出师不利，匕首还没有来得及换成手枪，就被邢小峰一个暴头。杜蔷不敢大意，小心往前走，前面人影一晃，杜蔷急忙开枪，为时已晚，狙死。杜蔷第一局失败，时间未满一分钟）。

杜蔷有些着急，偷眼看看邢小峰，邢小峰一副漫不经心的样子，冲着杜蔷做了一个鬼脸。两人又开始了第二局（电脑屏幕：这次杜蔷变得小心了，快速换成手枪后，小心翼翼地走过吊桥，刚刚进下水道，谁知邢小峰绕到杜蔷的后面，一个点射，耗时 43 秒，杜蔷又在一分钟内输掉了第二局）。

杜蔷显然急了，骂道："你耍赖。我就不信了。"

邢小峰笑道："非打得你心服了不可。"说话间，两人开始了第三局（电脑屏幕：杜蔷刚刚起步，邢小峰什么计谋也没用，强大的火力，让杜蔷没有喘息的机会，杜蔷还没有起步，邢小峰一个炸弹，杜蔷一枪未发输了。仅过18 秒）。

杜蔷猛地一砸键盘，往椅子上一靠，一言不发。

杜刚在一旁也不由得暗暗佩服邢小峰娴熟的技巧。

邢小峰站起来，来到杜蔷身边，道："妹妹，怎么样啊！"

杜蔷一撇嘴："我要是能天天打，一定比你强。"

邢小峰："妹妹，就是一天打 25 个小时你也不行。我能一天之内成为掌门人，你行吗？"

杜蔷一听跳起来："你骗人。"

邢小峰："怎么，想试试。"

杜蔷刚要叫嚷，忽然换了一种口气："邢大哥，你教教我，怎么一天就能成为掌门人？"

邢小峰："行啊，不过我不能白教。"

杜刚在一旁插道："小峰……"

邢小峰一挥手，道："你看到了，我这网吧一直想找一个网管，帮帮我，你如果想学，就到我这里来当网管，我不仅教你还给你工资。怎么样？"

杜蔷略一想，刚要说话，邢小峰却冲到刚才的黄头发男孩的面前，一把将男孩揪了起来，顺手关掉男孩的机器，道："时间到了。回家，改天再来。"

男孩恳求道："峰哥，就让我再玩一会儿吧。眼看就要升级了。"

邢小峰："乖乖回家。明天你一来，我就送你 2000 经验值。"

男孩一听乐颠颠地回去了。

杜蔷在一旁，忍不住问道："什么？邢大哥，经验值还能送？"

邢小峰不以为然地："当然可以啦。"

杜蔷："邢大哥，你教教我嘛。"

邢小峰："我的条件……"

杜蔷连连点头："我答应，我答应。"

邢小峰："别忙，我还有条件，就是你不能在别处的网吧上网，哪怕看看都不行。"见杜蔷一脸疑惑的样子，又道："你想想啊，我的网管跑到别人的网吧里，多没面子啊！再说了，我教给你的，都是商业秘密，泄露出去我怎么做生意啊！"

杜蔷听得连连点头，一脸佩服的样子。

邢小峰却在暗地里朝杜刚做了一个成功的手势。

11. 珠宝店　下午　内

孙剑平在柜台前挑选钻戒……

12. 大街的路口　晚　外

陈丹和孙剑平来到两个路口的分岔处，其中一条通往陈丹家，另一条通往剑平的宿舍，陈丹习惯性地向自己家的方向走去。

孙剑平站住道："丹丹，先到我那里去一下吧，取个东西。"

陈丹："什么东西？"

孙剑平："到了你就知道了。"

两人向孙剑平的宿舍走去。

13. 孙剑平的宿舍　夜　内

陈丹和孙剑平进到房间里，陈丹："到底什么事情啊？这么晚了。"

孙剑平没有回答，温柔地看着陈丹，问道："丹丹，你真的愿意嫁给我吗？"

陈丹一愣，只见孙剑平站起来，从床头柜中，拿出一个小盒子，递到陈丹的面前。

陈丹："这是什么？"陈丹接过来，打开盒子，一枚小小的钻戒，在微弱的灯光下，发出一圈圈的光环。

陈丹一下子坐了起来，诧异地问道："你买的？什么时候买的？"

孙剑平："是啊。"

陈丹："你哪来的钱？"

孙剑平："我不买笔记本了。"

陈丹："你不是一直都想要一台自己的笔记本吗？"

孙剑平："我可以以后再买，因为我不想你结婚了都没有自己想要的东西。"

陈丹："剑平。"

孙剑平："丹丹，我知道，我现在能给你的实在不多，但是我会努力的，我想给你所有你想要的东西。"

陈丹的眼中闪着一丝泪光，慢慢地将钻戒戴在自己的手上，靠过来，和孙剑平紧紧地搂在一起，两人一起倒在床上……

14. 幼儿园门口　日　外

杜刚和陈丹站在大门旁边，正是上班时间，来往的人不多。

杜刚热切地看着陈丹，陈丹略微低着头，小声道："杜刚，你以后不要再来找我了。我就要和剑平结婚了。"

杜刚一怔："和剑平结婚？"杜刚停顿了好一会儿，先是一脸的意外，之后又恍然大悟般点点头，接着说道："陈丹，你一天没有结婚，我就有权利追求你，你也有选择的权利。"

陈丹："杜刚。"

杜刚："请给我一次机会，也给你自己一次机会。让我和剑平公平竞争。你知道吗，我已经等了整整十年！"

陈丹无奈地轻叹了一口气。

15. 孙剑平宿舍门口　日　外

陈丹和孙剑平并肩走着，陈丹："剑平，我爸我妈的意思是咱们就在我们家结婚算了，别到外面租房了，我俩的工资都不高，租房是一笔不小的开销呢。"

孙剑平："我妈不会同意的。算了，还是租房吧。"

陈丹："可是……"

孙剑平："反正我也快要分房了，丹丹，你放心，我一定会让你过上好日子。"

陈丹："我不是这个意思，好了，你说租房就租房吧。"

孙剑平："今天我妈要来了，我和她说说看吧，好吗？"

陈丹："嗯，那她住哪？"

孙剑平："让她先住我宿舍里，我到小峰那里挤挤。"

16. 孙剑平宿舍里　日　内

孙妈妈在沙发上坐下来，陈丹坐在对面，显得有些拘束，孙剑平倒了一杯水，陈丹赶紧接过来递给孙妈妈，道："阿姨，喝水。"

孙妈妈"嗯"了一声接过杯子，陈丹怯怯地站在一边："阿姨，你吃饭了吗？"

孙妈妈："我吃过了。"

孙剑平："妈，你怎么也不说一声，我好去接你呀。"

孙妈妈："接什么，我这不是来了吗？"说着，将陈丹拉过来，在自己身边坐下来，"来，坐下来，让妈看看。"拉着陈丹的手，上下打量着。

陈丹有些不适应，也有些不好意思，好一会儿，将手抽出来，小声道："阿姨，我给您削个苹果吧。"

孙妈妈："不用了。我不吃。"说着端起杯子，喝了一口水，有些呛着了，咳嗽了一下，一些唾沫星飞到了茶几上。

陈丹的眉头微微皱了皱。

孙剑平坐在孙妈妈的身边："妈，我和丹丹商量了一下，单位的房子现在还没有分下来，我们就先住丹丹家里……"

孙妈妈打断了孙剑平的话："那不行，我的儿子怎么能倒插门呢？我看这宿舍也不错啊，不能住吗？"

孙剑平："这是单位宿舍，不是我一个人住的。"

孙妈妈："那，城里不是可以租房吗？儿子，你要是没有钱，妈可以给你钱租房，但是绝对不能倒插门。"

陈丹和孙剑平对视了一眼，孙剑平："妈，您别说得这么难听，什么倒插门不倒插门的……"

孙妈妈一下子站了起来，厉声道："什么叫难听！我儿子倒插门，这才难听！这叫我在乡亲们面前如何抬起头？如何对得起你死去的爸爸？"

孙剑平："好了好了。我租，我明天就去租，行了吧？"

17. 幼儿园的门口　日　外

快到了幼儿园下班的时间了，门口三三两两地聚集了一些家长。

杜刚从对面走过来。杜刚来到门卫处。

杜刚："你好。我找一下陈丹陈老师。"

门卫："请等一下。"门卫低头打起了电话。

门卫："陈老师吗？门口有人找你。"门卫放下电话对杜刚："你等一下，陈老师马上出来。"杜刚冲门卫笑了笑，整理了一下自己的领带。

18. 幼儿园门口　日　外

杜刚站在门口，一脸的恬淡和从容的神情。

蕾蕾出现在门口，蕾蕾上下打量了一下杜刚。

蕾蕾："是你找陈丹吗？"

杜刚："是的。"

蕾蕾："我见过你，你是那个洋博士对吧？"

杜刚微笑着点点头。

蕾蕾："陈丹让我告诉你，她就要结婚了，所以不方便出来。"

杜刚的笑容渐渐地僵在脸上。

蕾蕾有些不忍，调侃道："帅哥，天涯何处无芳草。看开点吧。可惜我结婚了，否则你可以约我了。"

杜刚勉强说道："对不起，小姐，我真的找陈丹有事，麻烦你喊一下。"

蕾蕾正色道："我没有骗你，杜先生。是真的，陈丹不方便见你。"

杜刚睁大了眼睛看着蕾蕾，仿佛要确认蕾蕾说的话是不是真的一样。

蕾蕾认真地朝杜刚点点头。

杜刚咬了咬嘴唇："谢谢你。"转身走了。

19. 幼儿园的办公室　日　内

陈丹透过玻璃窗正看着蕾蕾和杜刚，看到杜刚脸上的变化，陈丹心中一酸，不忍再看下去了。

蕾蕾进来，站在陈丹的面前："丹丹，你可够绝的啊，编出这么一个理由。"

陈丹："我没有骗他，我真的要结婚了。你看。"说着，冲蕾蕾扬了扬自己右手，无名指上带着孙剑平送给的钻戒。

蕾蕾："可惜了，这么帅的帅哥，让人看得不忍心。丹丹，你想清楚了，真的要嫁孙剑平啊？"

陈丹笑了笑："干吗，还能是假的啊。"

蕾蕾疑惑道："剑平怎么180度大转弯，突然肯结婚了？是不是有危机感了？"

陈丹："我也不知道。"

蕾蕾坏笑笑："错过这个洋博士，可不要后悔哦。"

20. 杜刚公司门口　日　外

杜刚神情落寞地走到公司门口，正碰上西西从里面迎面走出来，杜刚没有注意到，差点撞上西西。西西"哎呀"了一声。

杜刚赶紧道歉："对不起。对不起。"

西西看了一眼杜刚笑道："这不是我们的'海龟'人士吗？怎么了，遇到什么不开心的事情了吗？"

杜刚对眼前的女子，没有什么太多的印象，勉强笑道："对不起，没有撞到你吧？"

西西摇摇头："不过，你只是说对不起，可不行呀。"

杜刚有些愕然。

西西笑着说道："如果你请我喝杯咖啡，也许我可以原谅你的鲁莽。"见杜刚有些迷茫的样子，西西接着说道："杜经理，本来我打算明天到你们部门找你协商一个事情，既然我们撞上了也是有缘分，如果你有时间的话，我们可以谈谈吗？"

杜刚点点头。

21. 杜刚公司会议室里　日　内

西西："杜经理，最近我们公关部想搞个系列活动，提升一下公司形象。想从你们营销部寻求一些建议，看看能不能跟营销部结合搞活动。所以，我们经理让我来找您商量一下。"

杜刚："好的。"

西西看看杜刚，小声问道："杜经理，如果您今天不方便，我们明天谈也可以。"

杜刚打起精神："没事，工作为重。我还有些私事想向你求教呢。"

22. 陈丹家门口　星期日　外

陈丹和孙剑平从陈丹家里出来，陈丹显得非常高兴，一只手挽着孙剑平的胳膊，另一只手从口袋里掏出一个存折，翻给孙剑平看。

陈丹："剑平，你看。"

孙剑平看了一眼，有些吃惊，问道："哪来的？"

陈丹："我妈给的。剑平，我都想好了，我们先去拍一套婚纱照，然后我们去旅行，你说我们去哪呢？去云南好不好？"

孙剑平沉默了一会儿，看着陈丹道："丹丹，我想和你商量一件事。"

陈丹："你说吧。"

孙剑平："我们能不能先不去旅行？"

陈丹："为什么啊？你不是有婚假吗？"

孙剑平："不是因为这个。"

陈丹："因为什么？"

孙剑平："等以后有钱了，我们再去旅行，好不好？"

陈丹："可是，我妈不是给我钱了吗？"

孙剑平："那是你妈给你的，我是男人，怎么能用你的钱呢。"

陈丹："我的、你的不都一样吗？"

孙剑平："不一样。"

陈丹：“可是我真的想去旅行。我都计划很久了。算了，以后去就以后去吧。”

陈丹失望地噘起嘴巴，孙剑平的脸上现出一丝痛苦的神色。

23. 孙剑平办公室　日　内

孙剑平正坐在办公桌前，看着电脑，一个同事进来，神秘地对孙剑平说道：“小孙，你知道吗？分房的名单下来了。”

孙剑平“哦”了一声，抬起头：“真的？怎么样？”

同事：“好像没有你的，我刚才路过王主任的办公室，正好偷看到了，王主任自己还分了一套。”

孙剑平：“不会吧，我完全符合这次分房的条件啊。”

同事耸了耸肩，做出一副不以为然的表情。

孙剑平：“我找主任问问去。”

正说着王主任从外面进来，孙剑平站起来：“王主任，请问这次分房有我的吗？”

王主任：“小孙啊，这次分房主要是照顾一些老同志。你还年轻，还有的是机会……”

孙剑平：“王主任，这次你是不是也分到房子了？”

王主任：“这是领导的意思，小孙你要心平气和一些……”

孙剑平：“不要和我说领导！王主任，你有两套房子了，你还能分到房子，而我连一平方米的地方都没有，连婚都结不了，你让我怎么心平气和！”

王主任：“以后还是有机会的嘛。”

孙剑平：“以后！主任，你当我是傻子啊！谁都知道，这是最后一次福利分房，主任，你可真是聪明人啊，是不是你把你孙子的房子都安排好了？”

王主任：“孙剑平！说话注意点。”

孙剑平：“呸！就你，你算什么东西你，我告诉你，我没有地方结婚，我就住你们家去。”

王主任气得浑身发抖，同事赶紧上来将孙剑平拉开。

24. 孙剑平宿舍门口　日　外

孙剑平坐在离自己宿舍不远的台阶上，闷头抽着烟，神情落寞。

邢小峰远远地骑着摩托车过来，看见孙剑平停了下来。

邢小峰："剑平，你怎么在这里啊？"

孙剑平："小峰你怎么来了？"

邢小峰拍了拍车座后面的大包裹，道："你们不是要结婚了吗？我估摸这些东西你用得上。"

孙剑平眉头紧皱，弹了根烟给邢小峰。

邢小峰："怎么了？你这？

孙剑平："别提了。房子没有分到。"

邢小峰："那你结婚怎么办？"

孙剑平："还能怎么办？租房呗。"

邢小峰："就你那点工资，租房，你吃什么？"

孙剑平："没办法，走一步看一步了。唉，也许我根本就不该和陈丹结婚，我真没用！"

邢小峰在孙剑平的身边蹲下来，两个好朋友心中都泛出难言的味道。

邢小峰忽然站起来道："不如干脆你们住我家去得了，反正我也离婚了。我家就我一个人，在哪不能对付，有时还得住在网吧里，也不老回家。"

孙剑平："那怎么行。"

邢小峰："怎么不行？那是我家的祖屋，又没有人管，是不是怕我收你房租啊！"

孙剑平："小峰。"

邢小峰："好了，好了。就这么说定了。等将来你赚钱了，买套新的赔给我。"

25. 杜刚办公室　白　内

杜刚坐在办公桌后面，西西从外面进来。

西西："杜经理，这里有你的一封信。"说着递给杜刚一封信。

杜刚："怎么好意思让你拿。"

西西："我刚好路过，就顺手给你带来了。"

杜刚接过来，拆开一看，是一个大红的请束，上面写着孙剑平和陈丹的结婚邀请信，杜刚有些意外，眼睛直直地盯着请束。

西西在杜刚面前站了好一会儿，见杜刚没有反应，只好轻轻地敲了敲杜刚的桌子，杜刚抬起头，脸上没有一点表情，直勾勾地盯着西西。西西被看得有些不好意思，道："杜经理。"

杜刚仍然直直地盯着西西，不说话。

西西有些莫名其妙："怎么了，杜经理，我有哪不对吗？"

杜刚像是突然反应过来似的："哦，对不起。不是，西西，你周六下午有时间吗？"

西西有些意外，连连答道："有啊，怎么了？"

杜刚："我想请你陪我去参加一个婚礼，可以吗？"

西西连连点头。

26. 某酒店大门口　傍晚　外

一个长长的横幅，上面写着"孙剑平先生，陈丹小姐，新婚志喜！"

孙剑平一身西装革履，陈丹一身白色的婚纱，两人站在横幅下。

邢小峰和于国庆正在帮忙招呼客人。

黄明娟和老公任明祥远远地来了，任明祥走在前面，黄明娟看到门口孙剑平和陈丹一身喜气洋洋的样子，慢慢地站住了，眼中闪出迷离的神色。

回忆：

少年时期的孙剑平和黄明娟。黄明娟坐在泰山公园的草地上看书，孙剑平夹着本书走过来。

少年黄明娟："剑平，你说我们将来也会生活在城里吗？"

少年孙剑平弯腰拾起一块泥巴，站起身用力向远处投去。

少年孙剑平："怎么不会？不过城里没有我们村里好玩。"

少年黄明娟："我想在城里生活，我不想永远生活在农村。"

少年孙剑平："你的成绩那么好，一定会考上大学的。你就可以住在城里了。"

少年黄明娟深情地注视着孙剑平一脸灿烂阳光："我们都会住在城里的。"

青山远望，无限生机。

少年孙剑平没有关注黄明娟的神情，纵身一跳，双手握住身边大树的枝干，做起运动来，自顾自地说道："不管我们住在哪里，我们都要生活得很好。"

（回忆完）

任明祥对黄明娟喊道："明娟，快点呀！"

黄明娟从回忆中惊醒过来："哦，来了。"

门口，孙剑平和陈丹笑容满面。任明祥递上一个红包，道："恭喜你们。"

陈丹接过来："谢谢。"

黄明娟在孙剑平面前站定："剑平，恭喜你。"

孙剑平点点头，还没有说话。

邢小峰在一边叫道："班长，你怎么才来啊，你是怎么关心我们的啊。"

黄明娟："对不起，对不起，我有事耽搁了。我认罚。"

"那我也要认罚了。"旁边忽然响起杜刚的声音，只见杜刚和一个高个子的时尚女子正笑吟吟地站在旁边。

杜刚上前一步："剑平，陈丹，恭喜你们。"

孙剑平见到杜刚，一时不知道该说什么好。

黄明娟："当然要罚杜刚了，你比我来得还晚哪。"

杜刚："好，我认罚。"

"那不是名模殷西西吗？"旁边的蕾蕾对杜刚身边的女子指指点点。

邢小峰绕到西西面前，仔细打量了一下，惊道："你真的是名模西西吗？"

西西对邢小峰笑了笑点点头，对孙剑平和陈丹："你们好，我是殷西西，祝你们白头到老，早生贵子。"说着，递给陈丹一个红包。

陈丹和孙剑平相互对视了一下，陈丹接过红包把西西往里面请。

邢小峰在杜刚后面悄悄拉了拉杜刚的衣袖，问道："哥们儿，可以呀！什么时候骗到手的?"

杜刚笑了笑，没有说话，和众人进入酒店。

27. 酒店大厅的婚礼现场　晚　内

孙剑平和陈丹在喝交杯酒，邢小峰和于国庆都在一边起哄，黄明娟八面玲珑不时地和周围的人打着招呼。

陈丹父母、孙妈妈、孙剑平和陈丹的同事等，共有五六桌人。

杜刚盯着主席台上的陈丹，眼中却有一丝无奈。当着别人的面，杜刚总是满面春风，丝毫看不出失意的样子，但是一背开众人的目光，杜刚的目光总是停在陈丹的身上，给人悲凉的感觉。

不时有人过来找西西签名合影，西西笑容满面地应付着，心里忍不住有些纳闷，但是眼光一刻也没有离开杜刚。

28. 酒店大门口　晚　外

陈丹换了一身通红的旗袍和孙剑平站在酒店门口，不时有客人从里面出来。

西西挽着杜刚从里面出来。

杜刚显然有些喝多了，但是还是挺有风度地向众人告别。

杜刚握着孙剑平的手，真诚地祝福道："剑平，陈丹，祝你们幸福永远。"

孙剑平和陈丹齐声："谢谢。"

西西冲二人点点头，挽着杜刚离去。

杜刚一扭头，西西借着路灯看到了杜刚眼中闪烁的泪光。

29. 路边　晚　外

西西挽着杜刚走过拐角，来到路边，西西正要说话，杜刚伸手拦了一辆出租车，很绅士地打开车门，对西西做出请的姿势，西西弯腰钻到车里，杜刚关上车门，对司机道："请送这位小姐回家。"

司机启动汽车，车内，西西吃了一惊，原来还以为杜刚是关上车门从另一边上车，没有想到杜刚竟然做出这样的举动。

出租车启动了，西西扭过头，透过车窗看到杜刚失魂落魄地站在路边。

30. 孙剑平家里（原邢小峰的住处）　日　内

孙剑平家中，到处贴满了大红的喜字，显得喜气洋洋。

孙妈妈拿着一块抹布，东擦擦西擦擦，一会儿整理这，一会儿整理那，孙妈妈看看干净整齐的新房，满意地点点头，又拿起抹布，推开卧室的门，进入卧室。偌大的一个卧室，布置得整齐、有序，正中间放着一张双人床，白色的床罩和被子显得清爽干净。

48

孙妈妈看到这，却将眉头皱了起来，嘴中嘀咕道："这孩子，像什么样！"转身出去了。

31. 孙剑平办公室里　日　内

孙剑平哼着歌走进了办公室，同事甲开玩笑："小孙，新郎就是不一样啊，老远就听到幸福啊！"

孙剑平傻傻一笑，口中答道："就是，就是。"往办公桌前一坐。倒起了一杯茶慢慢地喝起来了，还顺手抄起一张报纸看了起来。

旁边的王主任，一连看了孙剑平好几眼，终于像是忍不住似的，起身出门了。

同事甲见主任出去了，来到孙剑平面前，悄悄地道："小孙，你可得罪了头儿。"

孙剑平一脸茫然："怎么了，我今天不是刚刚来上班吗？怎么就得罪他了？"

同事甲："你结婚都请我们了，怎么不请主任啊。"

孙剑平："结婚是我自己的事情啊。他不来，不是给自己省点钱吗。再说了我是一张帖子，请的全办公室的人，人家不给面子，我也没办法。领导嘛。"

同事甲："你该单独给主任一张请柬，你这样做主任多没有面子。"

孙剑平"切"了一声，又看起了报纸。

一会儿，主任进来，将一叠纸往孙剑平的面前一放，道："小孙，你把这些数据核一下。"

孙剑平拿起纸大致看了看，问道："主任，就这些吗?"

主任将眼睛一翻，"怎么? 嫌少。事无巨细都……"

孙剑平打断："是工作的需要。"顺手打开电脑，小声嘀咕："就知道你来这手。"

32. 商场里　日　内

床上用品柜组，各种各样的床上用品琳琅满目。孙妈妈在柜台前认真地对比观看着。

33. 孙剑平家　傍晚　内

孙妈妈正在厨房忙着准备晚餐，孙剑平和陈丹从外面说说笑笑地进来了，陈丹的手中还捧着一大束鲜花。

孙剑平："妈，我们回来了。"

孙妈妈在厨房里，声音传出来："好，等会儿可以吃饭了。"

陈丹赶紧放下包，把花放到桌子上，进到厨房里，对孙妈妈道："妈，您歇着，我来吧。"

孙妈妈边忙边说："不用，不用，马上就吃饭了。"

陈丹哼着歌，退到客厅，从柜子里拿起花瓶和剪子收拾起花。

孙剑平往沙发上一躺，打开电视，拿起遥控器就调台，嘴里问道："丹丹，妈做什么好吃的?"

孙妈妈端着一盆菜从厨房出来："你最爱吃的红烧肉。"

孙剑平一听从沙发上跳起来，从盆中用手捏一块就往嘴里送。

孙妈妈："洗手了吗? 这么大了还用手。咦，丹丹，这些花哪来的?"说着，将菜放到桌子上。

陈丹："买的啊。妈你看漂亮吗?"

孙妈妈："买的! 多少钱?"

陈丹："今天打折，六十。"

孙妈妈一听，眉头一皱，放下菜碟，拿起包鲜花的玻璃纸，边叠边说："丹丹，你们也成家了，这些花哨的东西，以后要少买点啊，要过日子。"说完，拿着叠好的包装纸进厨房了。

陈丹看着孙妈妈的背影冲着孙剑平吐了吐舌头。

孙剑平一笑，又夹起一块红烧肉，看电视去了。

陈丹将花捧到茶几上，又歪着头欣赏了一番，转身向卧室走去，推开卧室门，愣住了。早上的白色床罩和被套，已经变成了大红色的了，还多了一对大红的绣花枕头。陈丹有些疑惑，仔细看了看，赶紧喊道："剑平，你来看。"

孙剑平嘴里还咬着肉，起身来到陈丹身后，看到红色的床罩和被套，也愣住了："怎么回事?"

孙妈妈端着一盆汤在他俩身后，说："我给你们换的，新婚哪有用白色的，不吉利。"

陈丹和孙剑平相对一视，没有说话。

34. 杜刚家里　晚　内

杜刚陪着杜爸爸和杜妈妈正在客厅里坐着吃水果，电视里正放着节目，杜刚显得有些心不在焉。

杜妈妈："刚儿，哪天将女朋友带回来给妈看看?"

杜刚正咬西瓜，呛着咳嗽了两声，道："嗯，她最近比较忙，过两天吧。"

杜妈妈："再忙吃顿饭的工夫有吧。"

杜爸爸："你就别操心孩子的事，让他们自己考虑吧。"

杜妈妈："哪能不操心。小蔷就是操心太少了，才成了今天的样子。"

杜刚："放心吧。我有数。"

35. 孙剑平家卧室内　晚　内

孙剑平和陈丹正在铺床，陈丹一边整理一边对孙剑平说："剑平，你看这，多俗气啊。"说着抖抖手里大红的枕头，噘着嘴。

孙剑平笑道："妈也是好意，凑合着用吧。"

陈丹有些不满："土。"

孙剑平没有说话，帮着陈丹整理着床铺。

陈丹从衣柜中拿出原来的床单，正想换上。

孙剑平："别换了，她迷信这个。"陈丹有些不情愿，孙剑平又道："妈的性子强，不按她的意思办，回头又能说上一大堆。"孙剑平又将床单放了回去。

陈丹抿起了嘴。

孙剑平："丹丹，我想和你商量一件事，我想辞职。"

陈丹："怎么了？你们那个主任又找你麻烦了吗？"

孙剑平摇摇头："不是。你看，我现在是一家之主了。要养家，将来还要养孩子，不能总这样不死不活地在那吊着。"

陈丹："可是辞职以后怎么办呢？"陈丹愁眉苦脸地在床边坐了下来。

孙剑平："别担心，这是男人该考虑的事。"

36. 孙剑平家卧室内　　晚　　内

陈丹在熟睡中，孙剑平靠在床上，眼睛睁得大大的。孙剑平长长地叹了一口气，陈丹翻了一个身，睡眼惺忪地问道："剑平，你怎么还不睡啊，都几点了。"

孙剑平帮陈丹盖了盖被子："我一会儿就睡。"

陈丹抱着被子，也靠了起来，道："你怎么了？"

孙剑平："没怎么。"

陈丹："剑平，你是不是还在想辞职的事情啊？"

孙剑平将陈丹抱在怀里，道："丹丹，我有些怕。"

陈丹："怕什么啊？不还有我吗？最多我以后节约点，不买新衣服，不去美容院就是了。你想好辞职，你就辞吧。"

二人相拥着，半天都没有说话，孙剑平："丹丹，我一定要让你生活幸福。"

陈丹没有回答，孙剑平低下头，看了看，陈丹已经睡着了。

第三集

1. 杜刚办公室　上午　内

杜刚坐在办公桌的后面，刚刚打开电脑，MSN 就自动跳了出来，一个可爱的小仙女头像冒了出来。

"杜经理，你好！"

杜刚有些纳闷，在键盘上敲下："你好，请问你是哪位？"

仙女："你猜！"

杜刚微微一笑，自语道："鲁班门前耍大刀，我还能找不出你是谁！"点击键盘查出对方用的是自己公司的 IP，再一看号码 38，正是公关部的地址码，杜刚略想了一下，在键盘上敲下："你好，名模！"还送了一个火红的玫瑰。

仙女："你真聪明。"回送了一个佩服的表情。

2. 邢小峰网吧里　日　内

杜蔷正听邢小峰手舞足蹈地比画着。好一会儿，邢小峰喝了一口水。

"妹妹，这些游戏其实都是有秘籍的，看到没？"邢小峰对杜蔷说道，他指着网吧里那些埋头上网的人，"就是骗那些菜鸟的。对哥哥我这样的大侠来说，都是小儿科。没意思。说，想学哪个？"

杜蔷一脸崇拜的样子，道："邢大哥，你能教我怎样在一天之内成为掌门人吗？"

邢小峰："行啊。你看——"说着，将杜蔷拉到一台机器面前，比画起来。

杜蔷在一旁听得连连点头。

3. 孙剑平办公室里　日　内

孙剑平啪的一声关掉电脑，顺手在纸上记录了一点什么，起身来到主任的办公桌前，将几张纸还给主任，道："数据已经核实好了。主任没别的事情，我出去一下。"

王主任接过纸，口中："整理好了？"埋头翻了起来。

孙剑平将办公桌略微整理了一下，准备出去。

"小孙，等等。"王主任手中抖着纸，"工作怎么可以这么马虎，你看看，你看看。"

孙剑平接过纸，疑惑地："怎么了？什么地方不对吗？"

王主任指着一处，道："你看看。"

孙剑平一看，道："这个单位错了。对不起，王主任，可能我的程序还不完善，我来调整一下。"

王主任："小孙，不是我说你，你怎么可以这么马虎，事无巨细都是工作需要啊！干工作来不得半点投机取巧，你的什么程序，先不要用了，就按照我平时教你们的方法，好好核对一下吧。"

孙剑平："那不是要好几天？王主任，用这个程序根本没有问题的，我再检查一下，保证不会出错的。"

王主任："让你不要用，你就不要用！不会出错，哼，这不是错了吗？"

孙剑平："可是几分钟就搞定的事情，非要花上几天啊！"

王主任啪的一声，将手中的书往桌子上一掼："你是领导我是领导？都像你这样，我们还搞什么工作！这点小事都做不来。"

孙剑平的脸青一阵、白一阵，旁边同事甲和乙都过来劝。

王主任格外地理直气壮了："今天，非要你这么做不可！我不相信我治不了你。"

孙剑平猛地把手中的纸扔到王主任的脸上："老子，不伺候了。"说完，"咣"地一甩门，扬长而去。

4. 邢小峰网吧　日　外

邢小峰正在网吧里坐着，看着杜蕾来回巡视，不时地解答着网吧里人的疑问。

杜蕾显然很满意现在的工作，兴头很高。

孙剑平突然出现在网吧门口："小峰。"

邢小峰从椅子上跳起来，高兴地："剑平，你怎么来了？"

孙剑平语气沉重，道："小峰，你有空吗？"

邢小峰："有，有。"转向杜蕾招招手。杜蕾来到跟前，"妹妹，你照看一会儿。我有事出去一会儿。7、11、26号几台机子，不要再给他们续时了。他们要是不听话，你就用那招，封死他们。啊！"

杜蕾高兴地："邢大哥，你放心吧，我知道。"

邢小峰拍了拍杜蕾的脑袋，见孙剑平疑惑的样子，解释道："杜刚的妹妹，在我这帮几天忙。走吧，哥们儿。"

5. 马路边　日　外

邢小峰和孙剑平正在路边的椅子上坐着，两人抽着烟。孙剑平的自行车停在一边。

邢小峰："这么说，你决定了？"

孙剑平没有说话，重重地点点头。

邢小峰："那好，我和你一起干。"

孙剑平："你的网吧不开了？"

邢小峰："那个破网吧我早就不想干了。对了，我们干什么呢？"

孙剑平："这个我想过，我们就做软件开发，投资又小，我们又懂点。"

邢小峰："好哇。那我们可以成立一个科技有限公司。"

孙剑平："对，我们就成立个公司。可是注册资金要好几十万，上哪去找呢？"

邢小峰低头想了想，道："我们可以去找班长问问，看她有什么办法。"

孙剑平一拍手："好。走。"起身和邢小峰骑上自行车走了。

6. 黄明娟办公室里　日　内

黄明娟正在和开发区主任谈话。

开发区主任："黄科长，这件事你就抓起来，尽快拿出一个方案。"

黄明娟连连点头："好的，李主任。我抓紧。"

正说着，办公室小吴带着孙剑平和邢小峰进来了，对黄明娟："黄科长，有人找你。"

黄明娟："剑平，小峰，你们怎么来了？"

开发区李主任："黄科长，你有客人你忙吧，我走了。"

黄明娟："主任您慢走。"

等开发区李主任出去了，黄明娟把孙剑平和邢小峰让到办公室里边，小吴为二人端上两杯茶，出去了。

黄明娟问道："剑平，你们怎么来了？"

孙剑平："我准备成立一个公司，想听听你的意见。"

黄明娟："好哇，到开发区来吧，这里还有很多优惠政策。"

孙剑平有些意外："班长，我还以为你要说点什么。"

黄明娟："我干吗要说点什么，这是好事呀。我全力支持。"

邢小峰："班长就是班长，不一样。"

孙剑平："可是，我没有那么多注册资金。"

黄明娟沉思一会儿，道："这还真是个问题。"

7. 黄明娟家里　晚　内

黄明娟正坐在书桌后面，面前的书半天也没有翻一页，显然心思不在书上。黄明娟有些烦躁。

黄明娟拿起桌子上的电话："喂，剑平吗？"

孙剑平："是我，班长，有事吗？"

黄明娟："你的资金筹备得如何了？"

孙剑平："到现在我只筹到不到 5 万块钱。"

黄明娟："哎呀，这差得还挺多的。没有 50 万元注册不起来呀。"

孙剑平："没有办法了，我把陈丹的嫁妆都拿来了。实在不行就算了吧。"

黄明娟："你也不用泄气，再好好想想。看有没有其他办法。"

孙剑平："班长，我听人家说，没有注册资金也是可以开公司的。"

黄明娟："你说的这个叫虚假注册，不过到年检的时候，就会露馅。现在国家对这方面已经控制得很严。"

孙剑平:"这样啊。"

黄明娟:"还有,在经营中不能出一点问题,否则后果不堪设想。"

孙剑平:"班长,你再帮忙想想办法吧。你放心,我不会出问题的。"

黄明娟:"我再考虑考虑吧。"

孙剑平:"班长,拜托了。"

黄明娟:"拜拜。"黄明娟忧心忡忡地放下电话。

8. 代理公司里　日　内

办公室里,黄明娟正和一个矮胖的中年男子坐在沙发上。

黄明娟:"季总,这件事情就拜托你了。"

季总:"黄科长,你可有些难为我了。现在可有明文规定了,这么做,可是犯法的。"

黄明娟:"季总,就是有些为难才找你帮忙。"

季总考虑了一会儿,转身从办公桌里拿出一叠资料,递给黄明娟:"好吧,看在黄科长的面子,我干了。你让你的朋友把这些资料填了,注意要保密啊!"

黄明娟接过资料连声道谢。

9. 开发区　日　外

黄明娟将一个资料袋交给孙剑平,道:"剑平,事情我基本安排好了,你回去抓紧办一下手续。"

孙剑平接过资料袋,连声道谢。

黄明娟看了孙剑平一眼,道:"还客气什么。快去吧。唉,剑平,这事一定要保密。另外,你要抓紧弄资金过来,将这个缺口补上。千万要赶在年检前完成。剑平,这可不是开玩笑,一定要注意,否则可是要坐牢的。"

孙剑平点点头:"我知道了,班长,你放心吧。"

10. 开发区孙剑平公司门口　日　外

一个大大的招牌，上面写着"南平创先科技有限公司"。

孙剑平和邢小峰一身新装正在门口喜气洋洋地站着，门口放着几个花篮。

黄明娟、于国庆等人都来了。陈丹也特地请了假来了。黄明娟一身得体的职业装，不断地向孙剑平引见不同的人。

黄明娟拉着孙剑平来到一个老头面前："剑平，这是我们电子局的伍科长。"

孙剑平连忙伸出一只手，黄明娟在剑平的耳边小声："双手。"

孙剑平赶紧伸出双手，握住老头的一只手："伍科长，欢迎，欢迎。"

黄明娟："伍科长，这是创先的法人代表孙剑平。他是我的高中同学，也是我老乡。以后还要请你多多关照。"

老头："黄科长，我看，孙总是年轻有为啊。"

孙剑平和黄明娟刚将老头请到里面，就又来了一对中年夫妇，黄明娟拉着孙剑平热情地迎上去。看着黄明娟领着孙剑平和不同的人说笑着，陈丹在一边闲着帮不上什么。

于国庆将邢小峰拖到一边悄悄地问道："小峰，你们通知杜刚了吗？"

邢小峰："通知了，是不是不来了？"

于国庆："不会吧，大家同学一场。"

正说着，两辆白色商务车开到门口停下来，杜刚从车上跳了下来。

于国庆高兴地一拉邢小峰的袖子，道："看，杜刚来了。"

邢小峰赶紧迎上前，随着杜刚下车，后面的车门打开了，陆陆续续从车上又下来了七八个人，名模殷西西也在。其中还有几人扛着摄像机，几个人拿着相机。

邢小峰赶紧问道："杜刚，怎么回事？"一阵闪光灯闪烁，让邢小峰不由得后退了两步。

杜刚并不答话，看着邢小峰只是微笑。

西西则是指挥后面的人，一会儿拍这，一会儿拍那。

正在和客人说话的孙剑平和黄明娟也有些莫名其妙，走了过来。

邢小峰拉住西西，问道："名模，怎么回事啊？"

西西："我们听杜经理说创先公司的开业是我市民营科技发展的一个新的亮点。这不，我就请了几家媒体，一起策划了一个新闻发布会。你看，电视台还要跟踪报道呢。"

邢小峰一拍脑袋，对孙剑平道："剑平，你快过来啊。"

孙剑平也不知道是怎么一回事，显得有些糊涂。

杜刚走过来，一把拉过孙剑平，对众人介绍道："这位就是创先公司的负责人孙剑平，大家有什么问题请问吧。"

几个摄像机就对着孙剑平拍开了。一个记者模样的人，还问起了孙剑平问题，开始孙剑平有些紧张，但是很快孙剑平就应付如常了。

杜刚和黄明娟等人站在后面，邢小峰："杜刚，你在搞什么鬼啊？"

杜刚一边和众人往后面退，一边悄声道："剑平，怎么样，当明星的感觉如何？"

邢小峰一捶杜刚的胸脯，道："杜刚，你可真够哥们儿的。"

杜刚笑笑道："谁让我们是同学啊。"

众人发出一阵会心的笑声。

站在一边的西西用相机记下了这一刻。（画面定格：孙剑平正在接受媒体采访，孙剑平歪着头，看着邢小峰，好像在说"小峰，我说些什么啊？"邢小峰冲着孙剑平做着鬼脸，黄明娟站在旁边，用手正做出要打邢小峰的样子。于国庆正看着大家傻乐。陈丹在右边紧张地看着孙剑平，而杜刚正站在陈丹的旁边盯着陈丹的脸）

11. 孙剑平公司　晚　内

孙剑平、邢小峰和陈丹正围坐在一起喝着饮料。

邢小峰："剑平，我们终于有自己的公司了。我都像做梦一样，不敢相信，你打我一下，看是不是真的。"

孙剑平"啪"地拍了邢小峰一下，两人相视一笑，用手中的饮料碰了碰杯。

陈丹在一旁突然叫道："快开电视，杜刚让我们一定在8点钟打开电视，收看科技频道。"

邢小峰顺手打开电视，电视正在播放科技新闻，正是孙剑平公司开业的场面，电视上，孙剑平正对着话筒侃侃而谈。三人都有些发呆，不敢相信。

等节目结束了好一会儿，邢小峰才反应过来，对孙、陈二人说："这是真的吗？开业第一天就上电视了。"

孙剑平和陈丹相互对视了一眼。渐渐地，孙剑平的眼中发出光彩。

12. 孙剑平的公司　日　内

邢小峰坐在办公桌的后面，东看看西看看。

孙剑平忍不住说道："新鲜劲还没有过去啊。"

邢小峰："没有想到啊，咱哥们儿也开公司了，就像做梦一样。"

孙剑平："切。"

邢小峰："剑平，你可以啊，从哪里借到了钱的？"

孙剑平："暂且保密。"

邢小峰："少来！"邢小峰往椅子上重重一坐，满意地点点头："嗯，当老板的感觉真爽啊。"

孙剑平："别美了，这公司是开了，张还没开呢。"

正说着，门外响起来了敲门的声音。

邢小峰嗯了一下，喊道："李秘书，开门。"

孙剑平白了邢小峰一眼，跑过去打开门，门外站着杜刚和西西。孙剑平意外道："你们？"

杜刚往里面看了看："剑平，你这可不像开公司的啊，哪有大白天关着门的。"

邢小峰从椅子上跳起来："杜刚？哪阵风把你吹来了？哎哟，这不是名模吗？大驾光临真是蓬荜生辉啊。"

西西笑着点点头："你好。"

孙剑平还像是没有反应过来的样子："你们怎么来了？"

杜刚："怎么不能来啊？不让座也不倒水，这可不是待客之道啊。"

孙剑平有些不好意思："快请坐，只是有些意外。"

邢小峰端过两杯水："李秘书今天告假，由我这个副总亲自给你倒水。"

西西接过杯子甜甜地一笑："谢谢。"

看着孙剑平不解的样子，杜刚解释道："我们到这里办事路过，顺便来看看你们。"

邢小峰挨着西西坐下，两眼直勾勾地盯着西西，道："名模，电话号码多少，晚上有空吗？你是喜欢看电影还是KTV？要不还是先吃饭再泡吧？"

杜刚一把扯过邢小峰："看来大家说得一点不错，你真是见了美女路也走不动了。一边去。"

邢小峰大声喊道："美女，我叫邢小峰，邢小峰的邢，不是清朝十大酷刑的刑，叫我小峰，或者阿峰，再不成叫我峰哥也行，晚上电话约你？"

西西则毫不在意："好啊，回头再约。"

孙剑平："小峰，别闹了。"

邢小峰："我就不能苦中作乐一下啊。"

杜刚诧异地问道："怎么了？"

孙剑平叹了口气。

邢小峰："公司是开了，张却开不了了。杜刚，你见多识广，有没有路子？"

杜刚："你们具体做什么啊？"

邢小峰："你们昨天来帮我们做宣传，都不知道我们做什么？"

孙剑平只好说道："我和小峰没有什么其他长处，平时就喜欢捣鼓捣鼓电脑，编一些小程序什么的……"

邢小峰打断："什么小程序，小到网站制作维护，大到所有企事业单位的管理软件、局域网、软件开发、机房，总的来说，甭管是什么，只要是和电脑网络沾边的东东，也不管你是软件还是硬件，咱哥们通吃。"

杜刚哦了一声陷入沉思，西西笑道："邢先生，你们可真是全才啊。"

邢小峰："过奖过奖了。假以时日，站在你面前的就是另一个比尔·盖茨。"

西西掩口一笑："杜经理，上次不是还说你们营销部要做个管理软件吗？为什么不请他们试试？"

杜刚有些意外地看着西西："我刚才还在想这个问题呢。唉，剑平，小峰，要不你们就先给我设计一个管理软件吧，明天我将要求发给你们。也算是送给你们的开张贺礼。"

孙剑平和邢小峰有些意外地相互对视了一眼。

13. 孙剑平家里　晚　内

孙妈妈和陈丹已经吃完了，孙妈妈不让陈丹洗碗，陈丹只好收拾起东西。

孙妈妈在厨房洗碗。一会儿，孙妈妈忙好了，从厨房出来，捶了捶背。

陈丹赶紧："妈，你歇会吧，看会电视吧。"

孙妈妈答应着在沙发上坐了下来。陈丹给婆婆倒了一杯水，将遥控器放到茶几上，就转身到厨房，准备收拾东西。结婚时朋友们送的各式各样的东西堆得到处都是。

厨房里，陈丹接连拉开两个抽屉，都是满满的塑料袋，打开柜子一看，也是塑料袋。陈丹的眉头皱在了一起，用手一动居然还跑出了几个蟑螂，吓得陈丹差点叫了出来。陈丹又打开碗橱，收拾碗筷，用手一摸一层油，陈丹只好搬出碗筷，倒上洗洁精重新洗了起来。

14. 孙剑平公司里　夜　内

孙剑平和邢小峰还在工作。

15. 孙剑平家里　夜　内

已经很晚了，孙剑平还没有回来，陈丹躺在床上翻来覆去地睡不着。

当时钟指向十二点时，孙剑平才悄悄地溜进了家门。

陈丹闻声起来。

孙剑平："这么晚了，你怎么还不睡？"

陈丹："你不回来，我睡不着。"

孙剑平叹了一口气，坐到陈丹的身边："丹丹，你明天还要上班，要早点睡啊。等我忙完这阵子，就好了。"看到房间里已经整理整齐了，说道，"我不是说了吗？东西等我忙完了回来收拾。"

陈丹："卧室的东西，我都收拾好了。只是，妈把我扔掉的东西又都捡回来了。"

孙剑平："妈就是那样。别管她，早点睡吧。"

陈丹："可是那些垃圾弄得家里好脏啊。"

孙剑平有些不耐烦地："睡吧，以后再收拾。"说完疲倦地往床上一躺，转身就睡着了。

陈丹看着孙剑平疲惫的样子，叹了口气，拉过被子替孙剑平盖上，关了灯。

16. 孙剑平的公司里　日　内

孙剑平和邢小峰敲完最后一行程序，两人相对击掌。

邢小峰："总算弄完了，这个杜刚要求还真不少。"

孙剑平："还以为几天能搞定呢，没有想到这一弄就是半个多月。"

邢小峰收拾东西："走吧，去找杜刚。"

17. 杜刚的办公室里　日　内

杜刚坐在电脑前，正运行着邢小峰和孙剑平送来的程序。

杜刚不满地摇摇头。

邢小峰和孙剑平有些紧张地问道："怎么？不行吗？"

杜刚："不行。你们的设计太僵化了。我们的每一个品种，在面向市场的时候都有不同的客户群，什么样的人喜欢针剂，什么样的人喜欢丸药，什么样的人喜欢冲剂，都有各自详细的划分。就是同一个品种在不同的地区，也不一样。北方和南方的消费偏向也不同，汉族和少数民族的消费不同，经济发达地区和不发达地区也不一样。潮湿的地方和干燥的地方不同，温度高和温度低的地方也不同。冲剂和针剂成分配比不同，那么原材料的使用上也就不同。各地营销方案的重点也不相同。我们的营销人员各自的个性也不同，如此千篇一律的表格如何能如实反映他们各自的工作？"

孙剑平和邢小峰听得傻了。

18. 杜刚公司门口　日　外

邢小峰和孙剑平如同霜打的一样，两个默默无言。

孙剑平拉过邢小峰："小峰，别丧气，我们根据他的要求再改就是了。"

邢小峰："他说了这么多，怎么改啊？"

孙剑平："他能说得出，咱就能做得出来。我就不信了，咱们连这个都做不了，还开什么公司？"

邢小峰："好。我听你的。"邢小峰看了看时间，道："反正也快下班了，你等陈丹吧。"

孙剑平摇摇头："我们回公司，抓紧时间改。"

孙剑平伸手拦了一辆出租，两人上车离去。

19. 孙剑平公司里　夜　内

孙剑平还在电脑前工作着，邢小峰则趴在另一台电脑前睡着了。

20. 杜刚公司里　日　内

杜刚看电脑，孙剑平和邢小峰则紧张地看杜刚，杜刚看完后又摇摇头。

杜刚："还是不行，你看每个营销人员的工作虽然说可变性很大，但是，还是需要一定的计划性，而且每一步都要和公司的整体营销方案对得上。但是在执行的时候，总是有偏差的，如何统计分析这些偏差，是非常重要的，在方案中应该明确。"

21. 孙剑平家里　晚　内

晚饭摆在桌子上，孙妈妈和陈丹正在整理东西。陈丹将一些不要的东西扔到垃圾桶里，陈丹扔一件，孙妈妈就啧下嘴。

电话响了，陈丹起身到卧室里。

陈丹一转身，孙妈妈又将陈丹扔掉的东西一件一件地捡回来，收起来，陈丹刚好从卧室里出来，看到孙妈妈的动作，苦笑了一下摇摇头。

陈丹："妈，我们先吃饭吧，剑平刚才来电话说要加班，不知道什么时候能回来。"

孙妈妈："那，好吧。"

22. 孙剑平公司里　夜　内

孙剑平在电脑前睡着了，邢小峰则在另一台电脑前睡着了。

23. 杜刚的公司里　日　内

杜刚看电脑，邢小峰和孙剑平疲倦地靠在沙发上。

孙剑平闭目养神，邢小峰则发出了轻微的鼾声。

杜刚看完，满意地点点头，道："剑平，小峰。"

孙剑平和邢小峰同时张开眼睛，二人不约而同地问道："又不行了？哪里要改？"

杜刚微笑道："不是，现在这个软件基本符合了我们的要求，我想是可以了。"

邢小峰和孙剑平对视一眼，邢小峰往沙发后一倒，喊道："妈呀，总算通过了。"

24. 孙剑平的公司里　日　内

孙剑平和邢小峰相对而坐，孙剑平从包里拿出一叠钱，道："4000 块全部在这里了。"

邢小峰："就这么点？这个杜刚也太抠门了。"

孙剑平："没有办法。他们是按行规给的钱。"

邢小峰："早知道是这样，还不如把那些没用的语句加个千儿八百行的。"

孙剑平："算了，第一笔生意，也不少了。"

邢小峰："开业到现在 33 天，房租一个月 3000 块，水费电费各种七七八八的费用，怎么也要 500 块。那，这还有。"邢小峰说着从口袋里掏出一叠车票："来回路费，还有咱俩的盒饭，一天一个人 5 块。"邢小峰慢慢地从桌子上的一叠钱中，抽出一张100元来，举到孙剑平眼前，瞪大眼睛道："剑平，咱俩没日没夜地苦干了一个月，才赚来这个！"

孙剑平和邢小峰靠在椅子上无精打采的。两人面前放着一张100元。

黄明娟从外面进来。

黄明娟："咦，你们俩这是怎么了？"

孙剑平苦笑了一下："没怎么了。班长你怎么来了？"

黄明娟："我来看看你们，你们这开业有一个月了吧，看看你们的成果如何？"

邢小峰朝桌子上努努嘴道："看到没？这就是我们俩的成果。"

黄明娟不解地看看桌子上的钞票，又看看孙剑平。

孙剑平解释道："我和小峰，干了一个月就赚4000块，刚刚一算账，除去费用，就剩下这些了。"

邢小峰补充道："我们就是扛麻袋也不止一个月就赚一百块啊。"

黄明娟看看孙剑平，又看看桌子上的钞票，笑了笑说："不错了。开公司一年半年分文不赚的多着呢。"

25. 黄明娟办公室　日　内

要下班了，黄明娟还在办公桌前，看着资料，小吴过来："黄科长，下班了。"

黄明娟："知道了，你们先走吧，我再过一会儿。"

小吴："黄科长，你也太劳模了，天天都加班。你让我们很有压力啊。"

黄明娟："少贫了，快回家吧。"

小吴："黄科长，我们走啦！"说着和几个同事嘻嘻哈哈出门了。

黄明娟等人都走光了，拿起电话，给孙剑平打了过去："喂，剑平，是我，你马上到我办公室来一趟，有事商量，我在办公室等你。"黄明娟放下电话，从抽屉里拿出一个卷宗，上面写着"开发区管理计划"。

不一会儿，孙剑平匆匆忙忙地从外面进来了。

孙剑平："班长，什么事？这么急。"

黄明娟将手中的卷宗递给孙剑平："剑平，你先看看这个。"

孙剑平接过来仔细地翻看起来，脸上呈现出喜色："班长，这……"

黄明娟："我现在负责这个，你根据这上面的要求，立刻做一个方案来，越详细越好。"

孙剑平感激地点点头。

黄明娟却叹了一口气："本来我昨天是想提醒你，尽快弄钱把资金填上，我担心夜长梦多。看来单凭你们自己还不行。"

孙剑平："我也没有想到会这么难。现在我和小峰也有了点经验，能对付。"

黄明娟："昨天我得到一点消息，我有可能要升副主任了。你们这块千万别出岔子。"

孙剑平："班长，你放心吧。我知道轻重，会抓紧的。"

26. 黄明娟家里　晚　内

黄明娟和任明祥已经吃过晚饭了，任明祥正在洗碗。

黄明娟端着一杯水，站在厨房门口，看着任明祥，道："祥子，我今天把我们开发区的业务介绍给了剑平。"

任明祥"哦"了一声，黄明娟接着说道："祥子，其实你也可以像剑平他们那样，自己开一个公司。大学时你是那么好学，大家都说你是才子呢。"

任明祥："我开公司干吗？现在我们不是挺好的吗？要是再有个孩子，我就什么都不想了。"

黄明娟白了任明祥一眼。

任明祥浑然不觉，自顾自说道："我最大的梦想就是一家三口平平安安快快乐乐地过日子，其他的我都不想。明娟，你看我们是要个男孩还是女孩……"

任明祥一扭头，黄明娟已经没影了。

27. 孙剑平办公室里　晚　内

孙剑平和邢小峰针对"管理计划"详细地研究着，两人不时分析着争议着。

28. 孙剑平家　早晨　内

休息日，孙剑平因公司有事，早早地起来了，他像往常一样到厨房准备早餐，嘴里哼着歌，专心地准备早餐。

孙妈妈买菜回来了，有些生气："剑平，丹丹呢？"

孙剑平："这个懒虫还在睡觉呢。"

孙妈妈一听，脸拉了下来，气呼呼地在客厅餐桌上坐了下来。

孙剑平没有在意，端着早餐来到客厅，招呼孙妈妈一起吃。

孙妈妈一动不动。

卧室里，陈丹睡得正香。

孙剑平三下两下很快吃完了："妈，我走了。"

孙妈妈哼了一声："等等，剑平，我和你说个事。"

孙剑平："啊，什么事，妈？"

孙妈妈："剑平，不是我说你，有你这样管教媳妇的吗？老公做早饭，老婆睡大觉，成何体统。"

孙剑平："妈，不就是一顿早饭嘛，丹丹她平时挺勤快的，就爱睡个懒觉，没那么严重吧。"

孙妈妈："没那么严重，你还要怎么严重啊。古人都说，儿懒懒一个，娘懒懒一窝。她现在就这样了，以后怎么办？儿子，她是你媳妇，将来吃苦的是你和孩子啊。"

孙剑平："好好，我知道，我回头说她行了吧？妈，我真的要走了，一大堆事呢。"说完，没等孙妈妈再说话，抓起包就走了。

孙妈妈气呼呼地坐着，看看桌上的早餐。

29. 孙剑平办公室　中午　内

孙剑平和邢小峰正在埋头工作，黄明娟进来，两个人都没在意。

黄明娟调侃道："这要是进来贼，你们都不知道啊。"

孙剑平这才抬起头："哦，班长，真对不起，你进来也不说一声。"

黄明娟:"剑平,怎么样了?"

孙剑平:"差不多了,再有两天就可以完工了。"

黄明娟:"还挺快的啊。"

邢小峰:"我们对班长布置的任务哪敢不抓紧啊。"

黄明娟:"那倒也是。我看你们得找个助手,总不能事事亲力亲为。好了停工,跟我走吧。"

孙剑平:"去哪?"

黄明娟:"我替你们约了李主任,中午一起聊聊,你们可以了解一下他对整个计划的想法。最后还得他安排人来具体实施。"

邢小峰:"班长,从小你就是我们的头,现在你还是我们的头。没有你,我看剑平可要抓瞎。难怪人们常说,一个成功男人的背后,一定有一个伟大的女人。"

黄明娟脸微微一红:"胡说什么。"

邢小峰自知失言,赶紧掩饰:"那也该是陈丹才对。班长,别介意啊,小小领袖于国庆教导我们……"

三人齐声:"谁叫我们是同学。"

30. 孙剑平家　中午　内

快到中午了陈丹也没有起床。

孙妈妈已经在开始准备午饭了,陈丹才懒懒地从卧室里走出来,和孙妈妈打了招呼,就又进去了。

孙妈妈不满地瞪着她看了一眼,想和她说点什么,可是进了屋的陈丹半天都没有出来。

31. 开发区会议室里　日　内

开发区李主任、管副主任、黄明娟、胡副科长、孙剑平、邢小峰正围着办公桌团团坐着。

李主任和管副主任每个人拿着两个方案,不时交换着意见。

李主任："黄科长，创先公司的这个方案不错，基本符合我们的要求，报价也合理。至于林宇公司的方案，胡副科长你让他们再算算，他们的投资太大，超过了我们目前的预算，何况有些功能也不太适合目前的状况。"

孙剑平和邢小峰两人相视一笑。

胡副科长的脸色变得很难看。

李主任："这样我们初步意向是使用创先公司的方案，当然还要让技术部再议一下。"

管副主任："我也是这个意见。"

黄明娟："谢谢主任。"

李主任："是该我说谢谢啊，小黄啊，你推荐得不错。你的同学很有才华啊。"

黄明娟悄悄地看了一眼孙剑平。

黄明娟："那，主任，我们就先出去了。我再和他们谈谈一些细节。"

黄明娟、孙剑平和邢小峰走出会议室。

32. 开发区　日　外

邢小峰、孙剑平、黄明娟三个人来到开发区路上。

邢小峰和孙剑平见左右无人，两人突然拥抱在一起。

孙剑平："小峰，我们成功了。"说着，转身抓住黄明娟的双手紧紧地握着，激动地："班长，谢谢你。"

黄明娟的双手都被孙剑平紧紧抓着，脸突然红了起来，语气也有些异样："和我客气什么。"

邢小峰："我们应该找一家像样点的酒店，好好庆贺庆贺！"

黄明娟连连点头："好哇，我们可以正好商量一下细节，不过剑平你可要请客啊！"

孙剑平："那当然，我们去涮火锅吧。我来给陈丹打个电话。"孙剑平到一边打电话去了。

邢小峰："班长，你哪天去吃那个鱼翅鲍鱼什么的，也带着我，让我沾沾光。"

黄明娟："你现在都当老板了，等你们发财了，也让我沾沾光。"

邢小峰："那是，有班长，想不发财都难。"

孙剑平过来："真不好意思，陈丹她不舒服，你们去吧，我回去看看。"

黄明娟说："那你回去吧，我们改天好了。"

邢小峰："剑平啊，你就一个重色轻友。"

孙剑平："去，还是班长理解我。改天我一定请客。"

邢小峰："谁稀罕你请客，快走吧。"

孙剑平："那小峰，方案你先看着。班长，拜拜。"

33. 孙剑平家　日　内

客厅的餐桌上已经放好了几碟菜，孙妈妈端着两碗米饭从厨房里出来，喊道："丹丹，吃饭了。"

透过半开的卧室门，可以看到陈丹正在细心地拔眉毛，陈丹："妈，你先吃，我马上就来。"

孙妈妈放下碗，来到卧室门口，看到陈丹拔眉毛，不满地责备道："赶紧吃饭。怎么整天折腾个没完。"

陈丹吐了吐舌头，放下手中的工具，站在镜子面前欣赏了一番。

孙剑平兴奋又有点着急地冲进家门："丹丹，你怎么了？"

陈丹没有回答，拉着孙剑平来到卧室里，笑眯眯地站在孙剑平的面前，转了一圈，问道："剑平，好看吗？"

孙剑平有些莫名其妙："好看。丹丹，你到底怎么了？"说着，就用手试陈丹的额头。

陈丹："我好好的，剑平，你还记得今天是什么日子吗？"

孙剑平茫然地摇摇头，陈丹："真是的你，今天是我们相爱的纪念日，你怎么什么都忘了。"

孙剑平："就为这个，你急忙忙地把我骗回来？真是的，我还有好多事情呢。"正说着，电话响了。

孙妈妈在外面喊道："剑平，电话。"

孙剑平拿起电话，里面传来小峰的声音："喂，剑平啊，陈丹怎么样？"

孙剑平有些责备地看了陈丹一眼："哦，没什么。怎么了？"

邢小峰："刚才班长他们技术部来电话，想增加一项，让两个多功能厅互动。"

孙剑平："他们不就一个多功能厅吗？怎么是两个了？"

邢小峰："他们打算再增加一个。"

孙剑平兴奋："好啊，你等着，我马上来。"

陈丹露出失望的表情。

孙剑平："丹丹，等以后有时间了我一定陪你过。"说完，孙剑平匆匆地出去了。

34. 孙剑平公司里　　日　内

孙剑平和邢小峰两人挤在电脑前，认真地看着什么。

35. 孙剑平家里　　日　内

陈丹坐在镜子面前，将自己精心化的妆一点一点地擦掉。

化妆台上，手机响了，一条短信蹦了出来，"玩得开心吗？蕾蕾"。

陈丹默默地看了看，回了两个字，"开心"。陈丹看了看镜子中的自己，轻轻地叹了口气，起身来到客厅。客厅里，孙妈妈刚好吃完饭，陈丹抢着收拾碗筷，孙妈妈却制止了陈丹，麻利地在厨房洗了起来。

陈丹见孙妈妈只是用水随便洗洗，说道："妈，用点洗洁精吧。"说着，伸手拿起地上的洗洁精就要往水池里倒。

孙妈妈连忙道："别用了，没什么油，这东西蛮贵的。"

陈丹只好放下洗洁精出去了。

一会儿，孙妈妈忙好厨房的事情，就进屋睡午觉了。

陈丹悄悄地从卧室里探出头，看孙妈妈已经睡下了，就到厨房里，拿出刚才的婆婆洗的碗筷，倒上洗洁精重新洗了起来。

正洗着，身后响起孙妈妈冷冷的声音："丹丹，你在干什么？"

陈丹吓了一跳，失手将一只碗掉到地上打碎了："哦，没干吗。我，我打扫一下卫生。"

孙妈妈来到水池边，严厉地看着陈丹："丹丹，你是不是嫌妈洗得不干净？"

陈丹张口结舌，答不出来。

孙妈妈指着水池中的碗："妈难道不知道用洗洁精吗？持家过日子，能省就要省一点。"

陈丹："可是……"

孙妈妈："你们年轻人享受一点没关系，但是也不能太过分了。"

陈丹："我没有。"

孙妈妈："还没有，花那么多钱，买什么花，不能吃也不能用。还有，洗个脸就要一个多钟头，一睡睡到晌午。丹丹，过日子不能这样。"

陈丹忍了忍："妈，我……"

孙妈妈："丹丹，你也是结了婚，有丈夫的人了。看看，哪有人家男人早上起来做早饭的？"

陈丹："结婚怎么了？男人就不能做早饭了？"

陈丹一顶嘴，孙妈妈火更大了："丹丹，话不能这么说，男人是一家之主，娶老婆不是用来伺候的！"

陈丹再也忍不住了，也大声道："老婆也不是伺候人的。再说了，剑平也喜欢早晨做早餐啊。妈，你就别管了。"

孙妈妈："我不管？我能不管吗？丹丹，夫妻两个人要互相照顾，互相体谅……"

陈丹小声嘟囔了一句："不就一顿早餐吗？至于吗？好了好了，以后让剑平别做就是了。"

孙妈妈："丹丹，有做媳妇这么和婆婆说话的吗？"

陈丹："我不和你说了。"说完，一转身拎起包就走。

孙妈妈气得半天没喘过气来。

36. 大街上　日　外

陈丹一个人闲逛，东看看，西看看，显得很无聊。路过一个街心花园，里面一对对情侣或走或坐，都显得很亲密。

陈丹无聊地拿出电话，先按了蕾蕾的电话，关机。看看周围，又按下了杜刚的电话，刚刚接通，陈丹像意识到什么似的，又挂断了。

37. 杜刚房间里　日　内

杜刚"喂"了几声也没见回音，有些奇怪，再看号码，他若有所思。

38. 孙剑平办公室里　日　内

孙剑平和邢小峰正相对而坐，两个人都不说话，面前的桌子上，放着一叠账单。

邢小峰抄起一份银行对账单："剑平，怎么办，现在账上已经没有多少钱了。"

孙剑平："还有多少?"

邢小峰指了指桌上的账单："就两千多了，还不够支付这些费用的。"

孙剑平长叹了一口气，道："唉。"

邢小峰："要不，我把网吧卖了吧。反正我也没有时间管。这段时间，幸亏杜蔷帮着看着，要不然早就关门了。"

孙剑平："那怎么行? 那是你唯一的生活来源，公司现在状况也不好，卖掉网吧，你吃什么?"

邢小峰一笑："我就到你家吃饭啊。哈哈，就这么定吧。我们还可以问问班长，开发区的业务什么时候能签合同?"

孙剑平："算了，班长已经帮了我们不少，还是先等等看吧。只要目前这笔业务能成，我们就不愁了。"

39. 孙剑平家里　晚　内

孙妈妈气呼呼地在客厅坐着，厨房里传出来阵阵洗东西的声音。

不一会儿，陈丹从厨房里出来了，手里还端着一碟水果。

孙妈妈见陈丹出来了，生气地将头扭到一边。

陈丹没有察觉，在婆婆身边坐下，道："妈，吃点水果。"

孙妈妈没有说话，也没有将头扭过来。

陈丹好奇："妈，你怎么了？"

孙妈妈忽然气呼呼地扭过头来，道："今天的碗，我放了洗洁精了，你干吗还要重洗！你就是以为我们乡下人不讲卫生吗？"

陈丹："我没这么说，妈，你不要胡讲。"

孙妈妈："胡讲？有当媳妇这么说话的吗？"

陈丹："妈，我想把碗洗得干净些有什么不好，讲卫生对大家都好啊。"

孙妈妈："说到底还是嫌我不讲卫生。我不讲卫生，我也把儿子养得这么大了。没病没灾的。"

孙剑平从里面出来："你们在说什么呢？"

陈丹委屈："剑平，你来评评理，我说什么了，要这么说我。"

孙妈妈火更大了："我说你什么了。啊，我还没说什么，你倒先告起状了。啊。"

陈丹："你讲不讲理……"

孙剑平摇摇头："丹丹，你少讲两句，行不行？"说着，把陈丹拉进了房间。

陈丹和孙剑平进入房间里，陈丹将手一甩。

孙剑平："丹丹，你……"

陈丹："不要怪我，我根本就没做错什么。"陈丹气呼呼地往椅子上一坐。

孙剑平走过来，柔声道："丹丹，我不是怪你，我自幼丧父，妈一个人把我拉扯大，这在农村是多么不容易啊。你让着点就是了。"

陈丹噘着嘴，小声嘀咕了一声："我又不是不让她。"

外面传来敲门声，陈丹和孙剑平从里面出来，孙妈妈坐在沙发上，生闷气。陈丹去开门。

邢小峰站在门口。

陈丹："小峰，你来了。"

邢小峰看见陈丹的脸色不对，打趣道："咦，陈丹，怎么了？不欢迎我啊。"

陈丹掩饰道："你胡说什么呀。快进来。"

邢小峰进到房间里，看见孙妈妈的脸色也不好，就知道刚才肯定是婆媳间发生矛盾了，就对孙妈妈道："妈，儿子来看你了。最近过得可好？"

孙妈妈："好。好。"说着，用手擦起了眼泪。

邢小峰凑到孙妈妈身边，道："这是怎么了？谁欺负咱妈了，告诉我，我揍他去。"

孙妈妈有些不好意思："这孩子就会说笑。"

邢小峰："来，妈，我来给你捏捏。"说着，在孙妈妈的肩膀上捏了起来，"妈，这儿住得还习惯吗？这儿人素质都低，您啦，不要和他们计较。谁敢欺负您啊，我抄他家去。"说着，朝陈丹一使眼色。

陈丹凑上来，端起水果，对孙妈妈："妈，吃点水果吧。"

邢小峰："咦，这水果好新鲜啊，妈，您快吃啊，您吃了，我就好动手了。"

孙妈妈只好伸手拿了一块水果。

邢小峰："唉，这就对了呗。妈，这水果，您越吃越年轻，赶明个比陈丹还漂亮。"

孙妈妈终于忍俊不禁，笑道："这孩子，一张嘴不得了。"

正说着，孙剑平开门出来了，邢小峰一见，忙说："哎呀，剑平，你总算出来，你再不出来，估计咱妈就要我不要你了。"

陈丹一推邢小峰："去，忙你的吧，就你会说。"边说，边在孙妈妈的肩膀上捏了起来。孙妈妈的脸色也缓和了下来。

邢小峰夹起一块水果，边嚼边道："好，好，你们母女慢慢聊吧，剑平先借给我用用。"说着，拉着剑平就出去了。

75

40.马路上　晚　外

邢小峰和孙剑平在路边站着，邢小峰掏出香烟，递了一根给孙剑平，点上火后，道："剑平，我觉得你妈和陈丹可能有点问题，她们怎么又吵架了？"

孙剑平长长叹了一口气，道："这又不是第一次了。"

邢小峰："那你可要注意了，婆媳关系可不好打理。"

孙剑平："不说这个了，烦。"

邢小峰："有什么好烦的，兵来将挡，水来土掩。"

孙剑平:"现在一分钱流动资金都没有。"

邢小峰:"没事,有我呢。剑平,有件事。"

孙剑平:"喔,什么事啊?"

邢小峰掏出一张单子:"哦,你把我接的这个单子,做一个方案报个价出来,最好明天就给我。"

孙剑平:"哪儿的工程?"

邢小峰:"南平酒厂的。"

第四集

1. 邢小峰网吧里　晚　内

杜蔷正在门口的桌子后面坐着，埋头算着什么。不时地有人过来向她请教这样那样的问题。虽然天气不太热，杜蔷的额头上却渗出了一层汗珠。

邢小峰来到门口站着看了好一会儿，杜蔷都没有察觉，邢小峰转身从门口的小店里拿了一瓶可乐，递到杜蔷的面前。

杜蔷一见是邢小峰，高兴地叫道："邢大哥。"

邢小峰："快别这么叫了，杜刚要是看到我把他的宝贝妹妹累成这个样子，不找我拼命才怪。快喝口水吧，瞧你那一头汗。"

杜蔷憨憨地一笑，拉开可乐，喝了一大口："真爽。"又喝了一口，道："邢大哥，这段时间，你怎么总不来啊？你来得正好，你猜这几天网吧赚了多少？"

邢小峰看了看网吧里几乎没有空座，轻轻地叹口气。

杜蔷没等邢小峰回答，拿起桌上的账本，指着一行数字，给邢小峰看："没想到吧？邢大哥，我能干吗？"

邢小峰："能干，妹妹就是能干。对了杜蔷，最近还有网瘾吗？"

杜蔷有些不好意思："早没了，那些都太简单了，没意思。"

邢小峰："这段时间多亏你了，杜蔷你就把这些都拿了吧，就算是奖金吧。说什么我也不能剥削童工啊！"

杜蔷："真的吗？我发财了，邢大哥我请你吃饭吧。"

邢小峰点点了头，看着兴高采烈的杜蔷，终于下定决心，道："杜蔷，你，你明天就别来了。"

杜蔷意外："为什么啊？是不是我做错了什么？"

邢小峰："不，不是，是，是，我明天打算把网吧卖了。"

杜蔷不解地问道："干得好好的，为什么要卖掉？"

邢小峰："唉，你不明白。其实我也不想卖的。"

2. 邢小峰网吧门口　早晨　外。

大清早，网吧还没有开门，一辆白色别克轿车开过来，停在网吧门口，杜刚从车里下来，来到网吧门口敲门。

好一会儿，邢小峰睡眼蒙眬地打开门。

邢小峰："这谁呀？大清早催魂啊。杜刚，怎么是你？我正好要找你呢。"

杜刚并不理会邢小峰的疑问，反问道："小峰，我问你为什么要卖掉网吧？"

邢小峰顿了一下，道："进来说吧。"

3. 邢小峰的网吧小房间　早晨　内。

邢小峰的卧室里，没有椅子，只有一张床和一个柜子，杜刚坐在床边。

邢小峰："事情就是这样的，现在我和剑平已经是山穷水尽了，只有卖掉网吧抵挡一阵。"

杜刚："事情有这么糟吗？小蕾昨晚回来，和我说你要卖掉网吧，哭了一夜呢。这丫头，好不容易在你这里才正常点。"

邢小峰："我也是实在没有办法了。"

杜刚沉思了一下，道："要不这样，你把网吧卖给我得了，一来，你们也可以维持下去，二来，小蕾也有事可做了。"

邢小峰："那敢情好哇。"

杜刚："不过，我有一个条件，你还要像以前一样，经常过来看看，这丫头现在就佩服你。小蕾问起，你就说你不卖了。我真怕这丫头再有什么三长两短，我妈经不起。"

邢小峰："那没问题。"

杜刚："那你估算一下，这网吧你要卖多少钱？"

邢小峰："还能卖多少，我现在就想它能让我和剑平缓缓就可以了，就成本价 8 万吧。"

杜刚："嗯，不贵，这样吧，我付你 10 万。"

邢小峰："那不行。我再怎么也不能赚老同学的钱，就 8 万。"

杜刚："好，成交。对了，你刚才说，找我，有什么事情吗？"

邢小峰有些不好意思："是这样的，我和剑平接了个南平酒厂的单子，什么都谈好了，主管的人就是不点头，我都不知道在这家伙身上花了多少银子了。我本来打算今天卖了网吧去找你帮帮忙，酒厂正好归轻工局管，能不能让你家老爷子，打个招呼。"

杜刚："行，回头你把有关资料给我。"

4. 孙剑平办公室里　日　内

孙剑平正在埋头工作，黄明娟从外面进来。见桌子上堆着乱七八糟的文件，叹口气收拾起来。

孙剑平头也不抬，道："班长，你自己坐啊，我马上就好。"

黄明娟边收拾边道："你忙你的。"

一会儿，孙剑平一拍键盘，揉揉眼睛，道："好了。"站起来伸了个懒腰，见黄明娟正在帮忙整理办公桌，抱歉地道："班长，怎么好意思劳你大驾。"

黄明娟："剑平，你……"看到手中正在收拾的文件当中有一叠都是账单，皱了皱眉头，放在一边，问道："剑平，最近业务怎么样？"

孙剑平："还可以吧。"

黄明娟："还可以？剑平，和我说实话。"说着，抖了抖手中的账单。

孙剑平："哎，现在的业务哪有那么好做的，我们的资金本来就不多，有好几单业务现在都悬着。"

黄明娟："为什么不告诉我？"

孙剑平起身倒了两杯水，递一杯给黄明娟，道："有什么好说的。"

黄明娟接过水，喝了一口，问道："小峰呢？"

孙剑平："他也着急，出去想办法去了。"

两人都沉默了一会儿，无语。

黄明娟打破沉默问道："剑平，家里怎么样？你妈和陈丹都还好吗？"

孙剑平长长地叹了一口气，道："好到哪去，还不是那样，三天一大吵两天一小吵。一回家就烦。"

黄明娟："你也别烦了，天下的婆媳能相处好的不多。有空我劝劝陈丹。"黄明娟漫不经心地拉开身边的抽屉，看是印章，取出看了看，是孙剑平的法人印章，黄明娟又将印章放了回去，对孙剑平："剑平，你的印章就这样放啊？"

孙剑平眼睛看着屏幕，随口答道："是啊，用起来方便。"

黄明娟走到孙剑平的身后，道："印章还是要保管好，特别是法人印章，不能随便乱放。"

孙剑平："没关系，公司不就我和小峰两个人吗？"

黄明娟："两个人也要注意啊。"

孙剑平闻声回头看了黄明娟一眼，两人都没有再说话。停了一会儿，孙剑平道："班长，不如中午我请你吃饭吧，一直以来都没有机会谢谢你。"

黄明娟："好哇，难得咱们孙总请客。"

孙剑平："说吧，想吃点什么？先讲好，海鲜可不行。"

黄明娟："那就麦当劳吧。"

孙剑平："你还是喜欢吃麦当劳啊。"

黄明娟："你还记得。"

正说着，邢小峰从外面进来了，手里提着一个包。邢小峰："班长，你来了。"

黄明娟点点头示意，孙剑平好像还没有从刚才的低沉中解脱出来。

邢小峰拿过孙剑平的茶杯，一仰头，喝了大半杯水，然后将手提包拉开，递到孙剑平面前，孙剑平低头一看，包里全是钱。

孙剑平惊叫道："小峰，哪来这么多钱，你抢银行了？"

邢小峰："我把网吧卖了，共8万。"

孙剑平一把抓过邢小峰，道："小峰。你。"

黄明娟也怔着了。

5. 黄明娟办公室里　日　内

宽大整齐的办公室，黄明娟从外面一进来，就把包往办公桌上一扔，人往椅子后面一靠，闭上眼睛。

（闪回一：孙剑平愁眉苦脸的样子。

闪回二：孙剑平那里乱七八糟的账单。

闪回三：邢小峰卖网吧的 8 万元钱）

正想着，办公桌上的电话响了。

黄明娟："喂，你好。"

"……"

黄明娟："李主任您好，我是小黄。"

"……"

黄明娟："真的吗？主任，计划批下来了！可以执行了吗？"

"……"

黄明娟："好的，我立刻通知他们。"

挂上电话，黄明娟一改刚才无精打采的样子，显得很激动。黄明娟立刻拿起电话，刚拨了几个号码，忽然，像是想起什么似的，放下电话，拿起包就出去了。

6. 孙剑平的办公室里　日　内

孙剑平正在和邢小峰仔细核对账单。

孙剑平："小峰，你再仔细算一遍，看看有没有错，钱一旦付出去，回来就难了。"

邢小峰开玩笑似的，道："剑平，核对账单可是你的本职工作啊！"

两人正说着，黄明娟从外面匆匆推门进来了。

邢小峰戏谑道："班长，你干脆到我们这来上班得了，省得你天天跑来跑去的。"

黄明娟顾不上理睬邢小峰，急急地说道："剑平，你猜我给你带来什么好消息了？"

邢小峰："我们还有好消息？"

黄明娟："我们的计划批下来了，主任让我告诉你，明天就去签合同。"

孙剑平："什么？你说什么？"

邢小峰："班长，你该不会是想安慰我们吧？"

黄明娟大声道："剑平、小峰，计划批下来了。主任还特别指示说，要创先公司承接我们的计划。"

孙剑平和邢小峰先是相互对视了一眼，忽然两人齐声叫了一声，紧紧抱在一起，相互捶了对方一拳。

7. 西西的办公室里　日　内

同事："西西，最近和杜经理发展得怎么样啊？"

西西："什么怎么样啊？"

同事："少装了，有眼睛的都看到了，我们的名模动了凡心了。"

西西："什么呀？别胡说。"

同事打趣："真的没有？那我可下手了。"

西西："再胡说不理你了。"

同事："还说没有，开个玩笑脸就红了。说真的，西西，抓紧点，这样的金龟婿全市也没有几个。哎，西西，他家的情况你知道吗？听说，好像还挺有背景的。"

西西："你听谁说的？"

同事："人事部的消息，绝对没有错。"

正说着，杜刚推门进来，西西惊喜："杜经理，你怎么会来？"

杜刚："来看看你，都说你的办公室很有品位，今日一见果然不同凡响啊。"

西西不好意思地笑了笑，杜刚："为我同学的事，谢谢你。"

同事朝西西使了一个眼色走了。

西西："这么说杜经理是来谢我的了？那你打算怎么谢我？"

杜刚："你说吧。"

西西："今天晚上你请客。"

杜刚："好啊，哦，真不好意思，今天不行，我已经有安排了。"

西西："杜经理，这么说，你要是没有同学结婚，就没有时间了？"

杜刚："不是，当然不是，今天真的不行，早就约好的，这样，明天晚上我请你，好不好？"

西西："好吧；那不许变卦啊。"西西说完调皮地伸出一个小手指和杜刚拉了拉，"一言为定。"

杜刚笑了笑："一言为定。"

8. 孙剑平卧室里　夜　内

孙剑平已经躺在床上看着杂志，陈丹身穿睡衣，头上裹着毛巾进来了，往梳妆台前面一坐，卸起妆，两个人都不说话。

好一会儿，孙剑平道："丹丹，最近很忙吗？"

陈丹："嗯，园里搞改革，事多。"

孙剑平："妈对这里不熟悉，你要多抽时间陪陪她。"

陈丹"嗯"了一声，继续收拾自己的脸。

孙剑平有些恼火："哦，妈说你从不在家吃早饭。怎么回事？"

陈丹："不怎么。不想吃。"

孙剑平："你是不是嫌妈做得不干净？"

陈丹："我哪敢啊？她左看我不顺眼，右看我也不顺眼，一天到晚唠叨，恨不得把我拉到旧社会接受再教育。简直一个心理变态。"

孙剑平："丹丹！"

陈丹："好，我不说，不说行了吧，我惹不起，还躲不起吗？"

孙剑平气得白了陈丹一眼，往床上一躺。

陈丹想了想凑过来："剑平，你也说说妈，让她别一天到晚总挑我的不是，她累不累啊。"

孙剑平："好了，让我清净一会儿行不行。"说完，转身睡了，扔给陈丹冷冷的后背。

陈丹一愣，刚要解释，张张口，话又咽了回去，看着孙剑平的后背，陈丹的眼中慢慢地有了一丝泪光。

9. 大街上　下午　外

陈丹和蕾蕾正在逛街。蕾蕾："丹丹，最近表现怎么这么好，老陪我

不负青春不负卿

逛街?"

陈丹:"怎么?有意见啊?"

蕾蕾:"哪里。我求之不得。自从你结婚后,一下班就往家跑,害得我都是一个人逛街,没意思透顶。嗯,还是和你一起逛舒服。"

陈丹苦笑了一下。

蕾蕾看了看时间,道:"丹丹,不早了,我们该回去了。"

陈丹:"再逛一会儿吧。"

蕾蕾:"咦,丹丹,每次都是我求你再陪我一会儿,最近你怎么了,好像不愿意回家似的。"

陈丹将头扭向一边:"哦,不,不是啦。"

蕾蕾将陈丹的头扭过来,认真地说道:"丹丹,肯定有什么事情。快,告诉我。"

陈丹看着蕾蕾,眼中渐渐地涌出了泪水。

10. 面馆　傍晚　内

陈丹和蕾蕾相对而坐,陈丹一边擦眼泪,一边道:"就这样,所以我才不想回家。"

蕾蕾:"那剑平呢,你怎么不和他说呀。"

陈丹:"他都忙成那个样子,天天半夜才回来,有时还忙通宵。再说了,这些都是小事,让我怎么说呀。"

蕾蕾:"这倒也是。可是你也不能总不回家呀。"

陈丹:"我真的不想回去,要不是为了剑平,我肯定不回去了。早上不让睡觉不说了,天天早上蛋炒饭,吃吧,那么油腻,看着就倒胃口,不吃吧,又说不尊重她。哎。"

蕾蕾同情地看着陈丹。

陈丹:"想想,如果就这些也就算了,昨天晚上,她竟然怪我——"

蕾蕾:"说你什么了?"

陈丹:"她竟然怪我不生孩子,说什么,结婚都几个月了,怎么一点动静都没有,要我去医院检查。"

蕾蕾："她怎么管这么宽啊。"

陈丹："就是。"

蕾蕾："那，丹丹，你打算什么时候要孩子？"

陈丹："我也不知道，不过现在剑平的事业刚开始，我想等等，要是有也行，顺其自然吧，反正我也喜欢孩子。"

蕾蕾："那你和他妈说呗。"

陈丹："说什么啊。本来是挺好的事情，还没张口，他妈就先抱怨我一大堆，好像都是我的不是。我真不想理她。"

11. 杜刚车里　傍晚　外

杜刚和西西正坐在车里，杜刚："不知道西西小姐喜欢什么口味？意大利菜？法式大餐？日本料理？"

西西："我当然是客随主便了。"

杜刚："嗯，那我就做主了。"

杜刚正要开车，手机响了。

杜刚："喂，爸爸，怎么了？"

杜刚："好，我马上送来吧。"

杜刚放下电话，道："真对不起，我们可能要耽搁一下。"

西西有些紧张："怎么了？"

杜刚："我妈的药快用完了，我要先去药店，买了药送回去。"

西西松了一口气："那杜经理，方便不方便请我到你家喝杯茶呢？"

杜刚一笑。

12. 杜刚家里　傍晚　外—内。

杜刚引着西西推门进来，杜爸爸正在给杜妈妈按摩。

杜刚："爸爸，妈妈药买回来了。这是我的同事殷西西。"

西西乖巧地说道："伯父伯母，你们好。"

杜妈妈："姑娘，你坐啊。"

杜刚："西西，你坐一下，我马上过来。"杜刚进了里面房间。

西西走过来，对杜爸爸说道："伯父，我来吧。"说着接替杜爸爸，给杜妈妈按摩。

杜妈妈："姑娘，你的技术真不错。"

西西："当初在家的时候，我妈的身体也不好，我就天天给她按。阿姨，你要是觉得好，我就经常来给您按。"

杜妈妈："那敢情好。不过，真不好意思，你看第一次来就让你忙活。"

西西："杜经理和我们都是好朋友，你不用和我客气。"

杜妈妈："好了，可以了。谢谢你姑娘。"

西西停了下来，扶着杜妈妈在沙发上坐好。

杜爸爸正端起杯子一看空了，刚要起身倒水，西西抢先拿过杯子，道："伯父，我来吧。"拿起杯子转身倒了一杯水，递给杜爸爸，道："伯父，你这茶不错，应该是山北的吧。"

杜爸爸意外地："你也懂茶？"

西西笑了笑道："我家不远处就有茶场，所以知道点。"

杜爸爸："嗯，现在的年轻人懂茶的不多了。"

西西："我也只是知道一个大概，不过伯伯，这么好的茶，这么泡是不是有些可惜了？"

杜爸爸放下报纸，道："哦，那你说怎么泡？"

西西："我知道一种泡法和南方的工夫茶差不多，紫砂的茶具，要先烫热，再用凉开水洗茶，然后用 70 摄氏度的地下水冲泡。单是茶香就很醉人了。"

杜爸爸听得连连点头，脸上露出赞许的神色。

杜刚从里面出来，看到这一切心中一动。

13. 开发区机房里　日　内

孙剑平正坐在电脑前做最后的调试，黄明娟和开发区的几个主任都在身后站着。

孙剑平站起来了，道："各位领导，已经全部安装完毕，请验收。"

黄明娟："李主任，您来试试。"

李主任："好，我来试试。"一伸手，在键盘上敲了一下，电脑屏幕上立刻显示出一行精美的大字"开发区管理系统"，随即出现一行主菜单，每个菜单下面还有一列长长的菜单。

李主任叹道："小伙子，不错，是个能人。"

黄明娟和孙剑平不由得对视了一下，双方都是会心的一笑。

李主任："小黄啊，你可为我们开发区立下了一功啊。"

此时，黄明娟身边的胡副科长，脸色十分难看。

黄明娟："李主任，我们到中心机房看看吧。"

李主任："好哇。"

黄明娟和孙剑平等人簇拥着李主任向中心机房走去。

围观的人群也慢慢地跟在后面。

有人小声议论着："听说李主任正在考核接班人呢。咱们黄科长这么能干，说不定就是她了。"

有人："不会吧，黄科这么年轻，还是女的。"

有人："怎么不会？李主任就是咱们科出去的，接班人肯定也是从咱们科里选了。"

……

跟在后面的胡副科长，阴沉着脸，一言不发。

14. 孙剑平办公室里　日　内

邢小峰不停地接电话，公司也不时有人来找。

孙剑平忙着解答来人的各种问题。

邢小峰忙得顾不上擦汗，好不容易得点工夫，邢小峰："剑平，还真是酒香不怕巷子深啊。你看看一个开发区的管理系统，就引起了这么多人的关注，这在以前是想也不敢想啊。"

15. 孙剑平办公室里　日　内

孙剑平正在和黄明娟谈话，可是没有说两句就被电话打断了，好一会儿，孙剑平才能坐下来，对黄明娟道："真对不起啊，班长，最近太忙了。"

黄明娟："忙好哇，难道你希望闲着啊。"

孙剑平："这都要谢谢你，没有你们那个管理系统，哪有今天啊。"

黄明娟："还是你的实力强，否则区区一个单子，至于吗？"

孙剑平："那当然，说真的，自从你们那个单子以后，小峰又连接了好几笔，忙得我都快透不气来了。"

黄明娟有些疑惑地："好几笔？什么业务？"

孙剑平："有什么怀疑的。"

黄明娟摇摇头："我看你还是好好问问小峰。"

孙剑平不以为然地耸耸肩膀。

黄明娟："剑平，你要抓紧时间把验资的事情弄一下，眼看要到年底了，就要年检了，这事还是早点解决好。"

孙剑平："班长你放心吧，我准备忙完手里的这个单子，就来解决这个事情，不会有事的。"

16. 市区某大楼外　日　外

孙剑平和邢小峰从大楼里出来，两个人的兴致都很高，在门口两人都不约而同地回过头来看看大楼"超越大厦"。

邢小峰："剑平，你说咱俩将来会不会也在这个大楼办公？"

孙剑平："那当然，不过不是在这栋大楼里，而是在咱们的创先大厦里。"

邢小峰："照现在的速度来看，我在有生之年是能赶上的。"

孙剑平白了邢小峰一眼："什么话。现在社会原始积累已经不需要那么长时间了，你看那些做网站的，一夜之间成为百万富翁，也不是稀奇的事。咱们只要完成了第一桶金的发掘，下面就是全线展开。小峰，咱们远的不说，就说这个超越，十年前不过是一个名不见经传的小作坊，现在呢。就凭你我，相信我们也用不了十年。"

邢小峰："我没有那么多想法，只想好好赚点钱，和你一起捣鼓点事情，活得有点意思就可以了。"

孙剑平："小峰，千万不要这么想，我们有能力，有条件能做一番大事，为什么不去搏一下？"

邢小峰："好，好，我都听你的。哎，我问你，最近咱妈和陈丹怎么样？"

孙剑平："什么怎么样？挺好的。"

邢小峰："我说哥们儿，你还是注意一点好，这婆媳问题可比台湾问题复杂多了。"

孙剑平："再怎么说，一个是我亲妈，一个是我老婆，还能怎么样。"

邢小峰不以为然地看着他。

17. 黄明娟办公室里　日　内

黄明娟的办公室是一个大套间，外面是胡副科长和小吴等人。正是工作时间，偌大的办公室里静悄悄的，没有人说话，各人都在忙自己的事情。里间是黄明娟的办公室。

下班了，胡副科长等人纷纷起身回家，黄明娟仍然像往常一样，埋头工作。小吴想前去提醒，被胡副科长一把拉住。

胡副科长酸酸地："小吴，别妨碍黄科长工作了。"

小吴看了看，和众人一起离开了办公室。

等众人全部走完了，黄明娟才从办公桌上抬起头，其实刚才胡副科长的话，黄明娟都听见了。

18. 孙剑平家里　晚　内

客厅正放着电视，孙妈妈端着一杯水从厨房里出来，陈丹脸上蒙着面膜，黑黑地露出两只大眼睛，正从卧室出来，孙妈妈被吓了一跳，手中的杯子差点摔到地上。

陈丹歉意地一笑，露出白白的牙齿，在孙妈妈看来更恐怖了。

孙妈妈气愤地："整天抹来抹去的也就算了，现在又装鬼弄神的。"

"什么装鬼弄神啊！"孙剑平从外面进来，问道。

孙剑平看了看陈丹："妈，她这是做面膜，不是装鬼。咦，丹丹，你不是以前都在美容院做吗？"

陈丹："我早就不去美容院了。"说着，进了卫生间。

孙剑平一怔。

不一会儿，陈丹从卫生间出来，进入卧室，孙剑平愣了愣也跟了进来。

卧室里。

孙剑平："丹丹，你怎么不去美容院了？你以前不是挺喜欢去的吗？"

陈丹幽幽地看了孙剑平一眼，道："结婚后，我就没去过了。"

孙剑平不解地问道："怎么了？"

陈丹苦笑了一下："美容院是要钱的，现在咱们这么困难，能省就省点吧。"

孙剑平："丹丹，真对不起，让你跟我受苦了。"

陈丹："没什么，现在业务不是好了吗？等你的业务做大了，我不仅可以经常去美容院了，我们还可以有自己的房子了。"

孙剑平走到陈丹的身后："丹丹，我想和你商量一件事，我，我想先不买房，趁现在行情比较好，我想扩大公司规模。"

陈丹："那我们总不能老是住邢小峰的房子吧。"

孙剑平："这不用担心。小峰也希望我们能尽快扩大公司。"

陈丹："可……"

孙剑平："好了，我们不说这个了，就这么定吧。"

19. 孙剑平公司里　日　内

孙剑平和邢小峰正在看一张报纸，黄明娟从外面进来。

黄明娟："你们在看什么？"

孙剑平："班长，你知道超越集团吗？"

黄明娟："知道啊，就是前段时间买下超越大厦的公司，他们原来想在我们开发区建分公司，后来嫌这里太偏了，就没来。"

孙剑平："看了这报纸，才知道，我原来见过超越集团的董事长。"

邢小峰："哦，在哪见的？你怎么不早说啊，和他们公司做一笔业务，够我们吃一年的。"

孙剑平："哪跟哪呀。超越的董事长叫方军，以前也是我那个破单位的，而且还和我是一个办公室的，他辞职后，我才进来的。在我辞职前，曾和他打过一个照面。"

邢小峰泄气道："那有什么用。"

黄明娟："小峰，你怎么这么势利。"

邢小峰刚要说话，手机响了，到一边接电话。

孙剑平给黄明娟倒了一杯水："班长，坐呀。有什么事情吗？"

黄明娟："没事，我刚好路过，就进来看看。"

邢小峰回来，道："剑平，妥了，贾经理已经同意八折出货了。"

孙剑平："太好了，可真要好好谢谢贾经理。嗯，小峰，你说我们送点什么给贾经理好呢？"

邢小峰："这样，我先去看看，买点什么好，再去提货。"

孙剑平："那，也好。不能太便宜了，小峰，你的钱还够吗？"

邢小峰掏出钱包看了看，又从公文包中拿出一张支票看了看，道："没关系，货款用不了那么多，剩下的应该够了，我就提完货，再去买东西。班长，你坐会儿，我还有点事，先走了。"

黄明娟："你去忙吧。"

等邢小峰出去了，黄明娟放下茶杯，走到孙剑平的面前，低声道："剑平，你们平时都是这样把盖好的支票随身带吗？"

孙剑平："方便啊。"

黄明娟叹了一口气，看着孙剑平认真道："剑平，你公司现在已经扩大了，做事要按照规章来，可不能总这样随便啊。再说，公司现在不止你们两个，如果人人如此，你又怎么办？你好好想想。我走了。哦，差点忘了说事了，我的任命快要下来了。"

孙剑平："是吗？好事啊，什么时候？我们要给你庆贺呢。"

黄明娟苦笑了一下："庆贺就不用了，只是我升职后这摊事情就不归我管了，工作要移交出去，所以你要抓紧，赶紧把注册资金的事办一下。"

孙剑平："我知道了。大概还有多久？"

黄明娟："两三个月吧，最近我还要参加一个学习。"

孙剑平轻轻地松了一口气："还有时间，你放心吧，班长。"

黄明娟："我总是有些不放心。好了，我走了。拜拜。"

孙剑平看着黄明娟的背影，点了点头，转身从抽屉里拿出印章，想了想放入了自己办公室的抽屉里，锁上。

20. 孙剑平家外面　晚　外

傍晚，各家各户都传出了炒菜烧饭的声音，孙剑平疲惫地走过来。还没有到家门口，就听到里面传出来陈丹和婆婆吵架的声音。

孙剑平原本是想进去的，停下来站在门口听了一会儿。

陈丹："这是我们自己的事情，你就别操心了。"

孙妈妈："这怎么是你们自己的事情？这也是我们孙家的事情！我当然要管了。"

陈丹："你管得着吗？"

孙妈妈："你，有你这么说话的吗？做媳妇是这么做的吗？"

21. 大街上　晚　外

孙剑平在街上溜达。不经意间发现有个人贼头贼脑地跟在一位年轻女性的后面。孙剑平感到有些好奇，就悄悄跟在后面。

当进入一条无人小巷时，跟踪者突然上前几步，并拔出一把刀架在姑娘的脖子上，低声喝问着姑娘什么，孙剑平见状从路边拾起一块砖头，大喝一声："小峰，国庆，有打劫的。"

跟踪者一惊，拔腿就跑，顿时没了踪影。

孙剑平顾不上追赶，扔掉砖头，走过来："姑娘，你没事吧。"

被救姑娘紧张地道："我没事。"

孙剑平："这条街晚上比较偏，别一个人走，早点回家。"

被救姑娘摇了摇头。

孙剑平见状，只好道："你外地来的？你要到哪去？我送送你吧。"

被救姑娘："不用了，我前面就到了。"说着，眼泪掉了下来。

孙剑平看她委屈的样子，轻声问道："你怎么了？是不是有什么难处啊？"

被救姑娘看了看孙剑平，好一会儿，道："先生，你贵姓？"

孙剑平："我姓孙。"掏出一张名片，递给姑娘，道："有什么难处，再来找我。"说完，转身就走。

被救姑娘看了看名片，脸上忽然露出一丝奇怪的笑容。

孙剑平没走几步，被救姑娘就在身后连连喊道："等一下，孙先生，请等一下。"

孙剑平："有什么事吗？"

"没，没什么事。我，我叫方娜。再见。"

孙剑平有些莫名其妙，还是礼貌地对她说道："再见。"

22. 邢小峰网吧门口　晚　内

网吧里座无虚席，生意很好。杜蔷正坐在门口的桌子后面，清理账目。

邢小峰拎着一个提袋从外面进来。邢小峰将提袋往桌子上重重一放，把杜蔷吓了一跳。

邢小峰："算什么呢？妹妹。"

杜蔷一笑："当然是算账了，还能算什么。咦，这是什么东西啊？"说着，就翻起了袋子。

邢小峰："都是孝敬你的。"

杜蔷："都是给我买的？这么多开心果。你怎么知道我爱吃？"

邢小峰："切，我是谁。连妹妹爱吃什么我都不知道，这不是找扁嘛。"

杜蔷边从袋子里面往外拿东西边说："开心果，提子，啊，都是我爱吃的。谢谢邢大哥。"

邢小峰一笑："这还有呢。"说着从地上拎起一个台扇放在桌子上面，边通电源边道："没事就开着，空调房本来就空气不流通，这段时间人多，空气更差，全当换气扇用。"

杜蔷边吃着东西，边看着邢小峰在插电扇，没有说话。

邢小峰把电扇放好拍拍手，打开电扇道："好了，这下就不会有污浊的空气损害妹妹的花容月貌了。"

杜蔷感激地看了邢小峰一眼，刚要说话。

孙剑平从外面走了进来，一声不吭地挨着邢小峰坐下来。

杜蔷很礼貌地道："孙大哥，你好。"

孙剑平笑了笑："你好。"

杜蔷转身进去了。

邢小峰："怎么了，剑平，好不容易休息一下，不在家陪陈丹，怎么一个人跑出来了？"

孙剑平苦笑了一下，道："她回娘家去了。"

邢小峰掏出香烟，递了一支给孙剑平，道："怎了，又吵架了？"

孙剑平刚要说话，杜蔷从里面拿着两罐啤酒出来了，递给孙剑平一罐，孙剑平接过来，道声谢。

杜蔷又拉开另一罐，然后递给了邢小峰，邢小峰接过来就喝了起来。

杜蔷："邢大哥，你们聊吧，我进去看看。"说完，冲着孙剑平一笑，又进去了。

看着杜蔷的背影，孙剑平喝了一口啤酒，用胳膊捅了捅邢小峰，小声道："嗨，哥们儿，不错呀，挺懂事的，没有你说得那么邪。"

邢小峰嗯的一个长声，道："靠。你没看见。不过，这丫头最近是变了许多。"

孙剑平喝了一口啤酒，往邢小峰身边靠了靠，小声道："哎，我说小峰啊，这，这丫头，是不是喜欢上你了。"

邢小峰正喝着一口啤酒，听孙剑平这么一说，差点呛了出来，用手一抹嘴巴，道："剑平，这可不能胡说！当心杜刚告我拐骗幼女。"

孙剑平嘿嘿笑了两声，道："你我都是过来人，这还看不出来？"

邢小峰："算了吧！要不是杜刚的妹妹，就她的年龄，和我都得差着辈分呢。哎，我说，哥们儿，你不在家陪太太，跑这消遣我，是不是。"

孙剑平叹了口气没有说话。

邢小峰："让我说中了不是，咱妈和陈丹又这个了？"说着，两只手握着拳头，相对比画了比画。

孙剑平摇了摇头，又点了点头。

邢小峰："哎，你急死我了，到底怎么了？"

孙剑平："小峰，你说这女人怎么一结婚就变了，以前的温柔到哪去了？"

邢小峰："嗨，你装什么大尾巴狼啊，一个女人，哄哄不就得了。泥鳅兴捧，女人兴哄。女人嘛，哄着点就是了。"

孙剑平："哄了，没用。"

邢小峰："那么聪明的人，当初都能追到陈丹，现在哄都哄不好了？想想当初，怎么追到人家的。女人嘛，买束花，送个礼物，再说几句好话，不就得了。你没听说过吗？婚姻是要经营的嘛。你总不至于能哄好客户，哄不好老婆吧？"

孙剑平："你瞎掰什么呀。"

邢小峰："我瞎掰！我说剑平，搞开发你比我行，要说哄女人，我比你强。"

孙剑平一仰头将手里的啤酒喝完，道："算了吧，会哄怎么把老婆哄跑了。不说了，我回去了。"说完走了。

邢小峰笑着指了指孙剑平，摇摇头，口里哼起了《苏三起解》："苏三，离开了……"

忽然，杜蔷不知道什么时候出来，在邢小峰的肩膀上拍了一下，邢小峰被吓了一跳，一抬头，只见杜蔷板着脸，怒气冲冲地站在邢小峰面前。

邢小峰左右看看，见没有其他人，赶紧从椅子上站起来，疑惑地问道："妹妹，你这是怎么了？谁惹你啦？"

杜蔷眼也不眨地瞪着邢小峰，突然哽咽道："你，你欺负我了。"

邢小峰疑惑地指了指自己的鼻子，不敢相信似的问道："我？你是说我？"

杜蔷突然用手捂着脸，哭着跑开了。

邢小峰"哎，哎"地叫了两声，追了过去。

23. 河边　晚　外

离邢小峰网吧不远的地方，有一个环城河，有着三三两两的行人。

杜蔷就捂着脸蹲在地下。

邢小峰追到杜蔷面前，连声问道："小蔷，你到底怎么了？"杜蔷仍然蹲在地下，不说话。

邢小峰着急地："你到底怎么了？你倒是说啊。"

杜蔷忽然哭了起来，而且声音越哭越大。周围好奇的人看过来。

邢小峰一下子真急了，将杜蔷用力地扶了起来，杜蔷低着头，仍旧捂着脸。

邢小峰声音都有点变了，大声地问道："小蔷，你是不是哪不舒服？"

杜蔷摇了摇头。

邢小峰："有人欺负你了？是哪个混蛋黄毛吧，看我不宰了他。"

杜蔷："不，不是黄毛。"

邢小峰："那，是谁？是哪个王八羔子？"

杜蔷忽然扑到邢小峰的怀里，大声哭了起来，旁边很快有几个人围了过来。

邢小峰惊得两只手都不知道，该怎么放，见旁边的人都看着他，连忙柔声劝道："好妹妹，别着急慢慢说。他奶奶的，敢欺负我们杜蔷，看他是不想活了。"

杜蔷不说话，还是大声哭。

邢小峰无可奈何地："你别光是哭啊，你到底说个话啊。姑奶奶，算我求你了。"

杜蔷忽然不哭了，邢小峰一愣，还没有缓过来，杜蔷将邢小峰一推，笑了起来，而且越笑越大声，最后笑得蹲在了地上。

邢小峰莫名其妙地看了看周围的人，显然围观的人也不明白是怎么回事，好不容易杜蔷才忍住笑，捂着肚子，指着邢小峰道："邢、邢大哥，你不是说哄女人你在行吗？我看不怎么样嘛。"

围观的人反应过来，哄堂大笑。

24. 酒厂办公室　日　内

邢小峰正坐在桌前，桌子后面坐着一个中年男子正在看一个合同，邢小峰有些紧张。

不一会儿，中年男子抬起头来，对邢小峰道："好，邢先生，就这么定吧。"说完，拿过桌上的笔，在合同上签了起来，然后将合同递给邢小峰。

邢小峰接过合同，看了一下，连声道："谢谢，楚厂长，您放心，我们一定会按时交货。"

楚经理站起来："好，我相信你。杜局长推荐来的，应该没有问题。"

邢小峰也站了起来："那当然，那当然。那我就不叨扰您了，告辞。"说着向楚经理伸出手来。

楚经理也伸出手和邢小峰握了握，道："见到杜局长，请代为问个好。不送了。"

邢小峰："请留步，一定转告。"说完，邢小峰离开了。

25. 酒厂大门外　日　外

邢小峰从酒厂出来，在阳光下站了一会儿，忽然回过头来仰头打量了酒厂一会儿，再转过头来，突然，高兴地一握拳头"耶"地做了一个手势。看看左右无人，掏出手机，拨了孙剑平的电话。

邢小峰："喂，剑平，不管你在哪，马上回办公室等我，有要事。"说完，就挂了电话，伸手拦了一个出租车，上去了。

26. 孙剑平的公司里　日　内

几个员工正在埋头工作，邢小峰"咚"的一声撞开门进来。

里面的员工被吓了一跳，都不知道邢总怎么了，邢小峰径直冲到里间，一看孙剑平不在，立刻回头问道："孙总哪去了？"

一个员工小心地答道："不知道，不过孙总刚才来电话，说他马上回来，如果您回来了，让您等他。"

邢小峰长长出了一口气，进到里面的办公室，在孙剑平的椅子上坐了下来。

一会儿，外间传来的孙剑平的声音："邢总回来了吗？"

有人答道："回来了，在里面等您。"

随着声音孙剑平从外面进来。孙剑平把包往桌上一扔，问道："你急着找我什么事？"

邢小峰面无表情地看着孙剑平，孙剑平有些发毛，道："怎么了？"

邢小峰："剑平，你如果有钱了，你最想干吗？"

孙剑平："最想买套房子，这样你就不用到处打游击了，可以回家住了。"

邢小峰："那我们现在就买，好不好？"

孙剑平用手试试邢小峰的额头："不烧啊，你疯啦，现在买房？嗯，我们砸锅卖铁倒也够一套房啊。"

邢小峰没有说话，从包里拿出一张纸，递给孙剑平。

孙剑平疑惑地接过来一看，有些不敢相信，又看了看，抬起头来看着邢小峰问道："这，这是真的吗？"

邢小峰点点头。

孙剑平突然叫了一声："小峰，咱们玩大了。"

邢小峰也叫了一声："剑平，发了。"

两人同时说道："我们发财了。"说完，两人又相视一笑。

孙剑平高兴地来回在办公室里走了几圈，对邢小峰说道："小峰，我都不敢相信，酒厂真的把这么大的工程转给我们了？"

邢小峰："别说是你了，就是我也不敢相信。"

孙剑平："小峰，你知道吗？仅这一单，就够我们吃上一年的了。小峰，你立下了头功。我都不知道该说些什么了。"

邢小峰打趣道："难不成孙总要给我发奖金？"

孙剑平："奖金？对，你当然该奖。"说着，从办公桌上拿过一张纸，唰唰几笔在纸上写了一行字，然后递给邢小峰，邢接过来一看，上面写着"孙剑平自愿将创先公司百分之三十的股份送给邢小峰，以示奖励"。

邢小峰笑道："好哇，等创先发展得像联想一样，我就是亿万富翁了，我要好好留着。"说完，将纸条折了一下，放到口袋中，"不过在我成为亿万富翁之前，你可不可以先请我吃饭，我从早上到现在还没有吃饭。"

孙剑平一听哈哈一笑，道："好，我请客，请你去吃海鲜，好不好？"

邢小峰："这还差不多，先来点现的。走。"

27. 邢小峰网吧里　日　内

杜蔷正在解答一个小男孩的问题，忽然外面忽拉拉进来了几个人，显然是喝多了，几个人都有些站不稳了，一个黄头发的瘦子来到杜蔷的面前，道："美女，快，给哥哥们找几台机子。好好伺候着，哥哥有赏。"

杜蔷赶紧迎上去，道："各位，真对不起，这里现在没有空机子，要等一会儿了。"

一个满头红发的酒渣鼻："等？笑话。大爷从来就不知道等是怎么回事。没机子，是吧？好。"只见酒渣鼻左右看了看，走到一个戴眼镜的小男孩身边，把一瓶啤酒往键盘上狠狠一放，把正在上网的小男孩吓得一跳。酒渣鼻也不说话，瞪着小男孩，小男孩有些害怕，悄悄地站起来向后退，酒渣鼻见状一屁股坐了下来，道："这不是有位子吗？"

杜蔷皱了皱眉头，没有理他，拉过小男孩道："小弟弟，你先回去吧，今天的网费不用交了。下次再来玩。"

一个也是满头红发的长满青春痘的，凑到杜蔷的面前："好姐姐，你也安慰安慰我吧。"

青春痘旁边的一个矮胖的平头，拉了拉青春痘，轻轻摇了摇头。青春痘没有理他，继续向杜蔷靠近。

杜蔷刚要发脾气，一只手伸过来，一把把杜蔷拉了过来，来人正是邢小峰。

杜蔷一见邢小峰，叫道："邢大哥，他们欺负人。"

邢小峰把杜蔷拉到身后，看了看青春痘，没有说话。此时网吧里的人，眼看局势不对，都悄悄地往外退。青春痘和邢小峰对看着，有些心虚，黑脸平头，往青春痘身边一凑，青春痘好像有些气壮了，歪着头，笑道："怎么，英雄救美？"

邢小峰用背在身后的一只手，把杜蔷往门口一推，然后，往青春痘身边慢慢走过去，口中也笑道："哪里，不敢当，我只是想安慰安慰你。"话音刚落，只见邢小峰抄起键盘上的酒瓶，一个转身，向青春痘的头上抢过去，整个动作如行云流水一般，一气呵成。青春痘根本没有反应过来，眼看酒瓶就要砸到头上了，旁边的黑脸平头，把青春痘往旁边一推，青春痘一个踉跄，本能地伸手拉着平头，把平头的身体拉歪了，酒瓶刚好砸到平头的头上，啤酒伴着碎玻璃向四处散开。平头的头上也流下的鲜血，众人都被吓傻了。平头晃了晃，慢慢地倒在地下，青春痘都傻了。

邢小峰，顺手抄起一个板凳，道："怎么？还要不要安慰了？"

酒渣鼻反应过来，呼地也抄起一个板凳，和邢小峰对峙起来。

外面传来警报声，有人喊道："110来了。"警报声近了，围观的人向两边散开，几个身穿110制服的人冲了进来，后面跟着戴眼镜的小男孩。

一个110："放下凶器。"另外几个110冲上去，将邢小峰和酒渣鼻、青春痘都铐了起来。黑脸平头也摇摇晃晃地从地上起来，其中一个110看了看黑脸平头，道："一起带走。"

杜蔷在一旁冲出来，拉着邢小峰，冲着一个110道："是他们先来捣乱的，干吗带走邢大哥？"

110看了看杜蔷，一挥手，道："一起带走。"

第五集

1. 110 警车内　日　外—内

杜蔷挨着邢小峰蹲在一边，对面蹲着青春痘、酒渣鼻和头上裹着白布的黑脸平头。杜蔷脸色苍白，有些发抖，两只手紧紧地抓住邢小峰的胳膊。

邢小峰拍了拍杜蔷的手背，笑道："没事的，讲清楚就行了。"

2. 警察局的一个房间内　日　内

邢小峰、青春痘、酒渣鼻、黑脸平头都双手抱头，一字排开，蹲在墙边。

一张桌子和一把椅子，警察甲坐在椅子后面，桌子上放着一叠纸，杜蔷正站在一边。

警察甲道："在这地方签个字。你就可以回去了。"说着在桌上一张纸上指了指，并递给杜蔷一支笔。

杜蔷苦着脸，回头看了看邢小峰，刚要低头写字。

杜刚、孙剑平在警察乙的带领下，进来了。

杜刚一进门："小蔷。"

杜蔷一见杜刚，一下子就扑倒在杜刚的怀里，终于哭了出来。

杜刚搂着杜蔷，不停地安慰道："好了，好了，小蔷，没事了。"

孙剑平："小峰，怎么搞的？没伤着吧？"

邢小峰朝孙剑平示意了一下腕上的手铐，道："没有，这几个小崽子怎么能伤到我！"

警察甲叱喝道："蹲下，不许胡说八道。"

邢小峰耸了耸肩膀，向孙剑平做了一个鬼脸。

正说着，门一开，于国庆从外面进来了。

孙剑平和杜刚都很意外，不约而同地道："国庆？！"

于国庆来不及和他们打招呼，疾步走向地上蹲着的黑脸平头，急切地问道："国华，伤哪了？让我看看。"

黑脸平头："哥，我没事。"

孙剑平、杜刚、邢小峰齐声："哥？他是你弟弟？"三人相互对视了一眼。

3. 公安局外的一个茶楼里　日　内

孙剑平、杜刚、于国庆、杜蔷围坐在一张桌子旁。四人都沉默了。

于国庆："国华是我叔叔的遗腹子，从小在我家长大。虽说，这孩子从小就不太听话。不过，他绝不会去调戏女人的。"

孙剑平看了看杜刚，给于国庆倒了一杯水，道："这里有个误会，小峰是误伤了你弟弟。"

于国庆端起杯子喝了一口水，道："哎，国华这孩子，吃点亏也好。没关系的，你们不用担心，刚才医生说，拆了线就好了，也没什么后遗症。"

杜刚看了剑平一眼道："我担心的是小峰。照现在的样子看来，判个三五年都有可能。"

杜蔷一听，带着哭腔道："哥，我不要邢大哥坐牢。"说着，起身来到于国庆身边，哀求道："求求你，不要让邢大哥坐牢。于大哥，我赔你钱。求求你了。"

杜刚："小蔷，不要添乱。"

于国庆笑了笑道："好妹子，不要担心，小峰不会坐牢的。"顿了顿，又道："如果我不让国华起诉，不知道小峰还会不会有事？"

孙剑平和杜刚相互对视了一眼，眼中都充满了感激，孙剑平道："恐怕还是要拘留。"

杜刚："哦，我想起来，好像我爸爸有个部下，调进了公安局，我去找找，看有什么办法。"

4. 公安局门口　日　外

邢小峰在杜刚、杜蔷、孙剑平等人的簇拥下，从里面出来。

于国庆和一个女孩正在大门口站着，旁边停着一辆三轮车。

邢小峰上前一步，握着于国庆的手道："谢谢你啊。国庆。"

于国庆道："谢什么，谁叫我们是同学。"

杜刚："我提议，我们一起去聚聚吧。"

于国庆道："不行啊，国华今天出院，我要去接他。知道小峰今天出来，我拐过来看看。出来就放心了。"

女孩："大哥，要不我去接国华就行了。你就别去了。"

孙剑平看了看女孩，问道："这是？"

于国庆："我堂妹，国华的姐姐国红。"

邢小峰一听，绕到于国红的面前，道："真对不起，打伤你弟弟，特此向你道歉。"说着一鞠躬。

众人一愣，于国庆哈哈一笑，道："小峰，你啥时从日本回来的？小日本那套都学会了？"

众人哄堂大笑，于国红的脸一下子红了。

于国庆道："国红接了国华就直接回家，等我回去再找这小子算账，净惹事了。好，我们走。"

一个高个子时尚女子悄悄地跟在众人后面。

5. 酒店的大厅里　日　内

孙剑平一行人围着桌子，边吃边喝，大家兴趣都很高。

孙剑平："国庆，要不你不要再送啤酒了，你看我们老同学聚在一起多开心。来和我们一起干吧。"

于国庆笑着摇摇头："剑平，小峰，你们的好意我领了，我挺喜欢现在的工作，挺好的。真的。我挺知足的。"

杜刚："我说剑平，你就别劝了，国庆虽说话不多，但是一旦下定决心，你很难说服他。好了，难得我们聚会，不如我们一起去酒吧坐坐？我知道一处，刚开的，环境挺好的。小姐，买单。"

于国庆："今天算了，一天都没有回家了，我那丫头一天看不到我连觉都不睡。下次吧。"

邢小峰："哎，我说老于啊，什么时候把咱大侄女带来玩玩啊，也见见我们这些叔叔伯伯的。"

一个酒店服务员来到杜刚面前："先生，你的账单已经结过了。"

杜刚："结过了？"

服务员点点头："是的，是那边的那位小姐结的。"说着一指不远处的高个子女人。

杜刚等人都诧异地朝那个女人看去，高个子女人见大家都在看她，朝众人举了举杯。杜刚和众人都诧异地相互看看。

高个子女人收拾了一下，向众人走来。

邢小峰小声道："杜刚，你可以呀，倒有小姐主动为你结账，这好事我怎么没遇到过。"

杜刚白了他一眼，高个子女人走过来冲大家一笑，杜刚刚要起身答话，高个子女人没有停留，径直走到孙剑平面前，道："孙总，你好，还记得我吗？"

孙剑平："你，你是……"

高个子女人："孙总好健忘，你借过钱给我。"

孙剑平："你是，你是那个被打劫的。叫……"

高个子女人："方娜。"

孙剑平："对，对，你是方娜。这么巧。"

方娜："不巧，我从公安局就一路跟着过来了。"

孙剑平："怎么了？你是不是又遇到什么困难了？"

方娜："哦，没有。孙总，上次的事情，我还没有好好谢谢你。"

孙剑平："小事一桩，干吗还记在心上。"

邢小峰："什么事？什么事？"

孙剑平："没你什么事。"

6. 孙剑平家里　日　内

陈丹和孙妈妈正面对面地吃饭，两人都不说话，默默地吃饭。

吃完饭，孙妈妈动手整理碗筷。

陈丹抢过来，道："妈，您歇着吧，我去洗。"

孙妈妈看了陈丹一眼，没有说话，来到沙发前打开电视。

陈丹不说话，只是默默地收拾碗筷。然后又开始拖地，忽然电话响了，孙妈妈赶紧起身，一把拿起电话，道："喂。"

电话里传来蕾蕾的声音："阿姨，我找一下陈丹。"

孙妈妈有些失望，对正在拖地的陈丹，道："找你的。"

陈丹接过电话，道："喂，蕾蕾。"

孙妈妈带着一点渴望的神情看着陈丹，陈丹有些疑惑，用手捂住话筒，疑惑地看了看婆婆，孙妈妈有些无趣，回到电视前，无聊地拿起遥控器乱换台。

陈丹和蕾蕾在电话中聊着，显然很开心，陈丹阴了一天的脸上，露出一些笑意。

电视的声音猛然间大了起来，原来孙妈妈无意中换到一个频道，猛然增大的声音把孙妈妈也吓了一跳，赶紧按遥控器，但是慌乱中，声音越按越大。

陈丹不由得皱起了眉头，小声地对着话筒道："蕾蕾，你等一下，我到里面接。"说完挂上电话，转身到卧室里去了。

孙妈妈好不容易使电视的声音变小了，见陈丹进去了，有些懊恼，把遥控器往沙发上一摔。

陈丹在卧室里，不时地发出一阵的笑声，孙妈妈想知道媳妇在说什么，就悄悄地来到卧室门口，可是陈丹的声音太小，孙妈妈什么也听不清，只能听到陈丹不时发出的笑声。孙妈妈有些生气了，回到电视前，赌气似的将电视的声音放得很大。

7. 孙剑平公司里　日　内

孙剑平办公室里，桌子上摊着乱七八糟的纸，孙剑平有些烦，坐一会儿，又站一会儿，来到外间。

几个员工正在埋头工作，一会儿电话响了，员工甲接起电话："喂，哪位？"

"……"

员工甲："大点声，听不清。什么？不在。"说完，咣的一声挂上了电话。

孙剑平在一边听着直皱眉头，来到员工甲的工位旁，恼怒地道："怎么回事！在学校没学怎么讲礼貌啊。怪不得客户都抱怨我公司没礼貌。下次再让我听到这样，扣你工资。"说完气哼哼地进去了。

员工甲："对不起，孙总，我下次注意。"

8. 孙剑平家里　中午　内

孙妈妈气呼呼地坐在沙发上，电视声音放得很大。

孙剑平从门外一进来，就喊道："妈，有什么好吃的吗？我饿坏了。"

孙妈妈："太不像话了。"

孙剑平皱皱眉头，将电视的音量调得小了一些："什么不像话？妈，你在说什么呀？丹丹呢？"

孙妈妈："说你老婆。到现在也没有起床。哪有做媳妇这么懒的。"

孙剑平："没起来？这个小懒虫，我去看看。"说完，推门进了卧室。

卧室里，陈丹已经起来，正靠在床上看着杂志，见孙剑平进来，放下杂志，从耳朵里掏出棉花团。

孙剑平："怎么还不起来？不舒服吗？"说着，伸手就要试陈丹的额头。

陈丹一抬手，将孙剑平的手挡了回去，气呼呼地道："就是舒服也被吵得不舒服了。你听听，哪有电视放这么大声音的？开 party 呀？"

孙剑平："至于嘛，让妈关小点就是了。"

陈丹："她要肯关才行。讨厌。"

孙剑平刚要说话，门外，孙妈妈喊道："剑平，吃饭了。"

孙剑平一听，又笑着对陈丹说道："你看，妈照顾得多好，起来吃饭吧。"

陈丹："不吃。气都气饱了。"

孙剑平的脸沉了下来，皱着眉头道："丹丹，别太过分了，妈都做好饭了。"

陈丹："我过分？我不就想睡一会儿觉吗？"

孙剑平："你吃不吃？"

陈丹将头一扭："不吃。"

孙剑平："不吃就不吃。"说完，咣的一声关门出去了。

陈丹气得把头一蒙又睡下了。

9. 开发区外　日　外

孙剑平低着头，正慢慢地向公司走去。

"剑平。"黄明娟也正从另一个方向向开发区走来。

黄明娟走到孙剑平面前，看到孙剑平阴沉的脸，关切地问道："剑平，怎么了？"

孙剑平看着黄明娟，好一会儿问道："班长，你来加班吗？"

黄明娟："反正在家没什么事情，到办公室来看看。剑平，你怎么了？发生什么事了？"

10. 孙剑平家卧室里　日

陈丹无聊地躺在床上，看着天花板，一阵阵"咕咕"声传来，陈丹从床上起来，拿起一个饼干桶，打开一看空了，陈丹叹了一口气，只好喝了一口水，又躺到床上。

忽然手机响了。

陈丹："喂。"

手机里，杜刚的声音："喂，陈丹。在忙什么？"

陈丹有气无力地："睡觉。"

手机里，杜刚的声音："大好天气，睡什么觉。我们公司正举办一个大型野外活动，和剑平一起来参加吧。"

陈丹："剑平不在家，估计在公司加班。"

手机里，杜刚的声音："哦，剑平这么忙。"

陈丹有气无力："是啊，他有一两个月都没有休息了。"

杜刚："陈丹，怎么了？声音听起来这么没劲，是不是生病了？"

陈丹："没有，就是有些烦。"

杜刚犹豫了一下："那，要不，陈丹，你来和我们一起玩玩吧。年纪轻轻的，干吗把自己整天弄得死气沉沉的。"

陈丹："不方便吧？"

杜刚："有什么不方便的，这里都是年轻人，大家就是聚聚。还要搞什么篝火晚会呢，反正是周末明天不上班。你要是觉得不好玩，我就早点送你回去，反正我有车，方便着呢。"

陈丹略一考虑，答道："好吧。在哪？"

手机里，杜刚的声音："太好了，二十分钟后，我到你家门口接你。就这么定了回头见。"

说完，电话挂上了。

陈丹长长出了一口气，起身，打开柜子，找起了衣服。

11. 开发区门口的咖啡馆　日　内

孙剑平和黄明娟正相对而坐。孙剑平长出一口气，伸手从桌上的烟盒里拿出一支烟点上。

黄明娟又给孙剑平面前的杯子倒上水，道："剑平，其实对于这婆媳关系，你根本不需要太在意。阿姨和陈丹都是个性很强的人，但是心肠都软。你只要在她们面前多说一点好话，肯定没事。"

孙剑平吐了一口烟圈道："这老娘和媳妇是不是天生就是对头，我和她们单独在一起的时候怎么就没有发现过。唉。"

黄明娟："你不要这样，陈丹挺好的。她和阿姨只是生活习惯不同，才会有点磨擦。我最近有点忙，一直说找陈丹聊聊都没空。你放心吧，我说话，她还能听的。对老人嘛，哄着点，就可以了，再说，阿姨又不是那种不讲理的人。没有事的。"

孙剑平苦笑笑："但愿如此吧。"

12. 酒店门口　晚

孙剑平一路往家走去，当路过一个大酒店的时候，酒店门口挂着一条横幅，上面写着"就餐得门票"，孙剑平看了一眼，忽然停了下来，原来这正是孙剑平第一次约陈丹的地方，当初也是同样的横幅。

（回忆：在同一个酒店，相同的横幅内容。孙剑平捧着一束花，在酒店门口正等陈丹，陈丹来了，光彩照人。

陈丹："剑平，干吗要来这，那么贵。"

孙剑平指了指横幅道："看到了吗？今天吃饭送门票，这样我们一起吃饭，然后，还可以一起看比赛。多好！"

陈丹娇羞道："就你聪明。"）

想到这里，孙剑平像是决定了什么似的，进了酒店。

13. 酒店里柜台前　　晚

孙剑平正对柜台小姐吩咐道："给我定一个包间，另外……"

14. 大马路上　　晚

孙剑平的心情显然已经好转，伸手拦了一辆出租车，刚打开车门，抬头看见马路对面的一家花店，正在营业。门口摆着一大堆花。孙剑平一顿，对司机道："师傅，我到对面买个东西，你等我一下啊。"

出租车司机："行啊。"

孙剑平关上车门，道："谢谢啊。"说着向对面跑去。

15. 花店门口　　外　　晚

孙剑平捧着一束百合花，高兴地从花店出来。

（回忆：陈丹接过花，满脸高兴的样子）

16. 孙剑平家里　　晚　　内

客厅里，孙妈妈正一个人在看电视，边看还边抱怨着："这么晚了，一个都不回来。"

孙剑平从外面开门进来，道："妈，我回来了。"

孙妈妈迎上去，道："怎么又这么晚，吃饭了吗？"

孙剑平把包往沙发上一扔，人疲惫地往沙发上一靠，道："吃过了。"

孙妈妈在儿子身边坐下来，道："你们都不在家吃饭，老是我一个人，下次我也不用做饭了。"

孙剑平揉着太阳穴道："丹丹呢，不是在家陪你吗？"

孙妈妈："你那个媳妇，现在也忙，经常不回来吃饭。她哪里愿意陪我啊，我做的早饭她也从来不吃。哼，每次我洗过的碗她都要重洗。这哪是娶媳妇啊，简直供一个菩萨。"

孙剑平的眉头皱在了一起。推开卧室门一看，陈丹果然不在。

孙剑平将花放在客厅茶几上，拿过电话，拨了起来。电话听筒内传出一阵"不在服务区"的回音。孙剑平的眉头不由得皱了起来，脸色也慢慢地阴了下来。

17. 杜刚的小汽车内　晚

郊外的，通往城区的路上，杜刚和陈丹正开车往市里赶，陈丹显然很着急，不停地看着手表，又打开手机，气得嘟囔道："什么破地方，怎么老是没有信号？"

杜刚边开车，边劝道："你不要急，这是盲区，过了这里就有信号了。"

陈丹叹了一口气，把脸转向了窗外。

杜刚看了看陈丹，柔声劝道："再有一个小时，我们就进市区了。"

陈丹："还要这么长时间啊！"

杜刚："这么急干吗，反正明天也不上班，晚点有什么关系。"

陈丹："我没有和剑平说就出来了，这么晚了，我没回去，他不急死。哎。"

杜刚："丹丹，和我在一起就让你这么无聊吗？"

陈丹："不，不是的。杜刚，能再快点吗？"

杜刚叹了口气，点了点头。一踩油门，汽车向飞了一样，在黑夜中急驰着。

18. 孙剑平家卧室里　夜

孙剑平拨了陈丹的手机，仍然是"不在服务区"的回音。

孙剑平想了想，拨了陈丹父母家的电话。

孙剑平："喂，爸爸。"

电话里陈丹父亲的声音："哦，剑平啊，这么晚了有什么事情吗？最近怎么也不回来了？挺忙吗？"

孙剑平："是啊，有点忙。"

陈丹父亲："咦，怎么了？和丹丹吵架了？丹丹的脾气不好，你就让着她。让丹丹接电话，我来说说她。"

孙剑平赶紧掩饰道："丹丹已经睡了，我没事，就是好久没去看你和妈，问候一下。爸爸，您早点休息吧。"孙剑平将电话挂上。

孙剑平站起来在卧室里来回走了几步，又拿起电话，拨起了蕾蕾的电话。

孙剑平："喂，蕾蕾吗？我是孙剑平啊。"

蕾蕾的声音："剑平啊，是丹丹让你打的吧。臭丹丹，说好今天陪我逛街的，竟然放我鸽子，让丹丹接电话。放心，本小姐今天心情好，不会怪她的。"

孙剑平失望地："丹丹已经睡了，她让我告诉你以后陪你逛街。"孙剑平沮丧地挂上电话。

19. 郊外马路上　外　晚

陈丹沉着脸坐在车内，杜刚一边开车一边偷眼看陈丹。悄悄地，杜刚又踩下了油门，车速更快了。

远处，灯光迅速地往后退着，杜刚的车飞快地超过一辆又一辆车。

前方一个弯道，一辆农用车正慢慢地和杜刚的车相对开来，农用车里两个司机正边聊边喝着酒，把一个车开得东倒西歪的。

远处，杜刚的车飞快而来，在拐弯处，等杜刚看到农用车的时候，杜刚一个急刹车，发出一阵刺耳的刹车声音，将无精打采的陈丹吓得一下子睁大了眼睛，农用车的司机也被吓得忘记了刹车。幸亏杜刚使劲打方向盘，别克车急挨着农用车停了下来。农用车的司机被吓傻了，等杜刚跳下车，一看，两个车已经紧紧挨在一起了。陈丹也跳下车，一看这状况，吓得紧紧地抓住杜刚的胳膊，说不出话来。

杜刚拍了拍陈丹的手，道："陈丹，你到车上去，别怕。"说着，将陈丹扶进车内，关上门和农用车的司机交涉起来。

陈丹在车内好一会儿才反应过来，自己和杜刚出车祸了，赶紧拿出手机，一看还是没有信号。陈丹气得把手机一摔。

车外，杜刚正指手画脚地和两个农用车的司机交涉着，好像很不顺利似的。也不知道杜刚说了什么，一个农用车司机突然走了。陈丹担心地紧紧抓住自己的小包，脸色苍白。

一会儿，杜刚回到车内，陈丹睁大眼睛，张了张嘴，却说不出话来。杜刚笑了笑，道："没关系的，警察一会儿就来。他们去叫了。"

陈丹还是呆呆地看着杜刚，杜刚先是疑惑地看了看陈丹，忽然，拍了拍陈丹的脑袋，柔声安慰道："陈丹，别怕，有我呢。"

20. 孙剑平家卧室里　　夜

时钟已经指向凌晨两点了，孙剑平两眼睁得圆圆的，看着天花板。忽然一阵开门声，陈丹悄悄地走了进来，蹑手蹑脚地，推开卧室门，孙剑平赶紧将眼睛闭上，假装睡着了。陈丹来到孙剑平面前，看了看孙剑平，又悄悄地换了衣服，躺到床的另一边。

孙剑平始终没有睁开眼睛。

21. 商场门口的大街上　　日　　外

孙剑平在马路边，拦出租，正是上下班高峰期，拦了几辆车都被人抢了去。孙剑平看了看时间，气得骂了一句粗口。只好在路边等着。

方娜从商场出来，一眼看见孙剑平，高兴地走过来，道："孙总，真巧啊。"

孙剑平："方娜，你好。"

方娜："孙总总算记住我的名字了。要表扬。孙总，你这是……"

孙剑平："越急就越急，我急着要办事，总也拦不着车，好像今天全市的人都打车了。"

方娜："你要到哪办事啊？"

孙剑平："宁霞路。"

方娜："这样吧，我也正好要到那附近，我送你吧。跟我来。"

说完，带头向停车场走去。孙剑平疑惑地跟在后面。

22. 商场停车场里　日　外

方娜走在前面，孙剑平在后面，两人在一辆红色的轿车面前停下来，方娜打开车门上去了。

孙剑平一愣，随即也从另一侧打开车门钻到轿车里。

方娜拉过保险带。

孙剑平好奇地问道："方小姐，这是谁的车？不错啊。"

方娜一笑："朋友的。借来开两天。"

孙剑平："你朋友挺有钱啊，能有这车。"

方娜："哪个人没有几个穷亲戚富朋友的。"

孙剑平点点头。

23. 轿车内　日　外—内。

方娜和孙剑平在车内一边开一边聊着。

孙剑平："方小姐……"

方娜打断了孙剑平的话，道："请叫我方娜。"

孙剑平咳嗽了一声，道："方娜，你在哪高就啊？"

方娜刚要回答，手机响了，方娜道："对不起。"然后，按下了键："喂。"

（一段英文对话）

孙剑平在一边听得吃惊不已。

方娜挂了电话，抱歉地对孙剑平笑了笑道："我啊，现在待业，没工作。"

孙剑平："不会吧，像你这样的英文，估计全市也找不出几个。"

方娜："不过一些对话而已。怎么，孙总有意请我？"

孙剑平："开玩笑吧，我那个小公司。"

方娜："孙总是担心我不能胜任？我可是刚从美国读完 MBA 回来啊。"

孙剑平："不得了，现在的女人怎么都这么能干啊。你能到我公司来吗？"

方娜："那要看你给我多少薪水了？"

孙剑平："可惜我的公司实在太小了，刚起步，付不了多少薪水。"

方娜一笑："小怎么了？联想不也是从小作坊起步的？如果孙总真的有意，我们可以找个机会好好谈谈啊。"

24. 方娜的住所　内　晚

方娜穿着睡衣从里面出来，端着一杯红酒，拿着电话："哥，你就让我在这里待一段时间吧。既然爸爸和你都能在这里起步，我也一定行的。"

方娜在沙发上坐下来："哥，我不要钱，我就想试试我能不能白手起家。好了，我不和你说了，放心吧。"

方娜放下电话，露出一丝得意的微笑。

方娜拨通了孙剑平电话："孙总吗？我是方娜。"

电话里传来孙剑平："方娜。你好你好，没想到是你的电话。"

方娜："不知孙总还有意请我吗？"

孙剑平："怎么？你真的愿意来我的公司吗？你的薪水？"

方娜："我愿意来，但是有一个条件。"

孙剑平："你说。"

方娜："薪水多少无所谓，如果你认可了我的能力，你要给我一定的股份，具体比例，到时再说。我们面谈好吗？"

孙剑平顿了顿："好吧。"

25. 孙剑平的公司里　日　内

邢小峰正在和几个职员吹牛，孙剑平和方娜从外面进来，邢小峰一见，很意外，道："剑平……"

孙剑平一抬手制止了他，大声道："我来宣布一件事。"顿了顿。

员工们仍然坐的坐，站的站，都看着孙剑平，一个员工："孙总，你别卖关子了，快说吧。"

在孙剑平身后的方娜见状，皱了皱眉头。

孙剑平："我宣布一个最新人事任命，"说着，将方娜推到众人面前，道："任命方娜小姐为我们公司总经理助理。"

邢小峰一愣，道："剑平，可以啊，知道搜刮美女了。"说完，带头鼓掌起来，众人跟着一起鼓掌。

26. 孙剑平公司里　日　内

公司里平时放置杂物的地方，已经被清理出来，增加了两盆花，环境也干干净净，每个员工的邮箱里都收到了方娜代表总经理发出的一封邮件——"员工守则"，详细规定了各种规章制度。

员工的精神面貌在不知不觉中变化着：着装统一了，上班时几乎都是职业装；接电话也习惯了用规范语言"你好，创先公司"等。

方娜正在给几个员工做职业礼节的培训。

孙剑平和邢小峰从外面进来。

邢小峰一见，皱着眉头道："又搞这些花花肠子。"

孙剑平欣赏地看了一会儿，道："我觉得挺好。"

邢小峰拉过孙剑平道："剑平，你出来一下，我有话对你说。"说完，转身出去了。

方娜见孙剑平他们进来，没有停止工作，只是向孙剑平点了点头。

孙剑平也向方娜一示意，跟在小峰后面出去了。

27. 孙剑平公司外　日　外

邢小峰一出公司门，很恼火地将领带和外套都脱了下来。

孙剑平见状，笑道："怎么了小峰？是不是那个女魔头又给你惹事了？"

邢小峰："不是，是我在公司感到他妈的别扭。"

孙剑平："有没有搞错，有人敢惹我们邢总？他不想活了。"

邢小峰："剑平，你看，我们还是老老实实地赚我们的钱，别一天到晚，又是'你好你好'，又是花花草草的。弄得我们的爷们儿都像太监似的。"

孙剑平顿了顿，语气有些沉重："小峰，你还记得我们俩一起到超越大厦的事情吗？当时你不是说：看看人家，大公司就是不一样。"

邢小峰："人家那是跨国集团，我们能比吗？"

孙剑平："为什么不能比？我就是要和超越比。"

"好，有志气！没想到我们开发区还能出一个跨国集团。"黄明娟不知道什么时候悄悄地站在两人的身后。

孙剑平有些不好意思："班长，什么时候来的？"

黄明娟："想不来也不行啊，隔着几条马路就听到我们邢总在发脾气。"

邢小峰冲着黄明娟嘿嘿一笑，道："班长，别拿我开涮了。"

孙剑平和黄明娟都笑了起来，孙剑平的手机响了，孙剑平笑着到一边接了手机，脸色马上沉了下来，孙："行了，我知道了，回头再说吧。"

黄明娟和邢小峰两人相对一视，显出紧张神色。

28. 体育用品专卖店里　日　内

陈丹在柜台前慢慢地看着，一对情侣正在挑选礼盒。

女："你看，有乔丹签名呀。"

男："梦之队全体人员都有签名，值。"

陈丹呆呆地看着二人。

（回忆：少年陈丹、于国庆、黄明娟、杜刚正坐在泰山公园里一起聊天。

少年孙剑平和邢小峰兴致冲冲地跑过来。

孙剑平举着一张海报道："快看，大家快看，乔丹签名的海报。"

少年陈丹、于国庆、黄明娟、杜刚等一起围过来。

杜刚："真不错，怎么弄到的？"

邢小峰："为了这么张破纸，愣排了一夜队。"

孙剑平："甭说一夜了，就是十夜都值。"着迷地看着海报，脸上呈现出沉醉的神色。

少年陈丹看着孙剑平，痴了。）

（回忆完）

29. 孙剑平家里　日　内

陈丹郁闷地放下电话，看了看床上的礼品盒，闷头坐着。床头摆放着一张陈丹和孙剑平的合影，陈丹有些烦躁，来回在房间里走了几步，忽然，拿起包，捧着礼盒就要往外走，刚到门口，想了想，又将礼盒轻轻地放到衣柜里，满意地看了看，关门出去了。

客厅里，孙妈妈正在缝着东西，电视响着，陈丹从卧室出来，对孙妈妈道："妈，我有点事出去一下。"

孙妈妈不满地看了陈丹一眼："哦，别总是一天到晚往外跑。"

陈丹不理会，换了鞋出去了。

30. 孙剑平公司里　日　内

孙剑平正在埋头编制程序，方娜敲门从外面进来。

方娜："孙总，可以耽误您一点时间吗?"

孙剑平："坐下谈。"

方娜仍然站着道："根据我们公司现在的业务情况，我建议成立专门的客户服务部，现在的售后服务工作基本都是同事们兼做的，没有专门的售后人员，从长远来看，非常不利于公司的发展。售后工作在将来势必成为公司工作的关键。这是我对客户服务部的一些建议和想法，请您过目。"说完，递给孙一个文件夹。

孙剑平接过来，打开看了一会儿，还没有说话，邢小峰从外面进来了。

孙剑平："小峰，你来得正好，你也看一下，方娜的提议。"说着将手中的文件夹递给了邢小峰，"我也觉得该有人专门来做售后工作了。"

邢小峰接过文件夹，翻了翻，道："好哇，省得那帮祖宗老是和我抱怨，说我们卖完东西就找不到人了。"

孙剑平："那好，方娜，你就全权负责这件事情吧。我先仔细看一下，然后我们找个时间碰一下。"

方娜："好的。孙总、邢总我先去准备一下。"离开。

等方娜关上门，孙剑平对邢小峰："怎么样？能干吧，这 MBA 就是不一样啊。"

邢小峰："能干是能干，花样也多。"

孙剑平笑了笑，没有说话。

31. 开发区公交车站　日　外

陈丹从公交车上下来，看了看周围，向孙剑平的公司走去。

刚走了几步，有人喊道："陈丹，陈丹。"陈丹一回头，黄明娟坐在轿车里伸出头，正冲着陈丹招手，陈丹走过去。

黄明娟从车里出来，道："陈丹，这么巧，你这是去哪？"

陈丹："班长，我到剑平那看看。"

黄明娟："真巧，我也正要到剑平那去，上车吧。"

陈丹"哦"了一声，上了黄明娟的车。

32. 孙剑平的公司外　日　外

陈丹和黄明娟从车里出来，黄明娟回头冲着车内："小吴，你先回去吧。"

轿车内小吴的声音："黄科长，再见。"说完，轿车启动。

黄明娟挽着陈丹："走，我要告诉剑平他们一个好消息。咦，剑平知道你来吗？"

陈丹摇了摇头。

黄明娟："那太好了，我们吓他一下。"

"班长，你要吓谁一跳啊？"邢小峰和孙剑平从里面出来。

孙剑平："丹丹，你怎么来了？有事啊？"

陈丹："没事，我随便转转。你们是要出去吗？"

孙剑平："是啊，小峰刚刚得到消息，化工厂要搞电子化改革，我们去看看。"

黄明娟："你们也知道啊，我正要来告诉你们这个消息哩。"

邢小峰："剑平，看来错不了，班长都知道了，这应该是条大鱼了。"

孙剑平："太好了，我们快去看看吧。"

邢小峰："你别去了吧，我去就行了。"说着朝陈丹使个眼色。

孙剑平："不行，我从没有接触过化工厂，不看看，心里没底。丹丹，你和班长先坐一会儿吧。"说完一伸手拦了一辆出租车，和邢小峰上车离去。

陈丹失望地看着出租车远去，不说话。

黄明娟连忙上前挽住陈丹的胳膊，道："陈丹，你很少到这来吧。我带你转转。我们这里新开了一个咖啡馆，听说很不错，我还没有去过，走，我们看看去。"说完，不由分说拉着陈丹就走。

33. 开发区门口的咖啡馆里　日　内

陈丹默默地坐着，看着黄明娟一样一样给自己介绍着各种东西。

黄明娟："听人说蓝山咖啡比较适合女性，我就喜欢云禧咖啡。你呢？"

陈丹默默地看着黄明娟，忽然眼圈一红，差点落下泪来。

黄明娟："陈丹，陈丹，别这样，到底怎么了？发生什么事情了？来慢慢和我说说。"说完递了一张餐巾纸过来。

陈丹接过纸巾，长叹了一口气，道："班长，我……"

34. 杜刚家里　傍晚　内

杜刚一家人正坐在沙发上，杜刚翻着杂志，不说话。

杜爸爸："刚儿，那天来的那个叫西西的姑娘不错，现在的女孩难得有这样的。"

杜妈妈："是啊，那姑娘心地挺好，模样也好。"

杜刚笑笑不说话。

杜蔷在一边插道："哥，是不是人家没看上你？"

杜刚："你烦死了。这没你什么事，一边待着去。"

杜妈妈："刚儿，不是妈说你，你也老大不小的了，也该成个家了，妈能看到你们成家立业，死也瞑目了。"

杜刚："好，好。"

杜爸爸："你妈说得没错，居家过日子，是实实在在的东西，娶妻生子更是要适合自己的。做父母的不勉强你，但是，你还是要认真考虑一下。"

杜刚："爸，我会的。"

35. 咖啡馆里　傍晚　内

陈丹一边用纸巾擦着眼泪，一边长吁短叹地："班长，你说说看，我和剑平一直都好好的，怎么他妈一来，一切都不对了，整天不是这个不对就是那个不对，有的时候，我真的不想回家。烦都烦死了。"

黄明娟若有所思地叹道："家家都有一本难念的经。老人跟小孩差不多，要哄。剑平知道吗？"

陈丹点点头。

黄明娟："也让他劝劝他妈。"

陈丹："他一天到晚忙得不见人影，哪管得了。"

36. 孙剑平公司里　日　内

孙剑平坐在老板桌后面有些得意，口里还哼着歌，电话响了。

孙剑平："喂。"

电话里邢小峰的声音："剑平啊，是我。"

孙剑平："小峰。怎么了？"

电话里邢小峰的声音："剑平告诉你一个好消息，化工厂的事情有门。于厂长已经点头了。"

孙剑平："真的吗？那太好了！那你快点回来，我们好好合计合计。"

电话里邢小峰的声音："不行啊，我的一个朋友帮了很大的忙，我要好好谢谢他。哎，对了，剑平，上次不是说咱们要成立一个客户服务部吗？我推荐一个人。我这个朋友可是在大厂做了十几年的售后工作了。这次化工厂的事情就是他帮的忙。"

孙剑平："可以呀。你看着办好了。"

电话里邢小峰的声音："行，等忙好这几天，我就带他来。哎，哥们儿，你就等着发财吧。"

孙剑平："好哇。"说完电话挂上了，孙剑平兴奋地站起来，来回走了几步。

37. 杜刚公司西西办公室　日　内

公司正在上班，人人都在埋头工作。

杜刚来到西西面前，认真地道："西西，你今晚有空吗？我想请你去看音乐会。晚上六点半，我去接你。"说完，转身走了。

西西先是莫名其妙，然后换上惊喜的表情，公司的其他人反应过来，开始起哄。

38. 于国庆家的院子里　傍晚　外

这是一个普通的小院，坐落在市郊，显得有些破落，但是干净整洁。一进门是三间房，左右各有一个小间，左边是厨房，于国庆的妻子正在里面炒菜。

小青和于国庆的妈妈正在玩，于国庆的爸爸正在伺候着一盆花，院中有一棵树，树枝上还挂着一只鸟笼，里面的鸟正欢叫着。

于国庆从外面骑着三轮车进来了。

小青迎上去："爸爸，爸爸。"

于国庆赶紧停好车，抱起女儿，道："哎，小宝贝，今天乖不乖啊。"一使劲，腰一疼，不由得哎哟一声。

小青："爸爸，小青好乖。"

于妻闻声从厨房出来："小青下来，爸爸忙一天累了。老于，今天怎么回来这么早？你看你，天天累成这样。"

小青听话地从于国庆身上滑下来，跑进厨房。

于国庆边脱外衣，边道："今天拉了一个大活，不错。"说着，到三轮车那里拿出一个纸包，和一个水垫。

于国庆："我买点猪头肉，和爸爸喝两盅。妈，你坐这个试试。"

于妻："这是什么？"

于国庆："水垫，我看那些开车的，都坐在这个上面，一定舒服。"

于妈妈抱怨着："花这个钱干什么。"

小青端着一个脸盆，盆中有一些水，道："爸爸，洗脸。"

于国庆："唉，小青真乖。"接过脸盆，洗了起来。

于妻拿过一条毛巾，来到于国庆身边道："国庆，我看不如去找找你的那几个同学吧，做点别的什么事，都比现在强，累死累活的。"

于国庆满脸是水，抬起头道："不啦。他们也不容易。"

于妻："我看他们混得都挺好的。"

于国庆接过毛巾，边擦边道："我们不也挺好的嘛。老婆孩子热炕头，我一样不少啊。"

于妻："去，就你嘴贫，收拾收拾吃饭吧。"转身进厨房了。

于国庆一阵傻笑。

39. 孙剑平公司里　傍晚　内

公司的员工已经下班了，孙剑平在椅子上长长地伸个懒腰，站起来整理一下桌子，也准备回家。

方娜推门进来："孙总。"

孙剑平："咦，方娜，你还没走。"

方娜递给孙剑平一个文件夹："孙总，你看一下，关于客户服务部的详细运作情况，我已经做好了。"

孙剑平接过来翻了翻，道："这么快啊。你看着办就行了，不用问我。"说着，又将文件夹递给方娜，"哦，对了，小峰推荐了一个人，来做客户服务部经理，过几天，你看看。"

方娜接过文件夹，顿了顿道："孙总，我觉得咱们不如公开招聘客户服务部经理，一来，可以广泛吸收人才，二来，也可以扩大公司影响。至于邢总推荐的，可以参加招聘，或者作为副手，你看怎么样？"

孙剑平："嗯，行，就这么办。"

方娜笑了笑道："好，我这就去准备。另外，孙总，中秋节快要到了，对于那些客户，我们是不是该表示点什么？"

孙剑平："哦，这样，我和小峰商量一下吧。"

40. 西西家楼下　傍晚　外

杜刚坐在车里，正听着音乐。

西西从楼道口出来，盛装打扮，美丽异常，来到杜刚车前，打开车门，坐了进去，冲着杜刚粲然一笑。

杜刚有些意外吃惊地看着西西，不自主地道："西西，你真漂亮。"

西西有些不好意思，将头微微低下。

41. 人才市场里　日　内

创先公司的招聘栏前到处都是人，方娜被众人围在中间，满头是汗正解答大家的问题。

42. 孙剑平公司外　日　外

三三两两的人络绎不绝，几乎都是来找创先公司的，人们悄悄议论。

"怎么以前不知道还有一个什么创先，搞什么的？"

"好像是搞电脑的，听说在招什么经理。"

"难怪，这么多人。"

43. 孙剑平公司里　日　内

孙剑平坐在椅子上，对面坐着方娜和一名看起来十分精干的年轻男子。

孙剑平手里拿着一个文件夹，边看边点头，道："嗯，非常好，徐先生欢迎你的加入。"

说着，冲年轻男子伸出手，握了握。

年轻男子："谢谢，孙总，我会努力的。"

方娜："孙总，我先带徐先生去办手续。"

孙剑平点点头，方娜和年轻男子出去了。他们刚出去不一会儿，邢小峰进来。

邢小峰："剑平，怎么回事？"

孙剑平："哦，小峰，你看这次招聘来的徐进，非常合适担任客户部经理。你上次和我说的那个朋友，要不换别的或做副经理怎么样？"

邢小峰："我都和别人说过了，再说，人家也是大公司的经理，来这做副经理，不合适吧。"

孙剑平："那怎么办？这个人的条件真的很合适。"

邢小峰皱着眉头，想了一会儿，道："算了，我来和他说吧。"

正说着，方娜从外面进来，道："孙总，徐进的手续已经办好了，明天可以上班了。"

孙剑平有些为难，看着方娜，点点头。

邢小峰有些不满地将头扭向一边。

孙剑平见状，冲着方娜挥了挥手，方娜退了出去。

孙剑平走到邢小峰面起，拍了邢一下肩膀，道："怎么了？哥们儿。我正好还有个事情，要和你商量。"说着，在邢小峰旁边的沙发坐了下来，道："中秋节快到了，你看我们该怎么打点一下客户？"

邢小峰缓过脸色，道："这事，我早想好了，你看……"

第六集

1. 孙剑平公司　日　内

以前显得空荡荡的公司，现在也变得很拥挤了，整个公司人来人往，显出一幅蒸蒸日上的景象。

孙剑平从外面进来。前台小姐："孙总。"

孙剑平微微点点头，径直走到自己的办公室里，推开门，邢小峰正在里面。

孙剑平放下包："小峰，你在太好了，和你说个事。"

邢小峰有些没有精神，道："什么事？"

孙剑平："你怎么了？生病了吗？"

邢小峰："没有。"

孙剑平："你猜我们现在赚了多少钱了？"

邢小峰："不知道。"

孙剑平伸出一只手，向邢小峰示意了一下，道："五十万，怎么样。你对我们的成绩还满意吗？"

邢小峰："是吗？有这么多啊，我们买辆车吧，桑塔纳帕萨特广本？要不奇瑞也行。还有，办公地点不够用了，你看外面挤的。"

孙剑平："不，小峰，眼光要放远一点，我们现在是有了一些资金，但是钱要用到刀口上，要把我们的业务范围扩展一些，不仅要承接现在网络工程项目，我们还可以进行软件开发。而且我们还要涉及一些硬件，最好能有自己的工厂，我们开发出什么产品，就自己生产，自己向市场推出。"

邢小峰："你还想进行软件开发啊，你不记得我们给杜刚开发的那个软件了，得不偿失。"

孙剑平："我记得，怎么不记得！不过软件开发是一块巨大的蛋糕，我们不能放过。小峰，你放心，不出三年，什么桑塔纳、帕萨特的，靠边站了，咱们一人来一个奔驰600，到那个时候，还租什么办公室，自己盖。那个超越大厦，不是12层吗？咱们啊，就盖他一个21层的。怎么样？"

邢小峰："我发现你比我还能吹啊。"

2. 孙剑平办公室里　日　内

孙剑平正站在窗口，呆呆地看着窗外。黄明娟从外面进来。

黄明娟："剑平，怎么这么清闲，看什么呢？"

孙剑平一笑，道："没什么，休息休息眼睛。"

黄明娟："休息眼睛？剑平，我看你还是休息休息你自己吧？最近怎么样？"

孙剑平："什么怎么样？没怎么样，挺好的。"

黄明娟："挺好？剑平，你该多和陈丹谈谈，家庭问题可是关键啊。"

孙剑平一笑，道："谈什么，没什么好谈的。"

黄明娟："集腋成裘，你可千万不要把人民内部矛盾转化为敌我矛盾，那时后悔可都来不及啊。"

孙剑平一笑，道："没那么严重吧。"

黄明娟突然慎重地说道："剑平，我反复考虑了一下，为了以免后患，你抓紧时间，将注册资金填上。这个方法是最干净的了。"

孙剑平："你放心，班长，钱我已经准备得差不多了。下星期我就去办。"

黄明娟："千万不要拖，一想到你这块，我总是担心。"

孙剑平："放心吧，班长，我知道的。"

正说着，方娜从外面进来，道："孙总，你……"看到黄明娟，"孙总，你有客人，我等会再来。"

黄明娟："我该走了，不妨碍你们工作了。"

孙剑平笑着点点头，等黄明娟出去了，才收回眼光，看着方娜道："什么事？坐下说吧。"

方娜："孙总，今天邢总给了我中秋节的礼品安排，我觉得这样做似乎不太好，我们可以花同样的钱，可以起到更好的效果，我有一个设想，你看。"说着，递给孙剑平一张纸，"您看看，两百份礼品的钱，不如拿来用公司的名义举办一个中秋晚会，邀请所有和我们有关的人员参加，这样会更有意义，而且还有利于公司的形象宣传。"

孙剑平接过纸，看了好一会儿道："不错，花钱不多，效果更好。"

方娜像是得到鼓励一样，道："我还设想，在晚会上设立贵宾席来安排一些重要人员，他们就不会有被忽略的感觉了。"

孙剑平："好，就照你说的去办吧。"

方娜高兴地出去了。

3. 邢小峰网吧里　日　内

网吧里几乎没有空座，杜蔷正坐在门口的椅子上，不时地向外张望着。有人向杜蔷请教，杜蔷也不耐烦地打发了，显得没有一点心情。

邢小峰远远地出现了，杜蔷一见高兴地迎了出去。

杜蔷脸有些红道："邢大哥。"

邢小峰："妹妹，怎么了？又有人来捣乱了吗？"说着走到网吧里伸头看了看，"没有啊。"

杜蔷："没有，你那么厉害，谁还敢来啊。"

邢小峰："那你一个电话一个电话催我过来，到底怎么了？"

杜蔷："哦，没有人捣乱就不能请你来了啊。你是怎么做老板的？这么不关心自己的事情。"

邢小峰张了张口想要解释，忍住了，道："得。是我错了。"

杜蔷："这还差不多。"脸又红了，扭捏起来。

就在这时，邢小峰的手机响了。邢小峰："喂。"

邢小峰："什么？李哥你有没有搞错？好的，我马上过来。"说完，挂了电话，对杜蔷道："妹妹，真对不起，我有点急事。明天我请你去吃哈根达斯。"说着，伸手拦了一辆出租车，上车离去了。

杜蔷一见邢小峰离去了，气得一拍自己的脑袋，自言自语道："真笨，该说的时候，就说不出来。切，我就不信了，你躲得过初一能躲得过十五。"

"小蔷，你在发什么狠啊？"不远处，一个像杜蔷一样时尚的女孩和两个男孩正走过来。

杜蔷意外惊喜道："离离，怎么是你们？"

离离："没想到吧。我们找了你很久了，还以为你失踪了。哎，怎么搞的，最近总不见你去上网？"

杜蔷："切，我早就不玩那些小儿科了。我现在是网管了。来，今天你们来上网，免费。"

4. 茶馆里　日　内

一个大约四十岁的男子，正坐在一张桌子前，邢小峰匆匆地从外面进来了，在中年男子的身边坐下来，顾不上喘气，道："李哥，消息确切吗？"

李哥："确切，我是亲耳听到厂长这么说的，还说，再过几天有关的文件就要下来了。"

邢小峰："李哥，有没有听到，大概要增加多少？"

李哥："这倒没有，看厂长的口气，好像是要翻好几倍。"

邢小峰："现在就七十多万了，好几倍，那就是有好几百万了。"

李哥："我估计也差不多。小峰，这可不是小数目了，你干得了吗？"

邢小峰："不是我干不了干得了的问题。而是，这么一来，蜂拥而来的人肯定多了，就是一些大公司也会参与竞争的。看来事情要麻烦多了。"

李哥："小峰，你还是要早想办法。"

邢小峰若有所思地点点头："这么大的项目，但是保证金也是一笔不小的数目啊。"

李哥："小峰，我倒有一个办法。"

邢小峰："哦，什么办法？"

李哥："小峰，上次厂长和我谈起这个项目的时候，曾提到过，他有一个亲戚也是学电脑的，手上有一些钱，成立了一个小公司，一直想做点什么。你看不如让他和你们合起来接这个单子。"

邢小峰："好啊，他出钱，我出力，利润共分。"

5. 孙剑平公司里　日　内

孙剑平和邢小峰正面对面坐着，孙剑平："小峰，这么一来，化工厂的骨头变成了肉了。"

邢小峰："是啊，不过这对我们可不是一个好消息。"

孙剑平："早知道这样，还不如刚开始就签了合同。现在变成肉又消化不了了。"

邢小峰："这也不一定。事在人为，咱们都能啃得动骨头，还怕吃不下肉？我再去打听打听。如果真的增加到几百万，估计这笔，厂长说了都不能算。上面的领导肯定要参与。"

孙剑平："所以小峰，我想，我们不和那个什么厂长的亲戚合伙，我们还是单独承接这个单子。"

邢小峰："可是，我们的资金也不够啊。"

孙剑平："凑凑也差不多。"

邢小峰："剑平，我们把所有的鸡蛋放在一个篮子里，岂不是风险太大了？"

孙剑平："没有高额投入哪里来高额回报。我心里有数。"

邢小峰："剑平，我还是觉得不妥。"

孙剑平道："小峰，你怎么变得婆婆妈妈的了，就这么定了。唉。对了，小峰，和你说个事。"说着，孙剑平从办公桌上拿起一张纸，道："中秋节的事情，方娜提出了一个好办法，举办一个'创先公司'中秋晚会，将所有的头头脑脑都请来，趁机也在媒体上宣传宣传。这是贵宾席的安排，你看看有什么意见。咱们也真正创先一回，别总和别人一样。"

邢小峰接过纸看了看，没有说话。

孙剑平一见，道："小峰，当然如果你不同意，我们再商量商量……"

正说着，有人敲门，方娜推门进来，道："邢总，外面有位小姐找您。您……"

"邢大哥。"杜蕾从门口挤了进来，冲着方娜道："哼，我见邢大哥还要预约啊。"

邢小峰一愣："小蕾，你怎么来了？"

杜蕾冲着孙剑平笑了笑，走到邢小峰身边，挽起邢的胳膊道："邢大哥，你说明天请我吃哈根达斯的，现在就是明天啊。"

邢小峰:"小蔷,你不在网吧,你到这来干什么啊?再说,我上班啊。"

杜蔷将嘴一噘道:"我不管。反正现在是明天了。哦,孙大哥,我们去吃冰激凌,你不去吧?"

孙剑平忍住笑道:"哦,我不去,我减肥。小峰,答应了人家就要兑现呀。"

邢小峰气得瞪了孙剑平一眼,无奈地对杜蔷道:"好,走吧,祖宗。"杜蔷得意地冲着邢小峰做了一个鬼脸,挽起邢小峰的胳膊就外走。

邢小峰走过方娜身边顿了一下,看了方娜一眼,没有任何反应,带着杜蔷出去了。

等邢小峰出去了,孙剑平才笑着道:"小峰这下完了,惹上这个魔女了。对了,方娜,中秋晚会的事,你抓紧办吧。"

6. 冰激凌店里　日　内

杜蔷兴高采烈地吃着,边吃边滔滔不绝地说着。

邢小峰有一搭、没一搭地应着。

杜刚带着西西从外面进来,邢小峰和杜蔷都没有发现,杜刚看到他们一愣,但是没有说话,悄悄地带着西西从旁边走了。

7. 杜刚家里　晚　内

杜刚和杜爸爸、杜妈妈正坐在客厅里,楼道里传来杜蔷的歌声。

杜刚道:"爸妈,你们先别问,我先和她谈谈。"

杜爸爸和杜妈妈都点点头。杜蔷推门进来,道:"爸,妈,我回来了。哥哥,你怎么在家,没约会啊?"

杜爸爸和杜妈妈一皱眉头,杜刚朝他们使了个眼色,道:"小蔷,你到我房间来一下,我正好想和你说个事。"

杜蔷:"好哇,我洗个澡就来。"

杜刚和杜爸爸杜妈妈相互对视了一眼。

8. 杜刚卧室里　晚　内

杜刚闷头坐着,手里玩弄着手机,杜蔷洗完澡进来了,头发还湿漉漉的,手里还拿着一听可乐，往杜刚的床上一坐，道："什么事？"

杜刚看着杜蔷，拉开衣柜，取出一条毛巾，给杜蔷擦着脑袋，道："湿头发也不擦干，容易感冒。"

杜蔷嘿嘿一笑，喝着可乐。

杜刚边擦头发，边问道："小蔷，网吧干得怎么样？"

杜蔷："挺好的。"

杜刚："我想了一下，给你另找一个工作好吗？你也大了，网吧的工作总不合适。"

杜蔷："有什么不合适啊，我喜欢。"

杜刚："那地方什么人都有……"

杜蔷打断道："我喜欢，我就是喜欢。"

杜刚："好，好，你喜欢就算了。邢小峰最近去还常去吗？"

杜蔷一听到"邢小峰"嘴角露出一丝微笑，道："他不常去。"

杜刚："那你还见到他了？"

杜蔷："见啊，我们今天还见呢。咦，哥，你是不是想说什么呀？"

杜刚像下了决心似的，道："嗯，小蔷，邢小峰是帮助过你，我也很感激他，我也帮了他很多，但是我不希望你和他多接触。"

杜蔷一愣，差点将可乐喷到床上，诧异地问道："为什么呀？"

杜刚："怎么说呢，他和你是两类人……"

杜蔷呼地从床上站起来，道："哥，你别说了，我喜欢他，就是喜欢他，你说什么也没有用。你不是他的同学吗？你该去劝劝他，我喜欢他，就是他本人不同意都不行，别说你了。"说完，哼了一声，摔门出去了。

杜刚被噎得半天都没有说出话来。

9. 茶馆里　日　内

杜刚和邢小峰相对而坐，杜刚刚要开口说话。

邢小峰做了一个手势制止，道："杜刚别再说了。你以为我想啊，你那宝贝妹妹像个魔女似的，都追到我办公室去了。"

杜刚："对不起，小峰，我那妹妹从小就被娇惯坏了，谁的话也不听。我爸妈为这事情都愁死了。小峰，我知道，这事挺为难你的，你就帮着说说她吧。"

邢小峰："杜刚，你这话就见外了，我从小就一个人，忽然来了这么一个妹妹疼还疼不过来呢，何况她还比我小将近一轮，我再怎么着，也不能拐骗幼女吧。"

杜刚感激地道："谢谢你，小峰。"

邢小峰："好了，别这样，小小领袖于国庆说，'谁叫我们是同学'呢。"两人都笑了起来，正笑着，邢小峰的手机响了，邢小峰接了电话后，脸色变得很沉重。

杜刚疑惑地问道："小峰，怎么了？"

邢小峰看着杜刚忽然眼前一亮，道："杜刚，这事，你可得帮帮我们。"

10. 孙剑平公司里　日　内

孙剑平正在给黄明娟打电话。

孙剑平："班长，我想再拖一段时间。"

电话里传来黄明娟高分贝的声音："拖！为什么？"

孙剑平："我正准备接化工厂的单子，需要打保证金，等投标一结束。我就马上办。"

黄明娟严厉道："剑平，你可不能开玩笑，这事弄不好是犯法的，是要坐牢的！"

孙剑平："我知道，班长，反正这个单子也就是眼前的事情了，就是拖也拖不了几天，你就放心吧。"

黄明娟："剑平，你还是不要拖，赶紧去办，办妥了，你再安安心心地做你的生意。"

孙剑平："恐怕来不及，这么一办资金怎么也要半个月不能动，有半个月的时间，化工厂的投标早结束了，反正这事也不急于一时的。"

黄明娟："孙剑平，不行，你必须立刻去办，一天也不能拖了。"

孙剑平："知道了，知道了。好了，小峰来了，我不和你说了。"说完，没有等黄明娟说话，就挂上了电话。孙剑平自言自语道："女人啊，到底是头发长见识短。"

邢小峰匆匆进来，邢小峰道："剑平，现在已经落实了，增加到 400 万，而且要进行公开招标。据说市政府还有人参与。"

孙剑平："公开招标？连个标准都没有，怎么招标啊？"

邢小峰叹了口气道："所以才麻烦，无章可循。"

孙剑平也叹了口气，低头想着什么问题。忽然，孙剑平眼前一亮道："有了，既然国内没有过，那么有关部门肯定会借鉴国际的标准，方娜不是在美国读过 MBA 吗？可以问问她，看有没有道道。"

邢小峰："嗯，好吧。"

孙剑平拿起桌上的电话："方娜，你过一下来。"

11. 孙剑平公司里　日　内

公司里，孙剑平、邢小峰、方娜正坐在一起。

方娜："孙总，邢总，化工厂的这次招标，从各个方面来看，政府有可能希望将它作为一个范本，成为企业信息化管理的一个标志。因此，我建议我们集合各方面的专家，成立专门的投标小组，公开应标。一来，可以提高我们中标的实力，二来，我们也可以通过这次投标，整合一下资源，加强公司的项目经营能力。"

孙剑平有些疑惑，转向邢小峰问道："小峰，你看呢？"

邢小峰："方娜说得有道理，就目前的情况来看，我们也确实需要各方面的帮助，否则单单一个标书，我们制作起来就有很大的困难。不过，如果参加的人多了，我们的利润就会分摊，本来招标利润就不高。还是明天，我去打听一下，看都有哪些人参与招标。从这方面活动活动。"

孙剑平沉思了一会儿，道："既然你们都认为可以成立投标小组，我们就成立投标小组，小峰你和方娜一起把这件事情管起来。我们可以兵分两路，方娜去筹建投标小组，小峰你打听一下具体情况。"

方娜答应了一声，邢小峰没有吱声。

12. 孙剑平公司里　日　内

待方娜出去了，邢小峰看了看孙剑平，欲言又止。

孙剑平一边整理东西一边问道："怎么了？有话要说吗？"

邢小峰把烟头往地上一扔，道："算了，没什么好说的。"

孙剑平："小峰，你最近怎么了，很少能见到你。和我还客气什么，有什么直说好了。"

邢小峰仿佛下定决定一般："好，既然如此，我就直说了。剑平，我有没有什么事情做得你不满意了？"

孙剑平："没有啊。"

邢小峰："有没有什么事情让公司受到损失了？"

孙剑平："没有啊。"

邢小峰："有没有什么事情让客户投诉我了？"

孙剑平："没有啊，你怎么了？小峰。"

邢小峰："那，我问你，为什么化工厂的投标不让我做了？"

孙剑平："谁说不让你做了，我不是让你负责的吗？"

邢小峰："让我负责？投标的方式完全是按照方娜的来，说她是国际性的，算我落后，好，我认了。她负责筹建投标小组，我负责打听情报，我简直就是跑腿的，这叫我负责吗？你是嫌我水平不够，弄不好这个标书，还是嫌我能力不强接不下这个单子？"

孙剑平："小峰，你知道我不是这个意思。"

邢小峰："剑平，既然话说出来，就让我说完，不然我他妈的憋得难受。"

孙剑平："好吧，你说吧。"

邢小峰："剑平，你说不和别人合作，我也听了；你让我失信于朋友我也认了；你搞这些婆婆妈妈的事情，我也忍了。现在，化工厂的单子，我盯了多长时间，花费了多少心思，你是知道的，你就是叫我让，也不是不可以，但是你不能这样不明不白的。你让别人怎么看我？让公司的这些员工怎么看我？"

孙剑平："小峰，你今天怎么了，哪来这么大的火气。"

邢小峰："其他的我就不说了，这个投标小组，必须是我负责。我丢不起这个脸！"

孙剑平："小峰，这次投标用的是国际标准，方娜更清楚一点。小峰，你要从大局出发。"

邢小峰："我要不是从大局出发，我他妈早发火了。"

孙剑平："你小点声，难怪方娜说我们素质低，满口粗话……"

邢小峰："少来了。剑平，你今天给句痛快话。"

孙剑平："小峰，不要义气用事……"

没等孙剑平说完，邢小峰"咣"地摔门而出。

13. 杜刚公司总经理室里　日　内

总经理正坐在桌子后面，杜刚从外面进来。总经理示意杜刚坐下。

总经理："杜刚，你最近的表现不错，几个动作都很漂亮。"

杜刚："谢谢总经理夸奖。"

总经理："杜刚啊，好好干，你会前途无量的。最近公司想推出一个新品，就由你全权负责吧。"说着递给杜刚一个文件袋。

杜刚平静地："好的，我会尽力的。"

总经理："在新产品面向市场前我需要一份详细的策划报告，你可以选几个人做助手，协助你完成。"

杜刚点点头。

135

14. 杜刚办公室里　日　内

西西坐在杜刚的面前，西西："杜经理，真没有想到你会让我做你的助手。"

杜刚："对不起，时间比较紧，我也没有和你商量。如果你不乐意的话……"

西西打断："我说过我不乐意了吗？"

两人相对一笑。

秘书禀报："杜经理，你的同学邢小峰来了。"

杜刚："请他进来。"

片刻，邢小峰开门进来。

邢小峰："杜刚，你这可以嘛，这么多美女，难怪你越看越精神了。名模你好啊。"

西西："你好。杜经理，既然你有客人，我到外面去把刚才您说的整理一下。"

西西冲邢小峰笑着一点头，出去了。

杜刚："再怎么说，我也比不上你邢总啊。"说着，秘书进来给邢小峰倒了一杯水。

邢小峰盯着女秘书的屁股，夸张地咽了一下口水，道："不错啊。杜经理，给介绍介绍。"

杜刚："哎，你少来了，许看不许碰。我都不明白了，就你这模样，怎么就让我那个宝贝妹妹那么着迷了。"

邢小峰："那你就不知道了吧，男人不坏，女人不爱，这是至理明言啊。"

杜刚："得，说不过你。找我什么事？"

邢小峰："还不是化工厂的事情，你能不能帮我再打听一下，招标小组，到底是哪些人。看能不能让你家老爷子，打打招呼。"

杜刚："这挺困难，老爷子最讨厌这种事情，更何况最近很少管事。我尽力而为吧。"

邢小峰作了一个揖："那我就先谢谢你了。"

杜刚一笑，道："谢什么，小小领袖于……"刚说到这里，秘书进来禀报，道："杜经理，您妹妹来找你。"

邢小峰一听一下子从沙发上跳了起来，紧张地看着杜刚道："这女魔头来干吗？我可不能被她看到，杜刚你这，哪里可以躲躲的？"

杜刚："不至于吧，我这里哪有后门密室什么的。"

门外已经响起了咚咚的脚步声，一听那声音就知道是杜蔷的。

邢小峰神色大变，左右看看也没有什么地方好躲的，噌的一下，钻到杜刚老板桌的下面。

杜刚无奈地摇摇头。

门开了，杜蔷进来，一下子坐在沙发上，嘟着嘴。杜刚看了一眼自己的办公桌，道："小蕾，你怎么来了？"

杜蕾："哼，躲我，我看你能躲哪去？哥，你把他平时常去地方都告诉我，我就不相信我会找不到。"

杜刚一阵为难，不知道该如何答复杜蕾，忽然灵机一动，大声喊道："西西，西西。你进来一下。"

殷西西从外面进来，杜刚冲着西西眨了眨眼睛，朝桌子努努嘴，道："西西，你上次说要问小蕾什么秘籍，这个她可是专家。"

西西先是一愣，然后领悟道："是啊，小蕾，你哥都把你说神了，说全市能胜过你的一只手都数得过来。我一直都想和你请教两招，你一定要教教姐姐。"

杜蕾被西西夸得有些不好意思了，道："我哪有那么厉害。"

西西上前挽着杜蕾道："你就随便教两招吧，让姐姐也神气神气。来嘛。"说着就把杜蕾往外拉。杜蕾被西西拉到一台电脑前，办公室的其他人纷纷都围了上来，西西一边朝杜刚挥了挥手，一边还说着："哎，你们都趁机来学两招，今天可是杜经理开恩，给我们请来了专家了。"

杜刚在门口看着，朝邢小峰一做手势，邢小峰轻轻地走人群后面溜了出去，临出门朝杜刚跷了一下拇指。

杜刚无奈地摇摇头，此时一个秘书从外面进来，来到杜刚面前道："杜经理，总经理请你去一趟。"

杜刚："好，我马上来。"西西回过头来冲着杜刚做了一口型："你去忙，这有我。"

杜刚心领神会地和西西相视一笑，转身出去了。

15. 杜刚办公室里　日　内

杜刚从外面进来，杜蕾不知道何时已经走了，办公室里恢复了平常的样子。杜刚往自己的办公桌后面一坐。把文件袋往办公桌上一放。

西西从外面进来，杜刚直起身问道："走了？"

西西："走了。我刚刚送她出去。你妹妹真可爱。"

杜刚："她哪是可爱，是可爱得过了头了。"

西西一低头看到桌子上面的文件袋，惊喜地问道："总经理是把这个交给你了吗？"

杜刚点点头，西西高兴道："杜刚，你来的时间这么短，就做这么重要的项目。真让人吃惊。"

杜刚："这个项目重要吗？"

西西："你不知道啊？这是我们集团最重要的项目。我以前听总经理说过，说如果我们能批下来，他就亲自做，他怕别人做砸了。没想到他交给你了。"

杜刚："有这么重要吗？"

西西："那当然。公司还希望能通过这个单子，把公司的业务扩展到海外呢。"

杜刚："那，这么重要的事情，怎么就交给我一个试用期都没满的人呢？不怕我搞砸了。"

西西："总经理的眼光一向很准，看人不会错的。这就说明，你真的有过人之处啊。杜刚，有需要我的地方，你尽管说，我会全力帮助你的。"

杜刚冲西西一笑："谢谢。"

西西也调皮地："你一句谢谢就可以了吗？"

杜刚："那，我请你吃饭吧。旋转餐厅可以吗？"

西西："这还差不多。晚上见，拜拜。"说完出去了。

16. 孙剑平公司会议室里　日　内

公司会议室里，方娜正在做报告："把投标小组的成员进行分工，各人做一部分，然后由我汇总，制作出标底。具体实施方案，我已经做好，下面我来分一下工……"

邢小峰做了一个制止的动作，道："等一下，我看看。"

方娜将标底制作方案递给邢小峰，孙剑平和其他投标小组的人员都看着邢小峰。

邢小峰接过方案，随便翻了翻，孙剑平在一旁问道："小峰，有什么问题吗？"

邢小峰有些诧异，反问道："这个，你看过吗？"

孙剑平："看过啊，昨天，方娜和我讨论了一整天。"

邢小峰："哦，没什么。请继续。"说着将方案递给了方娜。

方娜接过来继续讲。

邢小峰什么话也没有说，只是呆呆地出神。

17. 孙剑平公司门口　日　内

邢小峰正要出门，孙剑平从后面喊道："小峰，你去哪，等会我们还要再开个会，研究一下招标的细节。"

邢小峰没有什么精神，道："我还有点事，你们先开吧。"说完，没等孙剑平说话，转身就出去了。

孙剑平摇了摇头，自语道："真是的，一会儿都坐不住。"

方娜站在旁边，却神色沉重起来。

18. 邢小峰的网吧外　日　外

邢小峰一个人慢慢地来到网吧外，此时正是上班时间，网吧里的人不多，杜蔷正坐在靠近门口的椅子上，脸上完全没有了以前的神色，仿佛一夜之间大了好几岁，原来五颜六色像乱草一样的头发，直直地垂在脑后，面无表情地不知道盯着什么。

邢小峰躲在路灯后面，看见杜蔷，自语道："这小祖宗，怎么变成这个样子了？"想了想，掉头走了。

19. 大街上　傍晚　外

华灯初上，邢小峰郁郁寡欢地一个人走着。

"小峰，小峰"，于国庆远远地骑在一辆三轮车上正向他招手，三轮车上堆满了啤酒，身边还站着打扮朴素的女孩。

邢小峰赶紧跑了过去。

于国庆："小峰，真的是你，刚才还在和我妹妹说那儿站的人像我的同学哩。哎，小峰，你怎么在这？干吗呢？"

邢小峰没有回答，看了看于国庆身边的女孩，道："你妹妹？哦，想起来，你堂妹，国红，对吧？"说着走到国红的面前，道："真不好意思，上次打伤你弟弟。"

于国红道："没，没关系。"

于国庆："什么跟什么呀，这是哪辈子的事了。哎，你在这干吗？"

邢小峰："哦，我等人。"

于国庆："是等女朋友吧？"

邢小峰："哪有那么多女朋友等，一个客户。"

于国庆："开玩笑，开玩笑。对了，你们现在怎么样了？"

邢小峰："挺好的。"

于国庆："挺好就好，我从小就知道你们都是有本事的人。"

邢小峰："什么本事不本事的，我那算得上什么有本事啊。"

于国庆："当然是有本事了。好了，你等人，就不妨碍你了。有空到家里来喝酒。"

邢小峰："好哇。"

于国庆："回头见。"说完骑上三轮车，哼着歌走了。

于国红也对邢小峰一点头："再见。"身手灵巧地跳在三轮车上。

邢小峰："再见。"看着二人渐渐远去的身影。

20. 孙剑平公司里　晚　内

方娜带着几个人正在加班，孙剑平从里间办公室出来，看到方娜他们都在聚精会神地工作，特别是方娜一会儿和这个商量一下，一会儿又和那个说几句，尽管空调很足，方娜的额头还是渗出丝丝汗珠，在灯光的照射下，焕发出一阵奇异的光彩。

孙剑平在一旁站住看得有些痴了。

好一会儿，方娜才感觉到孙剑平在旁边，连忙过来，问道："孙总，你有什么事吗？"

孙剑平呆呆地看着方娜。

"孙总。"方娜又喊了一声。

孙剑平这才回过神来，道："没什么。你们忙吧。注意休息。"说完，转身疾步走了，走得太快，差点碰到门口的盆景。

方娜看着孙剑平急匆匆的样子，有些纳闷，随即像明白过来似的偷偷一笑。

21. 孙剑平卧室里　夜　内

孙妈妈正在客厅里，看着电视。家不算大，却显得空荡荡的。卧室里亮着灯，陈丹身穿睡衣正坐在床上。绣着现在流行的十字绣。刚刚开始，还看不出什么图案。

客厅里，孙妈妈一会儿换一个台，心情有些烦躁，索性关了电视，坐在沙发上发呆。孙剑平从外面开门进来了。一打开门孙剑平愣了一下，孙妈妈孤零零地坐在沙发上，整个客厅只开着一盏微弱的台灯。

孙剑平："妈，怎么没看电视？你怎么了？不舒服吗？"

孙妈妈："没有，电视没意思。"

孙剑平："那你出去走走了吗？咦，陈丹呢？"

孙妈妈朝里面一努嘴，道："在里面，回来就没有出来过。"

孙剑平把客厅灯打开，孙妈妈连忙道："别开了，浪费电。我去睡了。"说完，起身向里间走去。

孙剑平叹了口气，又关上灯，打开卧室门进来。

陈丹正聚精会神地在绣着，没有察觉孙剑平进来。

孙剑平把包往床上一扔，陈丹才惊觉。

陈丹放下手中的东西，道："回来了。你吃饭了吗？"说着起身将孙剑平的包拿到桌子上。

孙剑平"嗯"了一声，往椅子上一靠闭目养神起来。

陈丹站在那里，看着孙剑平那疲倦的样子，忍不住问道："你喝不喝水？"

孙剑平疲惫地摇摇头，没有说话。

陈丹："那，我去给你放洗澡水。"说着朝门外走去。

孙剑平一把拉着陈丹，将陈丹拉坐在自己的腿上，道："别忙，我和你说

141

会话。"

陈丹乖巧地坐在孙剑平的腿上，伸手在孙剑平的头上按摩着，孙剑平很享受，半天都没有说话。

陈丹边按边问："你想和我说什么？看你现在都累成什么样了。"

孙剑平责备道："丹丹，我不是和你说了吗？让你有空多陪陪妈，不要让她一个人总这样闷着。"

陈丹的笑容在脸上冻结了："我不是在家吗？"

孙剑平皱着眉头："你可以和妈一起说说话看看电视什么的。你看妈一个人在外面多冷清。"

陈丹："我不是在陪她吗？"

孙剑平："你也出去和她说说话什么的。"

陈丹："我们没什么好说的，说不来。"

孙剑平不由得提高了声调："丹丹，你怎么这么不懂事。"

陈丹从孙剑平身上坐起来："我不懂事？你懂事，你懂事你怎么不陪你妈说话看电视啊。"

孙剑平："你是我老婆，是我妈媳妇啊！"

陈丹："媳妇怎么了？媳妇的职责里是不是有这么一条？剑平，你是不是就要和我说这些？"

孙剑平："丹丹，你怎么变得这么不讲理。"

陈丹："我不讲理？我怎么不讲理了？事事都要听你妈的，就是讲理了？"

孙剑平气得没有说话，陈丹也气呼呼地往床边一坐。本来很温馨的气氛转眼间荡然无存了。

外面，孙妈妈听到儿子责备陈丹，满意地点点头，自语道："本来嘛，哪有不调教就能当好媳妇的。"

22. 孙剑平家里　早　内

因为是星期六，不需要上班，所以陈丹和孙剑平都起得很晚。

孙妈妈一早起来已经做好了早餐，看看儿子和媳妇还没有起来，就来到卧室敲门："剑平，起来吃饭了。"

孙剑平在里面答应了一声。

卧室里，孙剑平被妈妈叫醒后，又将陈丹推醒。两人懒洋洋地起床了。

陈丹："剑平，你今天还需要到公司去吗？"

孙剑平："当然，这几天标书制作正紧张。"

陈丹："能不能歇一天？那儿不是有小峰在盯着吗？"

孙剑平边穿衣服，边道："不行啊，事那么多，看看放心些。"

陈丹叹了口气没有说话，孙剑平："快起来吧，妈都做好饭了。"说完，开门出去了。

陈丹发了好一会儿呆，才洗漱完毕穿好衣服出去了。

客厅里，孙剑平和婆婆已经在吃饭了，陈丹看了看餐桌，皱了皱眉头，孙妈妈有些不满。

孙剑平赶紧对陈丹道："快吃吧，饭凉了。"

陈丹有些无奈只好坐在饭桌前，端起一碗稀饭，慢慢地吃着。刚吃没有几口忽然一阵反胃，肚子里所有东西都往外冒，陈丹拼命地压制着，但没压住，陈丹扔下碗，冲进卫生间，吐得稀里哗啦。

孙剑平一惊赶紧过来问道："丹丹，你怎么了？不舒服吗？"

陈丹喘息着平定下来，道："没有，这稀饭，我……"

婆婆道："怎么，这稀饭，没毒！我儿子吃了没事，我吃了没事，难不成就你吃了就中毒了？"

陈丹刚说"我不——"但是被婆婆打断了，听到婆婆这么一说，赶紧解释道："我，我不是这个意思。"

孙妈妈'啪'的一声将桌子一拍，道："不是这个意思？你什么意思？我知道你嫌弃我，嫌我洗的碗不干净，嫌我收什么塑料袋，说到底，你就是嫌我是乡下人，是吧？"

陈丹含着眼泪分辩道："我没有。你洗的碗本来就不干净，一拿起来就是油腻腻的。好端端的家弄得到处是蟑螂。可我也没有说什么呀。"

孙妈妈一听火更大了，插着腰骂道："你看看，你看看，剑平，你讨的好媳妇。自古都是媳妇孝敬婆婆，哪有我这样整天伺候媳妇的。伺候来伺候去，还落得这么不好。"孙妈妈越说越气。

孙剑平赶紧劝道："妈，丹丹也不是这个意思。"又转过头对陈丹道："你少说两句！妈天天伺候你容易吗？"

陈丹气得浑身发抖，一气之下，抓起包摔门走了。

孙妈妈一看气得坐在地上哭了起来，用家乡话边哭边骂，弄得孙剑平束手无策。说到气愤时，孙妈妈猛地站了起来，冲到房间里，简单收拾了几件衣服，打开门也冲出去。

孙剑平正坐在客厅生闷气，见妈妈急匆匆地往外走，还带着一个包，赶紧追上前问道："妈，妈，你这是要干吗？你要到哪去？"

孙妈妈："我要回乡下，我不给你们当老妈子了。"说着，挣脱孙剑平的手，出门走了。

孙剑平一愣，赶紧回到房间拿起钥匙和手机，锁上门追了出来。

23. 大街上　日　外

因为是休息日，大街上车人都挺少的。孙妈妈越走越快，孙剑平在后面边追边喊："妈，妈，你等等我。"

孙妈妈回头看了看，唯恐被孙剑平追上，干脆颤巍巍地跑了起来。

眼看孙剑平就要追上了，孙妈妈忽然看到马路对面停着一辆长途车，车旁还有一个男青年，在喊着："上车了，上车了，到管塘的，上车就走。"

孙妈妈朝长途车跑去，边跑，还边自语道："不受这窝囊气了，我回家。"刚到马路中间，一辆汽车拐过弯急驰而来，车内司机边开还边哼着歌，孙妈妈猛地一过马路，把司机吓了一跳，赶紧按喇叭，踩刹车。孙妈妈冷不丁被喇叭声吓得一跳，扭头一看，一辆汽车正冲着自己飞快地开来，吓得傻了。

伴随着一阵刺耳的刹车声，和周围人的尖叫声，汽车刹住了，但是孙妈妈也躺到在马路上，身下一摊鲜血慢慢地涌了出来。

刚刚跑到路边的孙剑平，被这一幕吓傻了，一下子呆住了，嘴张得大大的。

24. 大街上车祸现场　日　外

围观的人，警车，救护车，到处乱糟糟的，孙妈妈带着氧气罩，眼睛紧紧闭着，躺在担架上，几个医生在急救。

孙剑平傻傻地，仍然嘴张得大大的，眼睛一眨也不眨地瞪着孙妈妈，仿佛不敢相信似的。直到医生要将孙妈妈抬上车时，孙剑平才反应过来，冲上前去，拉着孙妈妈的手，发出一声惨叫："妈。"

25. 医院急救室里　日

急救灯一下子都打开了，孙妈妈躺在担架车上被推了进来，孙剑平要往里冲，被护士拦住了，几个医生迅速地开始了抢救。

26. 幼儿园办公室里　日

蕾蕾正在煲电话粥，陈丹脸色苍白地进来了。

蕾蕾见状连忙对着电话道："好了，下次再和你聊，拜拜。"挂了电话，来到陈丹面前道："丹丹，你怎么来了？今天又不该你值班。"

陈丹嗓音沙哑："反正我也没事。来看看。"

蕾蕾道："咦，丹丹，你的声音怎么了？"说着扳起陈丹的头，陈丹的两个眼睛红红的肿肿的，显然刚哭过，"丹丹，你哭了？发生什么事情了？和老公吵架了？和婆婆闹别扭了？"

陈丹摇摇头，又点点头。

蕾蕾有些着急了，拉过陈丹，道："到底怎么了？你看你这新婚过的，人瘦得都成照片了。"

陈丹木然地坐下，蕾蕾一转身从自己的办公桌上拿过一袋牛奶和一块面包，递给陈丹，道："又没吃早饭吧。快吃吧。"

陈丹看着牛奶，忽然趴在桌上哭了起来，蕾蕾慌了，急忙劝道："好了，好了。不哭啊，不哭。要哭你也要吃点东西，有些力气再哭啊。是不是啊？好丹丹，快吃吧。"

陈丹被哄得有些不好意思了，道："好了，我吃。"说完接过牛奶刚喝了一口，又一阵反胃，陈丹直皱眉。

蕾蕾担心地问道："丹丹，你怎么了？脸色这么难看，我陪你去医院看看吧。"

陈丹："没关系的，休息一会儿就好了。"

蕾蕾皱着眉，道："丹丹，还是去医院看看吧，别再像上次那样昏倒在大街上。走，我陪你去。"说完，不由分说拉起陈丹就走。

27. 医院的走廊上　日

孙剑平傻傻地看着急救室的门，直到现在发生的一切都好像做梦一样，令孙剑平恍惚间，以为是在做梦，忽然口袋中的手机响了，响了好多遍，孙剑平才反应过来，掏出手机，手发抖，好不容易才按下接听键，将电话凑到耳边。

还没有等孙剑平说话，手机中就传来了邢小峰的声音："剑平，你怎么到现在才接电话，关于投标……"

孙剑平："小峰。"声音却变调了。

邢小峰的声音："剑平，你怎么了，出什么事了？"

孙剑平终于哭了出来："小峰，我妈，我妈她……"

邢小峰："你妈怎么了？你在哪里？告诉我你在哪里？"

28. 妇科医院里　日

蕾蕾和陈丹等在化验室门口，一个护士在里面喊道："陈丹。"

陈丹上前一步答道："是我。"护士递给陈丹一张检查报告。

陈丹和蕾蕾同时凑过来看，上面显示"阳"性。

蕾蕾高兴地对陈丹说："丹丹，恭喜你啊，就要做妈妈了。"

陈丹也很高兴地看了看蕾蕾，两人并肩向外走去。

29. 公交车站旁　日

人不多，只有几个人在等车。蕾蕾道："剑平要是知道这个消息，肯定高兴坏了。这下，你那恶婆婆不会再欺负你了。"

陈丹一怔，道："蕾蕾，你回去吧，我一个人回家就行了。"

蕾蕾："那怎么行，你现在可是有身孕的人了。"

陈丹一笑（有些勉强）道："值班人本来就少，你再请假，当心院长批你。我等下给剑平打个电话。"

蕾蕾有些犹豫："那好吧，你要小心哦。"一辆公交车来了，车门打开旁边的人陆续上下。

陈丹："放心吧，拜拜。"

蕾蕾："拜拜。"

陈丹笑了笑，转身上车了，在车上还朝蕾蕾挥挥手。

30. 孙剑平家里　日

餐桌上还放着早餐，一切都和早上一样，陈丹打开门，看到这一切，叹了口气，知道剑平和婆婆一定还没有回来，陈丹放下包，拢起头发，收拾起餐桌，还边自语道："去哪了？"想起早上的争吵，摇了摇头。摸摸自己的肚子，脸上呈现出一丝笑容。

陈丹从厨房里出来，看看墙上的时钟，已经快十点了，打开冰箱看看，几乎是空的，陈丹拿出钱包出门了。

31. 医院里　日　内

孙剑平脸色苍白地坐在急诊室门口，目光呆呆的。

电梯一停，邢小峰从里面急匆匆地出来，远远地看到孙剑平，喊道："剑平。"跑了过来。

邢小峰："剑平，怎么回事？"

孙剑平目光呆痴地看着邢小峰："我、我妈她……"孙剑平说不下去了。死死地抓住邢小峰的胳膊。

邢小峰着急地问道："咱妈，怎么了？剑平你倒是说话啊。"

一个护士从急诊室里出来，孙剑平一把抓住护士，问道："医生，我妈怎么样？"

护士："正在抢救中。"说完就走了。

邢小峰扶着孙剑平在旁边椅子上坐下来，此时邢小峰知道说什么都没用，就紧紧地握着孙剑平的手。

旁边椅子上，放着孙剑平的电话，响了起来，响了好久，孙剑平仿佛没有听到一样，邢小峰有些不忍，拿起电话。电话挂了，邢小峰想了想又拨了孙剑平家中电话。

第七集

1. 孙剑平家里　　日　　内

陈丹拎着一大堆菜从外面进来，一看家里仍然没有人。有些纳闷道："去哪了？"放下菜，拿起电话，拨了孙剑平的手机，响半天也没有人接听，陈丹有些担忧地放下电话。

2. 黄明娟办公室里　　日

因为是休息日，没有人上班，黄明娟像往常一样，照常来到办公室里，刚刚坐下，胡副科长也从外面进来。

胡副科长一推门看见里间的黄明娟，连忙打招呼："黄科长，周末也上班啊。"

黄明娟："胡科长，你也来了？"

胡副科长："我昨天落了东西在办公室，我可没有你那么高的觉悟，免费加班啊。"

黄明娟笑了笑，没有说话，起身从包中拿出一串钥匙，打开资料柜，拿出一叠资料，放到桌子上面，钥匙还挂在柜门上。黄明娟又拿过杯子，准备给自己倒水。

胡副科长，见黄明娟没有搭理自己，有些无趣，连声道："你忙，你忙，不打搅你了。"说完，轻轻地将门虚掩上，出去了。

黄明娟笑了笑，给自己倒了杯水，在办公桌后伸了一个懒腰，坐下来，刚要看资料，忽然手机响了。黄明娟拿出电话，接听，神色大变，不由得高声惊叫道："小峰，你看好他，我马上来。"黄明娟挂了手机，抓起包，就往外冲。

外面胡副科长不知所云，见黄明娟慌张的样子，问道："黄科长，怎么了？"

黄明娟脚步没有停："胡科长，你走的时候，锁好门。"话音没落，人已经冲到门外了。

胡副科长小声嘀咕道："什么大不了的事，居然让这娘们慌成这样。切。"说着，不经意地往里间一看，里间的门没有带上，从外面正好可以看到资料柜上悬挂的钥匙。胡副科长，左右看看，忽然慢慢地推开里间的门，来到资料柜前。

（画外音：到底藏什么宝贝，平时锁得这么严，我倒要好好看看。）

150

胡副科长伸手打开资料柜柜门。

门外，打扫卫生的袁师傅刚好拎着水桶经过，见办公室门开着，伸头看了看，自语："咦，今天加班的怎么不是黄科长了？"袁师傅摇摇头，走了。

3. 医院走廊上　日　外

邢小峰和孙剑平一个站着一个坐着，两只手紧紧地握在一起，两个人都不说话。忽然急诊室门口的灯灭了，孙剑平紧张地站起来，邢小峰紧紧地扶着他，唯恐孙剑平会倒下。

一个医生从里面出来，孙剑平不敢问话，只是死死地盯着医生。

邢小峰见状连忙问道："怎么样？"

医生抱歉地摇摇头，道："我们已经尽力了。"

孙剑平一听，猛地把邢小峰一推，冲进急诊室。室内，几个护士正在收拾东西，正中间，急诊车上，一张白色的床单将孙妈妈全部盖住。孙剑平傻呆呆的，慢慢走到车旁，掀开白布，又猛地盖上，紧紧地抱住孙妈妈，好一会才发出一声歇斯底里的叫声"妈。"

邢小峰看着这一切，也傻了，呆立在那里，一动不动。

忽然，门开了，陈丹从外面冲了进来，张张嘴没有说出一句话来，一时间急诊室里，鸦雀无声。

陈丹慢慢地走到孙剑平旁边，伸手想掀开白布，孙剑平头也没有抬，一挥手就将陈丹的手粗暴地挡了回去，陈丹吓了一跳，差点摔倒。

邢小峰走过来，扶着陈丹。

4. 医院病房　日　内

医生来了几次要将孙妈妈送去太平间，都被孙剑平挡了回去，大家看到孙剑平的样子有些害怕。

孙剑平紧紧地抱住孙妈妈仿佛随时提防着别人来抢似的，邢小峰一个人也抱不起来孙剑平，陈丹呆立在一边。

正在僵持时，黄明娟、杜刚、于国庆等人急匆匆地从外面进来。

邢小峰一见大家，忙道："快，扶住剑平。"

陈丹上前一步，欲拉孙剑平，孙剑平猛地一挥手，陈丹向后面倒去，杜刚一步抢上去，扶住陈丹，有些不明白地看了看孙剑平。

黄明娟上前扶着孙剑平道："剑平，你这是干什么？"

孙剑平看着黄明娟，眼中的泪终于滚了下来。

于国庆和邢小峰趁机上前把孙剑平搀到一旁，邢小峰朝医生使了一个眼色，医生推着急诊车出去了。

5. 殡仪馆里　日　内

追悼会，正在举行中，孙剑平只是礼节性地向来宾鞠躬，一句话也没有说，等仪式办完。

陈丹上前搀着孙剑平，柔声道："剑平，我们回家吧。"

孙剑平一甩手，看也没看陈丹，掉头走了。

陈丹脸色苍白，邢小峰连忙追了出去。

黄明娟上前扶着摇摇欲坠的陈丹，叹了口气，对杜刚和于国庆道："我先陪陈丹回去，你们收拾一下吧。"说着，扶着陈丹慢慢地出去了。

于国庆点点头，道："好。"

杜刚上前一步，有些不舍，但没有追上去。

方娜在指挥员工们收拾现场。

6. 孙剑平家里　日

黄明娟扶着陈丹开门进来了，房间不过是几天没有打扫，就显出一副败落的样子，到处蒙罩着细细的灰尘，餐桌上还放着几天前买回来的菜，散发出一股难闻的味道。

黄明娟扶着陈丹在沙发上坐下来，陈丹木然地往后一靠，黄明娟叹了口气，来到厨房，想给陈丹倒杯水，一看暖瓶中的水早已经凉了。黄明娟摇摇头，拿过水壶烧起了水。

客厅里，陈丹一直都保持着刚才的姿势，脸上没有任何表情，目光呆呆的。

一会儿，黄明娟端着一杯热气腾腾的牛奶进来了，放在茶几上，对陈丹道："先喝点吧，你看你，这才几天工夫，脸就瘦了一圈了。"

陈丹没有反应，黄明娟咬咬牙，在陈丹身边坐下来，扶起陈丹的身体，道："陈丹，你不能这样，你要坚强些，此时剑平最需要你了。"

陈丹的眼珠一转，看着黄明娟，好一会儿，突然哭道："剑平不会需要我了。剑平他恨死我了。我不是有意的，真的！"

黄明娟把陈丹抱在怀里，安慰道："好了，陈丹，剑平不会怪你的。"

陈丹哽咽道："不，他恨我，从头到尾他都恨我，如果我不吐，如果我们不吵架，他妈就不会死了。"说完号啕大哭起来。

黄明娟安慰道："陈丹，你不要这样，你身体不好，不要这样折磨自己。"

忽然，陈丹仿佛冷静过来一样，抬头道："是啊，我不能折磨自己，折磨我的孩子。"说完，顿了顿，端起茶几上的牛奶一口气喝完了。

黄明娟一愣，道："你的孩子？你有孩子了？"

陈丹的脸上还挂着泪珠，嘴角却露出一丝笑容，道："是的，我怀孕了，刚检查出来。"

黄明娟："所以你才会吐，才觉得烦躁。可怜的陈丹。"黄明娟将陈丹又搂在怀里，眼睛却看着前面，很空洞，不知道含着什么意思。

7. 酒吧里　晚　内

孙剑平已经喝得两眼通红，邢小峰也喝了不少，两人面前已经放了十几个空瓶子。

孙剑平伸出一只手，搭在邢小峰的肩膀上，口舌不清地说道："小峰……你说我容易吗？从单位辞职后，如果不是你，我都要流落街头了。如果不是班长，我别说开公司了，连公司毛也看不见啊。没有你卖了网吧，我这公司他妈的早完蛋了。"说着咕嘟喝了一大口酒。

邢小峰劝道："剑平，这些过去的事情，老提它干什么啊？"

孙剑平："怎么能不提？大家为了我孙剑平，为了我这个小公司都使了十二分的力气，我真怕对不起大家，怕负了你们。"

邢小峰："剑平，我们谁也没有拿你当外人，这个公司不仅是你的也是我的啊，出钱出力也是应该的啊。"

孙剑平："我整天提心吊胆的，连睡觉都不踏实，你说我图个什么，还不都是为了她吗？你知道吗？小峰。"

邢小峰："我知道。"

孙剑平："不，你不知道。这个公司不出事最好，一旦出事就不是小事情，搞不好，我们都要倒霉。"

邢小峰："倒霉？倒什么霉？"

孙剑平红着双眼："我告诉你啊。当初我们注册的时候就一分钱都没有。"

邢小峰："你不是说是班长帮我们借的注册资金吗？"

孙剑平："那么多钱，让她到哪去借？你太天真了。"

邢小峰一惊："怎么从没有听你说过？"

孙剑平没有理会，继续道："你知道，我是怎么做开发区的业务的吗？"

邢小峰："不是班长介绍的吗？"

孙剑平："单是班长介绍哪里够啊，我让出了将近50%的利润，这个连班长都不知道。"

邢小峰吃惊："我也不知道啊。"

孙剑平："你知道为什么我们报价都偏低，但是却收那么高的售后服务费吗？你不知道吧，我告诉你啊，在我们的程序里，我都放了一种小 BUG，这样就会让其他程序经常出现些小问题，客户找不到原因，只有来找我，才能恢复。哈哈，这个小 BUG 可花费了我不少的心血啊。"

邢小峰："我怎么一点都不知道？"

孙剑平："你不知道的多了，你知道，你接的那么多业务，我都是怎么完成的吗？"

邢小峰："怎么完成的？"

孙剑平："我告诉你啊……"话没有说完，孙剑平往桌子上一趴睡着了。

8. 孙剑平家里　夜　内

已经是深夜了，陈丹基本恢复了平静，桌上的饭菜已经热了好几回了，但是孙剑平仍然没有回来，陈丹几次走到电话旁，拨打孙剑平的手机，想想都止住了。

陈丹抬头看看墙上的时钟已经指向 12 点了，终于忍不住拨打了孙剑平的手机，电话通了。响了几声后，挂断了。

陈丹有些疑惑，接着再打，电话中传来"对不起，你拨打的用户已关机。"

9. 酒吧里　夜　内

此时酒吧中已经没有什么人了，孙剑平还是一杯接着一杯地喝着酒。

邢小峰在一旁劝到："剑平，我们回去吧。"

孙剑平醉眼蒙眬地看了看邢小峰，摇摇头，又低头喝了起来，这时孙剑平的手机又响了，孙剑平拿过一看，伸手关掉了。

一个服务员过来，小声对邢小峰道："对不起，先生，我们要打烊了。"

邢小峰夺过孙剑平的酒杯，道："走吧，人家要收工了。走吧，回去吧。"

孙剑平："回去？回哪去？我不回去，我不想见到她。"

邢小峰："那，你到我那去怎么样？"

10. 孙剑平家　早　内

阳光透过玻璃窗照射进来，陈丹靠在沙发上睡着了，手里还拿着电话。

窗外传来人们早锻炼的声音，陈丹一下子惊醒，赶紧站起来看了看，又冲到卧室看看，没有人，再检查每个房间，都没有人，显然，孙剑平一夜没有回来。

陈丹拨打孙剑平的手机，仍然是关机。

陈丹想了想拿起包，锁门出去了。

11. 邢小峰住处　早　内

早上，邢小峰一睁开眼，发现身边没有人，呆了呆，起身，出来，喊道："剑平，剑平，你起这么早？"

没有人回答他，小峰有些奇怪地，各处找找都没人。邢小峰在客厅坐了下来，拿出一根烟，刚要点，想起什么似的，掏出手机，拨打孙剑平家的电话，没有人接听，拨打孙剑平的手机，关机。

邢小峰自语道："跑哪去了？"嘴里咬着烟也忘了点。

12. 孙剑平公司里　早　内

一大早，方娜就在工作了，投标小组已经来了一些人，大家都在埋头干活。

方娜道："大家仔细一些，不要错了。"

邢小峰从外面推门进来，方娜见了迎上去道："邢总，早啊！"

邢小峰没有回答，反问道："孙总来了吗？"

方娜道："没有啊。我们也在找他。"

邢小峰没有理会，推门进到里间，一看，里面也没有人，邢小峰自语道："哪去了呢？"

方娜在后面道："邢总，我们要去化工厂，您也去吗？"

邢小峰摇摇头。

方娜道："那我们走了。"说着带着两个人走了。

邢小峰发了一会儿呆，进到里面，在椅子上刚坐下来。就有秘书进来："邢总，孙总的妻子来了。"

门开了，陈丹从外面进来，两个眼睛红红的。一进门就问道："小峰，剑平在吗？"

邢小峰赶紧把陈丹让到椅子上坐好道："剑平也不在这里，陈丹，你先别急，他昨晚还和我在一起的。"

陈丹一听，眼泪又掉了下来。

邢小峰赶紧劝道："说不准他到朋友那去了，我来问问。你别急。"说完，邢小峰抄起电话，拨打了黄明娟的电话，挂了电话后，邢小峰又打了几个电话，脸色越来越沉重。

陈丹急得哭了起来，邢小峰："你别哭啊，你先回去，在家等着，说不定剑平现在已经到家了。我多找几个人一起去找找。反正他那么大的人了，也丢不掉。"

陈丹一听，止住哭泣，道："你说剑平已经到家了？好，我马上回去。"说完，转身就出去了。

邢小峰一看叹了口气，重重地坐下来。

一会儿时间，门开了，黄明娟从外面进来，一进来就问道："小峰，怎么了？剑平找不到了吗？"

邢小峰："手机总关着，家里也没有。我刚让陈丹先回去，等消息，你说剑平会到哪去了？他不会……"

黄明娟："别胡说！我先去看看陈丹，你给杜刚和于国庆他们打个电话，请大家都来找找，看他能在哪。等会儿在剑平家集合。"

邢小峰点头道："好。"两人出去。

13. 孙剑平家里　日　内

客厅里，邢小峰、杜刚、于国庆都坐在那里，一会儿，黄明娟从卧室里出来。

黄明娟道："我已经让她吃了一片安定，睡了。"

黄明娟给众人都倒了一杯水，邢小峰："我们找遍了所有的地方，都没有。"

杜刚："他在这里有没有什么亲戚？"

黄明娟摇摇头，道："哪有什么亲戚，他就我们这几个同学和一些同事。"

于国庆："我去了他以前上班的地方，没有一个人见过他。"众人相对无语。

邢小峰突然恨恨地说："这家伙，太不够意思了，不要家，不要公司，什么都不要了，就没影了。"

正发狠，邢小峰的手机响了。邢小峰接电话。

邢小峰："喂。李哥，你好啊。"

电话里的声音道："小峰，你这几天跑哪去了？标书明天就截止了。今天就要出来。"

邢小峰："我知道，知道，这不在搞吗？一定能出来。"

电话里的声音："小峰，有件事，我要提醒你，标底一定不能高，参与的人太多了。否则，你就没戏了。"

邢小峰："好的，我知道了。李哥，你看，我们低多少合适？"

电话里的声音道："具体不好说，我估计有 10 个点差不多了。记住了，只能低，不能高。还有，小峰，如果你们中标了，服务器那块能不能给我？"

邢小峰："没问题啊。你放心吧。"电话挂上了，邢小峰对大家说："我要先回一趟公司，有点急事。"

黄明娟："你去吧，这有我们呢。"

邢小峰不放心地朝里面看了看，走了。

157

14. 化工厂办公室里　日　内

方娜带着几个人，正在和对方进行艰苦的商谈。

15. 孙剑平的公司里　日　内

方娜正和几个人在对标书制作进行最后的商榷，邢小峰从外面进来了。

方娜一见，起身道："邢总，我们正在对标书进行最后确认，你是否……"

邢小峰："好的，我听听。"

方娜拿过一叠资料刚要说话。

邢小峰突然问道："方娜，咱们的标底出来了吗？"

方娜道："出来了，你看。"说着从手中抽了一张给邢小峰。

邢小峰接过来看了看，道："太多了，减掉百分之十。"

方娜吃惊道："为什么？我们现在的利润没有多少，如果减掉百分之十就没有利润了。"

邢小峰："怎么会没有，你把设备清单给我看看。"

方娜又递给邢小峰一张纸，邢小峰接过来，看了看，指着纸道："你把这，这，这几样换成国产的不就可以了？"

方娜道："那怎么可以，这是关键设备，国产的目前还达不到所要求的性能。"

邢小峰："标书又没有明确规定非要是进口的。听我的，就这么做。"说完不耐烦地将纸还给方娜。

方娜接过来，道："不行。这次招标市政府很关注，这样做肯定行不通，何况我们的标书都是按照进口性能指标做的。"

邢小峰："让你换你就换，哪那么多废话。"

方娜坚决地："不能换。"

邢小峰气得刚要发脾气，手机响了，邢小峰到旁边接手机，手机是陈丹打过来，邢小峰："陈丹，怎么了？"

这边公司电话响了，秘书接电话："你好，创先公司。"

电话里传来孙剑平的声音："我是孙剑平，邢总在吗？"

秘书："邢总在接电话，我给您去喊。"

孙剑平："不用了，你让方经理接个电话。"

秘书："方经理，你的电话。"

方娜走来，接过电话："您好，我是方娜。"

孙剑平的声音："方娜你听着，我要休息一段时间，这次投标，你全面负责一下。若有什么事情，你和小峰协商解决吧。

方娜："我会的，您放心吧。"方娜一抬头看见邢小峰也要说完了，连忙喊道："孙总，等……"电话里已经传来忙音。

邢小峰这边挂了电话。

方娜看着邢小峰："孙总的电话。"

邢小峰看着方娜没有说话，方娜："孙总说，让我全面负责这次投标，如有问题，和您协商解决。"

邢小峰呆呆地，突然，掉头冲出了办公室。

16. 邢小峰网吧外　日　外

邢小峰一个人在慢慢地走着，不知不觉地来到了自己的网吧外面，从外面看，里面像往常一样在营业，但是在柜台前换成了离离，邢小峰不认识，有心想上前问问，又怕遇到杜蔷，想想还是转身走了。

17. 大排档　外　晚　外

还是原来和孙剑平一起喝酒的大排档，邢小峰一个人坐在那里，老板过来，给邢小峰端了两个菜，道："你的那位朋友怎么没来，就你一个人啊。"

邢小峰苦笑了一下，给自己倒上一杯酒，自语道："朋友，真的是朋友吗?"

老板摇摇头，转身走了。

18. 孙剑平公司里　夜　内

夜已经很深了，方娜带着几个人还在对标书的最后确认进行详细的检查。

19. 投标现场　日　内

大礼堂挂着一条横幅，上面写着"南平化工厂招标大会"，礼堂的四周还有很多扛着摄像机的人。所有的座位上几乎都坐满了人。

方娜和几个同事在前排坐着，秘书悄悄地在方娜的耳边说道："方经理，邢总还没有到? 怎么办，眼看就要开始了。"

方娜道:"镇定。相信自己,我们一定行。"

正说着,主席台上宣布大会开始,方娜神色如常,但是两只手也紧紧地抓住扶手。

主席台上,主持人宣布:"本次我厂招标,得到了市政府的大力支持,现在有请吴副市长为我们揭标。"

一个中年男子走上主席台,道:"现在我宣布,中标单位是:南平创先科技有限公司。中标标底为 398 万。"话音刚落,台下响起了热烈的掌声。

主持人:"现在有请中标单位代表上台。"

方娜被秘书推上了台。市长当众将合约交给方娜,方娜向台下众人出示合约。

20. 邢小峰的住处　日　内

邢小峰躺在床上,盯着天花板,口中叼个香烟,手里拿着一张纸,纸上写的正是孙剑平答应送百分之三十的股份给自己的条子,不时地看看。

21. 孙剑平家里　日　内

陈丹也没有起床,躺在床上,看着天花板,一言不发。

22. 孙剑平公司里　日　内

邢小峰正在办公室里,独自坐着,秘书进来道:"邢总,方经理让我转告你,我们中标了,她参加完酒会就回来,请您放心。"

邢小峰若有所思,对秘书挥挥手,表示自己知道了。

23. 酒会上　日　内

化工厂酒会正在召开中,各界名流聚集一堂。

方娜笑容可掬,不时和来宾碰杯,交谈着。

24. 孙剑平家里　日　内

陈丹在家里，已经没有往日的情趣了，头发乱乱的，随便搭着一件衣服，整个人都神情恍惚的，仿佛经过烈日暴晒的水果一样，失去了应有的神采。

陈丹突然在床上坐了起来，将枕头向墙上狠狠地摔去，口中骂道："你这家伙到底躲哪去了?! 你要是不回来，永远都不要回来!"

陈丹一阵眩晕又跌倒在床上，几天来，水米未进，加上发生了这么多的事情，精神和肉体都受到了很大的刺激。

这时，传来了敲门声，陈丹摇了摇，强撑着身体，慢慢地挪到门口，打开门，杜刚出现在门口。

陈丹一见杜刚，精神一放松，软软地沿着门边向下滑去。

杜刚连忙上前一步，扶住陈丹，到："陈丹，你这是怎么了? 快，到这边坐下。"

在杜刚的搀扶下，陈丹摇摇晃晃地坐在沙发上，杜刚试试了陈丹的体温，道："还好，不发烧。"一回头，看到自己昨天送过来的食物，原封未动地放在桌子上，道："陈丹，你一点东西也没有吃吗? 你怎么能这样糟蹋自己。"

杜刚越说越气，道："你不为别人想想，难道不为你爸爸妈妈想想，他们就你这么一个女儿，你就忍心不管他们?"

杜刚到厨房里，一会儿端出来一杯牛奶，递给陈丹："快喝了吧。"

陈丹摇摇头，杜刚气得一把拽过陈丹，把陈丹的脸对着镜子，道："你看看你自己，现在还有没有人样，你忍心吗? 再说，剑平不就是几天不回来吗? 他要是回来了，看到你这个样子，他会怎么想?"

陈丹木然地看了杜刚一眼，有气无力地问道："剑平还会回来吗?"

杜刚咬着牙："那当然，这是他的家，他不回家能到哪去?"

陈丹的表情有所松懈，杜刚端过牛奶，陈丹就着杜刚的手，将牛奶一口气喝了半杯。

杜刚将陈丹放倒在沙发上，又进到卧室，取来一条毛巾被，盖在陈丹身上，道："丹丹，你躺一会儿，我来给你做点吃的。"

陈丹听话地点点头，闭上了眼睛。

不负青春不负卿

杜刚来到桌子上，看看食物都变了颜色，打开冰箱一看除了几袋牛奶什么都没有。杜刚叹了口气，将所有的食物放入垃圾箱，转身从茶几上拿了陈丹的钥匙，开门出去了。

25. 超市里　日　内

杜刚正专心选购着食品和一些滋补品，路过女式服装，想了想又买了一套女式服装，在交款台排队，不远处，一双眼睛正一眨不眨地盯着杜刚，杜刚丝毫没有察觉，交完钱，提着东西就走。

26. 路上　日　外

杜刚走得很急，也很专心，丝毫没有察觉身后有一个人正远远地跟着自己。

原来刚才在超市里，正在逛街的西西，突然发现了杜刚，并且看到杜刚正在买女士服装。

西西没有惊动杜刚，只是悄悄地跟在杜刚的后面，想看看杜刚这几天到底在忙什么，是给谁买的东西。

27. 孙剑平家里　日　外

陈丹在沙发上沉沉地睡去，杜刚悄悄地打开门，进来，陈丹都没有醒来。

杜刚在沙发前看了一会儿陈丹，叹了一口气，去厨房了。

窗外，西西正盯着房间里发生的一切。

厨房里，杜刚在厨房里精心制作。客厅的沙发上陈丹沉沉地睡着。

窗外的西西气得脸色大变，想了想，掉头走了。

28. 孙剑平家里　日　内

杜刚将做好的饭菜轻轻地放在桌上，然后走到陈丹的身边蹲了下来，看着陈丹。虽然经历了这几天的打击，陈丹已经显得很憔悴了，但是清秀的面孔却平添了一种楚楚可怜的味道，杜刚看着不仅有些痴了，情不自禁地伸出手，想摸摸陈丹的脸。忽然手机响，让杜刚一惊，缩回了自己的手，赶紧按下键，恐怕吵醒了陈丹。

陈丹还是醒了，眨眨眼睛，好像不太明白自己在哪一样。

杜刚柔声道："陈丹，你醒了，起来吃点东西好吗？"

陈丹"嗯"了一声，就想起身，杜刚赶紧扶着陈丹，来到餐桌边，餐桌上已经摆满了各种菜，陈丹虚弱地道："都是你做的吗？"

杜刚笑道："是啊，我在美国的时候都是自己做饭，不过这一回来，好久没有做过了，不知道手艺退步了没有，你尝尝。"

陈丹拿起筷子，尝了一口，道："不错，挺好吃的。"

杜刚满意地道："好吃，你就多吃点，你看你这几天瘦的。"说着拿起筷子往陈丹的碗里夹了好多菜。

陈丹看着杜刚道："谢谢你，杜刚。"

杜刚："谢什么，谁叫我们是同学呢。"正说着，杜刚的手机又响了，杜刚皱了皱眉头，接听手机。

杜刚："喂。"

手机中传来西西的声音："杜刚，老总到处找你，你在哪？"

杜刚："我在有事，找我什么事？"

手机中传来西西的声音："我也不知道，让你赶紧回公司。"

杜刚："好吧，我马上回来。"挂了电话，杜刚对陈丹道："陈丹，我公司有点事，我要去一下。"

陈丹："你有事去忙吧。"

杜刚："你一定要吃饭啊。我走了。"说着朝门口走去，刚走了几步，又折回来，拿起刚才在超市买的衣服道："等你吃完了，洗个澡，换身衣服吧，再好好睡一觉。碗筷就放在那，我一会儿就回来。"说完开门出去了。

陈丹看着杜刚买的衣服，有些发呆。

29. 杜刚公司门口　日　外

西西正焦急地站在门口不时地张望着，远处出现了杜刚的身影。

西西赶紧迎了上去，道："杜刚。"

杜刚道："你怎么了？"边说边往大楼里走。

西西在后面咬了咬嘴唇，道："杜刚。"

杜刚一回头，道："什么？"

西西道："杜刚，我们谈谈好吗？"

杜刚："等会吧，我赶着见老总。"

西西道："杜刚，对不起，电话是我打的，老总根本就没有找你。"

杜刚："你开什么玩笑！！"说完甩手就要走。

西西："杜刚，我想和你谈谈，就几句，可以吗？"

杜刚看着西西祈求的目光，有些不忍，道："好吧，你要和我谈什么？"

西西："杜刚，你刚才在哪？"

杜刚一愣："刚才？"

西西有些哀怨："杜刚，她是谁啊？"

杜刚一下子火了，瞪着西西道："你跟踪我？"

西西的眼泪一下子掉了下来道："不是，我是无意中看到的。"

杜刚看着西西可怜的样子，有些不忍，扶着西西的肩膀道："西西，她是我的同学，一个非常可怜的人，哎，一个女孩是不应该遭受那么多痛苦的。西西，你是不会明白的。好了，我要走了。她现在是最需要帮助的时候。"说完，转身走了。

西西站在那里，眼泪不停地流着，杜刚走得很快，所以没有听到西西的话。（西西的声音，画外音："杜刚，难道我就应该遭受那么多痛苦吗？"）

30. 孙剑平公司里　日　内

公司里，人人都在紧张有序地工作着，孙剑平虽然没有来公司，但是化工厂的中标，无疑是一剂强烈的兴奋剂，使整个公司都斗志昂扬。

在方娜的指挥下，各个部门都有条不紊地运作着。

里间办公室，邢小峰一个人独坐着，闷闷地不说话，手机也关了，秘书传进来的电话也不接。虽然公司因为中标工作量一下子扩大了好几倍，但是邢小峰反而清闲许多，整天无所事事。

黄明娟从外面进来，方娜一见迎了上去，道："黄科长。"

黄明娟道："你们邢总在吗？"

方娜道："在里面。"回头吩咐秘书通知邢小峰。黄明娟做个手势制止了。悄悄地推开里间的门。

邢小峰正看着窗外发呆，黄明娟："小峰，你在干什么？"

邢小峰惊觉，回头道："班长，你来了。"

黄明娟："你怎么这么清闲，我看他们都忙得很。"说着朝外面努了努嘴。

邢小峰苦笑了一下，摇摇头，没有说话。

黄明娟："剑平有消息吗？"

邢小峰："没有，就是前几天来过的那个电话，然后一直都没有消息，而且手机也不开。"

黄明娟："我想他是想躲开一段时间，一个人静静。"

邢小峰："是啊，看来我也该躲开一段时间了。"

黄明娟："小峰，你胡说什么，你躲开？躲哪去？为什么要躲？"

邢小峰和黄明娟面对面地坐着，黄明娟默默地看着邢小峰，好一会儿道："小峰，你和剑平都是我最好的朋友，你们一起能走到今天不容易啊，剑平现在正处在危难的时候，你要帮他一把啊。"

邢小峰长叹了一声道："班长，现在公司大了，能人也多了，我那点能耐早就过时了。"

黄明娟："小峰，话不能这么说，你的能力是有目共睹的，没有你也就没有创先的今天。"

邢小峰苦笑着，摇摇手，道："班长，昔日之勇，不足挂齿了。"

黄明娟："小峰，你在剑平的心中，在我们大家的心中，有多重要你知道吗。"

邢小峰沉默了一会儿，道："哎，班长，不瞒你说，我现在在公司就好像一个摆设。"

黄明娟："小峰，你胡说什么，我不许你胡说。"

邢小峰："哎，有的时候，我怀念我的那个网吧，原来快乐的日子就是那么少，有句歌怎么说来着，快乐如风，转眼即逝。网吧虽小，却让我自由自在啊。真想回到那个小网吧去。"

黄明娟："小峰，你今天是怎么了？满口胡言乱语，剑平离不开你，创先也离不开你。"

邢小峰："我的大班长，地球缺了谁不转？自古都是'飞鸟尽，良弓藏'。"

黄明娟："小峰，你千万不能有这样的想法。你以为剑平没有你行吗？创先没有你行吗？小峰，你知道吗？创先今天的一切都是表面现象啊！"

邢小峰："班长！"

黄明娟一挥手，示意邢小峰不要打断自己，道："你是知道的，创先成立的时候，没有一分钱，所有的手续，都是托人办理的，时刻都会有暴露的一天，我日夜揪心的就是这个。唯一的办法，就是赶紧将公司做大，填上资金。一天没有解决这个问题，我就一天睡不安稳。小峰，你说，你忍心这么想吗？"

邢小峰有些感动："班长，我……"

黄明娟又一次制止了邢小峰，两个人共同长叹了一口气。

31. 黄明娟家里　晚　内

已经过了晚饭的时间了，客厅的饭桌上扣着一些碗碟，任明祥正坐在沙发上看电视，显然电视的节目很精彩，任明祥看得也很投入，两个眼睛一眨不眨。

黄明娟开门从外面进来，一边换鞋一边道："我回来了。"

任明祥随手按了一下遥控器的暂停键，起身来到黄明娟的身边，接过黄明娟的包，随手挂在墙上，道："吃饭了吗？我给你热去。"

黄明娟道："不用了。"

黄明娟来到沙发上重重地坐下。往后一靠，闭目养神了。

任明祥在黄明娟身边坐下来，递过来一杯水，道："明天，你还加班吗？"

黄明娟摇摇头，没有说话。

任明祥："那太好了！老刘请客，我们几家聚聚。"

黄明娟又"哦"了一声。

任明祥："老刘的手气就是好，我们都买了，结果就他中奖了。两千多块呢。"

这次黄明娟一声未吭，任明祥看了看黄明娟，没有再说话，拿过遥控器，又放开了电视，电视的节目很快地吸引了任明祥。

任明祥不时地发出一阵笑声和叹息声。

黄明娟仍然闭着眼镜，但是皱起了眉头。

任明祥突然爆发出一阵大笑，还边指着电视、边揉着肚子。

黄明娟一惊，睁开眼睛，坐直了身体，瞪着任明祥。

任明祥连忙解释道："这哥们儿太逗了。"

黄明娟瞪着任明祥，突然厉声道："你能不能小点声。让我耳根清静一会儿行不行？"

任明祥不满地看了黄明娟一眼，小声嘀咕了一句"看个电视都不行"，拿起遥控器关掉了电视，顺手拿过一本杂志，看了起来。

黄明娟看了看任明祥，叹了一口气，起身进到卧室里去了，连衣服也没有换，往床上一躺，瞪着天花板。

好一会儿，外面都没有动静。黄明娟忽然觉得有些歉疚。起身拿了一套睡衣，打开卧室的门。

任明祥正埋头写着什么。黄明娟有些好奇，来到任明祥身后，伸头一看，任明祥在一张纸上，写着一些数字，和一些乱七八糟的线条。见黄明娟过来，任明祥回头一笑道："酸奶，给你倒在桌子上了，喝了再睡啊。"

黄明娟："你这是干吗？"

任明祥："哦，我推算一下，下次开奖这几个号码出现的概率。"

黄明娟一听，气得一闭眼，扭过头去。

167

32. 黄明娟家卧室　夜　内

夜已经很深了，黄明娟穿着睡衣，坐在窗台上，看着外面。

任明祥在床上睡得正香，露出一股孩子气的纯真。

黄明娟回过头来，看着卧室。在床尾的躺椅上，整齐地放着两套衣服，自从他们结婚的那天起，任明祥总是晚上将第二天要穿的衣服拿出来，整齐地放好。

（回忆：新婚之夜，任明祥正在摆放衣服，黄明娟好奇地问道："你干吗要这么麻烦？明天直接从衣柜里拿不就可以了吗？"

任明祥笑笑道："以前在家的时候，我总是爱睡懒觉，常常是起床就来不及了，所以衣服穿得不周正，就总被妈训，所以啊，我后来就想出这么一个办法，晚上拿好，第二天早上就能在最短的时间里，收拾好了。"说着，又动手拿起了黄明娟的衣服。

黄明娟赶紧道："我不用了，我从衣柜里拿就可以了。"

任明祥："那可不行。你们女人早上挑衣服容易挑花眼，我要你多睡点，空点时间，好好打扮打扮。"说着又把黄明娟的衣服也放得整整齐齐的，从内衣到袜子，全部都按顺序放好。）

（回忆完）

想到这里，黄明娟轻轻地在任明祥身边躺下，长长叹了一口气。睡下了。

33. 孙剑平公司里　日　内

公司里员工虽然都在，但是没有像往常那样忙碌，而是三三两两地聚在一起，议论纷纷。

有人："听说了吗？孙总走了。"

有人："走了，去哪里啊？那公司怎么办啊？"

有人："不知道。"

……

方娜从外面进来，斥责道："上班时间不工作在胡说什么?!"

人们不满地散开了。

方娜叹口气，来到里间，对邢小峰道："邢总，请问孙总到底什么时候能回来？公司现在流言很多，邢总，你能不能出面和大家澄清一下。"

邢小峰："我知道了，你先去忙吧。"

34. 孙剑平家中　早　内

陈丹像往常一样坐在梳妆台前认真地打扮着，除了脸上的神情有些怪异以外，看不出和平常有什么区别。

35. 大街上　日　外
陈丹神情木然地走在大街上。

36. 幼儿园的课堂上　日　内
一群小朋友正坐在小椅子上，陈丹正坐在钢琴的后面。陈丹在教小朋友们唱歌。一个胖呼呼的小女孩正站在钢琴旁边做着指挥。

陈丹弹一句下面的小朋友就唱一句，但是反反复复总是这么一句。小朋友们很乖巧地一遍又一遍地唱着，陈丹的眼睛看着窗外，手中却没有停留，一遍一遍地弹奏着。本来整整齐齐的歌声，渐渐地开始乱了，终于一个胖胖的小朋友小心翼翼地走到陈丹的面前，小声道："老师，我们已经唱了好多遍了。"

陈丹一惊，这才意识到原来自己总是在弹同一句，连忙歉意："好，那大家休息一会儿吧。"

37. 孙剑平家里　晚　内
陈丹在家，天都快黑了，房间没有开灯。

杜刚敲门拎着一大堆东西，陈丹面无表情地开门。

杜刚看了陈丹一眼："我买了一些吃的东西。"陈丹也不说话，回到沙发上呆坐着。

杜刚拎着东西去了厨房，又将窗子打开，一阵凉风吹来。陈丹不由得神情一振。

杜刚的脸上掠过一丝微笑，转身进到厨房里去了。

38. 孙剑平公司里　日　内
邢小峰闷坐在办公室里，方娜进来了。

方娜道："邢总，请问孙总什么时候回来？"

169

邢小峰道:"还没有定,有什么事吗?"

方娜道:"哦,是这样的。化工厂的业务中,涉及大批量的服务器……"

邢小峰打断道:"这事,你就按照我上次给你的采购单就可以了。"

方娜问道:"是你给我的服务器清单吗?我做过调查了,这种品牌的服务器虽然价格不高,但是性能不稳定,当数据流量过大的时候,极容易死机。"

邢小峰:"死机,是他们化工厂自己的事,和我们有什么关系。"

方娜:"邢总我们要讲信誉,既然我们提供了设备,就要为客户想到这一点。"

邢小峰:"那你准备怎么办?"

方娜:"我想效仿化工厂的做法,我们也单独为服务器来一次招标,既能得到最合理的价格,又可以告诉客户我们公司的信誉。"

邢小峰道:"算了,留作下次吧,这次就这么定了。其实,这也是厂家自己的要求。"

方娜:"对不起,邢总,不能这么做,化工厂的业务是市政府都很关注的项目,一旦有什么不妥,对公司的影响很大。"

邢小峰不耐烦地挥了挥手,道:"我说这么办就这么办。不用说了。"

方娜坚决地道:"邢总,不能这么办。"

邢小峰瞪着方娜好一会儿道:"你再说一遍。"

方娜毫不畏惧迎着邢小峰的目光道:"对不起,邢总,真的不能这么做。否则孙总回来我无法交代。"

邢小峰气得挥起了手,想想又放下了,重重地擂在桌子上。

方娜上前一步道:"具体的方案,我已经做出来了,邢总请你过目。"说完方娜一转身出去了。

邢小峰的脸色一会儿红一会儿白,牙齿咬得发出一阵阵的响声,气得来回在房间里走了好几圈,突然间,目光停留在一张报纸上,一个标题引起了邢小峰的注意——《论股份制在小型企业的实施》,邢小峰无聊地拿起了报纸。

39. 黄明娟办公室里　日　内

黄明娟正在埋头看一份资料，忽然桌上的电话响了，黄明娟拿起电话。

黄明娟："喂。"

电话中传来方娜的声音："黄科长，您好。我是创先公司的方娜，是孙总的助手，非常冒昧地打搅你。"

黄明娟："哦，没关系，你有什么事吗？"

电话中传来方娜的声音："是这样的，公司有个项目等着孙总拍板，你能告诉我孙总在哪里或者知道他能什么时候回来吗？"

黄明娟："这个我也不太清楚。"

电话中传来方娜的声音："黄科长能麻烦你帮我打听一下吗？我知道你们是很好的同学。"

黄明娟道："好吧，我尽量。"说完挂上了电话，若有所思地来到窗前，自语道："剑平，你到哪去了，该回来了。"

此时，窗外正走过两个穿着校服的中学生，男孩还推着一辆自行车，两人边走边聊，显得很亲热。

黄明娟呆呆地看着。

（回忆：少年黄明娟和少年孙剑平一起回家，边走边聊，很亲热。）

突然，黄明娟一拍自己的脑袋，自语道："我真笨。剑平，我来了。"抓起包，就冲出门去了。

40. 邢小峰的住所　日　内

太阳已经升得很高了，邢小峰仍然在床上躺着，眼睛却睁得老大。忽然一阵敲门声传来，邢小峰眉头一皱，没有动。敲门声越来越大，就好像来访者不把门敲开就不会罢休一样。

邢小峰恼火地大叫道："谁呀？叫魂啊。"

来访者不答话，还是敲门。邢小峰从床上蹦了下来，衣服也不穿，光着膀子，跳下床，忽地打开门，恶声恶气地道："谁呀？"

杜蔷笑吟吟地站在门口，道："邢大哥，是我。"

邢小峰往门上一靠道："什么事？"说着用手揉揉眼睛。

杜蔷："没事就不能来了？你不打算让我进去吗？"说着就想往里面挤。

邢小峰双手一扶门框："挤什么？没看到我没穿衣服啊？一个大姑娘家成何体统。"

杜蔷："看到了，那又怎么样？又不是我没穿衣服。"说着，又往里挤了挤。

邢小峰："好了，别挤了姑奶奶，你总得让我穿个衣服吧。"

杜蔷一使劲挤到门里，上下打量了一下道："嗯，住的地方还可以嘛。看不出来，你挺有品位的啊。咦，你怎么不穿衣服，快穿啊。"

邢小峰气得白了杜蔷一眼，转身拿过一件外套穿上，道："你有事快说，别打搅我睡觉。"

杜蔷："我问你，为什么躲着我？"

邢小峰："我躲你干吗。"

杜蔷："你以为我就找不到你了？唉，你带我去玩好不好？"

邢小峰："去玩？你不去网吧了？"

杜蔷："没关系，离离他们帮我看着呢。好不好啊？"

邢小峰顿了顿，起身来到门口，朝杜蔷抬了抬下巴。

杜蔷："干吗？"

邢小峰："走啊。你不是要去玩吗？"

杜蔷高兴地蹦了一下，道："哇，太好了。"说完，高高兴兴地出来了。

邢小峰见杜蔷出了门，往后退了一步。咣当一下将门给关上了。

门口杜蔷反应过来破口大骂道："邢小峰，你这个骗子。你开门，开门。"说着使劲地擂门。

房间里，邢小峰脱了上衣，往床上一躺。伸手拿过旁边的耳机，放开音乐，眼一闭找周公去了。

房间外，杜蔷喊破了嗓子，里面都没有动静。气得杜蔷用脚直踹门。很久，杜蔷终于折腾累了，杜蔷发狠地大叫道："邢小峰，你别想躲过我。"说完气哼哼地走了。

41. 邢小峰住处　日　内

邢小峰躺在床上，带着耳机，不知不觉地睡着了，突然惊醒，慢慢地起来，悄悄来到门边，听了听门外没有动静。邢小峰先是把门开了一个小缝，看了看确认杜蔷已经走了，这才长长地出了一口气。

不负青春不负卿

第八集

1. 律师事务所里　日　内

邢小峰递给律师一张纸，并紧张地向律师咨询着什么，律师滔滔不绝地说着，不时还拿出一本书，指给邢小峰看，邢小峰频频点头。

2. 某公司里　日　内

邢小峰正坐在一张办公桌前，办公桌后面坐着一名中年男子，桌上放着一个标牌"总经理"，邢小峰正热切地和他谈着什么，并不时地拿出一张张纸给中年男子看。

手机响了，邢小峰低头看了看，关上了，继续谈话。终于，邢小峰站起来："黄总，你看，创先的事情就拜托你了，这个项目请无论如何和创先做完。"

总经理也站起来，握着邢小峰的手道："好吧，小峰，看在你老弟的面子上，这个项目就按原来的定。不过你这么一走，以后，我公司还能不能和创先合作，我可就不敢说了。"

邢小峰："黄总，以后的事情再说吧。你可是创先的大客户，一下子失去你，创先可就完了。"

总经理拍了拍邢小峰的肩膀："好，小峰，够哥们儿。以后你到哪，我公司的生意就和你做到哪。"

邢小峰："谢谢老哥。那我就先告辞了。"

3. 工商局门口　日

邢小峰急匆匆地进去，一会儿又急匆匆地出来。

4. 孙剑平的老家外　日　外一内

孙剑平的老家位于一个小镇子的边上，是一个非常普通的农家院，在他的左边是一个非常小的村办小学，右边是一片农田。幼小的孙剑平就生长在这里。推开院门，正中间是一个古老的大槐树，正对面是一字排开的三间草房，由于没有人居住，院中落满了树叶，平添了一种荒凉的味道。

推开正门，房屋当中，正对面的几案上，布置了一个简易的灵堂，孙妈妈遗照挂在正中间，下面有两支点着的蜡烛和两碟供品。

孙剑平往日清秀的脸上布满了胡须，衣服看起来也有好几天没有换了。孙剑平就坐在地上，神情木然，就好像从来没有移动过一样。有两只麻雀把孙剑平当成了雕塑，随意地在他周围跳跃着，有一只甚至跳到他的腿上，不时地发出一些得意的喳喳声。

院门吱呀的一声开了，黄明娟出现在门口，好像是害怕走错了一样，黄明娟在门口顿了顿，揉了一下眼睛，才轻轻地走进来，仿佛害怕惊扰了主人。

黄明娟一个不小心，踩在一枝掉落的枯枝上，发出"咔吧"一声，把黄明娟吓了一跳。

孙剑平也好像被惊醒了，微微地抬了抬头，又低下了。两只麻雀也被惊走了。

黄明娟轻轻地来到孙剑平的面前，蹲了下来，没有说话，良久才伸出一只手，轻轻地在孙剑平的衣服上掸去灰尘，生怕惊醒了孙剑平。

孙剑平一动不动，甚至眼睛都没有睁开，突然，孙剑平睁开眼睛，黄明娟一下怔住了。

孙剑平忽然发出了一阵阵压抑的哭声。

待孙剑平哭声小了些。

黄明娟突然厉声喝道："孙剑平，你哭够没有，哭好了就站起来。"

孙剑平愕然，一下子停止了哭泣，站了起来，但是神情仍然很茫然。

黄明娟有些不忍，但是仍是厉声喝道："剑平，阿姨虽然去世了，但是阿姨希望的事情你做了没有?!"

孙剑平茫然不知所措。

黄明娟接着说道："阿姨生前最大的愿望就是希望你能出人头地，做一个真正的男子汉，她要是知道你整天躲在这里哭鼻子，把辛辛苦苦发展起来的公司扔在一边，不管不问，非气死不可。剑平，这个公司不仅包含着你的心血，也包含了我们大家的心血啊。你不能这样自暴自弃，对公司的事情不管不问的，万一有个什么闪失，不仅你倒霉，就是连我也难逃一劫啊。"

孙剑平平静了下来："班长，我知道，我待两天就回去，我只想静两天。"

5. 孙剑平公司里　日　内

邢小峰从外面进来，方娜带着两个人，刚要出去，方娜等人齐声道："邢总，你好。"

邢小峰："你们这是要去哪？"

方娜："我们到上海，和他们详谈一下供货细节。大概两天回来。刚才给您电话，你也没有接，时间比较紧张，我们只好先动身了。"

邢小峰"哦"的一声，冲方娜等人点点头。

邢小峰进到里间，在办公桌后面坐下来，从口袋中掏出一张纸，正是孙剑平当初写的送给自己百分之三十的股份的纸条，看了好一会儿，眼圈有些红了。

邢小峰长出了一口气，自言自语道："剑平，难道我们真的走到头了？"

邢小峰从抽屉中拿出一串钥匙，打开旁边的文件柜，取出一个文件盒，上面写着"公司证件"邢小峰慢慢地打开文件盒，里面放着各种公司证件，邢小峰长出一口气，又把文件盒慢慢地合上，将文件盒送回柜中，锁了起来，就势在孙剑平的办公桌后面坐了下来，从口袋中拿出一盒烟，点上，吐出一圈圈的烟雾。

邢小峰信手拉了拉一个抽屉，锁上了，没有拉动，邢小峰一惊，又拉了拉，还是没有拉动，邢小峰惊得从办公椅上站了起来。

又拉了拉，还是没有拉动，邢小峰的脸色一变，道："好啊，这就防着我了。"说完，狠狠地将烟头一扔，迅速地打开文件柜，取出文件盒，又拿出随身的军刀，一撬，抽屉就开了，里面放着几个印章。

邢小峰略有些犹豫，顿了顿，还是拿起了印章，放到文件盒中。抱着文件盒开门出去了。

6. 出租车里　日　内

邢小峰坐在出租车里，脸色青青的，怀里紧紧地抱着那个文件盒。

（闪回：

镜头一：孙剑平和邢小峰在大排档商量成立公司。

镜头二：开业典礼上，邢小峰和孙剑平眼中的泪光。

镜头三：两个人在开发区签订合同后互相拥抱的情景。

镜头四：孙剑平看到邢小峰卖掉网吧的 8 万元的眼神。）

不知不觉中，从邢小峰的眼中涌出了一丝泪光。

7. 黄明娟办公室里　日　内

黄明娟正在和小吴谈话，桌上的电话响了，黄明娟拿起电话。

黄明娟放下电话，脸色大变，对小吴道："小吴，我们今天就谈到这。"

小吴有些奇怪地："那，黄科长，我先出去了。"说完转身开门出去了，带上门后，却侧着耳朵，在门外听。

等小吴出去了，黄明娟神色慌张地拨起了电话。

黄明娟："喂。剑平吗？"

电话中传来孙剑平的声音："是我，怎么了？"

黄明娟："剑平你赶紧回来，公司出事了，邢小峰带着一些资金走了。现在公司一团糟，快点回来。"

电话中传来孙剑平的声音："邢小峰带着资金走了？"

黄明娟："是的，方娜已经从上海回来了，我马上去看看，你赶紧回来。"

电话那头没有声音，黄明娟急得再打："喂，喂，剑平，你听到了吗？"电话已经挂了。

黄明娟放下电话就冲了出去，胡副科长也悄悄地跟了过去。

8. 孙剑平公司里　日　内

公司里一片混乱，一些员工正围着方娜，七嘴八舌的。

"方经理，邢总是不是携款潜逃啊！"

"我们的工资还没有发呢。"

"我还有提成呢。"

……

方娜双手抱着头，大声喊道："别吵了！！"房间里一下子安静下来了，众人面面相觑。

方娜："情况还不清楚，请大家不要胡乱猜测，回到自己的工作岗位上去。"

突然的安静后，有人道："什么情况还不清楚？工程部的人今天就没有来上班。"

立刻有人附和："是啊，我们技术部也有好几个没有来。"

"财务部也是。"

众人又开始吵作一团。

黄明娟推门进来了，有人喊道："黄科长。"

方娜像是遇到救星一样，挤过人群，来到黄明娟面前，道："黄科长。你……"

有人小声道："孙总这么多天都不知去向，邢总又走了，谁来管我们啊！"

黄明娟："谁说孙总不知去向了？他马上就回来了。"

众人开始有人后退，黄明娟趁机将方娜拉入里间。

黄明娟："方娜，到底有多糟？"

方娜用佩服的眼光看着黄明娟："很糟糕，黄科长，邢总从银行划走了二十三万元的资金，还带走了三个项目，还有一些骨干人员。只留下这个。"说着递给黄明娟一张纸。

纸上写着："剑平，我带走了属于我的百分之三十的股份和我垫的八万元。邢小峰。"

黄明娟接过来，看了看问道："账上还有多少？还能维持吗？"

方娜："还有四十多万，维持有点困难。"

黄明娟有些着急道："不是还有四十多万吗？"

方娜苦笑了一下，从文件夹中取出一张纸递给黄明娟道："这些资金都是客户的定金，本来就不够，在支付这些费用以后，所剩不多了，这还不是最关键的，邢总带走的人员都是骨干人员，单有资金，没有他们也是干不了的，如果再去找新人来做，时间已经不允许了。"

黄明娟："那会怎么样？"

方娜："不能如期完成合同，我们除了罚款以外，还要退赔双倍定金。"

黄明娟听得一下子坐在椅子上，喃喃道："真的完了！"

方娜："黄科长，孙总能力很强，也许还能扭过来的。"

黄明娟打断方娜的话，道："不是他完了，是我完了。"

方娜有些莫名其妙："黄科长，您？"

黄明娟无力地站起来，走了出去了。

9. 孙剑平公司大门口　日　外

胡副科长远远地盯着这里发生的一切，脸上露出得意的微笑。他突然恶狠狠地说道："黄毛丫头，谁能救你？我看你这次是栽定了。"胡副科长转身离去。

10. 大街上公话亭里　日　外

胡副科长在打电话："工商局举报中心吗？创先科技公司和开发区里的负责人内外勾结搞虚假注册……"

胡副科长手还拿着一个资料袋，上面写着举报材料的字样。

11. 孙剑平公司里　日　外

工商局执法人员，正在查看公司资料，方娜站在一边。

外面员工们议论纷纷。

……

执法人员将公司资料封存，带走。

执法人员甲对方娜道："通知你们公司法人代表，限期三天内到工商局稽查二大队来。"

……

工商局执法车开走。

12. 孙剑平公司里　日　内

方娜在里面将门紧紧地关上，外面很安静，只有几个人在收拾东西，地上一片狼藉。方娜的手中握着一叠辞职信。

孙剑平急匆匆地来到公司门口，在收拾东西的几个职员，都停了下来，看着孙剑平。孙剑平轻轻地走进来，没走几步，就踩到一支笔上，孙剑平弯下腰，将笔拾了起来。

有人轻轻地喊道："孙总。"

孙剑平勉强地笑笑。

方娜在里间猛地拉开门，喊道："孙总，你，可回来了。"说着两行泪珠滚了下来。

13. 银行里　日　内

孙剑平和方娜正在柜台前，方娜将一张纸递到柜台里，道："麻烦你打一下对账单。"

柜台小姐接过纸，方娜和孙剑平紧张地对视着。

一会儿，柜台里递出一张纸来，方娜接过来，没有看就递给了孙剑平。

孙剑平的手有些抖，拿过来看了看："我们去律师处。"

14. 律师事务所里　日

方娜和孙剑平坐在律师对面。

律师："对不起，孙总，根据你所说的情况来看，对方所做的一切，是根据你的意愿行使的，所以，我帮不了你。"

孙剑平和方娜对视一眼，带着绝望的眼神。

15. 工商局门口　日　外

孙剑平垂头丧气地从里面出来。

方娜紧张地看着孙剑平说道："孙总，怎么样？"

孙剑平凄然一笑："完了。他们可能要起诉。"

方娜惊呆了："怎么会这样？"

孙剑平拍了拍方娜的肩膀道："方娜，认识你真是我的荣幸。从你那里我学到了不少东西。我真不知道该怎样表达我的谢意。"

方娜刚要张口，孙剑平做了一个嘘声的动作，道："方娜，你先回去吧，今天跑了一天了，该休息休息了。"又笑了笑，"你放心，我不会寻短见的，那么苦我都过来了，这算什么！要不我先送你回家，对了，我们同事了这么久，还不知道你住在哪里？真不好意思。"

方娜："孙总，你真的没事吗？"

孙剑平："我没事，真的。我就想好好睡一觉。你走吧。"

16. 孙剑平公司里　晚　内

天已经快黑了，开发区几乎没有人了，孙剑平一个人来到公司，打开门，黑暗中公司和往常没有什么区别。

孙剑平伸手拉开灯，灯光下，满地的纸片。很多工位都空了，椅子也乱七八糟的，东一个西一个地倒着。孙剑平随手扶起一把椅子。

推开里间的门，从外表上没有什么变化，孙剑平重重地靠在椅子上，把身体往后一仰，盯着天花板，不一会儿，就沉沉地睡去了。

17. 孙剑平公司里　早　内

一缕阳光照了进来，照在孙剑平的脸上，孙剑平皱了皱眉头，睁开眼睛，好像不太认识似的，疑惑地左右看了看。

忽然，外面传来了人的脚步声和低低的说话声。

孙剑平轻轻地起来，打开门一看，呆住了。

外面办公室，已经打扫得干干净净，工位也布置得整整齐齐，几个员工正在忙着整理东西。

方娜和一名员工正在电脑前，两人都盯着屏幕，好像在核对什么。众人抬头看到孙剑平都停了下来，呆呆地望着孙剑平。

方娜起身，大声道："大家继续工作，小韦，你接着核对，然后打一份出来。"说完，来到孙剑平面前，笑道："孙总，早。"

孙剑平木然地看着方娜机械地说道："早。"

方娜转身从一张桌子上拿过一个手提袋，对孙剑平道："孙总，我给你准备了一些早餐，请用吧。"说着，面带微笑地将手提袋递到孙剑平面前。

孙剑平："这，这，这是怎么回事？"

方娜："孙总，你先用早餐。"说着，将孙剑平推到里间办公室。

孙剑平疑惑地看着方娜。

方娜一笑，只是将手提袋中的食物一样一样地往外拿，拿完后，调皮地拍拍手，道："孙总，我想这总有一款适合你。"

孙剑平："方娜。"

方娜："好了，我先汇报。"忽然脸色一沉，道："孙总，真对不起，我只劝回来这么几个员工，不过没关系，有他们，我们就有了翻身的可能。我已经在让小韦整理核对公司的资产和业务情况。看起来情况很糟，但是也没有到山穷水尽的地步。我们可以一家一家客户上门去解释，还可以去筹集一部分资金……总之，我们还有希望。"

孙剑平猛地抓住方娜的手道："谢谢你。"

两人相视一笑。

这时，小韦进来道："孙总，方经理，核对出来了。"说着递给方娜一张纸，方娜接过来一看，脸色就变了，将纸递给孙剑平。

孙剑平没有接，道："不用看了，我已经知道了。"

外面传来一阵嘈杂声，好几个人同时涌了进来。

"我们可亏大了，定金都付了，赔钱。"

"什么创先，一个破公司，我说不能和这样的小公司签约吧。一点保障都没有。"

"就是，现在这样的公司太多了，和他们做买卖靠不住。"

……

孙剑平和方娜赶紧出来，不由得一惊，这些人已经进来了。

客户甲："孙总，不是我们信不过你，你的公司什么都没有了怎么完成我们的合同，你按照合同退赔我们，我们自认倒霉。"

客户乙："不行，我们下月就要交货了，现在你完成不了，我们是要被索赔的，你得赔偿我们的损失。"

客户丙（邢小峰以前拜访过的黄总）："我都打算和你们做生意了，可是，没想到你们就一个空壳，一分钱没有，皮包公司啊……"

孙剑平和方娜不由得对视了一眼。

（孙剑平画外音："他们是怎么知道的？"）

一个穿着物业服装的人和两个穿法院制服的人从外面进来了。

穿法院制服的人："你是创先公司的法人代表孙剑平吗？"

孙剑平疑惑地点点头："是啊。"

穿法院制服的人："这是传票，请你签个字，请按时到庭。"说着递给孙剑平一张传票。

孙剑平呆住了。

周围开始有人起哄。

"还说没事，没事法院能来？"

"我们也赶紧起诉，晚了就什么都没有了。"

……

18. 孙剑平公司门口　日　外

两个穿着法院制服的人，正在贴封条。

孙剑平和方娜站在远处看着。孙剑平的脸上没有任何表情，方娜看着孙剑平，眼中充满了担心。

黄明娟从远处跑来，法院的人已经贴好了封条，已准备离开了。

黄明娟看了看孙剑平，道："剑平。"

孙剑平没有反应。

两个法院的人已经走远了，黄明娟忽然追了上去。

黄明娟："同志，对不起，请留一下。"

法院的人："什么事？"

黄明娟："我想问一下，为什么要查封这家公司？"

法院的人："你是谁？"

黄明娟掏出工作证："我是这里管委会的科长，这是我的证件。"说着将工作证递给法院的人。

对方接过来看了看，还给黄明娟道："这家公司虚假注册，违反了国家的法律。"

黄明娟愣住了，张开嘴说不出话来。

远处，隐约可以看到邢小峰的身影。

（镜头拉近）邢小峰的脸上全然没有了往日玩世不恭的神情，嘴角紧紧地咬着。

19. 黄明娟办公室里　日　内

大家都在静静地办公，黄明娟忽然从外面急匆匆地进来，脸色青青的，径直冲到里间，外面，大厅的一角，胡副科长，偷眼看了看黄明娟。

黄明娟放下包，拿出钥匙，打开资料柜从里面拿出一个资料盒，打开看了看，没什么异常，翻了翻也没有少的。黄明娟又坐在电脑前，查看了一下，也没有什么异常的，黄明娟有些纳闷，忽然喊道："小吴，小吴，你进来一下。"

秘书小吴进来："黄科长，有什么事吗？"

黄明娟："小吴，最近有没有动过我的资料？"

小吴："没有啊，黄科长，您有一段时间都没有让我找过资料了。怎么了？"

黄明娟："哦，没什么，我随便问问，你工作去吧。"

小吴纳闷地退了出去。

黄明娟脸色苍白，一下子瘫坐在椅子上，口中不由自主地念叨着："完了，什么都完了。"

20. 护城河边　日　外

邢小峰蹲在那里，嘴里还叼着一支香烟，有些蓬头垢面的，满地的烟头。两眼直直地盯着有些污浊的河水，像是木雕一样，一动不动。

一个母亲带着孩子从旁边走过，孩子看到邢小峰一动不动地蹲在那里，好奇地问道："妈妈，这个叔叔怎么不动啊？"

年轻母亲一拉孩子，警惕似的看了邢小峰一眼，小声地对孩子说道："别乱问！你要好好学本事，别以后像这个叔叔一样。"尽管声音很轻。

邢小峰显然听见了，一怔。等邢小峰缓缓地抬起头来，母亲和孩子已经走远了。

邢小峰忽然想起什么拿出手机："黄总吗？我是邢小峰，你不是已经答应我和……"

还没有等邢小峰说完，手机中就传来黄总的抱怨声："小峰啊，我拿你当哥们儿，你怎么能害我！创先就一个皮包公司，你让我怎么和它做生意，你这不是把我往火坑里推吗？"

邢小峰一愣："黄总，你是怎么知道的？"

对方不满地哼了一声："我怎么知道，要不是有人好心提醒我，我就上你的当了。小峰，还亏我把你当朋友。"说完，挂电话了。

邢小峰握着手机，有些傻了。

21. 黄明娟家里　下午　内

快到下班时间了，黄明娟的家里静悄悄的，往常这个时候，家中是应该没有人的，门外传来了任明祥的哼着歌的脚步声，开门声，任明祥拎着菜进来了。

任明祥刚走到客厅就看见黄明娟神情沮丧地坐在沙发上，任明祥吃惊得手里的菜都掉在地上了。

任明祥："哎呀，明娟，你怎么回来了？你怎么了，出什么事情了？"

黄明娟没有说话眼泪却流出来了。

任明祥恐慌地问道："明娟，你到底怎么了？你可别吓我。"

黄明娟："祥子，我完了，这下我全完了。"

任明祥："什么完了，你说清楚。"

黄明娟："剑平被法院带走了。"

任明祥："这和你有什么关系？"

黄明娟："他的公司是我用假材料注册的，根本就没有钱啊。"

任明祥呆住了。

黄明娟："眼看着我就要升副主任了，这事捅了出去，别说副主任升不成了，弄不好我还要坐牢。"

22. 法院调查室里　日　内

……

审讯官："孙剑平，你的公司是怎么成立的？"

孙剑平："是在工商局注册成立的。"

审讯官举起一个资料袋道："这里已经有人检举你伙同开发区综合科的科长黄明娟一起进行虚假注册，意图进行合同诈骗。你要老实交代问题。"

孙剑平一怔，随即恢复正常："我使用虚假材料注册确有此事，要是那个黄明娟肯帮我的话，我犯得着使用虚假材料注册吗？我也没有进行合同诈骗。"

审讯官："这么说黄明娟并不知道此事了？"

孙剑平："我和黄明娟中学时就是同学，她的个性我知道，对老师和上级的要求，她是绝对服从，从来没有一丁半点的偏差，从小就是一个死脑筋。她要是知道我的材料是假的，别说帮我注册了，把我活剥了都有可能。她要不是一根筋，怎么到现在只混到一个小小的科长？"

两个审讯官相互对视了一眼。

23. 法庭上　日　内

孙剑平站在被告席上，方娜和辩护律师坐在孙剑平的左边。

对面是工商局的公诉人。

两男一女三个法官端坐在正前方的主席台上。

台下是黄明娟、杜刚、陈丹、于国庆、蕾蕾、公司员工等人。

"啪"，随着一声清脆的响声，中间那个法官站起来，大声道："全体起立。"

众人哗啦啦都站了起来，陈丹的脸色苍白，差点站不稳，发出轻微的"哎哟"一声，蕾蕾赶紧扶着。

邢小峰悄悄地从后面进来，远远地站着。

孙剑平一扭头看见了，看了看陈丹，又看了看不远处的邢小峰。

中间的那个法官："根据《中华人民共和国刑法》第146条，现判决如下：被告人孙剑平犯虚假注册罪，判处有期徒刑一年零六个月。"

台下顿时发出一片议论声。

陈丹一听，眼前一黑，倒在蕾蕾的怀里，蕾蕾赶紧抱住陈丹道："陈丹，陈丹，你怎么了？你醒醒啊。"

黄明娟脸色苍白，一眨不眨地盯着孙剑平。

邢小峰则呈现出一脸恐怖的神色。

孙剑平听到这里，很吃惊地看了看法官，又左右看看，好像不相信似的。

当法警给孙剑平戴上手铐的时候，孙剑平突然扭过头，对着台下，大喊道："这回你称心了吧！"

24. 法院门口　日　外

陈丹已经醒了，虚弱地靠在蕾蕾的身上，于国庆神色沉重地站在一旁。

一辆白色的小车开到他们面前停了下来，杜刚从车里下来，和蕾蕾一起将陈丹扶到车里坐着。

杜刚对大家道："我送你们回去吧。"

黄明娟摇摇头："不了，我还有点事情。"

于国庆："我骑三轮来的，不用了。你还是先把陈丹送回去吧。唉。"

杜刚回头看了陈丹一眼："好吧。我先送她去医院，回头见。"说完上车开走了。

直到杜刚的车看不见了，黄明娟还是盯着车开走的方向，呆呆地看着，脸色苍白，没有任何表情。

于国庆一扭头，看到黄明娟的样子，不放心地问道："班长，你没事吧？"

黄明娟："我没事。国庆，再见。"说完，朝另一个方向慢慢地走了。

于国庆纳闷地摇摇头，转身去骑他的三轮车了。

一直到黄明娟转过身来，走了十几步远，大滴的泪珠从黄明娟的脸上成串滴下。终于黄明娟忍不住了，靠在路边的电线杆上，失声痛哭起来，引起几个路人频频地侧目。

于国庆已经走远了。

离黄明娟不远处，邢小峰正默默地看着她。其实，从审讯一开始，邢小峰就躲在一边，悄悄地看着，不敢上前。现在，看到黄明娟难过的样子，邢小峰还是不敢上前，只是远远地看着黄明娟哭了很长时间后，才擦擦眼泪，一个人走了。

25. 医院病房里　日　内

陈丹已经睡着了，胳膊上打着点滴，蕾蕾守在一边，杜刚站在陈丹的床头，眼睛一眨不眨地盯着陈丹。

一个医生进来，看了看陈丹，杜刚问道："医生，她怎么样？"

医生："没什么，身体太虚，又有身孕，再加上受了强烈的刺激，休息一下就好了。"

杜刚："身孕？那，那她怎么还不醒过来？"

医生看了杜刚一眼："我们给她用了镇定剂，这会就要醒了，注意不要再让她受刺激了。"说完转身出去了。

陈丹慢慢地睁开双眼，微弱地哼了一声，杜刚赶紧蹲在陈丹的床头，关切地问道："陈丹，你醒了，感觉好点吗？"

陈丹虚弱地："杜刚，我好多了。"

蕾蕾："丹丹，你吓死我们了。"

杜刚："陈丹，你先什么也不要想，好好休息。"

陈丹："杜刚，我想求你一件事。"

杜刚："你说，我答应你。"

陈丹："你帮我问问，有没有办法让剑平早点出来。我想让他回家。"

杜刚怔了怔，道："陈丹，你放心，我一定让剑平回家。"又扭过头，对着蕾蕾道："麻烦你在这里陪着陈丹。谢谢!"说完，转身出去了。

26. 黄明娟办公室里　日　内

办公室还是和以前一样，不过黄明娟的心情可大不一样。从一大早来，黄明娟就把自己锁在办公室里。黄明娟闷闷地坐在办公桌后面，两个小时过去了，面前的资料一页也没有翻过。

秘书小吴推门进来，小心翼翼地问道："黄科长，你……"

黄明娟摆了摆手，示意小吴出去，小吴悻悻地退了出来，纳闷地自语道："今天这是怎么了?"

胡副科长端着一个茶杯走过来，往里面探了探头，在小吴的耳边小声道："领导今天心情不好啊。"说着还嘿嘿地坏笑了两声。

黄明娟呆呆地盯着一个方向，动也不动，脸上看不出什么表情，好像一切很空洞似的。忽然桌上的电话响了起来，电话铃声把黄明娟吓了一跳。

黄明娟接起电话，只说了一句："好，我这就去。"就挂上了。黄明娟站起来深呼了一口气，将桌上东西稍微整理了一下，开门出去了。

胡副科长却意味深长地笑了一下，然后端起杯子喝了一口水，很享受似的品味着。

27. 开发区主任办公室里　日　内

李主任和黄明娟分坐在两个沙发上，两人都没有说话，忽然李主任长长地叹了一口气，看了看黄明娟。

黄明娟则深吸一口气道:"主任,真对不起。这件事情是我办得不好,我承认错误,甘愿接受一切处罚。我确实在创先公司成立上的事情上,犯了一些错误。但是建设开发区管理软件上,我只是引见了创先公司,并没有做任何其他的事情。"

李主任:"小黄啊,我是看着你一步一步走到今天,我相信你没有接受过任何贿赂。但是必要的组织调查还是需要的。我是了解你的,你重情意,在创先公司成立的时候审查松了一些,也情有可原。"

黄明娟一时没有反应过来。

李主任接着说道:"你那个同学已经承认,是他提供虚假资料想利用开发区的优惠政策。小黄啊,这也是一个警钟啊,说明你的审查工作不细啊。"

黄明娟:"我知道,我愿意接受一切调查。"

李主任:"有人检举你接受创先公司的贿赂。这个问题我是不相信的。但是调查清楚总是好事嘛。"

黄明娟:"我希望能调查,也请求调查,还我的清白。对于我犯的错误,我也愿意接受一切处罚。"

李主任:"好,你能这样看,就好。这样,你回去先把工作总结一下,等候调查。"

28. 开发区主任办公室　日　外

黄明娟从里面出来,带上门,轻轻地松了一口气。

29. 黄明娟家的厨房里　傍晚　内

黄明娟在打鸡蛋,任明祥正在切菜。

黄明娟抬头看了看任明祥道:"祥子,和你说个事。"

任明祥:"什么事啊?"

黄明娟:"我,我被停职了。"

任明祥一惊,差点切到手,顿了顿,道:"那,知道为什么吗?"

黄明娟:"是为创先公司的事。"

任明祥停了下来，看着黄明娟道："我就知道，准是因为你那宝贝同学的事。"

黄明娟："这和孙剑平没有关系。是有人诬告我接受创先的贿赂。"

任明祥："还说没关系？当初为办什么公司，你就跑前跑后，又是给订单，还大肆渲染你们是同学，随便想想也能想得出来啊。"

黄明娟："怎么是我给他们的？我不过引见一下，是他们自己争取到的。再说了，要不是剑平，现在还不知道怎么样呢。"

任明祥："这不一样吗？同学怎么了？受牵连了吧。这年头，同学哪里靠得住。"

黄明娟皱了皱眉头："你怎么这么说话啊。"

任明祥："反正啊，一说到你同学的事情，你就急。搞不明白你了。"

黄明娟看了看任明祥，有些不高兴地将碗放在台板上，转身出去了。

30. 孙剑平家小区门口　日　外

杜刚开着车进来了，刚刚倒好车，从车内下来，就看到邢小峰在不远处站着，看着自己。杜刚锁好车，走到邢小峰面前，不说话看着邢小峰。

两人对视了一会儿，杜刚："都知道了？"

邢小峰点点头。

杜刚："那你怎么下得了手的？"

邢小峰："事情不应该是这样的，真的，我真不知道会是这样，我走的时候，我想过，凭着剑平的能力是可以对付的，完全可以对付的，不信你去问方娜。可是……"

杜刚接过来道："可是，剑平因此进了监狱，陈丹进了医院。"

邢小峰一把抓住杜刚道："陈丹怎么了？"

杜刚："陈丹受不了这个打击，住院了，我来给她取点用具。"

邢小峰突然一抱头，蹲到地上，双手抱着头，骂道："我他妈做小人了。"

31. 杜刚家的客厅里　日　内

杜刚在客厅里坐着，拿着一本杂志，随意地翻着，不时向里间张望。

杜爸爸从里面出来，杜刚赶紧起身迎了上去，喊道："爸爸。"

杜爸爸嗯了一声，在沙发上坐了下来，端起杯子，喝了一口水。

杜刚这才小心翼翼地道："爸爸，我想和你说个事。"

杜爸爸："什么事？"

杜刚咬了一下嘴唇道："爸，你看有没有什么途径能让剑平早点出来。"

杜爸爸沉默了好一会儿，摇了摇头，道："虚假注册本来就犯法。"

杜刚的脸上呈现出明显的失望。

32. 监狱接待室里　日　内

黄明娟、于国庆、杜刚、陈丹紧张地站在那里，看着铁栅栏后面的门，好一会儿，传来了脚步声，门开了，穿着囚服的孙剑平出现了，往日的波浪发型，成了青青的光头。

陈丹站了起来，抓住铁栅栏，抖声道："剑平，剑平。"

黄明娟、于国庆、杜刚齐声道："剑平。"

孙剑平木然地望了一眼陈丹道："班长、国庆、杜刚谢谢你们一直以来这么照顾我。以后你们就不要来了，你们再来我也不见了。"说完，转身就走了。

陈丹带着哭腔喊道："剑平，你等等，我有话要和你说，剑平，你等等啊，我还有话要和你说啊。"

脚步声越走越远，渐渐地听不到了。陈丹将头靠在铁栅栏上失声痛哭起来："剑平，剑平。"

33. 孙剑平公司外　傍晚　内

原来门庭若市的公司门口，大门紧闭，法院的封条已经掉了半个，方娜轻轻用手一推，门开了，里面空荡荡的，只有一地的纸片，表明这里曾经有过许多人。

方娜在房间的每个角落都走了一遍，推开里间的门，里面也是空荡荡的，方娜轻轻地走了进来，一低头发现地上有一张照片，方娜弯腰拾起来，上面不知被谁踩了一个脚印，方娜用手轻轻地拂去灰尘，这是一张公司开业的照片。

照片正是孙剑平接受媒体采访时拍的，在孙剑平的后面是邢小峰、黄明娟和于国庆，孙剑平歪着头，看着邢小峰，好像在说什么。邢小峰冲着孙剑平做着鬼脸，黄明娟站在旁边，用手正做出要打邢小峰的样子。于国庆正看着大家傻乐。陈丹在右边担心地看着孙剑平，而杜刚正站在陈丹的旁边盯着陈丹的脸。

照片上的人都是那么自然率真，方娜掏出餐巾纸，轻轻地将照片擦拭干净，打开随身的包，放了进去，然后转身出去了。

刚走到门口，黄明娟正从外面进来，两人见面都不觉地一愣。

方娜道："黄科长。"

黄明娟道："我已经不是科长了。"

方娜道："黄科长，你……"

黄明娟伸手制止了方娜的话，反问道："方娜，你下面怎么打算？"

方娜："我暂时还会留在这里，还有些事情要处理。也许有一天会离开。"

黄明娟："我替剑平谢谢你。"

方娜："黄大姐，你不介意我这样叫你吧。做你的同学真幸福。"

黄明娟一愣。

方娜继续道："希望将来还能得到你的关照。我走了。"

34. 监狱接待室里　日　内

陈丹紧张地坐在接待桌前，透过铁栅栏，眼睛眨也不眨地盯着后面的铁门。脚步声传来，陈丹紧张地站了起来，门开了，一个法警出现在门口，抱着一个包裹。陈丹显然很失望，又将目光盯到法警的后面盼望着孙剑平能出现。

法警："对不起，犯人不愿意出来见你，另外你的包裹犯人也不愿意收。我们来做做工作。"

陈丹大声喊道："不愿意见我？我是他妻子呀！剑平，剑平，我是丹丹啊。我有话要和你说啊。"

35. 路上　日　外

在杜刚的车内，陈丹疲倦地靠在座位上，目光呆呆的，杜刚一边开车，一边担心地看着陈丹。突然陈丹一阵恶心，做出想吐的样子，杜刚赶紧将车在路边停了下来，关切地问道："陈丹，你怎么了？哪不舒服？"

陈丹并不理会，打开车门下车蹲在地上呕吐起来，杜刚从车上拿了一瓶水，来到陈丹身后，一边拍着陈丹的后背，一边道："是不是我刚才开得太快了？"

陈丹："哦，不是。没什么。"说着接过杜刚手里的水喝了两口，道："我们走吧。"转身要上车，杜刚赶紧过来扶着，陈丹摇了摇手，刚走两步，又是一阵恶心，又蹲下吐了起来，杜刚吓得赶紧扶住陈丹，陈丹把杜刚一推，杜刚急了，道："我送你去医院看看吧。"

陈丹恼怒："不要！"

杜刚："你看你现在憔悴的样子，你不为自己着想，总要为孩子和你的父母着想啊。"

陈丹沉默了一会儿，道："杜刚，你放心，我知道的。你先送我回家吧。"

杜刚疑惑地道："你行吗？"

陈丹冲着杜刚点点头，歉意地笑了一下，道："你放心吧，我可以的。"

36. 监狱车间里　日　内

一群犯人都在管教的看管下干活，孙剑平一声不吭，拿着一个零件在车床上比画着。旁边一个年纪很轻的男青年甲，站在孙剑平的旁边，偷眼看看有没有管教注意，小声地问孙剑平："嘿，哥们儿，什么事栽的？"

孙剑平抬头看了一眼没有理会他。

另一个男青年乙："你别问了，这哥们儿从进来就没有说过话。准是受刺激了。"

男青年甲耸了耸肩膀。

孙剑平丝毫不理会，只是埋头干活。

37. 监牢里　晚　内

此时是囚犯们一天当中，最舒服的时候，经过一天的劳动，晚上在休息前，大家三三两两聚在一起聊天吹牛，也有埋头写着家书。

孙剑平不和众人在一起，靠在床上，看着窗外发呆。

不远处，男青年甲指着孙剑平对旁边的几个人："那人是不是傻了，一天到晚也不说话。"

男青年乙："你干吗这么关心他啊，唉，我问你，你是怎么栽进来的？"

男青年甲："打架呗，把人给打残了。"

男青年乙有些不相信似的："打架，就你这身板，还能把人打残了？"

男青年甲："切，不信就算了。"

不远处的孙剑平就好像没有听见一样，一动不动地看着窗外，连眼睛似乎都没有眨过。

38. 孙剑平家里　日　内

陈丹躺在床上，眼泪早已经不流了，脸上还可以看见一道道的泪痕。人连一点精神都没有，木呆呆地不知道看着些什么。

陈妈妈和陈爸爸坐在床边。

陈妈妈："傻孩子，发生了这么大的事情，也不和爸爸妈妈说一声。"

陈丹突然抱住妈妈，失声痛哭。

39. 开发区门口的咖啡馆内　日　内

黄明娟正一个人坐在那里。

"班长，你到啦。"杜刚的话打断了黄明娟的思路，黄明娟抬头一看杜刚和一个青年男子一起走了过来。

杜刚："班长，你看这是谁来了？"说着将青年男子往黄明娟面前一推。

黄明娟看着青年男子有些面熟，疑惑地道："有些面熟，我们一定见过，不过我想不起来了。"

青年男子笑着道："班长，你真的不记得了？你再想想，你们那时都喜欢叫我芝麻糊。"

黄明娟也失声叫了出来："芝麻糊。"

黄明娟赶紧站了起来，上下打量了一下，道："你真是芝麻糊？你真的是。你现在怎么……"说着用手比画了一下，比自己还高一个头的青年男子。

芝麻糊："是啊，那时你们一个个都长得人高马大的，把营养都抢光了，我长不过你们啊。"

杜刚："现在可不能叫他芝麻糊了，人家可是有名的大律师了。"

黄明娟诧异地看了芝麻糊一眼"哦"了一声。

芝麻糊赶紧掏出一张名片递给黄明娟，道："别听杜刚的，就叫我芝麻糊吧。亲切。"

黄明娟接过名片一看"宜欣律师事务所　首席律师　陈宜欣"，道："真没有想到你成了大律师了。哎。"

陈宜欣："班长在替孙剑平操心哪？杜刚都和我说了。"

黄明娟眼前一亮道："怎么样？有办法吗？"

陈宜欣看了杜刚一眼道："这个需要我们好好地商量一下。"

40. 孙剑平家里　日　内

陈丹一个人在家，正靠在沙发上，电视开着。陈丹好像在想什么问题，眼睛盯着茶几。

敲门声传来，陈丹皱了皱眉头，没动，好像不愿意被打搅。陈妈妈从里面出来，看了看陈丹摇摇头，打开门，门外站着邢小峰。

邢小峰："阿姨，我想见陈丹。"

陈丹闻声站起来，一见是邢小峰，默默地掉过头，眼泪止不住往下流。

邢小峰："陈丹，你听我解释。"

陈丹哽咽："小峰，亏得剑平还把你当作最好的朋友，你怎么忍心这么做！你走吧，我不想听你说。"

陈妈妈："丹丹，怎么说话呢。"

邢小峰："陈丹，你怎么骂我都行，我只求你能听我说几句好吗？"

陈丹："你想说什么？"

邢小峰道："我知道，你们都在怪我，我也在怪我自己。我真的不知道事情会这样，我知道现在我说什么也没有用了。你们都怪我，我无话可说。可是，就连一点机会都没有吗？我真的是无心的啊。"

陈丹看了看邢小峰没有说话。

邢小峰："如果能挽回一丁点，我都会尽全力的。哪怕倾家荡产我都不会皱一下眉头。我知道你不相信我，我也不相信我自己。但是我知道，我能做到。"说完，走了。

陈丹看着邢小峰离去的背影，长叹了一口气。

陈妈妈："丹丹，你说害剑平的是这个人吗？"

陈丹幽幽地点点头又摇摇头。

197

第九集

1. 监狱接待室里　日　内

接待室里，于国庆和孙剑平相对而坐。

于国庆像往常一样，照旧对着孙剑平嘿嘿地傻笑两声，道："剑平，我其实并不太清楚你到底怎么了，不过我们是同学，有什么事情，吱一声。"

孙剑平抬头看了看于国庆，道："国庆，我没想到会是这样。"

于国庆："一辈子长呢，沟沟坎坎很正常。"

好一会儿，两人都相对无语。

孙剑平长叹一声，道："我算完了国庆。"

于国庆："什么完不完的，一年半很快就过去了，出来还不一样干。何况班长、杜刚和小峰他们都在积极活动。看能不能早点让你出来。"

孙剑平猛地将手一摆道："不要和我提他们。"

于国庆有些诧异地看了孙剑平一眼，没有说话。两人一时沉默。

2. 孙剑平家里　日　内

客厅里，蕾蕾正在削苹果，陈丹靠在沙发上。

蕾蕾削好苹果递给陈丹，陈丹摇了摇头。

蕾蕾："丹丹，院里面开始考核了。你要尽快好起来，赶紧去上班啊。"

陈丹："没意思。"

蕾蕾："你的同学还经常来看你吗?"

陈丹点了点头。

蕾蕾有些着急道："丹丹，你不能总这样啊。"

正说着，敲门声，蕾蕾开门，杜刚照例带着很多营养品，出现在门口。

杜刚冲着蕾蕾点点头，问道："今天怎么样?"

蕾蕾："还是老样子。"

杜刚将手中的东西交给蕾蕾，来到陈丹身边坐下来道："陈丹，告诉你一件事。"

陈丹轻轻地哼了一声，抬了抬眼皮，表示自己在听。

杜刚毫不介意地继续道："你还记得我们班上的芝麻糊吗？他现在已经是大律师了。我们和班长一起正在为剑平想办法，他正在和班长一起收集资料。可能需要你的协助。"

陈丹睁开眼睛，看着杜刚。

杜刚并不理会，用一种工作的口吻，道："当然，你身体不好，现在不能协助我们，所以我们的速度会慢一点。你是剑平的妻子，你了解很多事情。我们纵然不能证明剑平无罪，至少，我们能证明他是无心的。这样的处罚会轻很多。"

陈丹直起身惊喜："真的？"眼睛已经有了一丝光彩。

3. 杜刚办公室里　日　内

杜刚正坐在办公桌的后面，盯着屏幕。

西西从外面推门进来。在杜刚的面前坐下来，杜刚的头也没有抬，问道："有事吗？"

西西："杜刚，你到底是怎么想的？"

杜刚仍盯着屏幕："什么怎么想的？"

西西："你的同学。"

杜刚："我同学怎么了？"

西西："我是你女朋友，可是我从来没有见过你能这样照顾我。是，我是妒忌了，如果你对她的照顾能分一点点给我，我也知足了。"

杜刚抬起头看着西西道："你不要胡说。西西，她是我的同学，我们是从小的朋友，现在遇到这么大的事，我关照一点，难道不对吗？"

西西："好，杜刚，你敢说，在你心里，她就只是你的同学，你就一直都把她当作同学？"

杜刚不耐烦地扭了一下脖子，道："西西，不要无理取闹了好不好？"

西西一下子站起来，喊道："杜刚。"

杜刚叹了一口气道："你到底要干什么？我在上班，有事下班再说行吗？"

西西好半天没有说出一句话，转身摔门出去了。

4. 监狱接待室　日　外

邢小峰和孙剑平隔着铁窗，二人对视着。

邢小峰突然冲动地："剑平……"

孙剑平做了一个制止的动作："什么也别说了，我不怪你，人不为己天诛地灭。"

邢小峰："剑平，我真的没有想过要害你啊。"

孙剑平嘲讽的口吻："那是害我的另有其人了？"

邢小峰："剑平，我也不明白事情怎么成了这个样子，可是我真的没有啊，我只是拿走了你承诺给我的百分之三十，我还和黄总他们都打了招呼，让……"

孙剑平冷冷地："还有吗？看来你还真的挺有准备的啊。"

邢小峰："剑平。"

孙剑平："邢小峰，你听着，总有一天，我要让你一点点地吐出来。"

邢小峰的脸青一阵白一阵，突然站起来："好，剑平，既然你这么说，我就等着。反正我没做亏心事，对得起天地良心。"

孙剑平朝地下啐了一口，扭头进去了。

邢小峰气得猛地一擂接待的台面。

5. 杜刚家里　晚　内

杜爸爸坐在沙发上正在看报纸。

杜刚开门进来，道："爸爸。"说着就要往里面去。

杜爸爸道："刚儿，你过来。"

杜刚在父亲身边坐下来，道："什么事？"

杜爸爸："刚儿，我问你最近和西西处得怎么样？"

杜刚："挺好啊。"

杜爸爸："刚儿，那是一个不错的姑娘，如果你不喜欢人家，就早早地说明白，别耽搁了人家。"

杜刚："爸。"

杜爸爸："要喜欢呢，就好好待她。不要这山望着那山高。同学就是同学，你要分清楚。"

杜刚："我知道的，爸爸。事情不是……"

杜爸爸打断道："好了，你知道就好，去休息吧。"

6. 邢小峰的家门口　日　外

邢小峰拎着一包，正在锁门，杜蕾过来了。

杜蕾："邢大哥。你这是要去哪？"

邢小峰冷冷地："杜小姐。我要出门办事。"

杜蕾毫不在意，仍嬉皮笑脸地："我和你一道，好不好？"

邢小峰："对不起，不方便。"

杜蕾："有什么不方便的，我绝对不乱说话，不乱动。"

邢小峰轻蔑地"哼"了一声，掉头走了，不理会杜蕾。

杜蕾跟在后面叫道："唉，没说好，怎么走了？真没礼貌。"还是追了上去。

杜蕾在邢小峰身后："邢大哥，你走慢点啊。"

杜蕾："邢大哥，你要去哪？"

杜蕾："邢大哥，你渴不渴？"

……

无论杜蕾说什么邢小峰都不搭理，来到路边，邢小峰伸手拦了一辆出租，坐上就走。

杜蕾气得在后面直跳脚，发狠道："我看你能跑哪去！"

7. 孙剑平家里　日　内

陈丹坐在沙发上，脸色已经比以前好多了。

杜刚坐在对面。

陈妈妈端着一杯牛奶从厨房里出来，放在陈丹的面前。

陈丹看了看牛奶，对杜刚："那，按'芝麻糊'这么说来，是不可能的了？"

杜刚道："最近，我和陈宜欣找了一些部门，困难很大。"

陈丹的眼圈一红。

杜刚赶紧道："也不是没有可能，陈宜欣说，目前只有找到所有的资料，好好研究一下，看能不能找到一点线索。"

陈丹："那就赶快找啊。"

杜刚苦笑了一下，道："当时的创先公司已经不存在了，员工也散得不知去向。公司资料也不全了，哪能那么容易找全。"

8. 监狱　日　内

孙剑平坐在墙角，发呆。

管教进来，厉声道："415。"

孙剑平机械地站起来："到。"

管教："你很牛啊，听说你爱人来看你，你又不见？"

孙剑平："是的，管教。"

管教："还是的。415，跟我去接待室。"

孙剑平："是。"

9. 监狱接待室里　日　内

陈丹坐在桌子后面，管教进来，孙剑平跟在后面。陈丹一见，抖声道："剑平，剑平。"

管教："415，好好和你爱人谈谈。"管教冲着陈丹一点头，出去了。

陈丹："剑平，你还好吗？我给你带了很多东西，都是你爱吃的。"陈丹一边说一边往外拿。

孙剑平冷冷地看着陈丹，突然说道："我都已经这样了，我不想连累你，我们离婚吧。"说完，孙剑平转身出去了。

陈丹在后面喊道："剑平，你等等，我有话跟你说啊。"

孙剑平不理陈丹，消失在门后面。

10. 监狱里　晚　内

监狱里，很安静，其他的犯人都睡了，孙剑平靠坐在床上，借着窗口微弱的路灯灯光，在写着什么。（镜头拉近）可以看出是"离婚协议书"几个字。

11. 幼儿园教室　日　内

陈丹一身舞蹈服，一群小朋友正站在旁边，陈丹正要上舞蹈课。

蕾蕾进来示意陈丹过来："丹丹，我来替你吧，你看你的脸色，怪吓人的。"

陈丹："我没事的。"

蕾蕾："你去休息休息吧，反正我这节没课。"

陈丹："我真没事。"

陈丹转身继续给小朋友上课。

陈丹："下面，我们复习一下上次课的内容，我先给大家示范一下。"

陈丹做了一个旋转的动作，刚刚转了两圈，眼前一黑，晕倒在地。

蕾蕾正要离去，见陈丹晕倒，立即冲过来，喊道："丹丹，丹丹，快来人啊。"

12. 医院病房里　日　内

陈丹躺在病床上，已经醒了。

陈妈妈在理床单。

一个医生和两名护士围着陈丹。医生正在指挥其中的一个护士给陈丹测血压。

杜刚从外面急匆匆地冲了进来，扑到陈丹的床前，急切道："陈丹，你怎么了？"又拉着医生，"医生，她怎么了？"

陈丹笑了笑，道："我这不是好好的吗？"

医生道："你是怎么搞的？让一个有身孕的人乱动。"

杜刚连声道："对不起，对不起。"

正说着，陈丹的手机响了，陈丹接电话："蕾蕾……"

医生对杜刚道："跟我来办一下住院手续吧。"

杜刚："好，好。"又回过头来对陈丹道："不许再动。我马上回来。"杜刚和众医生出去。

13. 医生办公室里　日　内

杜刚在医生办公室，医生写好住院单递给杜刚道："你爱人身体太弱了，有流产的先兆，要住院观察几天。"

杜刚连连点头。

14. 候诊大厅里　日　外

杜刚在"住院办理处"排队，队伍很长，杜刚很焦急的样子。

15. 杜刚公司里　日　内

杜刚办公室里。总经理正坐在老板桌的后面。秘书正战战兢兢地站在前面。

总经理："杜经理呢？殷西西呢？怎么一个都不见。"

秘书："哦，杜经理有事出去了。殷小姐今天没有来。"

总经理有些不悦："工作准备得怎么样了？"

秘书："具体的我不太清楚，不过杜经理昨天已经给了我一份初步的草稿，让我正在整理，要我拿给您看看吗？"

总经理满意地点点头，脸色已经变得好多了："不用了，做好再看吧。你们帮着杜经理多做点，他在国外多年，对很多事情不太熟悉，别什么事情都让他一个人跑。这毕竟是个新品，推向市场还有许多问题，大家要千万小心。"

秘书："是，总经理。"

总经理满意地看了看杜刚的办公室，出去了。

16. 病房里　日　内

杜刚提着一大堆东西，办理好住院手续，回到病房。一推开病房门，发现蕾蕾正抓住陈丹。

陈丹挣脱着要起床，口中还不停地喊道："我不信！我要问问他，我不信！"

杜刚吓了一跳，赶紧过来，抓住陈丹，道："陈丹，你怎么了？"

陈丹有些疯癫了，抓住杜刚的衣服，狂叫道："杜刚，我要问问他，我要问问他。你带我去，你带我去。"说着挣脱着要下床。

陈妈妈一边掉泪一边拉着陈丹。

杜刚按住陈丹："好，好，我带你去。"陈丹疯狂地挣脱着，杜刚有些害怕了，赶紧扭过头，对已经吓傻的蕾蕾，吼道："快去喊医生。"

蕾蕾"哦"的一下明白过来，掉头跑了出去。

一会儿，几个医生冲了进来，两名护士将杜刚换了下来，在两名护士的按制下，陈丹近乎疯狂了，拼命地挣脱着，口中不停地叫着"我要去问问他，你们放开我"。

一个医生扭过头，对旁边一个护士吩咐道："快，给病人注射一针镇定剂。"护士飞快地跑了出去。

其中一个按住陈丹的护士，忽然叫道："不好，病人出血了。"床单上有了点滴血丝。

医生："快，通知急救室，急救。"

一个护士匆匆跑了出去，马上几个护士推着一辆急救车进来了。

陈丹还在挣扎，另一个护士给陈丹注射了一针，众护士七手八脚地把陈丹按上急救车，推了出去，杜刚和蕾蕾跟在后面。

陈丹被推到急救室里去了，杜刚和蕾蕾被关在门外。

还能听到陈丹微弱的喊声："我要去问问他，你们放开我。"一会儿，声音没有了。

杜刚转过身来，问身后的蕾蕾："怎么会这样？"

蕾蕾："我、我也不知道，她看到这个就这样了。"说着，递给杜刚一张纸。

杜刚接过来一看，上面写着"离婚协议书"。

杜刚盯着蕾蕾道："你怎么能给她看这个？"

蕾蕾委屈道："我也不知道啊，我一看是监狱寄来的，就急急地送过来了。"

杜刚气得将离婚协议书几把扯碎了，揉成了一团。

17. 医院走廊上　日　外

杜刚在走廊上站着，脸色铁青，一语不发。

黄明娟赶来了，急急道："陈丹怎么样了？"

一个医生从急诊室出来，杜刚忙迎上去，急切地问道："医生，她怎么样？"

医生："大人已经没事了，不过孩子没有保住。可是，严重的是……"

杜刚："严重的是，怎样？"

医生："病人由于流产，造成了大出血，对生殖功能造成重创，今后可能不会再有孩子了。"

杜刚傻了，嘴巴半张着。

医生拍了拍杜刚，劝道："不过也不要绝望，现在的技术这么发达，也许会治好的。"说完，摇摇头，走了。

杜刚仍然傻呆在那里。黄明娟和蕾蕾端着两杯水，从远处过来。看到杜刚这个样子，黄明娟纳闷地问道："你怎么了？陈丹怎么了？"

杜刚傻傻地道："医生说陈丹已经没事了。"

18. 医院病房门口　日　外

邢小峰从远处跑来，杜刚正好从里面出来，两人在门口相遇。

邢小峰急切地问道："陈丹，她怎么了？"

杜刚恶恨恨地道："你希望陈丹怎么了。"

邢小峰有些傻了，道："杜刚，陈丹到底怎么了？我想看看她。"

杜刚："你走吧。你快走。"

邢小峰怯怯地："杜刚。"

杜刚忽然幽幽地说道："再过一分钟，我都不知道自己能做出什么事情来。"

邢小峰看了看杜刚，慢慢地转身走了。

19. 医院门口　日　外

在医院门口，邢小峰呆呆地慢慢走着，好像还没有从刚才的震惊中恢复过来。周围来来往往的人很多，邢小峰好像没有看见一样。有人有些奇怪地看了看他。

一个女孩推着一个轮椅，出现在画面中，轮椅上坐着一个四十岁左右的中年女人，快和邢小峰撞上了，中年女人忽然看了看邢小峰，邢小峰木然地走着，没有在意。和中年女人就要擦肩而过了。中年女人皱了皱了眉头，又看了看邢小峰，忽然叫道："邢小峰。"

邢小峰一惊，脸上的神情，先是痴迷，转为吃惊，嘴巴张得老大，半天才惊叫道："你是汪老师？你怎么在这里？"

20. 医院花园里　日　外

这是一个不大的园子，在医院大楼的后面，三三两两穿着住院服装的病人不时出现着。

邢小峰推着轮椅，身后跟着一个小保姆模样打扮的小姑娘。

邢小峰："汪老师，这十年您变化可真大啊！"

汪老师坐在轮椅上，抬头冲着邢小峰笑了笑道："是啊，都十年了，你们都已经是大人了。"

邢小峰："汪老师，您还在教书吗？"

汪老师："三年前就不教了。教不动啦。"说话间，来到一个小亭子里。

邢小峰停了下来，坐在汪老师对面，看着汪老师。

（回忆：十三年前的汪老师，二十多岁，长得酷似台湾影星林青霞，深得男女同学的喜爱。汪老师在课堂上面讲课，学生们坐在下面，邢小峰和孙剑平是同桌。邢小峰总是动来动去，坐在后面的陈丹，不耐烦地道："邢小峰，你能不能不要动啊，烦死了。"

邢小峰立刻举起手，大声喊道："报告。"

正在黑板上板书的汪老师，回过头来，问道："什么事？"

邢小峰站起来，道："汪老师，陈丹骂我。"

汪老师停止了板书，诧异地看着邢小峰，道："哦，陈丹怎么骂你的？"

邢小峰一本正经道："她说我烦死了。"邢小峰话音刚落，同学们哄堂大笑。

汪老师也不禁微微一笑，柔声说道："邢小峰，烦死了，并不代表骂你。"

邢小峰仍然板着脸认真地说道："不，老师。您不知道，陈丹和别人不一样，她说的烦死了，就是在骂人。"同学们的笑声更大了。

汪老师忍住笑，走下讲台，走到邢小峰身边，轻轻地拍了一下他的头，道："我知道了，你先坐下吧。"

邢小峰得意地朝大家做了一个鬼脸。

汪老师走到讲台上，指着黑板上的一个成语"锱铢必较"道："上次考试，有的同学没有填对这个成语。这个成语就是说，哪怕微小的利益也要争个清楚明白，通常用于贬义比较多。今天邢小峰同学，就用实际行动为大家讲解了这个意思。"汪老师话音刚落，下面的同学笑成了一片。

邢小峰也羞了一个大红脸。汪老师则在讲台，微笑地看着大家。）

（回忆完）

邢小峰看着汪老师两鬓的白发叹道："汪老师，您老了。"

汪老师："傻孩子，你们都这么大了，我能不老吗？"

21. 病房里　日　内

陈丹坐在床上，两眼无神。

杜刚坐在陈丹的旁边，道："陈丹，你这样不吃东西不行。"

陈丹冷冷地道："不想吃。"

杜刚看着陈丹憔悴的脸，忽然有些恼火，站起来，大声道："陈丹，你听着，这些话我本来不想说的。现在我也说给你听。"

陈丹有些意外，抬起眼睛看着杜刚。

杜刚："陈丹，你以为是孙剑平不要你了，不爱你了。其实，你错了。你大错特错了。如果我以前还希望孙剑平不爱你，现在我彻底明白了，孙剑平根本就是爱你的，否则他不会向你提出离婚的，因为他怕连累你，怕以后不能给你幸福了。"

陈丹的眼睛睁得大大的，看着杜刚。

杜刚："陈丹，我是男人，我知道男人的想法。一个男人，不能给自己所爱的女人幸福，就一定会放她走，让她走到能得到幸福的地方。"说完，杜刚转身就要出去。

刚到门口，陈丹喊住杜刚："杜刚，剑平真的是这样想的吗？"

杜刚没有回头点了点头，开门出去了。

22. 医院花园里　日　外

汪老师："小峰啊，你也不要太过于自责，有的时候，生活就是这样，往往一念之差，就会发生天翻地覆的变化。"

邢小峰听到这话，突然将头埋在汪老师的膝盖上，哭了出来。

汪老师拍了拍邢小峰的头，柔声劝道："再大的风雨都会过去的。"

邢小峰越哭越凶，就好像要将所有的委屈全部哭完。

等邢小峰稍微平静了一些。

汪老师柔声道："我相信，剑平是一个通情达理的孩子，最终他会理解你的。"

邢小峰哭着道："汪老师，我真的不是故意的啊，我真的不知道事情会这样。"

汪老师："傻孩子，你从小就是一个心地善良的孩子，老师相信你是无心的。有时候，取得别人的理解和谅解是需要一定时间的。"

邢小峰抬起满是泪痕的脸，问道："汪老师，您说我们还能回到以前吗？"

汪老师笑着点点头。突然，一阵疼痛袭来，汪老师急皱起眉头，用手捂着胃部弓起了腰。

邢小峰赶紧问道："汪老师，您怎么了？我去喊医生。"

汪老师摇摇手道："不用了，一会儿就好。"果然，不一会儿，汪老师的眉头舒展开了。

邢小峰："汪老师，您到底是什么病啊，有没有好好检查一下。"

汪老师没有回答，看着在园中的小路上走来走去的几个人，好一会儿才喃喃说道："小峰，老师求你一件事。"

邢小峰："老师您说。"

汪老师："不要告诉别的同学我的样子。我不愿意同学们看到我现在的样子。"

邢小峰握着汪老师的手，点点头。

汪老师接着道："等我好了，让全班的同学都回学校来，让我看看当年的少男少女都长成了什么样子。"

23. 杜刚公司办公室里　　日　　内

杜刚从外面进来，刚想进入自己的办公室，想了想，又绕到西西的办公室，透过玻璃窗，看到里面没有人。秘书过来。

秘书："杜经理。这是您的草稿。总经理今天来找过您，问起您和殷小姐，你们都不在。"

杜刚接过草稿，随手翻了翻，又看了看里面，问道："殷小姐呢？"

秘书："不知道，今天殷小姐就没有来。"

杜刚"哦"了一声，向自己的办公室走去。

24. 邢小峰的公司里　日　内

一个不大的办公室里，布置得和以前的创先公司一模一样。

邢小峰坐在办公桌的后面，手里拿着一张营业执照"新峰科技有限公司"，法人代表邢小峰。办公桌上，放着一瓶红酒和两个杯子，邢小峰拿起酒瓶在两个杯子里，倒上酒。端起其中的一杯，往另一个杯子碰了碰，自语道："剑平，开张大吉。"

（闪回：创先公司开张时，热闹的场面。）

邢小峰端起酒杯一饮而尽，好久才放下酒杯，两颗大大的泪珠也随着落了下来。

25. 杜刚办公室里　日　内

下班的时间快到了。职员们纷纷离开自己的工位，杜刚想了想，拨了西西的电话，好一会电话通了。

杜刚："西西，你今天怎么没有来上班?"

西西："我有一些东西给你，等一会儿，你接收一下，是关于新品抗癌剂的营销方案的一些初步设想。"

杜刚一愣道："谢谢你西西，这段时间忙得我还没有来得及做。"

西西道："杜经理，你太客气了。"

杜刚："西西，对不起。辛苦你了，我…… 很抱歉。"

西西："你没有什么可抱歉的。杜刚，我可以问你一句话吗?"

杜刚一愣："什么?"

西西顿了一会儿："杜刚，我就问你一句话，你到底有没有爱过我?"

杜刚怔住了，半天说不出话来。

西西那头电话已经挂了。

26. 孙剑平家　傍晚　内

杜刚和陈丹坐在客厅的沙发上。

杜刚："叔叔，阿姨呢？"

陈丹："他们买东西去了。"

杜刚："陈丹，你知道吗？今天遇到了一件事，中午，陈宜欣到我那里去，可是快下车的时候，才发现忘了带包了，翻遍全身，才从裤口袋中找出50块钱，被洗得皱巴巴的，人家司机就是不要，说是假钞，急得'芝麻糊'把律师证都掏出来了，司机根本不买账，还说老陈人模狗样。你不知道，'芝麻糊'当时那个气呀，脸都绿了。"

陈丹的脸上竟然露出了一丝笑意，道："那后来呢？"

杜刚："后来，老陈许诺多给他十块钱，让司机和他一道上来拿钱。那司机一路上都把他看得死死的。"

陈丹："这么多年过去了，'芝麻糊'还是这么迷糊。"说完两个人都陷入了沉默。陈丹闭上眼睛，往沙发后面一靠。

杜刚看了看，站起来："陈丹，要不我们出去走走。"

陈丹点点头。

27. 孙剑平家不远的小路边　傍晚　外

杜蔷拉着邢小峰："邢小峰，你解释清楚，我哪不好了，你为什么不理我？"

邢小峰不理她，几次想挣脱出来，都没有成功。

邢小峰恼火地："小姐，你这样纠缠我，觉得有意思吗？"

杜蔷："有啊。我喜欢你嘛。"

邢小峰气得将头一扭，正好看到已经走近了的杜刚和陈丹。

邢小峰突然压低声音，严厉地对杜蔷道："杜蔷，放手！我叫你放手。"

杜蔷一惊，手一松，邢小峰挣脱开了，几乎是连走带跑地离开了。

杜蔷气得跳着脚叫道："邢小峰，你跑不掉的。我就是喜欢你，我要缠着你一辈子。"

邢小峰头也不回，越跑越远了，渐渐地看不清了。

杜刚走到杜蔷的身后，道："小蔷。"

杜蔷一扭头，道："哥。"一抬头看到陈丹，正慢慢走近，杜蔷忽然绕过杜刚，几步来到陈丹的面前，指着陈丹的鼻子道："就是你，就是因为你，邢大哥才那么痛苦，才不理我的。真看不出来啊，你自己有老公，还到处勾三搭四的……"

"住口。"杜刚一把拉过杜蔷。

杜蔷不依不饶地喊道："你喜欢她，你就总是护着这个女人，可她是别人的老婆唉。"

杜刚严厉地："小蔷，我让你住口。"

杜蔷："我偏不住口。臭女人，不要脸，害人精……"

"啪"的一声，杜刚一个耳光打在杜蔷的脸上。

杜蔷捂着脸，抖声道："哥，你打我!"

杜刚有些惊慌，连忙上前抚摸着杜蔷的脸，歉意地道："对不起，小蔷，哥不是故意的。"

杜蔷捂着脸，带着哭腔道："哥，你为这个女人打我!"突然，扭过头，对着陈丹吼道："我不会放过你的。"说完，哭着跑开了。

陈丹惊讶地看着眼前发生的一切。

28. 监狱里　日　内

孙剑平正在车间的机床上干活，一个狱警过来，喊道："415。"

孙剑平立正答道："到。"

狱警道："跟我来。"

孙剑平放下手中的工具，跟在狱警后面走出车间。

29. 监狱管理办公室里　日　内

孙剑平坐在一台电脑前面，几个狱警正站在后面。孙剑平在电脑上敲击着，几个狱警正在后面看着。

过了一会儿，孙剑平抬起头来道："这台机器中蠕虫了。"

一个狱警道："我们装瑞星了。"

孙剑平道："这种病毒有多种方式都可以侵入你的电脑。"说着，又点击了一下电脑，接着道："单依靠杀毒软件是不行的，再说，你们的瑞星早就该升级了。"

狱警乙："那我们怎么办？"

孙剑平道："发现不明进程就手工删除呀。"

狱警甲："看不出，你还真在行啊。"

孙剑平笑了笑道："这不算什么？"

狱警甲："那我们可要向你多请教了。"

孙剑平的脸上第一次露出了自入狱以来的发自内心的微笑。

30. 超市里　日　内

陈丹在超市购买着各种生活用品，面前的购物车已经堆了很多东西，陈丹在男式内衣柜前停下来，想了想，拿了很多。

31. 玉器商店门口　日　外

陈丹拎着两个大大的手袋，路过一家玉器商店，忽然停下脚步，走了进去。一会儿，陈丹从里面出来。

32. 邮局里　日　内

陈丹在柜台前，正在填写一个包裹单，身边有个大大的包裹箱。

（镜头特写：包裹上，地址栏一行，写着：南平市监狱三大队　孙剑平收）

陈丹将写好的包裹单递给柜台里的服务员，拉过包裹箱，又从口袋里掏出一个小袋子，透过透明的塑料袋（镜头特写：一个笑哈哈的弥勒佛佛像，系着一根长长的红绳子），陈丹盯着佛像（画外音：剑平，愿它能保佑你，给你好运），将佛像放进包裹箱。

33. 监狱院内的空地上　日　外

不大的空地上，三三两两的犯人或坐或站，孙剑平独自一个人坐在一个角落里，手里正拿着陈丹买的弥勒佛，两眼直勾勾地看着佛像，不知道在想什么。

一个狱警在不远处喊道："415。"

孙剑平立刻站了起来，答道"到"。

狱警："跟我走。"

孙剑平快跑几步跟上狱警，跟在狱警的后面走了，悄悄地将佛像揣到怀里。

34. 监狱微机室里　日　内

孙剑平坐在电脑前，正敲打着键盘。一会儿，站起来，道："报告政府，好了。"

狱警甲过来看了看道："我就是按照上次你说的方法做的呀？为什么不行呢？"

孙剑平："这台电脑是好了，但是其他的电脑也中毒了。"

狱警："其他电脑没上网啊，怎么会？"

孙剑平："这不是上次的蠕虫了，是一种冲击波的变异品种，能自动寻找局域网内的漏洞，所以一台机器感染后，能迅速感染其他的机器。"

狱警："有这样的事？"

孙剑平："是的。"

几个狱警互相对视了一下，道："那，我们怎么办？"

孙剑平："立刻清理所有电脑。"

狱警甲上前拍了拍孙剑平的肩膀道："那就辛苦你了，我将根据情况为你请功。"

35. 杜刚家里　晚　内

客厅里，杜蔷一改往日满头乱发的的形象，头发很整齐地扎成一个辫子，垂在脑后，从混杂在一起的五颜六色上可以看出一些时尚。杜蔷穿着一件中规中举的 T 恤衫正坐在沙发上嗑瓜子。

杜爸爸则坐在旁边看报纸。

杜刚开门进来，照例说道："爸，我回来了。咦，小蔷，今天怎么这么乖啊。"

杜蔷放下手中的瓜子，白了杜刚一眼，对杜爸爸道："爸，我回房间了。"说完，不理杜刚，一扭头走了。

杜爸爸："刚儿，你过来。"

杜刚轻叹了一口气，只好不情愿地转过身来，在父亲身边坐下来，顺手拿起杜蔷刚才的瓜子，嗑了一颗。

杜爸爸："刚儿，我问你，这几天你下班以后去哪儿了？"

杜刚有些诧异道："爸，我怎么了？"

杜爸爸放下报纸，严厉地道："你老实回答我。"

杜刚："我，我去一个朋友那了。"

杜爸爸："刚儿，我从小教育你做人要有原则，你喜欢谁，爸爸不干涉你，但是你也不要破坏别人的家庭。"

杜刚："爸爸……"

杜爸爸站起来，道："好了，我希望你记住我的话。"说完，进房间了。

杜刚气得将手里的瓜子摔在茶几上，自语道："这都哪跟哪呀。"忽然杜刚一扭头，杜蔷躲在房间里，将门打开一个小缝，正在偷看。猛地见杜刚一扭头，慌忙把门关上了，又将门打开，冲着杜刚做了一个鬼脸，将门关上了。杜刚看着调皮的杜蔷无奈地摇摇头。

36. 于国庆家里　　傍晚　外

于国庆骑着三轮车回来了，刚进院门，就看到于国红正收拾东西要出门。

于国庆："国红，这要到哪去啊？天都快黑了。"

于国红嘟着嘴，没有说话。

于国庆边停车，边问道："咦，国红，你这是怎么了？"

于国红见于国庆这么一问，眼圈一红，将头扭到一边。

于妻从房间里出来，端着一个盆道："你还问？她这是要去上班。"

于国庆奇怪地道："她不是刚下班吗？晚上上什么班啊？"

于妻道："她们那饭店，说生意好，晚上要增加大排档，要国红她们晚上也上班。"

于国庆："晚上也上班，那要上到什么时候？"

于妻："谁知道呢？客人什么时候走了，什么时候放工。"

于国庆叫道："那岂不是要上到夜里一两点。"

于妻："一两点，哼，这还算早的。"

于国庆："那回来怎么办？一个大姑娘家，深更半夜走在路上安全吗？"

于妻："那又有什么办法？老板说了，不干就走人。唉，国庆啊，我看，你不如找你那几个同学，看能不能帮咱们国红想想办法。他们一个个又是经理又是老板什么的，这应该不成问题的。"

于国庆："那不行。自家的事情，怎么去麻烦同学。"

于国红："嫂子，你别说了。哥我走了。"说完，扭头出门了。

于妻："你怕麻烦，你就忍心让自己的妹子深更半夜在大街上走路啊，万一有个什么三长两短，我看你怎么交代。"说完，一摔门帘，进屋了。

于国庆长长地叹了一口气。

37. 路边大排档　晚　外

晚上，路边的大排档，很热闹，几乎没有什么空座。

邢小峰一个人一路慢慢地走来，过了好几家都没有找到空座，正走着感觉有人盯着自己看。一扭头看到于国红正站在不远处冲着自己笑。

邢小峰摸了摸了头，拍了一下，想起来，走过道："你是于国庆的妹妹吧？"

于国红红着脸，点点头："邢大哥，你好。"

邢小峰："你好。唉，你怎么在这？"邢小峰看了看于国红穿的服务员衣服，问道："你是在这里上班吗？"

于国红点点头。

邢小峰环顾了一下四周，看看到处爆满的人群，叹道："真没有想到大排档的生意这么好！"

于国红在一边小声道："邢大哥，你是路过吗？"

邢小峰"哦"了一声，随即道："不是，我是特地出来吃饭的，走了好几家都没有找到空座。"

于国红:"邢大哥,你等一下。"说着,掉头进了酒店里面。

邢小峰站在外面,看着正在吃饭的人群。

时间不长,于国红端着碗碟,两个服务员抬着一张空桌子出来了。于国红指挥二人摆好桌子,放上碗碟对邢小峰:"邢大哥,你将就着用吧。"

邢小峰高兴地道:"谢谢你啊。于国……国……"

于国红红着脸接道:"于国红。"

邢小峰不好意思地拍拍自己的头顶,道:"你瞧我这破记性,从小就记不住东西。"

于国红脸又一红,转身又进去了,不大一会儿,端着一个托盘出来了。托盘上放着两碟菜和两瓶啤酒,于国红将酒菜一一放在桌子上,道:"邢大哥,你慢慢用,需要什么你就喊我。"

邢小峰点点头。

38. 路边大排档　　晚　　外

已经很晚了,大排档的人已经不多了。邢小峰的桌子上也已经喝空了五六个瓶子了,邢小峰的眼睛有些微微发红。一瓶酒又空了,邢小峰拿起瓶子使劲倒了倒,除了一点啤酒沫,没有啤酒。邢小峰喊道:"国红、国红。"

于国红端着托盘,托盘里放着一瓶酒和一碗冒着热气的汤。于国红来到邢小峰面前,放下托盘,邢小峰伸手就要拿酒瓶,于国红抢先一步拿过酒瓶,道:"邢大哥,你先把这碗汤喝了再喝酒吧。"

邢小峰:"我不想喝汤。"

于国红脸一红,道:"邢大哥,我煮了半天了,你就先尝尝吧。"

邢小峰道:"那好吧,既然是咱妹妹煮的,我就尝尝。"说着端起碗,一口喝干,道:"国红,这是什么汤啊?"说着,摇摇头,本来有些迷乱的眼神,竟然有些清醒了。

于国红一笑,没有说话,起开酒瓶,将酒给邢小峰倒上,柔声道:"邢大哥,酒还是少喝点,多了伤身。"

邢小峰端起酒杯,想了想又放下了道:"好,听你的,不喝了。"说着掏出一百块钱放在桌子上。又掏出手机看了看，惊叫道："啊，都快两点了。"正要转身走，又回过头来道："国红，你每天都要工作到这个时候吗？那你住哪里？"

于国红："我住家里。"

邢小峰："什么？这么晚了，你还要走这么远！"

于国红："没事，我惯了。"

邢小峰："你几点下班？"

于国红："还有一会儿就可以下班了。"

邢小峰："好吧，我等你。"

于国红赶紧道："不用了，我哥会来接我的。"

邢小峰惊得睁大了眼睛，好一会儿说道："国红，告诉你哥，我明天到家去找他。"说完转身走了。

39. 监狱接待室里　日　内

孙剑平和于国庆相对而坐。

于国庆："剑平，最近的气色不错，比前一段时间好多了。"

孙剑平："这里的烦心事少，吃得下，睡得香。"

于国庆："剑平，你还记得'芝麻糊'吗？"

孙剑平："记得啊，总是丢三落四的。"

于国庆："人家现在可是大律师了。"

孙剑平："是吗？还真看不出来。"

于国庆："正和班长他们到处在为你跑，可惜，我也帮不上什么忙。"

孙剑平："国庆，你不要这么说。"

于国庆："'芝麻糊'，哦，应该是陈宜欣说，你的事情有希望，所以啊，小峰和杜刚他们都在……"

孙剑平打断："不要和我提他们。"

于国庆："你就这么恨他吗？"

孙剑平长叹一声："不知道怎么回事，就是恨不起他来。国庆，这段时间以来，我一直在想一个问题，我们到底发生了些什么？为什么会这样？"

于国庆："那你想明白了吗？"

孙剑平茫然地看着于国庆："我不知道。"

两人一时无语，孙剑平："国庆，陈丹，她还好吗？"

于国庆："不太好，前一段时间住院了，现在好像出院了。剑平，你们这一对是我们班最羡慕的，为什么会弄成这样？我都为你们难过。"

孙剑平："国庆，你替我去看看她，但千万不要说是我让你去的。"

于国庆叹了口气，道："唉，剑平，你这又是何苦！"

40. 于国庆家里　黄昏　内

邢小峰还没有走进国庆家的院子，就听到于国庆的女儿小青的声音："两只（个）黄鹂鸣翠鸟（柳），一行白鹭上青天。"邢小峰听得笑了笑，敲门，门开了。

小青歪着脑袋站在门口，道："叔叔，你找谁？"

邢小峰蹲下来道："你是小青吧，我找你爸爸。"

小姑娘一扭头，大声喊道："爸爸，爸爸，有个叔叔来找你。"

于国庆从里面出来，于国红跟在后面，于国庆一见邢小峰道："小峰，我还以为国红是说着玩的。快进来。小青喊叔叔了吗？"

小青跑到于国庆的腿边道："叔叔好。"

邢小峰："小青好。"

于国红在于国庆的身后，低低地喊了声"邢大哥"脸又红了。

于国红退后两步，掀开门帘。

于国庆道："小峰，进屋坐。"说着，将邢小峰让到房间里。房屋中间已经摆好了一桌酒菜，"来尝尝你嫂子的手艺。"

邢小峰也不客气，坐下来就说道："国庆，我来想和你商量一件事情，你知道的，我自己开了个小公司，现在我那里缺个前台接待，我想请国红给我帮帮忙。"

于国庆："不成，不成。我妹妹我知道，人虽然心眼好，但是没什么文化，你们那高科技她干不来的。"

邢小峰："前台接待也不需要什么文化，你怎么知道她干不来？国红心又细，又认真，这都是前台所必需的，我觉得她一定能干好的。再说，我是开公司的，她如果真的不能干，我也不会要的，我是开公司的也不是开慈善机构的。"

于国庆摇摇头，给邢小峰倒了一杯酒道："不成，小峰，我知道你是好心，但是不成。"

邢小峰："国庆，你不能这么专横吧，你总要听听国红的意见吧，再说，你就忍心让她在那个大排档里？国庆。"说着，邢小峰站起来，道："国庆，你们好好想想。如果可以的话，下周一，早上九点前，请准时到这里来。"说着，从口袋中掏出名片夹，取出一张名片放在桌子上，"名片上有地址。不难找。我还有事，改天再喝。"说完，一掀门帘出去了。

邢小峰刚一出门，国红就掀开门帘从外面进来，道："哥，我想去试试。"

41. 邢小峰公司里　　日　　内

早上，公司的员工还在陆陆续续地往公司进，邢小峰已经坐在办公桌后面了。邢小峰正咬着一块烧饼，敲门声传来。

邢小峰赶紧把口里的烧饼使劲一咽，含糊不清地道："进来。"

秘书进来道："邢总，外面有位于小姐找你。"

邢小峰："快请。"

秘书转身出去了，邢小峰赶紧拽过一张纸，盖在烧饼上。

门开了，于国红出现在门口。今天于国红显然是穿了一身新衣服，脸红红的，站在门口双手不自然地放着。

邢小峰："国红，快进来。来，这边坐。"说着将于国红让到沙发上坐下。

邢小峰上下打量了一下于国红，道："国红，怎么样？国庆同意了？"

于国红红着脸点点头，小声道："邢大哥，我哥说谢谢你，给你添麻烦了。"

邢小峰："哪有什么麻烦。不过，以后不能叫我邢大哥了，你要叫我邢总。至少，在公司要这么叫。知道吗？"

于国红点点头道："邢总。"

邢小峰："好，你等一下。"邢小峰坐到办公桌的后面，拿起电话，道："请秘书进来一下。"

立刻，秘书从门外进来，道："邢总，您找我？"

邢小峰一指于国红道："这是我们公司新来的前台接待，你带她去人事部办一下手续，这是她的工作安排。"说着顺手从桌子上抄起盖着烧饼的纸递给了秘书。

秘书接过来，道："好的，我会安排的。"又对于国红道："请跟我来。"

于国红站起来，跟在秘书后面，临出门看了一眼露出的烧饼。

42. 邢小峰公司里　早　内

于国红在前台的工位后面，一边擦汗，一边用手当作扇子，扇风。公司里已经收拾整齐干净了。

邢小峰一推门从外面进来，手里拿着烧饼，于国红一见邢小峰连忙站直了，道："邢总，早。"

邢小峰："国红啊，你怎么来这么早？"

于国红笑笑没有说话。

邢小峰看了看整洁的公司，道："国红，都是你打扫的啊，辛苦你了。"

于国红："这点活儿，一会儿就干完了。"

邢小峰笑着点点头，往里走。一推开门，邢小峰一怔，看见自己的办公桌上面放着一个托盘，托盘上放着两个饭盒，上面还有一双筷子和两张餐巾纸，而且办公室已经打扫得干干净净的。邢小峰有些好奇，走过来，掀开盒盖，一盒是还在冒着热气的小米稀饭，另一盒是几个蒸饺还有一些小菜。

邢小峰："国红，你进来一下。"

于国红从外面进来。邢小峰指着饭菜道："谁让你买的？你好好工作就行了，以后别买了。"说完，就要掏钱包。

于国红眼圈一红道："邢总，这不是我买的，都是我做的。我，我……"

听到于国红这么一说，邢小峰正往外面拿钱的手，停住了，诧异地道："你做的？"

于国红点了点头，眼泪差点掉下来，小声道："邢总，我下次不敢了。"

邢小峰："我，我是怕麻烦你。"

于国红破涕为笑道："不麻烦。"

邢小峰顿了顿，道："你去工作吧。谢谢你啊。"

于国红脸又一红，转身出去了。

邢小峰摇摇头，夹起一个蒸饺，咬了一大口，吃得直点头。

第十集

1. 邢小峰公司里　日　内

因为是周末，公司没有其他员工上班，邢小峰一个人在办公室里，正在看黄明娟给的资料，忽然飘来了一阵饭菜的香味，邢小峰疑惑地四周看看，正在纳闷时，于国红端着一个托盘，香味就是托盘上的饭菜传过来的。

于国红将饭菜放在沙发前的茶几上，笑着看着邢小峰。

邢小峰刚要说话，自己的肚子忽然发出了一阵咕噜噜的声音，邢小峰有些不好意思，道："和我抗议呢。"

于国红红着脸道："邢大哥，你快点吃吧。"

邢小峰道："好。"说着，坐到沙发前，一看，两个菜，一荤一素，和一大碗米饭，还有一个小罐子，盖着盖子，邢小峰揭开盖子，闻了闻，道："真香啊。国红都是你做的?"

于国红站在一边点点头。

邢小峰拿起筷子夹了一口菜放到嘴里，边嚼边赞道："手艺不错啊。咦，国红，你怎么知道我在公司啊?"

于国红："我昨天看你下班那么晚，估计你今天还要来，所以就来看看。给你带点饭菜。"

邢小峰："那我就不客气了。我还没吃早饭，还真饿了。"说着就狼吞虎咽地吃了起来。

于国红脸一红，退了出去。

于国红回到前台，打开电脑开始练习起来。

"咚"的一声，一个包重重地放在前台的桌面上，把于国红吓了一跳。抬头一看，杜蔷正气冲冲地站在面前。于国红不认识杜蔷，小心地问道："小姐，你找谁啊?"

杜蔷："邢小峰在不在?"

于国红下意识地点点头。

杜蔷"哼"了一声，道："我看你能躲哪去？"说着，就往里面冲。

于国红赶紧拦在杜蔷的前面："唉，小姐，你不能进去，你有什么事情请和我说。"

杜蔷："和你说？你算老几啊？"说着一抬手，将于国红推了一个趔趄，往里就冲。

2. 邢小峰办公室　日　内

于国红跑上几步，又拦在杜蔷的面前道："小姐，你有什么事情，我给你通报，你不能闯进去。"

杜蔷恶狠狠地道："你给我闪开，当心我抽你。"说着还扬起了巴掌。

邢小峰闻声从里面出来，一伸手将于国红拉到自己身后。道："杜蔷，你胡闹什么？"

杜蔷一见邢小峰，立刻道："我没胡闹，谁叫她不让我进去的。"

邢小峰不理她，扭头对身后的于国红道："国红，你没事吧？"

于国红："邢大哥，我没事。"

杜蔷一听，道："国红？邢小峰，她是谁？我不许你和她在一起。"

邢小峰一皱眉头，道："你管得着吗？"

杜蔷："我怎么管不着了？你是我的男朋友。你还拉着她。我不管什么国红，国绿的，反正不许你和她在一起。"说着又绕到于国红的面前，道："国红？你也不拿镜子照照，邢大哥是你叫的吗？土包子。"

邢小峰："大小姐，你到底闹够了没有？"

杜蔷："没有！谁让你总躲着我的。难不成，你躲着我就是来和这个丑八怪约会？"

于国红站上前，道："你，你……"

杜蔷："我，我什么？也不拿镜子照照。"

于国红气得声音发抖道："你，你，我……"突然，捂着脸哭着跑了。

邢小峰气得骂道："你这个疯丫头。"

杜蔷："邢大哥。"说着上前挽着邢小峰的胳膊，邢小峰几次想挣脱，都

225

没有成功。

邢小峰气得看着杜蔷道："你到底要干吗？"

杜蔷道："嗯，邢大哥，你带我去玩好不好，反正今天也不上班，你就带我去玩一会吧。"

邢小峰脸色铁青，忽然笑了一下，道："好，我带你去玩。走。"

杜蔷："邢大哥，你真好。"说着在邢小峰的脸上亲了一下，挽着邢小峰的胳膊就走。

3. 马路边　日　外

杜蔷紧紧地挽着邢小峰，在路边等车。

邢小峰伸手拦了一辆出租车，车在两人面前停了下来，邢小峰扭过头道："上车走吧。"说着从杜蔷的手中抽出胳膊拉开后面的车门，扭身就钻了进去，坐在门边。杜蔷看邢小峰坐下没动，伸手就要拉前面的车门，邢小峰一扭头示意杜蔷绕到车的另一面坐到自己身边来，道："到这来坐。"

杜蔷高兴地答道："好耶。"蹦蹦跳跳地放开车门往车的另一边走去。

邢小峰一见杜蔷放开车门。立刻对司机道："快开车，别让她上来。"

司机一笑道："好嘞！"

就在杜蔷就要伸手去拉另一侧的车门时，司机一踩油门，车一下子就蹿了出去。

杜蔷急得大叫："唉，我还没上车呢。"

邢小峰回过头来冲着杜蔷做了一个鬼脸。

杜蔷气得骂道："邢小峰，你不得好死。"

4. 于国庆家里　日　外

于国庆一家人都坐在院子里，女儿小青正在给大家跳舞。

于国庆道："怎么一整天没见国红啊，她不是今天休息吗？"

于妻道："一大早就出去了，说公司有事。"正说着，于国红突然冲了进来。

于国庆："咦，国红，你今天不是不上班吗？国红，你怎么了？"

于国红突然一捂脸，哭着跑进房间了。

5. 于国红的房间里　日　内

于国红坐在床边，还在抽噎着，于国庆站在一边抽烟。

于国庆："那是杜刚的妹妹。我听小峰说过。你别往心里去，那个丫头是个小太妹。和她计较什么呀。"

于国红："谁和她计较了？"

于国庆："那你还哭成这样。生活原本就是这样的，该认真时一定要认真，不该认真的就不能太认真。否则你永远不会快乐。"

于国红："那么我是该认真还是不该认真呢？"说着，又趴在床上哭了起来。于国庆叹了一口气，开门出去了。

6. 小酒馆里　晚　内

邢小峰正坐在一张桌子后面，桌子上已经摆好了酒菜。酒馆的门一开，于国庆进来了，在邢小峰对面坐下来，道："小峰，你急急找我什么事？"

邢小峰给于国庆倒上酒道："今天的事情真不好意思，我替杜蔷赔个不是。"

于国庆哈哈一笑道："那，这顿算你的。"说完两人相对一笑，端起酒杯一饮而尽。

于国庆放下酒杯道："小峰，你不会找我就为这事吧。国红那孩子识大体，不会计较的。"

邢小峰又倒上酒，道："这我知道。国红是个善良的姑娘，她不会和杜蔷一般见识的。前两天，班长给了我一些资料，全部是创先的。我今天刚刚看完。国庆，我心里憋得慌。就想找个人说说。"说完，一仰头将手中的酒喝完了。

于国庆拿过酒瓶，给邢小峰倒上酒。

邢小峰："我看着这些资料就好像是回到了从前。国庆，你相信吗？剑平一直是我最敬重最当一回事的弟兄，直到今天这份感情都没有减退过，无论如何我都不可能去陷害他的。"说着将手中的酒又一口喝干了，道："可是现在，现在所有的人都在责怪我，我就是跳进黄河也洗不清了我。"

于国庆看着邢小峰道："我相信你。"说着，又倒上了酒，端起酒杯，对邢小峰道："小峰，世上没有解不开的疙瘩，一切都会过去的。你们还会是好兄弟的。来，我们为了好兄弟干一杯。"

邢小峰端起酒杯，眼中晃动的泪光。两个酒杯碰在一起。

7. 杜刚的办公室里　日　内

杜刚正要收拾东西，准备出去，秘书进来报告道："杜经理，有位陈律师来找您。"

还没有等杜刚说话，陈宜欣就从外面急匆匆地闯了进来，大叫道："杜刚，杜刚我给你们带来了好消息。"

陈宜欣在杜刚的面前深吸了一口气道："孙剑平立功了，监狱为他请求减刑。说是帮助监狱的网络系统避免重大的损失，剑平的减刑有望了。"

杜刚："你的消息确切吗？"

陈宜欣："我是送上诉书时，听法院的人说的，应该没有错。"

杜刚："那太好了。"

8. 孙剑平家里　日　内

陈丹得知孙剑平能够提前出狱后，似乎找回了往日的神采。

陈丹将家中打扫得干干净净，布置整齐。还在挂历上标注一天一天的时间。陈丹还特别买了一束玫瑰花放在家中最显眼的位置。

9. 邢小峰办公室　日　内

邢小峰在接电话："剑平明天回来？……好……我当然去接。"

邢小峰让秘书进来。

秘书进来："邢总，什么事？"

邢小峰对秘书道："今天我谁的电话也不接，什么人也不见。"

"好的。"秘书退了出去。

10. 监狱门口　日　外

监狱门口，站着陈丹、杜刚、黄明娟、于国庆，众人都盯着大门，忽然大门开了一个小门，孙剑平拎着一个包从里面出来。

众人见孙剑平出来，都不约而同地喊道："剑平。"

陈丹鼻子一酸，眼泪下来了。

孙剑平先是愣了愣，慢慢走过来，孙剑平的目光一一地从众人的脸上滑过，点点头道："谢谢你们。"说完，一语不发地走了。

陈丹先叫了起来："剑平，剑平。"就要追过去。

于国庆一把拉住陈丹："让他静静吧。"

众人眼睁睁地看着孙剑平越走越远。

11. 杜刚车内　日　里。

陈丹和杜刚两人都不说话，杜刚只是埋头开车，不时从旁边的倒车镜中看着陈丹，陈丹的脸上没有任何表情，杜刚不由得暗暗地叹了一口气。

突然，陈丹道："杜刚，我想在这里下车。"

杜刚一惊："在这？前面就要到了。"

陈丹："我想走走。"

杜刚："好吧。"说着将车停在路边。旁边就是护城河，前面隐约可以看到孙剑平家的小区。

杜刚刚要锁车，陈丹："杜刚，我想一个人待一会儿。"

陈丹顿了顿，道："你放心，我没什么，我就想一个人静静，走一走。"

杜刚："那好吧。你早点回去。"

陈丹冲着杜刚一笑，下车了。慢慢地向前走着。

杜刚看了一会儿陈丹的背影，叹了口气，开车走了。

12. 大街上　日　外

孙剑平拎着一个包，剃着光头，在大街上慢慢地走着，左右看个不停。时间才过去几个月，一切都好像变得陌生了。

有路人对孙剑平指指点点，孙剑平不以为然。

13. 路边　日　外

陈丹一个人默默地走着，脸上没有什么表情，只是目光有些呆滞。

14. 大街上　日　外

孙剑平拉着箱子，背着包，在大街上慢慢地走着，周围的人来来往往，没有人注意到他的存在。

15. 开发区孙剑平原来的公司外　日　外

孙剑平漫无目的地走着，不知不觉地来到开发区，孙剑平长出一口气，向自己原来的公司走去。在公司门口，招牌已经变了，孙剑平伸头向里面看了看都是陌生的面孔和陌生的环境。

一个前台小姐过来："这位先生，请问你找谁？"

孙剑平赶紧摇摇头："哦，我不找人。路过，路过。"说完，掉头出去。直到走了好远，孙剑平才停下来，看了看。过了一会儿，孙剑平转身慢慢走了。

孙剑平刚刚走远。

黄明娟从另一个方向慢慢地走了过来，同样黄明娟也是面无表情，黄明娟也在孙剑平原来的公司门口呆呆地站着，还是刚才那个前台小姐出来："这位女士，请问你找谁？"

黄明娟赶紧摇摇头："哦，我不找人。路过，路过。"说完，掉头走了。

前台小姐有些纳闷地自语道："今天是怎么了，老是碰见怪人。"

黄明娟默默地走着。

孙剑平也正朝另一个方向默默地走着。

16. 大街上　傍晚　外

孙剑平毫无目的地拎着行李在街上闲逛，路人都来去匆匆。

孙剑平揉了揉肚子，看到路边有个小吃摊，孙剑平走过去，站在小吃摊边，伸手掏了掏自己的口袋，只有一些零钱了。

小吃摊老板过来："先生，吃点什么？"

孙剑平犹豫了一下，道："来个包子吧。"

小吃摊的老板："好嘞。"说着从蒸笼中取包子，道："先生，不来点别的吗？本店的炒肠很有名的。"

孙剑平苦笑地摇了摇头，将手中的钱递给老板，接过老板的包子，转身走了。

17. 一个网吧门口　傍晚　外

孙剑平来到一个小网吧的门口。

一个中年人迎上来道："先生上网吗？"

孙剑平："哦，不，请问，你们老板在不在？"

中年人："老板，我就是老板。你有什么事吗？"

孙剑平："这样的，我对电脑很熟悉，你缺不缺网管？"

中年人上下打量了孙剑平一下，道："不缺。"

孙剑平近乎讨好地："我的技术真可以，不信可以试试。工钱好商量，解决吃住就行。"

中年人不耐烦地："不缺，我不缺人。我说你这人怎么回事，不上网别妨碍我做生意。"

孙剑平无奈地摇摇头，掉头走了。

等孙剑平走远了，中年人才嘀咕道："看他那样子，肯定刚从里面出来。"

18. 大街上　傍晚　外

镜头一：孙剑平在一个电脑商店门口，和一个人说话，对方摇摇头。

镜头二：孙剑平在一个超市门口，和一个人说话，对方摇摇头。

镜头三：孙剑平在一个洗车场门口，和一个人说话，对方摇摇头。

孙剑平垂头丧气地在大街上慢慢地走着。

19. 一个小饭店的门口　晚　外

孙剑平拉着箱子来到一个小饭店门口。饭店不大，但是生意很好，就连路边摆放的桌子上也坐满了人。

孙剑平站在路边看着，一个胖胖的中年妇女走过来，上下打量了一下孙剑平道："大兄弟，吃饭啊？"

孙剑平："大姐，你是这家饭店的老板吗？"

中年妇女斜着眼看了看孙剑平道："是老板娘，不是老板妈。怎么了？"

孙剑平一笑道："对不起，老板娘，我能不能和你商量一件事。我看你这生意也挺好的，都忙不过来了……"

中年妇女往嘴里扔了一颗瓜子，道："有话快说，有屁快放。老娘没工夫和你磨牙。"

孙剑平的脸上掠过一丝尴尬的神情，道："老板娘，我给你帮工，你给食宿就行了，你看怎么样？"

中年妇女左右看了看孙剑平，嘴里发出啧啧的声音。

孙剑平纳闷地看了看自己，不明白老板娘为什么这么一个表情。

老板娘将口中的瓜子"呸"的一声吐在地上，道："我说大兄弟，你要是个丫头，说这话，还有得商量，就你这模样，不把客人都吓跑了。"

孙剑平："那我在后堂帮你择择菜，洗洗碗总可以吧。"

老板娘把孙剑平一推，道："去，去，去。哪凉快哪待着。"

孙剑平一个不提防，被推了一个趔趄，差点摔了一跤，碰到旁边的桌子上，桌子上有一个啤酒瓶，里面还有半瓶啤酒，被碰到地上摔破了，啤酒沫溅得到处都是。孙剑平不禁有些恼火，道："你不要就不要，推什么人？"

老板娘两手一叉腰，道："耶呵，推你怎么了？和老娘耍横？大头小头，有人捣乱。"话音刚落，两个五大三粗的男青年从里面跑了出来，一个人拿着一个棍子，还有一个人操了一把刀。

两人齐声道："谁啊？谁吃了豹子胆了，敢来这撒野。"

不远处，于国庆正蹬着三轮车，车上装着一些啤酒，过来了。

一些吃饭的人见状纷纷往后退。

孙剑平见状叹了一口气，拉起箱子转身就要走。

老板娘叫道："想走，赔钱。"

孙剑平："赔钱？我赔你什么钱？"

老板娘："你摔破了老娘的啤酒，不赔就想走？大头小头。"

于国庆蹬着三轮车从旁边路过，也没有在意，仍旧慢慢地蹬着。

突然，孙剑平的声音传了过来，于国庆不由得一怔，扭头看过去，被众人围着的孙剑平，看得不太清楚，突然孙剑平一扭头。

于国庆惊喜地叫道："剑平。"赶紧停下车，跑了过去。

于国庆分开人群，老板娘正在骂："小瘪三，不赔？老娘让你当太监。"

孙剑平被大头和小头夹在中间。

于国庆见状连忙冲上去，大声道："剑平。剑平，你让我们找得好苦啊。"

孙剑平："国庆。我……"

于国庆一看大头和小头还左右拉着孙剑平的胳膊，抬手一推，把一个男青年推得坐在地上。另一个吓得赶紧放开了手。

老板娘："你他妈，不想活了……"

于国庆一扭头。

老板娘："哦，原来是于大兄弟啊。怎么，这小瘪三是……"

于国庆："他是我弟弟。"

老板娘立刻笑着道："自家人。"

被推到地上的大头，已经爬了起来，口中还在骂道："敢推老子，不想活了。"说着挥起棍子照着于国庆的头打来。旁边有胆小的女人发出了尖叫声。

于国庆一伸手，抓住大头的手，使劲一捏，大头疼得叫了起来，于国庆伸出另一只手从大头的手中抢过棍子，冷笑了一下："怎么？想动手？"

老板娘赶紧上前讨好似的，道："于大兄弟，误会，误会。"

于国庆将棍子往地上一扔，道："孙二娘，还要不要赔你的酒？"

老板娘："不用了。不用了。"

于国庆不理会她，对孙剑平："剑平，咱们回家。"说完，拉起孙剑平就走。

老板娘在后面叫道："于大兄弟，改天过来喝两盅啊。"

于国庆拉着孙剑平来到三轮车旁，把孙剑平的行李往车上一扔，道："上车。"说着，自己就骑上去。

孙剑平也只好跳上三轮车，坐在后面。二人动身。

20. 路上　晚　外

于国庆在前面低头骑车，不说话。

孙剑平在后面坐着，也不说话。马路两边是很热闹的夜景。

（特写镜头：三轮车的一个箱子和一个包。几箱啤酒）

21. 于国庆家　晚　外

于国庆将三轮车一直骑到家门口，下车，打开门。

孙剑平已经跳下车，孙剑平帮于国庆将三轮车推到院子中间。

于国庆转身锁门。

于妻闻声从房间里面出来，手里还拿着一条毛巾，道："回来啦。"说着，将毛巾递给于国庆，于国庆没有接，道："你去做几个菜，我兄弟回来了。"

于妻好奇地看了孙剑平一眼，答道："等会就好。"

于国庆拉着箱子，拎起包，对孙剑平道："你跟我来。"说着带孙剑平向左边走去。

22. 于国庆家的小屋里　晚　内

两人来到一个小屋前，于国庆伸手推开门，拉亮灯。这是一间堆放杂物的小房间，有一张桌子和一张单人床。还有一些其他的乱七八糟的东西，显然是很久都没有人住过了，到处都落满了灰。

于国庆将箱子放到墙角，放下包，道："这以前是国华住的小屋，这小子打工去了，就一直堆放着一些杂物，等会让国红来打扫一下。"说着，又打开衣柜，拿出一些床单和被子，又将堆放在床上的东西，"呼啦"一下推到地上，铺上床单，放下被子，道："你先睡一觉，我们有的是时间。"说完，也不理会孙剑平，转身将出去，将门带上了。

孙剑平环顾了一下房间，看看干净的床单，旁边的椅子上都是灰，孙剑平就坐到床上，一阵倦意袭来，孙剑平往被子上一靠，转眼睡着了。

23. 孙剑平家里　晚　外

陈丹一个人坐在床上，拿着自己和孙剑平的合影，念叨着："剑平，你去哪儿了？你干吗不回家啊。你还在生我的气吗？"

24. 黄明娟家里　晚　外

黄明娟坐在客厅里，目光有些呆滞。
任明祥趴在桌子前面在演算着彩票的概率。

25. 邢小峰住处里　晚　内

邢小峰坐在门槛上，面前放着一个烟灰缸，和一瓶啤酒，啤酒喝得还剩一半，烟灰缸里的烟灰几乎堆满了。
邢小峰吐出一个烟圈，烟幕中可以看到，邢小峰的眼中有一丝泪光。

（回忆：
在泰山脚下，有一片水塘，一块大石头。孙剑平、邢小峰趴在石头上，小心地往外面探出脑袋。几个年轻人正在水塘里游泳。两个姑娘说笑着走上岸，舒展了一下身体，躺在岸边铺在地上的一条毛巾上，戴上墨镜晒太阳。
邢小峰："哇，顶级美人哪，魔鬼身材哦，今天真是大饱眼福了。"
孙剑平不屑："嗯，我看她们的身材还不如陈丹呢。"）
（回忆完）

26. 杜刚家里　晚　内

杜刚正和家人一起用餐，杜刚显得心神不定的。

27. 于国庆家的小屋里　晚　内

孙剑平睡得正香，小青蹑手蹑脚地进来了，趴在孙剑平脑袋边，轻轻地喊道："叔叔，叔叔。"

孙剑平皱皱眉头，猛地睁开双眼，一下子坐起来。

小青吓得往后一退，道："叔叔，爸爸让我来喊你吃饭。"

孙剑平冲小青一笑。

28. 于国庆家客厅里　晚　内

客厅里，孙剑平正在狼吞虎咽地吃饭，于国庆在一旁抽烟，小青听话地靠在爸爸的身边看着孙剑平吃饭。

孙剑平吃得差不多了，放下碗筷，于妻收掉碗筷，给二人泡了一壶茶，于国庆给孙剑平倒了一杯。

孙剑平接过杯子，深深地吸了一口茶香，才叹道："国庆，谢谢你啊。"

于国庆："剑平，今天什么也别说，先休息。"

29. 于国庆家的小屋里　晚　内

孙剑平一推开门，愣了愣，原来到处都是灰尘的房间，被打扫得干干净净，孙剑平的行李也整齐地放在一边。桌子上放着一个脸盆，里面放着一些牙刷毛巾什么的。

一套内衣叠得整整齐齐地放在床上。床上还多了一个枕头。床边的椅子上还放了一个台灯。

孙剑平的眼睛里闪着一丝泪光。

30. 黄明娟家卧室中　晚　内

黄明娟在梳妆台前坐着，发呆。任明祥推门进来，往床上一靠，顺手拿起床头柜上放着的《体彩秘籍攻略》随手翻着。

黄明娟看了他一眼问道："祥子，你能不能以后少搞这个？成天张口彩票闭口彩票的。"

任明祥："玩玩嘛。"

黄明娟："你玩什么不好，玩点高雅的也好。一天到晚就是彩票彩票的，你以为那大奖都是随便中的啊。"

任明祥："我也没指望中奖。"虽然和黄明娟一问一答的，但是任明祥的眼睛一刻也没有离开手里的书。

黄明娟气得喘了口粗气，坐到任明祥的旁边，将任明祥手中的书合上，眼睛瞪着任明祥。

任明祥有些纳闷："怎么了？"

黄明娟："你觉得搞这个有意思吗？"

任明祥："这不没事嘛。"

黄明娟："我今天遇到老李了，他都那么大岁数了，还在准备考工程硕士，你说你现在年纪轻轻的，整天搞这个东西，你好意思吗？"

任明祥："这有什么，萝卜青菜各有所爱。"说完，又打开书看了起来。

黄明娟气得将任明祥手里的书夺了过来："你这样碌碌无为，以后怎么办？还会有什么出息？"

任明祥的脸上略过一丝诧异，但随即一笑："我还要什么出息，我这个家就是我最大的出息。"

黄明娟火了，声调一下子提高了许多："男人是要有事业的，你看你这样子，哪有一点男人样。"

任明祥的脸挂不住了，看了看黄明娟没有说话，起身出去了。

黄明娟随即就后悔了，刚要追出去，又叹了口气坐了下来。

31. 小巷电话亭旁　早上　外

小巷电话亭旁，于国庆正在打电话，三轮车停在旁边。

于国庆："班长，剑平现在住在我这里，你们放心，你们都先不要过来，让他静静。"放下电话，骑上三轮走了。

32. 于国庆家　早上　外

于国庆家的院子里，小青正在奶声奶气地背唐诗："春眠不觉晓，处处闻啼鸟。"

于妻在择菜，于父正在打扫院子，一只鸟笼挂在树下。

孙剑平从小屋出来，经过一夜的休息，换了一身干净的衣服，孙剑平显得精神多了。

于妻见孙剑平出来，转身进了厨房，小青乐颠颠地跑过来昂着头道："叔叔，早上好。"

孙剑平蹲下来，将小青抱起来，道："小青，早上好。"

于妻端着一个托盘，托盘上放着一些饭菜，过来道："小青快下来，让叔叔吃早饭。"

孙剑平："嫂子，真是麻烦你了。"说着，将小青放下来。

于妻将饭菜放在院中的石桌上，道："一家人，有什么麻烦不麻烦的。快吃吧。"

孙剑平"哎"的一声，在石桌旁坐了下来，刚要拿筷子，小青在一旁叫道："叔叔，你还没有洗脸呢?"

孙剑平一愣，随即笑了起来，一家人都笑了起来。

众人正笑着，门吱呀一声开了，黄明娟站在门口。

33. 于国庆家外　日　外

黄明娟和孙剑平相对而立，孙剑平看着路上来来往往的人群不说话。

黄明娟盯着孙剑平好半天道："剑平……你受委屈了，坐牢的应该是我。"

孙剑平打断道："班长，你不要这么说，做错事情的是我，当然该我受处罚。"

黄明娟道："可是……"

孙剑平："过去的事，别再提了。在监狱的这段时间里，我也想明白了很多东西。当初我是太急于想成功了，没有听你的劝，不仅害了自己，还连累了你。"

黄明娟："剑平！"

孙剑平："其实，公司倒闭，我也有责任。当初如果听小峰的，和其他人合作，就不会把所有的资金都押在一个项目上了，即使后面发生的那么多事情，还是有补救的可能。"

黄明娟："那，你以后打算怎么办？"

孙剑平："我也不知道。只是我不甘心，不甘心就这样窝窝囊囊地失败了，不甘心不明不白地就这样被人害了，真的不甘心啊。"

黄明娟："剑平，其实我总感觉到事情有些蹊跷，小峰不应该是这种人……"

孙剑平："不要跟我提他！"

黄明娟沉默了一会儿："剑平，你应该回家的，陈丹一个人好可怜。"

孙剑平慢慢地摇摇头："不，我不想连累她。我一个牢里出来的人，谁知道以后会怎么样，她跟着我会受苦的。"

34. 邢小峰的公司里　日　内

邢小峰来回走动着，于国红站在办公桌前，看着邢小峰。

邢小峰在于国红的面前站定："这么说，剑平现在就住在你家了？"

于国红点点头。

邢小峰："那他以后怎么打算？"

于国红摇摇头。

邢小峰苦笑了一下："我真傻，剑平即使有什么打算也不会说出来啊。国红，你帮我留心点，要是剑平有什么需要，你立刻告诉我。"

于国红点点头。

35. 孙剑平家中　日　外—内

孙剑平在家门口站了一会儿，从口袋里掏出一把钥匙，在手里掂了掂，拿起钥匙的手有些微微发抖，孙剑平深吸一口气打开门。

房间里的一切和以前一样，没有一丝的改变，甚至在门口还放着孙剑平的拖鞋。孙剑平轻轻地往里走了两步，在茶几上放着一束火红的玫瑰，正是以前孙剑平经常给陈丹买的，因为陈丹喜欢。沙发上放着《财富》杂志。

孙剑平走过来拿起杂志，是最新一期的。这是以前孙剑平最爱看的杂志。孙剑平突然有一种想流泪的感觉，一扭头看到电视旁整整齐齐地放着一叠杂志，孙剑平走过去，随意翻了翻，都是《财富》杂志，而且在自己坐牢的这段时间里，一期都不少。

孙剑平又推开母亲的房间，正对面的墙上挂着母亲的遗像，母亲正向他微笑。孙剑平的眼泪一下子流了下来。房间里一切还是母亲在世住的时候一样。

在母亲的遗像下，还放着一个小香炉，旁边放着一束香，孙剑平上前点燃了一根香，给母亲鞠了一躬，上了香，伸手将母亲的遗像摘了下来，抱在怀里退出了房间。

孙剑平在客厅里站了一会儿，来到卧室门前，这里曾经拥有多少他和陈丹的美好回忆。孙剑平顿了顿，轻轻打开门，门开了。一切都如此熟悉，和一年前没有任何变化。孙剑平来到床头的梳妆台前，轻轻地坐下来，陈丹平时都是坐在这里，慢慢化妆。

孙剑平笑了笑，随手拿起一根按摩棍。

（回忆：陈丹用按摩棍在脸上震动）

孙剑平像陈丹一样放在脸上，一按开关，按摩棍在脸上轻轻地震动着，孙剑平舒服地闭上眼睛。

孙剑平很享受似的用按摩棍在脸上按摩着，好一会儿，才放下按摩棍，起身打开衣柜拿出自己的衣服，孙剑平一弯腰从床底拉出一只箱子，往箱子里塞着。

孙剑平收拾好自己的东西后，将母亲遗像放在里面又放上自己的衣物，锁上箱子，拎起来一步一回头向外走去。

36. 孙剑平家外　日　外

孙剑平拉着箱子正在路边，一辆出租车过来，在孙剑平的旁边停了下来，司机问道："要车吗？"

孙剑平正在犹豫。

对面陈丹正慢慢地走过来，孙剑平和陈丹同时看到对方，两人都是一愣，孙剑平一咬牙上了出租车。

陈丹边跑边喊："剑平，剑平，你别走，我有话和你说。"没等陈丹跑到车前，车已经开了。

坐在车内的孙剑平一直都没有回头。

陈丹站在那里，呆呆地看着远去的汽车。

37. 出租车内　日　内

孙剑平坐在后面，眼中滚下了两行泪水，司机好奇地从倒车镜中看了看这个奇怪的乘客。

38. 于国庆家中小房间　日　内

孙剑平的行李堆了一地，正在整理。

于国庆推门进来，看了看地上的行李，于国庆："剑平，我以为你就在这住两天就走的，你怎么把家都搬来了？你这样我怎么跟陈丹交代？我成什么了？"

孙剑平看看于国庆，将一些已经拿出箱子的衣物又往箱子里塞，道："好，我这就走。"

于国庆拦住他："你去哪，要是回家我不拦你，否则就在我这，你嫂子做饭手艺还可以，饿不着你。"

孙剑平："国庆你也不容易，不能给你添这么多麻烦。"

于国庆："那你是准备回家吗？"

孙剑平又摇摇头："不，我准备在外面租个房子，先安顿下来，再说。"

于国庆："这不行，你反正是要租房子，你就租我的房子吧。你是不是嫌我这条件差啊。"

孙剑平有些为难："当然不是，只是，只是，我现在……"

于国庆掐灭了烟头，起身出门。

一会儿，于国庆从外面进来，手里拿着一叠钱，放在孙剑平面前，道："这是一千块钱，借给你，半年后还给我。"顿了顿，"小屋租给你，每个月100块，年底付给我房租。"

孙剑平眼圈一红，拿起桌上的钱，放到口袋里，道："不要告诉她好吗？"

于国庆点点头。

39. 黄明娟办公室里　日　内

黄明娟正趴在办公桌上写着什么，随手拿起杯子，喝了一口，没有水，黄明娟放下笔，走到饮水机旁刚要放水，发现没有水了。

黄明娟叫道："小吴。小吴。"

小吴开门进来道："黄科长，什么事啊？"

黄明娟："换桶水。"

小吴答应了一声，刚要将空桶拿下来。

外面胡副科长叫道："小吴，小吴。"

小吴："哎，马上来。"

胡副科长推开门，站在门口道："小吴，快去把这个送到主任那去。"说着晃动着手里的一张纸。

小吴："这就去。"一边说话，一边取空桶。

胡副科长有些不悦道："你磨蹭什么，快点送去。"

黄明娟道："小吴你去吧。回头让别人换。"

小吴"哦"了一声，放下空桶，接过胡副科长手中的纸，跑了出去。

胡副科长冷笑了一下，小声道："整天没事，还指派别人。哼。"说完，一转身出去了。

黄明娟苦笑地摇了摇头，回到办公桌后，继续写着什么。

40. 人才市场门口　日　外

南平市人才市场，几个大字老远就能看见。进进出出的人很多，孙剑平在招牌下面看了好一会儿，进去了。

41. 招聘会现场　日　内

在一个网络公司的摊位前，一个青年男子坐在一张桌子后面，孙剑平坐在对面，青年男子手里拿着一张纸，透过纸背可以看见"个人简历"四个字。

孙剑平有些紧张，青年男子看了一会儿，放下孙剑平的简历，道："你会的还真不少，UNIX 系统熟悉吗？"

孙剑平："熟悉，以前大学毕业论文就是用 UNIX 做的。"

青年男子看着简历道："你还做过程序开发，嗯，不错，不错，你到我们公司来一定会有所作为的。咦，你这工作时间不对啊。"

孙剑平一惊道："怎么了？"

青年男子道："2002 年到 2003 年，你这有近一年的时间，在做什么？"

孙剑平的眼光暗了下来，道："我，我坐牢了。"

青年男子一愣，道："什么，你做什么了？"

孙剑平："我坐牢了，在监狱，刚出来。"

青年男子呆了呆，好一会儿，将简历还给孙剑平，道："对不起，你先回去，如果需要，我们会通知你的。"

孙剑平接过简历，苦笑了一下。

……

孙剑平站在另一招聘单位的桌前，桌子后面坐着一位小姐，小姐礼貌地将简历还给孙剑平，口中说道："对不起。"孙剑平接过简历苦笑一下。

……

孙剑平站在招聘单位的桌前，桌子后面的中年男子礼貌地将简历还给孙剑平，口中说道："对不起。"孙剑平接过简历苦笑一下。

……

孙剑平站在招聘单位的桌前，桌子后面的中年女子礼貌地将简历还给孙剑平，口中说道："对不起。"孙剑平接过简历苦笑一下。

……

忽然，孙剑平赌气地将烟头往地上狠狠一扔，还用脚踩了几下，弯腰抄起地上的简历，卷了卷，往旁边垃圾桶里一塞。

42. 于国庆家的小屋里　晚　内

孙剑平推门进来，疲倦地往床上一躺，连鞋也没有脱。双手往脑后一抱，长叹了一口气。盯着天花板发呆。

于国庆推门进来了，在床边坐下，掏出香烟，递给孙剑平一支，孙剑平摇摇头，表示拒绝，于国庆又将烟装回了烟盒，将烟盒扔在床边的椅子上。

孙剑平从床上坐起身来，看着于国庆。

于国庆和他对视着，两人都不说话，忽然于国庆憨憨一笑，孙剑平不禁也笑了起来，拿过椅子上的烟，拿出两根，分给于国庆一支，于国庆拿出打火机给二人点上。

孙剑平吐了一个烟圈道："国庆，今天我才发现，自己挺没用的啊。"

于国庆上下打量了一下孙剑平，伸出一只手，捏了捏孙剑平的胳膊，道："没觉得啊，零件挺齐全的啊。"

孙剑平把国庆的手打掉，道："国庆，你怎么变得和小峰似的，油嘴滑舌的。"

二人都怔住了，孙剑平和于国庆都有点不敢相信似的对视了一眼。

孙剑平不说话了，埋头抽烟。

小青推门进来，手里还捧着一块烤红薯，小青的小脸上吃得全是烤红薯，散发出一股香味，小青道："爸爸，叔叔，妈妈让你们去吃饭。"

于国庆道："剑平，你看看我，没有学历，没有技术，我不也让我一家老小活得开开心心，快快乐乐的吗？"于国庆伸手擦去沾在小青脸上的红薯："就是烤红薯也能养活自己啊，干吗那么沮丧啊。"

孙剑平不说话。

于国庆："实在不行啊，咱就休息几天，然后啊，看看做点什么小买卖，我给你投资，咱也体验一回当投资商的感觉。"

孙剑平不说话，还是埋头抽烟。

于国庆有些激动了，道："你说邢小峰，论学历没有你高，论技术没有你强。你怪他抢了你的公司，那你再抢回来啊。其实小峰不是你们想象的那种人。"

孙剑平猛地掐灭了香烟，把小青抱起来，道："走，小青，我们吃饭去。"

于国庆站起来，道："剑平，下午，班长来找过我，她想给你安排一个工作，让我问问你干不干？"

孙剑平："不用了。我自己找。替我谢谢她吧。"

小青拿着烤红薯，道："叔叔，你要找什么？是找烤红薯吗？我悄悄拿的。"

孙剑平忍不住笑道："叔叔不找烤红薯了，小青拿的，小青就吃吧，好吃吗？"

小青："好吃，叔叔，你也想吃一点吗？"

孙剑平："叔叔不吃，小青吃。"

43. 二手电脑市场　日　内

孙剑平在各个柜台前浏览着，看看各种各样二手电脑的标价和配置，孙剑平把钱包掏出来看了看，沮丧地摇摇头。

44. 于国庆家院子中间　黄昏　外

于国庆正在埋怨："这个剑平，到哪里去了，怎么还不回来？"

于国红："哥，孙大哥是不是又去找工作了？"

于国庆："现在找一份工作，哪那么容易啊。"

于国红有些吞吞吐吐地："哥，邢总，让我和你商量个事。"

于国庆："什么"？

于国红："他想给孙大哥悄悄安排个工作，就说是你找的。"

于国庆："这，恐怕要等剑平回来，试试吧。"

正说着，孙剑平抱着二手电脑推开门进来。

于国庆："剑平，你可回来了。"

孙剑平："怎么了？"

小青跑过来，小声："叔叔，爸爸正在骂妈妈，说妈妈把你丢了。"

孙剑平笑道："叔叔是大人了，丢不了。"

孙剑平放下电脑对于国庆道："国庆，我考察了一下，决定暂时不找工作了，做个小买卖。"

"哦，那你打算做什么？"于国庆指指电脑："准备用它赚钱吗？"

"先烤红薯。"孙剑平笑道："以后用它赚钱。"

于国庆："烤红薯？"

孙剑平："对，就卖烤红薯，我考察了一下，做烤红薯的生意还真不错，一天几十块轻轻松松的。"

于国庆将孙剑平拉到一边："剑平，我那是和你说着玩的，别当真啊。有个事情想和你商量一下。"

孙剑平："什么事啊？"

于国庆犹豫了一下："剑平，你还是去上班的好，电子局要找一个程序员，待遇什么的都不错，你愿意去吗？"

孙剑平："又是班长找的吗？我不是告诉过她，让她别操心了吗？"

于国庆："哦，不是班长。"

孙剑平："杜刚？"

于国庆摇摇头，目光有些回避孙剑平的眼光："是我的一个亲戚。"

孙剑平疑惑地看着于国庆："哦，是什么程序员？"

于国庆："开发吧，具体我也不清楚。"

孙剑平："国庆，你不是一个说谎的人，告诉我实话，是谁找的？"

于国庆犹豫，下定决心："是小峰。"

孙剑平脸一沉："他可真热心啊。我没找他，他倒先找起我来了。"孙剑平眼珠一转，脸上露出一丝冷笑。

45. 邢小峰公司门口　早　外

邢小峰公司临着一条热闹的马路，来来往往上班上学的人很多。

一大早，孙剑平推着个车，车上放着一个大铁桶改装的炉子，来到一个凉皮摊的旁边。

孙剑平放下炉子，掀起罩在上面的塑料布，顿时一股浓郁的烤红薯的香味弥漫开来。

46. 邢小峰公司里　早　内

邢小峰刚推开公司的门，就感觉气氛有些不对，有些以前在创先的老员工怪怪地看着自己，邢小峰没有在意，推门进自己的办公室，桌上照例放着于国红准备的早餐。

邢小峰的心情显然还可以，用鼻子深吸了一口气，道："真香。"放下包，就抄起了筷子，刚要吃，于国红就从外面进来，脸色怪怪的，道："邢总。"

邢小峰喝了一口稀饭，道："什么事啊？国红，今天的稀饭特别好喝。"

于国红没有说话。

邢小峰有些奇怪，抬起头，看了看于国红，道："怎么了？国红，是不是，那个小祖宗又来了？"

于国红没有说话，来到窗前，打开窗子，道："你自己看吧。"

邢小峰放下筷子，拿起一个蒸饺，咬了一口，含糊不清地问道："看什么？"边说边走到窗前，把头往下一伸。

（镜头：从高处拍孙剑平卖烤红薯的镜头）

邢小峰的嘴张得老大，手中拿着的半个蒸饺也掉在地上。

第十一集

1. 杜刚公司里　日

杜刚从外面进来，往西西的办公室里看了一眼，西西仍然不在。自从那天起，就再也没有看到西西。杜刚不由得有些担忧，不知道西西会怎么样。

杜刚走进自己的办公室里，刚刚坐下，敲门声响起。西西推门进来了。

杜刚有些吃惊，：“西西。”

西西面无表情：“杜经理，有关抗癌剂的营销资料我已经找全了。我做了一个初稿，供您参考。”说着递给杜刚一个大大的资料袋。

杜刚接过资料袋打开看了看，道：“谢谢你，西西，其实我……”

西西：“杜刚，什么也不要说了，我现在只想尽快完成现在的工作。”

杜刚：“我们、我们找个时间好好谈谈好吗？”

西西：“不知道杜经理想谈点什么？”

杜刚：“西西，我们……”

西西抢过话头：“我们分手吧。”

杜刚意外地：“西西。”

西西：“什么都不要说了。该做的，不该做的，我都做了，但是都不能让你爱上我。那么我只好祝福你了，愿你早日得到自己的爱。”

杜刚：“西西，对不起，我……”

西西：“不要解释，杜刚。感情很神圣，但是不神秘，没有什么不能说开的。”

杜刚：“西西。”

西西：“杜刚，和你相处的这段时间我很快乐，再见。”

西西出去了，杜刚一时不知道说什么好。

2. 孙剑平家门口　晚　外

杜刚和陈丹在河边散步。

杜刚："最近身体好点了吧？"

陈丹："是啊，以前我根本走不了这么远，杜刚，要多谢你了。"

杜刚一愣，轻轻出了一口气。

二人一时都无话。快到门口，远远地可以看到一个女子正站在陈丹的家门口。陈丹和杜刚不由地对视了一下，两人都加快了脚步，走到近前一看，原来是蕾蕾。

蕾蕾一见陈丹，叫道："丹丹，你去哪了，手机也不带？你要再不回来，我可要报警了。"

陈丹："我们去散步了。"

杜刚冲着蕾蕾点头致意："你好。"又对陈丹："陈丹，我先走了，下次我再来看你。"

陈丹点点头，蕾蕾在一旁叫道："唉，别走了啊，怎么我一来你就走了呀。好像不欢迎我似的。"

杜刚礼貌地："不好意思，我是正要回家，没有其他意思。再见。"

陈丹："蕾蕾，别瞎说，他有事呢。"说着拿出钥匙，开门和蕾蕾进去了。

3. 孙剑平家里　晚　内

蕾蕾和陈丹进来。

蕾蕾往沙发上一坐，顺手抄起茶几上的苹果在嘴里咬了起来。

蕾蕾："丹丹，剑平，不是回来了吗？怎么没见啊。"

陈丹脸色不太好，在蕾蕾旁边坐了下来，没有说话。

蕾蕾："怎么？没出来？"

陈丹："出来了。没回来。"

蕾蕾怔了怔，放下苹果，道："丹丹，别想这个。我和你说个事。"

陈丹："什么？"

蕾蕾："你想不想去上海？"

陈丹："去上海？"

蕾蕾："是啊。我和你说啊，前段时间，我在浦东的一个网站上看到有个外资幼儿园招老师，我就尝试着将简历投了过去，你猜怎么了？"

陈丹："怎么了？你被录用了？"

蕾蕾："哪有那么快啊，他们今天通知我，让我这个月去上海面试。"

陈丹："是吗？那你们就用不着两地分居了。"

蕾蕾："丹丹，你和我一起去吧，我一个人还有点害怕。"

陈丹："我？不行，不行。"

蕾蕾："丹丹，求求你了。你不也是一直想去上海吗？就当我们去散散心吧。"

陈丹："真的不行。剑平刚出来，现在还不知道在哪？这个时候我怎么离开啊？"

蕾蕾失望："我还想劝你，要是好的话，我们俩一起去上海得了。"

4. 邢小峰办公室里　日　内—外

邢小峰站在窗口一直看着下面。

（从高处拍孙剑平卖红薯的镜头）

邢小峰突然回到自己的办公桌后，坐下来，喊道："李秘书，李秘书。"

李秘书从外面推门进来，道："邢总，您有什么事？"

邢小峰："你到下面去，马路对面有个卖烤红薯的，你去把他的红薯全部买来。记住，一点都不要留。"

李秘书有些疑惑，刚要张口问，邢小峰一摆手示意她出去。

李秘书退了出去。

5. 孙剑平的红薯摊　日　外

孙剑平正和卖凉皮的小老板蹲在地上抽烟，李秘书向他们走来。

李秘书："卖红薯的，你红薯怎么卖？"

卖凉皮的小老板一捅孙剑平道："哥们儿，买卖来了。"

孙剑平站起来，道："两块一斤，您来几个？"说着，拿起了秤。

李秘书道："全部。"

孙剑平放下秤，疑惑地看着李秘书。

卖凉皮的小老板惊得也站起来了。

李秘书："没听见吗？我买下你全部的红薯。"

卖凉皮的小老板羡慕地看了看孙剑平道："哥们儿，是大买卖啊。"

孙剑平往马路对面的新峰公司的窗口看了看，又拿起秤，拿起两个烤红薯，称了称，道："2斤六两，5块2。算您5块。"

李秘书："听好了，我是买所有的红薯。"

孙剑平看了李秘书一眼道："我只卖两个，你要买就买，不买就算。我的红薯限量发售。"

李秘书一惊道："神经病。"转身走了。

等她走远了，卖凉皮的小老板凑过来，用手试了试孙剑平的额头，道："不发烧啊。"

6. 邢小峰办公室里　日　内

邢小峰在窗口看着楼下发生的一切，见李秘书空手而回，自语道："剑平啊，你真不肯原谅我了。"

7. 黄明娟办公室里　日　内

黄明娟正坐在沙发上看报纸，邢小峰敲门进来了。

邢小峰："班长，难得能见你这么清闲，看起报纸了。"

黄明娟起身给邢小峰倒了一杯水，道："怎么？活该我劳累命啊？我就不能歇歇？"

邢小峰："哎，班长，我可没这意思。"端起水来喝了一口。

黄明娟在邢小峰旁边坐了下来，道："最近怎么样？怎么有时间来我这里？"

邢小峰："班长，我、我有事相求。"

黄明娟面露难色，道："什么事？你说吧。"

邢小峰："班长，你知道剑平现在干什么吗？他在卖烤红薯，就在我公司门口。他、他存心是在给我添堵。"

黄明娟："剑平在你公司门口卖烤红薯？他这是何苦。"

邢小峰："班长，过去的事，我承认我做得不对，其中的事情，我也不想解释了，有些事解释也没有用。如果说剑平靠卖红薯为生，我无话可说。可、可他到底是……"

黄明娟："小峰，你别急，剑平憋着一口气，他现在无处发泄……"

邢小峰："我找他，我求他，我说我把当初带走的钱还给他。可是，他根本就不给我说话的机会。班长，剑平最听你的话了，你劝劝他好吗？"

黄明娟叹了一口气，道："早知今日，何必当初。"

邢小峰："我知道你们都认为我他妈是小人，可是我当初真的不是有意的，我带走的钱是剑平承诺给我的，也是我应得的。何况，当初我真的做了安排，我也不明白公司怎么会突然倒了。"

黄明娟疑惑："你做了安排？"

邢小峰抄起茶杯咕咚咕咚喝了大半杯，嘴角下还挂着水珠，也没有擦，放下杯子对黄明娟道："班长，我走前和黄总他们都说得很清楚，务必让单子做完。别的不说，就黄总一家的单子，就完全能让创先周转起来了。我也不知道是怎么回事，黄总他们一下子都说我们是皮包公司。我就不明白了，皮包公司怎么了，皮包公司不照样做事吗？唉，现在说这些还有什么用。反正我知道，当初我要是不走，也就不会出后来这么多的事情。"

黄明娟看着邢小峰，有些纳闷："是啊，我当初听方娜说，公司还是有救的，怎么突然一下子成这样了？"

突然门外一声响动，黄明娟问道："谁呀？"

没有人回答，黄明娟有些疑惑地看了看邢小峰，黄明娟起身打开门，门外没有人，黄明娟没有注意到，在左边有个人影一闪，没有了。黄明娟疑惑地摇摇头将门关上了。回到沙发上，对邢小峰："过去的事情就过去了，这样我再去找找剑平，和他谈谈，只是，唉……"

8. 于国庆家的小屋里　晚　内

孙剑平正在打电脑。

于国庆从外面进来："剑平，又在打电脑呢。"

孙剑平："随便看看IT动态。"说着，从抽屉里拿出一包香烟，递给于国庆一支，两个人点上香烟，沉默了一会儿。

于国庆问道："剑平，你，你就真的不打算找工作了吗？"

孙剑平："我现在卖红薯挺好的，有时一天都能赚好几十块。"

于国庆看了孙剑平一眼，没有说话。

孙剑平："不过，我要是一旦不卖红薯了，就有人的日子该不好过了。"

于国庆一怔问道："什么意思？"

孙剑平："没什么。你放心，说不定将来，我能成为红薯孙呢。"

于国庆："好，你要是愿意卖红薯，也随你。可是，剑平，你为什么非要在小峰的公司门口卖啊！你就是存心的，是吧？"

孙剑平："是，我就是存心的。"

9. 医院花园里　日　外

邢小峰推着汪老师，正一路走过来。

邢小峰："汪老师，你说剑平干吗非要在我公司门口卖红薯。我每天一看到他，我这心里，就……"

汪老师："剑平要的就是这个效果。小峰，剑平不是一个不讲理的孩子，他怄了这口气后，会好的。"

邢小峰："我知道他在怪我，我也知道我对不住他。可是我真的很冤啊。"邢小峰说不下去了。

汪老师拍了拍邢小峰的手背："好孩子，老师知道的，老师相信这中间定有误会的。"

10. 杜刚办公室里　日　内

杜刚在打电话。

杜刚："班长，你告诉陈丹了吗？……没有……好…… 那，你先和国庆他们说一声，先不要告诉陈丹了，她要是知道了剑平现在在卖烤红薯，不知道会怎么样呢。"

11. 方军家中　日　内

方娜和方军相对而坐，两人都不说话，气氛不太和谐。

方军："娜娜，你别固执了，到我这里来吧，和哥哥在一起难道不叫创业吗？一家人在一起相互也有个照应。你一个女孩子家，万一有个什么闪失，你让我跟爸妈怎么交代啊？"

方娜："不，哥哥，就是因为你对我关照太多，所以，我想一个人干。"

方军："好吧。那你要多少钱，我让人打给你。"

方娜："我正在考虑，想好了告诉你。"

方军："好吧。不过，娜娜，要创业单凭你一个人是不行的。"

12. 黄明娟的办公室　日　内

方娜坐在沙发上，扶着一杯水，叹道："黄科长，没有想到你被牵连了。"

黄明娟苦笑了一下："你现在开公司，我虽然帮不了你，但是你来开发区是对的，毕竟这里能享受优惠政策，还有很多机会，这是其他地方不可比的。"

方娜："我明白了。黄科长，孙总现在还好吗？他被关在哪里了？"

黄明娟："他已经出狱了。"

方娜："什么？"

13. 开发区大门口　日　外

方娜从里面走出来，拿出手机，拨了方军的电话。

方娜："哥哥，我已经找到助手了。"

14. 孙剑平的红薯摊　日　外

孙剑平专心致志地烤着红薯，和旁边的卖凉皮的小老板有一搭没一搭地正说着话。

不远处，方娜的眼睛正一眨也不眨地盯着他。

孙剑平并不知道，还正聊着开心，脸上看不出什么悲伤难过的样子。

方娜慢慢地站到孙剑平的面前。

孙剑平先是一愣，有些意外："方娜？"

15. 茶馆里　日　内

方娜和孙剑平相对而坐。

方娜："孙总，你还是以前的老样子，一点都没有变。"

孙剑平自嘲地笑了一下道："你还是别叫我孙总了，你见过卖烤红薯的老总吗？"

方娜也一笑道："你是天生的老总，不会因为你改变职业了，就改变了。"说完，两眼直直地看着孙剑平。

孙剑平一怔，脸上掠过一丝不安。连忙拿起咖啡勺搅拌咖啡来掩饰。

孙剑平："你怎么知道我出来了？"

方娜："我能掐会算啊。不过，说真的，我没有想到虚假注册后果会这么严重。"

孙剑平沉默了一会儿："我也没有想到。"

方娜道："不过，说真的，剑平，人生就是这样曲曲折折，起起伏伏，凭着你的才智，我相信你一定会东山再起的。千万不要泄气啊，剑平。"说到动情处，方娜情不自禁地捉住孙剑平的手，两眼真诚地盯着孙剑平的眼睛。

孙剑平心中一荡，望着眼前的方娜……

（回忆：在孙剑平和陈丹的新房中，孙剑平正在做俯卧撑，陈丹在一边数着："89，90，91，92，93，94……"

孙剑平快要做不动了，动作越来越慢，终于趴在地上起不来了。陈丹在一边叫道："就差六个了。千万不要泄气啊，剑平。"）

（回忆完）

孙剑平慢慢地将手抽了出来。

16. 于国庆家的小屋里　晚　内

孙剑平坐在电脑前，正在测试一个小程序。门开了，于国庆从外面进来，坐在对面椅子上。孙剑平哼了一声，表示打招呼了。

于国庆毫不介意地道："剑平，难道你真的不打算和陈丹说一声吗？"

孙剑平从电脑前抬起头道："告诉她有什么意义？一切都不可挽回了，再说，我现在的样子，算了。"

于国庆："好，我不说了。"

两人暂时沉默下来。

于国庆："对了，剑平，一晃都毕业整十年了，还记得当初我们在泰山旁埋下的铁盒吗？什么时候大家约个时间，一起去泰山看看。"

孙剑平沉默了一会儿，道："国庆，能等一等吗？"

17. 孙剑平的红薯摊　日　外

孙剑平正在烤红薯，邢小峰从对面走过来。

邢小峰走到红薯摊前，停下来，盯着孙剑平。

孙剑平像没有看到一样，一直在忙着翻红薯，好一会儿，终于翻好了。

孙剑平拍了拍手，抬头问道："两块一斤，先生来几个？"

邢小峰盯着孙剑平，道："剑平，我向你赔罪行不行？"

孙剑平："不买就让让，别妨碍我做生意。"

邢小峰："剑平，我们能谈谈吗？"

孙剑平不语。

邢小峰："我带走的是你承诺给我的钱。我还给你，还不行吗？"

孙剑平不语。

邢小峰："你到底要我怎么做？告诉我怎么做才能弥补你？啊。"

孙剑平冷冷地看着邢小峰："不买就让让。"

邢小峰喊道："剑平。"

孙剑平将手中的秤一放，转过身去，掏出香烟抽了起来。

邢小峰突然吼道："孙剑平，你到底要怎样啊？你说出来。"

孙剑平："我要怎么样你不清楚吗？"

邢小峰："剑平，难道你忘了我们的情分？"

孙剑平："情分？你还和我说情分？我们还有情分吗？不要妨碍我做生意了，该说的我都说过了，你就等着吧。"

邢小峰："好，等着就等着。黑的白的，我奉陪到底。"说完，邢小峰转身就走。

孙剑平气得将手中的香烟狠狠地摔到地上。

直到邢小峰走得没有影了，卖凉皮的小老板才走过来，显然刚才的一幕把他弄得莫名其妙，小老板凑到孙剑平身边。

孙剑平冲他笑了笑。

小老板："嗯，哥们儿，我猜你一定不是常人。"

孙剑平好奇地扭过头，问道："为什么这么看。"

小老板朝对面努了一下嘴，道："你看，那里的大老板都过来低声下气地要还你钱。唉，哥们儿，你是不是微服私访啊。"

孙剑平被逗乐了，忍着笑道："你的联想力还真丰富。是他爷爷欠我爷爷的钱。"说着，又蹲下来，将地上的香烟一一捡起来。

小老板恍然大悟道："开玩笑吧，哪辈子的事了。"

孙剑平一本正经："人不死，账不烂。"

小老板："也是啊。"

18. 杜刚的办公室里　日　内

杜刚正在埋头看着电脑，有人敲门，杜刚没有抬头，道："进来。"

门开了，吴总（扬子江药业的老总）进来了。

杜刚没有察觉，还是在埋头看着电脑问道："什么事？"

吴总："没什么事，过来看看。"

杜刚一听连忙起身，道："吴总，真对不起，您快请坐。"

吴总哈哈一笑，在沙发上坐下来，道："杜刚，我来是告诉你一个好消息的，新型抗癌剂的第一次营销报告已经出来了，董事会对你的工作成绩非常满意。公司决定，今后，由你全面负责公司所有的新品销售。"

正说着，秘书端了一杯咖啡敲门进来了。

吴总喝了一口咖啡，道："好好干啊，公司是不会亏待你的。"说着起身准备走，刚走两步，又回过身来，道："哦，对了，杜刚，你有时间去人事部续签一下合同吧。"

杜刚："不是一年还没有到期吗？"

吴总拍了拍杜刚的肩膀道："你是个人才，公司自然要格外留心了。好，等你忙好去也行。"说着，转身走了。

杜刚："吴总，慢走。"将吴总送到门口，吴总突然转过身来，对杜刚道："杜刚，你自己看看，还有谁能做你的助手的。你看中谁了，我就调谁过来协助你。"

杜刚："谢谢吴总。"

等吴总走了，杜刚反应过来了，嘀咕道："好端端的，调什么助手啊。"杜刚按下桌子上的对讲铃："请殷西西过来一下。"

不一会儿，秘书推门进来，问道："杜经理，你有什么事情吗？"

杜刚有些奇怪："殷西西呢？"

秘书答道："殷小姐已经好几天没来了。"

杜刚问道："她请假了吗？"

秘书道："她好像辞职了。"

杜刚"哦"了一声，道："没事了，你下去吧。"

19. 黄明娟的家里　晚　内

黄明娟推门进来，黄明娟环顾一下客厅，没有看到任明祥。

任明祥一脸的倦容从里面出来了，道："回来了。吃饭吗？"

黄明娟看了看任明祥的脸，道："你怎么了？"

任明祥："没什么。就是有点头疼。我给你热饭去。"

黄明娟："我自己来，你歇着吧。"黄明娟进厨房。

任明祥跟进厨房从背后捧出一盒巧克力："情人节快乐。"

黄明娟惊喜道："明祥，谢谢你。"

20. 西西家门口　晚　外

杜刚敲了半天门，没有人答应，显然家中无人。杜刚拿出手机，拨了西西的电话，电话中传来"你所拨叫的用户已停机"。

21. 孙剑平家里　晚　内

陈丹一个人，坐在餐桌前，看着饭菜没有一点胃口。陈丹皱皱眉头，将筷子一放，在房间里来回走动着，坐在沙发前打开电视，反复按了一会儿遥控器，感到有些无聊，拿起电话，拨了蕾蕾的电话。

陈丹："蕾蕾，出来逛逛好不好？"

蕾蕾的声音有些无力："不了，今天姨妈来了，改天吧。"

陈丹失望地放下电话，想了想决定一个人出去走走。

22. 大街上　晚　外

陈丹背着一个小包，正慢慢地走着，路上的情侣特别多，两旁的商店有不少都打出了"中国情人节"的招牌，陈丹从一个商店出来，又进入另一个商店，再出来。陈丹显得很无聊，忽然手机响了，陈丹从包中拿出电话，是蕾蕾的电话。

电话中蕾蕾的声音："丹丹，你不在家啊？"

陈丹："我正逛街呢。"

蕾蕾："听起来，心情还好嘛，我还在担心你呢。"

陈丹："没事，我挺好的。"

蕾蕾："要不来我家玩吧？"

陈丹："不了，你好好陪陪你姨妈吧。改天吧。"

蕾蕾："那好吧。早点回去。拜拜。"

陈丹挂上电话，左右看看，在路边的冷饮摊上买了一瓶汽水，老板找了陈丹一些零钱，陈丹把零钱握在手里，路边有个乞丐，陈丹将手里的一把零钱往乞丐面前的破盆里一丢。乞丐感激地连连磕头，陈丹和气地笑笑："早点回家吧。"然后转身就走了，可能是心情好了一点，陈丹一边喝饮料一边看着路的两旁的商店橱窗，前面突然出现几个滑旱冰的小孩，孩子们娴熟的技术，让陈丹看得着迷了，饮料也忘了喝，就盯着这几个孩子。

一个十几岁的小男孩，滑到陈丹面前还表演了一个特技，滑板在孩子的脚底下打了一个转，孩子又稳稳地站在滑板上。

陈丹惊叫了一声。

男孩被陈丹叫声吓了一跳，又滑回来在陈丹的面前停住，看着陈丹吃惊的样子，男孩笑道："美女姐姐，你吓到我了。"

陈丹有些不好意思："对不起，你的技术太好了，真令人吃惊。"

男孩被陈丹夸得有些不好意思了："其实没什么，这个很简单，你也可以的。"

陈丹："我？不行，不行。"

男孩："怎么不行了？这上面很稳的。要不你试试？"

陈丹连忙摇手，男孩的同伴们过来，一个同样年龄的女孩："姐姐，不要怕，很简单的，试试吧。"

陈丹看着几个小孩，突然高兴起来，道："我，可以吗？"

众孩子们："可以。"

陈丹把饮料往旁边一放，小心翼翼地站到滑板上，果然还挺稳。男孩轻轻地推了推陈丹，陈丹站在滑板上向前滑去，陈丹兴奋地大笑。男孩喊道："美女姐姐，用一只脚点地，就能加快速度了。"

陈丹试着用一只脚撑了一下地面，速度一下子加快了，陈丹吓得大叫，从滑板上蹦了下来，一下子，没有站稳，跌坐在地。孩子们哄堂大笑，陈丹自己也忍不住笑了起来。

过来两个孩子将陈丹扶起来，男孩："美女姐姐，再试试，很快就会了。"

陈丹边扶着树，边摇摇手："姐姐不玩了，你们自己玩吧。"

孩子们："美女姐姐再见。"踏上滑板陆续走了。

等孩子们走远了，陈丹拍了拍身上的灰，刚走两步，突然疼得蹲在地上。陈丹小心揭开裤脚，脚踝已经肿了，陈丹用手捏捏，疼得倒吸了一口气。陈丹挪到路边，半天也没有站起来。

陈丹想了想，掏出电话，拨了杜刚的手机。

23. 杜刚家里　晚　内

杜刚在电脑前，正在查看资料。

杜刚的手机响……

24. 大街上　晚　外

陈丹坐在马路旁边，正在揉脚踝，杜刚的车开过来"嘎"的一声在陈丹的旁边停了下来，杜刚从车里急匆匆地跳下来："陈丹，你怎么了？"

陈丹不好意思地笑了笑："脚扭了。"

25. 于国庆家的小屋中　晚　内

孙剑平在电脑前忙活着，门外，传来轻轻的叩门声，孙剑平："谁呀？进来。"

门被轻轻地推开了。小青抱着报纸站在门口，孙剑平轻轻推上抽屉，起身在小青面前蹲下，柔声问道："小青，找叔叔有事吗？"

小青："叔叔，你该看报纸了。"说着，将怀中的一卷报纸递给孙剑平。

孙剑平一愣，随即反应过来，笑道："你看叔叔的笨记性，都忘了拿报纸了。嗯，还是小青聪明。来，叔叔给你讲个故事。"

小青摇摇头："不可以，叔叔，爸爸说叔叔要学习，小青走了，叔叔再见。"说完，又蹦蹦跳跳出去了。

孙剑平笑着摇摇头，关上门，随手打开报纸，"中国情人节，商家大折送"。孙剑平一愣，赶紧翻到报纸头版一看时间，"阴历七月七"孙剑平想了想，放下报纸，出门了。

26. 孙剑平家门口　晚　外

房间里还亮着灯，显然主人还没有休息，孙剑平站着看了一会儿，下定决心似的，走到门前，顿了顿，敲了敲门。

27. 孙剑平家里面　晚　内

杜刚正从厨房里端着一盆热水出来，放到陈丹旁边："快，把脚放到水里泡泡，会好得快。"

陈丹："真倒霉。疼死了。"

杜刚："我送你去医院吧。"

陈丹："不用，我以前练舞的时候，经常扭着。没事，你帮我拿条毛巾来。在卫生间里。"

杜刚答应着正要转身，传来敲门声。

杜刚和陈丹对视一下，不知道此时来的是谁，陈丹答应了一声："谁呀？等一下啊。"就要起身。

杜刚连忙："你别动，我去开门。"

杜刚打开门，门外站着孙剑平。两人都愣住了，都没有想到会碰面。

杜刚和孙剑平齐声："你……"

陈丹在里面喊了句："杜刚是谁呀？"

杜刚和孙剑平不约而同地朝里面看了看。

杜刚笑了笑："快进来。"转身向里走。

孙剑平顿了顿也跟在后面，绕过屏风，就可以看到陈丹正坐在沙发上，正要站起来，对面椅子上，陈丹包里的手机不停在响。

杜刚上前一步扶住陈丹，陈丹的半个身子都靠在杜刚的身上，陈丹伸手够过自己的包，嘴里还问道："杜刚，是谁啊？"

杜刚扶着陈丹没有说话，孙剑平从屏风后面绕出来。

陈丹一惊，呆住了。一时，三个人都无话。

房间里很静，只有陈丹手里的手机不停地响着。陈丹把手机放到耳边，眼睛却盯着孙剑平。

手机刚刚接通，就听到里面传来蕾蕾焦急的大嗓门："丹丹，你跑哪去了？在哪里，我去找你，半天都不接电话。喂，在哪儿，说话啊？"

陈丹木然："在家。"

蕾蕾："这么快就回家了，我还说陪你逛一会儿呢。唉，是不是杜刚来了？"

陈丹"嗯"了一声。

蕾蕾："我就知道，准是杜刚来了。好了，那我就不做灯泡了，情人节快乐啊。"说完，蕾蕾挂上了电话，直到里面传来嘟嘟的声音，陈丹才放下电话。

房间里很静，陈丹和蕾蕾的对话，三个人都听得很清楚。

孙剑平忽然笑了一下，转身走了。

陈丹急得大叫："剑平，剑平。"刚要追上去，扭伤的脚疼得陈丹差点摔倒。

杜刚赶紧抱住陈丹，杜刚："你别动，我去追。"杜刚将陈丹按在沙发上，转身追了出去。

28. 孙剑平家外　晚　外

孙剑平走得很快，杜刚追上来，杜刚："剑平，你等一下。"

孙剑平突然站住了，扭过头，恶狠狠地盯着杜刚："好好待她，你要是有半点敢欺负她，我废了你。"说完，不等杜刚说话，转身疾步走了。

陈丹在门口喊道："杜刚，你拦住他。"陈丹急欲追赶孙剑平，情急之中，跌倒在地，发出哎哟一声。

杜刚："陈丹。"

杜刚安慰陈丹："你别急，我到国庆家去找他。"

陈丹很委屈地点点头。

29. 杜刚车内　晚　外

杜刚焦急地开车。

30. 于国庆家中　晚　内

孙剑平烦躁地在房间里走来走去，桌上的充当烟灰缸的可乐盒子已经满

263

了，房间里弥漫着呛人的烟味。

于国庆在门口喊道："剑平，睡了吗？"

孙剑平："没。"拉开门，于国庆被呛得咳嗽了两声："剑平，你干吗啊，熏死人了。"

于国庆进来后回头招呼："杜刚进来啊。"

杜刚出现在门口。

孙剑平一见，脸一板，拦在门口："你来干什么？"

杜刚："剑平，你不要误会了，我和陈丹……"

孙剑平："你们怎么样是你们自己的事情，我不关心也不想知道。"

于国庆连忙打着圆场："剑平，总不能站着说吧，杜刚快进来。"

孙剑平："国庆，人家是个忙人不会在这里坐的。"

杜刚："剑平，我们好好谈谈好吗？"

孙剑平："对不起，我不认为我们有什么好谈的。"

杜刚："你是不愿意和我谈还是不敢和我谈？"

孙剑平红着两个眼睛瞪着杜刚："别以为我不敢揍你。"

于国庆赶紧插在两人中间："剑平，不要这么说话，同学之间什么不能好好说。"

杜刚："国庆，你别拦着，我和他迟早是要打一架的。"

于国庆把杜刚往外推："杜刚，我们先到外面聊聊。"回头对孙剑平："剑平，你先冷静冷静。"

杜刚："孙剑平，如果你还是个男人，就要为自己的女人着想，你这个样子算什么啊。"

于国庆："杜刚、杜刚出去说。"不由分说地将杜刚推了出去，顺手将门在身后关上了。

31. 于国庆家的小屋里　晚　内

孙剑平坐在电脑前，直喘粗气。突然，孙剑平拿出纸笔，在纸上写下了"离婚协议书"几个字。忽然门被推开了，小青怯生生地站在门口。

孙剑平冲着小青笑了笑，问道："小青，来找叔叔什么事啊？"

小青将手里的烤红薯递给孙剑平："妈妈做的，叔叔你吃吧。"

孙剑平将小青抱起来，道："叔叔不吃。"

小青："叔叔，你能给我讲故事吗？"

孙剑平："好，叔叔给你讲故事。"

于国庆从外面进来："小青，不要打搅叔叔。"说着从孙剑平的手里接过小青："这孩子，一天到晚缠着人讲故事。"于国庆一扭头，看到桌子上的《离婚协议书》，对小青："让妈妈给你讲去。"

小青有些不高兴："妈妈的故事我都听过了。"

于国庆："那就去找姑姑。叔叔要工作。听话。"

孙剑平："小青，叔叔明天再给你讲好不好？"

小青："好吧。"又蹦蹦跳跳地出去了。

于国庆看了一眼桌子，孙剑平意识到了，下意识地要收拾桌子，想想又放下了。

于国庆："聊会吧。"

孙剑平点点头。

两个朋友坐下来，都没有说话。忽然于国庆："剑平，你真的舍得离婚？"

孙剑平顿了顿："不舍得又怎样，我又不能给她什么。这样，可能对她还好些。"孙剑平长叹一声，又道："我也不知道将来会怎样。我不想她跟着我受累。"

于国庆看了看他，没有说话。

32. 孙剑平家　早　内

陈丹还在睡梦中，一阵激烈的敲门声，陈丹睡眼惺忪地起身开门。

门打开，孙剑平站在门口。

陈丹意外："剑平？"陈丹的表情从不敢相信到惊喜。

孙剑平递给陈丹一份《离婚协议书》，平静地说道："我们离婚吧。"

陈丹没有接，不敢相信似的问道："离婚？"

孙剑平避开陈丹眼神："杜刚人不错，我不想耽搁你。"

陈丹："剑平，你听我解释，我们不是……"

孙剑平突然恶声恶气道："还有什么好解释的！给。"孙剑平将《离婚协议书》往前又递了递。

陈丹："剑平，那天是因为……"

孙剑平打断陈丹的话："你是签字还是上法院，随便你。"

陈丹突然有些恼火道："剑平，你就是要离婚也要听我解释解释吧。"

孙剑平："我一个卖红薯的，怎么能和人家比，签字吧，省得上法院难看。"

陈丹大声喊道："剑平。"

孙剑平："你签不签？不签就去法院，我也不怕难看了，反正也不是第一次上法院了。"

陈丹："你真要离婚？"

孙剑平："是。"

陈丹发火了："既然这样我也不说了。离就离，谁离开谁活不下去？"

陈丹唰的一下从剑平的手中抽过离婚协议，唰唰两笔签好名字，赌气似的瞪着孙剑平。

33. 民政局门口　日　外

孙剑平和陈丹从里面出来，两个人手里都拿着一个绿色的离婚证。

二人在门口都不约而同地停了停。两人相互对视一下，朝不同方向走去。

34. 孙剑平家里　日　内

陈丹坐在沙发前，面前放着一本离婚证，陈丹呆呆地盯着离婚证，发呆。

一阵急促的敲门声，陈丹起身开门。

杜刚在门外，责备道："陈丹，你怎么不接电话，我担心死了，还以为你出什么事了？"

陈丹无精打采地回到沙发上道："我能出什么事情？"

杜刚注意到茶几上的离婚证，在陈丹的对面坐下，没有说话。两人一阵沉默。

陈丹苦笑地摇摇头道："爱情真是太脆弱了。"

杜刚没有说话，只是起身为陈丹倒了一杯水。

陈丹接过水杯："你能相信吗？我和剑平，相爱了这么多年，结果呢？却是这样。杜刚，你告诉我，人间还有爱情吗？还能相信爱情吗？"

杜刚摇摇头，道："我告诉不了你，因为我也不清楚。对两个人而言，没有爱情不行，但是如果爱情融入了生命，彼此就会受到伤害。我们是同病相怜。"

35. 孙剑平的红薯摊　日　外

孙剑平埋头烤红薯，杜刚走过来，道："剑平，你不能这么对陈丹。"

孙剑平一抬头，见是杜刚，有些意外，杜刚："剑平，我们心平气和地谈谈好吗？"

两人相视了一会儿，孙剑平拿了两个烤红薯，递了一个给杜刚，杜刚有些莫名其妙。

孙剑平："我请你吃烤红薯。"说完，自己拿起另一个烤红薯，剥开就吃。

杜刚有些发愣，不明白孙剑平要干什么，拿着烤红薯看着孙剑平。

孙剑平对杜刚道："吃啊。"

杜刚也剥开吃了一口。

孙剑平道："杜刚，从小你的成绩就比我好，什么都比我好，但是陈丹她喜欢的是我，不是你。现在你终于有机会了，就看你有没有能耐抓住了。"说完，瞪着杜刚。

杜刚先是一愣，随即毫不示弱，也回视着孙剑平，两人就这样对视了一会儿。

杜刚掉头就走。孙剑平看着杜刚的背影有些发呆。

36. 医院里　日　外

医院的花园里，邢小峰推着汪老师在慢慢地散步。

邢小峰："汪老师，你最近气色可是好多了。"

汪老师："小峰，你的气色可是差远了。是不是最近工作很忙啊？"

邢小峰："还行。"

两人来到上次的亭子下，停了下来。

汪老师："小峰，你要会照顾自己，有时间要考虑一下自己的终身大事了。老大不小的了。"

邢小峰鼻子一酸，没有说话。

汪老师："剑平怎么样？现在干什么？"

邢小峰："他，他在卖烤红薯，就在我公司对面。"

汪老师"哦"了一声，沉默了一会儿，道："小峰，你看看那边。"说着往前方一指。不远处两个十几岁的小孩，正抱着一个冰激凌桶，两个人你一勺我一勺，吃得正欢。

汪老师："小峰，你和剑平从小就是这样的，但是长大了彼此都有了变化，许多看法和做法都会不一样的，可是，随着岁月的流逝，最能让他们感到珍贵的，就是此情此景。老师相信，你们之间的结总有能解除的一天。解铃还需系铃人。小峰，只要你按照自己的心去做，总有一天剑平会明白的，你又何必在乎他现在做什么呢？"

邢小峰看着两个吃冰激凌的孩子，眼眶红了。

37. 陈丹家里　日　内

陈丹："你说有事，什么事啊？电话里都不能说。"

杜刚低头想了一会儿："陈丹，我喜欢你，从我小的时候，我就喜欢你。我在国外的这么多年也从没有忘记过你，后来，我回来了，你已经和剑平好了，在你决定结婚的时候，我发誓永远也不再说出来。可现在你和剑平都离婚了，陈丹，你能接受我吗？或者能给我一个机会，也给你自己一个机会吗？"

陈丹一愣，好一会儿才喃喃："杜刚，对不起，我不能。我和剑平的这段婚姻，从开始到现在我都不清楚，但是有一点我很明白，就是我不再相信爱情了。也不敢相信爱情了……"

杜刚制止了陈丹："陈丹别说了，我现在说这个不是时候，是我的不对。"

两人一时无话，气氛有些伤感也有些尴尬。杜刚忽然抬头，握住陈丹的手："不管你要说什么，请认真考虑我的话，好不好？"

陈丹点点头。

38. 黄明娟的办公室里　日　内

黄明娟的办公室里，胡副科长和小吴正在里面。

小吴："胡副科长，这恐怕不妥吧？是不是等黄科长来了，再打开。"

胡副科长："等她来干什么？这是工作需要，赶紧打开，难道她一天到晚没事干，大家都不做事了？"

小吴："这……"说着犹豫地掏出钥匙，向资料柜走去。

正说着，黄明娟推门进来了。

小吴迎上去，道："黄科长，胡副科长要查一下资料，你看？"

黄明娟看了胡副科长一眼，道："你去拿吧。"

胡副科长："黄科长，不好意思，最近比较忙，事情多，所以不方便总等你回来取资料，你是不是把这钥匙给我吧，反正你也用不上。"

黄明娟："胡副科长，这钥匙是专门配给我的，你想要去找李主任拿吧。"说完往办公桌后面一坐，道："取完资料，就出去吧。把门带上。"

胡副科长："你……"气得掉头就走。

39. 方娜的住所里　日　内

在方娜的住所，客厅里，方娜和孙剑平相对而坐，两人面前摆着一叠资料。

孙剑平正在看，已经快看完了，方娜起身倒了两杯酒，站着看孙剑平看完最后一页。

等孙剑平一抬头，方娜将酒递给孙剑平，道："来，为我们的合作，干杯。"

孙剑平接过酒有些纳闷："我们的合作？"

方娜喝了一口，在对面坐下来，道："是啊，是我们的合作。难道说你看了这么多的项目，就没有发现一个，是我们可以做的吗？"

孙剑平一笑，也喝了一口，道："有倒是有一个，不过……"

方娜打断道："哦，是哪个，说说看。"

孙剑平："超越集团的管理程序开发。"

方娜露出会心的一笑。从自己的身边拿出一个文件袋，上面的标签是"超越集团软件建设计划"。

孙剑平纳闷的脸。

方娜起身："你好好看看，我去煮咖啡。"说着进厨房。

……

孙剑平一个人在看着电视。

……

方娜端着咖啡从厨房出来。

方娜给孙剑平的咖啡里放了一块糖，道："剑平，你看得怎么样了？"

孙剑平："我没看。"

方娜一惊，道："为什么？"

孙剑平："我现在只想把精力花费在力所能及的事情上，项目再好有用吗？再好的项目也要钱啊。"

方娜："原来，你是因为这个？我今天找你就是和你谈这个的。我已经筹得了前期的资金100万，我特别邀请你做我的项目经理人，现在，我们就从这里重新开始。你愿意吗？"

孙剑平愣住了。

方娜微笑地看着孙剑平。

好一会儿，孙剑平道："让我考虑考虑行吗？"

方娜："一个星期够吗？"

孙剑平看着方娜，过一会儿，点点头。

方娜又笑道："我相信你会的。剑平。"

孙剑平："我想问一个问题。"

方娜："请。"

孙剑平："为什么要和我合作？"

方娜："一是你有经营好这个项目的能力、经验，还有教训；二是我们彼此熟悉，能很好地配合；三是，我也在创业，需要一个总经理。这些原因够了吗？"

不负青春不负卿

第十二集

1. 幼儿园里　日　内

陈丹无精打采地讲着上课的要求，两个小朋友来到陈丹面前。

甲："老师，老师，他抢我的画笔。"

乙："老师，我没有。那是我的画笔。"

甲："明明就是你抢我的。"

乙："我没有。"

甲："抢了。"

乙："没抢。"

陈丹左看看，右看看，突然大声吼道："吵什么吵，不就一支画笔吗？"说完，生气地将画笔扔在地上，画笔断成了两截，两个小朋友同时哭了起来。

陈丹看了看，也感到有些后悔，连忙蹲下来，道："好了，别哭了，是老师的不对，老师赔你们啊。"

两个小朋友还是不停地哭。陈丹恼火地："叫你们别哭了就不要哭了，不许哭。"两个小朋友哭得更凶了。陈丹气得往旁边一坐不理他们了。

蕾蕾从门口路过，赶紧进来，道："丹丹，怎么回事，都哭成这样了，你都不问。"

陈丹看了他们一眼，忽然掉下泪来。

蕾蕾叹口气，蹲在两个小朋友面前，道："妞妞，毛毛，听话不哭了好吗？告诉老师是怎么回事啊？"

妞妞哽咽道："毛毛抢我的画笔，老师把画笔摔坏了。"说着指了指地上断为两截的画笔。

蕾蕾看了陈丹一眼，将画笔拾起来，对毛毛道："毛毛，你为什么要抢妞妞的画笔啊？"

毛毛也哽咽道："老师，我没有抢，那是我的画笔。"

蕾蕾想了想，道："毛毛，妞妞，你们是不是每人都有一支这样的画笔，长得一模一样啊。"

毛毛和妞妞齐声道："是的。老师。"

这时，一个小朋友跑过来，道："老师，毛毛的画笔在板凳底下。"

众人一回头，不远处的一个小板凳底下躺着一个一模一样的画笔，毛毛跑过去，拾起画笔，道："老师，老师，我的画笔在这里。"又跑回来。

妞妞还在那里哭，蕾蕾："妞妞不哭了，老师帮你修画笔好不好？"

妞妞停止了哭，道："真的吗？老师，我的画笔能修好吗？"

蕾蕾："当然能修好啦。"说着拉起妞妞和毛毛："走，和老师一起修画笔去。"说完，又扭头对陈丹："丹丹，你先去休息一会吧。我反正也下课了。"蕾蕾拉着妞妞和毛毛走到另一边去了。

2. 黄明娟办公室里　日　内

员工已经三三两两地在下班了，小吴还在埋头在电脑上查询着资料。

胡副科长从旁边凑过来："小吴啊，怎么还不走，你不是还有约会吗？"

小吴："还没弄完呢。"

胡副科长："忙什么呢？"凑过来在小吴的电脑上看了看道："你现在搞这个干吗？"

小吴朝里面噘了噘嘴道："是黄科长要的。"

胡副科长："切，她自己整天没事做，倒是蛮会折腾人的。唉，我说小吴，你理她干什么？下班了还不走？"

小吴："她说等着要。"

胡副科长："看她拽的样子，没几天蹦头了。小吴，听我的，回家，明天再弄，天塌不下来。"

小吴："这……"

胡副科长上前将小吴的电脑啪地关了，道："走，走走，我就不信了，今天不做，她就吃了你。"说完连拖带拉地将小吴拖走了。

咣当一声门关上，里间，黄明娟听得很清楚。

3. 幼儿园里　日　内

陈丹无精打采地坐在一边，蕾蕾从外面进来。

蕾蕾："丹丹，你怎么了，老是心神不定的样子。"

陈丹："我也不知道，就是没劲。"

蕾蕾："你老公有消息吗？"

陈丹："离了。"

蕾蕾大吃一惊："离了？怎么说离就离？太草率了！"

陈丹："有什么办法，认命吧。"

蕾蕾："倒是你自己，应该注意注意，你看你最近憔悴的，没一点人样了。唉，陈丹，要不你明天去医院检查检查吧。"

陈丹："我没事的。就觉得累。算了，我还是上班吧，最近裁员闹得园长的脸色也不好看。"

蕾蕾："裁就裁呗，反正也裁不到你身上。咱们园里，有几个能力比你强的。我要是被裁掉就好了，就不用犹豫了，立刻去上海。"

陈丹："啊，真的啊？"

蕾蕾："当然。唉，陈丹，你还是好好休息休息吧，要不你先回去吧，我来给你顶班。"

陈丹："那多不好，总要你顶班。"

蕾蕾："回去吧，我们谁和谁呀。"说着，将陈丹的包拿起来往陈丹的怀里一塞，把陈丹往外推。

陈丹："那我回去了。"

陈丹走后。

院长从外面路过，扭头看了看里面，推门进来，诧异地问道："咦，丁老师，这不应该是陈老师上课的吗？"

蕾蕾："哦，陈丹身体不舒服，先回去了，我给她顶班。"

院长皱了皱眉头，道："又不舒服，怎么老不舒服。"摇摇头走了。

4. 杜刚办公室里　日　内

杜刚坐在办公桌后，面前放着半个烤红薯。杜刚盯着烤红薯，沉思着。

杜刚拿起电话。

杜刚："班长吗？我是杜刚啊。"

杜刚："下周六我们聚聚吧，叫上大家，刚好我们毕业整十年了。"

电话里黄明娟的声音："啊，这么快，都有十年了。好，那我来通知大家。"

杜刚放下电话，想了想出去了。

5. 于国庆家门口　傍晚　外

于国庆骑着三轮车正慢悠悠地往前走，不时有人打招呼。

"老于，回来啦？"

"回来了。"

"看样子收获不错嘛。"

"那是，家里喝两盅？"

"不啦，改天。回见。"

"回见。"

于国庆哼着小调，骑到大树下了，拐过大树就到家了。

突然，邢小峰从树后绕了出来。

于国庆被吓了一跳，道："小峰？你怎么在这啊，走家里坐去。"

邢小峰笑着摇摇头，道："国庆，我想和你说两句话，耽搁一下行吗？"

于国庆跳下三轮车，道："当然成啊。什么事啊？小峰。"

邢小峰："下周六，我们聚聚吧，毕业整十年了，也该聚聚了。"

于国庆："好事啊，前些天，我老是念叨着这事情呢，我们可以去打开铁盒了。"

邢小峰苦笑了一下："杜刚已经和班长说了，她会通知其他人的，可是，我担心剑平不来。"

于国庆低头想了一会儿道："你放心吧，他会来的。他总不能躲一辈子吧。"

邢小峰若有所思："是啊，该来的躲也躲不掉。"

于国庆："走，我们喝酒去。"

6. 孙剑平的小屋里　晚　内

孙剑平一坐在电脑前，显然有些走神，一个小程序，调了半天都不对，孙剑平懊恼地把键盘砸得山响。

7. 大排档　夜　外

邢小峰面前已经空了三个瓶子，邢小峰又伸手拿起一瓶酒，于国庆连忙拦着，邢小峰斜着眼睛看着于国庆道："怎么国庆，不是说好的要陪我一醉方休的吗？"

于国庆拿过两个杯子道："我不是不让你喝，只是想让你用杯子喝。"

邢小峰："怕我喝多了？"

于国庆："哪里，我怕有碎玻璃。"

邢小峰："男子汉，打落牙齿和血吞，碎玻璃怕什么。"

于国庆不理他，将酒瓶夺过来倒了两杯，端起一杯，对邢小峰："兄弟，来为我们多年的同学情，干一个。"

邢小峰端起杯子一饮而尽，重重地放下杯子，道："国庆，我从小父母去世得早，也没个兄弟姐妹。从小就是没人疼的种。"

这时，于国红出现在邢小峰的身后，冲于国庆笑了笑，见两人的酒杯空了，给两人倒上。

邢小峰的眼睛已经有些迷离了，没有注意到，自顾自说道："你们几个就是我的哥哥姐姐。我邢小峰自问从未做过什么亏心的事情，就是有些对不住剑平，可是你知道我的心吗？"说着，将杯中的酒又一饮而尽。

于国红又从旁边倒上。就这样，邢小峰一喝完，于国红就从旁边倒上。

邢小峰仍旧没有察觉，或者已经察觉不出来了，接着道："你们当中，我最服剑平，他说东我就东，他说西我就西，从无二话。为什么啊？因为我服他，我他妈羡慕他。我从未想过要害他，国庆你信吗？我拿了，可这是我应该得的，是剑平亲口答应的，还有他亲笔写的纸条。你说不该拿吗？不能拿吗？可我就不明白了，公司怎么就没了。我是跳进黄河也洗不清了。我冤哪！我他妈比窦娥还冤哪。"说着又喝了一杯，"不说了不说了，陈年烂谷子事了。人哪，这一辈子就不能做一件亏心事，这一做了呀，就没人再把你当人了……"

邢小峰终于没有力气了，一下子趴在桌子上。

于国庆推了半天也没有推醒，对于国红说："国红，知道小峰住哪吗？"

于国红摇摇头，道："弄不准，他有时就在公司住。"

于国庆："那好，送他去公司吧，来。"说着架起邢小峰。

于国红拦了一辆出租车，于国庆刚把邢小峰扶到车内，于国红突然道："哥，要不我送邢总回去吧，你接嫂子回去吧，反正我也认得。"

于国庆："那也好，我正好回去找剑平谈谈。"

8. 邢小峰的公司　夜　内

于国红背着邢小峰踉踉跄跄地推开门。

于国红将邢小峰放倒在沙发上，喘了一口气，转身从柜子里拿出一个被子和一个枕头，将枕头放在邢小峰的头下，将被子给他盖上。想了想，又将邢小峰的鞋脱了，把脚盖好。

转身拿了一个毛巾和一个脸盆过来，将脸盆放在邢小峰头边的地下，用毛巾擦了擦邢小峰脸和手。

忙好这一切，于国红叹了口气，关灯，准备出去，忽然又折回来打开灯，倒了一杯水，拖过一个板凳，将杯子放在上面，让邢小峰一伸手可以够到。她满意地点点头，关灯走了。

9. 于国庆家里　晚　外

于国庆和孙剑平正坐在院子里，小青在给两个人表演舞蹈，跳完了，于国庆和孙剑平都鼓掌。

孙剑平："小青跳得真不错，等咱们小青长大了可以当舞蹈家了。"

小青有些不好意思地趴在于国庆的腿上，于国庆爱抚地摸摸女儿的头，道："说实在的，剑平，我现在真的很知足，唯一的心愿就是培养小青上大学，谁让当年我没有考上呢。"

孙剑平："国庆，你不要这么想，不是每个人都能有你这样的好日子的。"

于国庆叹了一口气，掏出香烟，刚要递给孙剑平一支，又停下来，对小青道："乖，小青，进去给妈妈捶捶背。"

小青听话地站好道："爸爸、叔叔，再见。"说完转身跑进房间里了。

传来小青的声音："妈妈，爸爸让我给你捶捶背。"

孙剑平和于国庆相对一笑。

于国庆将香烟递给孙剑平："剑平，你还记得下周六是什么日子吗?"

孙剑平有些茫然地摇摇头。

于国庆："是毕业十年的整日子。也是当年，咱们六个人在泰山那埋下愿望纸条的日子。"

孙剑平感慨："这么快?"

于国庆："是啊，真的是太快了。想想，这一晃就十年了，我还记得，我们埋盒子的那天，你和小峰去偷看人家洗澡。"

孙剑平："不，是游泳。"说完，两人又是相对一笑。

于国庆："到时候，大家聚一聚。剑平，你可要去呀。"说完，盯着孙剑平。

孙剑平沉默了一会儿，道："国庆，我不会忘记同学的一片情谊。但是，你，容我想想。"

于国庆："我不会勉强你，你记住，我们永远都会等你的。"

孙剑平将目光投向了远方。

10. 饭店里　日　内

包间里，于国庆、黄明娟、陈丹、邢小峰、杜刚都已经坐好，还有一个空位子。

时间已经过了预定的时间，孙剑平还是没有出现。

黄明娟："国庆，剑平会来吗？"

于国庆看了看大家："他会来的，讲好的今天我们还要去泰山公园，当年的那个铁盒终于可以打开了。"正说着门开了，众人目光转过去，是服务员小姐，手里拿着一张纸条。

服务员："有一位叫孙剑平的先生，让转交这个给于国庆先生。"

大家都面面相觑。

于国庆接过纸条，看了看交给了黄明娟。

黄明娟接过来："他要卖红薯呢，不来了。"

众人都不说话。

于国庆自嘲地："今天也许时机不对，总有一天，我们会去打开那盒子的。"于国庆长叹一声，道："是我这个老大哥没有当好啊，整天只是顾着自己的小日子，对不起大家啊。"

黄明娟玩弄着杯子，伤感地说道："我和剑平，从小在一起长大。剑平走到今天这一步，我是有责任的。要是我没有帮他搞什么虚假注册，也不至于这么惨。"

陈丹："班长、国庆，你们不要这么说，你们对剑平的好，我心里有数。剑平，他是在气我，要不是我，他不会那么快失去母亲，也就不会有后来的这些事情了。"

邢小峰一仰头，将满杯的酒一饮而尽，将酒杯重重地放下，道："人啊，这辈子，就不能做一点儿亏心事。你哪怕，他妈的就做那么一丁点儿，这整日整夜地睡不踏实。"

杜刚一拦邢小峰道："小峰，别说了，事情不能全怪你。"

邢小峰："你不让我说，我这心里憋得慌。兄弟啊，我不和你们说，我还和谁说去？自从剑平入狱以后，我这心里没有一天不难受的，我总是告诉自己，我没有错，没有错。我拿了我应该拿的，我没有多吃多占。我冤啊，我他妈比窦娥还冤哪！可是这夜深人静的时候，没人的时候，我就止不住骂自己，我这他妈的，做的叫什么事啊？我还算是人吗？"邢小峰说到激动处，呜呜痛哭，不停地捶打自己的脑袋。

陈丹一把拉着邢小峰，道："小峰，你不要这样。"

杜刚也将邢小峰抱住，道："小峰，你冷静点。剑平出事，大家心里都难受，可是我们现在不是自责的时候，我们应该想办法让剑平重新振作起来。"

黄明娟："对，杜刚说得对，我想剑平现在就是窝一口气，我们不能眼睁睁地看着他这样越走越远，就是拖也要把他拖回来。"

于国庆："班长，你说吧，你说咋办，就咋办。"

众人都停下来看着黄明娟。

黄明娟："首先，我们不能再让他这样把红薯卖下去了。他这不是在谋生，而是在赌气。"

杜刚："对，我们就让他卖不成。"

黄明娟："可是我找他谈过了，给他安排工作他也不干。"

邢小峰："那把我的公司给他，就当是我还给他，我还去开我的网吧。"

于国庆："我觉得剑平是不会干的。"

陈丹带着哭腔道："他这也不干，那也不干，那他要干什么？"

杜刚："管他干什么！先让他卖不成，看他怎么办！"

黄明娟："对，把他的红薯摊砸了，看他还卖什么？"

于国庆："恐怕不好吧。"

杜刚："有什么不好的！只要他不振作起来，他卖一次，我们砸一次，卖十次，我们砸十次。"

于国庆："别，别，有什么事情好商量。"

黄明娟："国庆，我和剑平从小一起长大，他的个性我了解，杜刚说得没错。只有一个字，砸！走！"

黄明娟领头向外走去，杜刚紧紧跟在后面，邢小峰和陈丹也跟了出去。

于国庆："哎呀，好端端的，有什么话不好说，要这样，唉，等等我。"于国庆也跟了出去。

11. 孙剑平红薯摊　日　外

孙剑平正在烤红薯。

黄明娟等人气势汹汹地来到孙剑平的摊前。

孙剑平一抬头见是大家，有些诧异，道："你们，这是……"

于国庆赶紧上前道："剑平，你没有来，我们来看看你。"

黄明娟一挥手："国庆，别和他废话。他现在什么话都听不进去。杜刚，小峰，给我砸！"

杜刚："好勒。"上去一脚将红薯篮子就踢飞了。

孙剑平："你！"就要冲上去阻止。

于国庆一把抱住孙剑平，道："剑平，你听我说，大家可都是为你好啊。"

孙剑平挣脱了几次都没有挣脱开于国庆，红薯摊已经被杜刚和邢小峰砸得稀巴烂了。

孙剑平发狠道："砸吧，你们砸吧。你们砸一个，我就能做十个，你们砸十个，我就能做一百个。"

这时，旁边围了很多人，大家指指点点。

黄明娟大骂道："孙剑平，瞧你这点出息！我们辛辛苦苦从农村来到城里，为的是什么！就为了卖红薯吗？你这样做你对得起谁?！你要是靠卖红薯为生，我们无话可说，可你这是在赌气，赌气你知道吗？你是在拿自己的前途和大家的感情赌气！"

孙剑平被于国庆抱得牢牢的，怎么也挣不脱。

黄明娟缓了缓："国庆，你放开他，我看他怎么办？剑平，我可说到这儿，你不能这样胸无大志这样小肚鸡肠这样不念情分，跌倒了就再爬起来，有什么了不起，谁没有跌倒过！"

邢小峰："剑平，以前，都算兄弟对不起你，杀人不过头点地，你说你要怎样？剑平，回来吧，你来看看，所有创先的东西都还在呢。"

孙剑平冷笑了一声："回来？怎么回来？"

邢小峰："剑平，只要你回来，什么都好说。"

剑平平静了一会儿，突然叫道："邢小峰，你他妈的，少在这里装蒜，少他妈装大尾巴狼。你害了老子，现在来充什么好人，我总有一天会回去的。你等着！就你那草台班子，我回去之日，就是你灭门之时。"孙剑平说完，扭头就跑。

邢小峰一愣，随即喊叫道："孙剑平！有种的，你来。老子等着！"

孙剑平已经跑远了。

于国庆："班长，我们是不是逼他逼得太紧了。"

黄明娟："算了，这还是需要时间。"

邢小峰："班长，我真冤啊，比他妈的窦娥还冤啊。"

黄明娟："没事，他总有一天会明白的。"

陈丹哭着道："班长，剑平，他不会有事吧？"

杜刚："陈丹，你放心，剑平是个男人，他挺得起。"

黄明娟："大家先回去吧，剑平的事还需要从长计议。"

杜刚："我来送你们吧。"

黄明娟摇摇头，道："不用了。"拦了一辆出租上车走了。

于国庆："杜刚，你还是送陈丹吧。"

杜刚点点头。杜刚打开车门，对陈丹："上车吧。"

陈丹犹豫了一下，道："我自己走吧。"又将车门关上了。

陈丹在风中站着，杜刚也不说话，在一边站着，等着陈丹。

陈丹忽然拉开车门，上车了，杜刚没有说话，冲邢小峰和于国庆招招手，开车走了。

邢小峰喘了一口粗气，突然伸手拦了一辆出租，拉着于国庆就走。坐到车内："开车。"

司机："请问到哪？"

邢小峰恶声恶气地："叫你开车就开车，哪那么多废话呀。"

司机"噢"了一声，于国庆赶紧解释道："对不起，师傅，我兄弟喝多了。"

邢小峰："谁喝多了，国庆，是哥们儿就和我接着喝。"

12. 黄明娟家中　日　内

黄明娟："祥子。"

任明祥正埋头在《体彩秘籍攻略》的书里，头也没有抬："嗯，干吗？"

黄明娟顿了顿，又喊道："祥子，你说李主任这样能把我晾多久？"

任明祥眼睛没有离开书："这样不挺好吗？你趁机休息休息。"

黄明娟："休息？休息到什么时候才是个头。像你这样休息到最后，一辈子就完了。我真倒霉。"

任明祥："别又说到我身上啊。像我不挺好的。"

黄明娟："挺好？说不让你看你怎么还看，彩票就这么重要啊。"

任明祥："我看，又没碍你事。有火你冲我发什么啊。"

黄明娟："谁冲你发火了。"

任明祥："你这还不叫发火啊？我才真倒霉。"

黄明娟："你现在认倒霉了，你早干什么去了？现在后悔了？后悔还来得及。"

任明祥："你什么意思？"

黄明娟："我没什么意思。"

任明祥："恐怕是你后悔了吧。"

黄明娟："对。我就是后悔了。你怎么着吧。"

任明祥："无理取闹。"说着将书往茶几上狠狠一摆扔，拿起手机摔门出去了。茶杯被震倒了，水洒得满地都是。

黄明娟呆看了一会儿，忽然趴在沙发上哭了起来。

13. 幼儿园里　日　内

一群孩子正在排练舞蹈，陈丹在弹钢琴，一会儿乐曲结束了，陈丹："大家把下半节练一遍。"一个小朋友过来，怯生生地："陈老师，我们已经练完了。"

陈丹："练完了，那就再练一遍吧。"孩子们听话地站好了，陈丹开始弹钢琴。

刚开始，一个孩子就喊道："陈老师，你弹错了。"

陈丹："对不起，老师重弹。"

弹了没几句又有小朋友喊道："老师，弹错了。"

陈丹长叹了一口气，放下手，道："老师不舒服，你们自己休息一会吧。"窗外，院长刚好路过，将这一切都看在眼里，不满地摇摇头，走了。

陈丹坐在一边，孩子们在教室里疯玩，打闹成一片，陈丹无聊地用一根手指在键盘上敲着。

突然孩子们发出一阵尖叫声，陈丹一怔，赶紧跑过去一看，毛毛正捂着额头，一丝鲜血从小手中渗了出来，旁边有的小朋友已经吓哭了。

陈丹也傻了，抱起毛毛就冲了出去。

14. 邢小峰办公室里　日　内

邢小峰一个人站在窗前，看着楼下。

于国红从外面推门进来，轻声喊道："邢总。"

邢小峰扭过头来："国红啊，你怎么不下班啊。"

于国红脸红红的，扭捏了半天道："邢总，我想请你帮个忙。"

邢小峰："可以啊，什么事？"

于国红："我参加了一个电脑培训班，我想买一点参考书，你能不能陪我去书店看看买什么样的？"

邢小峰："可以啊。"

15. 方军家中　内　晚

方军和方娜正坐在沙发上，一边喝茶一边聊天。

方军问道："娜娜，你的公司干得怎么样了？怎么没见你提起过？"

方娜白了方军一眼，嗔怪道："哥哥，我以为你根本不关心我呢，你不问我就不说。"

方军哈哈一笑，道："娜娜你多大了还这么顽皮。不把我们家的小公主照顾好，我怎么对爸爸妈妈交代啊。这不，今天妈妈来电话了，让你近期务必回去一趟。"

方娜："出什么事情了吗？"

方军："当然是你自己的事情。"

方娜："我能有什么事情？"

方军："娜娜，你也不小了，自己的问题也该考虑考虑了。"

方娜："果然被我猜中了，又是相亲。我不回去。"

方军："娜娜。"

方娜："哥，我……"方娜露出害羞的神色。

方军故做明白状："哦，原来，我们家的女强人是有目标了!"

方娜："哥。"

方军："跟哥说说，是谁啊，我来帮你把关。"

方娜："哥，八字还没有一撇呢。"

方军哈哈大笑道："怎么，难不成南平还有看不上我妹妹的人。"

16. 院长办公室里　日　内

院长正坐在办公桌的后面，面前放着几封信。

陈丹敲门从外面进来。陈丹："院长。"

院长："坐吧。"说着，用手示意了陈丹一下。

陈丹坐下，有些胆怯地看着院长。

院长拿起桌子上面的信："陈老师，你看这些都是投诉你的家长来信。你最近的教学总是出问题，严重影响了我们院的声誉。"

陈丹："对不起，院长，我会改的。"

院长："院里也知道你是因家中出事，才屡次出错的，这样吧，陈老师，你先回去休息一段时间，处理好家里的事情，再来上班好吗？院里也好平息一下家长的不满的情绪。"

陈丹："院长，我……"

院长摆了摆手："就这样吧，院里已经决定了。你回头把工作和李老师交接一下。"

17. 幼儿园门口　日　外

陈丹抱着一个大盒子，一步三回头地从幼儿园里出来，刚刚走到门口，蕾蕾从后面追了过来。

蕾蕾："丹丹，怎么回事啊?"

陈丹："我待岗了。"

蕾蕾："院长怎么能这样，我找他去。"

陈丹一把拉住蕾蕾："算了，院长有院长的难处。"

蕾蕾："丹丹。"

陈丹苦笑了一下，道："我也正好回去休息一下。我没事的，你放心。"说着冲着蕾蕾摆摆手。

18. 方娜的车中　晚　内

方娜边开车边扭头笑着对孙剑平："我知道你一定会找我的。只是没有想到这么快。"

孙剑平："既然决定了，就不用耽搁。我根据你提供的资料，已经初步制定了一个方案，但是需要更详细的资料。"

方娜："我已经准备好了。我们现在去看看。"

孙剑平："那太好了。不过……"

方娜冲他笑了笑，从旁边的台子上拿出一张纸，递给孙剑平。

孙剑平接过来一看《合作协议书》，不由得惊道："方娜，你？"

方娜笑笑："我们的合作应该是正式的合法的。我如果只是让你做一个项目经理岂不是大材小用，我想我们还是合作办公司，以你的智力股给你百分之三十的股份。从开始就规范操作，只要我们同心协力，不相信做不出业绩来。难道你不想给自己证明一下吗？你还等什么？"

两人相对一视，发出会心的笑。

孙剑平："方娜，虽然有了资金，但是现在还不能开公司。"

方娜："哦，为什么？"

孙剑平意味深长地说道："还有很多准备工作没有到位。下面不能再打无把握之仗。"

19. 邢小峰公司　日　内

邢小峰有些烦躁，拿起电话，拨了黄明娟的电话。

邢小峰："班长，我是小峰，剑平最近在忙什么？听国红说，他行为有些古怪。"

黄明娟："他需要好好反省一下，别担心了。我还有事，改天再聊。"

邢小峰沮丧地挂上电话。打开自己办公室的门，外面，一个员工正在接电话："唉，我都告诉你不行啦，你这人怎么这么烦呢，好了不和你说了。"

该员工咣地放下电话，很快铃声又响了，此人抓起电话，粗鲁地问道："喂，谁呀，什么？不在。"咣地又挂上了电话。

邢小峰脸色板着走到该员工面前道："你怎么说话的？啊，和客户说话要有礼貌，有教养。"

员工小声分辩道："这人不讲理，尽提一些无理要求。"

邢小峰提高嗓门道："客户再不讲理，也是客户！就算不是客户，也不能这么没有礼貌吧，下次要再让老子，不，让我听到，不客气！李秘书你进来！"

邢小峰怒气冲冲地回到房间里，外面的员工面面相觑，不知道老板今天是怎么了。

邢小峰在办公桌后面坐下来。

李秘书："邢总，你有什么吩咐吗？"

邢小峰："你起草一份员工守则，从明天起要求每个人都按守则执行。"

李秘书："要涉及哪些内容呢？"

邢小峰："嗯，接电话要礼貌，唉，你就按照原来创先的那个做就可以了。"

李秘书："邢总，你不是原来最讨厌那一套吗？"

邢小峰一愣道："什么话，这叫舍其糟粕，取其精华。公司发展哪能永远不按规范来呢。难怪别人总说我们是草台班子。快去吧。"

李秘书："是。"退出。

20. 孙剑平家中　日　内

陈丹靠在沙发上已经睡着了。一阵敲门声传来，陈丹惊醒，揉揉眼睛，起身开门，杜刚站在门外。

陈丹："你来了。"

杜刚看了看陈丹："丹丹，你怎么了？没精打采的。"

陈丹："没什么，我刚才睡着了。"

杜刚："你今天没上班吗？"

陈丹："我，我。"说着眼泪都快要流下来了。

杜刚一惊，连忙安慰道："别急，慢慢说，你怎么了？"

陈丹："我被待岗了。"

杜刚："待岗？什么意思？"

陈丹："就是不让上班了，和下岗差不多。"

杜刚："就是失业呗。你就是为这个不高兴吗？"

陈丹叹了一口气坐到沙发上："还有，我舍不得那帮孩子，我，好喜欢和他们在一起。"

杜刚："丹丹，你的身体一直不好，等你的身体好了以后再上班也可以啊。别那么没精打采的，体育馆明天好像有个演唱会。"

陈丹摇摇头："不想去。"

杜刚："你总不能因为失去一份工作就这样啊。"

陈丹勉强笑笑道："不说这个了，你教我做牛排吧。"

杜刚："好吧。"

陈丹在厨房里清洗配菜。

陈丹："那我下面一步做什么？"

杜刚："将牛排拍松。"

陈丹拿着刀比画着："是这样拍吗？"

杜刚："是，就这样。"

陈丹的注意力渐渐地转到手中东西上，杜刚则专注地看着陈丹。

21. 方娜住所　日　内

孙剑平和方娜正坐在沙发上，面前摆着一大堆材料。

孙剑平："方娜，经过这段时间的了解，我们可以把目标初步锁定在超越和中医学院的这两个项目上。中医学院的这个项目，虽然不大，但是构架很好，就是一个局域网内的管理系统和收费系统，外加一些办公自动化。关键是超越的这个项目，虽然利润高，但是项目太大，争的人肯定多，而且，我们现在的技术力量也不够。再说了，超越这个单位太大，他们一向很少和小公司合作，所以，我建议还是先放弃超越的项目，咱们集中力量在中医学院上。"

方娜笑了笑道："剑平，对于中医学院的项目我没有其他意见，只要再有两个技术人员，就可以了。但是对于超越的项目，我可不太同意你的看法，就是因为利润高，项目大，争的人又多，所以我们才一定要参加，因为，这一炮如果打响了，也就奠定了咱们在这一行的基础。至于说超越不和小单位合作，我认为不一定，当初你和邢总的单位不也小吗？超越不也是和你们合作了一单吗？"

孙剑平一听，脸色沉下来。

方娜见状，忙说："对不起，剑平，我不是故意提及过去。"

孙剑平苦笑了一下道："方娜，不是的，只是听你刚才这么一说，我猛然想起了过去，我和小峰在一起的日子，虽然很苦但是真的有很多乐趣，我们那时什么都不懂，但是我们却什么都敢干。"

方娜："其实，你和邢总真是一对很好的搭档，真应了一句话，叫双剑合璧，所向无敌啊，说实话，当初，我曾被你们这种合作深深感动过。"

孙剑平长叹一声道："记得，那时我和小峰接下了超越的单子，我们曾在超越大厦下面发誓，要在五年内也拥有一栋比超越大厦还要宏伟的大厦。可是，谁能想到，现在居然是这个样子了。"

方娜："剑平，你恨邢总吗？"

孙剑平摇摇头，又点点头，道："我也不知道，我想我应该恨他，可是就是恨不起来，我在监狱的时候，经常忍不住会想起和他在一起的日子。我也想，出来后，要是见到小峰，我该怎么办，是打他还是骂他。但是，真的见到他了，却不知道了。小峰是那种打落牙齿和血吞的人，看到他在我面前，那么服软，我真的心疼极了。"

方娜："算了，过去的总归是过去了，剑平，忘了吧。"

孙剑平："不，我不会忘记，跟他的这个账我一定要算个一清二楚。"

22. 孙剑平家里　日　内

杜刚在厨房里，正在拍牛排，陈丹靠在门边看着。

杜刚："这牛排一定要拍松了，才能煎，这样容易入味，我以前有个同学就来自德国，他做这个最好吃了，我跟他偷学了一点。"说着，将牛排下锅煎。

陈丹静静地看着。

杜刚："陈丹，你取点红酒来。"

陈丹转身取过红酒递给杜刚。

杜刚冲她笑笑。

陈丹不由得想起（闪回）孙剑平以前为她做鱼汤的情形。正想得出神。

"快来尝尝。"杜刚端着牛排正笑嘻嘻地站在陈丹面前。

陈丹回过神来，看着杜刚，眼前的杜刚已经变成了（闪回）孙剑平端着一碗鱼汤。

两人来到餐桌前，陈丹恍惚看到（闪回）孙剑平放下鱼汤，拿起勺子，舀了一勺，送到陈丹的面前，道："快尝尝，味道怎么样？"

陈丹不自觉地张口吃下，道："真好。"

"真的吗？我太高兴了，丹丹，你能喜欢。"杜刚拿着叉子站在面前。

陈丹的眼泪忽然要流下来了。

杜刚一愣："好了，好了，你喜欢，我就经常做给你吃啊。"

陈丹突然伏在杜刚的怀中，轻声抽泣着。

杜刚刚开始有些不敢相信，忽然杜刚紧紧地抱着陈丹，口中不住地念叨道："丹丹，丹丹。"

两人两片嘴唇黏在一起……

陈丹喃喃道："剑平，剑平……"

突然，杜刚猛地推开陈丹，道："对不起陈丹，我，我……"

陈丹一惊，睁大眼睛看着杜刚道："不，应该是我对不起，我，我……我还以为是剑平。"说完，转身跑进卧室，将门关上了。

客厅里，杜刚傻傻地看着面前的一碟牛排。

23. 幼儿园门口　日　外

孙剑平推着自行车走到门口，有意无意地向里张望。

蕾蕾"嗨"了一声道："剑平，你怎么来了。"

孙剑平一愣，尴尬道："蕾蕾。路过，路过。"

蕾蕾："你找陈丹？"

孙剑平："不，不……"

蕾蕾："陈丹待岗了。你不知道？"

孙剑平一惊，瞬间恢复平静道："怎么会这样？"

蕾蕾怜悯道："唉，你知不知道她为你有多伤心啊？现在她是婚也离了，人又下岗了，身体又不好，你说她今后怎么办啊？"

孙剑平惊呆在那儿。

24. 黄明娟家里　晚　内

黄明娟闷闷不乐地坐在卧室里，家中暂时没有其他人。

黄明娟往沙发上一坐，想了想，拿起电话拨了李主任的电话。

黄明娟："李主任吗？我是小黄啊。真不好意思打搅你了。"

电话中李主任："啊，小黄啊，有事吗？"

黄明娟："李主任，您方便吗？我想现在和您汇报汇报。"

李主任："现在啊，小黄到底什么事啊，先说说吧，要不明天到办公室再说？"

黄明娟："也没什么事，我就是想和您汇报一下，我对今后工作的设想。"

李主任："小黄啊，我理解你的心情，但是，让你暂时停职也是上级的规定，你有设想是好事啊。这样吧，过段时间，我找你谈谈。好了，就这样吧。"说完，李主任挂上电话了。

黄明娟握着电话，直发呆。这时，任明祥拎着一堆菜开门进来。

任明祥很意外："明娟，怎么回来这么早啊？"

黄明娟苦笑了一笑，没有说话。

任明祥发现了黄明娟的异样，放下菜，在黄明娟的身边坐了下来，问道："明娟，怎么了？"说着，顺手将黄明娟手中的电话，拿过来放到话机上。

黄明娟忽然幽幽地道："我刚才给李主任电话，想问问，我的工作问题，可是连李主任都说是上级定，我不知道还要被晾多久呢。"

任明祥如释重负："我还以为是什么事情呢。这点事情，至于吗？你就当作休假，别人还求之不得呢。"说完，走进厨房，准备晚饭去了。

25. 于国庆家的小屋里　晚　内

孙剑平躺在床上反复想着白天的事情，怎么也睡不着。

（画外音："你知不知道她为你有多伤心啊？现在她是婚也离了，人又下岗了，身体又不好，你让她今后怎么办啊？"）

孙剑平一翻身从床上坐起来，拉开抽屉，拿出烟盒，倒倒已经没有烟了，孙剑平将烟盒握成一团，想了想，干脆翻身起床打开电脑。

孙剑平点击开人才网，慢慢浏览着，忽然一个消息引起了孙剑平的注意："奇奇幼儿园招聘启事。现面向社会招聘幼儿园教师，要求，女性，年龄在 20—35 岁，有两年以上工作经验……"

孙剑平将消息 down 了下来。

26. 咖啡馆里　晚　内

方娜和孙剑平走进来。

方娜："剑平，你急急火火地把我叫这里来有事吗？"

孙剑平神秘地笑道："等会你就知道了。"

孙剑平示意方娜坐下，对侍者道："来两杯摩尔咖啡。"

方娜不解地看着孙剑平，刚要发问，孙剑平示意方娜不要说话。

一会儿工夫，来了一男一女两个人，男的五十多岁、女的三十多岁的样子。

孙剑平一见二人进来，连忙站起来，道："张老师，梁老师，我在这里。"

方娜闻声，惊异地站了起来，原来来的两个人都是以前创先的同事。方娜："张工，梁工，怎么是你们？"

男子道："方经理？怎么孙总说的方总原来是你啊！"

方娜："怎么回事啊？我都弄糊涂了。"

孙剑平只是笑着吩咐侍者又端上两杯咖啡。

女子道："孙总上次来我家，说要再成立一个公司，要我加入，我还问了是谁投资，孙总只是说是一个方总的女子，没有说明白啊。孙总，你现在也会卖关子了。"

孙剑平："你那时也没有答应我，我怎么能和你说明白啊。"

男子道："孙总，现在做事真是谨慎多了。"

方娜："等等，到底怎么回事啊？"

孙剑平："还是我来说吧，你上次不是说中医学院要再增加一些技术力量吗？我就想到他们两人了。"

方娜："他们不是在邢总新开的公司里吗？"

女子道："老张已经不在了，我还在。"

孙剑平："张工，梁工，我很感激你们能答应我的邀请，来这里见我。你们知道，我是栽过跟头的人，这次和方娜合作，我也是经过深思熟虑的。现代行业发展迅速，用一日千里来形容也不过分，我们现在是掌握了一些知识，如果不抓紧时间做点事情，那么过不了多久，我们的知识就陈旧了，过时了，到那个时候，就是想做事也做不成了。这一点，自从我从监狱出来后，体会太深了。要说以前，我也很自负，但是坐牢的这大半年时间里，我发现我已经落后了，而且落后了很多。张工，梁工，我约你们来，也没有事先和方娜商量，方娜是我们这个新公司的投资人也是法人代表，从我个人来说，我想请二位和我一起做点事情，从公司的角度来说，我想请方娜当面和二位说。"

孙剑平又转向方娜："方娜，对不起，我也没有事先和你商量过，你就当面表态吧，要怎么样才能让二位和我们合作。"

方娜："剑平，你该事先和我说一下的。张工，梁工，既然剑平这么说了，我就说了。我对二位现在的情况不了解，但是我了解以前的，我就按照以前二位的情况进行安排。"方娜顿了顿道："公司准备成立项目部，就由张工你全权负责，每个项目你都可以获得相应的提成。我和剑平绝不干涉。至于薪水，就是邢总公司的两倍吧。不过梁工暂时还不能过来，我不想挖人家的墙角。对不起！"

孙剑平和两个人都有些吃惊地盯着方娜。

方娜笑了笑："当然，还有一点，我刚才没有说，等梁工辞职了不是不可以考虑。张工进公司就可以拥有一定比例的股份，我所说的一切，不仅要反映在我们的合同中，而且还要到工商局办理相应的手续。"

孙剑平看了看方娜，又盯着这两个人，目光中既有恳求，也有感动。

张工和梁工，两人对视了一下，同时点点头，道："好。谢谢你们。"

方娜和孙剑平都露出了笑容。

第十三集

1. 方娜车内　晚　外

方娜对孙剑平道："剑平，我没有想到你居然想把这两个人请来。"

孙剑平："我也没有想到，方娜，你能开出这样的条件，并且不用梁工。"

方娜笑了笑道："这有什么，无论你花费多大的代价，能留住人才，就值得，因为人才能为你带来想象不到的利益，但挖墙角的事不要干。"

孙剑平点点头："用梁工其实我心里也矛盾。不过，你怕不怕将来有人挖我们的墙角？"

方娜笑着摇摇头，道："不怕。关键是有没有留住人的机制。"

孙剑平："可是你这么想别人不一定这么想啊，看到更好的，难保不起异心。一厢情愿的苦我吃得太多了。"

方娜："剑平，你又错了，其实，这个世界上没有多少一厢情愿的事情。特别是在公司经营上，完善的制度，和公平合理的奖惩，能为你省去很多麻烦。剑平，我说一句话你不要介意。当初你答应给邢总的奖励，如果立刻就办了合法手续，给了他，也不会有那么大的麻烦了。"

孙剑平："可是，当初公司正需要大量的资金。"

方娜："这就是了，该他的就给他，自己有多大的能力就做多大的事情。"

孙剑平陷入沉默中，方娜见孙剑平半天都没有说话，将车停到一边，道："剑平，你怎么了，是我说什么让你不高兴了吗？"

孙剑平："哦，不是，我是觉得你说的有理。对了，方娜我们明天去一个地方吧。"

方娜："什么地方？"

孙剑平笑笑不说话。

2. 陈宜欣的法律事务所门口　日　外

方娜和孙剑平从里面出来，方娜道："剑平，真没有想到，你会去请法律顾问。"

孙剑平："怎么？不对吗？别告诉我你不舍得付顾问费啊。"

方娜："我才不管呢，你是总经理，你说怎么办就怎么办。"

孙剑平："依法办事，也许会给我们带来一时的不便，但是却能消除我们永久的隐患。"

方娜看着孙剑平赞赏地点点头，道："剑平，那我们可以去成立公司了吧？"

孙剑平摇摇头道："还不行。"

方娜吃惊道："怎么了？还有什么？"

孙剑平："我们还缺少一个公司名字。"

两人相视一笑。

3. 孙剑平的新公司　日　内

市内一个写字楼里，方娜和孙剑平两个人共同看着一份营业执照，上面写着"南平世纪创先科技有限公司"。

4. 孙剑平的新公司　黄昏　内

孙剑平坐在办公桌后面，新的公司布置得和原来的一模一样，不同的是，和孙剑平坐在一起的人，由邢小峰换成了方娜。

孙剑平拉开抽屉，将陈丹的照片放在里面。想了想，又将照片拿了出来，放回到自己包中。

秘书敲门进来："孙总，你的信。"说着递给孙剑平一封信。

孙剑平接过来一看落款是"奇奇幼儿园"。

5. 于国庆家　夜　外

一辆出租车，在门口停了下来，孙剑平从车里下来，在门前推了推门没有插，孙剑平轻轻地推门进来。

于国庆从房间里面出来："回来了。"

孙剑平："啊，有事，耽搁了，这么晚了，你怎么还没睡啊？"

于国庆打着哈欠，来到院子门口将门从里面插上道："这就睡，你吃饭了吗？你嫂子给你留了饭，在厨房里。"

孙剑平："我吃过了。"

于国庆："哦，那我睡了，你早点睡吧。"说完，打了一个大大的哈欠，就要进房间了。

孙剑平："国庆，你等一下，我正好有个事情找你，来屋里说。"

6. 于国庆家的小屋里　夜　内

孙剑平和于国庆从外面进来，孙剑平掏出一个信封，从里面拿出一张表格，递给于国庆："奇奇幼儿园是本市一个刚开的合资幼儿园，我今天去看过了，各方面条件都不错。现在正招老师，这是他们的招聘表格。国庆，你明天能送给陈丹吗？她下岗了。我想这份工作应该适合她的。"

于国庆接过表格看了看："剑平，你自己为什么不送给她？"

孙剑平："国庆，你就帮我送吧，对了，不要告诉她是我让送的。"

于国庆："那好吧。要是没事，我睡觉去了。"

孙剑平："谢谢你国庆。"

于国庆打着哈欠："算了，谁叫我们是同学呢。"说着出去了。

孙剑平笑了笑，关上门后，在椅子上坐了一会儿，又起身弯腰从后面拿出一个箱子，打开箱子，母亲的遗像在箱子里，从包中将陈丹的照片拿出来，看了看，放到母亲的遗像旁，叹了一口气，盖上箱子又将箱子放到原处。

7. 黄明娟办公室里　日　内

黄明娟正在办公桌后看着资料，边看还边记录着，顺手拿起一袋资料，上面写着南平市创先科技有限公司，黄明娟喝了一口水，提了提精神，打开资料袋，一张一张地检查起来。

黄明娟翻到一张纸，上面写着工商登记手续，黄明娟又拿起一张盘子，放到电脑里，黄明娟仔细地看了起来。电脑屏幕上显示，资料调用时间是四月三日。

黄明娟有些疑惑，自言自语："怎么会是剑平公司出事的前一天。"

正要仔细看清楚，桌上的电话响了，黄明娟拿起电话，来不及收拾桌子，拿起包就出去了。

8. 开发区门口的咖啡馆里　日　内

陈丹和黄明娟相对而坐。

陈丹："班长，真对不起，打搅你了。"

黄明娟："说什么打搅啊，难得有人来，唉。丹丹，你的身体好些了吗？"

陈丹："好多了。"

黄明娟："工作不要太累。你要多注意休息。"

陈丹："哪里还有什么工作。"

黄明娟："怎么了？"

陈丹："我下岗了。"

黄明娟："啊，什么时候发生的？"

陈丹："就是前两天。"

黄明娟："那你以后打算怎么办？"

陈丹："我也不知道，走一步看一步。"

两人相对无语。

9. 孙剑平家门口　外　日

于国庆蹬着三轮慢慢悠悠地过来了，嘴里还哼着歌。

于国庆停好车，来到孙剑平家门口，敲了敲门，又敲了敲门，没有人搭理，于国庆喊道："陈丹，陈丹你在家吗？"没有人答话，于国庆自语："去哪了呢。"

于国庆想了想又骑上三轮车走了。刚走两步，陈丹从路的一头，低着头慢慢地走过来。于国庆一见，赶紧又停下三轮车，等陈丹走近了，于国庆突然喊道："陈丹。"

陈丹一惊："国庆，你怎么在这里？"

于国庆："我专程来找你的。"

陈丹："找我？有事吗？进屋说吧。"

于国庆："不了，嗯，这个给你。"说着递给陈丹一张纸。

陈丹："什么啊？"接过来一看："招聘表格，奇奇幼儿园。国庆，这是什么？你哪来的？"

于国庆："有人让我给你的，对了，还让我转告你，让你赶紧填了表格寄过去。说那是一个新开的合资幼儿园，应该挺适合你的。陈丹，你什么时候下的岗？"

陈丹："就是几天前。国庆，是谁让你给我的？"

于国庆："他不让说。好了，我要走了，你赶快填啊。"

陈丹："我会的。国庆，回家喝杯水吧。"

于国庆："不啦，我还赶着再拉趟活儿呢。走了啊，陈丹，有什么事情你言语一声。"

陈丹："国庆，到底是谁啊？"

于国庆："人家不让说，我也没有办法啊。反正，他挺关心你的。回见。"

于国庆骑上三轮车走了，陈丹拿着表格站在那发呆。

10. 孙剑平家里　日　外

陈丹坐在沙发上，面前放着招聘表格，陈丹看着发呆。

11. 邢小峰公司门口　日　外

邢小峰匆匆地来上班，刚刚到了公司门口，习惯性地朝孙剑平的红薯摊看看，发现只剩下卖凉皮的。

邢小峰摇摇头，苦笑笑。

12. 孙剑平的新公司里　日　内

孙剑平正坐在办公桌的后面。

门开了，方娜引着黄明娟进来了。

方娜："黄科长，你快请坐，你真是贵客啊。"

黄明娟："哪里是什么贵客啊。"

孙剑平从椅子上站起来："班长，你来了。"

黄明娟打量了一下四周，道："剑平，你这还可以啊。开公司怎么也不说一声，要不是国庆，我还找不到你。"

孙剑平："有什么可以不可以的，混日子呗。怎么，班长你找我有事啊？"

黄明娟："怎么，剑平你不打算请我坐下说？"

孙剑平："哪里，你请坐。"

方娜端上一杯水："黄科长，请喝点水吧。"

黄明娟："谢谢。"

方娜："剑平，我先出去一下，你们慢慢谈。"转身要走。

孙剑平连忙叫住方娜："方娜，等一下，你看一下昨天的方案，我总感到总造价还是可以再低一点的，但是反复看了两遍，也没有找到什么途径，你看看。"说着指着电脑示意方娜过来。

方娜有些为难地看看道："我也有这个感觉，这样你和黄科长先谈着，回头我们再好好研究一下，反正今天也不着急。"说着又要往外走。

孙剑平："你先等等，我们还是早点解决好。"又扭过头来对黄明娟道："对不起，班长，等一下，我先忙个事情。"

黄明娟："没关系，你先忙。你挺忙的。"

孙剑平："是啊，一切都刚开始，不忙不行啊。唉，方娜你看我们从哪块下手会比较快一点。"说着，坐到电脑前，道："我仔细地看了好几遍了，都没有一点头绪。"

方娜："我也看了，我发现我们这几处还可以好好商榷一下。"

孙剑平："你指给我看看。"

方娜看了看："这样吧，我先看看再说。"

孙剑平："那也好。你抓点紧啊。"

方娜："我知道了。"方娜又扭过头对黄明娟笑了笑，出去了。

孙剑平在黄明娟对面坐了下来："对不起，让你久等了。班长，你刚才说什么事啊？"

黄明娟："其实也没有什么。你最近回家了吗？"

孙剑平："回家？回啊，我每天都回，不回家，我住哪？"

黄明娟："我是说你和陈丹的家。"

孙剑平沉默了一会儿，摇摇头："你不知道我们离了？"

黄明娟："知道。不过，陈丹请我转告你，她想和你谈谈，心平气和地谈谈。"

孙剑平仍然没有说话。

黄明娟："剑平，说真的，我也觉得你应该和陈丹好好谈谈。你们之间其实没有什么实质性的矛盾，就是一些误会，大家解释清楚……"

孙剑平突然打断："班长，我们今天能不能不说这个问题。"

黄明娟："可是，剑平——"

孙剑平："班长，你放心，我会和她谈的，但不是现在，你转告她等时机到了我一定和她谈。班长，你现在还好吗？"

黄明娟一愣："我……"

13. 杜刚房间里　晚　内

杜刚在自己房间里，刚刚坐下，妹妹杜蔷从外面进来。

杜蔷显得无精打采的，往杜刚的床上一坐。抱过枕头，不说话。

杜刚看看杜蔷道："小蔷，怎么了，这么没精神？"边说边打开自己的电脑。

杜蔷："哥，你能不能告诉我，要怎么样才能让那个大头鬼理我？"

杜刚："哪个大头鬼啊？"

杜蔷："就是你的那个同学邢小峰。"

杜刚："你怎么还念念不忘的，你们不合适。"

杜蔷："你怎么知道不合适？你又不是我。算了，问你也是白搭。"

杜刚："可是人家也不喜欢你啊！"

杜蔷："那有什么关系，我喜欢他啊。唉，哥，你和那个美女怎么样了？"

杜刚："大人的事，小孩别管。"

杜蔷撇撇嘴，道："切，少来了，你以为我不知道啊，你喜欢人家，人家不喜欢你，唉，咱兄妹二人真是同病相怜啊。"

杜刚："你知道什么呀？"

杜蔷："我什么都知道。哥，喜欢就上。我才不会像你这样浪费时间。对了，和你讨主意我还不如去找离离他们。"说完出去了。

杜刚摇摇头，翻着西西给自己的资料。

杜刚有些发呆，电脑出现了屏保，正是陈丹的微笑的照片，看了一会儿，杜刚猛地起身，带上门出去了。

14. 邢小峰的网吧里　日　内

杜蔷坐在网吧里发呆，离离带着几个人过来。

离离："小蔷，你干吗去了，我们来了好几次都没看到你，忙什么呢？"

杜蔷："没忙什么。"

离离："怎么蔫了？找到你的老板了吗？"

杜蔷摇摇头。

离离："好了，先别想了，搞定那叔叔是分分钟的事情。唉，你这生意还不错嘛。"

杜蔷："哪里，这还叫不错啊，我这段时间都没有好好来，三天两头地关门。否则那生意才好呢。来上网还要预约。"

离离和旁边的男青年对视了一眼，道："可以啊，唉，小蔷，我带了个东东，一起乐乐？"

杜蔷："什么啊？你能有什么新鲜的。"

离离："我还能骗你吗？来啊，来啊。"说着将小蔷按在一台空机器前。离离从男青年手中拿过一块卡，指着卡对小蔷道："你看，就是这个。"

小蔷："什么？到底什么呀。"

离离示意旁边的男青年将卡插上，离离装上了驱动，道："这是在东南亚很流行的，"电脑屏幕上出现了一个游戏界面。离离解释道："这是闯关游戏，每过一关就可以得到一个奖励。"

杜蔷："这都老掉牙了。"

离离："好玩的是后面的奖励，可是百分百的真人秀啊。"

杜蔷："没兴趣。"一个小男孩过来交费，杜蔷无精打采地收钱找钱。

离离："小蔷，不要这样嘛，老是这些老掉牙的游戏有什么好玩的，又能赚几个钱啊。咱们在网吧里装了这个后，上网费最少可以翻一倍，不好吗？"

杜蔷："没兴趣。"

离离："那，我们可以……"

杜蔷打断道："好了，离离，我现在对什么都没兴趣。"

离离有些不悦："我看你就是那典型的重色轻友。"

杜蔷："别说这个了。来吧，离离，我们来杀几局。"

离离："好吧。"

15. 孙剑平新公司里　日　内

孙剑平埋头在一大堆的文件中，方娜从外面进来。

孙剑平："方娜，你来得正好，我正要找你。"

方娜："找我，什么事啊？"

孙剑平："你看，这是超越的方案，这是中医学院的方案。"说着，孙剑平从电脑里调出两个界面。指着界面道："我仔细研究过了，根据我们现有的力量，可以先做中医学院的再做超越的。"

方娜："可是，剑平，我刚刚得知，中医学院的项目邢总的新峰公司也参与了，而且他们的方案都已经报到院里了。"

孙剑平："哦？那真是太好了，终于有机会一争高下了。"

方娜："嗯，剑平，我认为不妥。"

孙剑平："哦，为什么？"

方娜："剑平，你想想，中医学院的方案是一年以前就启动了。中间经历了这么长时间，已经变了很多，关键是邢小峰一直都在跟踪这个项目，从开始的雏形到现在的规模，有很多都是根据新峰公司的提议改的。"

孙剑平："就是因为这个项目一直都是邢小峰的，我才更认定它。你知道吗？这个项目刚开始就是我开发的。"

方娜："可是到今天，已经被邢小峰重新设计了，他也投入了大笔的资金和人力，已经相当成熟了，我们此时再介入，起步晚了一大截，已无优势可言了。"

孙剑平："要不是邢小峰已经投入了大量的人力和物力，我还不一定看好这个项目。哼，我就是要抓住这个机会，一击击中。"

方娜："可是，邢小峰在公关方面有我们无法比拟的优势，他和各方面人员都保持着良好的关系。何况我们也不太清楚，到底哪些是关键人物。"

孙剑平一笑，道："这个我也不怕，我已经和中医院的有关人员碰了碰。"

方娜："我还是认为这个项目没有超越的好，我们做起来更有把握。"

孙剑平："不，超越的要，这个也要。我一定要做中医学院的。我不能放过任何一个可以击破他的机会。"

方娜："剑平，你不能这么义气用事，不能因为个人恩怨就做事这么冲动。"

孙剑平："不，我不是义气用事。我测算过，如果我们做下来，中医学院的利润率比超越的还要多。何况，凭着我们的实力，我们完全能胜任。"

方娜："剑平。"

孙剑平："你不要再劝我了。我已经决定了一定要做这个。"

方娜："剑平。"

孙剑平站起来，道："方娜，尽管我很感激你给了我这个机会，但是如果你不能接受我的意见，我将放弃合作。从公司撤出。"

方娜："剑平，你误会了，我只是担心……"

孙剑平："方娜，你别担心，我们势在必得。哼，不仅这个我会争，他的每一个项目我都会争的。"孙剑平坚定地冲方娜点点头。

方娜叹了一口气，没有说话了。

16. 中医学院的院长办公室里　日　内

方娜坐在校长的对面。

方娜："汪叔叔，真不好意思，一直都没有来看您。"

校长："娜娜，你都长这么大了。你父亲如果还在，不知道有多高兴。"

方娜："可惜父亲去得太早了。"说着眼圈一红。

汪校长："好了，是叔叔不好，提起你的伤心事了。"

方娜："没事。"

汪校长："娜娜，你父亲虽然不在了，你要是有什么难处就和叔叔说。"

方娜："汪叔叔，我正有一事相求。"

汪校长："哦，什么事？"

方娜："我听说，您现在在筹建校园网。"

汪校长："是的，这是一年前的项目了，那时资金不够，再加上各方面不成熟，就搁浅了，现在老话重提了。"

方娜："那现在项目定了吗？"

汪校长："嗯，还没有最后定，娜娜，你问这个干什么？"

方娜："汪叔叔，我和一个朋友也组建了一个公司想承接这个项目。"

汪校长："哦，娜娜，可是这个项目基本都定了。"

方娜："定谁了。"

汪校长："是咱们本市的新峰公司。"

方娜："意向书已经签了吗？"

汪校长："哦，那倒没有。娜娜，我劝你这个项目就别接了，我就是有心帮你，我说了也不算啊，现在项目都要招标的。"

方娜："汪叔叔，你不用担心，您只需要秉公办事就可以了。"

305

17. 邢小峰的公司里 日 内

公司里，一些员工交头接耳议论纷纷。

邢小峰从外面进来，员工们立刻停止了议论，邢小峰感到有些奇怪，往里间走去。

邢小峰在办公桌后面刚刚坐定。

于国红就跟了进来："邢总。"

邢小峰："国红，有什么事吗？"

于国红犹豫着。

邢小峰："国红，有什么事你就说吧。"

于国红："邢总，我听他们说，孙剑平孙大哥又开了一个公司叫世纪创先。"

邢小峰一愣："那好啊。以他的能力不会总卖烤红薯啊。"

于国红："可是，他们说，孙大哥就是咱们的竞争对手，是专门针对咱们来的。"

邢小峰："我知道了，你不要管这些事情。对了，国红，你电脑班上得怎么样了?"

于国红脸一红，道："我太笨了，老师上课我总也听不懂。"

邢小峰："听不懂没关系，你多问问就是了，公司里的人都会。慢慢学不要着急啊。"

于国红："我会的。"

邢小峰："好，你去工作吧。"

等于国红出去，邢小峰长叹一声，坐在椅子上，若有所思。

18. 孙剑平新公司　日　外

邢小峰站在门口，看着孙剑平的新公司。

孙剑平和方娜从里面出来。

邢小峰："方娜，剑平。"

方娜："邢总。"

邢小峰："剑平，恭喜你东山再起。"

孙剑平："谢谢。"

方娜："剑平，你和邢总慢慢聊，我先去。邢总再见。"

邢小峰看着方娜的背影："这是一个能干的女人。"

孙剑平："我知道。"

邢小峰："你不打算请我进去坐坐吗?"

孙剑平："那倒不必了，我们的庙小不能容下大菩萨。"

邢小峰："剑平，我们就不能心平气和地谈谈?"

孙剑平："能啊，我们不是在谈吗?"

邢小峰："剑平，对于过去的事情，我真的很抱歉。"

孙剑平："没有必要。没有我，你活得很好，没有你，我也会的。"

邢小峰："我知道，你很有能力。如果有什么需要的，你尽管说。"

孙剑平："是吗? 我提出你都会做的吗?"

邢小峰："是，你尽管说。"

孙剑平："我要你中止所有的业务。你做得到吗?"

邢小峰："剑平。"

孙剑平："我知道你做不到。但是，我做得到。"说完，扭头就走了。

邢小峰一个人晾在那里。

19. 邢小峰公司　日　内

邢小峰板着脸从外面进来，员工门都不知所措，不知道老板今天是怎么了。邢小峰在自己办公桌后还没有坐下就喊道："李秘书，你进来一下。"

李秘书应声进来："邢总，你找我?"

邢小峰："你通知一下蔡工他们，让他们立刻停止手中的工作，马上来见我。"

李秘书："是。"邢小峰往椅子后面颓废地一靠。

外面，李秘书和几个员工，小声议论着。

"邢总，今天这是怎么了?"

"从来也没有见过邢总这样。"

……

于国红露出担忧的神色。

20. 孙剑平新公司会议室　日　内

孙剑平正在和几个人开会。

孙剑平："中医学院的方案，就根据我刚才说的做，大家用点心，这个case 务必要拿下。"

员工甲："孙总，根据中医学院的要求，我们使用双向实时交互就可以了，根本没有必要使用三向的，这样就要上 MCU，成本会加大很多的。"

孙剑平微微一笑："这个不用担心，我们可以使用软件 MCU。成本就不是问题了。"

员工乙："可是这样一来，效果就不稳定了。"

孙剑平："关于这一点我也考虑过了，大部分的情况下，使用的是双向的，只有在很偶然的情况下，才会有三向的，何况就是使用了三向的，总有一方处于旁观的状态，数据流量很小，对效果的影响很小的。大家还有什么问题吗？"

众人议论纷纷。

孙剑平："没有问题，散会。"

21. 邢小峰公司　日　内

邢小峰："中医学院的项目暂停。所有人员立刻停止手中有关中医学院的工作。"

蔡工："为什么？邢总，你不是开玩笑吧。"

邢小峰："你看我像开玩笑的样子吗？"

员工甲："可是，这个项目我们已经盯了这么久，而且马上就要定了。我们可是有很大的把握的呀！"

邢小峰："我让停止就停止。"（邢小峰的语气缓和了一下）接着说道："我知道，你们为了这个项目花费了很多的心血，我也认为你们做得很不错。但是从公司长远利益考虑，这个项目必须立刻停止。没有任何商量的余地。"邢小峰果断地挥了挥手。

员工们流露出不解的神情。

一个个议论纷纷：

"怎么说停就停。"

"很多的心血白费了。"

"是不是头脑发热？"

"……"

22. 孙剑平的办公室　日　内

方娜脸色有些沉重，坐在椅子上。

孙剑平推门进来。

方娜："会开完了。"

孙剑平："你回来了？怎么不进去？"

方娜："我看完了你的设想，剑平，你认为这样做妥当吗？"

孙剑平："怎么？你有什么问题吗？"

方娜："你使用这种 MCU 也许能一时刺激了客户的需求，但是不稳定的使用，对公司的长久声誉定然产生不好的影响。而且，新峰公司……怎么说呢，剑平，我希望你能再认真考虑一下。"

孙剑平："我已经想得很清楚了，这个订单完全是可以做的，而且我们必须要做。"

方娜轻叹了一口气。

23. 邢小峰的公司里　晚　内

邢小峰坐在办公桌的后面，面前的烟缸里已经堆满了烟头。电脑屏幕上显示着资料。

于国红敲门从外面进来，手里还端着托盘："邢总。您先吃点东西吧。"

邢小峰揉揉眼睛，坐到沙发上："谢谢你啊，国红，我真饿了。"

于国红红着脸站在旁边。好一会儿，才小声道："邢总，你是不是在生孙大哥的气啊。"

邢小峰一愣，随即苦笑了一下，摇摇头："没有，只是他不肯……总之，我也不会束手就擒的。"

于国红看了看邢小峰："那，邢总，有什么我可以做的吗？"

邢小峰："你怎么还不回家啊？"

于国红的脸更红了："今天没有什么事情。可以晚点回去。"

邢小峰："嗯，那好，我这还真有点事情，你把这些数据制成表格，具体的格式，你参照一下李秘书的电脑。就是这个。"说着，从桌子上递给于国红几页纸。

于国红接过来，有些为难。

邢小峰眼睛盯着屏幕没有察觉，见于国红半天没有动，就随口问道："怎么，还有什么问题吗？赶快去做吧，结果出来发给我。完了早点回家。"

于国红"嗯"了一声，转身出去了。

邢小峰接着埋头工作。

24. 邢小峰公司里　晚　内一外

已经很晚了，邢小峰终于看完了资料，伸了一个懒腰，揉揉眼睛，看看时间，不由得惊叫一声："呀，都快十点了。"

邢小峰关了电脑，拿起包，推门出去。外间灯还亮着，邢小峰自语："这谁呀，走也不关灯。"来到前台一看，于国红正在电脑前抹眼泪。

邢小峰吃惊："国红，你还没回去啊？怎么了，谁欺负你了？"

被邢小峰这么一问，于国红突然趴在电脑前哭了起来。

邢小峰紧张地追问道："国红，你怎么了？生病了吗？唉，你别哭，快告诉我，怎么了？"

于国红哽咽："我太笨了。我做不出来，怎么也做不出来。"

邢小峰一愣："什么做不出来啊？"

于国红一指电脑，邢小峰弯下腰看了看屏幕，上面显示一个乱七八糟的表格，看得邢小峰直皱眉头。

于国红："这有的长，有的短，怎么也不整齐？呜呜。"

邢小峰："你原来是为这个啊，这么简单，你怎么不问我呢？我还以为你早回家了。"

于国红："我看你那么忙，我什么都不会做，这点事情都做不好，我真是笨。"说着，使劲拍自己的脑袋。

邢小峰赶紧拉着于国红："不会做，就不做呗，这么晚了还不回家，你哥不急死。好了，明天让李秘书做吧。"

于国红："对不起，邢总，我太笨了。"

邢小峰看着于国红："国红，你不笨，真的。别想那么多了，走吧，我送你回家。"说完，伸手将于国红的电脑关掉了。

25. 邢小峰公司门口　外　晚

邢小峰和于国红两人一前一后，邢小峰皱着眉头，于国红在后面小心翼翼地跟着，两人在路边等车，忽然于国红转到邢小峰面前，看着邢小峰。

邢小峰有些意外："国红，怎么了？"

于国红："邢总，你是在生气吗？生我的气吗？"

邢小峰："没有啊，我好端端地生什么气啊？"

于国红："你一定在生气，你的眉头总是皱着。"

邢小峰笑了一下："没有，我是……"正说着，肚子又传来一阵咕咕的声音，邢小峰有些尴尬："你看，就是这个原因，它在和我抗议呢。唉，对了，国红，你饿吗？"

于国红轻轻摇摇头又点点头，邢小峰一边打开车门一边道："走，先陪你邢大哥吃点东西，然后邢大哥送你回家。"

于国红的脸上露出了笑容。

26. 孙剑平的新公司　日　内

孙剑平正在里面看电脑，方娜从外面进来。

方娜："剑平，中医学院的订单下来了。"

孙剑平："怎么样？"

方娜："中医学院最终决定和我们做了。"

孙剑平惊喜："真的吗？太好了。"

方娜平静地看了孙剑平一眼，没有说话。

孙剑平没有意识到方娜的冷淡，自顾自道："我要好好看看，下面一个是什么。我孙剑平的东西哪是那么容易抢的。"

孙剑平："方娜，上次在你家喝的那种咖啡挺不错的，我一直还想再尝尝，今天我请你吧。"

方娜奇怪地看了看孙剑平，道："也好，我正好有事要和你说呢。"

27. 人民医院里　日　外—内

邢小峰捧着一个花篮，正低头往里走。

邢小峰推开汪老师的病房门，里面没有人，只有一个护士在整理东西。

邢小峰："嗨，护士小姐，请问汪老师是出院了吗？"

护士："哪会出院啊，做检查去了。"

邢小峰"哦"的一声，将手中的东西放在小柜子上，往床上一坐。

护士："唉，你这人怎么搞的，刚整理好。"

邢小峰一扭头，故做惊讶状："哎呀，美女耶。真对不起，美女护士，护士的劳动应该尊重，美女护士的劳动特别应该尊重。"

护士："你这人，怎么这么贫。"

邢小峰："谢谢夸奖。唉，美女护士，她得的到底是什么病啊？"

护士："你是她什么人，病人交代过，不得轻易透露她的病情。"

邢小峰："她是我老师，我是她干儿子，怎么叫轻易透露呢？"

护士："那你自己问病人吧。"说完扭头走了。

28. 咖啡厅外面　日　外

孙剑平和方娜从车里下来，方娜："剑平，难得你这么大方，请我来这里啊。"

孙剑平笑了笑，道："既然要请就要请你来最好的地方。"

（回忆：孙剑平和陈丹两个人站在门口，透过玻璃窗看到里面精美的布置，陈丹歪着头看着孙剑平。

孙剑平则搂着陈丹的肩膀道："等我的公司开始赚钱了，一定带你体验一下。"

陈丹露出满意的笑容。）

看到孙剑平恍恍惚惚的样子，方娜轻轻地碰了孙剑平一下，小声道："孙总，你该不会又后悔了吧。"

孙剑平从回忆中醒悟过来，对方娜做了一个很绅士化的动作。

两人相视一笑进来。

29. 大街上　日　外

陈丹正一个人到处溜达着，显得很无聊，忽然手机响了，里面传来陈妈妈的声音。

陈妈妈："丹丹，我怎么听说你下岗了？"

陈丹："妈，你听谁说的，没有。"

陈妈妈："那你怎么不上班呢？"

陈丹："我们现在是在考核，考核完了才能决定怎么上班的。妈，你放心，我自己能行的。好了，过两天我回家看你。"

陈丹放下电话，长长地出了一口气，继续毫无目的地走着。

30. 咖啡厅内　日　内

孙剑平和方娜相对而坐。周围大多是一对一对的情侣，方娜不由得觉得有些不自在了，孙剑平却丝毫没有在意，正一丝不苟地给方娜冲着咖啡。

孙剑平将亲手调好的咖啡放到方娜的面前，问道："你说有事情和我说，什么事情啊？"说着，不经意间看了一眼方娜。

方娜赶紧收回自己的目光，道："哦，是关于中医学院的那个订单。"

孙剑平一紧张，问道："怎么？对方变卦了吗？合同不是已经签了吗？"

方娜："那倒不是。合同是在执行中。不过，哦，你看，我做了一个东西。"说着，方娜拿出随身的笔记本电脑，打开一个文件，指着给孙剑平看，道："对于中医学院的这个订单，我做了一个项目分析，你看。"

孙剑平挪到方娜身边，看着电脑，随口问道："订单都接下来了，还分析什么啊。"

方娜看了孙剑平一眼，道："从这个订单一开始，直到现在，我们所花费

313

不负青春不负卿

的所有人财物，以及因此造成的各方面的经济效益和社会效益，与我们所得到的利益，这里有个对比。"

孙剑平："怎么样？"

方娜："得不偿失。"

孙剑平一愣："怎么会？"

方娜："你看，这里有个详细的分析。"方娜滔滔不绝地讲着，还不时地比画给孙剑平看。

孙剑平先是不相信，然后是信服，最后是佩服，孙剑平不由得用另一种眼光看着方娜。

方娜全神贯注在自己的讲解中，头发垂了下来，都没有察觉。

31. 大街上　日　外

大街上，人很多，来来往往的。

陈丹一个人很无聊地在闲逛着，马路对面有一个西餐厅，陈丹走过去想仔细看看。

忽然透过透明的落地窗，陈丹看见孙剑平和方娜面对面坐着。她忍不住停下脚步在窗外看着。

餐厅里，孙剑平和方娜正边吃边交谈着，借着对面镜子的反光，孙剑平看见陈丹正站在窗外看着自己。

忽然，孙剑平伸出手轻轻地为方娜拢了拢头发。

方娜一愣，随即向孙剑平露出甜甜的一笑。

窗外，陈丹将这一切都看在眼里，陈丹忽然冲动地走进西餐厅，站在孙剑平面前，死死地盯着他看，眼里没有一滴泪。陈丹什么也不说，只是怒目相向。

一时沉浸在幸福之中的方娜见陈丹挑衅般看着孙剑平，不明究竟。

孙剑平先是一愣，随即毫不示弱地回视着陈丹，方娜刚想站起来，孙剑平一伸手按住方娜。

就这样，陈丹和孙剑平对视着，忽然陈丹掉头跑了。

32. 邢小峰公司　日　内

邢小峰站在窗前，看着楼下，原先那里是孙剑平卖红薯的地方，现在已经空荡荡的了。

李秘书悄悄进来："邢总，中医院的单子已经定给世纪创先了。"

邢小峰："我已经知道了，这样挺好。你工作去吧。"

33. 大街上　日　外

陈丹边跑边哭，引得路人不时地侧目。

34. 孙剑平的新公司里　日　内

孙剑平坐在公司里，有些烦躁，猛地将键盘一砸，人往后一挺，闭目养神。

桌上电话响了，孙剑平接电话。

孙剑平："喂。"

电话里传来黄明娟的声音："喂，剑平，是我。"

孙剑平："班长，你有什么事吗？"

黄明娟："剑平，你有时间吗？我仍然觉得有必要和你谈谈。"

孙剑平："谈什么，你说吧。"

黄明娟："我们应该有很多话题要谈。我们约个地方吧。"

孙剑平："我这里还有事呢，班长，回头再说吧，好吗？"

黄明娟："剑平，你怎么能这样对陈丹……"

孙剑平："班长，真对不起，我现在还有其他的事情，我们以后再聊好吗？"说完，就挂上电话了。

35. 孙剑平新公司对面的大街上　日　外

黄明娟拿着手机，手机里传来嗡嗡的声音。显然电话那头已经挂上了，黄明娟放下手机，抬头看了看孙剑平的公司，长叹一口气，走了。

36. 孙剑平新公司里　日　内

孙剑平刚刚挂上电话。方娜从外面进来，显然听到他们的对话。

方娜看着孙剑平："剑平，我觉得你不应该这样对黄科长，黄科长，她……"

孙剑平打断："方娜，你来得正好，我刚好要出去一趟。"

方娜："你要去哪里？要我陪你吗？"

孙剑平："不用。把你的车借我用一下就可以了。"

方娜疑惑地将钥匙递给孙剑平，孙剑平道了一声谢了就走了。

37. 奇奇幼儿园门口　日　外

孙剑平开着方娜的车在幼儿园的门口停了下来。

孙剑平下车打量着这个新新的幼儿园。

38. 园长办公室里　日　内

孙剑平坐在园长的对面，园长正低头翻着一堆材料，好一会儿，才从中间拿出一份，看了看道："陈丹，你是说她吧？"

孙剑平连连点头："对，就是她。园长，她有希望吗？"

园长："她已经来过了，条件很好，我们也很满意。"

孙剑平高兴："园长，这么说你们可以录用她了？"

园长轻轻地摇摇头："我们没有录用她。"

孙剑平诧异："为什么？"

园长："是因为她自己不愿意。我们这次招的老师，是为了分园招的，所有聘用的老师都要先到分园工作一段时间。由于我们的分园不在本市，本来陈小姐是很愿意的，但是一听要离开本市，到外地工作，说什么她都不愿意了。我们对陈小姐是很满意的，我也一再向她保证，一段时间以后一定调她回来，可是，她还是不愿意，十分可惜。"

孙剑平："哦，原来这样啊。"

39. 孙剑平家里　日　外

陈丹坐在沙发上，哭了很长时间后，从沙发上站起来，跌跌撞撞地往卫生间去洗脸，在门口一不小心碰倒了花瓶，火红的玫瑰散落一地，陈丹蹲下来，一枝一枝地将玫瑰捡起来。

忽然，陈丹扔掉玫瑰，拿出手机，给杜刚发了条短信："我想见你。"

40. 杜刚家里　晚　内

杜刚正在家中上网，忽然手机显示短信，杜刚拿过来一看，是陈丹的："我想见你。"

杜刚愣了愣，把手机放在一边，有些不敢相信，过了几秒钟，又拿起手机，看了一遍刚才的短信。

忽然杜刚跳起来，穿了衣服就往外跑。

41. 车库里　晚　内

杜刚急匆匆地打开车门，刚要发动，手机又响了，杜刚拿起手机，里面就传来的杜爸爸焦急的喊声："刚儿，你在哪里，你妈的胆囊炎发了。"

杜刚："我就在楼下，马上上来。"

杜刚慌得车门也没有关，就冲出了车库。

42. 杜刚家里　晚　内

杜爸爸正扶着杜妈妈，杜妈妈躺在地上。

杜刚上前扶着妈妈："爸爸，怎么回事？"

杜爸爸："你扶好你妈，我去拿药。"说着，急匆匆地跑到屋里，杜刚扶起妈妈，杜刚拿起手机拨起了120。

杜爸爸从房间里出来，端着一杯水，将药丸喂到杜妈妈嘴里。杜爸爸："刚刚还好好的，上个卫生间就这样了。快打120。"

杜刚："已经打了。"杜刚背起妈妈，在杜爸爸的搀扶下，出门了，慌乱中，杜刚的手机掉在地上。

43. 孙剑平家里　晚　内

陈丹在家里，细心地给自己化妆。

44. 孙剑平的新公司里　晚　内

傍晚，公司里的员工已经都下班了，孙剑平一个人坐在办公桌后面，他也没有开灯，离婚证放在面前。孙剑平眼睛一眨不眨地盯着离婚证，不知道在想什么。

忽然外面有人开灯，光线射到孙剑平的脸上，孙剑平不由得皱皱眉头。

方娜从外面进来。

方娜吃惊地："吓死我了，剑平，你怎么不开灯啊？"

孙剑平没有说话。方娜："你怎么了？哪不舒服吗？"

孙剑平摇摇头，道："方娜，你有空吗？陪我喝一杯好吗？"

方娜注意到了桌子上面的离婚证，点点头。

45. 医院里　晚　内

杜刚和杜爸爸焦急地等候在急诊室外面。

46. 孙剑平家里　晚　内

陈丹一个人呆呆地等着，突然拿起电话拨号。

47. 杜刚家里　晚　内

杜刚的手机在地上响着……

第十四集

1. 酒吧里　晚　内

孙剑平和方娜两人已经喝了很多酒，面前堆着一大堆的空杯子。

孙剑平不停地和方娜说着以前同学之间的事情。

孙剑平："方娜你知道吗？那时，我们六个人，非常要好。丹丹是我们当中最小的，大家都很喜欢她……"

孙剑平："我想恨她我就是恨不起来，反而总是牵挂她，担心她吃不好，睡不好，以前大家都叫她豌豆……"

方娜一愣："豌豆？"

孙剑平："就是说她像豌豆公主一样娇弱。当我知道她喜欢我的时候，你知道我什么感觉吗？"

方娜："什么感觉？"

孙剑平："受宠若惊。真的，你不要笑，我就是这么一个感觉，当时我就想啊，完了，这样一个女人，将来我要怎样，才能让她不受委屈，不受苦，不被风吹着，不被太阳晒着。可是，结果呢？自从她跟了我，她什么都没有得到，没有地方住，没有水晶鞋，就连上美容院都去不起。我呢，我从此没有了妈妈……"孙剑平把头往桌子上一倒，没有了声音。

方娜推了推孙剑平："剑平，剑平，你喝多了，我送你回去吧。"

孙剑平慢慢地将头抬起来，脸上泪流满面。孙剑平深深地吸了一口气，将脸上的泪擦去。

2. 于国庆的小屋里　夜　内

孙剑平一个人盘腿坐在床上，面前放着一个离婚证和一张陈丹的照片。孙剑平盯着这两样东西看了很久，像下定决心一样，迅速从床上下来，弯腰

319

从床底掏出箱子，将两样东西放到箱子里，又将箱子推回床底。

孙剑平打开电脑看了起来，心情烦躁，看不下去。孙剑平长出了一口气，关上电脑，开门出去了。

于国庆正坐在院中，泡着脚。见孙剑平出来，喊道："剑平。"

孙剑平走过去，在于国庆身边蹲了下来。

于国庆看了看孙剑平，将脚从盆中拿出来，没有擦，就湿淋淋地穿上鞋，从旁边拖了一个板凳过来，对孙剑平道："坐会吧。"说着，递过一支烟给孙剑平。

孙剑平接过烟，闻了闻，于国庆刚要给孙剑平点上，孙剑平做个手势拒绝了，显得很沮丧。

于国庆："你来这么久了，我都没有陪你去遛弯儿，我们去走走吧。"

孙剑平苦笑一下道："国庆，你什么时候也变和小峰似的。"

于国庆站起来，拉着孙剑平就往外走："天天和你们在一起，还能不学会点？走吧走吧。"又扭头冲着屋里喊道："小惠，我和剑平出去一下。"

孙剑平被于国庆拉出了家门。

3. 大街上　夜　外

孙剑平和于国庆两人边走边聊。

于国庆："剑平，我从小就嘴笨，不会说，我不知道怎么劝你。"

孙剑平看着于国庆："国庆，谢谢你，你这样陪着我，我已经好多了。真的。"

于国庆憨憨地笑了起来。

忽然旁边飘过一阵香水味道，一个时尚的女子从旁边走过，孙剑平和于国庆都不约而同地扭过头看了看，孙剑平的目光就一直没有离开。从后面看，这个女子简直太像陈丹了，和陈丹一样的身高一样的长发一样的身材。

孙剑平："丹丹。"跟了过去。

于国庆有些疑惑，一拉孙剑平，被孙剑平拉着也跟了过去。

于国庆："是陈丹吗？我们喊喊吧。"

孙剑平："不要。"拉着于国庆远远地跟在那个女子的后面。

于国庆："唉，剑平，我们就这样跟着人家后面不好吧。快，往左拐了。"

两人一直跟着女子走过了两条街。

前面的女子忽然在一个冷饮摊前停了下来，当女子一扭头的时候，孙剑平和于国庆正好看到女子的侧面，原来不是陈丹。

孙剑平不由得轻轻出了一口气。于国庆看着孙剑平没有说话，露出担忧的神色。

4. 超越集团方军办公室里　日　内

几名经理正在向方军汇报。

甲："方总，我们这次引进的 RUP 系统（RATIONAL UNIFIED PROCESS）涉及许多企业的商业机密，是否我们自己来做？"

方军摇摇头："不，我们自己派人来做，会有先入为主的印象，会破坏整个系统的最终执行效果。我希望在系统投入使用前，完全不要我公司的人插手。"

乙："方总，我们是否要公开招标？"

方军摇摇头："这也没有必要，全市能做的就这么几家单位，约到公司来，你们综合判断一下就可以了。"

方军桌子上的电话响了，方军拿起电话，电话里传来秘书的声音："方总，您妹妹来找您。"

方军："让她进来吧。"

房间的众人纷纷站起来，道："方总，如果没有其他事情，我们告辞了。"

方军微微点点头。

众人退出，方娜进来。

方娜："哥哥，我没有打搅你吧？"

方军："没有。怎么了，怎么突然跑到公司来了？"

方娜："我来看看你啊。"

方军有些惊喜："你想通了，过来帮我？"

方娜摇摇头："不是，哥哥，我想来和你说个事。"

方军有些失望，道："什么事？"

方娜："你们是不是打算上 RUP 系统吗？"

方军："是啊，你怎么知道的？"

方娜："那你就别问了，哥，我问你，定了哪家做了吗？"

方军："没有啊。"

方娜："那太好了。哥，你把这个项目给我做吧。"

方军："给你做？"

方娜："是啊，我成立了一个公司，就是做这行的，刚成立需要打响自己的知名度。"

方军想了想摇摇头："不行，娜娜，你要钱的话，无论多少哥哥都能给你，但是工作上的事情必须公事公办。你要做，必须凭实力，经过专家综合评定，还得再上董事会批准，如果性价比是最高的，才可以做。"

方娜喊道："哥哥。"

方军："下周评定就开始了，你要是想做就抓紧。"

5. 超越集团办公室门口　日　内

邢小峰和孙剑平在公司门口相遇。

邢小峰意外地说道："剑平，你怎么在这里？"看到孙剑平后面跟着的几个人，邢小峰明白似的说道："你也是为这个来的？"

孙剑平点点头："邢总，我们真是狭路相逢啊。"又低头在邢小峰的耳边说道："你放心，你会在你的每一个项目上都看到我的。"说完，带着人进去了。

邢小峰一愣，旁边的李秘书提醒道："邢总，你看我们还进去吗？"

邢小峰："怎么不进，当然进了。"带着三四个人进去了。

6. 超越会客室里　日　内

邢小峰的人和孙剑平的人相对而坐。

7. 邢小峰公司里　日　内

邢小峰正在给一群人开会。

邢小峰："各位，超越的要求想必你们都看了，我想听听你们每人的看法。"

员工甲："邢总，超越的总工程师，突然提出新的模块，这是我们原本计划中没有的，所以原定的合同期是不够的。"

邢小峰："提议是否合理可行？"

员工甲："是的，不过……"

邢小峰一挥手制止了甲，将目光转向了蔡工。

蔡工站起来道："世纪创先的报价比正常价格突然低了百分之十，看来我们也只好降价百分之十，还不知道行不行。"

邢小峰长叹一声，制止了大家的发言，道："不用说了，我都知道了，你们已经做得很好了。等一下把问题汇总一下，给我就行了。散会吧。"说完，挥挥手示意大家出去。

等众人都走完了，邢小峰长叹了一声道："剑平，你不要逼人太甚了。我邢小峰可不是一个软柿子。"

邢小峰在房间里，来回走动了一会儿，仿佛下定决心了似的，到门口打开门喊道："杨经理，你进来一下。"

员工甲进入。

邢小峰看着男青年道："杨经理，超越的单子，我们不能就这么放弃了。"

杨经理惊喜道："邢总，你的意思是？"

邢小峰忽然恶狠狠地道："世纪创先不是降价百分之十吗？你明天联系一下超越，我们降价百分之十五，并且送他们三年的免费维护，你再替我约一下几个负责人，我想和他们碰一下。"

杨经理："好，邢总，我马上去办。就是，他们也欺人太甚了，以为我们好欺负啊。"

邢小峰忽然很疲倦地挥挥手："你去吧，这事不要宣扬。"退了出去。

邢小峰往椅子后面一靠自语道："剑平，都是你逼的。"

8. 孙剑平公司里　日　内

孙剑平和方娜还有梁工等几个人在会议室开会。

方娜："今天就到这儿吧。"

几个人陆续离开，等会议室里只有方娜和孙剑平两个人的时候。

方娜到饮水机旁，接了两杯水，递给孙剑平一杯，道："剑平，你发现了没有。超越这个项目我们要是做的话，会得不偿失。"

孙剑平低头喝水不说话："我想也是。"

9. 邢小峰公司门口　日　外

邢小峰正要从公司里面出来，和对面走过来的陈丹正好碰上。

陈丹："小峰。"

邢小峰很意外："陈丹，你怎么在这?"

陈丹："我是来找你的。怎么你要出去吗?"

邢小峰："哦，没事，我只是在公司里闷得慌，出去溜达溜达。走，陈丹上去坐坐吧。"

陈丹摇摇头。

邢小峰一拍自己的脑袋道："我忘了你是不喜欢公司的。我们这旁边有个咖啡馆刚开张的，我还去剪过彩，怎么样，能否请美女赏光?"

陈丹一笑："小峰，你还是那么贫。我就几句话就在这里说吧。"

邢小峰："那好吧，不过物业公司要找你麻烦可别怪我。"

陈丹一愣："物业公司找我麻烦，为什么啊?"

邢小峰："你想啊，这么一个大美女站在这里，整栋楼不轰动啊，大家都蜂拥来看，结果电梯负荷过重，坏了，物业公司不找你啊。"

陈丹忍不住笑了起来。

邢小峰："走吧，美女，给个面子吧。"

10. 咖啡馆里　日　内

陈丹和邢小峰相对而坐。

陈丹从包中拿出一串钥匙递给邢小峰道："小峰，这是你房子的钥匙。"

邢小峰不解地："这是干吗?"

陈丹："我搬回家了，房间我也打扫干净了。用了你的房子这么久，真不好意思。"

邢小峰："陈丹，你这是什么意思？"

陈丹："我和剑平都离婚了，总不能老让你不能回家吧。"

邢小峰："陈丹，我可没有任何要赶你走的意思啊。这房子当初是给剑平用的，但是现在已经和剑平没有任何关系了。可是陈丹，我们也是同学啊。"

陈丹："我知道。"

邢小峰有些急："陈丹，我一个人要住那么大房子干什么啊？再说，我有地方住，你干吗要搬？你爸妈家那么远，你来回上班容易吗？"

陈丹："我已经不上班了。"

邢小峰："啊，怎么了？"

陈丹："我下岗了。都好几个月了。"

邢小峰愣了一会儿："陈丹，要不这样，你看行不行。我这个房子虽然破，但是面积还挺大的。而且将后面打通就是临街的门面，我就租给你开个店什么的，你这样总是闲着也不是个事。"

陈丹："这……"

邢小峰将钥匙塞回陈丹的手里道："陈丹，你好好考虑一下。我呢，先抽个时间把后面给你打通，你自己转悠转悠，看搞什么好。不管搞什么，我一定捧场。"

陈丹："小峰，谢谢你，我会认真考虑的。"

邢小峰："谢什么。谁让我们是同学呢。"

11. 杜刚的办公室里　日　内

杜刚正在训斥一个员工。

杜刚："我再三讲过了，每个细节都要仔细再仔细地推敲，销售是个持久战，我们不是打一枪换一个地方的游击队。千万不要把眼光放在眼前。一定要从长远利益考虑。如果不能满足客户的要求，即使短时间内能获得一些利益，最终也是得不偿失。"

员工："杜经理，对不起。我们能得到的客户的资料只有这么多，所以……"

杜刚眉头一皱："客户资料公关部有很多，你为什么不和公关部好好研究一下。"

员工："可是。"

杜刚："可是什么？你请殷西西过来一下。"

员工："殷小姐已经辞职了。"

杜刚一愣："辞职？哦——"杜刚不相信似的看着员工，直到确认员工不是在开玩笑，才无力地说道："好了，我知道了，你出去吧。"

员工退了出去，杜刚一下子坐在椅子上。

12. 杜刚家中　晚　内

杜刚一个人闷坐在沙发上，发呆。

杜爸爸走过来，端着一杯茶，在杜刚旁边坐下。

杜爸爸："刚儿，你今天是怎么了？"

杜刚："爸爸，我没什么。妈妈睡了吗？"

杜爸爸："睡了。"

过了一会儿，杜刚忽然坐直了身子，道："爸爸，西西辞职了。"

杜爸爸："哦？好端端的为什么要辞职？"

杜刚顿了顿道："我不知道。"

杜爸爸："刚儿，对于你的婚姻问题，我和你妈的态度是一样的，充分尊重你自己的决定。不过爸爸是过来人，想给你一个忠告，婚姻是一辈子的事情，合适自己的才是最好的，感情要顺其自然，不可勉强。更不能赌气。"

13. 孙剑平家里　日　内

房间里，已经空荡荡的了。陈丹推门进来，一步一步地走着、看着。看着这空荡荡的房间，陈丹有了种强烈的陌生感。

14. 孙剑平家门口　晚　外

正是晚饭时分，外面的人很少，孙剑平慢慢走过来，站在门口，看了好一会儿。

孙剑平几次走到门口想敲门，但是都退了回去。

天已经完全黑透了，房间里仍然没有人在家的样子，黑黑的。孙剑平嘀咕道："这么晚了，她去哪了，还不回来？该不会是……"想到这里，孙剑平猛地冲到门口，使劲地敲门，大声喊道："陈丹，陈丹，你在家吗？"没有人应答，孙剑平急忙掏钥匙，可是慌乱中，半天插不进去。

隔壁的邻居打开门，道："你别喊了，这家人搬走了。"

孙剑平愣住了："搬走了，搬哪去了？"

邻居："不知道。"关上门。

孙剑平好半天才打开门，顺手打开灯，里面空荡荡的，打扫得干干净净，就如陈丹在家时的一样。

孙剑平一个房间一个房间地看着，曾经的卧室里，还是那套红色的床单，是他们结婚的时候，陈妈妈亲手挑选的，为此陈丹还和孙妈妈闹了一点不愉快。

（回忆：陈丹噘着嘴："剑平，这多俗气啊。"）

孙剑平坐在床上，抚摸着床单。

15. 陈丹家里　日　内

已经上午快十一点了，陈丹还在睡觉。

客厅里陈丹的爸爸和一个差不多年龄的男子在下棋，陈丹妈妈在厨房里做饭。

门铃响了。陈丹妈妈从厨房里出来开门。

杜刚拎着一个大大的提袋站在门口。

杜刚："阿姨，请问陈丹在家吗？"

陈妈妈："丹丹，在，在，这个懒虫，还是和以前一样懒，到现在还没有起床呢。杜先生，你快请进。"说着将杜刚让到房间里，在客厅坐下。

陈爸爸向杜刚伸出手去，握着道："欢迎欢迎啊。我们家住得远，你们也很少来啊。"

陈爸爸哈哈一笑，道："小伙子，真懂事啊。这是陈丹的叔叔。"

杜刚一躬腰，道："叔叔好。"

陈爸爸："快请坐。"将杜刚让到沙发上坐下。

陈妈妈已经到里屋喊陈丹去了。

杜刚在陈爸爸的旁边坐下来。

陈丹睡眼蒙眬地从里面出来。对杜刚："你来了。"又转身进去了。

陈叔叔："大哥，我看丹丹，这样不行。"

陈爸爸："没办法，这丫头自小就没有受过什么苦，现在发生这么多事情，也难怪她受不了。"

陈爸爸又转向杜刚："我都听丹丹说了，说你给了很大的帮助，谢谢你啊，小杜。"

杜刚："叔叔，您别客气，我们是同学，这是应该的，再说我也没有做什么。"

陈叔叔："同学好啊，同学知根知底的。小杜啊，你可要好好照顾我们家丹丹啊。"

杜刚有些尴尬："我会的，叔叔。"

陈妈妈从里面出来："小杜啊，中午就不要走了，尝尝阿姨的手艺。"

杜刚："那就谢谢了，阿姨，给您添麻烦了。阿姨，我给陈丹带了点东西，请您拿给她。"

陈妈妈："丹丹，已经起来了，你拿进去给她吧。"

杜刚冲陈爸爸他们点了点头，推开陈丹的房门。

陈丹正靠在窗前发呆，见杜刚进来了，勉强笑了笑道："坐吧。不好意思，他们让你难堪了。"

杜刚拿过手提袋道："什么不好意思的，我觉得你家人都挺好的。"边说，边将手提袋打开，道："丹丹，我给你带了点东西，不知道你喜欢不喜欢。"一样一样的化妆品往外拿，杜刚："我记得你以前最喜欢这些的。我向同事请教过了，这些都是比较流行的。唉，还有这个，闻闻看能不能猜出来是什么？"说着，将一瓶香水在陈丹的面前晃了晃，喷了一点。

陈丹深深吸了一口气道："香奈儿五号。"

杜刚："那，丹丹，你再闻闻这个。"说着又打开一个瓶子，在陈丹的鼻子底下晃了晃，陈丹笑了笑道："这是倩碧的晚霜。"

杜刚有些吃惊："丹丹，你真了不起，闻闻就知道是什么了。"

陈丹苦笑了一下，摇摇头，又将目光投向窗外。

杜刚："丹丹，你以后打算怎么办？"

陈丹："我还能怎么办，我也不知道怎么办。小峰说要把房子租给我开店。可是我除了带孩子唱歌跳舞什么都不会。"

杜刚看着眼前花花绿绿的化妆品，突然道："丹丹，你为什么不开个化妆品店？"

陈丹眼前一亮，道："化妆品店？"

杜刚："是啊，你看你对化妆品这么敏感，你又这么漂亮，对了，你干脆开个美容院得了，不，是形象设计中心。对就叫形象设计中心。"

陈丹："形象设计中心？"

杜刚："对。你不仅教别人如何使用化妆品，如何根据自身条件选用合适的化妆品，你还可以教大家如何打扮自己。这样的店在国外早就有了，我真笨，我怎么早没有想起来。"

陈丹："我行吗？"

杜刚："你怎么不行？！让人们用美来装扮自己的生活是个很神圣的事情。"

陈丹的眼睛渐渐发亮。

16. 酒店里　日　内

在酒店的一个包厢里，邢小峰正和几个人团团而坐，众人的面前摆着一桌丰盛的酒席。

邢小峰端起酒杯："各位，非常感谢你们的光临，能给兄弟这个面子，我先干为敬。"说完，邢小峰一仰头，一饮而尽。邢小峰又倒上一杯，对身边的一个中年男子："林总大人能光临，是我邢小峰的荣幸，请允许我代表新峰公司敬你一杯。"

林总："小峰，虽然，我们超越的这个单子，最终是给你了。但是，你老弟以前可是赚了我们不少钱啊。人家世纪创先可是报价就比你低了百分之十啊。"

邢小峰："林总，我邢小峰和你们合作也不是第一次了，我的为人你还不知道吗？我们兄弟在一起做事，不就是图个开心吗？世纪创先能降百分之十，我就能降百分之二十。"

林总："小峰，就是知道你，才为你担心啊，这样你不就成了亏本赚吆喝了吗？"

邢小峰苦笑了一下："人家都欺到家门口了，我要不伸头，还是个男人吗？来，来，今天不说这些不愉快的事情，我们好好乐乐，完了，我准备了一些小礼物，每人一份。来，干杯。"

众人举杯。

镜头推到墙角堆着一大堆的礼品袋。

17. 孙剑平公司里　　日　　内

孙剑平气呼呼地从外面进来。

方娜起身问道："怎么了？超越那边怎么说？"

孙剑平："这个老狐狸，今天又变卦了。"

方娜："不行也好，降价百分之十，本身就不值得了。"

孙剑平："我怀疑是邢小峰在里面搞了鬼，要不然，那天我提到降价的时候，老狐狸的眼睛都发亮了。这才几天的时间，就不行了。恐怕没有那么简单。"

方娜："剑平，不行也好，那样一个民营大单位，人际关系复杂，手续多，最主要的是新峰公司和他们都已经合作过了，要想中途截下来，哪那么容易。"

孙剑平："我本来就没指望能和超越谈成，但是我的收获很巨大，邢小峰的研发成本本来就比我高，像超越那样一个单位，邢小峰要想保住订单，只有降价比我多才有可能。我做都要亏本，他只会比我亏得更多。哼，我的烤红薯，可不是那么好吃的。"

方娜看了孙剑平一眼，孙剑平没有察觉，继续道："我要让他的蛋糕都变成烤红薯。走着瞧。"

正说着，孙剑平的手机响了，孙剑平："喂，班长，怎么了？"

孙剑平："好的，我马上到。"

孙剑平关上电话："方娜我有点事先出去一下。"说完，急匆匆地走了。

18. 麦当劳店里　日　内

黄明娟坐在靠近门口的位子上，焦急地看着门口，好一会儿，孙剑平出现在门口。黄明娟朝孙剑平招了招手。

孙剑平走过来，在黄明娟对面坐下，道："班长，你找我。"

黄明娟："你喝点什么？"

孙剑平："不用了，我等会还要开会。"

黄明娟："我复职了。"

孙剑平："恭喜你！让你为我受委屈。对不起，班长。"

黄明娟："好了，都过去了。还有一件重要的事。"

孙剑平："什么事啊？"

黄明娟："北京有个珊虹公司，要在我们这里成立分公司。他们昨天已经在管委会登记了。"

孙剑平："怎么了？"

黄明娟："据说这个公司要在咱们市投资，建立一个网校。据说投资额有好几千万呢，是和电大合办的。"

孙剑平："哦，还有这事？"

黄明娟："是啊，听说他们的分公司老总过段时间就要来了，不过我不知道确切的时间。你注意打听一下。我只知道他们老总姓王。"

孙剑平："嗯，谢谢你啊，班长。"

19. 邢小峰公司　日　内

邢小峰："这么说来，电大的业务现在执行不了？"

李秘书："是的。据可靠消息，电大已经落实了一笔巨额投资，原来的计划已经改变了，正在重新制作计划。"

邢小峰："想必剑平也知道这个消息了。嗯，李秘书，通知杨经理他们赶

331

不负青春不负卿

紧到公司开会。"

李秘书："怎么了？邢总，我们是又去争取电大的项目吗？"

邢小峰："当然，一味地退让是要挨打的，当然要争。到底看看究竟鹿死谁手。你马上了解一些详细情况。"

20. 珊虹公司的驻清办事处　日　内

这是一个很大的方形办公室，推开大门正对面就是一个硕大的屏风，上面写着"北京珊虹科技有限公司驻清办事处"几个烫金的大字。屏风的下面是一个接待柜，两个前台接待小姐正坐在下面。

孙剑平和方娜从外面进来。

前台站起来："您好。"

孙剑平一点头："你好，我想请问王总到了吗？"

前台："对不起，王总不在。您有什么事吗？"

孙剑平："那么请问王总什么时候能在呢？"

前台："对不起，这个我们不太清楚。"

孙剑平和方娜相互对视了一眼，孙剑平："小姐，是这样的。我们以前在北京和王总一起共过事，现在得知他要来了，想聚聚。我给你们留下联系方式，王总来了，请转告一下，好吗？"

前台："好的。请写在这里。"说着递过纸笔。

孙剑平接过笔，刚要在纸上写，忽然抬头问方娜："我们定的是明天上午的机票还是后天的？"说着，冲方娜眨眨眼睛。

方娜心领神会："是明天上午的。要不要改签一下。万一要是明天晚上聚会呢。"

孙剑平："算了，他看到字条，会安排的。"孙剑平在纸上唰唰几笔写好了，递给前台，道："小姐，请转告王总，我是明天上午的飞机。"

前台接过纸条，有些为难道："可是王总要明天晚上的火车才能到啊。我恐怕不能及时给您转告了。"

孙剑平一笑，道："那没关系。我自己来联络他好了。再见。"又从小姐手里将纸条拿了过来。和方娜两个人出去了。

两个前台小姐很迷惑地相对看了看。

21. 大街上　外　日

孙剑平和方娜从大楼里出来，孙剑平："方娜，你查一下晚上从北京过来的火车几点到。"

方娜赶紧打电话。

孙剑平抬头看看珊虹公司硕大的招牌，轻轻出了一口气。自语道："真不知道，能和你合作的到底是谁！"

方娜在一旁叫道："剑平出来了。是下午6点到。"

孙剑平叫道："好。"

22. 火车站出口　日　外

显示屏上显示从北京来的火车已经抵达，陆续有人从出站口出来，孙剑平跑到出站口一看围的都是人。

孙剑平转身向旁边的书亭跑去。孙剑平跑到书亭旁，急急道："老板，借支笔，借张纸。"

老板递过一支笔和一张纸。孙剑平一看："这纸太小了，有没有大一点的？"

老板摇摇头："没有了。"

孙剑平左右看看，旁边挂着一张宣传画，孙剑平一把扯了下来，翻过来一看刚好是空白的。

孙剑平拿起笔在上边画了起来"北京珊虹　王总"，老板在一旁急得叫道："唉，你这人怎么这样，我这是卖钱的。"

孙剑平头也不抬："算我买了。"画完，把笔一扔，从口袋里掏出钱包，抽出一张10元扔在柜台上："谢谢你了。"拿起画就跑。

老板："找你钱。"

孙剑平已经跑远了。孙剑平挤过人群将手中的宣传画，反着高高举起来，焦急地看着不停往外走的人群。

方娜从一边挤了过来，站到孙剑平的身边看看孙剑平手中举的东西，笑道："亏你能想得出来。"

两人都朝里张望着。人群越走越少，渐渐地没有了。孙剑平和方娜对视了一下，都很懊恼，孙剑平沮丧地放下手中的画。

方娜："剑平，我们回去再想办法吧。"

孙剑平勉强冲方娜笑了笑，两人转身向外走去，刚刚走到门口。

方娜一指外面，叫道："剑平，你看。"

孙剑平顺着方娜的手指看过去，正是邢小峰一行人簇拥着一个女子正要上车，孙剑平赶紧上前跑了两步，正好看到上车女子的一个侧影。

邢小峰打开车门刚好挡住了孙剑平的视线，没有看到女子正面。车子发动，开走了。

方娜从后面赶上来，道："看清楚了吗？他们接的可能就是王总。"

孙剑平有些疑惑："王总是个女的？我怎么感觉有些面熟。"

方娜："你认识吗？"

孙剑平摇摇头："就是觉得好像见过，但是一时想不起来了，也许是我眼看花了。走吧，我们回去吧。"

23. 酒店豪华包间里　　晚　内

酒店的豪华包间里，已经坐了六七个人了。正对着门的两个主座还空着，单从桌子上面放的各种豪华餐具来看，这是在接待贵客了。

邢小峰和一个时尚的现代白领打扮的女青年走了进来。

众人一见邢小峰等人进来都站了起来。

邢小峰走在前面，为女青年拉开椅子，做了一个请的手势。

邢小峰大声道："各位，让你们久等了，这位就是珊虹公司的王总。"

众人顿时相互交头接耳，有人小声议论道："王总是个女的，还这么年轻。"

邢小峰："来，让我们大家举杯，为王总的到来干杯。"众人纷纷举杯。

邢小峰放下杯子，道："王总也是我们南平人，我还有幸和王总是中学同学。"

邢小峰旁边的一个中年男子站起来道："没有想到王总这么年轻，和邢总还是同学。看来咱们南平是个出人才的地方啊。来，王总，欢迎你的到来。干杯，先干为敬。"

邢小峰一拦道："唉，季总，人家可是女士，又是旅途劳累，随意，随意就好。"又小声对王总道："王佳，你随意就好了。"

王佳冲着邢小峰笑了笑，端起酒杯，柔声道："谢谢你。"说着，喝了一口，道："我也是南平出去的，非常高兴能有机会回来工作，希望大家支持我。谢谢。来，让我们共同举杯吧。"

众人都举杯。

24. 酒店大厅里　晚　内

王佳坐在大厅的沙发上，可能是喝了一点酒，脸红红的。

邢小峰从包间里出来，向王佳走来。看见王佳靠在沙发上，邢小峰一扭头，对服务员道："请端两杯咖啡来。"

邢小峰在王佳对面坐了下来。

邢小峰："怎么了，是不是太累了？"

王佳笑了笑摇摇头："还好。习惯了。"服务员过来为两人送上咖啡。

邢小峰："喝点吧，他们都是当地的头头脑脑，今天大家见个面算是认识了，今后办起事情来，方便。"

王佳："谢谢。小峰，你想得真周到。"

邢小峰："这有什么。"

王佳："唉，小峰，说实话，我还真没有想到你会是新峰公司的老总。真是士别三日，当刮目相看了。"

邢小峰："哪里，我不过是混饭吃。不过当初在学校，可没有想到，你会是现在的样子。应该叫白领丽人吧。"

王佳："什么啊，我不过也是一个打工的。"

邢小峰："那也应该是个高级打工的。对，确切地应该叫金领。"

王佳："算了，别打趣我了。"

邢小峰："唉，王佳，你怎么会到现在这公司了？这么多年你都在哪里？"

王佳："我，简单得很，高中毕业后，勉强上了一个北京的三流大学，后来就又上了研究生。硕士毕业后，正好赶上珊虹招工。就去了。就这样在珊虹一干就是这么多年。好不容易熬到今天的位子。"

邢小峰："你不容易啊，结婚了吗？"

王佳摇摇头。

邢小峰："不好意思。唉，王佳，这么多年你就没有回来过？我们同学聚过好几次，都没有人知道你在哪。"

王佳："回来了两次。上大学后回来过，原来一心想出国，总是不巧，总也没有走成。自从我父母去世后，我就再也没有回来过了。这一晃有三四年了。别老是说我了，你怎么样？"

邢小峰："我还是老样子，我爷爷死后，就我一个人了。还好，这里还有一大帮同学在这里。"

王佳："啊，都有哪些人啊？"

邢小峰："于国庆，班长，剑平，陈丹，杜刚，陈宜欣……"

王佳："杜刚？是我们班的那个杜刚吗？他不是大学没毕业就出国了吗？"

邢小峰："是啊，是去年回国的。现在在扬子江药业当营销部经理。混得不错。"

王佳："是海归派啊。夫人是外国人还是中国人啊？"

邢小峰："这小子和我一样单身。可人家是钻石王老五啊。呵呵。"

王佳若有所思，道："哦，是这样。其他人呢？"

邢小峰："班长，在开发区当一个科长，是个实权派，对了，你公司的所有手续都是要在她那里办的。于国庆在送啤酒，活得随意，他都结婚有孩子了。剑平，孙剑平和人合伙开了一个公司，干得和我完全一样。"

王佳好奇地："哦，什么公司？"

邢小峰："世纪创先公司。陈丹原来在幼儿园，最近身体不好，在家休息。"

王佳："陈丹，还是那么漂亮吗？"

邢小峰："还是。不过……唉，陈宜欣，就是那个芝麻糊，现在是个大律师了。"

王佳："律师，他丢三落四的，能当律师？真的想象不到。唉，小峰，什么时候，约大家聚聚啊。我们一晃都有快十年没有见了吧。"

邢小峰："行。我来通知他们。"

王佳："真不知道，他们现在是什么样子了，还认得出来吗？"

25. 宾馆里　晚　外

王佳已经洗过澡了，趴在床上，看着电脑，电脑屏幕上显示一张高中毕业照。王佳点击着鼠标将照片不停地放大，目光聚集在一个戴着眼镜文质彬彬的少年的脸上，这是少年杜刚，在杜刚的前面站着一个瘦弱的小女孩，正是少年王佳。

王佳将杜刚的头像取下来，放在一起，王佳不由得笑了起来，自语道："真不知道你现在是什么样子了？"

王佳的手机响了，来了一条短信。王佳打开一看"你有好友上线。"

王佳："我来了。"说着将电脑连上网线，刚刚打开 QQ，就看到急促跳动的小企鹅。王佳将头像点击开，屏幕显示短信："你去哪里了？怎么总不见你。"清晨有约。

"你没有出什么事情吧？有空联系啊。"清晨有约。

"你不是说要去外地工作吗？去了吗？"清晨有约。

……

王佳笑了笑，赶紧回答。

"对不起，我这几天有点忙。我已经来到分公司了，就是我原来的故乡。"一水佳人。

"真的。有那么巧？"清晨有约。

"是啊，更巧的是，接我的就是我中学同学。"一水佳人。

"那太好了，老同学见面格外亲热啊。呵呵。"清晨有约。

"^_^，更巧的就是，我知道他的下落了，他居然也在这里。"一水佳人。

"谁啊？"清晨有约。

"我整整暗恋了他三年的人啊。"一水佳人。

"???? 你会暗恋别人????"清晨有约。

"7456。怎么不会！！！原来他可是我们班的才子，成绩又好，长得又帅，家里条件又好，多少女生的梦中情人啊。"一水佳人。

......

26. 邢小峰办公室里　日　外

邢小峰坐在办公桌后面，正在打电话。

邢小峰："杜刚，就是这样巧，我也不知道接的居然是王佳，对，就我们班的。你通知一下陈丹，我就不打电话了。周六下午5点月亮湾大酒店。好，就这么说，再见。"

邢小峰放下电话，刚刚拨了孙剑平的电话，想想又挂上了。

邢小峰拨黄明娟的电话："班长吗？我是小峰啊。"

......

邢小峰："班长，你知道吗？珊虹公司的王总就是王佳啊，原来我们班的王佳。……对，就是她。……周六下午5点月亮湾大酒店，我们聚聚。……唉，班长，你能通知一下剑平吗？"

邢小峰："我刚才想给他电话来着，想想又没有打。……对了，我通知他，估计他不来。他听你的…… 对，你和他说吧……就这么说了，周六见。"

邢小峰接着打电话。

27. 孙剑平公司里　日　内

孙剑平正和方娜相对而坐。

孙剑平的手机响了，孙剑平接电话。

孙剑平："班长。有事吗？"

......

孙剑平："什么，同学聚会？"

......

孙剑平："周六啊。我来看看。哦对不起，周六我和方娜要出差。麻烦你和王佳说一声，下次我请大家。拜拜。"说完，孙剑平就挂上了电话。

方娜："剑平，同学聚会，为什么不去啊？"

孙剑平："没意思。什么同学不同学的，一个抢我的公司一个抢我的老婆。这样的聚会不参加也罢。"

方娜："可是，你这样，让黄科长多没面子。"

孙剑平摇摇头，道："我们还是来讨论一下这个方案吧。"说着指了指手里的卷宗。

方娜苦笑摇摇头。

28. 陈丹家里　日

杜刚和陈丹正在客厅里，两人面前放着一大堆的图片和资料。

陈丹："杜刚，你带的资料我都看了，你让我再想想好吗？"

杜刚："不着急，你先把身体养好。我已经托国外的一些同学，帮我收集一些资料了。"

陈丹低头看资料，露出一丝笑容。

杜刚看得有些痴了，陈丹一抬头，杜刚赶紧扭开头，掩饰道："陈丹，王佳，我们班的王佳你还记得吗？"

陈丹点点头道："记得啊，是那个瘦小瘦小的个。"

杜刚："她现在是珊虹公司的老总了，就是邢小峰的一个大客户。刚刚回来，说周六下午 5 点在月亮湾大家聚聚。"

陈丹："剑平，也去吗？"

杜刚："我想去吧。"

陈丹："那我不去了。你就说我身体不好得了。我想好好看看这些资料，说不定我真会开个店啊。"

杜刚冲陈丹一笑。

339

29. 孙剑平公司　日　内

方娜和孙剑平正在讨论着。

秘书进来。道："孙总，您的同学来找您。"

黄明娟从后面出现："剑平，现在想见你就这么难啊？"

孙剑平赶紧站起来道："班长，你哪里的话。你怎么来了？"

黄明娟："我就知道打电话没用的。"

方娜："黄科长，你快请坐。剑平，我们回头再谈吧。"

黄明娟："不用了，方娜，我就几句话，说完就走。剑平，我问你，周六的聚会，你真的不去吗？"

孙剑平："不是，我不是要出差吗？"

黄明娟摇摇头，道："珊虹的王总就是王佳。你自己估量吧。好了，不打搅你们了。我走了。"说完，掉头出去了。

孙剑平："班长，我……"

方娜："黄科长，您慢走啊。"还没有等方娜追出门去。黄明娟已经走了。

方娜回过头来："剑平，我觉得你对黄科长是有点过分了。"

孙剑平："唉，我，我不过是不想她再被我牵连。"

方娜："那你还去参加聚会吗？"

孙剑平："去，怎么不去。为了公司的业务也要去。"

30. 月亮湾大酒店　日　内

这是自助餐厅，大家可以来回走动。

王佳端着酒杯来到杜刚的面前道："杜刚，你和以前没有什么变化啊。还是那么帅气。"

杜刚哈哈一笑："王佳，你和以前变得就大了，我们这么多同学怎么都没有发现，你以前有这么漂亮啊。你们说是不是啊。"

众人齐声道："是啊，王佳，你真是女大十八变。变得我们大家都不敢认了。"

邢小峰："早知道你有这么漂亮，校花就不送给陈丹了，送给你了。哈哈。"

王佳道："咦，陈丹怎么没来，她不是在本地吗？"

邢小峰："杜刚，我不是让你通知陈丹了吗？"

杜刚："她身体不好，本来是要来的，可是医生让她休息。对了，王佳，陈丹特别让我代她向你问好。说等她身体好了，一定再聚。"

于国庆："就是，就是，一定要再聚，要不我们总不能老聚不齐啊。"

孙剑平只是端着酒杯看着大家说笑，并不上前。

杜刚端着酒杯从人群中向孙剑平走过来。杜刚在孙剑平面前站定，道："她身体还可以，没什么，我和她说了，可她不愿意来。"

孙剑平呆了呆，忽然笑了一下道："那就多劳累你了，不过，我想你是乐意的。"说完掉头就走，刚刚走了两步，正好邢小峰撞个满怀。

邢小峰："剑平。"

孙剑平看着邢小峰，两人对视了几秒。

孙剑平："我们总能碰上了啊，老同学。"

邢小峰一语双关："是啊。谁让我们的缘分难解难分啊。"

孙剑平："咱们这是不是叫作狭路相逢啊？"

邢小峰盯着他看，没有说话。

孙剑平哈哈一笑："开句玩笑，不要当真啊。"说完，端着酒杯和别人说话去了。

王佳一直在旁边，注意到了刚才几个人之间的态度。

邢小峰有些尴尬地一笑。

王佳有些纳闷。

31. 陈丹家中　晚　内

陈丹正在翻看着杜刚送来的材料，忽然手机响了，陈丹顺手接通了电话，喂了一声，可是半天都没有人说话。

陈丹有些纳闷，道："喂，说话啊。"

电话那头传来了孙剑平的声音："你好吗？听说你身体不好。"

陈丹："剑平？多谢关心，我挺好的。"

孙剑平："能约你出来谈谈吗？"

陈丹："谈什么？我们有什么好谈的？"

孙剑平："我……"

陈丹："你还有事吗？没事我挂了。"

孙剑平："你现在工作怎么样了？安排了吗？我能做点什么吗？"

陈丹冷冷地说道："没有必要。"陈丹"咣"的一声挂上了电话。

32. 陈丹家不远的公话亭　晚　外

孙剑平呆呆地握着电话筒，看着陈丹家亮灯的窗口。

第十五集

1. 奇奇幼儿园办公室里　日　内

孙剑平正坐在园长的对面。

孙剑平："园长，我所说的陈丹老师的情况没有一点夸张，你可以去她原来工作的幼儿园打听一下。"

园长："这个我知道，我们和陈老师面谈的时候，就已经核实过了。"

孙剑平："园长，您看，现在问题的关键是，陈丹老师不愿意离开这里，不是不愿意到你们分园去。您看能不能这样，让陈丹老师先在你们总园工作，反正你们这里也是需要老师的，我慢慢做她的工作，我相信用不了多长时间，她会服从你们的安排的。"

园长："这个学期，我们有两个老师休产假，确实需要增加人员，但是，小伙子，你凭什么能保证，陈丹老师到时候能服从我们的安排？"

孙剑平："因为，因为，我是她的前夫。"

园长："哦？"

孙剑平："虽然我们分开了，但是对她我是了解的，她非常非常热爱幼儿教育，而且她会是一个非常优秀的幼儿老师的，请您相信我。"

园长看着孙剑平道："好吧。那就让陈老师先来教这个学期吧，但是，小伙子，话我可要说在前面了，如果到时候需要她去分园，她又不能服从的话，我们就不能继续聘用她了。"

孙剑平惊喜道："谢谢园长，谢谢园长。"

2. 珊虹公司办事处　日　内

王佳坐在办公桌的后面，面前放着两个资料袋。王佳皱着眉头，按下桌上的对讲铃："武秘书，你进来一下。"

一会儿，秘书武进来了。

　　王佳："你帮我安排一下，明天下午，我想和新峰的邢总和世纪创先的孙总分别谈谈。"

　　武："好的，王小姐。"

　　王佳叹了一口气，将两个资料袋合上了，想了想从包里翻出一张名片"泰州药业营销部经理　杜刚"，看着名片王佳笑了。

3. 杜刚公司　日　内

　　王佳站在杜刚公司门口顿了顿。看着公司大门不由得笑了笑。进去了。

　　王佳在前台接待处。王佳："你好，我找杜刚先生。"

　　前台："对不起，杜经理外出不在，请问您预约了吗？"

　　王佳："没有。"

　　前台："请问你有什么事吗？"

　　王佳："没什么。我是杜经理的同学，路过这里顺路看看他，不在算了。"

　　前台："请问小姐，您贵姓？等杜经理回来方便转告。"

　　王佳："我姓王。"说完，冲着门房前台笑了笑走了。

　　身后两个前台小声议论着："杜经理的同学怎么都这么漂亮啊。一个比一个漂亮。"

　　"杜经理就是总交桃花运。"

　　议论声传到王佳的耳朵里，王佳毫不在意地笑了笑。

4. 孙剑平的办公室　晚　内

　　已经没有员工上班了。孙剑平在里面紧张地工作着。

　　方娜从外面进来道："剑平，你怎么还不走？可够敬业的啊。唉，你在忙什么啊？"

　　孙剑平从电脑前抬起头，道："方娜，我认真看了看你的项目分析，越看越觉得，这个分析真是太好了。方娜，你这 MBA 可就是不一样啊。"

　　方娜："别给我戴高帽子啊。好了，不早了，回去休息吧。明天再看吧。"

孙剑平摇摇头："你先走吧。我想今天把这几段再好好琢磨一下。"

方娜凑过来看了看电脑屏幕，道："搞完这个，连出租车都没有了。"

孙剑平："我就在办公室里凑合一下算了。"

方娜顿了顿："剑平，这样不行，不休息好，会妨碍你第二天的工作的。"

孙剑平："没事。"

方娜："这样吧，剑平。我看你还是不要住得那么远了，再说，你那里连上个网都不方便。不如我在公司旁边给你找个住所。怎么样？"

孙剑平想了想："也好，省得我回去晚了，国庆他们总是等我。"

方娜："那我明天就办。"

5. 王佳办公室　日　内

王佳在会议室里，邢小峰带着助手老吴进来了。

王佳："邢总，你好。请坐。"

邢小峰："王佳，别这么客气。叫我小峰听着舒服。"

王佳笑了笑："好，小峰。我们就开门见山。关于电大的项目我想听听你的看法。"

邢小峰从包中拿出一叠资料，递给王佳："也没有什么看法。我们的宗旨就是少花钱多办事。"

王佳微笑着听着邢小峰描述，邢小峰讲得头头是道，手舞足蹈的……

终于，邢小峰讲完了。

王佳笑着道："完了？"

邢小峰："完了。王佳，你看怎么样？"

王佳："我初来乍到，情况还不太了解，不方便发表什么议论。我将认真考虑你的建议。然后，我会和你联络。"

邢小峰显示出一丝失望，随即笑道："那当然了。好了，那我就告辞了，有什么吩咐，随叫随到。"

王佳："再见。"秘书进来引邢小峰出去。

6. 王佳公司门口　日　外

邢小峰夹着包正低头往外走，助手老吴跟在后面正和邢小峰说着什么，邢小峰一个不留神和正要进来的孙剑平和方娜撞个满怀。双方都是一愣。

邢小峰："剑平，真巧，你们也来了。"

孙剑平："是啊，是够巧的。"

孙剑平笑眯眯地竟然让邢小峰不知道说什么好了。

孙剑平："再会，改天一起喝茶。"

邢小峰："再会。"

从表面上看来，好像是再正常不过的两个人的相互打招呼。

对于孙剑平的做法，邢小峰一时都没有反应过来。等孙剑平和方娜上了电梯了，邢小峰还愣在那里。

7. 王佳办公室　日　内

王佳还是刚才的位置，甚至姿势都没有变。唯一改变的就是刚才对面坐的人由邢小峰变成了孙剑平和方娜。

孙剑平和方娜坐在刚才邢小峰坐的那个位置上。

王佳像刚才一样笑着道："孙总，方总，你们好。请坐。"

孙剑平："王总，你好。"

王佳的脸上掠过一丝不易察觉的神情，道："我们就开门见山吧。关于电大的项目我想听听你们的看法。"

孙剑平从包中拿出一叠资料，递给王佳："我们基本遵循原来的设计，在程序上做了一些调整和增加，让系统具备更强的兼容性。"

王佳微笑着听着孙剑平描述，孙剑平讲得不多，分析得有条有理，方娜并不说话，在一边静静地听着……

很快，孙剑平讲完了。

王佳笑着道："完了？"

孙剑平："完了。不知王总意下如何？"

王佳："我初来乍到，情况还不太了解，不方便发表什么议论。我将认真考虑你的建议。然后，我会和你联络。"

孙剑平一愣，随即笑着："那好，我们就先告辞了，如果有什么需要，请随时通知我们。"

王佳笑着点点头，秘书进来，引孙剑平他们出去了。

8. 王佳公司门口　日　外

孙剑平和方娜从王佳公司里一出来，孙剑平左右看看，突然兴奋地对方娜："方娜，机会来了。我们的机会来了。"

方娜："你是说珊虹的项目吗？我不认为。"

孙剑平笑眯眯："为什么？"

方娜："这个项目太大了，不仅包括校园网的建设，而且还要和全市的教学点进行局域网内的实时在线点播，还有这些课程的收集储存，不仅工程量大，工程时间长，占用的资金和所需的技术，都不是我们能承受的。虽然有你的同学在里面，但是所要付出的代价也是惊人的。与其在这上面花费精力，不如搞一些我们力所能及的事情。"

孙剑平："你说得没错。就是因为这样，本地的一般公司才不敢来竞争。你想邢小峰多精的一个人，他既然敢来，说明，他有把握能解决这些问题。但是他的那套我们都熟悉，何况他还是我教出来的。所以他能解决的问题，我们也一定有把握能解决。更何况，全市这样的公司不就这么几家吗？"

方娜："但是，你想过没有，珊虹会从外地找公司吗？"

孙剑平："我认为不太可能。正是因为这个项目过于庞大了，后期的技术服务就是一个巨大的问题，如果外地公司过来，珊虹凭空就要付出很多售后服务的费用。更何况，如果我们解决不了的问题，放在哪个地方都是个问题，别人轻易也解决不了。如果让一些大公司来做，估计造价就要翻一番都不止了。"

方娜摇摇头："你说得虽然有道理，但是这些问题，哪是我们轻易能解决得了，这样做划得来吗？"

孙剑平："划得来，当然划得来。"孙剑平又顿了顿，仿佛自言自语地：

"只要有机会能把他搞下去，再大的代价都划得来。"

方娜看了孙剑平一眼，没有说话。

9. 于国庆家　　日　　内

孙剑平收拾好了行李，非常简单就是一个箱子和一个包。孙剑平最后环顾了一下小屋。

孙剑平轻轻地带上门。

于国庆已经在院中了。于国庆没有说话，只是上前拎起孙剑平的包，向门口走去。

孙剑平拉起箱子，看了看小院子，孙剑平感到有些奇怪，除了于国庆以外其他人都没有看见，就连平时最黏他的小青，也不在。房间里正在放电视，也不知道是不是在看电视。孙剑平在院中站了一会儿，叹了口气，向门口走去。

于国庆已经将行李放在出租车上了。

孙剑平拉着箱子走过来，于国庆也不说话，掀起车后盖，将箱子放在后备箱里。

于国庆刚要盖上车后盖，孙剑平忽然伸手拦着了，眼圈有些红，声音有些颤抖道："国庆，我……我走了，这段时间多亏你了。"

于国庆看了孙剑平一眼，拿开孙剑平的手，盖上车后盖，道："有什么亏不亏的，你是房客，我是房东。对了，咱们亲兄弟明算账，五个月的房租是五百块，再加上借给你的一千元，一共是一千五百块钱，你还没有还给我呢。"

孙剑平一愣，随即脸一红，从口袋中掏出钱包，拿出一叠钱放在于国庆的手中哽咽："兄弟，是你真正理解我啊！"

于国庆笑了笑，数出一千五百块，将其他的放回孙剑平的钱包，道："亲兄弟明算账。我们两清了。"

孙剑平猛地拍了拍于国庆的肩膀，没有说话。

于国庆一笑，打开车门，将孙剑平往里面一推，道："兄弟，不管怎样。有空回家坐坐。"说完，关上车门，对司机道："走吧。"

孙剑平眼圈一红，出租车慢慢开动了。

于国庆站在门口看着，车内的孙剑平猛地捂着自己的脸，半天没有抬头。

10. 孙剑平的住处　日　内

这是一个一居室的房子，房子不大，但是干净，各种设施齐全，推开窗子就是一个街心花园。

方娜和孙剑平推门进来，孙剑平将行李往地上一放。

方娜："就是这了。"

孙剑平："不错嘛。"说着推开窗子。

方娜："你烦闷的时候还可以下去散散步。"

方娜："满意吗?"

孙剑平里外看看，道："太满意了，方娜，谢谢你。"

方娜："谢什么，你休息得好，就能更好地工作，我就可以得到更多的收益。"方娜转身打开一个柜子，从柜子里面拿出一个纸盒。纸盒很大，外面还包装着一层彩纸，系了一个大大的蝴蝶结。方娜将纸盒放在写字台上，道："剑平，为了庆贺你的乔迁之喜，我送你一样礼物。"

孙剑平："什么啊?"

方娜："你打开看看就知道了。"

孙剑平疑惑地打开纸盒，原来是一个电脑笔记本。孙剑平惊喜地："你怎么知道我想要一个……"

方娜："我能掐会算啊。看看还喜欢吗?"

孙剑平一边打开笔记本，一边高兴地连连道："喜欢喜欢，太好了。谢谢啊。"

看着孙剑平高兴的样子，方娜露出了会心的笑。

方娜："剑平，你先试试电脑，我出去一会儿，等会儿再来。"

孙剑平头也没有抬，道："你有事忙你的吧。"

方娜开门出去了。

11. 陈丹家里　日　内

陈丹和爸爸妈妈正围着饭桌吃饭。

陈爸爸和陈妈妈不停地将菜夹给陈丹。陈丹连声道："爸，妈，我再这样吃，就要减肥了。"

陈妈妈："傻孩子，减什么肥。多吃点身体才会好。看你这两年把自己折腾的。"

陈丹吐了吐舌头，低头吃饭。忽然电话响了，陈丹刚要起身接电话，陈妈妈："你好好吃饭，我来接。"

陈妈妈："喂。丹丹？她在吃饭。小杜吧。"

陈妈妈："好的，我告诉她。"陈妈妈笑眯眯地回到餐桌上。

陈丹："妈，什么事情把你乐的，刚才是谁啊？"

陈妈妈："是小杜。说等会过来接你去看一个什么歌剧，让你多吃点。"

陈丹："还吃啊，再吃我就走不动了。"

陈妈妈："丹丹，我看这个小杜不错。唉，老头子，你看呢？"

陈爸爸："孩子的事，让她自己考虑。"

陈丹："妈，爸，你们再说这个，我就不吃了。"

陈妈妈："好好，不说了。"

正说着，电话响了，陈妈妈说："准是小杜来的。"

陈妈妈接电话："喂，是，你等一下。"

陈妈妈将电话递给陈丹道："找你的。"

陈丹随口问道："谁啊？"

陈丹接过电话："喂，我是陈丹。"

陈丹："您好。请问您有什么事情吗？"

陈丹："请让我考虑一下好吗？"

陈丹放下电话，回到饭桌边。陈妈妈问道："丹丹，这是谁啊？"

陈丹："是一家合资幼儿园，请我去当老师。"

陈妈妈："这挺好啊。"

陈丹顿了顿："我不打算去了。我想还是自己做点事情吧。"

陈妈妈："你不是很喜欢干这个的吗？合资的待遇又好，为什么不去啊？"

陈爸爸："孩子的事，你让孩子自己决定吧。"

12. 孙剑平的住所里　晚　内

孙剑平正全神贯注地在玩笔记本电脑。

方娜拎着两大包东西轻轻推门进来，见孙剑平还是刚才的样子，完全被笔记本吸引了，笑了笑，放下东西，进厨房了。

方娜给孙剑平购买了很多生活用品，一样一样地放好，又将许多食品放入冰箱，回到卧室里一看，孙剑平还埋头在电脑前。方娜笑着摇摇头，回到厨房，开始准备晚餐。

不一会儿，方娜就做好几个菜，放在客厅的餐桌上，方娜又细心地摆好餐具，拿了两罐啤酒放在桌上。

方娜满意地看了看餐桌，来到卧室，站在孙剑平的身边。

孙剑平丝毫没有察觉。

方娜忍不住敲敲桌子，孙剑平这才惊觉："怎么了？方娜。"

方娜笑笑指指手表，没有说话。

孙剑平一看电脑，叫道："啊，都八点了。怎么这么快。"

方娜："该吃饭了。"

孙剑平："好，我请你吃饭吧。"说着，将电脑关上了。

方娜笑笑，转身来到客厅，在餐桌旁坐下来。将啤酒打开。

孙剑平从里面一出来，叫道："啊，做好了，这么多菜！都是你做的吗？"

方娜："是啊，来尝尝我的手艺。"说着递过来一双筷子。

孙剑平接过筷子尝了一口，道："嗯，真不错。"

方娜又递过来一罐啤酒，道："来，恭贺你的乔迁之喜。"

孙剑平看了看方娜，接过啤酒，道："谢谢你啊，方娜，真是太麻烦你了。"

方娜瞥了孙剑平一眼："麻烦什么啊。"

13. 杜刚的车内　晚　外

杜刚一边开车，一边扭头对陈丹："陈丹，今天的歌剧怎么样？"

陈丹擦擦眼睛，道："真是太感人了。"

杜刚："不会吧，陈丹，一个歌剧让你感动成这样，到现在还在为伊落泪。"

陈丹有些不好意思："没有——就是嘛。"

杜刚："陈丹，你不要这样悲悲切切的，等会阿姨和叔叔看见了，还以为是我欺负你了。"

陈丹："我哪有。"

杜刚："没有？那你笑一下。"

陈丹："讨厌，刚刚看完这么凄惨的故事，哪里笑得出来。"

杜刚："那，我给你讲个笑话吧。这可是我的亲身经历啊。还是我们在高中的时候，有个女生在课堂传递给我一张纸条，上面写着：'我很喜欢你，我想跟你交朋友，如果你喜欢我，我们晚上一起去吃饭，请你写上地址传给我，如果你不喜欢我请打开窗户，将它扔了。'我不假思索，唰唰就写好了。回头一看女生满面绯红，娇羞地低下头。我迅速把纸条传递回去，再回头看，女生已经脸都变白了！你猜我写的什么？"

陈丹："我猜不到。"

杜刚："我写的是：'窗户的插销坏了，我打不开。'"

陈丹忍不住扑哧一声笑了出来。

杜刚也笑了起来。

14. 陈丹家里　晚　内

陈丹妈妈和陈丹爸爸正坐在家里看电视，门铃响了。

陈妈妈去开门，门口是王佳拎着一个礼品盒站在那里。

陈妈妈："你找谁？"

王佳："请问，这是陈丹家吗？"

陈妈妈："是啊，你是？"

王佳："你好，阿姨，我是陈丹的同学，我叫王佳。"

陈妈妈："是丹丹的同学啊，快进来，快进来。"说着将王佳往里面让。

王佳边进来边问："阿姨，陈丹在家吗？"

陈妈妈："哦，丹丹去看什么歌剧去了。就快回来了。"说着，给王佳倒了一杯水，道："以前怎么没有见过你啊？"

王佳："我一直在外地，刚回来，听说陈丹的身体不好，我给她带了一点补品。"说着将礼品盒递上。

陈妈妈："哎哟，你这孩子，好不容易来一次，带什么东西啊。"

王佳："没什么的，只是一点小意思，既然陈丹不在，我改天再来吧。"

陈妈妈："那怎么行，丹丹一会儿就回来了，刚才还打电话说要我给她准备消夜，一起吃了再走啊。"

正说着，外面有人笑着开门，陈妈妈："可能是丹丹回来了。"

门开了，陈丹从外面进来。陈妈妈："丹丹，你可回来了，你的同学来了。"

陈丹笑着问："是谁呀。"

王佳从一旁绕出来，喊道："陈丹。"

陈丹惊喜地叫起来："王佳。你真的是王佳？"

王佳："是啊，原装的。"

陈丹："王佳你真是越来越漂亮了，漂亮得我都不敢认了。"

陈妈妈："丹丹，不要让同学站着说话，你们聊着，我给你们做点消夜。"

陈丹："妈妈，不要做了，我们买了。"

正说着，门外有人喊道："陈丹，开下门。"

陈丹跑过去开门。杜刚捧着一大推东西站在门口。

杜刚："陈丹，快接一下。"

陈丹："唉，慢点。"说着从杜刚手里接过东西："杜刚你猜谁来了？"

杜刚进来："不知不觉就…… 王佳！"

王佳从听到杜刚的声音起脸色就有些变化，看到杜刚和陈丹一家人如此熟悉，再迟钝的人也该看出杜刚和这家人的关系不一般了。

王佳笑得有些勉强："杜刚。"

杜刚："真的是你。真没想到。唉，上次是你去公司找我了吧？"

王佳："是啊，我顺路。"

陈妈妈将东西接过去，陈丹："杜刚，你和王佳先聊，我来帮妈妈准备消夜，等会我们边吃边聊。"

王佳："哦，不用了。陈丹，我还有事，下次吧。"

陈丹："怎么刚来一会就走了，我听杜刚说了，你现在很了不起了。"

王佳看了杜刚一眼，道："没什么了不起的，我还有个约会，再耽搁就迟到了。下次我们约好了再聊。"

陈丹刚要说话，杜刚："那这样，王佳，你今天先忙，改天我来安排，要不让丹丹和你好好聊聊，她能睡不着的。"

陈丹白了杜刚一眼："那当然，我和王佳有十多年都没有见了。当然要好好聊聊。"

王佳："好的，改天再约，不耽搁你们了。再见。"说完，匆匆地走了。

等王佳走了好一会儿，陈丹才疑惑地："杜刚，王佳是不是误会了？"

杜刚："误会什么？"

陈丹："她一看你在这里，就走了，还说什么不耽搁我们了。"

杜刚哈哈一笑："陈丹，我发现你有的时候，也挺复杂的嘛。误会又怎么样，不误会又怎么样。"

陈丹："杜刚，我……"

杜刚："陈丹，难道你不欢迎我？"

陈丹："当然不是，不过……"

杜刚："那不就行了，没有那么多不过。我们这么多年的老同学了，我们经常在一起，你开心，我也开心。再说了，就算我别有用心，我在追求你，那又有什么不对的？我们不妨碍他人，不影响社会，我们有权利做我们自己喜欢做的事。陈丹，你真没有必要想那么多。"

陈丹："杜刚。"

正在这时，陈妈妈端着两个碟子出来了："丹丹，消夜好了，让你的同学过来吃点。"

353

不负青春不负卿

杜刚对陈丹笑了笑，走上前，接过碟子，道："阿姨，王佳她有事先走了，我们自己吃好不好？"

陈妈妈："好。好。丹丹别愣在那里了。"

陈丹看着杜刚，笑了，眼中掠过一丝光彩。

15. 孙剑平的住处　晚　内

孙剑平埋头在电脑前，揉揉眼睛，孙剑平疲倦地从椅子上站起来，来到窗前，推开窗子，晚上，街心花园里还有不少人，或乘凉聊天，或散步，都显得很悠闲。

孙剑平看了看关上门出去了。

16. 大街上　晚　外

做了这么一番好事，孙剑平的心情显然很好，暂时不想回去，慢慢地走着，旁边两个女孩从后面超了过去。两个女孩，正在吃爆米花，一阵很香的味道飘过来，孙剑平不由得向女孩看去。一个女孩和陈丹一样留着一头长长的头发，一阵风吹过长发飘飘，很是好看。

（回忆：陈丹也很喜欢将长发散下来，和孙剑平逛街的时候也经常喜欢吃爆米花。）

孙剑平忽然伸手拦了一辆出租。

孙剑平上出租车。出租车往陈丹父母的住所开去。

17. 陈丹家外面　晚　外

陈丹家住在一个小区里，小区不大，但是很精致。孙剑平慢慢走过来。孙剑平拿出电话，犹豫了半天，还是拨通了陈丹的手机。

电话里传来的陈丹的声音："喂，哪位？"

孙剑平："是我。"

两人一时无语，都不知道说什么好。

孙剑平："你能出来一下吗？我就在门口。"

陈丹："有事吗?"

孙剑平："你出来再说。"说完，挂了电话。

陈丹愣了愣，轻叹了一口气，还是换上衣服出去了。

一会儿，陈丹从楼道口出现了，孙剑平冲着陈丹招了招手。

陈丹慢慢地向孙剑平走过去。

陈丹："什么事你说吧?"

孙剑平看了看陈丹道："最近去上班了吗?"

陈丹摇摇头。

孙剑平有些诧异问道："怎么? 你没有去?"

陈丹："去什么?"

孙剑平："奇奇幼儿园啊，你没有接到通知吗?"

陈丹："接到了。"

孙剑平："那你为什么不去呢?"

陈丹："我不想麻烦别人。"

孙剑平："丹丹。"

陈丹："请叫我陈丹。"

孙剑平："好，陈丹，你为什么不去? 你不是喜欢幼儿园吗?"

陈丹："不想去，不为什么。"

孙剑平："丹丹，你不能整天这样闷在家里，会闷坏的。"

陈丹："哦，你怎么知道我是闷在家里? 我闷在家里关你什么事?"

孙剑平不由自主地提高了嗓门："丹丹，你怎么还是这么孩子气啊!"

陈丹有些委屈道："我孩子气，要你管了? 以前你就凶我，现在还这么凶我，你凭什么呀你。"说到后面陈丹都带着哭腔了。

孙剑平有些慌了："对不起，丹丹，我不该这么和你说话，可是你知道我费了很大的劲，才说服了园长，让你在他们总部工作的。"

陈丹："我的事不用你管。"

孙剑平一愣道："丹丹，你还在生气吗? 好了好了，我错了还不成吗?"

陈丹冷笑了一声道："你错哪了?"

孙剑平一时呆住了，不知道该如何说。

陈丹看了孙剑平一眼，转身走了。

18. 陈丹家小区的出口处　晚　外

孙剑平无精打采地一个人走着，忽然杜刚的车迎面开来。

孙剑平往路灯柱后面一躲，以免被杜刚发现。

借着路灯，可以看见杜刚一边听着音乐一边开车，显得心情很好的样子。

孙剑平看着杜刚的车，慢慢地停在陈丹家的门口，隐约可以看到杜刚身穿一身白色的休闲服，正向陈丹家的方向走去。

孙剑平突然愤怒起来，头一扭怒气冲冲地走了。

19. 大街上　晚　外

孙剑平先是走得很快，越走越慢，终于，孙剑平蹲在路边不动了。

马路对面一个酒吧，传来一阵阵的音乐声。

孙剑平站起来，向酒吧走去。

20. 酒吧里　晚　内

人挺多，孙剑平往里面走，忽然有人喊："孙剑平。"

孙剑平扭头一看，在墙角的一张桌子后，正坐着王佳。原来王佳从陈丹家出来后，正在此喝酒解闷。

孙剑平向王佳走去。

孙剑平："王佳，这么巧。"

王佳："我路过，顺便来坐坐。你常来这吗？"

孙剑平："我也是路过，来坐坐。"

王佳："一起喝一杯吧。"

孙剑平点点头，一伸手示意 BOY 过来拿酒。

王佳将手中的酒一饮而尽，也伸手要了一杯酒。

孙剑平："女孩子，喝那么多酒干什么。"

王佳："酒是个好东东啊，古人不都说，何以解忧，唯有杜康吗？这么好的东东，为什么只能男人享用，不能女人享用。来，剑平，干。"

孙剑平："也对，现在社会变了，什么东西都变了，古人还说什么痴情女子，负心汉。现在哪还有。"

王佳把酒杯往桌子上重重一放，道："怎么没有？什么都变了，就是这个没有变。"

孙剑平替二人倒上酒，独自喝了一杯，道："王佳，人家都说，女人心，海底针，不可琢磨。你是女人，你能告诉我，是这样的吗？"

王佳："也是，也不是。女人想得多，想得深。可是男人的心想得很多很深。要不然怎么能有居心叵测一说，不确切地说，应该是人心叵测。"

孙剑平："好，对，是人心叵测。"

王佳举杯："来，让我们为人心叵测干杯。"

21. 酒吧里　夜　内

王佳和孙剑平已经喝了很多酒，两个人面前已经空了好几个瓶子了。

王佳醉醺醺地："剑平，你相信一个人能在心里默默地爱另一个人很多很多年吗？"

孙剑平（同样醉醺醺地）："我怎么不信！我当然相信了。有人可以爱很多很多次，左一个右一个地爱，可是我不行，我只能爱一个。"

王佳："我也不行。我也只能爱一个。看到他，我什么都可以放弃。"

孙剑平："我们同病相怜。来喝。"孙剑平拿起酒瓶倒了两下都没有倒出来，摇摇酒瓶没有酒了，孙剑平大声喊道："BOY，拿酒来。"

BOY："对不起，先生，我们打烊了。改天再来喝吧。"

王佳："什么破酒吧啊。客人没有喝好怎么能打烊呢！"

孙剑平："王佳，和你喝酒真痛快，我刚搬了新家，到我那里喝去。"

王佳："Good idea！走。剑平，今天不醉不归。"

22. 孙剑平家里　夜　内

孙剑平和王佳相对坐在地上。面前放着一大堆酒杯。两人你一杯我一杯。

孙剑平端起酒杯："来，干杯。"

王佳："我不喝了，我再喝就会胖了。"

孙剑平"咚"地放下杯子道："胖，你们女人怎么就担心胖。我告诉你吧，其实男人只是欣赏苗条的女人，但是最喜欢就是抱着丰满的女人了。"

王佳："难怪，她比我丰满。所以还是比较喜欢她。切，什么还是，根本就没有给我机会去比较。"说着，王佳突然哭了起来。

孙剑平摇摇晃晃地过来，扶着王佳，王佳扑到孙剑平的怀里失声痛哭。

孙剑平抱着王佳："别哭，你总喜欢哭。哭多了身体不好啊，不哭了。啊。"

23. 孙剑平家里　早　内

阳光从窗外照进来，照在孙剑平的脸上，孙剑平醒了，孙剑平揉揉太阳穴，摇摇头坐起来。忽然，孙剑平一个激灵，赶紧掀开被子，看看自己的外衣已经脱掉了，扔在椅子上，内衣还穿得好好的，长出了一口气，又靠了一会儿，从床上下来，到客厅里一看，满地的酒杯和酒瓶都扔在地上。

孙剑平在卫生间、厨房里，到处找找都没有人。

孙剑平懊恼地往床边一坐，猛地一捶自己的脑袋，长叹了一声。

24. 孙剑平公司里　日　内

孙剑平在低头看东西。

方娜过来，一拍孙剑平的肩膀道："剑平，你怎么了？脸色不好。是不是晚上加班了？"

孙剑平低头不抬头："哦，没有，没有。没睡好吧。"

方娜："你没事吧？是不是住得不习惯？"

孙剑平仍然低头："不是，只是，晚上咖啡喝多了。"

方娜做明白状："哦，等你习惯就好了。看你样子，还以为你是晚上干坏事去了。"

孙剑平一惊："方娜。"

方娜："对不起，开玩笑开玩笑的。"

25. 陈丹家中　日　内

陈丹坐在书桌后，面前放着一大堆资料和各种图片。桌上的电话响了。

陈丹："喂，杜刚。"

电话里传来杜刚的声音："丹丹，我今天有点事情，不过来了。"

陈丹："没关系，你忙你的吧。"

杜刚："丹丹，关于开店的事情你想得怎么样了？"

陈丹："嗯，杜刚，我正好想和你说这个事情。"

杜刚："怎么了？"

陈丹："我想好了，我要开个美容院。"

杜刚："好啊，你决定了？"

陈丹："决定了。"

杜刚："好，就叫丹丹形象设计室，怎么样？"

陈丹："丹丹形象设计室。嗯，好，就叫这个名字。"

杜刚："我明天请个设计师来帮你规划一下。"

陈丹："太好了。"

杜刚："那你早点休息吧。拜拜。"

26. 陈丹家中　晚　内

陈丹正在房间里，看着一张效果图，不由得笑出声来。

陈妈妈和陈爸爸敲门进来。陈妈妈递给陈丹一个存折道："丹丹，这是我和你爸的积蓄，你拿去，做点事情吧。"

陈丹："爸，妈。"

陈爸爸："你能打起精神，我们比什么都高兴。"

27. 美容院　日　外

邢小峰的祖屋被修整一新。临街的墙已经打掉，换成了整块的玻璃。还开了一个玻璃门。挂了一个大牌子，"丹丹形象设计室"。

门口放着几个花篮，黄明娟、王佳、邢小峰、于国庆都来了。

邢小峰："陈丹，你可真是越过越年轻啊，我看你可以参加选美大赛了。"

陈丹："小峰，你就会拿我打趣。"

杜刚也穿戴一新忙着招呼客人。

黄明娟看着陈丹："陈丹，真的很高兴能看到你重新振作起来。我们都为你高兴。"

陈丹："谢谢大家。谢谢你们。"

邢小峰："光谢有什么用啊？给我们每人发一张金卡吧，以后我们来了，也好打折啊。"

大家都起哄。

于国庆："哎呀，天啊，我还没有做过美容呢，陈丹，能剃头吗？"

众人一片笑声。

陈丹："国庆，今天就请你做我的第一个顾客。"

于国庆："好啊，可别让我回家，老婆认不出来啊。"

杜刚："好了，你们就不要拿陈丹开涮了。借陈丹开业，晚上，我请大家聚聚。"

大家都没有注意到，不远处，孙剑平正远远地看着发生的一切。直到众人进了房间，孙剑平才一个人离去。

同学中，谁也没有提到孙剑平，好像没有这个人一样。

28. 陈丹的美容院里　　日　内

客人不少，陈丹忙里忙外的，汗也来不及擦。精神很好。一个胖胖的女人从门外进来。

陈丹迎上去："大姐，想做点什么？"

胖女人："哦，随便看看。形象设计室是干什么的？"

陈丹："那您请坐吧，我给您介绍介绍。我们这里主要是为客户，设计自己的外形包装以及客户自己的整体形象。包括化妆，美发，等等。"

胖女人："哦，搞半天就说是美容院得了。"

陈丹："不完全是，当然美容是我们设计室的一项重要工作。要不大姐，你尝试一下。我们刚开业，所有客户都可以免费试用一项服务。"

胖女人："真的免费吗？"

陈丹："真的。"

胖女人："那好，我就试试。"

陈丹："请您过来，看看，这些是我们的服务项目，您看看，想试用哪一项。"

胖女人："好，我看看。"

杜刚："陈丹。"

杜刚和邢小峰出现在门口。

陈丹扭头看看他们，对胖女人："大姐，您先看着，看好了，您叫我。"

陈丹走到二人面前："咦，你们怎么来了。"

邢小峰："杜刚怕你没有生意，这不，让我来做个托。唉，我说，杜刚，我看你的眼光有问题。"

杜刚和陈丹都一愣。

邢小峰："你说陈丹不会做生意，我看陈丹做得很好嘛。她要开公司估计就没有我们的活路了。"

陈丹和杜刚都笑了起来。

胖女人喊道："老板，老板。"

陈丹："你们坐一会儿啊，我去看看。"陈丹急急地向胖女人走去。

邢小峰："嗨，杜刚，瞧见没，火，陈丹这开门就火。"

杜刚有些担忧："挺麻烦。"

邢小峰："怎么了，杜刚，有什么麻烦？是不是怕陈丹一不小心成了女强人。"

杜刚："你想哪去了。陈丹身体不好，这样忙我担心她吃不消。"

邢小峰："说得也是。唉，杜刚，再找个人帮帮她得了。"

杜刚："这正是我担心的。陈丹心地单纯，现在招的人一个个都像白骨精似的。陈丹哪吃得消。"

邢小峰："这倒也是，在陈丹的眼里，看谁都像孩子。唉，你别说，我这里倒有个人选。保证和陈丹合得来。"

杜刚:"真的假的?"

邢小峰得意地笑笑:"见了你就知道了。"

29. 邢小峰公司里　日　内

邢小峰匆匆地从外面进来,路过前台,对于国红道:"国红,你进来一下。"

于国红进来:"邢总,你找我?"

邢小峰:"国红,最近怎么样?学习还有困难吗?"

于国红:"我,我是太笨了……"

邢小峰打断道:"国红,你不笨。你不仅不笨还挺聪明。不要总说自己笨。记住了吗?"

于国红点点头:"我知道了。"

邢小峰:"国红,你真的很聪明。唉,国红,我和你说个事情。"

于国红:"什么事?"

邢小峰:"国红,你想过做形象设计吗?"

于国红:"什么是形象设计啊?"

邢小峰:"就是美容院。这么说吧,陈丹,就是我的同学,开了一个美容院,但是缺个帮手,我想让你去帮帮她。"

于国红一怔,眼泪差点掉了下来:"邢总,你不要我了?"

邢小峰:"国红,怎么是不要你了。你在那也许能干得更好。要不这样,国红,我算你出差,你过去帮几天忙,要是觉得不合适,就回来。"

于国红:"可是,可是,我走了,你吃早饭怎么办?"说着,眼泪终于流了下来。

邢小峰:"唉,国红,你别哭啊,我一定按时吃早饭。你就去看看,要不合适,赶紧回来,没你管我的饭,我还真不习惯。"

于国红破涕为笑:"邢总。"

邢小峰:"又哭又笑的,这么大人了。"说着,从桌上抽了餐巾纸递给于国红。

正说着，外面传来的杜蔷的喊声："邢小峰，邢小峰。"话音未落，杜蔷从外面冲了进来。杜蔷一见二人这么亲密，阴阳怪气地："哎哟，这是怎么了？老总和女秘书在里面抱头痛哭啊。"

邢小峰叹了一口气："国红，你先出去吧。"于国红点点头，出去了。

邢小峰往椅子上一坐，道："大小姐，你到底有什么事情？"

杜蔷往邢小峰身边一靠，用异常温柔的声音道："邢大哥。"

邢小峰吓得从椅子上跳起来，奇怪地看着杜蔷道："你是杜蔷吗？你不发烧吧。"说着用手试试杜蔷的额头。

杜蔷一把抓住邢小峰的手，嗲声嗲气道："邢大哥，你看看嘛。"说着，在邢小峰面前扭了扭头。

邢小峰："看什么？"

杜蔷仍然嗲声嗲气："人家这么大的变化，你都看不见啊？头发、耳朵。"

邢小峰仔细一看，皱着眉头："头发，耳朵，怎么了？唉，你放手啊。"

杜蔷将邢小峰的手抓得更紧了，道："头发的颜色，耳朵上也没有了。"邢小峰看了看，才发现，杜蔷原来五颜六色的头发，现在已经染回了黑色。耳朵上奇形怪状的饰品也不见了。

杜蔷："这样好看吗？你喜欢吗？"

邢小峰叹了一口气，道："小蔷。你先放开我好吗？"

杜蔷看着邢小峰一眼，忽然放开邢小峰的手，恢复正常的声音幽幽地说道："邢大哥，你为什么不喜欢我？"

邢小峰："你是个小孩，长大了就知道我不合适你的。"

杜蔷："我不是小孩，我明年就二十了。"

邢小峰："小蔷，其实你是一个可爱的女孩，我很羡慕杜刚，有你这样一个妹妹。"

杜蔷："那你喜欢我了？"

邢小峰："小蔷，怎么说呢，你不是我喜欢的那种类型。"

杜蔷忽然趴在桌子上哭了起来，可是没哭两声，忽然拉着邢小峰就往外走。邢小峰："哎哟，姑奶奶，你又要干什么？"

杜蔷将邢小峰拉到于国红面前，指着于国红道："你喜欢的就是这种类型，是吧?"说完，逼视着邢小峰。

于国红惊得从座位上站了起来，员工们都停止了工作看着二人。

邢小峰没有说话，回视着杜蔷。于国红诧异地盯着二人。

好一会儿，杜蔷终于大叫："邢小峰，你宁可喜欢一个乡巴佬，都不喜欢我。我不会让你如意的。"说完冲了出去。

30. 陈丹的美容院里　日　内

陈丹正在给一个客户洗头。

邢小峰和于国红从外面进来。

邢小峰："陈丹。"

陈丹一抬头："小峰啊，你们先坐一下。"

邢小峰："你忙你的，不用招呼我们。"又扭头对于国红："国红，进来啊。"

于国红跟在邢小峰的后面进来了。

一个中年女子正坐在沙发上，陈丹正在给一个小孩洗头，旁边还有一个年轻女子在等着。

中年女子："老板你快点啊。我都等了这么久了。"

陈丹答应着："好了，就来了啊。"

于国红在一旁给中年女子和年轻女子各倒了一杯水，又给拿过来几本杂志，递给等候的人。于国红看看旁边的椅子上还放着一个围裙，就拿过来，穿在自己的身上，走到陈丹的身边，小声道："大姐，我来吧。"说着，伸手给小孩洗了起来。

陈丹："你是?"

邢小峰："陈丹，你就让她来吧。"

陈丹洗了洗手，走到邢小峰的身边，小声问道："唉，谁啊?"

邢小峰："国庆的妹妹，于国红，怎么样? 给你做助手。"

陈丹："你和杜刚说的就是她啊。"

邢小峰："是啊。"两人扭头看于国红做事，于国红做事很麻利，很快就洗好了，将小孩带到椅子上坐下来，拿起毛巾给小孩擦了起来，边擦边和小孩说着什么。

小孩不时发出一阵笑声。

陈丹一边给中年女子配着颜色，一边观察着于国红。

陈丹："大姐，你看，这几种颜色配合的效果来看，咖啡色其实不适合你的。你看看这个怎么样？"说着拿起一个色卡比画着，"这和你的肤色和气质比较相配。否则，让你整个人显得黯淡。"

妇女："这个颜色好看吗？"

陈丹："大姐你可以先穿一件这个颜色的衣服试试看看效果如何，再决定。"

妇女："那我就先试试。"笑眯眯地告辞出去了。

那边于国红也已经将小孩的头发吹好了。

小孩："阿姨再见。"和年轻女子出去了。

于国红拿起抹布就整理起卫生来。

陈丹："国红，休息一会吧。"

于国红脸红红的，笑着摇摇头。

邢小峰："她就这样，在我那里也是闲不住。"

陈丹看着于国红，对邢小峰："谢谢你啊，小峰。"

第十六集

1. 孙剑平办公室里　傍晚　内

员工都已经下班了。孙剑平还埋头在电脑前。

方娜端着两杯咖啡进来。方娜："剑平，休息一会吧。"递给孙剑平一杯咖啡。

孙剑平接过咖啡："谢谢。"

方娜也端起一杯："剑平，最近，我们的进展很顺利。你功不可没啊。"

孙剑平一笑道："谢谢老板夸奖啊。"

方娜白了孙一眼，道："剑平，听说中央乐团今晚要来演出。"

孙剑平："是吗？"

方娜："你不打算请我去看吗？"

孙剑平："行啊，你去看吧。所有的费用算我的。"

方娜的脸色有些变："剑平。我有话和你说。"

孙剑平："好啊，你说。"

方娜看着孙剑平，好一会儿，突然斩钉截铁地道："我喜欢你。"

孙剑平一愣，咖啡差点泼出来，有些张口结舌道："方娜，你开什么玩笑？"

方娜正色道："剑平，你看我像是开玩笑的人吗？我说的是真的，我喜欢你，很早就喜欢你了。"

孙剑平："方娜。"

方娜："以前我不敢说，因为你有妻子有家，现在你自由了，我，我可以追求你了。"

孙剑平的脸色渐渐地沉了下来："方娜。"

方娜："何况，你也喜欢我对不对，至少你是不讨厌我的。"

孙剑平："方娜，你听我说。我承认我不讨厌你，也许我真有些喜欢你。

但是，我的过去你是知道的，虽然我们离婚了，但是，但是，我现在还没法忘记她，也不想忘记她。这对你不公平。我……"

方娜："剑平，我理解你现在的想法，真的。好了，不打搅你了，我去听音乐会了。不过我希望你能认真考虑自己的感情，也认真考虑我的话。"说完，方娜转身出去了。

孙剑平气得拍了自己脑袋一下，道："我说清楚了吗？"

2. 黄明娟的办公室里　日　内

黄明娟正在整理资料。办公桌上堆满了各种各样的文件，全部按照时间的顺序，分门别类地排列着。很多地方都有标注。

黄明娟正低头工作，门开了，李主任站在门口，秘书小吴刚要说话，李主任制止了他。

李主任来到黄明娟的面前，看了看桌子上的资料。

黄明娟头也没有抬："小吴，我不说过了吗？下班没事，你就可以走了。不用来问我。"黄明娟猛地一抬头，看见是李主任，赶紧站起来："李主任，您怎么来了？我还以为是小吴。"

李主任："小黄啊，你这是在忙什么啊？"

黄明娟："哦，李主任，我把咱们开发区自成立以来的所有业务资料整理汇总了一下，您看。"说着指着电脑屏幕，示意给李主任。

李主任绕过来，坐在黄明娟的位子上看了一会儿，点点头，道："小黄啊，你的检查我们看了，经过大家的研究认为，你还是可以胜任目前的工作的，今后，可要千万注意了。"

黄明娟激动地："李主任，你是说，我可以继续以前的工作了吗？"

李主任："是啊。下周你到我办公室来一下。我这是先来告诉你一声，让你有个准备。"

黄明娟："李主任放心，我一定会认真工作的，我已经将所有工作中出现的失误，和可能存在的问题，都标注出来了，今后我一定注意。"

李主任："小黄啊，好好工作啊。好了，我走了。"

黄明娟："李主任，慢走。"

黄明娟还没有回转身，桌子上的电话响了。

黄明娟接电话："喂。"

电话里传来王佳的声音："班长吗？我是王佳。"

黄明娟："王佳。你好啊。"

王佳："果然让我蒙对了。我就猜现在你在办公室里，还是那么敬业，没回家啊？"

黄明娟："没有，在查点资料。"

王佳："班长晚上方不方便，出来坐坐？"

黄明娟："行啊，我没什么方不方便的，反正一个人。"

王佳："怎么了？老公呢？"

黄明娟："他，他在家。没事，你说在哪？"

王佳："半个小时后，我来接你，我们见面聊。"

黄明娟："好的。拜拜。"说完，挂上电话，看着眼前的资料不禁笑了笑，拿起电话，想了想又放下了。

3. 咖啡厅里　晚　内

王佳和黄明娟相对而坐。

王佳看着眼前的杯子："班长，原来这一年发生了这么多事情啊。真让人不敢相信。"

黄明娟："有时想想我也不敢相信。这些都发生在我们的身边。"

王佳："那你现在被停职了，以后打算怎么办？"

黄明娟笑了笑道："晚上下班的时候，我才得到通知，下周可以正式工作了。"

王佳："是吗？值得庆贺。"举杯和黄明娟碰了一下。

黄明娟："谢谢。"

王佳："班长，我本来是想求你一件事，现在……"

黄明娟："没关系，你说吧。"

王佳："班长，你是知道的，我们公司这次在这里设办事处，就是为了电大的事情，可是邢小峰和孙剑平都有意参与，他们各有所长，我也不知道该如何取舍。我想班长能否以管委会的名义，召集剑平和小峰两个公司，我想公开和两个公司同时接触，便于我最终判断和哪一方合作。"

黄明娟："以管委会的名义？"

王佳："是的，我到这个办事处来是我和公司主动要求的，如果判断失误无论对公司对我都有很大的影响，我想用多种方式，正式的、非正式的渠道都试试。"

黄明娟想了想："行。这么做，虽然在管委会里没有先例，但是，这也是一个新的工作思路，可以尝试一下。"

王佳："我来之前还在担心你可能会不同意的。"

黄明娟："为什么？"

王佳："在我印象中，班长是非常循规蹈矩的一个人。没想到，你对工作这么有创新精神。"

黄明娟："我有那么古板吗？"

王佳："不，不是，不过你总给人看起来，嗯，怎么说呢，缺乏一点激情。"

黄明娟："缺乏激情？"

王佳："可能我的说法不准确，其实，你挺善于发现新东西的。"

黄明娟："我，有吗？"

王佳："有啊，你自己不觉得吗？"

黄明娟老老实实地答道："不觉得。"

王佳："班长，说真的，你是不是对自己的要求太高了？我们同学当中，有你这样幸福的就不多。"

黄明娟："我要求高吗？"

王佳："你看看，家庭，事业，你是样样都有，都不错。女人啊，你可不要太贪心喽，世间的好事，班长你该不会都想占全了吧？"

黄明娟一愣："我贪心？"

4. 开发区会议室里　日　内

黄明娟和小吴坐在一边，对面是王佳和助手。邢小峰和孙剑平、方娜各坐在一边。

黄明娟站起来："各位，今天，应珊虹公司王总的请求，我代表管委会邀请大家来这里座谈一下……"

胡副科长悄悄地在门口向里面张望着，小吴一扭头看见了，连忙出去，问道："胡副科长，你有事吗？"

胡副科长："没，没事，我路过。"说完，走了。

小吴有些纳闷，又进来了。此时黄明娟已经说完了。王佳正在说话。

黄明娟小声问道："小吴，什么事？"

小吴："没什么，是胡副科长，我以为他有事呢。"

黄明娟若有所思地点点头。

5. 开发区会议室里　日　内

邢小峰的助手正在边讲解边播放着PPT，一会儿，又换成了孙剑平他们播放PPT，讲解了。

黄明娟看着两个老同学，感慨万千，什么都没有听进去。

王佳的脸上看不出任何表情。

忽然，小吴在旁边拉了拉黄明娟的衣袖，小声道："黄科长，李主任来了。"黄明娟一惊，扭头一看，不知道何时，李主任带着两个人悄悄地坐在后面，黄明娟刚要站起来，李主任悄悄地冲着黄明娟做了一个制止的手势。

忽然，响起了一阵掌声。

王佳站起来："谢谢大家，你们的讲解都很精彩，也非常谢谢管委会能给我公司这样一个机会。虽然我现在还不能马上做出决定，但是我相信，无论和你们哪一方合作，我们都会满意的。谢谢。"

众人开始纷纷地往外走。

邢小峰和孙剑平相对一视，两人无语。离开。

等大家都走了，王佳来到黄明娟的面前，道："班长，对于今天的会，你怎么看？"

黄明娟一愣，道："我？"

王佳："是的，我想听听你的意见。"

黄明娟顿了顿道："这是一个大项目，邢小峰处理起来可能方方面面比较顺利一些。但是剑平那边的技术应该强一些，会有保障一些。唉，我真说不好。"

王佳笑着道："班长，你已经说得挺好的了。"说着，顿了顿，对自己的助手吩咐道："你把今天的会议记录整理一下，拟一份报告出来。"

王佳对黄明娟："班长，本来，我还以为能通过今天的会议做出一个判断，看来他们各有千秋，都很优秀。这样好不好，班长，我近期将提出一个系统的要求，你帮我通知剑平和小峰他们，请他们分别根据我的要求，做一个方案。然后，我将请专家来对两份方案进行鉴定和评估。优胜的一方，将作为我们的合作方。"

黄明娟有些疑惑地点点头。

6. 美容院里　傍晚　内

杜刚在门口坐着，陈丹和于国红正在整理卫生。差不多好了。

陈丹："国红，你回去吧，忙乎一天了。"

于国红："再等一会吧，那几个化妆台还没有擦呢。"

陈丹："明天再擦吧，别累着了。"

于国红："好吧，陈姐，那我走了。"说完，拎起自己的小包，冲杜刚笑了笑走了。

陈丹站在杜刚的面前："杜刚，你怎么了？愁眉苦脸的。"

杜刚："我，有吗？唉，丹丹，怎么样，这女孩怎么样？"

陈丹："你说国红啊，简直太好了，我真没有想到国庆那么粗枝大叶的人，会有这样一个心灵手巧的妹妹。这真要好好谢谢小峰。自从国红来了，我都轻闲多了，你看我都长胖了。"说着，冲着杜刚鼓鼓腮帮。

杜刚看着陈丹，有些痴了。

陈丹被杜刚看得有些不好意思了，连喊了两声："杜刚，杜刚。"

杜刚回过神来，有些尴尬："哦，对不起。陈丹，我们去运动运动，帮你减肥。我想想，去打球，好不好？"

陈丹皱皱眉头道："不行啊，我要清点一下，可能要去进点货，好多客人要做的项目我们都没有东西去做。你看，我都登记下来，有很多服务我们也可以做的。"说着陈丹拿出一个本子，递给杜刚。

杜刚接过来，翻了翻，眉头皱了起来。

7. 杜刚家中　晚　内

杜刚在电脑前，查阅着资料。

8. 邢小峰公司里　傍晚　内

邢小峰的办公室里，邢小峰和自己的杨经理相对而坐。

杨经理："邢总，对于珊虹的要求，技术部已经研究过了，我们是可以达到的。"

邢小峰："那就着手做方案吧，认真点，不要出错。"

杨经理："邢总，我有个想法，您看我们是不是也去请一些专家。"

邢小峰："请专家干什么？你们不都是专家吗？"

杨经理："我听说，世纪创先从北京请了好几个专家，还专门成立了一个方案小组。"

邢小峰："哦，我知道了，你们不要管别人怎么样，你们只要尽力做好就可以了。"

杨经理："可是，邢总……"

邢小峰一摆手："你去做吧。记住，只要我们用心尽力，我们就会做到最好。再说了，一个项目的成败与否，也不是几个专家能左右的，有很多的因素，我们不要拿自己的弱项和别人的强项相比较。去吧。"

杨经理无奈地退下。

邢小峰看着杨经理将门带上，拿起电话欲拨，想想又放下了。邢小峰掏出香烟，点了几次都没有点着，气得将香烟一扔。呆了呆，拿起包出去了。

9. 大街上　日　外

邢小峰一个人在大街上漫无目的地走着。东看看，西看看，路过一个学校门口。邢小峰突然停了下来，看了一会儿，伸手拦了一辆出租车。

邢小峰："师傅，去人民医院。"

10. 医院门口的商店里　日　内

邢小峰从外面进来，准备给汪老师买点补品。

邢小峰："给我来两盒西洋参，再来一盒这个。"邢小峰指了指货架。

营业员："好的，请稍等。"

邢小峰浏览着商品，忽然看到旁边正在付钱的黄总。

邢小峰喊道："黄总。"

黄总："小峰？真巧啊。"

邢小峰："是啊，黄总，你可风采依旧啊。"

黄总："小峰，你原来公司的事情，我都听说了，你怎么样？有没有被你那个老板牵连啊？现在都在哪发财啊？"

邢小峰："托共产党的福，兄弟我自己做点小买卖。"邢小峰掏出一张名片递给黄总。

黄总接过来一看，吃惊道："新峰公司？接下超越项目的新峰公司？你就是新峰公司的老总？"

邢小峰："小买卖，上不得台面。"

黄总："小峰，你可真是一个能人啊，以后还要多关照关照你老哥。"

邢小峰不冷不热地道："黄总客气了，能伺候你老哥可是兄弟的荣幸啊。"

黄总："小峰，你该不会还在为创先的事情生我的气吧？"

邢小峰："哪里，黄总，也太小瞧我邢小峰了，帮我是情分不帮是本分。"

黄总："小峰，还是你够处。要不是当时开发区的人告诉我原来那创先公司是个假货，我也不会去告发的，毕竟是几十万的单子，不敢大意啊。"

邢小峰有些意外："黄总，你等等，你刚才说什么是开发区的人？"

黄总："是啊，本来我是打算和创先将订单做完的，我们都认为你小峰有情有义，不能辜负了你。可是一个男的打电话来说得有模有样的，我们也没法啊，还望兄弟理解。"

邢小峰："你能确认他是开发区的吗？"

黄总："是啊，我还追问他，他说是管委会的，说提前告诉我是不忍心看到我们倒霉，我还以为遇到贵人了。"

邢小峰："他说他是谁了吗？"

黄总："这倒没有，听口音像是四十岁左右吧。"

邢小峰一脸迷惑。

11. 医院病房门口　日　内

医院走廊里没有什么人，邢小峰拎着一大堆补品，从电梯里出来。迎面走过来几个护士。快到汪老师病房了。从病房中出来一个护士。邢小峰见过，是照顾汪老师的。

邢小峰："唉，美女护士。还记得我吗？"

女护士："记得，你不就是415床的干儿子嘛。"

邢小峰："看来，人长得帅，总是有好处的。唉，美女，我干妈怎么样了？"

女护士："这可很难说。这样，你等会，大夫马上出来了，你问问。"

邢小峰从花篮中抽出一枝，递给护士："太谢谢你了，美女。"

女护士接过花，刚要说话，大夫从一个房间出来了，女护士喊道："宋大夫。"

宋大夫停下来："什么？"

邢小峰凑上前："宋大夫吧？你好，我是415床的家属。我想和您了解一下415床的病情。"

宋大夫："没听说415有家属啊，她不是孤身一个人吗？"

邢小峰："哦，宋大夫，我是她的学生，也是她的干儿子，你就告诉我吧，我干妈到底是什么病？"

宋大夫："恐怕不行，病人特地有交代，不要向外人透露她的病情。"

邢小峰："我不是外人啊。"

女护士："宋大夫，他真是415床的干儿子，您就告诉他吧。"女护士边说还边朝邢小峰挤挤眼睛，邢小峰却紧张地盯着宋大夫的嘴巴，没有在意。女护士有些无趣。

宋大夫："好吧，415床已经到了晚期，估计也没有多少时间了，也就这一两个月吧。"

邢小峰："什么晚期？"

宋大夫："肠癌。"

邢小峰一听，手中的东西都掉在地上，一把抓住宋大夫："大夫，你没开玩笑吧？"

宋大夫："什么话。这是开玩笑的事吗？"

邢小峰："没救了吗？化疗，开刀，都不行了吗？"

宋大夫："都没用了。"说完宋大夫摇摇头走了。

女护士帮邢小峰捡起地上的东西，道："你没事吧，你要有思想准备，这是迟早的事情。"说完，将东西塞到邢小峰的手里，走了。

邢小峰站在病房门口，呆立着。手中的东西也跌落在地上，突然，邢小峰猛地捂着自己的脸，无声地抽泣着。

邢小峰正准备转身离开，病房的门开了，汪老师站在门口，轻声喊道："小峰。"

邢小峰呆呆地回过头，看着汪老师。

12. 陈丹的美容院门口　日　外

陈丹走过来，还哼着歌，和周围的店铺老板打着招呼，刚走到自己店门口，要开门，杜刚开车过来，在陈丹面前停了下来。

陈丹："杜刚，这么早，你怎么来了？"

杜刚从车里拎着一个笔记本下来："我有事找你。进去说。"

陈丹和杜刚进到店里。

13. 陈丹美容院里　日　内

陈丹放下包，边收拾东西，边问道："一大早，就有什么事啊？"

杜刚："陈丹，你前两天说要去进货什么的，去了吗？"

陈丹："还没有，这几天人特别多，我还没有时间。"

杜刚："我看你先不要忙着去。"

陈丹："为什么啊?"

杜刚："我仔细想了想,陈丹,我觉得不能把形象设计室最终做得像个美容院一样。"

陈丹："哦,怎么说?"

杜刚："你看过没有,全市有多少家美容院,又有多少家资金实力都比咱们强的美容院。现在,你是刚开张,大家图个新鲜感,来的人多,等过了一段时间以后,就不会有那么多人了。要想留着长期客户,我们就必须做出自己的特色来。"

陈丹："什么特色?"

杜刚："我们啊,不能什么都做,那就在形象设计上下功夫,比如:我们只做形象设计,不专门做美容护理,我们只面向女顾客,不做男顾客的生意,实行会员制,对于非会员,只做公布的几种服务项目,对于会员,可以提供比较全面的服务,但是形象设计必须有特色,具体的方法,我做了个方案,你看。"说着,打开自己的笔记本,指给陈丹看。

陈丹看了一会儿,疑惑地问道:"这样行吗?"

杜刚："相信我一定行。也许刚开始生意没有那么好,但是一段时间以后,就能看出来了。我呢,再到电视台和公司游说一些名人到你这里来做,无形中,就是在做免费广告。"

陈丹："那,我们就试试?"

杜刚："不会错的。"

陈丹："那就从下个月开始吧。"

杜刚有些不解地问道:"为什么要从下个月开始?"

陈丹有些为难地说道:"我上次进了很多护理用品,怎么也要等使用完了吧,不然扔了多可惜啊。"

14. 黄明娟办公室里　日　内

邢小峰坐在黄明娟的对面。

黄明娟："小峰,这事可不是开玩笑的,你这消息确切吗?"

邢小峰："确切！黄总亲口告诉我的，说是你们管委会的人告的密，说创先是个皮包公司，而且是个四十岁左右的男人。"

黄明娟想了想道："小峰，如果真是这样，当初我们的感觉就对了。小峰，这事，你对谁都不要说，我来查查看到底是谁。"

邢小峰："好，班长，我听你的。要让我知道这个混蛋是谁的话，我非活剥了他。"

黄明娟沉思了一会儿道："小峰，你再悄悄打听一下，看看另外一些当初和你们合作的公司是什么情况？"

邢小峰："好的，我这就去打听。班长，我想告诉你一件事。"说着，又有点犹豫。

黄明娟奇怪道："什么事？怎么犹犹豫豫的？这不像你的风格。"

邢小峰："你还记得汪老师吗？"

黄明娟："记得，长得像林青霞，教我们班的语文。怎么啦？"

邢小峰伤心地："她要不行了。是肠癌晚期。"

黄明娟震惊："什么?!"

15. 饭店里　傍晚　内

在陈丹美容院对面的小饭店里，孙剑平正坐在一个拐角地方，透过玻璃窗，刚好可以看到陈丹的美容院。

陈丹在美容院里，显然很忙，不时地走来走去，有时还送顾客到门口。

孙剑平一面喝着啤酒，一面注视着陈丹的一举一动。

从外表上看，陈丹的面色好了许多，人也精神了许多，比以前更漂亮了。看到陈丹不时地说笑，显然心情也比以前好了，人也开朗了。

孙剑平心中一动，慢慢朝美容院走去。

16. 陈丹美容院　傍晚　内

孙剑平在门口站定。

陈丹正低头忙着整理东西，还以为站在门口的是于国红，头也没有抬，

377

不负青春不负卿

道："国红，你还回来干吗，我不是让你办完事就直接回家吗？"

孙剑平轻轻咳嗽了一声。

陈丹见是孙剑平，有些不敢相信，道："剑平？"

孙剑平故做轻松状，四处看看说道："我过来看看，开张了，我怎么也得祝贺一下。"

陈丹平静地道："谢谢。小生意也没有什么 VIP 贵宾卡之类的，不过你是总经理了，也不需要光顾我们这样的小店，否则……"

杜刚出现在门口："陈丹。"

杜刚："剑平？你也在这里？"

孙剑平："是啊，我，我随便看看。"

陈丹笑着对杜刚说道："杜刚，你等一下，我就好了，我们今天是去看演唱会吗？"

杜刚一愣，反应过来："好啊。剑平，一起去吧。"

孙剑平："不了，不妨碍你们了。我走了，我走了。"孙剑平回头看了看，走了。

陈丹一直看着孙剑平的背影。

直到杜刚喊道："陈丹，陈丹。"陈丹才回过神来，对杜刚笑了笑，杜刚宽容地笑道："走吧。"

陈丹点点头。

17. 杜刚车内　晚　外

陈丹坐在副驾驶的旁边，闷闷不语。杜刚不时扭头看看陈丹。

18. 陈丹家门口　晚　外

陈丹还在发呆，杜刚将车慢慢停了下来。

杜刚道："陈丹，到了。"

陈丹反应过来："哦，好，我们看什么？咦，不是说看演唱会吗？"

杜刚："陈丹，你还是回家吧，我认为你需要好好休息一下。"

陈丹看了看杜刚，感激道："谢谢你，杜刚。"

19. 于国庆家门口　晚　外

于国庆骑着三轮哼着小曲。

孙剑平突然出现在路边，喊道："国庆。"

于国庆吓了一跳，见是剑平，连忙跳下三轮车，道："哎呀，是剑平，你怎么在这里？吓了我一跳，我当是打劫的。"

孙剑平苦笑了一下："国庆，你有空吗？我想和你聊聊。"

于国庆："有啊，我别的没有，就是有空，走家里坐去。"

孙剑平："不了，我们别打搅嫂子了。"

于国庆："好，随你。"

20. 小饭馆里　晚　内

于国庆和孙剑平相对而坐。

于国庆对老板道："小六，麻烦你一个事。"

店伙计："于大哥，有事您吩咐。"

于国庆："去，告诉你嫂子一声，别等我吃饭了。"

店伙计："好嘞。"

于国庆："没办法，我不到家，一家老小就等我。"

孙剑平："国庆，我真的挺羡慕你的。"

于国庆："穷家小户有什么好羡慕的。"

孙剑平："只羡鸳鸯，不羡仙。"

于国庆看了看孙剑平，给孙剑平倒了一杯啤酒，道："剑平，跟我说句实话，和陈丹分手后悔了吗？"

孙剑平长叹一声不说话。

于国庆道："男人就要拿得起放得下，过去的事情就不要再想了。干吗唉声叹气的。"

孙剑平："我也想不想，可是我办不到啊。"

于国庆："剑平，你什么都好，就这个不好。要是心里还是放不下她，就回去找她呗。"

孙剑平摇摇头："不行，她现在有更合适的人了，杜刚哪点不比我强?!"

于国庆："合适不合适，你怎么知道？鞋子穿在陈丹脚上，只有她知道。你呀，就是什么事都喜欢给别人做主，你问过陈丹吗？"

孙剑平："还用问吗？"

于国庆："当然要问！你敢肯定你认为的都是对的？剑平，不是我老话重提，当初她们婆媳矛盾你就没有一点责任？"

孙剑平："国庆，说老实话，在你家的那段时间，看到嫂子和你爸爸妈妈相处得那样融洽。我反省了很多，在我妈的问题上，不能全怪陈丹，我是有责任的。"

于国庆："这就对了，阿姨的事情毕竟是个意外，你没有道理始终让陈丹来负这么重大的责任。"

孙剑平："唉，都怪我，都是我的错。如果我当初分出一部分精力处理好家庭的矛盾，也不至于后来那么惨。"

于国庆："算了，过去的事情不提了。剑平，来，喝酒！"

21. 孙剑平家中　晚　内

孙剑平想着于国庆的话，显得有些心神不安。忽然手机响了，孙剑平接电话。

电话中传来方娜的声音："剑平，你在家吗？"

孙剑平："在，怎么了？"

方娜："你下来一下，我在你楼下。快点啊。"说完挂上电话。

孙剑平摇摇头，开门出去了。

22. 孙剑平楼下　晚　外

方娜正坐在一辆现代车里，虽然光线不太好，但是还是可以看出是一辆新车。方娜坐在驾驶员的位子上。正对着倒车镜，整理自己的口红。

孙剑平从楼里出来，方娜远远地看见，朝孙剑平招招手，孙剑平走过来，方娜从车里下来，看着孙剑平只是笑。

孙剑平："大小姐，有何吩咐啊？"

方娜指了指车："你看。"

孙剑平："看什么？哦，你换车了？嗯，挺不错的。"

方娜："下午才提的货，怎么样，来试两圈？"

孙剑平看了看方娜："好，我还没开过新车呢。"

方娜朝孙剑平做了一个请的手势。

孙剑平坐到驾驶位上，方娜帮着把车门关上，然后从另一边上车，坐到孙剑平的旁边。

孙剑平笑道："我的技术可是业余的，坐我开的车，可要有胆量啊。"

方娜："我不怕。"

孙剑平："好，那坐好了。"说着，发动。

孙剑平："好车。"加速。

23. 马路上车里　晚　外

路上的车不多，孙剑平把速度开得很快，已经接近 140 码了。

方娜："剑平能再快点吗？"

孙剑平："行，坐好了，我可加速了。"

方娜笑道："我经常开 180 码。不过——那是在赛车道。"

孙剑平："小姐，你可真会找刺激啊。开那么快，你想让我再坐牢啊。"

方娜："说着玩呢。唉，对了，你拐过去，先到我那里去。"

24. 方娜家楼下　晚　外

孙剑平和方娜的车缓缓地停在方娜家的楼下，方娜解开安全带问道："怎么样，这车如何？"

孙剑平："你眼光不错，你挑的车真没话说。"

方娜得意地一笑，打开车门，下来，又转过身："好，我到家了，谢谢你送我回来。"

孙剑平："我把车给你停哪？"

方娜："随便你停哪，这车归你用了。"

孙剑平："归我用了？"

方娜："对，归你用了。这是公司特别为总经理买的，相信你会喜欢的。"

孙剑平："方娜我……"

方娜："别想歪了，我们这么好的搭档，给你配辆车算什么。再说了，你接受了我这么好的条件，可要好好为公司赚钱哎。"

孙剑平："是，董事长。"

方娜笑了笑："晚安，剑平，明天见。以后上班迟到我可是要罚款的啊。"说完，转身上楼了。

25. 杜刚家里　晚　内

杜刚的房间里，杜刚正在电脑前，看着东西，门被"咚"的一声撞开，杜蔷一只手拿着薯片，一只手拿着可乐，从外面进来，往床上盘腿一坐。

杜蔷一边吃喝，一边道："哥，我实在没辙了，你那个同学软硬不吃。哥，你见得多，教教我，该怎么办？"

杜刚皱皱眉头，拿过一盒餐巾纸，放在杜蔷旁边道："你不要去惹他了，好不好？你们不合适的。"

杜蔷："我是让你教我方法，不是让你教训我。"

杜刚："我不是要教训你。唉，你都这么大了，有些事情，也该能理解了。"

杜蔷："什么事情，该能理解了？"

杜刚："你看，你和小峰，你们之间，年龄、阅历、性格各方面都不合适。"

杜蔷："合适不合适你怎么知道。再说了，不在一起，怎么知道合适不合适。"

杜刚："小蔷，邢小峰他，人家也不喜欢你啊。"

杜蔷："会喜欢的，我一定能找到办法，让他喜欢我的。"

杜刚："小蔷，你要我怎么说，才能明白，你根本就不是人家喜欢的那种类型。"

杜蔷："什么类型的不能尝尝啊？男人不都是喜新厌旧的吗？再说，我又没要他娶我，我只要他喜欢我就 OK 了。"

杜刚："我不和你说了。"

杜蔷："干吗呀，哥，聊聊嘛。唉，对了，哥，你现在怎么样了？"

杜刚："我挺好的，你管好自己就行了。"

26. 孙剑平新公司里　日　内

孙剑平正在电脑前，盯着电脑面露喜色。

方娜从外面进来。

孙剑平高兴："方娜，你快来看。"

方娜放下包："看什么？"

孙剑平："实验学校的设计要求出来了。"

方娜看了一会儿："剑平，你是怎么得到的？"

孙剑平："保密。方娜，我感到这个项目我们一定能从小峰手里夺下来。"

方娜眉头一皱："又是新峰的业务？"

孙剑平专心看着电脑，没有理会方娜的话。

27. 酒吧里　晚　内

酒吧里，杜刚一个人正坐在一个角落，面前的一瓶洋酒已经空了一半了。酒吧里人不多，一会儿是节奏很快的摇滚，一会儿又是柔柔的慢三。杜刚结合着音乐，乐曲快，杜刚喝得快，乐曲慢杜刚喝得慢。

杜蔷和离离一帮人从门口进来了。杜蔷一眼就看到杜刚了。和离离说了一声，悄悄地来到杜刚的身后，大喊一声："哥。"

杜刚回头看了一下，见是杜蔷："小蔷啊，干吗这么大声。"

杜蔷绕到杜刚的旁边坐下来，道："哥，你怎么在这里，等客户吗？"

杜刚："不是，我休息休息。"

杜蔷："哦，哥，你是不是也翘班了？咦，哥，你喝了不少耶。"

杜刚："这算什么，我在美国的时候一个人可以喝两瓶呢。来，陪哥喝一杯。Waiter，来杯可乐。"说着，冲着BOY做了一个手势。

杜蔷："哥，我又不是小孩了，我已经成人了，我不喝可乐。"伸手制止了杜刚，又对BOY道："嘿，少爷，给我一个杯子。"

杜刚："好，今天开戒。让你喝一点。"说着，在BOY递过来的空杯子里倒了一点。

杜蔷："哥，你是不是有什么不开心的事？"

杜刚："没有啊，我没什么不开心的。"

杜蔷："别骗人了。你当我是小孩啊。我知道了，哥，你和那个同学姐姐吵架了，对不对？"

杜刚："胡说。"

杜蔷："算了吧，哥，你们这代人就是这样虚伪，喜欢就喜欢，不喜欢就不喜欢。明明自己喜欢，偏又藏着不说。你不说，别人怎么知道啊。"

杜刚："小孩子，你懂什么呀。"

杜蔷："我什么都懂。喜欢一个人又没犯法。就说我吧，我喜欢邢小峰，我有本事就让他喜欢我，我没本事我认栽。这有什么。唉，哥，是不是，同学姐姐又不喜欢你了？"

杜刚："我说，你怎么回事啊。"

杜蔷："好了，好了，哥，你不说拉倒，我好歹也是女人嘛，你和我说说，我还能帮你出出主意，我保证不像你见死不救。"

杜刚做势要打杜蔷，想想又放下手，道："小蔷，你说这女人是不是都挺固执的？"

杜蔷："那要看什么人了。哥，就比如我吧，就不叫固执，叫痴情。我对邢大哥就是一见钟情，痴情一片……"

杜刚："好了好了，我又没问你。"

杜蔷："我知道你不关心我，你想知道你那个同学美人，对不对？看不说话了吧。我就不明白了。哥，你为什么不干脆说是呢？"

杜刚："你少来教训我。"

杜蔷（委屈状）："我不敢了。我告诉你吧，哥，你那个陈姐姐是不是还对她的前夫念念不忘啊？"

杜刚没有说话，喝了一杯酒。

杜蔷自顾自说道："其实，她也是绕不过这个弯。哥，其实只要有人好好劝劝她，也就OK了，还有，这呀，也说明，哥，你的功夫没有下到家。你要抓紧呀。唉哥，听说她现在开了美容，怎么样，能给我免单吗？"

杜刚："你少去添乱了，她够忙的了。要不是国红，我都担心她身体吃不消了。"

杜蔷一愣，随即狡猾地笑道："好好，我要学会心疼我的未来的嫂子。"

杜刚喝了一杯酒，幽幽地道："其实，她只要能生活得幸福，和不和我在一起都没有关系。"

杜蔷："哥，你傻啊！"

杜刚："我的事你少管。"

杜蔷："好，好，我不管。我不管。唉，哥，你刚才说什么国红，是谁呀，怎么没听说过。"

杜刚："你不认识，是我一个同学的妹妹，人家可不像你，懂事着呢。"

杜蔷："那是，那是，怎么都叫这么土的名字，邢小峰的公司不也有个叫什么国红的吗？"

杜刚："就是那个姑娘。"

杜蔷眼珠一转，拿过酒瓶，给杜刚倒了一杯，道："哥，来，再喝点。"说完，偷偷地朝离离做了一个手势。

28. 陈丹的美容院里　日

上次那个女孩又来了，陈丹刚刚忙好一个中年妇女，送出门后，一转身认出了那个女孩。陈丹："小姐，你又来了？"

女孩："是啊，老板。你们的手艺不错，我挺满意的。"

陈丹："是吗？那太好了，你这次想做什么？"

女孩："我要参加一个聚会，想咨询一下。"

陈丹："好啊，那我们进来谈吧。"

女孩："谢谢老板，我想和那位小姐谈谈。"

陈丹一愣，道："你要国红来?"

女孩："不可以吗?"

陈丹随即笑道："不，当然可以。国红，你接待一下。"

国红："好了，就来。"国红从里面出来，引着女孩到一边了。

陈丹看着由衷地笑起来。

外面进来一个胖胖的中年妇女，左看看，右看看，陈丹迎了上去。

陈丹："大姐，你想做点什么?"

中年妇女："哟，妹子，你这生意可真好啊，比我那强多了。"

陈丹："大姐，您是?"

中年妇女："我是对面香香美发屋的，你叫我于妈好了。"

陈丹："于妈。您快请坐。"

于妈："哎哟，妹妹，你真是个大美人。瞧这身段，这脸蛋，妹妹你这是怎么长的。"

陈丹："于妈，瞧您说的。"

于妈："妹妹，原来你这形象设计室也有美发啊。"

陈丹："当然了，有美发、美容、化妆、形象设计以及咨询、颜色搭配，多了。"

于妈："妹妹，你可真是一个能人啊。"

陈丹刚要答话，于国红要送女孩走了，陈丹："于妈，你先坐一下。"陈丹迎上去，道："小姐，怎么样?"

女孩："谢谢你啊，老板。"又回过头来对于国红道："谢谢你。我就按照你说的去办。"

于国红："没什么谢的，有什么问题，你随时来。"

女孩对陈丹："老板，我该付你多少钱?"

陈丹："国红，你说说看。"

于国红："陈姐，她刚毕业参加工作，而且只是咨询了一下，我们免费可以吗?"

陈丹："当然了。欢迎你再来。"

女孩："谢谢你们了，真不好意思，我回头让我们公司的人都来。"女孩走了。

于妈凑到陈丹旁边道："大妹子，你们也真会做生意啊。"

陈丹笑道："哪里，我们刚学。"

于妈："好了，我不耽搁你们发财了，自从你们开业后，这里的生意就你们的最好。以后啊，我们都要和你学了。回见啊。"说完，于妈往外走去。

陈丹："于妈，您慢走。"

于妈背过身，小声道："什么东西，简直一窝狐狸精。"

29. 陈丹美容院门口　日　外

于妈边走边骂，正和杜蕾和离离撞个满怀。

于妈："谁啊，冷了馒头臭了肉了，撞老娘。"

离离："老不死，你骂…… 你是于妈？"

于妈："是怎么样，啊，你是小离离。"

离离："我是小离离啊。"

于妈上前拉着离离："你真是小离离啊，你们家这一搬走有七八年了吧。"

离离："是啊，于妈，你还是以前那么精神。你还住那吗？"

于妈："早搬了，我现在就在对面，那个香香美发屋就是你香香姐开的。走，家里坐坐。"

杜蕾："离离，我先去看看。"

离离："好，小蕾你先去，我和于妈聊聊。"

杜蕾耸耸肩，向陈丹的美容院走去。

30. 陈丹的美容院里　日　外

陈丹和于国红正一边整理卫生一边聊天。

于国红："陈姐，我看刚才那个于妈就不怀好意，你看她那个酸样，出去还骂骂咧咧的。"

陈丹："算了，和气生财吧。"

于国红："陈姐……"

杜蔷一步跨进来："哟，小嘴还挺甜的啊，见人不是叫哥，就叫姐。"

于国红紧张地站在一边。

陈丹："小蔷，你怎么来了？"

杜蔷没有理陈丹，来到于国红面前，道："我说，姐们儿，你可真不够仗义啊，我哪得罪你了，总是和我抢男朋友。"

陈丹："小蔷不要胡说。"

于国红："你，我，他不是你男朋友。"

杜蔷："他是不是也轮不到你来说。"

陈丹："小蔷，国红，你们在说什么啊。"

杜蔷："陈姐姐，我要你把她辞退了，让她滚蛋。"

陈丹："小蔷，不许这么没礼貌。"

杜蔷："不，我就是不许你雇用她。"

陈丹："为什么啊？"

杜蔷："不为什么，就是不许。"

陈丹："小蔷，你不要胡闹。做事总要有个理由吧。"

杜蔷："好，你要理由？好，陈姐姐，你也不看看，整一个土人，还国红，啧啧，陈姐姐，就她能帮你做形象设计？看看她穿的衣服，你以为拍电影啊。也不拿镜子照照自己，你配做形象设计吗？"

于国红突然站出来，大声道："你，你为什么总和我过不去？"

杜蔷："我和你过不去，又怎样？谁叫你勾引我男朋友。"

于国红："你，你不要欺人太甚。对，我就是喜欢邢大哥，怎么了？他不喜欢你。"

杜蔷："我看你丫找抽啊。"说着，就要动手。

陈丹大喊一声："住手，小蔷，你再胡闹，我请你出去。"

杜蔷："什么，陈姐姐，你帮着她？！"

陈丹："这是我的设计室，我不能让人欺负我的员工。"

杜蔷："陈丹，你有没有搞错？现在就教训我，是不是太早了点。你还没成为我嫂子呢，等你成为我嫂子再说吧。"

陈丹："杜蔷，你再这样，我就要给你哥打电话了。"

杜蔷："呀，拿我哥来压我呀，我好怕耶。不是看在我哥的面子上，你以为我愿意理你啊，不过我可告诉你，你帮这土人，就是和我作对，我和你没完。"

陈丹气得手发抖："你，你，你出去，滚出去。"

杜蔷："你以为，这都是你的呀，我哥不给你钱，你能干什么呀。哼。"

陈丹气得双手发抖："杜蔷，你，滚……"突然陈丹一晕。

于国红赶紧扶着陈丹，喊道："陈姐，陈姐，你没事吧，你不要吓我。"

杜蔷有些害怕，但是还口硬道："装神弄鬼是你的拿手好戏，吓唬谁啊。"说着，往门外退着。

于国红不说话，扶着陈丹坐下，突然抄起一把扫帚，冲过来，杜蔷吓得掉头就跑。

陈丹赶紧喊道："国红，国红。"

于国红只好放下扫帚，扶着陈丹。

杜蔷吓得跑出门，和正要进来的离离撞上了。

离离："小蔷，怎么走了？"

杜蔷拉起离离就跑："快闪，闯祸了。"二人跑远了。

31. 陈丹的家中　晚　内

陈丹躺在床上，正在看书，杜刚匆匆地进来。

杜刚："丹丹，你没事吧？"

陈丹："没事，我没事，干吗？急成这个样子。"

杜刚："我刚到家就听说了，丹丹，你真没事吗？"

陈丹笑道："我真没事，你看我不是好好的吗？"

杜刚："丹丹，我已经狠狠训过小蔷了，她也知道错了，你原谅她吧？"

陈丹："杜刚，你放心，我怎么会和她计较呢。"

杜刚："唉，这丫头简直被惯坏了。"

陈丹："算了，她还小。不过，她和小峰这事还真是麻烦。"

杜刚："是啊，为这，一家人都头疼死了。"

陈丹："小峰，怎么看？"

杜刚："小峰现在处处躲着她，拿她也没有办法。"

陈丹："唉，也不知道，国红怎么样了？"

杜刚："你放心吧，我已经给小峰和国庆打过电话了。你真的不生气了？"

陈丹笑着摇摇头。

杜刚："你可把我吓坏了，这样，明天我陪你去医院检查一下好吗？"

陈丹："不用了，我没事的。"

杜刚："不行，以前医生就说你要定期检查，这一阵子忙得也疏忽了，就这么定了，明天我刚好不上班，一早来接你。"

陈丹笑着点点头。

32. 医院门口　日　外

杜刚和陈丹正从医院里出来。

陈丹："我说不用来吧，没事吧？"

杜刚："没事当然好了，你还希望有事啊。你就全当今天休假，好不好？"

"陈丹、杜刚。"黄明娟从另一侧出来。

杜刚、陈丹："班长。"

黄明娟："真巧啊。你们这是……"

杜刚："哦，我陪陈丹来检查一下。她昨天又晕倒了。"

陈丹："我没事的，是杜刚大惊小怪的，唉，班长，你怎么在这里啊。"

黄明娟有些语塞，道："我，我来做体检。"黄明娟一边悄悄地将手中的检查单窝了起来。

杜刚："班长，你是要去哪里？"

黄明娟："回家。"

杜刚："那我送你吧。"

黄明娟："算了，反正我下午没有什么事情，我自己回去。"

陈丹："班长你没什么事情吧，脸色这么难看，还是送你吧，杜刚等会从前面路口把我放下就可以了，我去店里看看。"

杜刚："放心吧，能有机会为两位小姐服务是我的荣幸。"

33. 杜刚车内　日　外

杜刚在前面开车，陈丹和黄明娟坐在后面。

陈丹小声问道："班长，你怎么了？是哪里不舒服还是出什么事情了？"

黄明娟勉强笑道："没事，真的没事，就是这几天工作有些累，所以来检查检查。"

陈丹释然道："那班长，你哪天来我店里，我给你做做美容吧。"

黄明娟点点头。

陈丹："杜刚，你就停这里好了，我走过去就可以了。你送送班长吧。"

杜刚："好吧。"靠近路边慢慢停车。

陈丹："班长，你要注意身体啊。否则以后可不能做一个健康的妈妈哟。"

陈丹下车，向二人告别。

第十七集

1. 杜刚车内　日　外

陈丹走后，杜刚没有立即开车，只是盯着陈丹的背影。

黄明娟也看着陈丹的背影道："陈丹真是越活越漂亮了，十多年了，还和小时候的个性一模一样。看来，她真的应该再去当孩子王。"

在一旁的杜刚一听，眼圈猛地一红，将头扭了过去。

黄明娟察觉了杜刚的异样。

黄明娟："杜刚，你是怎么了？"

杜刚："陈丹，她永远也不可能有自己的孩子了。"

黄明娟吃惊地："为什么？"

杜刚将头扭在一边："上次剑平坐牢的时候，陈丹不幸流产，就，就……陈丹今后不能再有孩子了。"

黄明娟愣住了。

杜刚："她自己还不知道。我真不忍心告诉她。我……"

杜刚说不下去了，将头深深地埋在方向盘上。

黄明娟："杜刚，到我家坐会吧。"

2. 孙剑平公司里　日　内

孙剑平和方娜正在会议室里。

方娜："剑平，估计邢小峰可能会在整体价格上有所降低。他们的成本比我们低。"

孙剑平："我们不能降价，珊虹是个大公司，注重的是成效，而不是节约。我们还应该在新功能上有更多的开拓。"

方娜："我估计，邢小峰一定会想到，我们的重点在功能上。他在方案中，一定也会注意到的。"

孙剑平："这也是我最担心的。我们必须创出一条新的思路来。"

方娜："你有什么想法吗?"

孙剑平："暂时还没有，但是会有的。"

方娜钦佩地看了孙剑平一眼，道："你这么自信?"

孙剑平："那当然。"

3. 黄明娟家中　　日　　内

任明祥正无精打采地靠在沙发上，彩票的书也被扔在一边，忽然传来了熟悉的脚步声，任明祥一下子从沙发上弹起来，开门的声音。

接着是黄明娟的声音："进来吧，我老公该到家了，估计是买菜去了。"

任明祥赶紧打开门，黄明娟和杜刚在门口。

任明祥："明娟。"

黄明娟："祥子，这是杜刚，你见过的。杜刚进来坐吧。"

杜刚进来，称赞道："班长，你家挺有格调的啊。"

黄明娟："主要是他弄的，我哪会搞这些。"

任明祥已经为杜刚倒了水，任明祥："杜刚，喝水。"

杜刚："可总听班长夸你啊，今日一见果然如此啊。"

任明祥："哪里，你们坐啊，我给你们洗水果去。"

黄明娟和杜刚在沙发上坐着，任明祥在厨房洗水果。

杜刚："班长，这么多年，你有没有学会烧饭啊?"

黄明娟："没有，我大概这一辈子都学不会了，吃惯了他烧的，我自己烧的饭自己都吃不下。"

厨房里，任明祥听到二人谈话，不由得笑了起来。

杜刚："班长，你真幸福啊。"

黄明娟苦笑了一下，道："别总是说我了。你呢?"

杜刚想了想，道："我的幸福就在陈丹身上，她快乐，我就有了。"

黄明娟："那，你们……"

杜刚摇摇头："她的心还在剑平那里。不过，我有耐心，我相信总有一天，她会接受我的。"

黄明娟长叹一声道："我该找她好好谈谈了。"

4. 杜刚车内　晚　外

陈丹坐在副驾驶位上，陈丹的情绪显然很好，口里还哼着歌。

杜刚看了看陈丹："怎么了，这么开心？"

陈丹："今天有两个孩子来我店里理发，他们真可爱。"

杜刚："是吗，你这么喜欢孩子？"

陈丹："当然啦。杜刚，我也不知道，我怎么就这么喜欢孩子，也许最适合我的工作还是幼儿园。可惜，我不争气，这么好的工作没了。"

杜刚："丹丹，你不要这样，你现在的工作，你不喜欢吗？"

陈丹："喜欢啊，当然喜欢了。只是，我有些可惜。不过也没有关系啦，我将来还可以带自己的孩子玩。唉，杜刚，你喜不喜欢孩子？"

杜刚闻言一愣，一个急刹车。

陈丹："怎么了，杜刚？"

杜刚不自然地道："没什么，车子有些问题了。可能该保养了。"

陈丹："你吓死我，还以为又出事了。"

5. 陈丹家中　晚　内

陈丹躺在床上，心情有些烦躁，随意地翻着一本杂志，几次拿起电话，又放下，忽然电话响了，陈丹抓起来一看是黄明娟。

陈丹："班长。"

黄明娟："陈丹，在忙什么？有时间出来聊聊吗？"

陈丹："好啊，我正无聊呢。"

6. 小茶室里　晚　内

黄明娟和陈丹相对而坐。

黄明娟："陈丹，还记得我们上高中的时候，最后一次去泰山公园吗？"

陈丹："当然记得了。"

（回忆：黄明娟和陈丹悄悄地跟在剑平和邢小峰的身后，陈丹猛地大喊一声："你们在干什么？"

孙剑平和邢小峰吓得从大石头后面掉下来。回忆结束）

陈丹："那个时候真是快乐啊，整天无忧无虑的。"

黄明娟："陈丹，杜刚和剑平，都是我们的好朋友，我今天找你来就是想和你聊聊他们。我知道，你们三人的事情，任何其他人都不好说三道四的，我也不知道，我该不该说，我不想看到你们任何一个人受到伤害。"

陈丹："班长，你想说什么就直说吧。"

黄明娟："陈丹，你对杜刚到底怎么样？"

陈丹："还能怎么样，就这样。我们是同学、好朋友。"

黄明娟："算了吧，丹丹，不要自欺欺人了。你真的打算只当他是同学是好朋友？"

陈丹："可是班长，我，我不知道。"

黄明娟："你是不知道他喜欢不喜欢你，还是不知道你喜欢不喜欢他？"

陈丹："我……"

黄明娟："好，我一个一个问你，丹丹。杜刚喜欢不喜欢你？"

陈丹："嗯。"

黄明娟："你喜欢不喜欢他？"

陈丹沉默。

黄明娟："你是不知道答案对吧？我们反过来想想。假设你和杜刚在一起，对他有不满意的地方吗？"

陈丹："嗯，没什么。可是……"

黄明娟："别可是，我们再假设没有杜刚，你会怎么样？"

陈丹："我……"

黄明娟："陈丹，我们再假设你和孙剑平再在一起，过去发生的一切，你们都能不介意吗？"

陈丹："不能。"

黄明娟："陈丹，人不能背着历史的包袱生活，放松点。"

陈丹："我有吗?"

黄明娟："陈丹,有一句话我想劝你,如果你无法忘记剑平,就要和杜刚说清楚。我了解剑平,他也许是一时糊涂,但是绝对是一个值得你爱的人。如果你决定忘记过去重新开始,也要和剑平说清楚。陈丹,你的犹豫不决,肯定会伤害他们,也会伤害你自己的。"

陈丹一脸的迷茫。

7. 茶室门口　晚　外

黄明娟站在马路旁边等出租车,忽然于国庆骑着三轮从马路对面过来。

于国庆喊道:"班长。"

黄明娟走到马路对面:"国庆,这么巧,你这时候还送啤酒啊?"

于国庆:"是啊,班长,你怎么在这里?"

黄明娟:"我约陈丹聊天,刚送走她,要是慢一点就能碰上了。"

于国庆:"哦,陈丹,她还好吗?"

黄明娟长叹一声:"我说不清楚。"

8. 路边　日　外

黄明娟和于国庆推着三轮车,两人边走边谈着。

于国庆:"班长,这下事情可有些麻烦了,前两天剑平刚来找过我,他对陈丹还是念念不忘,我还鼓励他回去找陈丹呢。这么一来不都乱套了吗?"

黄明娟:"是啊,我刚才和陈丹谈了,原本是想让陈丹做个决断,可是,她好像更迷糊了。"

于国庆:"那怎么办啊,这种事情旁人也插不上手啊。"

黄明娟:"我也正犯愁呢,这事啊,还不能久拖,否则对这三个人都没好处。"

于国庆:"可是怎么办呢?"

9. 人民医院病房　日　外—内

黄明娟泪眼蒙眬地透过门上的玻璃向里看,只见汪老师疲惫地躺在床上看书。

黄明娟几次欲敲门，但都没有忍心。

她掉回头把花篮交给总台……

10. 于国庆家门口　早　外

于国庆家的院门刚刚打开，于国庆从里面推着三轮车出来，刚刚骑上去，还没蹬一圈，一辆出租车开过来，在于国庆的家门口停下，黄明娟从里面出来。

黄明娟喊道："国庆，你等等。"

于国庆赶紧跳下车，惊奇地道："班长？这么早，出什么事情了吗？"

黄明娟："我就怕你走了，还好赶上了。"

于国庆："怎么了？"

黄明娟："我想到一个办法，想和你商量一下，你看行不行。"

11. 孙剑平公司里　日　内

孙剑平和方娜正在会议室里。

方娜："剑平，估计邢小峰可能会有其他动作。"

孙剑平："没关系，珊虹是个大公司，注重的是成效，而不是小动作。我们还应该在科技含量上下功夫。"

正说着，秘书来报告："孙总，您的一个同学来拜访您。他说他是于国庆。"

孙剑平："国庆？快请。"

方娜："那你先忙吧。"方娜退出。

于国庆进来，方娜冲着于国庆一点头。

于国庆连忙还礼。

孙剑平："国庆，你怎么来了？出什么事情了吗？快这边坐。"说着将于国庆让到沙发上坐下。

于国庆："剑平，我没有打搅你工作吧？"

孙剑平："国庆，你说什么呢？"

于国庆："剑平，我想和你商量个事。"

孙剑平："什么事？你说。"

于国庆："你看我们这毕业都十年了，我一直有个心愿，想打开当年咱们在泰山上埋的那个铁盒子……"

孙剑平："国庆。"

于国庆制止道："剑平，你听我说完。上次我和你提到这个事情的时候，你说等等，我也就没说什么。现在那里在搞开发了，我听班长说，好多地方都是又拆又填的，我真怕哪天把泰山也推了，我们的愿望就永远也打不开了。剑平，你就当还我一个心愿，我们六个人约个时间一起去打开铁盒，好不好？不知道大家的钥匙还在不在。"

孙剑平沉思了一下，道："我的在。那好吧。国庆，我听你的。"

于国庆笑着点点头。

12. 泰山公园门口　日　外

一个风和日丽的好天气。不远处是一个施工工地。黄明娟和于国庆站在泰山公园的门口。

黄明娟："国庆，剑平来吗？"

于国庆："应该来，他亲口答应的。他们怎么样？"

黄明娟："小峰和杜刚没有问题。就是陈丹开始怎么也不想来，也不知道杜刚能不能劝动她。"说着，焦急地向路口张望着。

于国庆："班长，该来还是要来的，急也没用。"

正说着一辆出租车开过来，邢小峰从车里下来。

邢小峰一下车就喊道："班长，国庆。"

邢小峰跑到二人面前道："班长国庆，我没有来晚吧。"

于国庆："没有，没有，你还挺早的，他们还没来。"

"有时早也未必是好。"孙剑平从一边走过来，插道。

于国庆："剑平，你从哪里来的，我们怎么没有看见你啊？"

孙剑平："我刚过来。"孙剑平冲着黄明娟一点头，来到邢小峰面前："你同意我的看法吗？邢总。"

邢小峰一愣："你……"

孙剑平："超越的蛋糕好吃吗？有没有烤红薯的味道？"

黄明娟赶紧插道："剑平，你……"

这时杜刚开车过来了，陈丹和杜刚从车里下来。

杜刚："对不起，我们来晚了。"

黄明娟："你有什么话，回头再说，好了，大家终于聚齐了，国庆，我们是不是现在就去取铁盒啊。"

于国庆："不着急，不着急，这毕竟是十年的大事情，难得今天能聚这么齐啊。"一阵风刮过来。

陈丹不由地缩了缩。

杜刚关切地问道："冷吗？"说着将自己的外套脱下来披在陈丹的身上。

孙剑平看了看陈丹和杜刚，有些沮丧，道："国庆，还是赶紧去吧。"

邢小峰有些幸灾乐祸道："刚才什么人说的？有时早也未必是好。"

孙剑平脸色一变道："邢小峰，你再说一遍！"

邢小峰："怎么？只有你说我的，难道我就不能说你啊。就算是囚犯还有重新做人的机会，我他妈的，从你出事后，就一直装孙子，爷爷我不干了。我错了怎么了，我错了我认，犯不着总这么对人低声下气的。"

杜刚赶紧过来制止道："小峰，你冷静点。咱们今天是来聚会的，不是来吵架的。"

孙剑平："用不着你在这里装好人。"

杜刚："剑平，你对我有意见，我们找个机会再谈，今天是来聚会的。"

孙剑平看了杜刚一眼，掉头就要走。

于国庆赶紧拦住，道："今天谁也不许走，大家这么多年的同学，有什么话不能好好说。"

孙剑平："和他？多余。"

杜刚："好。剑平，你把话说清楚。"

孙剑平冷笑了一下道："好。"孙剑平看了看不远处的陈丹，压低了声音道："我不管你以前怎么了，如果你敢辜负陈丹，我绝不饶你。"

杜刚脸色一变，道："孙剑平，你还有脸这么说，如果不是你，陈丹会这么遭罪吗？"

孙剑平："你给我记住，我和陈丹的事犯不上你来指手画脚。"

杜刚："你也给我记住，只要和陈丹有关，我就管定了。"

孙剑平和杜刚怒目而视，忽然孙剑平挥手向杜刚打去，杜刚将头微微一偏，一个左勾拳，将孙剑平击倒在地。

杜刚："孙剑平，你别以为我打不过你。"

邢小峰吃惊地看着坐在地上的孙剑平，孙剑平用手一抹，鼻子出血了。

邢小峰扭过头，瞪着杜刚，喊道："还真动手啊！"邢小峰一撞将正在吃惊的杜刚撞倒在地上。

于国庆赶紧将邢小峰抱住，喊道："小峰，你疯了。"

邢小峰："国庆，你放开我，我今天非教训他不可，留洋有什么了不起，留洋就能打人啊。"

黄明娟挡在杜刚的面前，喝道："邢小峰！"

邢小峰的举动，让孙剑平傻了。

"别打了。"陈丹大喊了一声，众人安静下来。

陈丹带着哭腔喊道："你们，你们太过分了！我不想再见到你们！"说完，陈丹掉头就跑，在路边拦了一辆出租车匆匆离去。

众人都呆了。

13. 孙剑平的新公司里　　晚　　内

方娜正在里面盯着电脑屏幕，紧张地工作着，孙剑平从外面进来。

方娜有些意外，问道："剑平，你今天不是同学聚会吗？这么早就结束了？"

孙剑平嗯了一声，往沙发上一靠。

方娜注意到了孙剑平的异常情绪，站起来，给孙剑平倒了一杯水，在孙剑平的对面坐下来，关切地问道："剑平，你怎么了？发生什么事情了？"

孙剑平："没什么。"

方娜："还没什么！你看你满脸的问号，到底发生了什么事情，能和我说说吗?"

孙剑平喝了一口水,忽然问道:"方娜,从创先你就和我们在一起,你能帮我分析一下吗?"

方娜:"你要分析什么?"

孙剑平:"我记得,当时小峰走后,你曾对我说过,我们还有救,你能告诉我当时具体的业务情况吗?越详细越好。"

方娜:"你为什么会突然问这个?以前,你不是最不愿意听这些的吗?"

孙剑平叹了一口气道:"不是突然,其实,我早就想知道,但是我一直不敢去想,我怕知道后,失去我的生活目标。"

方娜淡淡一笑,道:"是报复的目标。"

孙剑平有些不好意思地点点头。

方娜:"我知道你总有一天会冷静下来的,所有当年的资料我都保存着,我还保存了一件你的东西,我想你会感兴趣的。"

孙剑平:"哦,什么东西?"

方娜微笑着看着他。

14. 方娜的住所　晚　内

孙剑平坐在客厅里。

方娜从里面出来拎着一个小包,方娜打开包,道:"这里全都是当年邢总走后,我和几个同事做的一些情况分析以及相关的资料。哦,你先看看这个。"

方娜从包里拿出一张照片,递给孙剑平,孙剑平接过来一看,是当年创先刚成立的时候拍下的照片,照片上有个清晰的脚印,但是仍然能看得很清楚,六个好朋友表情各异,每个人都神采飞扬。

方娜:"当年公司倒闭后,我曾去看过,就带回了这个,我始终觉得你们之间的情意是不可抹灭的。"

孙剑平:"方娜,你能将这张照片送给我吗?"

方娜:"这本来就是你的东西,当然要还给你。"

孙剑平将照片细心地放好,对方娜道:"方娜,我真诚地谢谢你。我想听所有的细节！"

15. 方娜家的客厅里　晚　内

孙剑平："这么说来，小峰当时留下的那些客户，后来都在同一时间里，在法院将我告了？"

方娜："对。这里有两个问题，一是这些客户都是公司的长期的客户，并且所涉及的项目都是已经开始的或者对公司影响比较大的。二是，这些客户都很分散，奇怪的是，他们怎么能在同一时间内向法院起诉呢？"方娜停顿了一下道："这就说明了一件事情。"

方娜和孙剑平不约而同地齐声说道："有人通知他们。"

方娜道："对，就是有人通知他们。这个人有可能是邢总，或者其他的某个人。"

孙剑平一怔。

（回忆：邢小峰道："剑平，我当时是做了安排的啊！你要相信我……"）

孙剑平长叹一口气，道："我也真想不明白。算了，不说这个了。"

方娜："剑平，你是在回避对吗？如果是邢小峰，你该怎么办？如果不是他，你又该怎么办？"

孙剑平："我……"

方娜："剑平，你就是知道又能怎么样？你的经营就一点问题没有吗？公司的生存经不起风浪，这样的公司又能有多大的生命力？"

孙剑平："我一直在思考这个问题。是不是我的野心太大了，总想一夜成为超越，做第二个李嘉诚。我多想回到从前，可惜这世上没有后悔药。"

方娜："剑平，你今天怎么了，如此多愁善感？好了，我们不说这个了。关于珊虹的业务你有什么想法？"

孙剑平一愣，道："方娜，我问你，如果不考虑其他因素，就针对珊虹的业务来说，我们和新峰的胜算有多大？"

方娜："你说呢？"

孙剑平想了想："各自百分之五十。"

16. 杜刚的房间里　晚　内

杜刚一个人靠在床上，两个眼睛睁得大大的，看着天花板。

（回忆：孙剑平道："我不管你以前怎么了，如果你敢辜负陈丹，我绝不饶你。"特写孙剑平愤怒的表情）

杜刚起身拿出西西临走留下的字条。杜刚看了看，懊恼地捶了一下床沿，发出"咚".的一声。

稍停，门口响起了杜父的声音："刚儿，睡了吗？"

杜刚赶紧道："哦，还没有。"杜刚打开门。

杜父站在门口，看着杜刚，道："儿子，天下没有过不去的桥。"

杜刚："爸，我们聊聊好吗？"

17. 黄明娟的家里　晚　内

任明祥正在茶几上验算彩票的概率，听到黄明娟开门进来的声音，任明祥赶紧将验算的草稿和书藏起来，用靠垫盖住。

黄明娟见任明祥慌乱的样子，不解地问道："你在干什么？"

任明祥掩饰道："没什么。"

黄明娟皱着眉头走过来看了看，拿过靠垫。

任明祥："就知道你会不高兴，好了，我以后不玩这个了，不要生气了。"

黄明娟叹了口气坐在沙发上，闭上眼睛，任明祥赶紧将东西收了起来，忽然注意到黄明娟眼角挂着泪水。

任明祥有些慌乱道："明娟，我保证以后真的不玩了，你别这样。你怎么了？"

黄明娟没有睁眼，道："和你没关系。"

任明祥："是妈对吗？是妈今天催你了吧，我让她不要说，她偏要说，明娟，你要是实在不愿意要孩子，咱就不要孩子，我明天和妈解释，你不要难过。"

黄明娟忽然坐了起来，问道："祥子，我问你一个事情。如果我们没有孩子，你还爱我吗？"

任明祥："傻瓜，当然爱你了。只是孩子是我们爱情的结晶，我当然希望能拥有了。"

黄明娟："祥子，其实，我并不是不想要孩子，我只是想利用年轻的时候，多做点事情。"

任明祥轻轻地将黄明娟揽过来，道："我知道。以前是我不对，不该那么逼你，等你什么时候想要了，咱们再要。"

黄明娟靠在老公的怀里，幸福地闭上了眼睛。

18. 于国庆家门口　晚　外

于国庆和邢小峰站在门口。

于国庆："小峰，我们还是进去说吧。我们都在门口说了一晚上了。"

邢小峰紧紧拉着于国庆道："不，就在这里说。国庆，我也不知道我今天这是怎么了，我怎么就不能忍忍呢，我干吗要呛他啊。好端端的一个事情，你看让我搅的。"

于国庆："好了，小峰，你就不要再自责了，今天大家都有责任，都太冲动了。不能怪你一个人。"

邢小峰："这下剑平可更恨死我了，唉，也不知道杜刚怎么样了？"

19. 杜刚家里　晚　内

杜刚和杜爸爸。

杜刚："爸爸，我确实很爱陈丹，当初在得知她结婚后，我绝望了，才和西西在一起的，可是，爸爸，所有的人都以为我是因为陈丹离婚了，才和西西分手的，但是爸爸，我自己心里明白，我和西西在一起的时候，总把她当成陈丹，为了不想对她不公平，我才选择了分手。"

杜爸爸："儿子，你的心情，爸爸理解。"

杜刚："爸爸，问题是，陈丹她现在还无法忘记剑平，而且，我，我常感觉到，也许剑平才真正是她想要的人。"

杜爸爸："这个问题你和陈丹谈过吗？"

杜刚摇摇头。

杜爸爸："陈丹是一个活生生的人，不是东西，可以让别人推来让去的，儿子，你应该好好和陈丹谈谈，两个人的事情要考虑两个人的感觉，不是一个人单方面可以决定的。爸爸给你一个忠告，婚姻是踏踏实实的生活，适合自己的才是最好的。"

20. 邢小峰公司门口　日　外

杜蔷和离离正坐在对面的咖啡馆里。

离离："小蔷，你总不去网吧，那生意怎么办？"

杜蔷："想怎么办就怎么办，反正我没兴趣了。"

离离："那你不如让给我吧。"

杜蔷："那不行。"

离离："你哥不是买过来了吗？"

杜蔷："那是我爱情的象征，哪能轻易丢掉。"

离离："切。那你天天这么等着也不是事啊。"

杜蔷："我要和他最后摊牌。"

两人正说着，远处于国红走了过来。

离离一拉杜蔷道："小蔷你看。"

杜蔷顺着离离的手指的方向看去，于国红正拎着包走来，还边走边哼着歌。

杜蔷一看把手里的瓜子往下一扔，道："这个土人，还敢过来，看我怎么治她。"说着，朝于国红冲过去，离离也紧紧地跟在后面。

于国红正哼着歌，手里还拎着一个包，一路走来。杜蔷和离离突然站在面前，把于国红吓了一跳。

于国红紧紧地抱着自己的包，紧张地问道："你们，你们要干吗？"

杜蔷："要干吗！你不是厉害吗？"

于国红："你不要乱来，我要报警了。"

杜蔷："还有脸报警！我警告过你，不要破坏别人的感情，你不听，偏偏和我杜蔷作对。"说着，一伸手将于国红的包夺了过来。

于国红叫道："还给我。那是我的东西。"

杜蔷："你以为我要你的破烂啊，好，还给你。"手一抖，将包扔在路边的污水里。

于国红赶紧捡起来一看，包已经破了。里面正是于国红辛辛苦苦织的毛衣，已经沾上污水了，于国红眼圈红了，道："你，你也太欺负人了。"

杜蔷："那你喊啊，喊你的邢大哥来救你啊。你少来这套，就你这个样子，还来和我抢。凭什么呀。"一伸手就要夺于国红的毛衣，于国红死死地抱住不给，杜蔷火了，道："离离，教训她。"

一双手伸过来，拦阻了杜蔷，邢小峰不知道什么时候，从后面赶来，一把拉过于国红，瞪着杜蔷道："杜蔷，你想干吗？"

杜蔷："邢大哥。我没干吗啊。"

于国红躲在邢小峰的身后，浑身发抖，污水弄得一身都是，毛衣也脏兮兮的了。

邢小峰回头道："国红，你没事吧。"

被邢小峰这么一问，于国红的眼泪终于掉了下来，哭着道："邢大哥，给你的毛衣……"终于忍不住扑在邢小峰的怀里哭了起来。

邢小峰连连安慰："好了好了，不哭了。"

杜蔷在一边道："看不出来还挺郎情妾意的啊。"

邢小峰厌恶地："你管得着吗？"

杜蔷："邢大哥，你为什么偏偏喜欢这个乡巴佬，不喜欢我？"

邢小峰："杜蔷，我再告诉你一遍，我喜欢谁是我的事，用不着你来过问。"

杜蔷："不，我偏要问，我不许你喜欢她。"

邢小峰："好，你非要问，是吧。好，我告诉你，她是我未婚妻，我们就要结婚了。"

杜蔷："未婚妻？你骗人。"

邢小峰："你爱信不信。不过，我告诉你。杜蔷你最好给我听好了。要是有人再敢欺负我未婚妻，我就有她好看的。国红，咱们走。"

杜蔷脸色发白，忽然伸手就欲打于国红。

邢小峰一伸手抓住杜蔷的手，恶狠狠地道："你最好不要挑战我的耐心。"说完，将杜蔷的手一摔，扶着于国红走了。

杜蔷被摔了一个趔趄，要不是离离扶着差点就坐在地上了，杜蔷脸色发白，在后面叫道："邢小峰，你这个混蛋，你一定会后悔的。"

21. 杜刚家里　早　内

大清早，杜刚从房间里出来，杜妈妈和杜爸爸已经在餐桌前坐好了。杜爸爸已经在看报纸了，保姆也将早餐端了上来。

杜妈妈："刚儿，喊你妹妹出来吃饭吧。"

杜刚答应了一声，来到杜蔷的房间门口，道："小蔷，吃饭了，起来吃饭了。"

没有人应答。杜刚又喊了一遍还是没有人应答。杜刚轻轻地推了推门，发现门是虚掩的。杜刚有些奇怪，自语道："这丫头怎么了。"推门进去一看，杜蔷不在房间。杜刚："大清早跑哪去了？"

说着就要转身出去，忽然看见梳妆台上放着一封信，杜刚走过去拿起一看，没有署名，也没有封口，有些好奇，就打开一看。

杜刚的脸色大变，赶紧出来道："爸爸，妈妈。小蔷到同学家玩去了，我有急事我先出去一下。"说着就急匆匆地拿起东西就走。

杜妈妈："这些孩子，怎么一个个都神神秘秘的，饭也不吃就走。"

杜爸爸："年轻人的事，你就不要操心那么多了。"

407

杜妈妈摇摇头，自己吃饭了。

22. 杜刚车内　日　内

杜刚坐在车内，满头都是汗，一边焦急地打电话一边恶狠狠地骂道："这个疯丫头。"从杜蔷房间中的那张纸，被杜刚窝在手里，已经皱巴巴的了。

杜刚："喂，阿姨啊，我是杜刚啊，小蔷在不在你那里？哦，没什么事，不在算了，没事的。阿姨再见。"

杜刚又拨了一个电话："不在啊。"

杜刚拨了几个电话都不在。杜刚想了想，开车走了。

23. 邢小峰网吧门口　日　内

杜刚的车在邢小峰的网吧门口停下来，杜刚从车里跑出来，门都没锁，冲到网吧。网吧还没有开门，一把大锁从外面锁着。杜刚气得捶了大门两下。

杜刚无精打采地靠在门上，自语道："她会到哪去了呢。"忽然杜刚像是想起什么，猛地上车走了。

24. 邢小峰公司里　日　内

邢小峰正坐在公司里，吃早餐，自从于国红到陈丹那里去了以后，邢小峰仍然坚持每天吃早餐。邢小峰正端起一杯牛奶，刚要喝，门就被咣的一声撞开了。

杜刚闯了进来。

邢小峰一惊，道："杜刚，你这是怎么了？"

杜刚脸色发青："邢小峰，杜蔷在你这里吗？"

邢小峰："没有啊。"

杜刚："邢小峰，你到底对她做了什么？"

邢小峰："我做什么了？"

杜刚将一张纸往邢小峰的桌上一拍，道："你自己看。"

邢小峰疑惑地拿起纸：

爸爸妈妈哥哥：

我走了，我再也不回来了，他让我太伤心了。我永远永远都不原谅他！！你们不要找我，也找不到我，我对不起你们。永别了。

小蔷

邢小峰惊得一下子站了起来，道："这是什么意思？小蔷呢？"

杜刚："你问我，我问谁去？现在我爸我妈还不知道，我都不敢想象他们要是知道了，会怎么样。"

邢小峰："慢点，你慢点，说清楚，到底怎么回事？"

杜刚："昨天小蓄回来，就把自己锁在房间里，当时也没有人在意她是怎么了。今天一大早，人就没有了，只有这个。邢小峰，小蓄要是有什么意外，我绝不放过你。"

邢小峰一下子坐在椅子上，嘴巴张得老大。

25. 杜刚家里　日　内

杜妈妈和杜爸爸愁眉苦脸地坐在沙发上，杜刚推门进来。

杜妈妈焦急地："怎么样？有消息了吗？"

杜刚看了看爸爸一眼，道："妈，您别担心了，我已经问了，是小蓄在和人怄气，等她气消了就没事了。你就别管了啊。"

杜爸爸："这孩子，什么时候才能懂事点。"

杜刚叹了一口气，进房间了。

杜刚一进房间，就扯掉领带，把包往床上一摔，长长出了一口气坐在椅子上。

忽然，杜刚的电话响了，杜刚接电话，口中连连嗯嗯，道："我知道了。"杜刚拿起包又出门了。

26. 邢小峰办公室里　日　内

邢小峰正坐在办公室里，打电话。

邢小峰："毛哥，就是这个女孩，对，她喜欢上网，你务必帮帮兄弟，尽快找到她。谢谢啊。"

邢小峰额头上都是汗，顾不上擦一下，又拿起电话了。

这时于国红和于国庆兄妹二人进来了。

邢小峰示意他们坐下，没有放下电话，道："老二，就是这个女孩，对对，帮我看网吧的那个，一定要找到，拜托了拜托了。"

邢小峰放下电话刚要说话，杜刚从外面进来了。

于国庆和妹妹都站了起来。

杜刚："国庆，你们来了。"

于国庆："我听说了，怎么会这样。"

杜刚没有回答于国庆的话，看了看邢小峰，邢小峰摇摇头。

杜刚："小峰，我……"

邢小峰："杜刚，什么都别说了。小蔷丢了，我和你一样着急，你放心，就是把整个城市翻个个，我也要把她找出来。"邢小峰电话响了。

邢小峰接电话："什么，不对，是帮我看、看网吧的那个女孩，对，就是她。什么？在哪？好，看着她，我马上来。"

众人都看着邢小峰，杜刚："是小蔷吗？"

邢小峰："我有朋友找到那个经常和小蔷在一起玩的女孩，小蔷的下落她一定知道。"说完，众人随着邢小峰一起急匆匆地出去了。

27. 网吧里　日　内

离离正和一个男青年在打老怪，邢小峰带头进来了，杜刚等人跟在后面。

邢小峰几步来到离离面前，邢小峰直直问："杜蔷在哪？"

离离吓了一跳，见是邢小峰装作不认识的样子，叫道："你算老几，我凭什么告诉你！"

离离旁边的男青年过来，道："嗨，找碴儿啊。"

邢小峰不理会，恶狠狠地："杜蔷在哪？"

离离有些胆怯："我怎么知道她在哪？"说着就想溜。

邢小峰一把抓住离离的胳膊，男青年见状，上前就想揪住邢小峰的衣领，威胁道："敢惹咱，也不打听打听。"

邢小峰眼睛只盯着离离，一只手抓住离离的胳膊，另一只手，将手机往口袋一装，空出手来，一把拧着男青年的手腕，暗暗一较劲，男青年疼得立刻蹲了下来，鬼哭狼嚎的。

离离的脸色有些变，旁边有几个青年呼啦就将邢小峰围了起来。

于国庆见状抬腿将一个板凳一脚端下，木板凳立刻散了，于国庆喝道："兔崽子，我看哪个敢动。"

男青年还在不停地叫着："大哥，大哥，您松松手。疼死我了。"

邢小峰手一扬，男青年跌坐在地下。

离离的脸色苍白，声音发抖道："我，我不知道她在哪？"

邢小峰盯着离离："我再问最后一遍，杜蔷在哪？"同时，邢小峰的手上一用力。

离离疼得大叫道："我说，我说就是了，疼死了。"

邢小峰微微松了松："说。"

离离："她说心里烦，想一个人到度假村去玩两天。"

邢小峰："哪个度假村？"

离离："就是百花园嘛，我都说了，你该放手了吧。"

邢小峰把离离的胳膊一摔，恶狠狠地道："你记住，我马上就去，要是见不到人，我回来拆了你的骨头。"说完，转身就走。

离离在后面叫道："唉，她自己说在那的，你这个人讲不讲理啊。"

邢小峰不理，带着众人出来了。

28. 网吧门口　外　日

邢小峰刚刚走到车旁，杜刚的手机又响了，杜刚皱着眉头道："喂，什么事？"

杜刚："我都说了，我现在去不了，我妹妹丢了，我哪有什么心思去签合同。"说完，就挂了。

邢小峰见状道："杜刚，我看你们都不要去了。万一那丫头使鬼，我好及时通知你们，你们在家也有个准备。"

杜刚："可我不放心。小蔷她……"

邢小峰："杜刚，你放心吧，只要她在那，我一定把她带回来。相信我。"

杜刚略一沉思："好，小峰，一切拜托你了。"

于国红："邢大哥，你和她好好说。"

邢小峰点点头，上车急驰而去。

杜刚不放心地看着邢小峰。

于国庆过来拍了拍杜刚的肩膀："杜刚。"

于国红："杜大哥，你不要太担心。"

杜刚："国红，你去和你陈姐说一声，以免她担心。"

于国红点点头。

29. 百花度假村里　傍晚　内

邢小峰风尘仆仆地进来了，直冲到接待处，冲着服务员嚷道："快，帮我查一下有没有一个叫杜蔷的女孩住在这里？"

前台小姐，有些纳闷，还是礼貌地对邢小峰："先生请稍等。"

邢小峰正焦急地等着，电梯停了，杜蔷从里面出来，邢小峰一扭头看到杜蔷，快步跑过来，一把抓住杜蔷的胳膊，惊喜地喊道："小蔷。"

30. 杜刚家里　傍晚　内

杜爸爸和杜妈妈正坐在沙发上，保姆已经做好的晚饭，但是没有人吃，杜刚从里面出来。

杜刚："爸妈，吃饭吧。"

杜爸爸看了儿子一眼，扶着杜妈妈："吃饭吧，小蔷不会有事的。"

杜刚看着爸爸妈妈刚要张嘴说话，手机响了。杜刚赶紧接电话。

杜刚："喂，小峰。"

电话那头传来了邢小峰的声音："杜刚，你等等。快，和你哥说话。"

杜蔷的声音："哥。"

杜刚大声道："小蔷，你在哪里，胡闹什么。你知不知道家里担心死了。"

杜蔷："哥，我不过想出来散散心嘛。我都这么大了，还丢了不成。"

杜刚："你，这个死丫头。"

杜蔷："你们都骂我，骂吧骂吧。骂死我好了。"

邢小峰接过电话："杜刚，你不要担心了。我现在和她在一起，今天太晚了，明天一早我就带她回来。你放心吧。"

杜刚："小峰，谢谢你了。"杜刚挂了电话。

杜刚："爸爸，妈妈，小蔷找到了，在度假村，小峰正和她在一起，明天早上就带她回来。"

杜爸爸和杜妈妈都长出了一口气。

31. 陈丹的美容院里　日　内

陈丹坐在椅子上，有些没精打采的。

于国红在一边整理东西，准备迎接今天的第一批客人。于国红小心翼翼地问道："陈姐，你怎么了，不舒服吗？"

陈丹摇摇头："我挺好的。你忙你的吧。"陈丹又恢复了以往那种郁郁寡欢的神情。

杜刚从外面进来。自从那天和孙剑平打架后，杜刚还是第一次来见陈丹。

于国红："杜大哥，你来了。"

杜刚点点头，于国红知趣地走到里面。

杜刚来到陈丹面前，道："陈丹，我很抱歉，那天失态了。"

陈丹苦笑了一下道："没什么。"

杜刚："我要离开这里几天，想来和你告个别。"

陈丹："去哪？"

杜刚："我去北京做一个实验，需要去好几天。"

陈丹："那，你保重吧。"

32. 离离家门口　日　内

离离正一个人在大街上闲逛，巧遇于妈。

于妈："离离，怎么一个人啊，你那个小朋友呢？"

离离："别提了，她家人不让出来。"

于妈："走走，小孩子叹什么气，到于妈那去坐坐。"

离离："不去了，没什么好玩的。"

于妈："走吧走吧。"说着连拖带拉地将离离拉走了。

33. 香香美发屋里　日　内

美发屋里，没有什么客人，于妈一边给离离吹头发一边朝对面的陈丹的

413

店张望，不时有人进出。

于妈眼珠一转："离离，我记得你小的时候总是过敏，现在还是这样吗？"

离离："是啊。"

于妈停止吹，绕到离离的面前道："离离，相信于妈吗？"

离离："相信啊！怎么了？"

于妈示意离离过来，于妈伏在离离的耳边嘀咕了几句。离离不停地点头。

离离将信将疑地问道："于妈，这样做行吗？万一要是不行，我可怎么见人啊？"

于妈："行。当然行了。你不是想开网吧吗？于妈给你保证，这下肯定你能敲一笔，足够你开网吧的了，而且还可以帮助你的朋友出气啊。"

于妈见离离还在犹豫，又说道："你看你小的时候过敏过那么多次，不都没什么事情吗？你看你现在的皮肤不还是这么好吗？再说了，这么好的机会，你不把握活该要穷一辈子的。不是有句老话吗？机会是留给有心人的。"

离离将信将疑地点点头，发狠道："好，舍不得孩子套不着狼。我豁出去了。"

34. 陈丹美容院里　日　内

于国红拿着一本书《色彩的原理》在店门口看。

离离从外面进来，恶声恶气道："做护理。"

于国红一惊以为离离又要来找自己麻烦，将书紧紧地抱在怀中。

离离："怎么？不做啊？"

于国红赶紧放下书道："做，您请进。请坐，您想做点什么护理？"

离离在椅子上坐了下来，道："做个面膜吧。"

于国红："好的，您稍等。"于国红给离离倒了一杯水，就戴起了手套。

离离道："给我做个进口的吧，就要这种。"

于国红道："好吧。"

陈丹从里面出来，道："国红，这种护理你没做过，我来做吧。你去提货吧。"

于国红："陈姐。"

陈丹："去吧，没事的。"

于国红："好吧。"将手套脱下来交给陈丹。

离离有些意外，看了看陈丹，又看了看外面，于妈正站在对面的玻璃后面，冲着离离点点头。离离有些恐慌地闭上眼睛。

35. 香香美发屋里　日　内

于妈正悄悄地躲在门后面看着对面。

36. 陈丹美容院里　日　内

离离脸上蒙着面膜。

陈丹端着一个盆，轻声道："小姐，我去换水，请您等一会儿。"陈丹端盆出去了。

离离悄悄地起身，从自己的随身包里拿出一个瓶子，将旁边小推车中的同样的瓶子调换了。离离做完这些，伸头看了看，陈丹还没有回来，就往美容椅上一躺，脸上露出一丝得意的笑容。

37. 陈丹美容院内　黄昏　内

于国红提着一大堆的货，急匆匆地从外面进来。

于国红还没有放下东西就急急地问道："陈姐，没事吧？"

陈丹笑道："能有什么事？看你干吗这么急，瞧这一头汗。"说着递给于国红一块毛巾。

于国红接过毛巾，不好意思地道："陈丹，我怕她来捣乱的，你不知道，她和那个杜家大妹子厉害着呢。"

陈丹笑着摇摇头："没事，她就是来做个面膜。"

于国红："陈姐，我就不明白了，像杜大哥，这么一个斯文的人，怎么有这么个宝贝妹妹。"

陈丹："她们年龄小难免有些冲动，国红，反正也不早了，我们今天早点休息。"

于国红:"陈姐,你不等杜大哥来接你啊。"

陈丹嗔怪道:"小丫头。"

于国红和陈丹动手关店门。

第十八集

1. 孙剑平的公司对面　黄昏　外

陈丹站在孙剑平公司对面的小店里，正慢慢地喝着一瓶饮料，眼睛却盯着孙剑平的公司窗口，一只手把玩着自己的手机，手机上显示的号码正是孙剑平的，陈丹的拇指正按在发射键上，只要轻轻地按下去，就能接通孙剑平的电话了，也不知道为什么，陈丹已经在那里摸了半个多小时了，就是没有按下去。

忽然孙剑平从大楼里出来，拎着黑包，戴着墨镜，看起来很酷很酷的样子。陈丹正要迎上去，忽然方娜在后面喊住了孙剑平，孙剑平停下来和方娜谈了两句，方娜就走了，孙剑平一个人站在门口，很悠闲的样子。

陈丹咬咬牙，放下饮料，刚走一步，就看见方娜开着一辆跑车从一边出来，停在孙剑平的旁边。

距离太远，陈丹听不清他们说什么了。只见，孙剑平和方娜聊了两句，方娜下车，将钥匙放在孙剑平的手中，接过孙剑平的黑包，坐在副驾驶的位子上。

孙剑平则很自然地接过钥匙，坐在驾驶员的位子上，两个人分别上车，扬长而去。

2. 陈丹家中　晚　内

陈丹在房间里，靠在床上，瞪着天花板。忽然陈丹翻身起来，拿起电话，拨了黄明娟的电话。

陈丹："班长，我是陈丹。"

……

陈丹："班长，我觉得你说得对，我想我知道答案，我知道自己该怎么选择，想要的是什么了。"

……

陈丹："等杜刚出差回来我会说清楚，告诉大家。"

……

陈丹："班长，你放心吧。拜拜。"

陈丹放下电话，长叹一声："剑平，咱们真的缘尽了吗？"

3. 陈丹美容院不远的大街边　早　外

离离和于妈，还有两个男青年，站在街边。

离离："于妈，还是算了吧。昨天是小蕾的嫂子做的，不是那个女人做的。"

于妈："管她是谁呢，反正都一样。"

离离："我还挺怕的，还是算了吧。"说完离离就要离开。

于妈一把拉住离离："傻孩子，你不想开网吧了吗？你不想要钱了吗？"

离离："可是，我还是挺怕的。"

于妈："怕什么，有于妈呢，只要过了今天，你的网吧就有了。"

离离犹豫地点点头，向陈丹美容院走去，于妈一挥手，两个男青年跟在后面。

4. 陈丹的美容院里　早　内

陈丹显得有些疲倦，靠在沙发上。闭目养神。于国红正在收拾东西，做一天的工作准备。

忽然，离离带着两个人来到店门口。

于国红迎上去："请问几位，想做点什么？"

离离把于国红一推，朝陈丹走过来，对身后的两位同伴道："看，就是她，就是她做的。"

离离上前一个耳光打在陈丹的脸上，陈丹惊得站了起来，不知所措。

于国红赶紧过来道："你怎么随便打人啊。"说着将陈丹拉到自己的身后。

离离一指自己的脸道："打人？我打她还是轻的。你看看，你们把我的脸做的？看到没？"

陈丹上前仔细一看，果然在离离的脸上红红的，一看就像是受了什么刺激似的。

离离说着做势又要打。

于国红赶紧拦着："你不能随便打人，有事我们说事。"

离离："你看怎么办吧。"

陈丹深深地吸了一口气，平静下来，道："你们先坐一下，国红，倒点水。"

离离三人坐下，于国红递上水。原先正准备进来的两个客户已经吓跑了。

离离："昨天你自己给我做的，该不会不记得吧。"

陈丹扭头对于国红："国红，你把登记簿拿过来。"

于国红递给陈丹一个本子，小声道："陈姐，昨天确实给她做了护理，我记得。"

陈丹翻了一下登记簿，上面确实记载了离离来做护理。

陈丹皱皱眉头，道："小姐，你的脸这个样子，是什么时候发现的？"

离离："我昨天回去就发现这个样子了。不赔不行。"

陈丹沉思了一下道："小姐，你看这样好不好，我先带你到医院检查一下，不管什么情况，我们先治疗。至于赔偿问题我们回过头来慢慢商量。"

离离："没那么简单。"

陈丹："那你打算怎么办？"

这时，店门口已经聚集了一群围观的人群，于妈也在其中，正在偷笑。

离离一时语塞，道："我，我，反正你要赔，然后……"

离离正在想，门口人群一阵骚动，几个记者冲了进来和一辆采访车停在门口。

陈丹和众人都面面相觑，不知道发生了什么事情。只见几个摄像机和照相机对着陈丹等人一阵猛拍。

陈丹不知所措，于国红也傻了，离离也显得很迷茫，不知道这些人是怎么回事。

几个记者模样的人围着陈丹等人，有人问道："你是老板吗？"

陈丹木然地点点头。

"请问，你的店做坏了客户的脸，你怎么看这件事？"

"你是否使用了劣质的化妆品？"

"听说，你们这里没有一个人经过专业的训练，是不是这样？"

······

5. 陈丹美容院　日　内

陈丹蒙了。

也有记者模样的人围着离离。

"请问小姐，你是受害者吗？"

"你的脸以前是什么样子？能不能提供一张照片？"

"你打算如何解决这件事情？"

······

闪光灯对着离离一阵猛拍。离离也蒙了。

就在这时，两个穿制服的人分开人群进来，道："谁是老板？"

陈丹上前点点头。其中一个掏出证件道："我们是 315 执法中心的。有人举报你们使用不合格化妆品，坑害消费者。看来还真有其事，请你和我们走一趟吧。快将这里所有的东西先封存，做检验。"

另一个拿出一个箱子，将货架上的瓶瓶罐罐都放了进去，被离离调换掉的也放了进去。

于国红见状连忙溜到一边悄悄地拨起电话。

于国红："邢大哥，我是国红，你快点来一趟，出事了，快点。"于国红偷眼一看，陈丹正要被带走，赶紧喊道："等等。等等，陈姐你不要去，我和你们去。"

邢小峰在电话中焦急的："国红，到底出什么事了。国红，国红······"

于国红冲到陈丹面前："那个小姐做脸的时候，我也在。"

两个执法人员相互看了看，一个道："都去吧。"另一个道："走了走了，散了散了。有什么好看的。"走到离离面前道："小姐，你也和我们一起走一趟吧。"

众人都出去了。围观的人群中于妈很得意。

6. 陈丹美容院门口　日　外

陈丹的店门关着，门口围观的人群还没有全部散去。一辆小汽车疾驰而来，"嘎"的一声停在门口，邢小峰从车里急匆匆地出来，一看这情形就傻了。抓住一个围观的人问道："怎么回事？怎么回事？"

有人答："这家老板心太黑，把人家小姑娘的脸做花了。"

有人道："也不知道会不会毁容，唉，你看到那个小姑娘了吗？"

有人道："带走了，315 的人来了，全带走了。"

邢小峰听到这掉头走到店门口，看了看。转身上车走了。

7. 陈丹家门口　晚　外

一辆车慢慢地开过来。陈丹和邢小峰坐在车里。

陈丹显得筋疲力尽，邢小峰看了看陈丹道："陈丹，你也别担心，这件事情可能是个误会。会搞清楚的。"

陈丹："我知道，谢谢你，小峰。"

邢小峰："杜刚什么时候回来？"

陈丹："不知道。"

邢小峰叹了一口气道："今天这么多事情，肯定累坏了，早点休息吧。"

陈丹点点头，下车，朝邢小峰勉强地笑了一下，然后转过身，做了一个深呼吸，又整理了几下衣服，将脸上的表情调整到正常，最后进了家门。

直到陈丹走得看不见了，邢小峰才开车走了。

8. 陈丹家里　晚　内

陈妈妈和陈爸爸正在厨房里做饭，陈丹在看电视。

忽然，电视中出现了陈丹使用伪劣化妆品的报道，还有离离的脸被做花了的特写。

陈丹一惊，赶紧将电视关了，朝厨房看看，见爸爸妈妈没有什么反应，才轻轻出了一口气。

9. 香香美发屋里　日　内

于妈正站在窗子后面看着对面冷冷清清的，暗自发笑。

一个男青年进来，于妈："怎么样，她们在干什么？"

男青年："看书。"

于妈："看书？她们还有心思看书。"

男青年："是啊，两个人都在看书，看起来好像一点都不急。"

于妈："好，我知道了，你去吧。哼，我倒要看看，你是真不急还是假不急。唉，你等等。"男青年站住。于妈："你去将离离找来。"于妈的脸上露出一丝坏笑。

10. 陈丹的美容院里　日　内

仍然是冷冷清清，没有一个顾客。

陈丹捧着书。

于国红过来："陈姐，你昨晚看到了吗？"

陈丹的头也没有抬："看到什么？"

于国红："报道啊，居然说我们使用伪劣产品，这些人怎么不搞清楚就乱说。"

陈丹："他们说他们的，我们管不着。我们没有做亏心事，不用怕。反正今天鉴定结果就出来了，是非曲直自会见分晓的。"

于国红："可是……"

陈丹看了于国红一眼，示意她不要说了。

两个穿着制服的人进来了。

于国红迎上去，道："请问，你们？"

其中一个："请问，陈丹是哪位？"

陈丹放下书本道："我是，请问什么事？"

另一个："你是丹丹形象设计室的法人代表吧？"

陈丹疑惑地点点头。

两人相互对视了一下，一个道："我们是315协会的，你们的鉴定结果已经出来了。"

陈丹："怎么样？"

一个道："其中有一款嫩肤精华素是你们的吧？"

陈丹："是啊，这是我们面膜系列中最贵的品种。"

两个穿制服的人相互对视了一眼："这就对了。这款产品根本就是假的。你不知道使用假冒伪劣产品是犯法的！你这叫故意伤害懂不懂？请你于20日上午九点准时到消协来，接受调查处理。在事情没有清楚前，先不要营业了。"

陈丹和于国红都有些傻了。

11. 陈丹店门口　日　外

陈丹和于国红站在门口看着消协的人在贴封条。两人到现在都没有反应过来似的。

对面香香美发屋里的于妈发出一阵得意的笑声。

于国红紧紧地扶着陈丹，陈丹的脸色苍白，嘴巴咬得紧紧的，直到消协的人走了，陈丹也没有说话。

于国红看着陈丹的脸色有些害怕，小声喊道："陈姐。陈姐。"

陈丹回过神来道："国红，我们先回去吧。今天，今天休息。"

于国红："陈姐，我送你回家吧。"

陈丹："不用，国红，我好累，想回去睡一会儿。"说完，伸手拦了一辆出租车就上去了。

于国红："陈姐，你没事吧。"

陈丹在出租车上朝于国红招了招手就走了。

于国红有些疑惑，待了一会儿也拦了一辆出租车走了。

12. 邢小峰公司里　日　内

邢小峰正在和几个工程师讨论方案，于国红突然闯了进来。

于国红气喘吁吁地："邢大，不，邢总，我，陈姐……"

邢小峰一见，赶紧站了起来，冲着工程师们挥挥手，示意大家出去，道："怎么了，国红，又怎么了？"

于国红端着气将事情讲了一遍："刚才消协的人来了，把门封了。还让陈姐去接受调查什么的。邢大哥，我们怎么办啊？"

邢小峰："说没说为什么？"

于国红："不知道，好像是说我们使用什么假冒伪劣产品，故意伤害什么的。"

邢小峰皱着眉头，道："事情怎么会闹这么大？国红，你先回去休息，我来想办法。"

13. 孙剑平新公司里　日　内

孙剑平和方娜正在讨论方案，秘书进来报告"孙总，你的同学来了，说有急事找你。"

孙剑平皱了皱眉头，道："请他在会议室里等一下。"秘书答应着出去了。

外面响起了于国庆的喊声："剑平。剑平。"

孙剑平一听是于国庆，赶紧站起来，打开门道："国庆，你怎么来了？"

于国庆一把抓住孙剑平道："剑平，出事了，快和我走。"拉着孙剑平就往外走。

孙剑平："国庆你到底怎么了？"

于国庆："不是我，是陈丹，她被人告了，消协把她的店都封了。"

孙剑平一惊，不相信似的看着国庆。

于国庆连忙解释道："真的，就刚才发生的事，要不是国红回家来讲，我也不知道。走，快走，陈丹不知道怎么样了。"

孙剑平一脸的紧张。

14. 消协办公室门口　日　外

门开了，孙剑平和一个穿制服的中年男子走了出来。

孙剑平："谢谢，老潘，拜托你了。"

中年男子："谢我没用，我帮不了你什么。剑平，现在的证据可都对你们不利啊。除非能找到新的证据，否则唯一的办法就是和对方协调，不要引起公诉。"

孙剑平："我知道了，我来想办法。"

中年男子："和人家好好谈谈。我看过那个女孩的脸了，还好只是泛红，没有起包什么的。情况还不算太严重。好了，我也不送了，抽时间聚聚。"

孙剑平："好的，老潘，我不耽搁你了，回见。"说完，冲中年男子摆摆手，往走廊尽头走去。

身后出现邢小峰的身影，看着孙剑平离去。

15. 网吧里　晚　内

离离在网吧里正无精打采地坐在电脑前打游戏，一个坐在旁边的女孩看了看离离："离离，这都一天多了，怎么你的脸还是红红的？该不会消不掉了吧。"

离离："切，怎么可能！这就是证据，懂吗？我要保留证据。"

女孩："那怎么看起来比昨天还红一点啊？"

离离一愣，随口道："啊，吃多了。"正说着。

孙剑平从外面进来，喊道："离离。"

离离随口答了一声："在这，谁叫我？"

孙剑平走过来，看着离离道："你是离离？经常和杜蔷在一起玩的？"

离离："是啊，你是谁啊？"

孙剑平看看周围围观的人，道："你和我出来一下，我有话和你说。"

离离："我又不认识你，干吗和你出去，你有话，就在这里说。"

孙剑平："你的脸真的是在美容院做坏的吗？"

离离一惊，看了看孙剑平："关你什么事，我干吗要告诉你。"

孙剑平："如果你的脸真是在美容院做坏的，我负责，如果不是，哼。"

离离："你谁啊你，哦，我认出你了，你就是小蕾嫂子的前夫啊。"

孙剑平冷冷地看了离离一眼，离离吓得没有敢继续说下去。

离离慢慢站起来，往外边走边道："我不和你说了，你有话、有话，和我律师说去，我的花容月貌可差点就毁在她们手上了。"离离刚刚溜到门口。

邢小峰出现在门口，邢小峰一把抓住离离的手腕，道："哪走？小丫头，现在长进了，知道请律师了。"

离离大叫："哎呀，大哥，我可没惹你啊。你放手我不走。"

邢小峰放开离离，离离转身向里走去，邢小峰喊道："哪去？不说清楚，你哪都别想去！"

离离走得很快，回头喊道："大哥，我上厕所，你是不是也跟着。"

邢小峰一愣，离离已经消失了。

邢小峰和孙剑平对视了一眼，两人都感到一些尴尬。

邢小峰："到外面等吧，里面空气不好。"

孙剑平点点头。

16. 网吧外　　晚　　外

邢小峰站在门口，焦急地走来走去。

孙剑平则静静地站着。忽然一辆出租车从旁边开过，离离坐在车里，离离还冲邢小峰做了一个鬼脸。

离离喊道："大叔们，你们慢慢等吧，我走了。"

邢小峰气得骂了一句粗口，拿起电话："杜刚吗？我是小峰，你看你的宝贝妹妹，净交些什么朋友。"

孙剑平则一语不发。

17. 外地宾馆里　　晚　　外

杜刚放下电话，愣了愣，拨陈丹的电话，电话中出现"您拨的用户已关机"的声音。

杜刚拨了前台电话："喂，请给我订去南平的票，火车、飞机都行，越快越好。"杜刚放下电话，焦急不安。

18. 杜刚家中　日　内

杜蔷坐在沙发前，看着电视中"关于客户毁容的报道"，杜蔷一惊，抄起电话。

杜蔷："离离，怎么回事？你看电视了吗？"

杜蔷："离离，我们可是说好的，只是教训一下那个姓于的丫头，怎么变成陈姐姐了？"

杜蔷："我不管你什么于妈不于妈的，我要你赶紧住手，否则我哥会气死的。"

杜蔷："好了，算我求你成不成？离离，离离……"

杜蔷手中的电话传来嘟嘟的忙音。

突然门开了，杜刚回来了。杜蔷没有敢说话，只是悄悄地迎上去，接过哥哥的行李，悄悄地偷看了杜刚的脸色。

杜刚一下子坐在沙发前，拿起遥控器看着重播。杜刚的脸色铁青。

杜蔷端着一杯水放在杜刚的面前，小声道："哥，对不起了。我本来只是想教训一下那个姓于的丫头，我也没有想到离离会搞得这么大。对不起，哥。"

杜刚没有理她，盯着电视。

19. 陈丹家客厅里　日　内

陈丹靠在床上，无精打采，整个人像霜打的一样，没有一点精神。

客厅里，陈爸爸和陈妈妈忧心忡忡地坐在沙发上。

有人按门铃，陈妈妈开门。杜刚站在门口。

陈妈妈："小杜，丹丹她……"

杜刚："阿姨，我都知道了，丹丹在吗？我来看看她。"

陈妈妈："在，两天了，一直把自己关在房间里。"

杜刚冲陈爸爸点了点头，推门进去陈丹的房间。

20. 陈丹房间里　日　内

陈丹正靠在床上，眼睛直勾勾地盯着天花板，不知道在想什么。

敲门声，陈丹坐起身打起精神："进来。"

门开了，杜刚出现在门口。

陈丹勉强笑了笑道："你来了。"脸上立刻恢复了刚才的神情。

杜刚在床边的椅子上坐下来，什么也没有说就是看着陈丹。

陈丹看了看杜刚，又低下头，半天都没有抬头。

杜刚从写字台上抽出一张纸，在写着什么。杜刚将纸条塞在一个绒布玩具的手中，慢慢地将玩具放到陈丹的旁边。陈丹拿起绒布玩具，抽出纸条一看，上面写着"不管发生什么事情，我都支持你！"

陈丹破涕为笑。陈丹："其实，我没事的。我现在特别能体会小峰的感受。"

杜刚一愣道："小峰的感受？"

陈丹点点头道："我相信当时剑平入狱时，小峰的感受一定也和此时一样，那种明明是被冤枉的，却连自己也说不清的感觉，真的很难受。"

杜刚愣了一会儿，轻轻地握着陈丹的手，道："丹丹，我想这么喊你，已经很久了，无论发生什么，请让我和你一起承担，而且，请你相信我，再大的风雨我都将和你一起面对。"

陈丹看着杜刚，眼中涌出一丝异样的表情。

杜刚刚要说话，蕾蕾的声音在外面响起："阿姨，我来看丹丹。"

杜刚一听，赶紧放开陈丹的手，坐直了身体。

蕾蕾推门进来。蕾蕾："丹丹，咦，杜刚，你也在啊。丹丹，你没事吧，怎么搞的啊？"

陈丹："我没事。"

蕾蕾看见丹丹手中的玩具上的纸条："你们还真浪漫啊，面对面还用传纸条。"

听见蕾蕾的话，杜刚和陈丹都不自然地对视了一眼。

21. 陈丹家小区门口　日　外

杜刚开着车，从陈丹家小区出来，在出口处，正好看到孙剑平开车往里面开进来。

杜刚愣了愣，见孙剑平没有发现自己，轻叹了一口气，又开车走了。

22. 杜刚家中　晚　内

杜刚坐在写字台前，发呆，面前的电脑屏幕已经是屏保状态了。

门开了，杜蔷进来了。没有像往常一样往床上就躺，只是乖乖地在杜刚身边坐下。

杜蔷："哥，陈姐姐，她不会有事吧？"

杜刚叹了一口气，摸了摸杜蔷的头，安慰道："不用担心，哥会处理的。"

杜蔷噘着嘴道："对不起了，哥。"

杜刚："你都是个大人了，以后做事要多想想啊。"

杜蔷点点头，道："哥，我已经听说了，邢大哥和孙大哥，都去找过离离了。不过让离离跑了。"

23. 杜刚家中　晚　内

杜爸爸在书房看书，杜刚推门进来，在爸爸对面坐下来。

杜爸爸放下书看了看杜刚，道："刚儿，你是遇到什么问题了吗？"

杜刚摇摇头，又点点头。

杜刚："爸爸，你说人要怎样做才是对的？"

杜爸爸："那要看你怎样选择了。"

杜刚："爸爸，我是该相信自己的直觉还是该相信其他什么的。"

杜爸爸："孩子，你是不是面临一个选择？"

杜刚点点头，把玩着手中的杯子。

杜爸爸："孩子，你在任何抉择以前都要问问自己，究竟想要的是什么，不要被一些表象蒙住了自己的眼睛，特别是感情，不要让自己的爱情陷入某种误区。"

杜刚："那，爸爸，怎样才算是误区呢？"

杜爸爸："这不好说，但是有一点，你应该清楚，无论做人也好，还是做事也好，都要有一种务实的态度。其实，你们年轻人总说我们不懂爱情，可是你们何尝知道，爱情其实并不是虚无的，而是实实在在的，没有务实的态度，就不能实现自己的爱情理想。所以，孩子，一定要清楚自己的心。"

杜刚："我知道了。"

杜爸爸："刚儿，我相信你一定能做出正确的判断，也许你会有些痛苦，但是，我相信我的儿子，是能挺过去的。"

24. 杜刚房间里　夜　内

杜刚躺在床上，看着天花板，发呆，眼前不时出现陈丹和孙剑平两个人，二人的影像重重叠叠，一会儿是剑平的脸，一会儿是陈丹的脸。

杜刚忽然拿过一个靠垫盖在自己的脸上。

25. 孙剑平新公司会议室里　日　内

一个工程师正在给众人讲解 PPT。

孙剑平在发呆，方娜看了孙剑平几眼，孙剑平都没有在意。

方娜忍不住捅了捅孙剑平，责怪地看了孙剑平一眼，孙剑平不好意思地笑了笑。

26. 孙剑平办公室里　日　内

方娜和孙剑平走进来。

方娜放下手中的资料问道："剑平，你怎么了，总是发呆？"

孙剑平："可能昨晚没有睡好。"

方娜："你要注意休息。现在要不要回去休息一会儿？"

孙剑平："没关系，我可以。"

方娜："那好，刚才王工的PPT，我认为还有要改动的地方，你看……"

孙剑平打断道："方娜，你先看看，我有点事情，我要先出去一下。"说着，也不等方娜回答，拿起包就走。

方娜连忙喊道："剑平，你干吗去啊？今天还要开会呢。发生什么事了，要不要我陪你啊？"

孙剑平已经走远了。

27. 邢小峰公司会议室里　日　内

邢小峰坐在中间，会议桌后围坐着几个工程师。

一个工程师正在讲解PPT。

工程师道："……很明显，珊虹公司的目的就是看哪一家能先拿出结果来，所以……"

邢小峰的手机忽然响了，邢小峰拿出手机一看，赶紧站起来，对众人道："你们继续。"说完捂住电话出去了。

28. 邢小峰办公室里　日　内

邢小峰快速进入办公室里，随手带上门，急急地拿起电话道："喂，刘大夫，不好意思，刚才在开会，怎么了？好，我马上来。"

29. 邢小峰公司会议室里　日　内

众人正在谈论中，邢小峰进来，道："真对不起，各位，我有急事出去一下，你们继续。"众人面面相觑。

30. 人民医院里　日　内

汪老师躺在病床上，脸色很难看。周围一些医生和护士神色都很凄凉。

邢小峰推门进来了。汪老师脸色苍白地躺在床上，邢小峰在老师身边坐下来，握住老师的手，说不出话来。

医生和护士都摇摇头退了出去。一会儿汪老师睁开双眼，看见邢小峰，艰难地道："小峰，你来了。"

邢小峰点点头，说不出话来。

汪老师："小峰，你把我扶坐起来。"邢小峰把汪老师扶着坐在床上。

邢小峰的眼泪掉了下来，汪老师笑道："傻孩子。你哭什么。看你最近憔悴的，一定发生了许多事情，来，告诉老师。"

邢小峰点点头："老师，我和剑平一直竞争的客户竟然是王佳。唉，弄得……陈丹也出事了，被人陷害，店也被封了，可能还要打官司。杜刚也很为难，一边是陈丹一边是妹妹。只有国庆是老样子。"

汪老师长叹一声道："小峰，自从我生病以后，总也不愿意见人，因为我不想让大家看到我现在的样子，小峰你知道吗？我每天出门都要花很多的时间装扮自己，生怕别人看到我不好的样子。所以，当我知道自己得了这个病时，最担心的竟然不是怎么治病，最担心，这病会不会破坏自己的形象。可是这一病这么多年，我终于明白了一个道理。现在我比任何时候都感受到生命的可贵与美好，但是，没有情感、责任与高尚情操的融入，这样的生命就没有光彩没有价值没有意义。现在，我的时间可能不多了，我决定改变自己的主意，我想见见大家。这么多年了，你们都长大成人了，真想看看你们现在的样子。"

邢小峰哽咽道："汪老师，我这就去通知他们。"

汪老师："好吧。不过老师现在又老又丑，让大家别太吃惊了。"

邢小峰哭了："老师，你不丑，你还是和以前一样漂亮。"

31. 陈丹美容院附近的大街上　日　外

孙剑平正用手机对话："芝麻糊，你在哪里？我有急事找你。"

孙剑平："你在外地？今天能回来吗？对很急。好，那明天一早，你直接到我办公室。"

孙剑平挂了电话随意地走着，好像外地人一样边走边看着。路过香香美发屋门口，于妈正靠在门口。

于妈看见孙剑平，热情地招呼道："大兄弟，进来理个发吧。"

孙剑平摇摇头，于妈不甘心道："大兄弟，理个发多精神啊，这条街，我们家的手艺是最好的。再没别的了。"

孙剑平看了看，突然答道："好吧。"随着于妈进入香香美发屋。

32. 香香美发屋里　下午　内

于妈在给孙剑平吹头发，孙剑平和于妈聊着天。

孙剑平："老板，我看对面的那个设计室好像前几天还开张，怎么这几天就关门了。"

于妈："你说对面啊，你不知道啊，那个小妖精可是够缺德的了，居然用假冒的精华素，把人家的脸都做花了。"

孙剑平："你是怎么知道的？"

于妈得意道："这门对门的，什么事情还能逃出我的法眼。"

孙剑平："看得出来，你真是一个火眼金睛的人。"

于妈："那是。自从那狐狸精来了后，害得老娘的生意一天不如一天，这下好了，她彻底别想干了。"

孙剑平："真的假的？"

于妈喷了一下嘴："大兄弟，我骗你干什么？我亲眼看着呢。"

孙剑平："是吗？看来这女人用的东西还挺厉害啊。唉，和我说说都花到什么样子？"

于妈："惨啊。人家那多水灵的小姑娘啊，给弄的吧，没法见人了。"

于妈："要不，那小妖精怎么和我们用一样的产品，生意怎么那么好呢。"

孙剑平："和你们用的是一样的？老板你该不会也给我用假的吧。"

于妈："瞧您大兄弟说的，你放心吧。我这，绝对保证质量。"

孙剑平："唉，老板，我看这条街美容院也不多啊。"

于妈："所以一山不容二虎啊。"

孙剑平哦的一声若有所思。

33. 黄明娟办公室里　日　内

黄明娟对小吴吩咐道："小吴，你去将去年一年的工作日志给我调出来。"

小吴："这么多，黄科长，您要查什么我告诉您好了。"

黄明娟："不用。我要看看，快去吧。"

小吴："好的。"小吴退出。

黄明娟独自嘀咕道："四十多岁，该会是谁呢？"

34. 黄明娟家里　晚　内

黄明娟从外面进来，还在想着白天的问题，任明祥照例坐在沙发上看着什么书，见黄明娟进来把书往靠垫后面一藏。

黄明娟不在意地笑了笑道："祥子，你要真喜欢彩票，你就玩吧，我不介意。"

任明祥有些吃惊，道："哦，我知道。你要再吃点消夜吗？"

黄明娟摇摇头，任明祥："我去给你放洗澡水吧。"

黄明娟往沙发上一坐，顺手将靠垫拿开，显示出任明祥所藏的书名是《模糊数学》，黄明娟有些意外，看了看正在卫生间放水的丈夫。

黄明娟道："祥子，你看的不是彩票啊。你什么时候看这个了？"

一会儿，任明祥把卫生间的门打开，道："洗澡水我都放好了，有什么话，洗完澡再说吧。啊。"说着就把黄明娟推到卫生间里，在外面把门带上了。

浴缸里，已经放好了半缸水，两条浴巾整齐地放在旁边，还有一瓶花露水，黄明娟拿起花露水，想着丈夫每天只要先回来总会为她放好洗澡水，就连她喜欢在浴缸里加花露水的细节都没有忽略，一个男人爱一个女人，同样的事情做了很多年。

黄明娟发了一会儿呆，终于脱去外衣洗澡了。

……

黄明娟洗好澡从卫生间出来，随口喊了一声："祥子。"没有人答应，黄明娟有些奇怪，书桌前放着一杯牛奶下面还压着一张纸条。

黄明娟拿出纸条一看，是任明祥写的。

明娟：

我答应过你不玩彩票就不会再玩了。你先睡，我去办点事情，记住，睡前把牛奶喝了。你是我老婆，不是黄脸婆。晚安。

吻你。

黄明娟端起杯子，在沙发上坐下来。终于开始理解丈夫对自己的感情了。

35. 香香美发屋里　　晚　内

于妈和孙剑平聊得挺开心的。

孙剑平装作无意地问道："于妈，唉，老板，我也就这么称呼您啦。"

于妈笑眯眯："当然可以了。"

孙剑平："在我们家啊，这样显得亲。于妈，我问您啊，形象设计室主要是干什么的啊？是不是也就一个美容院啊？"

于妈："对，没错，就一个美容院。"

孙剑平："敢情，我还以为是干什么的呢？不就一个美容院吗，还不如直接一些，你看香香美发屋，多亲切啊，叫什么形象设计室，别扭。"

于妈高兴地转到孙剑平面前："对啊，我说他大哥，你简直说得太对了。"

孙剑平："这也难怪了没几天就倒闭了，名字都没取好。"

于妈："就是，就是。"

孙剑平："于妈，你还别不信，在我们南方特别信这个。你们可能不太注意，我就专门研究过。"

于妈："哦，大兄弟，你说说看。"

孙剑平："我在家里啊，也开了一个小买卖。在我家对面，就像你这里和对面差不多，有个和我一样的店。那店主还和我从小就是街坊。他的名字就和我相冲，刚开始的时候，我也不信，可是后来，不由得我不信。以前生意还可以，就和你一样，自从他开张了，我的生意就一天不如一天，我专门找人研究过，他的店名就比我的好，把我的财路挡得死死的。"

于妈笑道："这是迷信，不能全信的。你干的什么啊？"

孙剑平认真："一个小饭馆。嗯，还是要信的。大师都和我说了，说我往北方多走走，避避风头。"

于妈："哈哈，都说你们南方人是生意精，看来也不全是。你怎么这么死脑筋啊。"

孙剑平："大师说得有道理，我呀，这次就专门到各地看看，有没有合适的好名字，回去改改。当然也顺便旅游旅游，散散心。"

于妈："能问一下，你是哪里人吗？"

孙剑平："广西，去过吗？"

于妈："那么远，没去过。其实啊，也用不着这么麻烦的……

36. 香香美发屋外　晚　外

孙剑平从里面出来，走了几步，又回过头来看了看香香美发屋，和陈丹的形象设计室。

孙剑平点点头走了。

于妈在后面喊道："老板，下次再来啊，我给你打折。"

37. 孙剑平新家中　夜　内

孙剑平回到房间，往床上一靠。

孙剑平长长出了一口气，起身打开电脑，联网。

显示"化妆品"的搜索引擎。

38. 孙剑平新家中　夜　内

孙剑平趴在电脑前睡着了。

39. 王佳公司里　日　内

王佳在办公室里，秘书小姐过来："王总，你脸色不好，是不舒服吗？"

王佳摸了摸自己的脸，道："是吗？我大概是没有休息好，该去做护理了。"

秘书："王总，要我预约一下吗？"

王佳："好吧，唉，不用了，我自己安排吧。"

40. 陈丹的美容院外　日　外

大街上人不多，王佳正缓缓地走过了，来到陈丹的店门口，发现门紧紧关着，感到有些奇怪，敲了好久里面都没有人答应。

正纳闷着。身后有人说话。"别敲了，关门了。"

王佳回头一看是于妈正拿着一片香瓜边啃边靠在对面的美发屋门边。

王佳走过去："大婶，这店什么时候关门的？"

于妈："没几天。你做头发吗？来我这里做吧，这家店不地道，把人家小姑娘的脸做花了。"

王佳："哦，我不做头发，那您知道店主在哪吗？"

于妈："我哪知道啊，听说被告到消协了。要不来做个护理吧，我给你七折。"

王佳："谢谢。我不做。"说完，王佳掉头走了。

于妈不以为然地撇了撇嘴。

41. 孙剑平新家中　日　内

孙剑平正趴在电脑前，入神地看着。

忽然手机响了，孙剑平接电话。孙剑平还没有说话。

电话中就传来了方娜急促的声音："喂，剑平，你在哪里？"

孙剑平："我在家啊。"

方娜："你怎么不来公司啊，不舒服吗？"

孙剑平："哦，没有，去公司，现在才几点啊。"孙剑平一看时间，叫道："啊，十点多了。我还以为早呢。"

方娜："你怎么搞的。赶快过来，出事了。"

孙剑平："怎么了？"

方娜："来了再说吧。"说完，方娜挂上电话了。

孙剑平匆匆地换了衣服出门了。

42. 孙剑平新公司会议室里　　日

方娜和几个工程师正坐在里面，大家你看看我，我看看你，脸上都显示出愁容。

方娜也一改往日淡泊的神情，紧锁着眉头，看着眼前的电脑。

孙剑平从外面进来。有人站起来道："孙总，你来了。"

孙剑平点头示意，在方娜身边坐下来道："怎么了？"

方娜没有说话，把电脑往孙剑平的面前一推，道："你自己看吧。"

孙剑平疑惑地看了看方娜，又认真地看了看电脑，一会儿，孙剑平吃惊地看着方娜道："有没有搞错？"

方娜摇摇头，道："我们核算了好几遍都是这样的。"

孙剑平往椅子后面一靠，道："这，这也就是说，我们根本不可能完成珊虹公司的要求。"

方娜不满地看了看孙剑平，站起来对大家说道："你们的方案还是很不错的，这样，大家再认真看看，讨论一下，看看有没有什么异常的情况，如果没有就打印出来吧。完了以后，大家好好休息两天吧，这段时间，辛苦你们了。"

方娜又低头对孙剑平："我们到办公室去一下，我有话和你说。"说完，方娜抱起电脑就走了。

孙剑平跟在后面出来了。

43. 方娜办公室里　　日

方娜和孙剑平一前一后进来了。

方娜放下电脑："剑平，这样的话，以后当着大家的面不要说了。什么我们不可能完成珊虹公司的要求，现在不过是出了一些意外的情况，你这样泄气大家会怎么想。"

孙剑平看了方娜一眼："我知道了。"

方娜："我们现在的问题确实很严重，按照珊虹的要求，以我们目前的实力来看，技术人员要增加一倍以上，研发时间也要增加一倍。关键是投资，要超出我们预计的好几倍。"

孙剑平："我知道，无论哪个方面我们都是达不到的。"

方娜："资金。我们还可以融资、贷款等多种方式解决，可是这么强的研发力量短时间里是不可能解决的。"

孙剑平："我明白，以我们现在的水平，就是拿到了珊虹的业务也是做不了，是吗？"

方娜："对。我们就是拿到，也吃不下。"

孙剑平："难道要放弃吗？"

方娜："不，要放弃就要早放弃，现在放弃，对我们的影响太大了。当初你不听我的，非要接这个项目。现在是骑虎难下了。"

孙剑平："方娜，我……"

方娜一挥手，打断了孙剑平的话，道："剑平，时间紧迫，我们没有时间说其他的，这样吧，我现在去看看能怎么解决资金问题，你到几个大学里看看，能否有其他的办法可以缩短研发时间，寻求一些帮助。"

孙剑平："好吧。"

方娜："我让秘书给你准备一下，你赶快动身吧。"

孙剑平："今天不行，明天一早我就去。陈律师马上来，我和他约好了。"

44. 孙剑平办公室里　日　内

孙剑平和陈宜欣相对而坐。

陈宜欣："按你这么说来，陈丹的问题还是比较复杂的。如果没有有力的证据，希望不大。"

孙剑平点点头。

45. 邢小峰公司会议室里　日

邢小峰坐在前面，脸上什么表情都没有，几个工程师看着他。

好一会儿，邢小峰："现在对于这个结果，大家有什么看法吗？"

众人都摇头。

邢小峰："好，那就动手做吧。"

甲工程师站起来道："邢总，按照这个方案，我们现在根本达不到啊。无论是资金、时间，还是研发力量，我们都跟不上啊。"

邢小峰："我知道，所以在最后，再做一份说明。详细说清楚，我们现在能完成的部分和程度。"

乙工程师站起来道："邢总，我们干吗不寻找一些帮助，我们可以到其他公司或者大学里，寻找一些技术支持。"

丙工程师："对，我们完不成，世纪创先也肯定完不成。"

……

众人议论纷纷。

邢小峰站起来道："大家听我说。我知道你们的心情，对于这个项目，虽说我们已经投入了很多，但是，我们还是要量力而行。别人怎么办，那是别人的问题，我们能做多少，就做到多少。好了，就这么办吧，早点做出来，做出来以后，大家就好好休息一下。"说完邢小峰出去了。

杨经理也跟着邢小峰出来了。

在公司过道里，杨经理跟上来，小声道："邢总，请等一下。"

邢小峰站住了，回过头道："嗯，有事啊?"

杨经理："邢总，你真的打算就这么出方案吗?"

邢小峰："是啊，那还有什么办法?"

杨经理："邢总，你想过吗? 这个方案如果报到珊虹，这个项目我们就可能完了。"

邢小峰："我知道。"

秘书杨经理："知道您还让报?"

邢小峰："那我们还有更好的办法吗?"

杨经理："邢总，既然咱们的情况是这样的，那么世纪创先一定不比我们好。我们可以寻求一些支持，只要我们比他们强，珊虹在没有选择的情况下，只有选我们了。何况，邢总，如果我们失去了这个项目，前期那么多的投资都将血本无归。"

邢小峰："这些我何尝不知道。"

杨经理："如果这些投资一点都没有回收的话，我们的公司可能就会……"

邢小峰拍了拍杨经理的肩膀："老杨，你和我在一起已经很久了。从创先开始，我们就在一起合作，经历过那么多的事情，我相信，这一次我们也一定能度过的。"

杨经理："可是，邢总……"

邢小峰："好了，工作去吧。"

杨经理只好长叹一口气，进房间了。

46. 网吧里　日　外

离离和几个男男女女正在吹牛。

离离："等着瞧吧，用不了几天，我也会有一个网吧的，一定要比杜蔷那个好。瞧那小家子气，装个卡都不给装。"

男孩道："得了吧，人家有个好爸爸还有一个好哥哥，你有什么啊？"

离离："切，没有就不开网吧了？瞧好吧你。"

长发女孩道："你还有心思想网吧啊？就算你有网吧了，以后一辈子露这种脸，怎么嫁人啊？"

离离："头发长见识短，你懂什么啊。想什么时候恢复就什么时候恢复。"

不远处的一个拐角，杜蔷正坐在一台电脑的后面，显示屏挡住了杜蔷，离离没有发现。

第十九集

1. 邢小峰公司门口　外　日

邢小峰从大楼出来，刚要上车。

杜蔷从一边跑过来，来到邢小峰面前，喘着气道："邢大哥，你等等，我有话和你说。"

邢小峰扭头一看是杜蔷，皱皱眉头道："你又来干什么？"

杜蔷："邢大哥，你不要这么烦我好吗？我觉得是离离在捣鬼，刚才我在网吧里，听到离离说……"杜蔷将离离在网吧的话复述了一遍。

邢小峰听得眉头锁得更紧了。邢小峰："我知道了，小蔷，你先回去，我要和班长去看看你陈姐姐。"

杜蔷："邢大哥，我也去，可以吗？我想和陈姐姐道歉。你说，她肯原谅我吗？"

邢小峰长叹一声，看了杜蔷一会儿道："她不会怪你的。上车吧。"

杜蔷一听两眼发光道："邢大哥，谢谢你。"说完高兴地上车了。

2. 消协办公室里　日　内

陈丹和杜刚坐在执法人员的面前。

执法员道："对不起，就现在的所有证据来看，都对你们不利，如果我们这里处理不了的话，对方完全可以将你告上法庭。"

陈丹和杜刚对视了一下，陈丹："可是，同志，我们确实没有用伪劣假冒产品啊。"

执法员："那你怎么解释你的化妆品检测结果呢？以及原告脸部出现的问题呢？你有什么证据，能证明原告的脸和你的化妆品没有关系吗？"

陈丹："可是这产品也是我从厂家买的啊，而且我以前也买过，用了也没有问题啊。"

执法员："那你可以和厂家联系一下，看看是怎么一回事。"

陈丹的脸色突然一白。

杜刚见状扶起陈丹："走吧，我们先回家再说。"

3. 消协外面　日　外

陈丹和杜刚从里面出来，杜刚看看左右没有什么人，小声问道："丹丹，你怎么了？"

陈丹盯着杜刚好一会儿，才恐慌地道："杜刚，杜刚，我……"

杜刚紧张地问道："你怎么了？告诉我，丹丹。"

陈丹咽了一下，下定决心似的说道："杜刚，当初我买这个东西的时候，没要发票。"

杜刚吃惊地看着陈丹，陈丹："当时他们的销售员说，如果不要发票可以便宜一点，于是，我就……"

4. 陈丹家中　日　外

陈丹在房间里，靠在椅子上发呆，陈妈妈端着一碟水果，过来示意陈丹，陈丹摇摇头，表示拒绝。

杜刚过来接过陈妈妈的水果道："阿姨，您休息一会吧。"

陈妈妈看看陈丹，叹口气出去了。

杜刚在陈丹身边坐下，看着陈丹："丹丹，你不能这样没精神，叔叔和阿姨会担心的。"陈丹没有反应，杜刚接着道："丹丹，要是真打官司并不是什么坏事啊，再说，咱们也不一定会输的，事实总会弄明白的。"

陈丹看了杜刚一眼道："杜刚，我不是怕打官司，我只是有些不甘心。为什么我做什么事情都做不好，我真没用。"说完，自责地捶了一下自己的头。

杜刚心疼地一把抓住陈丹的手，道："丹丹，我不许你这样责怪自己，人做事情哪能这样轻易认输，这么一点点挫折算什么。你看看你的周围，有谁是一帆风顺的，有谁没有经历过三灾两难的。"

陈丹："杜刚，道理我都知道，可是我，我就是……"正说着外面传来邢小峰的声音，杜刚放开陈丹的手。

邢小峰的声音："阿姨，陈丹在家吗？"

陈妈妈："在，在，快请进。"

门开了，邢小峰和黄明娟还有杜蔷在门口。

杜刚小声："小峰来了，我们出去吧。"

陈丹点点头，起身和杜刚出门来客厅。

5. 陈丹家的客厅里　日

邢小峰："陈丹，我今天还带了一位客人，你欢迎吗？"

陈丹："当然欢迎了。你的朋友不就是我的朋友吗？"

邢小峰："跟我学了，跟我学了。唉，进来吧。"一伸手，从旁边拉出杜蔷。

陈丹看着杜蔷一愣。

杜蔷怯生生道："陈姐姐。"

陈丹随即反应过来："小蔷，怎么会是你，快进来。"

杜蔷："陈姐姐，对不起，我不知道事情会是这个样子的。我真的不知道离离会做这种事情。"

陈丹笑了笑，将杜蔷拉了进来："小蔷，这和你没关系。我想这是个误会，解释清楚就没事了。"

杜蔷："陈姐姐，你不怪我了吗？"

陈丹："傻妹妹，怪你干什么啊。"

杜刚看着陈丹，笑了笑。

黄明娟："陈丹，你看你这才几天的时间，就瘦成这样了。"

陈丹苦笑了一下道："这不是不用减肥了吗。"

杜蔷来到陈丹的面前小声道："陈姐姐，都是我不好。"

陈丹揽过杜蔷道："和你没有关系。是你陈姐姐没有本事。"

杜蔷一听，眼圈一红，差点哭出来。趁着几个女人说话的时机，杜刚已经把大致情况和邢小峰说了一下。

邢小峰点点头道："事情虽然有些麻烦，但是陈丹，我看这恰好说明你有本事。你想啊，这分明是一个陷阱，是有人故意要整垮你，你想，你要是没本事，谁来招惹你啊。"

黄明娟："小峰，按你这么说，有本事还倒霉了？"

邢小峰："那当然，你看看哪个有本事的人不倒霉啊。是不是啊。"

杜刚打趣道："小峰，照你这么说我就是没有本事的，我就没有倒霉啊。"

邢小峰："你，你嘛，你是特例。万事总有特殊的嘛。不过也许你也倒霉，只不过我们不知道而已。"

黄明娟："小峰，你怎么不去当评论员呢，怎么说都是你有理啊。"

杜刚："我也有这样的感觉。"

邢小峰委屈道："你们就这样欺负我啊，陈丹，你就看着大家欺负我啊。"

陈丹："其实我也这么看啊。"

邢小峰大叫道："天啊，真是天妒英才啊。我容易吗我。"

杜刚："你是天才。"

邢小峰："错，我是百分之一的天才加百分之九十九的努力。"

黄明娟："算了吧，就你还努力啊，看你上学的时候，没把汪老师气死。"

邢小峰长叹一声道："汪老师要不行了，哪天我们一起去看看她吧。"

众人都一惊。

黄明娟："我上次去了，没敢进去。"

杜刚："汪老师得的什么病？"

邢小峰："肠癌，是一种绝症吧，这几年，汪老师都被折腾得没人样了。瘦得只有一把骨头了，而且头发都掉光了。"

陈丹啊地惊叫一声："汪老师那么爱美的一个人，这让她怎么受得了。"

杜刚："小峰，你怎么也不早说啊。"

邢小峰："我也是前不久才知道的，我也想说来着，可是汪老师她不让啊。说什么不能让她破坏自己在同学们心中的形象。这不就前天，我去看她的时候，她才提到要见见大家。"

杜刚："想想真对不起汪老师，毕业这么多年都没有去看过她。"

陈丹："是啊，我还记得当时，我们都很喜欢她，我们还凑钱给她过生日呢。"

黄明娟："对了，对了，还有三天就是汪老师的生日了，不如我们那天邀请所有可能在的同学一起去看看汪老师好不好？"

陈丹："好，我也觉得挺对不住汪老师的，我这么笨，真不配做她的学生。"

杜刚："胡说，谁说你笨了。"

杜蔷："陈姐姐，你要是笨了，我哥哥，怎么会飞过半个地球来找你啊。"

众人大笑。

杜刚和陈丹有些不好意思。

黄明娟："说真的，陈丹的这件事，我总感到有些不对。"

邢小峰也正色道："我也有这个感觉，按说离离那个女孩，没有这个头脑，可是为什么什么事情都这么凑巧呢，这边出事，那边315和消协还有媒体都来了，什么时候信息这么畅通了？说来也怪啊，当初我离开创先公司的时候，事情也是这么快，我都纳闷了，这两件事情怎么都这么巧啊。"

黄明娟一惊，若有所思。

杜刚："现在，我们虽然很被动，但是这中间这么多的巧合一定是有问题，也许真的要告上法庭，未必是件坏事。如果真是有人存心的话，一定经不起法院的调查，所以她们未必真敢告到法院去。退一步说，真是误会的话，查清楚也是好事。"

杜蔷："昨天我去找过离离，可是离离好像变了一个人，根本就不听我的话了，现在索性就躲着我。"

邢小峰一惊："不对，我看问题可能还在那个离离和于妈的身上，不行，我要向离离问问清楚。班长，杜刚，你们和陈丹聊聊，我去看看。"

杜蔷："邢大哥，我陪你去。"

杜刚："还是我去吧，小峰，你不是快要交方案了吗？"

黄明娟担忧地道："就是啊，小峰，我还想问你了，好像快到最后的期限了，你准备得怎么样了，关键时刻不要马虎啊。"

邢小峰："方案有他们做就可以了，一切尽力而为吧，其实我已经不太在乎结果了。经过这么多事，我算想明白了，咱们能同学一场处到今天，也是命中注定的缘分。值了。好了，杜刚，那种地方，还是我比较合适。陈丹放心。"说完出门了。

杜蔷紧紧地跟在邢小峰的后面。

黄明娟看着邢小峰的背影忽然有一种想哭的感觉。

6. 陈丹家门口　日　外

陈丹在送众人，一辆出租开来，在众人旁边停了下来，陈宜欣从车上下来，看到邢小峰，喊道："邢小峰。"

邢小峰："芝麻糊，你怎么来了？"

陈宜欣苦笑了一下，道："是剑平让我来的，我还在开会就被剑平叫来了，他说我要是帮不了陈丹，就让我当不了律师了。"

黄明娟："孙剑平自己人呢？"

陈宜欣："他有急事赶往北京出差了。"

7. 杜刚办公室里　日　内

杜刚正紧张地上网，搜索着化妆品的资料，忽然显示出一栏北京××化妆品研究协会关于化妆品的检测。

杜刚按照网上的号码拨过去，总是回答，你拨的号码是空号。杜刚的眉头紧紧地锁在一起。

杜刚眼前一亮，拨通了孙剑平的电话，杜刚："剑平……"

8. 某实验室里　日　内

孙剑平在北京×××化妆品检测中心办公室里。

孙剑平正坐在里面，一个教授模样的人进来。

教授："孙先生，你好，我听秘书说了，是你想做一个成分鉴定，对吗？"

孙剑平："是的，我想知道，所含的成分到底对人的皮肤有无伤害，如果有会是什么样的伤害。"

教授："你把东西拿给我看看。"

孙剑平："东西我现在没有带，今明两天就能寄到北京，我再给你们送过来。我想先来咨询一下，能不能做，怎么做，大概多久能出结果？"

教授："凡是关于化妆品的成分测定，我们都可以做，一般是两个月的时间吧。"

孙剑平啊的一声："要这么久？我还准备明天离开北京带走呢。"

教授："根本不可能，有些是需要培养期的，时间太短根本就不可能。"

孙剑平："教授，有没有办法缩短时间，我很急着要。"

教授："不可能。就算我们将活性细胞加速分解，也要一个月左右的时间。而且我们的人员还要 24 小时不间断地工作。"

孙剑平："教授，求求你，我十分需要这个鉴定，不要超过一周好吗？因为，因为一周后，我需要鉴定结果作为证据。求求你了，帮帮忙吧。"

教授："对不起，我们无能为力，必须要这么长的时间，如果你想快点，就赶快把样品拿过来，我这就吩咐他们开始准备。"

孙剑平："好好。我这就去拿。"

9. 实验室外　日　外

孙剑平刚从里面出来，手机就响了。

孙剑平一接电话，电话中就传来了，杜刚的声音："喂，剑平吗？我是杜刚啊，找到了吗？"

孙剑平："找是找到了，不过……"

杜刚："不过怎么了？"

孙剑平："要鉴定出化妆品对人体皮肤到底有没有危害，即使今天就开始，也要一个月。"

杜刚："怎么要这么久？时间来不及啊。"

孙剑平："杜刚，先不管时间是否来得及，你赶紧把陈丹的那个化妆品寄过来。"

杜刚："这样啊，好，我知道了，剑平，你放心吧，今天一定能到。"

孙剑平挂了电话，突然想起什么似的，口中叫道："糟了。"

孙剑平出了一口气，拿起电话。

孙剑平："喂，班长，是我。"

电话中就传来黄明娟的声音："剑平，你去哪了？"

孙剑平："班长，有件事情，你务必要设法让消协的处理结果拖到下个月四号以后，我正在北京做一个鉴定，可能会有帮助，结果最快也要下个月才能出来。"

黄明娟："好的。"

10. 北京宾馆里　日　内

孙剑平焦急地在房间里踱来踱去，忽然手机响了。

孙剑平："喂，杜刚，寄出了吗？"

杜刚："剑平，你在哪里？我已经在北京机场了，东西我带来了。"

孙剑平："啊！那我们在检测中心碰面。"

孙剑平挂上电话，抄起外套匆匆出门了。

11. 实验室内　日　内

杜刚和孙剑平陪着一个教授模样的人在里面。

杜刚："马教授，您看咱们能不能不采用这种常规的检测方法，用同位素来缩短细胞的半衰期，您看可以吗？"

教授："从理论上说是可以的，不过在我们实验室还没有用过，因为在剂量方面不好把握。"

杜刚："马教授，我在爱荷华的生化实验室里，曾做过三年这样的实验，您看我能不能用您的设备，我来做。"

教授："这……可是，我们没有这样的先例啊。"

12. 实验室外　日　外

杜刚和孙剑平从里面出来。

孙剑平："杜刚，真对不起。"

杜刚笑了笑，捶了孙剑平一拳，道："说什么呢。你先回去吧，我留在这里做实验，可能也要好几天。"

孙剑平："也好。我今天就回去。这里就拜托你了。"

杜刚："家里拜托你了。"

两人相视一笑。

杜刚："剑平，如果鉴定出来的结果对陈丹不利的话，咱们也要做好最坏的打算。钱倒不是问题，关键是我担心陈丹会接受不了。"

孙剑平："你放心吧，我心里有数。"

13. 邢小峰的车里　日　内

邢小峰皱着眉头开车，杜蔷坐在一边。

杜蔷一改往日的做法，乖巧地坐在旁边。忽然杜蔷幽幽地说道："邢大哥，你是不是永远都不会喜欢我了？"

邢小峰没有说话，只是将车慢慢地停在路边，扭过头看着杜蔷严肃地道："小蔷，你能听我说吗？"

杜蔷也认真地点点头。

邢小峰："小蔷，我是个孤儿，从小就失去了父母，是靠我爷爷将我抚养长大的，后来我爷爷也去世了，这个世界上我就一个人了，所以我好希望能有一个亲人，真的。有很多时候，我都希望能有个亲人，不管是妹妹还是弟弟。小蔷，我很羡慕杜刚，有一个完整的家庭和你这么可爱的一个妹妹。小蔷，说起来也许我没有这个资格，打杜刚把你带到我面前的时候，我就在想，如果我有个妹妹，也一定像你一样可爱。"

杜蔷："我做了这么多的错事，还可爱吗？"

邢小峰："傻妹妹。哪有不犯错的妹妹啊。"

杜蔷："那你还会像以前一样喜欢我吗？"

邢小峰笑道："当然，傻妹妹，我会像杜刚一样喜欢你的。"

杜蔷露出笑容，但是眼中还是流出了泪水。

14. 网吧门口　日　外

邢小峰将车停在门口，问道："是这里吗？"

杜蔷："应该在这里，他们经常来这里。"杜蔷和邢小峰下车。

15. 网吧里　日　内

网吧人不多，离离正在和几个人喝酒，离离的脸上还是那么红，而且好像更红了一些，杜蔷和邢小峰推门进来。

离离一见掉头就要走。

杜蔷看到了叫道："邢大哥，她在那。"

邢小峰三步两步就跨到离离面前，伸手拦住了离离的退路。

离离："怎么，你想干什么？"

邢小峰："我们谈谈。"

离离："我们有什么好谈的。"

杜蔷："离离，你怎么这样，你是我最好的朋友啊，你不能这样对陈姐姐，她可是要当我嫂子的。"

离离的脸上有些不自然道："我，我那还不是为了你啊。"

杜蔷："离离，我也没有让你这么做啊。"

邢小峰不说话，盯着离离的脸，看得离离直发毛。

离离："那，那谁让她做了花了我的脸。"

杜蔷："离离，算我求你了，还不行吗？"

离离："小蔷，你……"

"你这个大小姐还有求人的时候啊。"于妈突然出现在门口，抢话道。

杜蔷："你……"

离离："于妈。"

于妈一拉离离："你别多话。"于妈走到邢小峰的面前上下打量了一番："有什么事，你和我说。"

邢小峰："你是谁？"

于妈："我，我是离离的姨妈。"

杜蔷："才不是，她在陈姐姐的对面，也是开美容院的。"

邢小峰："哦，那么说，这事和你有关了？"

于妈："和老娘有关怎么样？没关又怎么样？你是哪棵葱？做坏了我侄女

的脸，这事我和你们没完。"

邢小峰笑了笑："于妈。嗯，于妈。"

于妈："喊老娘干吗？"

邢小峰（换了一种口气）："于妈，如果说我们私了，你看如何？"

于妈："私了？你说了算不算？"

邢小峰："不算，我和你说什么？开个条件吧，如果我办不到你就不同意呗。"

于妈眼珠转了转："好，听说你有个网吧，是吧？"

邢小峰："现在虽不是我的了。但是我说了仍然算，看中什么你就搬什么，全搬走也可以。"

离离："好唯。"

于妈白了离离一眼："单要这些破铜烂铁够什么！多少要赔偿一点损失吧。就赔 20 万吧。怎么样啊？反正你也是一个大老板，也不在乎，对吧？"

离离吃惊地叫了一声："于妈！"

于妈："你别说话。"

邢小峰沉思了一会儿道："好，成交。下周到我公司来拿钱。"说完，拉着杜蔷就走。

于妈："老板就是老板。下周几啊？"

杜蔷道："邢大哥，你不能答应她。她这是敲诈。"

邢小峰脸色阴阴地："随便哪天都行。"

杜蔷冲着离离："离离，还亏我一直把你当成好朋友，你就这样害我，我不会原谅你的。"

邢小峰将杜蔷拖了出去。

16. 邢小峰车内　日　内

邢小峰的脸色阴阴的，忽然道："小蔷，等会在前面路口，你自己先回家，我有点事情，就不送你了。"

杜蔷："邢大哥，你不会真的答应她吧。"

邢小峰："放心吧，你邢大哥心里有数。"

杜蔷疑惑地下车。

17. 陈丹家中　日　内

陈丹、王佳、陈宜欣、黄明娟正在研究证据。

杜蔷急匆匆地在外面敲门，陈妈妈开门。

杜蔷："阿姨，陈姐姐在吗?"陈妈妈点点头。

陈丹听见了，站起来道："小蔷。"

杜蔷进来带着哭腔道："哥，你快劝劝邢大哥吧。"

陈丹和众人都一惊，齐声问道："怎么了，小峰怎么了?"

杜蔷："离离和于妈敲诈我们，要邢大哥赔 20 万，她才肯。邢大哥已经答应了，下周就去拿钱。"

众人都大惊。半天都没有人说话。

忽然黄明娟道："我看这事不对。有问题。一定有阴谋。"

陈宜欣："原来这才是她真正目的。"

黄明娟："不行，小峰不能答应她。"

黄明娟掏出手机拨通了邢小峰的电话："小峰，你不能答应。你在哪里?"

邢小峰的声音："班长，我在办事。你放心吧，我哪有那么傻啊。好了，挂了啊。"

众人都面面相觑，不知道邢小峰搞的什么鬼。

18. 陈丹家外面　日　外

黄明娟走在众人的后面，王佳等人走在前面。

黄明娟忽然赶上来对王佳："王佳，你现在有空吗? 我想请你陪我去办个事，可以吗?"

王佳有些意外地点点头："可以。"

19. 路上　日　外

王佳和黄明娟并排走着，王佳几次看黄明娟，黄明娟都没有反应，只是低头走路。

王佳终于忍不住了，问道："班长，你这是要带我去哪儿？"

黄明娟站住，看着王佳："其实，哪也不去，我只想单独和你说几句话。"

王佳纳闷："什么话？"

黄明娟："王佳，我有个想法，你看，剑平和小峰两个人争得这么厉害，我想无论结果如何，这都不是我们想看到的。王佳，如果他们联合起来，承接你的项目，你觉得可以吗？"

王佳笑了笑："其实，班长，我也有这个想法，他们各有所长，如果能联合起来，就再好不过了。不过，你看可能吗？"

黄明娟："只要你这边没有意见，我想我们应该能够做通他俩的工作的。"

20. 王佳办公室里　　日　内

王佳坐在办公室里。忽然，有敲门声，秘书进来，拿着两个资料盒。

秘书将资料盒往王佳面前一放道："王总，这是世纪创先和新峰公司所报来的方案。"

王佳没有动，盯着两个资料盒看了一会儿，道："你通知一下技术部，下午开会，让所有人员参加。"秘书答应着退了出去。

王佳慢慢地打开两个资料盒，每个都一样，里面都有一份光盘和一份厚厚的方案建议书。王佳盯着面前两个并排放置的盒子，看了好一会儿。忽然，王佳拿起电话。

王佳拨打电话："徐总，你好，我是王佳。我觉得可能有一个两全齐美的办法。"

电话中男声："什么两全齐美的办法？很明显这两个公司都达不到我们的要求。"

王佳："我知道。但是这两个公司都各有长处，放弃了哪一方对我们都是损失，而且，我们前期的影响那么大，管委会出面公开帮助我们挑选，如果最后有人要是说我们只是利用管委会的声望，故意做一些文章来扩大我们的影响，这可对我们大大不利。何况，就是其他的公司来了，在技术和市场两个方面同时胜过这两个公司的恐怕不多，就是有，造价也会比我们预计的高出许多。"

电话中男声："那你有什么好办法？"

王佳："我打算联合这两个公司同时完成我们的计划。"

电话中的男声："你不是说这两个公司水火不容吗？如果他们联手，在今后的配合上会不会有后遗症。这个问题，你想过吗？"

王佳："我想过，我想我应该有办法解决这个问题。徐总，你放心吧。"

电话中男声："好吧，凡事你注意。拜拜。"

王佳放下电话，将两个光盘拿出，一只手一个盯着看。

21. 陈丹家门口　日　外

孙剑平和陈丹相对而立。

孙剑平看了看陈丹："现在杜刚就在那里做实验，我就先回来了。"

陈丹："没有想到我给你们添了这么多的麻烦。"

孙剑平："虽然实验结果还不知道会怎么样，但是，你也不要太担心。这里有五万，你先拿着，其他的我来想办法。"

陈丹摇摇头："不用了。你的公司刚刚开，这笔钱也不是一个小数目，你的心意我领了。"

孙剑平冲动地抓住陈丹的手，道："丹丹，你的事，难道我不应该管吗？"

陈丹轻轻地将手抽出来道："这是我的教训，我应该接受的。我相信今后我一定会牢牢记住的。"

孙剑平："丹丹。"

陈丹刚要说话，就听见有人喊道："剑平，陈丹。"二人回头一看。

于国庆骑着三轮车晃晃地过来了。

于国庆："你们两个怎么在家门口说悄悄话？"

陈丹脸一红，没有吱声。

孙剑平："国庆，你怎么来了？"

于国庆一边停三轮，一边道："怎么许你来，不许我来啊？陈丹也是我的同学啊。哈哈，我来找陈丹。"

陈丹："国庆，你找我？"

于国庆从怀里掏出一个包裹递给陈丹，道："我都听国红说了，我这个做老大哥的，也帮不了你什么大忙，这里是 9000 块，你先拿着。"

陈丹："国庆，我怎么能拿你的钱？"

于国庆将脸一板："怎么？我的钱就不是钱了？你是嫌少，觉得对你没有用处？"

陈丹急得脸通红道："国庆，我不是这个意思。"

孙剑平："国庆，你挣点钱不容易，你放心，陈丹的赔款我全权负责。"

国庆："你少来了，你那个公司又不是你的，就是你那个老板同意，一时要这么多钱也困难啊。好了，陈丹，你收下吧，别嫌少啊。不然我可生气了。"

陈丹捧着包裹，道："国庆。"

国庆："我要拉活了，回见啊。"

22. 王佳公司会议室里　日　内

众人围在会议室桌子前，王佳进来，秘书捧着两个资料盒，王佳往中间一站道："各位，新峰公司和世纪创先都已经分别把方案报过来了，我想你们能认真看看，讨论一下，分别列出每个方案的长处和短处。要求详细到每一步和每一个程序。"

23. 黄明娟家里　夜　内

夜已经很深了，黄明娟还在看资料。

任明祥端了杯牛奶过来，道："明娟，早点休息吧。"

黄明娟："一天不把这个坏蛋找出来，我一天都不心安。"

任明祥："这么多人要查，可不是一天半天的工夫。"

黄明娟："我已经把开发区所有四十岁左右的男职工的工作日志都调出来了。"

任明祥："我的女强人，你怎么聪明一世，糊涂一时啊。你想啊，这个人要真是你们开发区的，他难道会在工作日志上标清楚他哪天都干了些什么吗？"

黄明娟："我断定他是开发区的，至少他看到过我的资料，否则，事情他不可能讲得这么清楚。"

任明祥："那你就详细看看凡是有可能接触到你资料的人员日志就可以了，包括你的秘书，甚至到你办公室打扫卫生的大妈，你都看看，可能会有启发。"

黄明娟点点头。

24. 黄明娟家　深夜　内

黄明娟看着一份日志，突然眼前一亮，道："我终于找到了。"

一阵轻微的鼾声传来，黄明娟扭头一看，任明祥已经靠在椅子上睡着了。

25. 黄明娟办公室里　日　内

其他员工都下班了，黄明娟一个人坐在办公室里，端着一杯水，打扫卫生的袁师傅进来："黄科长，你找我！"

黄明娟笑了笑："是啊，袁师傅，怎么好久没有看到你了？"

袁师傅道："老家孩子病了，我请假回家了。黄科长，你别太辛苦了。"

黄明娟："没事，不辛苦。袁师傅，我想问你一件事情，去年夏天的一个星期天，你应该打扫我的办公室，可是你说有人在加班，就没有打扫。可是那天我并没有加班，你还记得是谁吗？"

袁师傅："哎呀，时间这么久了，我都记不清了。"

黄明娟道："袁师傅，你能好好想想吗？大概是一年前，你看，你那天在你的工作日志上，写的因为我的办公室有人在加班，所以没有打扫。"

袁师傅："让我想想，大概是……是胡副科长，对，我想起来了，我当时还和他说话了。"

黄明娟："你不会记错？"

（回忆：门外，打扫卫生的袁师傅刚好拎着水桶经过，见办公室门开着，

457

伸手看看了，自语："咦，今天加班的怎么不是黄科长了？"袁师傅伸头看了看，见是胡副科长，道："胡副科长，今天怎么是你加班啊？要打扫吗？"

胡副科长被吓了一跳，见是袁师傅，不耐烦道："去，去，没见我正忙着吗？今天不用扫了。"

袁师傅不满地收拾东西，嘀咕道："黄科长天天加班，也没你这么凶。真是的，我还难得清闲了。"回忆结束）

袁师傅肯定地点点头，道："没错，就是的。我当时和他打招呼，他还有点不高兴的样子，我以为打搅他的工作了。黄科长，出什么事了吗？"

黄明娟点点头："没什么事。袁师傅，你和别人说起过吗？"

袁师傅摇摇头。

黄明娟："好吧，袁师傅你去工作吧，不要对任何人提到今天我们的谈话。"

袁师傅点点头出去了。

黄明娟往椅背后面一靠："这就对了，我怎么这么大意啊。"

26. 孙剑平公司里　日　内

方娜坐在公司里，在办公桌后面看起来有些兴奋，孙剑平从外面推门进来。

方娜立刻站起来道："剑平。你怎么才来啊，我有好消息告诉你。"

孙剑平淡淡地："什么好消息啊？"

方娜："剑平，你知道新峰公司的方案是怎么报的吗？"

孙剑平："怎么报的？"

方娜："就是按照他们现有水平报的。我真没有想到邢小峰这么精明的一个人，这次怎么就这么糊涂。这样的方案报过去，不就等于送死吗？剑平，看来我们的决定是对了，你看，你找的那些技术支持，现在就起大作用了。这下邢小峰死定了。而且你知道吗？剑平，前期，邢小峰为了能得到这个客户，可真是下了血本了。"

孙剑平有些目瞪口呆，看着方娜："方娜，这些你是怎么知道的？"

方娜："哈哈，剑平，知己知彼，方能百战百胜。这叫山人自有妙计。就允许你有能耐，就不许别人有啊。"

孙剑平看了方娜一眼，将目光投向窗外，什么话都没有说。

方娜奇怪地问道："剑平，你不就是在等这么一天吗？怎么看起来好像不太高兴啊？你有什么不满意的吗？"

孙剑平没有看方娜，忽然说了一句莫名其妙的话："唉，也不知道还有没有红薯卖了？"

方娜被说得莫名其妙的，看着孙剑平连连问道："你说什么，什么红薯？"

孙剑平："我说的是 MBA 课程中没有的。"说完，孙剑平出去了。

方娜很西方化地耸了耸肩膀，道："莫名其妙。"

27. 孙剑平的住所 晚 内

孙剑平穿着睡衣在房间里走来走去，一刻也不安静。

（画外音：这下邢小峰死定了。这下邢小峰死定了。）

孙剑平烦躁地挠挠头，桌上的电脑已经显示出屏保的状态了。

孙剑平拿起电话。

孙剑平："方娜，你休息了吗？"

电话中方娜："还没有，怎么了？"

孙剑平："出来喝一杯怎么样，我想和你聊一会儿。"

方娜："好哇，等会见。"

孙剑平挂上电话，叹了口气。关机了。

459

28. 酒吧里 夜 内

孙剑平和方娜相对而坐。孙剑平闷头喝酒。

方娜看了看孙剑平道："能告诉我为什么不高兴吗？"

孙剑平："也没为什么。只是突然感到没什么意思。"

方娜："是为方案的事情吧。"

孙剑平点点头。

方娜："你是担心我们没有把握击败邢小峰吗？"

孙剑平摇摇头。

方娜看了看孙剑平突然道："不是就好。剑平，你知道吗？邢小峰为了这个项目已经投入了巨额的资金，一旦失去这次合作，邢小峰的巨额投资将付之东流，他的公司也将塌掉。剑平，你希望的结果就要出现了，你开心吗？"

孙剑平忽然正色道："方娜，我想和你说实话，我不开心，非常不开心。是的，没错，这样的结果曾经是我梦寐以求的，但是现在……"

方娜："现在你不是了吗？"

孙剑平点点头："有件事情，我一直想说，可是就是没有勇气承认。其实，当时就是没有邢小峰的出走，公司的危机都是有可能发生的。"

方娜："为什么这么看？"

孙剑平："当时我太急于求成了，做梦都想早点成功，早点把创先发展得像超越那样。其实，那个时候，创先的战线拉得太长了，以那时的实力迟早都要出问题的。惭愧的是，这一点，我直到和你合作以后，和小峰争夺王佳的业务时才想明白。"

29. 黄明娟办公室里　日　内

黄明娟正在办公室里埋头工作着，小吴敲门进来了。

小吴："黄科长，管委会通知明天要开一个总结会。"

黄明娟："明天？"说着，疑惑地看了看自己的日程表，道："明天我有事，你请胡副科长去一下。"

小吴："可是，黄科长，这样的会，你为什么不自己去呢？如果有人胡说怎么办？"

黄明娟："怎么会呢？"

小吴："怎么不会？黄科长，我建议您还是自己去得好。"

黄明娟："小吴，你是不是知道什么？"

小吴："啊，不，我什么也不知道。我瞎说的。"

黄明娟："好了，我知道，你去忙吧。"小吴出去了。黄明娟看着小吴的背影，呆想了半天。

30. 黄明娟办公室里　　日　内

黄明娟正坐在里面，不时地看着门口。

邢小峰出现在门口，黄明娟冲邢小峰招招手。

邢小峰走过来："班长，这么急匆匆地找我来有什么事情吗？"

黄明娟："你先坐。喝点水。"

邢小峰坐下来："班长，有事请吩咐吧。"

黄明娟一笑："没事就不能请你来坐坐？"

邢小峰做出意外的样子，笑道："你要是天天请我坐坐也可以啊。"

小吴端着水进来了，在黄明娟和邢小峰的面前各放了一杯，黄明娟却将水杯往旁边推了推。

邢小峰："怎么了，还有人要来？"

黄明娟点点头。

邢小峰："谁啊？"

黄明娟："等会你就知道了。"

邢小峰："搞什么，这么神秘。"

黄明娟笑笑不答。

小吴进来道："黄科长你的客人来了。"

黄明娟："请他进来。"

孙剑平走进来，当看到邢小峰的时候，有些意外，邢小峰也很意外。一时，两人都没有说话。

黄明娟笑着："剑平，坐。"顺手将水杯往孙剑平的面前推了推："剑平，小峰，我约你们过来，就想和你俩聊个事情。"

孙剑平苦笑了一下："班长，有必要这么隆重吗？什么事打个电话不就得了。"

黄明娟："必须和你们俩当面说才行。"

孙剑平和邢小峰相互对视了一眼，两人无话坐了下来。

黄明娟喝了一口咖啡："剑平，小峰，我知道你们俩都在竞争王佳的项目。你们俩的把握都有多大？"

孙剑平："班长，今天好像不太适合谈这个吧。"

黄明娟："好，我也不绕弯了，就直说。我虽然不太了解，但是我知道一点，王佳的项目不是你们俩任何一个可以做得了的。所以我有一个提议，你们是否联合在一起，承接王佳的项目。这个提议我也和王佳谈过，你们好好想想。再说了，我们这么多年的同学了，难道你们就真的忍心斗个你死我活吗？剑平，小峰，你们俩今天都必须回答我。因为，实际上，你们两个已经开始合作了。"

孙剑平和邢小峰都一愣，没有理解黄明娟意思。

黄明娟："剑平，你在北京打电话交代的事情，其实不是我去办的，是小峰去办的。若是我去办，还不一定能办好。小峰，让你把消协的处理结果拖一拖，也不是我的意思，是剑平的意思。"

孙剑平和邢小峰对视一下，都低头默默地喝着咖啡，一时都没有说话。

孙剑平忽然放下杯子，低着头谁也不看道："早知今日，何必当初。要明白一些事情，总是要付出许多的代价。"说完，转身就走了。

黄明娟："等等，我还有个事情要和你们说。"

黄明娟站起来，透过玻璃窗正好看到胡副科长的背影。黄明娟指着胡副科长道："小峰，你一直怀疑的那个人，我可以肯定就是他。"

邢小峰："你确信？"

黄明娟："是的，我确信，他是想通过陷害剑平来害我的。"

邢小峰深深吸了一口气，猛地拉开门，向外面冲去。

黄明娟叫道："小峰，你别胡来。"

孙剑平："所有的事情都是这么一个人做的？"

黄明娟点点头道："剑平，拦住他，别出事。"

外面，邢小峰冲到胡副科长面前，一把拎起胡副科长的脖子，道："臭小子，就是你害得我们公司破产，剑平坐牢，妈的，老子被你害得里外不是人，今天都要找回来。"

邢小峰扬起拳头，就要揍胡副科长，胡副科长已经吓得脸色苍白，半天说不出话来。

孙剑平赶紧跑过来一把抱住邢小峰道："小峰，你别胡来。没有他，公司也会破产的，我也会坐牢的，这都是迟早的事情。"

邢小峰意外地道："剑平。"

31. 消协办公室外　日　外

还没有到约定的时间，大部分人都到了。陈丹和律师陈宜欣坐在一起，主角离离却不在。杜刚、杜蔷、黄明娟、王佳、于国庆、任明祥也来了。

意外的是，邢小峰不在。孙剑平则一个人站在后面，于国庆要去喊他过来，黄明娟一把拉住了。

黄明娟："如果他愿意他会过来的。"

于妈坐在一边，一脸的得意。

32. 消协办公室外　日　外

方娜从一边悄悄地走过，来到孙剑平的身边。

方娜声音异样地喊了声："剑平。"

孙剑平被吓了一跳。回头一看道："方娜，你怎么来了？"

方娜："剑平，你能告诉我你在北京干什么了吗？"

孙剑平："没，没什么，我去办点私事。"

方娜看了孙剑平一会儿，默默地递出一个快件袋子。

孙剑平疑惑地接过袋子，一看寄件人"北京×××化妆品检测中心"，孙剑平撕开袋子，是一张检测报告。

孙剑平惊喜异常："太好了，我还以为不行了。这下好了，丹丹有救了。"方娜的脸色变得很难看。孙剑平没有注意，拿着报告向黄明娟等人走去。

33. 消协门口　日　外

一辆车在消协门口停了下来，邢小峰和离离从里面出来。

邢小峰没有理睬众人，和离离径直进到办公室里面去了。

34. 消协办公室内　日　内

陈宜欣和几位消协的工作人员正急速地商量着，已经好久了还没有出来。

人们都不知道是怎么一回事，议论纷纷的。过一会儿邢小峰从里面出来了。

黄明娟拉过邢小峰："小峰，怎么回事？"

小峰："一会儿就知道了。我们都出去吧，在外面等等。"

35. 消协外　日　外

大家都有些莫名其妙，好久陈宜欣才出来："对方已经同意和解了，你们可以回去了，具体的事情留给我这个当律师的。"

众人都很诧异，不知道是怎么回事。陈宜欣则笑眯眯地看着邢小峰，问道："小峰，你是怎么知道离离是想敲诈的？"

邢小峰笑了笑："这不重要，关键是离离也是一个孩子，是听了他人的挑唆才这么做的，所以，你……"

陈宜欣："放心吧，我是当律师的，我知道。"

于国庆："小峰，你是怎么知道的？我们怎么不知道？"

邢小峰看了孙剑平一眼："剑平鉴定的结果是陈丹使用的精华素，瓶子是原厂的，里面的东西却是另外灌上的，根本就不是原来的东西。我带离离到医院检查了，她的脸红是吃花粉引起的，和化妆品根本没有关系。"

于国庆眨眨眼睛："就这么简单？"

邢小峰："就这么简单。"

陈宜欣："你们可以回去了，陈丹留下来办理一些手续就可以了。"

陈丹还没有说话，杜刚："办什么？我陪她吧。"

陈丹："杜刚，不用了，这点事情我自己能行的。"

邢小峰："杜刚，别这么婆婆妈妈的，走，我们难得聚聚，不如趁今天我们去打开盒子吧。陈丹，我们在小红楼等你啊。"

于国庆："对啊，对啊。"

孙剑平看了看方娜，有些犹豫，黄明娟走过来，道："方总，和我们一起坐会吧。"

方娜笑着摇摇头，不经意地看了孙剑平一眼，道："不了，黄科长，我还有些事情，祝你们心想事成。剑平，我要先走了。"

直到方娜走远了，孙剑平都不知道该说什么，黄明娟一拉孙剑平道："剑平，别迷糊了，走吧，我正好有事要和你说。"

邢小峰和于国庆上了车，匆匆地离开，杜刚走过来解释道："要开铁盒了，国庆有些激动，非要回家换身衣服，小峰送他去，等会在小红楼碰头。"

孙剑平："班长，你和杜刚先去吧，我等下陈丹。"

杜刚看了孙剑平一眼，道："那也好。"

36. 小红楼茶室门口　日　外

孙剑平和陈丹从车里下来，正要进门，闻到一阵爆米花的味道，陈丹不由得停了停，深吸了一口气，孙剑平笑了笑道："丹丹，你先进去，我等会就来。"

陈丹心领神会地点点头，进了茶室的门。

37. 小红楼旁边的爆米花摊　日　外

孙剑平正在买爆米花。

38. 小红楼茶室里　日　内

杜刚和黄明娟坐在里面，陈丹正过来，刚走到包间门口正好听到里面的谈话，黄明娟："杜刚，你打算永远都不让陈丹知道吗？"

杜刚："怎么可能瞒她一辈子，将来她总会知道的。"

黄明娟："是啊，陈丹这么喜欢孩子，要是知道自己永远不能有孩子了，该是多大的打击啊。"

杜刚："我已经在和国外的同学联系了，看看有没有治好的可能性。"

陈丹呆住了，突然掉头就跑，孙剑平捧着一盒爆米花刚好从外面进来，见陈丹跑了出去，不解地喊道："陈丹陈丹？"

黄明娟和杜刚闻声从里面出来，三人面面相对，还是黄明娟反应很快，道："快追啊，别愣着了！陈丹，陈丹！"

孙剑平和杜刚同时向陈丹追去，爆米花扔了一地。邢小峰陪着焕然一新的于国庆正好走进来，不解地问道："怎么了？怎么了？"

黄明娟自责道："都怪我多什么嘴啊。"

39. 大街上　日　外

孙剑平和杜刚追出来的时候，陈丹已经上了出租车走了。

40. 陈丹家门口　日　外

陈丹家门口，孙剑平、黄明娟、杜刚、邢小峰、于国庆都不知所措。孙剑平忽然冲到杜刚和黄明娟面前，恶声恶气地说道："陈丹到底怎么了？我们一起到茶馆的时候还好好的。"

黄明娟和杜刚都愣住了不知道该说什么，邢小峰和于国庆更是不知道是怎么回事了。陈丹忽然从房间里面出来，道："我没怎么，我好好的。你们都回去吧，我只想一个人静静。"

孙剑平："陈丹，你没事吧？怎么回事？"

陈丹："剑平，我很好。杜刚，你替我把他们都送走吧。班长，再见。"当黄明娟和陈丹两人对视的时候，黄明娟用征询的眼光看着陈丹，陈丹微微摇摇头。

孙剑平看着陈丹有些不敢相信的样子。

杜刚冲着陈丹微微点点头，对大家做了一个请的姿势。孙剑平露出了明白的神情，黯然离去。

第二十集

1. 孙剑平新公司里　日　内

孙剑平神情落寞地进入办公室，方娜在里面看见孙剑平有些神情异样，问道："剑平，你怎么了？"

孙剑平黯然地看了方娜一眼，没有说话，方娜接着问道："是陈丹出什么事情了吗？"

孙剑平点点头，方娜："有什么可以帮忙的吗？"

孙剑平忽然有些冲动地说道："我连她遇到什么都不知道。"

方娜："剑平……"

孙剑平一摆手，打断道："让我静静好吗？"

2. 方娜住所里　晚　内

方娜端着酒杯站在窗前发呆，过了很久，拿起电话。

方娜："哥哥，我是娜娜。"

电话里传来方军的声音："娜娜，你怎么了？"

方娜突然有一种想哭的感觉："哥，我挺好的。"

方军："娜娜是不是出什么事情了？"

娜娜："没有，我就是想你了。"方娜的眼泪流了出来，道："哥，我想回去陪陪妈。"

方军："娜娜，是工作遇到困难了？还是和什么人闹矛盾了？"

方娜擦去眼泪道："没有哥，我只是感到累了，我想回去休息休息。"

方军："那好吧。我也很久没有回家了，我陪你回去吧。不过，哥要提醒你，工作中是会遇到很多困难的，但是不要将自己的工作和感情混为一谈，两者你要拎清了。要不，我过来看看你？"

不负青春不负卿

方娜："哥，不要了，我还有一点事情要办。哥，拜拜。"方娜放下电话突然失声痛哭起来。

3. 黄明娟公司外　日　外

黄明娟正低着头走路，正要进入大楼，有人喊道："班长。"黄明娟回头一看是王佳。

王佳走过来："班长你回来了，我等你半天了。"

黄明娟："王佳，你找我？怎么不打我的电话啊？走，到办公室去吧。"

王佳："班长我就几句话，说完就走。去办公室不方便。班长，小峰和剑平的公司方案我都看了，从实力上看，新峰要比世纪创先强一点。从技术上看世纪创先要强一点。不过我可听说了，小峰已经投入了大笔的资金，而且大部分是借来的。如果落选的话，小峰的公司能不能保得住，就难说了。"

黄明娟："有这么严重吗？"

王佳点点头："其中的关键我可都讲给你听了。"

黄明娟："那，那怎么办？"

王佳毫无表情地看着黄明娟："这个问题已经超出我考虑的范围。再见，班长。"

黄明娟拉住王佳："王佳，如果是，是剑平落选的话会怎么样？"

王佳："你可以去问问他自己。"

黄明娟："难道一点办法都没有吗？"

王佳："我说这么多已经超出了我的工作范围，但是你是管委会的负责人，你可以想办法嘛。自古以来，出现这样的问题，太多了。"

黄明娟："太多了？王佳我不明白，你能说得清楚点吗？"

王佳笑着摇摇头："人世间合合分分，分分合合，谁又说得清呢。"说完，转身就走了。

4. 医院病房里　日　内

这天是汪老师的生日，黄明娟带着任明祥一大早就等在医院门口了。不一会儿，于国庆来了。

于国庆："班长，全家出动啊。"

黄明娟："是啊，这是我的恩师啊，全家来看看也是应该的。"

于国庆："班长，今天大家是不是都会来啊？"

黄明娟："是吧，没听说谁不来啊。"

于国庆："那是太巧了，反正毕业已经过了十年，班长，不如我们就定下一个日子，大家一起去打开盒子吧。"

黄明娟："也对。这样，就由我来通知他们吧。"

正说着，邢小峰从一辆出租车中钻了出来，老远就喊道："班长，国庆。"

杜刚的车也停在了门口，陈丹和杜刚从车里下来。大家相互打着招呼。

王佳和陈宜欣过来了，还过来很多人，黄明娟有些吃惊，悄悄地问邢小峰："你怎么通知到的？"

邢小峰冲她笑了笑，不说话。

于国庆凑过来道："班长你还不知道吧，小峰打算改行做侦探社了。"

黄明娟："咦，时间都差不多了，剑平还来不来？"

于国庆、杜刚、陈丹、邢小峰一口同时道："他一定会来的。"大家话音刚落，都相互看看。不知道什么时候，口径如此一致。

正说着，孙剑平从医院里面出来，眼睛红红的。

于国庆看见："剑平，你怎么从里面出来了？"

孙剑平："我刚刚去看了汪老师，她，她已经……"

邢小峰一听，掉头就往医院里面跑。众人跟在后面。

5. 病房门口　日　外

邢小峰气喘吁吁地跑到病房门口，刚想伸手推门，却止住了，犹豫着不敢推，邢小峰的手在微微发抖。好像门很重似的，邢小峰低着头咬着牙，紧紧地握着门把手，不敢往里推。

忽然旁边伸出一双手，是孙剑平，推开了门，邢小峰抬头一看，病房已经空荡荡的了。

那个大眼睛的护士正在整理床铺，见邢小峰道："你怎么才来？你干妈刚刚走了。"

邢小峰的眼泪一下子流了出来，黄明娟、陈丹等已经有些人哭了出来。

护士走到邢小峰身边道："她临终前还惦记着你们这些学生。"

邢小峰哽咽着："她，她，她还说什么？"

护士道："她说，现在她最大的遗憾就是没有能等到和你们见上一面，她说她很后悔，在自己生命的最后几天，没有和你们多聚聚，她让我转交你们——"

护士从口袋里拿出一张纸条。大家一齐凑过来看。那是汪老师的笔迹，艰难中留着秀丽：

"请同学们记住，不要让成长中的误会破坏了纯真的感情。"

众人都为之一震。孙剑平和邢小峰不由得相互对视一眼。

就在大家正在发愣的时候，孙剑平突然掉头跑了出去。

黄明娟愣了愣大叫道："剑平，你等等，我有话和你说。剑平，等等。"说着追了出去。

于国庆等人也追了出去。

6. 医院门口　日　外

黄明娟等人追了出来，孙剑平已经没有影了，黄明娟着急地道："国庆，快，一定要找到他，我有话跟他讲。"

任明祥道："明娟，你去找他吧，我先回家了。你和他慢慢说，别着急。"

黄明娟感激地点点头。

于国庆道："班长，你不要急，我和你一起去找吧。"

7. 大街上　日　外

孙剑平一个人漫无目的地走着，感到空荡荡的，孙剑平不知道自己要干什么要到哪去，就这样信步在大街上走着。

忽然对面来了两个小女孩，十几岁的样子，两人正捧着一块烤红薯，你一口我一口边走边吃。孙剑平看着这两个女孩，不由自主地跟在后面。直到两个女孩开始对孙剑平起疑心了，回过头，对着孙剑平："大叔，你干吗总跟着我们？"

孙剑平一下子惊觉过来，连声道歉，掩饰道："我要到前面办事，就是要走这段路啊。"

两个女孩不以为然地撇撇嘴，两人掉头走了。

孙剑平苦笑着摇摇头，拐进一个街口。才发现，自己在不知不觉中来到了邢小峰公司门口。

孙剑平忽然像想起什么似的，急步向前走去。

8. 邢小峰公司门口　日　外

孙剑平急匆匆地来到原来的红薯摊前，以前那个卖凉皮的哥们儿已经不在了，改为一个老太太卖了。

孙剑平："大妈，请问以前那个卖凉皮的年轻人怎么不来了？"

老太太："这，我可不清楚，那个年轻人把摊子转让给我了。"

孙剑平："那您知道他现在在哪吗？"

老太太："这我哪知道。听说和人打架，生意就做不下去了。大概是回家了吧。"

孙剑平自语："打架？他怎么会和别人打架。"

老太太："好像就是和原来这里的一个卖红薯的打架，唉，现在的年轻人火气都盛。听说啊，那个卖红薯的还是和他一个村的呢。"

孙剑平："哪、哪个卖红薯？"

老太太："不知道，你问那么多干吗，买不买凉皮？"

孙剑平抱歉地摇摇头，抬头看看对面邢小峰的公司，其实从一开始，孙剑平就想上去看看，听说过很多次，就是不知道邢小峰的公司到底是什么样子。

9. 邢小峰的公司里　日　内

孙剑平慢慢地推开门，正对面是一个前台，前台后的屏风上写着"南平市新峰科技有限公司"。孙剑平惊异地发现，公司的布局和当年的创先公司是一模一样的，前台的接待小姐见有人进来，起身问道："先生，请问你有什么事吗?"

孙剑平："哦，我没什么，走错门了。"说完，孙剑平又看了看，转身刚要离去。

邢小峰站在门口："没有，你没有走错门。"原来不知道什么时候，邢小峰从外面进来了。邢小峰站在孙剑平的面前："剑平，进来看看吧。我一直希望就是有一天你能进来看看。"

孙剑平看着邢小峰，两人终于拥抱在一起。

10. 医院门口　日　外

等陈丹和杜刚等人从医院出来的时候，黄明娟和孙剑平还有于国庆等都走得没影了。

陈丹和杜刚对视了一眼。陈丹："杜刚，我想自己走走，你先回去吧。"

杜刚很意外地答道："好的。"

陈丹和杜刚两个人朝两个不同的方向走去。

11. 陈丹的店门口　日　外

陈丹的店仍然关着，多日没有开门显得有些凋落。

孙剑平慢慢地走过来，在台阶上坐下来。

对面于妈过来："大兄弟，洗头吗? 到我这来吧，这家店关门了。"

孙剑平看了她一眼，眼神冷冷的，于妈吓得一哆嗦，小声嘀咕道："不洗就算了。"说着走了，边走还边回头看了看孙剑平。

孙剑平不理会，在店门口静静地坐着。

黄明娟慢慢地站在身边。黄明娟："我就知道，在这里准能找到你。"

孙剑平抬头看了看黄明娟："班长。"

黄明娟："剑平，我有话和你说，你一定要听我说完。好不好?"

孙剑平点点头。

黄明娟在孙剑平身边坐下来，道："剑平，咱们村就我们两个出来上学，从小学到高中，再到大学。剑平，其实在我心中，你就是我最好的朋友，有的时候，就像自己的弟弟一样。当你和陈丹好了的时候，剑平，我真为你高兴。真的。因为陈丹是个好姑娘。当伯母从乡下过来，和你们一起住的时候，发生了许多误会和矛盾，我一直都说要给她们调解调解，但是，但是，我只是说了，我自己都不知道我是真的没有时间，还是我从内心不愿意，反正，我做得很少，远远没有小峰对你的帮助多。剑平，从你开公司到入狱，我一直都提心吊胆，从没有踏实过，因为我真的很担心你。但是我再怎么担心你，也没有陈丹为你所承受的多。剑平，伯母的意外去世，我知道你始终无法开解，可是你知道吗？陈丹那时有身孕……"

孙剑平吃惊地看着黄明娟。

黄明娟："……就是伯母出事那天检查出来的。后来，她一直想告诉你，可是你一直都没有给她机会。后来，你入狱了。陈丹，天天为你的事到处奔波，直到累得在大街上晕倒。后来，后来，在医院时收到你的离婚协议书，陈丹，她，一时受不了这个刺激，流产了。可是最糟的是，是……"

此时孙剑平已经站了起来，两个眼睛睁得老大，瞪着黄明娟。

黄明娟有些不忍，咬牙道："陈丹身体太弱了，流产以后没有好好休息，又受了刺激，所以，所以她可能终身都不会再有孩子了。可怜的陈丹，到现在都不知道。杜刚不忍心告诉她。她是那么喜欢孩子，他……"

孙剑平掉头跑了。黄明娟没有喊他，眼泪流了出来。

12. 陈丹家门口　日　外

一辆出租车"嘎"的一声停在陈丹家门口，孙剑平从车里冲出来，跑到陈丹家房门口，急急地敲门，陈妈妈在里面喊道："来了，来了。"陈妈妈打开门一看，见是孙剑平，把脸一沉道："你来干什么？"

孙剑平："妈，阿姨，丹丹在吗？"

陈妈妈："你还找丹丹干吗？"

孙剑平："妈，求求你，让我见见她，我有话对她说。求求你了。"

陈妈妈："唉，有话，你就说吧。你这是干吗。丹丹不在家。"

孙剑平："那，她去哪了？"

陈妈妈："她去哪了，和你没有关系。"说完咣的一声关上门了。

孙剑平无力地在对面的台阶上坐下来。掏出手机，拨打陈丹的电话，"您拨打的用户已关机"孙剑平放下电话，看着陈丹的家门。

13. 陈丹家门口　晚　外

陈丹慢慢地走过来，孙剑平一直坐在对面的台阶上，看着陈丹的家门。当看到陈丹出现的时候，孙剑平有些惊慌，赶紧站起来，跑过去，站在陈丹的面前。

陈丹看到孙剑平突然出现，却没有丝毫意外的样子，静静地看着孙剑平。两人就这样对视着。

黑暗里孙剑平和陈丹对望着。

在陈丹心里，很多东西已经很远了。所以陈丹的目光是空洞的，但是很多东西都深深地印在了孙剑平的心中。

孙剑平："对不起，丹丹，对不起，对不起，对不起，对不起，对不起，对不起，对不起，对不起……"说着，说着，孙剑平不由自主地在陈丹面前跪了下来，泪流满面。

陈丹很木然地望着孙剑平，脸上看不出什么表情，轻轻地扶起剑平，慢慢地从包中，拿出餐巾纸，轻轻地给孙剑平擦去眼泪。

孙剑平望着陈丹，一把握住陈丹的手："丹丹。"

陈丹慢慢地抽出手，轻轻道："别哭了，男儿有泪不轻弹。过去的永远都过去了，我们谁也忘不了。"

孙剑平："丹丹，我们还有将来吗？"

陈丹："过去的已无法重来了！剑平，想想我们少年的时光是多么美好啊。可是回不去了。剑平，爱情就像打电话，不可能完全平等，总是一个人主动拨出，另一个人被动接听；曲终人散时也像电话讲完了，总得有一个人先放下话筒，另一个人呆呆地听那断线的'嘟嘟'声。如果一段情已尽，又何必计较由谁潇洒地搁下话筒，由谁失落地听那'嘟嘟'声呢？经过这么多事情，我已经不太在意从前的一切了。剑平，保重。"说完，陈丹转身开门进去了。

孙剑平傻傻地站着，陈丹的房间里灯亮了，过一会儿又关上了，没有发出一点的声音。

14. 陈丹家中　晚　内

陈丹一个人坐在房间里面，陈丹拿起电话，拨起了蕾蕾的电话。

陈丹："喂，蕾蕾吗？我是丹丹啊……"

外面陈妈妈和陈爸爸正在看电视，陈妈妈："老陈，你看丹丹，是不是有些怪怪的，官司赢了，是好事啊，怎么又一个人关在房间里了。"

陈爸爸："孩子大了，会有自己的想法的。我们就不要干涉她了。"

陈妈妈："我不是要干涉她，我担心又有什么事发生。"

陈爸爸："经过了这么多事情，她能应付的。"

15. 陈丹的美容院里　日　内

在陈丹的美容院里，没什么客人，只有一个年轻女孩，陈丹在给她盘头，于国红在一旁帮着忙，打着下手，一会头发做好。

于国红递过客户的手包："小姐，你的包。"于国红退后了两步，上下打量了女孩一下，道："小姐，你很漂亮，你的这个发型换上高跟鞋似乎更合适。"

女孩："真的吗？"冲于国红示意了自己的鞋子，是一双轻便的运动双彩带的鞋，"这可是流行款耶。"

陈丹拿着一张图片，图片上正是一个女孩的画像，同样的发型穿着一双细长的高跟鞋，陈丹看见于国红在和女孩说话，留心地在旁边听着，悄悄地将图片背到身后。

于国红："这鞋也很漂亮，不过留披肩发穿会更合适。"于国红有些陶醉，眯起眼睛，自顾自说道："穿上这鞋子一定能走得很快很轻松，你的长发就会随着飘舞起来，多美。你现在盘的发型就不能走快，换上高跟鞋，会，会……"

于国红一时想不出什么词，陈丹在一边接道："会让你的腰身更柔软，走路的姿态，也婀娜多姿，何况也能使你的小腿肌肉收缩，显得修长。"

女孩高兴："真的吗？我这就回家换。谢谢你啊，老板。"女孩高兴地走了。

等女孩出门了，于国红有些怯怯地走到陈丹的身边，道："陈姐，不好意思，我胡说了。"

陈丹："你说得挺好的。"

于国红："陈姐，你懂得真多。"

陈丹拉过于国红："国红，我发现你很有天赋，真的，刚才你是怎么知道要换高跟鞋的？"

于国红脸一红："上次来我们店的一个女的就是这么穿的。我是瞎说的，也不知道对不对。"

陈丹笑了，拿过图片，递给于国红，"你的评价和这个是一样的。国红，你很聪明，今后一定多看看这方面的书，你一定会成为一个行家的。"

于国红："真的吗？陈姐。"

陈丹："当然了。国红，你盯一会儿，我出去办个事。这有两本书，你先看看。"说着从书架上抽了两本书，递给于国红。

于国红接过书，连声道："谢谢，陈姐。"

陈丹笑了笑，拿起自己的小坤包出去了。

陈丹刚刚走，杜刚的车，就开了过来，慢慢地在门口停了下来，杜刚从车里出来，走进店中，于国红一见，赶紧迎上前，道："杜大哥。"

杜刚："国红啊，今天不忙啊。丹丹呢？"

于国红："陈姐出去了，说去办个事。"

杜刚："她没说什么事情吗？"

于国红摇摇头："没有。"

杜刚"哦"了一声，掏出手机，拨了陈丹的电话，话筒中，传来"您拨打的用户已关机"。杜刚眉头一皱，道："她没说上哪去吗？"

于国红摇摇头，道："杜大哥，要我去找陈姐吗？"

杜刚笑了笑道："不用了，你忙吧。"说着，杜刚边往外走，边打电话到陈丹父母家。

杜刚："喂，叔叔，您好，我是杜刚。"

杜爸爸的声音从话筒中传出来："小杜啊。"

杜刚："叔叔，丹丹回来了吗？"

杜爸爸："没有啊，她现在应该在店里面。怎么，你找她有事啊？"

杜刚："没什么事，我正要到店里去找她。叔叔再见。"杜刚满怀疑虑地挂上电话。杜刚往外走。有些郁闷地开门上车，慢慢地启动。

16. 大街上　傍晚　外

陈丹一个人拎着蛋糕正走着，忽然前面一个高挑的人影从车上下来，陈丹眉头一皱，感到很面熟，但是一时没有想起来，等人影走到自己面前了，陈丹才惊觉，小声叫道："你？"站在面前的，正是方娜。

方娜看着陈丹，微微一笑，道："你好。"

陈丹不知所措也答了一句："你好。"

方娜："我们的碰面是最尴尬的，但是请你不要在意，我只是想好好看看，让剑平如此念念不忘的人到底是什么样子。我想告诉你，我要走了，我祝你幸福。"

陈丹："我……"

方娜有些伤感地道："剑平是一个很有魅力的男人，但是就是有些急于成功了，今后只要注意这个就可以了。唉，今天是他的生日吧，再见吧。"

陈丹张张嘴不知道说什么，方娜上车走了。

477

17. 大街上　傍晚　外

正是上班上学的时间，大街上人不多。杜刚一边开车一边不时地看着两边的道路。

突然，杜刚看见陈丹拎着一盒蛋糕，正在路边走着。杜刚有些疑惑，赶紧放慢速度。

陈丹慢慢地走着，忽然拐进了泰山公园。杜刚赶紧掉头，将车停在停车场。等杜刚跑到公园门口，陈丹已经进去了。

18. 泰山公园里　晚　外

杜刚进门后，东找找西找找，也没有发现陈丹。

此时，陈丹正坐在一个小亭子里，后面是一个小树林，正面是一潭池水，周围没有什么人。陈丹坐在亭子中间的石凳上，石桌上放着一个蛋糕。陈丹正托着腮帮子盯着蛋糕发呆。

杜刚从小树林旁边绕出来，正好看到陈丹，杜刚刚要走过去，忽然，陈丹站了起来，杜刚悄悄地往树后靠了一下，想看看陈丹到底要干什么。

陈丹站起来，打开蛋糕盒，点上一支音乐蜡烛，立刻有音乐声传来"祝你生日快乐"。

杜刚心语："生日，今天是谁的生日？丹丹的生日还早啊。"

陈丹看着蜡烛，双手抱在胸前，闭上眼睛，好像是在许愿。

杜刚越看越纳闷，刚要走过去。

忽然，陈丹小声道："剑平，生日快乐。去年的今天你在监狱里，没能和你一起过，原以为今年能和你一起过的。没有想到我们就，就这样结束了。今天是你的生日，你在做什么？有人给你准备蛋糕了吗？剑平，我多想能和你再一起吃蛋糕啊。剑平，这是你最喜欢吃的冰激凌蛋糕……"

杜刚听到这里，猛地掉头走了。

19. 孙剑平公司里　晚　内

孙剑平一个人坐在办公桌后面，眼睛有些直勾勾的，不知道心里想什么。忽然孙剑平拉开抽屉，拿出一个光盘，放入电脑。

电脑屏幕上显示出相册。孙剑平点击了生日。一张一张的照片陆续打开。全部是以前和陈丹一起过生日时拍的。有的是陈丹戴着生日帽子，有的是孙剑平戴着生日帽子。电脑定格在一张照片上，孙剑平戴着生日帽子，端着一碟蛋糕，脸上涂得到处都是蛋糕，嘴巴张得大大的，陈丹搂着他的脖子，嘴巴噘得高高的，像是要吻他，又像是要吃他脸上的蛋糕，可爱至极。

孙剑平猛地把电脑屏幕一关。人往后一靠，闭上眼睛。

20. 泰山公园凉亭里　　晚　外

陈丹还盯着蛋糕，回忆着中学时的情景。

（回忆中：少年陈丹和少年孙剑平拎着一个蛋糕来到这里。

少年陈丹："剑平，你看这里好不好？我找了很长时间呢。这里给你过生日最好了。来，把蛋糕拿过来。"

少年孙剑平："你怎么找到这里的？还真不错，我以前怎么就没有发现？"说着，将蛋糕放在石桌上。

少年陈丹："可以吧，这叫功夫不负有心人。"边说边动手解蛋糕。

少年孙剑平："不错，明天告诉小峰他们，来这里打牌，保准汪老师找不到。"

少年陈丹，趁少年孙剑平正在欣赏环境时，用手指将蛋糕抹了孙剑平一脸。

孙剑平大叫一声："陈丹，我还没吃呢，不能浪费。"也用蛋糕抹了陈丹一脸。两人对视，大笑起来。

少年陈丹："剑平，生日快乐。"

少年孙剑平："天天快乐。"）

陈丹想到这里叹了一口气，用手指挖了一口蛋糕，轻轻地放到嘴里。

孙剑平正沿着台阶慢慢地走过来了，心事重重，又满不在乎的样子。

刚开始，两人都没有发现对方，等走近了。

两人同时发现了对方，陈丹看到孙剑平手里的蛋糕，孙剑平也看到了陈丹和桌子上的蛋糕，两人都没有说话，孙剑平将自己带来的蛋糕放在陈丹的旁边，慢慢打开。

两个一模一样的蛋糕。两个人同时看看对方，又看看蛋糕。

孙剑平："以前上中学的时候，每年生日都会来这里吃蛋糕。"

陈丹："而且只吃这种冰激凌蛋糕。"

两个人不约而同地齐声说道："你记得真清楚。"说完，两人相对一笑。

陈丹:"生日快乐。"

孙剑平:"天天快乐。"

21. 泰山公园凉亭里　晚　外

孙剑平和陈丹并排站着,孙剑平:"丹丹,我们还能再在一起吗?"

陈丹慢慢地摇摇头道:"剑平,在我们结婚的时候,我们都不懂得爱情,等我们离婚了,我们终于懂了。我也知道我真正想要的是什么了。"

孙剑平:"丹丹,对不起,我带给了你很多不幸的事情。"

陈丹:"剑平,你错了,每个人都有自己的命运,别人可以影响,但是改变命运是要靠自己的。剑平,方娜是个不错的女孩,不要错过了。"

22. 杜刚家里　日　内

杜刚疲倦地推开家门,客厅里没有人。杜刚靠在沙发上,闭上眼睛。杜爸爸从里面出来,看了看儿子,在杜刚身边坐下来。

杜刚看了看爸爸道:"我没事的,爸爸。"

杜爸爸点点头,没有说话。杜刚起身推开房间的门,杜蔷正坐在书桌前发呆。

杜刚:"你在这干什么?"

杜蔷:"哥哥,我觉得这段时间发生的事情好多。"

杜刚在杜蔷的身边坐下,道:"小蔷,生活就是这样的。总要发生些事情。"

杜蔷:"哥哥,你说邢大哥将来会幸福吗?"

杜刚:"你很想知道吗?"

杜蔷点点头。

杜刚:"说实话,小蔷,哥哥不知道。幸福是很难把握的东西。就看各人自己怎么看待。"

杜蔷叹了一口气道:"其实我早就知道邢大哥是不喜欢我的,我只是不甘心。现在我才明白,我根本没有必要非要他喜欢我,我只要知道自己喜欢他就够了。哥，这样对不对？"

杜刚："哥也不知道。也许是对的。"

23. 孙剑平的公司里　晚　内

方娜在门口打开灯，看了看。公司已经没有人了，空荡荡的，每个工位都很整齐，方娜一个一个看过去，来到自己和孙剑平的办公室里，推开门，开灯，方娜仔细地看着房间的每一样东西。

方娜在孙剑平的办公桌前，坐下来，体会一下，然后摊开一张纸慢慢地写起来：

剑平：

我走了，公司委托给你管理，所有的东西我都锁在保险柜里了，相信你会打理好的。在这个地方，我是一个失败者，所以我选择离开。不过，也许有一天我会回来的。关于珊虹的业务，我建议和新峰合作，共同经营。其实，你心里早就是这么想的，就是一直不愿意承认而已。剑平，我祝你成功。

方娜

写完后，方娜看了一遍，然后拿出一把钥匙放在纸上，方娜站起来，走到门口回头看了一眼，关上灯，走了。

24. 孙剑平公司里　日　内

孙剑平一进办公室，就觉得怪怪的，员工们的眼睛都看着他。孙剑平也没有在意，刚一进到办公室，秘书跟进来了。

孙剑平看了看对面方娜的办公桌空荡荡了，问道："方总还没有来吗？"

秘书："方总，她给您留了一封信，在你的抽屉里。"

孙剑平疑惑地打开自己的抽屉，里面放着一把钥匙和一张纸条，孙剑平拿起纸条看了看，突然冲着秘书挥挥手："你先出去吧，任何人找我都说我不在，电话也不接。"孙剑平沮丧地闭上眼睛。

25. 王佳的公司里　日　内

黄明娟坐在王佳的办公室里，有些焦急。王佳推门进来。

王佳："班长，这么急找我有什么事吗？"

黄明娟："王佳，你上次提出的问题，本来我是想以管委会的名义邀请新峰公司和世纪创先同时承接珊虹的业务，双方进行联合开发经营，由我们管委会监督执行。可是，现在，王佳，真对不起，我想我帮不了你了。"

王佳笑了笑："为什么？"

黄明娟羞涩："我怀宝宝了。"

王佳："恭喜你啊，班长。"

26. 陈丹家中　晚　内

陈丹整理着东西。陈丹翻着美容院的资料，看了一会儿，放入一个资料袋中。陈丹开门来到客厅，陈爸爸和陈妈妈坐在客厅里看电视，陈丹在爸爸妈妈旁边坐下。

陈爸爸看了看女儿，和陈妈妈对视一下，道："丹丹，你要做什么，爸爸妈妈都支持你。你想好了，就放心做吧。"

陈丹将头埋在妈妈的怀中。

27. 陈丹的店　日　外

早上，街上的人还不多，于妈从美发屋里出来，在门口伸着懒腰。

陈丹正慢慢地走过来，路过于妈的身边，陈丹停下来道："早。"说完，转身，去打开自己的店铺大门。

于妈有些意外，半天都没有说出话来。

陈丹一打开店铺的大门，里面干干净净、整整齐齐的。

"陈姐。"于国红不知道什么时候出现在门口。

陈丹："国红，你这么早？"

于国红："是的，陈姐，我相信我们的设计室一定能红火下去的。陈姐，我们现在开门吗?"

陈丹笑了笑道:"别忙,先等一会儿。"陈丹拿出自己随身带的手提袋,递给于国红道:"国红,这个给你,你好好保存,别丢了。里面是咱们设计室的一些证件和我的工作体会。送给你。"

于国红没有反应过来,接了过来,将提袋锁到柜子中间。道:"放心吧,陈姐,我会保管好的。陈姐,咱们什么时候开门啊?"

陈丹:"国红,我们设计室能重新开张是真的不容易,你要好好干啊。"

于国红:"我知道的,陈姐。"

陈丹:"国红,你去帮我买袋牛奶好吗?我还没有吃早饭。"

于国红:"好,你等一下。"说完,匆匆地出门了。

28. 陈丹的店　日　外

陈丹见于国红走了,将一张纸条放在桌上,掏出自己的钥匙压在上面,最后看了看房间,转身带门走了。

过了一会儿,于国红拎着牛奶回来了,还没有进门就喊道:"陈姐,牛奶还是热的,你赶快喝吧。"

于国红推门进来:"陈姐,陈姐。"于国红看到桌上的纸条。

国红:店铺送给你,好好经营。陈丹。

于国红冲到门口,大街上早已经没有了陈丹的踪迹。

29. 车站外　日　外

陈爸爸、陈妈妈和陈丹三人正在候车室里,陈丹眼泪汪汪:"爸爸,妈妈,我走了,你们可要照顾好自己啊。"

陈妈妈:"丹丹,你想好了?"

陈丹坚决地点点头:"我想好了。我要忘记这里的一切,重新开始。"

陈妈妈:"你真的忘记就好了,丹丹,有的时候,也要退一步看问题,你不打算和他说一声吗?"

陈丹:"我们已经结束了。"

陈妈妈："我说的是小杜。"

陈丹一愣，随即慢慢地点点头。

陈爸爸："那好，既然你决定了，我和你妈就支持你。无论你做什么，我们都一样支持你。"

陈丹："我决定了。每次我总是被动地等待生活的选择，现在我想自己把握自己一回，爸爸妈妈，你们放心吧，我能应付的。"

陈妈妈："在外面要注意身体。"

陈丹："爸爸，妈妈，我走了。"说完，陈丹拎起行李，一步三回头地进入了检票口。

陈爸爸和陈妈妈泪眼相送。

30. 火车上　日　外

陈丹坐在窗前，看着外面。

陈丹的眼中涌出两行泪水，陈丹轻轻地擦去泪水，笑了起来，火车发动了，越开越快，渐渐地看不到了。

31. 邢小峰公司里　日　内

邢小峰正在和秘书谈话，邢小峰："你让他们现在把各自手上的业务都总结一下，尽快做个报告给我。"

秘书："好的，我马上去办。"

于国红从外面闯进来："邢大哥，不好了。"

邢小峰："怎么了？"

于国红气喘吁吁："陈姐，陈姐，她走了。"说着，递给邢小峰一张纸，邢小峰接过来一看，呆了。

于国红："我已经告诉杜大哥了。我还给孙大哥，打电话了，可是总也没有人接。"

邢小峰突然冲了出去，于国红紧紧地跟在后面。

32. 邢小峰车里　日　外

邢小峰的脸色很难看，专心开着车，于国红坐在邢小峰旁边，小心翼翼地看着邢小峰。

33. 孙剑平的公司里　日　内

邢小峰从外面冲了进来，于国红跟在后面，前台接待见有人进来，连忙站起来："先生，请问……"

邢小峰看也不看，往里面 就走。前台在后面叫道："先生，你找谁啊？你不能随便往里闯。"

邢小峰也不理会，冲到里间，一推门，房间里孙剑平正在闭着眼睛，靠在椅子上。

邢小峰的突然闯进来，把孙剑平吓了一跳，睁开眼睛一看，是邢小峰一脸着急的样子，后面还跟着不知所措的于国红。

孙剑平一下子站了起来："你……"

邢小峰："陈丹走了，你看。"邢小峰将一张纸拍在孙剑平的面前。

孙剑平拿过纸一看，呆住了。

邢小峰："剑平，你还呆什么呆，还不快去追。"

孙剑平仿佛一下子清醒过来，拿起纸往外就跑。

34. 陈丹家中　日　内

陈爸爸和陈妈妈正在房间里一个看书一个看报。忽然响起了急促的敲门声。两人都放下手中的书报，相互对视了一眼，陈妈妈起身开门，孙剑平失魂落魄地站在门口，陈妈妈："是你。你来干什么？"

孙剑平："妈，陈丹，丹丹她在吗？丹丹，丹丹。"

陈妈妈："你别喊了，丹丹走了。"

孙剑平："她去哪了？妈，你告诉我。"

陈妈妈："丹丹说了，不让告诉任何人。你就别问了。"

孙剑平看了看陈妈妈，忽然一下子跪了下来，："妈，求求你了，求你告诉我，她去哪了。"

陈妈妈："你这孩子，你这像什么啊？快起来。"说着，拉孙剑平。

孙剑平带着哭腔："不，妈，你不告诉我，我不起来，求求你了。"

陈爸爸闻声从里面出来："剑平，起来吧，男儿膝下有黄金，丹丹这么做，有丹丹的理由。"说着，伸手将孙剑平扶了起来："孩子，你能和我谈谈吗？"

孙剑平的眼中充满了泪水，点点头。

35. 孙剑平的公司外　日　外

邢小峰从里面出来，一直低着头，也不说话，于国红小心翼翼地跟在邢小峰的后面。邢小峰在路边站下来，突然一拳捶在路边的路灯柱上。

于国红冲动地上前拉过邢小峰的手，仔细看了看，口中小声道："还好，没破。"

邢小峰忽然心中一动："国红。"

于国红脸一红，放开邢小峰的手，低着头："邢大哥，对不起。"

邢小峰没有说话，看着于国红，好一会儿，于国红悄悄抬头，偷眼看了看邢小峰，小声："邢大哥，真对不起，我不是有意的。"

邢小峰一愣："国红，你做错什么了吗？"

于国红："我，我，我看到你在生气。"

邢小峰笑了一笑："我没有生气，真的没有。本来我们是多么要好的同学，可是这才几年的时间，怎么成了现在的样子。我就是想不明白这个事。"

于国红鼓足勇气："邢大哥，你不要这样好不好？你们都是好人。"

邢小峰苦笑了一下："我哪里算得上什么好人？"

于国红："不，邢大哥，你是个好人，没有人比你更好的。我一直都这么认为的。"于国红的声音越来越小，最后，简直快听不到了。

邢小峰看着眼前的这个姑娘，突然长长地出了一口气，邢小峰上前一步，拉起于国红的手，柔声问道："国红，真的吗？在你心中我一直都是最好的吗？"

于国红红着脸点点头。

邢小峰："国红，我一直都想问你一个问题，你愿意一直给我准备早饭吗？我说的是一辈子。"

于国红的脸已经红成一块红布了，但还是坚决地点点头，小声："邢大哥，你要是不嫌弃，我愿意一辈子都照顾你。"

邢小峰长叹一声，把国红搂到自己的怀中。

36. 邢小峰的公司里　日　内

邢小峰坐在办公桌的后面，秘书坐在对面。

秘书："邢总，真的不需要去珊虹问问方案了吗？"

邢小峰摇摇头："不需要。你去会议室准备一下，等会有些人会来的。等一会，你查一下近期的旅游图，看看什么地方合适，让公司的人去度个假吧。大家累了这么久，也该休息一下了。"秘书不解地出去了。

邢小峰长出了一口气，刚要起身，黄明娟进来了。

邢小峰："班长，这么早。"

黄明娟："小峰，我有事情找你。"

邢小峰："是珊虹的事情吗？"

黄明娟："是的，珊虹……"

邢小峰打断道："班长，等一下，我们等会谈这个问题，一会儿还有几个人要到，等他们到了，大家一起谈。"

黄明娟："小峰，事情……"

邢小峰又打断道："班长，相信我，等会再说好吗？你看我还没有吃早饭，你忍心我饿着肚子，听你讲。你肯定不忍心嘛。求求你了，班长现在不说好不好，等会，等会我一定让你说。我先去卫生间。"说完一头扎进卫生间，不出来了。

黄明娟被气得摇头。

就在这时，秘书引着王佳、杜刚、于国庆、孙剑平等老同学进来了，秘书把众人让到会议室里，众人都有些莫名其妙，不知道邢小峰怎么了。

37. 邢小峰公司会议室里　日　内

黄明娟、邢小峰、孙剑平、杜刚、王佳、于国庆等老同学再一次聚在一起，气氛十分古怪。邢小峰从外面跑了进来，还没有进门就喊道："不好意思，让你们久等了。唉，我肚子不好。"

于国庆："小峰，你到底要干什么，大清早，把我们都约来。"

邢小峰："不好意思，各位，回头我请客赔罪。主要是我有个事情，想宣布一下，就是……"

孙剑平站起来打断道："等等。小峰，我借你的地方，让我先说一件事情。好不好？"

邢小峰点点头。

孙剑平："谢谢。我宣布，从即日起，世纪创先公司所有的业务将并入新峰公司，我已经将有关的资料全部带来了。"说着，孙剑平拿出一个大手提袋放在会议桌上，接着道："全体股东一致同意，由新峰公司的邢小峰做为全权代表，决定包括珊虹公司业务在内的一切业务活动和经营活动。我本人将从今天起，全面退出做一名执行董事。小峰，你要好好赚钱啊。"

邢小峰："剑平，你，你这是……"

孙剑平："小峰，我知道你聪明。好好干吧。我将来要是穷了，可要找你啊。"

于国庆："剑平，你不干了，你干什么啊？是不是还想去卖红薯啊？"

孙剑平："不，我不卖红薯。我已经错了一次了，不能再错第二次了。"众人都一片震惊。

孙剑平走到杜刚面前，掏出一个信封递给杜刚："杜刚，这里是陈丹的地址，虽然我有很多次都想打开它，但是我知道，最有权利打开它的人不是我，是你。杜刚，陈丹是一个好女人，她值得你付出这么多的爱，也只有你能给她带来幸福，你也是最适合她的人，所以也只有你才有资格打开它。"孙剑平将信封塞到杜刚的手中。

邢小峰一把拉过孙剑平："剑平。"

孙剑平猛地和邢小峰搂在一起，两人的眼中都充满了泪花，孙剑平："小峰，这里就拜托了。"

邢小峰："你放心。但是你不能再悄悄地躲起来了。"

孙剑平伏在邢小峰的耳边小声道："不会的，我已经对不起一个女人了，不能对不起第二个女人。"邢小峰一时没有反应过来，愣住了："第二个女人？谁呀？"

孙剑平笑了笑没有说话。

于国庆："太好了，我们可以打开盒子了。"

38. 杜刚的公司里　日　内

杜刚站在房间里，看着这间办公室，充满了感情，桌子上放着一个纸盒，里面放着一些零星的个人物品，旁边站着秘书。

秘书："杜经理，你一定要走吗？"

杜刚笑了笑："是的，我的辞呈总经理已经批了。"

秘书："杜主任，我们挺舍不得你的。西西走了，你也要走。"

门外站着几个职员，大家七嘴八舌："杜经理，你还是别走了吧。"

杜刚："我也很留恋这里，和你们度过的时光我感到很愉快。我谢谢你们。"杜刚走到秘书面前："不过我们也许会很快回来的。"说完，抱起箱子出去了。

39. 新宇公司门口　日　外

杜刚从里面抱着箱子出来，回头看了看大楼。转身走了。

40.（陈丹以前工作过的）幼儿园门口　日　外

杜刚抱着箱子，走到门口，站着看了一会儿，（回忆：陈丹红着脸接过杜刚手中的鲜花）杜刚看着门口，里面一个和陈丹一样年轻漂亮的老师正领着一队小朋友，在阳光下捉迷藏。

41. 火车站候车大厅里　日　外

杜刚拉着杜妈妈："妈，你要保重身体。"

不负青春不负卿

杜妈妈："我会的。刚儿，你一个人也要注意。"

杜刚："爸爸，我走了。"

杜爸爸："去吧，不要牵挂家里。"

杜蔷："哥，你放心吧，家里有我。"

杜刚："小蔷，你也长大了，懂事了，以后爸爸妈妈就托付给你了。"

杜蔷："哥，我不会再糊涂了。"

杜刚搂过杜蔷："妹妹，你知道吗？你很可爱，等你长大了，一定会遇见一个真心对你的男孩。"

杜蔷："哥，我知道，邢大哥也是这么说我的。"

杜刚："爸爸，妈妈，我走了。小蔷，我走了。"说完，猛地一掉头，向检票口走去。

杜蔷："哥，我们等着你和嫂子回来。"

杜刚拿着火车票，走到检票口处，停下来，回过头来看了看，不远处，杜蔷冲他挥手，杜妈妈在掉眼泪，杜爸爸正扶着杜妈妈。

杜刚一咬牙，走进了检票口。

六个月后。

42. 月亮湾大酒店大厅　日　内

还是当初欢迎杜刚回国的大厅，黄明娟挺着略微有些夸张的肚子，任明祥左右伺候着。邢小峰旁边还站着娇羞的于国红。于国庆带着女儿青青，都站在大厅里。

于国红悄悄地拉了拉邢小峰的衣袖，问道："你说杜大哥他们会来吗？"

听到这话，邢小峰和黄明娟、于国庆三人相互对视了一眼，都发出会心的笑容。

一辆出租车疾驶而来，杜刚从车里钻了出来，道："对不起，我们来晚了。"杜刚又冲着出租车，柔声道："出来吧。"

陈丹满脸通红地从车里钻出来，邢小峰叫道："我说嘛，杜刚不会一个人来的嘛。"

陈丹牵过小青的手，杜刚从陈丹手里接过小青的手，道："陈丹已经正式到奇奇幼儿园当老师了，所以小青，你以后再要听故事什么的，就不要找你孙叔叔了，找你陈丹阿姨知道吗？"

小青奶声奶气地道："知——道。"

于国庆高兴地搓搓手："太好了，太好了。"

黄明娟调侃道："我们的小小领袖怎么换词了？不知道剑平怎么样了？"

杜刚："放心，他一定会来的！"

身后，突然响起了孙剑平的声音："知我者杜刚也。"

众人都没有发觉孙剑平是什么时候来的，于国庆叫道："剑平，你怎么突然失踪了这么久，去哪了？"

邢小峰则往剑平身后东张西望，口中还不停地嚷嚷道："人呢？人呢？"孙剑平顾不上回答于国庆的话，道："哪有什么人，她有事耽搁了。"

邢小峰一副贪婪的样子道："这么说，剑平，你没得手，我还有机会啊。"

于国红则将邢小峰的胳膊狠狠一掐，邢小峰疼得大叫了一声："不敢了。"

众人大笑。

于国庆好不容易忍住笑，道："好了，今天就是天塌下来，我们也要去打开铁盒。走。"

43. 泰山公园当年埋铁盒的地方　日　外

一排轿车开来，众人纷纷从车内下来。

一个个都傻了，当年埋铁盒的地方，已经是一片工地，各种各样的推土机和铲车往来穿梭，哪里还有当年的泰山……

491

（剧　终）